En juin 1833, George Sand, auteur d'*Indiana*, rencontre un jeune homme de six ans son cadet, Alfred de Musset, poète et dandy à la mode. "Mon cher Georges *[sic]*, lui écrit-il bientôt, j'ai quelque chose de bête et de ridicule à vous dire. [...] Je suis amoureux de vous." Les amants passent l'automne à Paris puis partent pour l'Italie. Le fameux séjour à Venise (janvier-mars 1834) tourne bientôt au cauchemar et se termine par une séparation. Liée au docteur Pagello, Sand reste en Italie tandis que Musset regagne la France. Ils s'écrivent, se réconcilient au retour de Sand à Paris en août, puis se séparent à nouveau. Ils renouent en janvier 1835 pour rompre définitivement en mars.

La correspondance de Musset et Sand devait paraître pour la première fois en 1904. Elle a connu de nombreuses éditions depuis, et l'épisode vénitien a suscité d'innombrables commentaires. Il restait toutefois à rendre aux événements leur dimension polyphonique en faisant valoir d'autres textes, et entendre d'autres points de vue.

Si elle propose les lettres que les écrivains ont échangées (et qu'ils ont censurées après coup), la présente édition donne également à lire des notes et poèmes de Musset, des extraits des journaux de Sand, des commentaires parus dans la presse de l'époque ; elle reproduit d'autres lettres, dont celles adressées par Sand à ses amis, d'autres documents, dont le récit de sa liaison avec Sand par Pietro Pagello ou les souvenirs de Paul de Musset. Elle redonne ainsi à l'une des plus célèbres histoires d'amour de la littérature son caractère dramatique, tout ce qu'elle comporte de drôlerie et de tendresse, de manigances et d'emportements, de folie et de chagrin. Cette grande passion romantique en sort singulièrement rafraîchie : elle donne l'impression de se passer sous nos yeux.

LE ROMAN DE VENISE

ISBN 2-7427-2281-5

Illustration de couverture :
Turner, *Venise, vue du porche
de la Madonna della Salute* (détail), 1835
The Metropolitan Museum of Art, New York

SAND ET MUSSET

LE ROMAN DE VENISE

Composition, préface et notes
de José-Luis Diaz

BABEL

LES ÉPISTOLAIRES

PARUS

Chevalier de Boufflers, *Lettres d'Afrique à Mme de Sabran*.
Mirabeau, *Lettres écrites du donjon de Vincennes*.
Jean-Jacques Rousseau et Mme de La Tour, *Correspondance*.
Marquis de Sade, *Lettres à sa femme*.

Série conçue et dirigée par Martine Reid

PRÉFACE

Les voici devant nous, les “enfants du siècle”…

Au lecteur novice qui tombe dans le film, et qui n’a pas trop le temps de regarder le générique, il faut dire d’abord qu’il a entre les mains de quoi suivre en direct, commodément installé dans son fauteuil, ce qui, dans les manuels de littérature du début du siècle, s’appela le “drame de Venise”.

Bien sûr, ce n’est pas ici la première fois qu’on édite cette correspondance de légende. Depuis l’édition princeps de Félix Decori (1904), d’autres éditions ont vu le jour. Parmi elles, celle de Louis Evrard (Editions du Rocher, 1954), épuisée depuis longtemps : c’est elle qui nous a tracé la voie. Comme à Louis Evrard, en effet, il nous a paru que ce n’était pas bien servir ces monstres sacrés de l’amour romantique que de s’en tenir à leurs seules lettres : car elles sont inaptes à rendre toute la vérité de la fable amoureuse, ne serait-ce que parce qu’elles se taisent quand les amants sont réunis, et qu’elles bavardent à l’excès quand les kilomètres les séparent. En suivant la voie tracée par cet éditeur inspiré, en complétant largement sa moisson de documents périphériques, nous avons voulu adjoindre à ce dialogue épistolaire – déjà si riche à lui seul – tous les documents en voix *off* qui le compliquent et qui l’éclairent : lettres adjacentes d’autres acteurs, protagonistes ou comparses, fragments de journaux intimes, feuillets d’albums, documents biographiques divers, et parfois même versions plus ou moins “fictionnalisées” de certaines scènes choisies. Mais cela, en tâchant de garder le rythme de la passion, en respectant ses silences et ses essoufflements.

Sans intervenir autrement que par l'ajout de ces documents de relais. De quoi permettre au lecteur de mieux suivre le synopsis, tout en lui laissant à imaginer par lui-même… A lui maintenant d'apprécier, sur pièces, cette "histoire d'amour", en ayant à sa disposition un dossier fort complet : ce qui, jusqu'à ce jour, était réservé aux seuls érudits, au prix d'un patient travail de recherche des documents dispersés…

L'avantage d'un tel procédé, c'est qu'il permet d'éclairer les zones d'ombre et de donner de cette fable vécue une version plus complète. Non plus une tragédie dans un bocal, ni même un mélodrame romantique, avec ses héros et ses traîtres, ses catastrophes et ses tableaux obligés. Mais un roman à la Dos Passos, ou, mieux encore, un film, à sentiments et à costumes, plutôt du genre "cinéma-vérité". Avec des séquences syncopées, des changements de rythme et de couleur, et des extrasystoles en tout genre. Et une population hétéroclite d'acteurs, recrutés par un *casting* en folie, qui n'a regardé ni au nombre des figurants, ni à la cherté des seconds rôles.

Car ils sont loin d'être seuls en scène, nos deux amants d'anthologie. Assistant à leurs émois, commentant leurs moindres énoncés ou intervenant dans l'action, voici venir tout un contingent d'autres "enfants du siècle". Simples utilités parfois, souvent aussi âmes d'assez haut parage : Liszt, Delacroix, Heine, Sainte-Beuve, Vigny, Marie Dorval, Mérimée, Stendhal, Gustave Planche, Jules Sandeau, Marie d'Agoult, etc. Grâce à leur aimable collaboration, c'est toute une génération qui sort de l'ombre et qui, à cloche-pied, entre dans le film. Tout un "siècle", comme on disait alors, avec une épique emphase. Un siècle désenchanté, il va de soi. Et qui fonctionne ici comme le chœur d'une tragédie bigarrée, où l'on entend les cris des acteurs, mais aussi, en fond sonore d'une mélopée amoureuse elle-même fort chahutée, les grincements des violons, les soupirs de la salle et les propos de la coulisse. – Enfin, la "passion romantique" *en temps réel* et dans ses vraies dimensions…

*

Avant de présenter les deux protagonistes, rappelons quelques-uns des épisodes précédents. Histoire de prendre pied en ce début de l'année 1833, particulièrement faste dans le calendrier de l'amour romantique. C'est l'année où Berlioz épousera enfin Harriett Smithson, la Desdemona du théâtre anglais en visite à Paris sous la Restauration, dont il tomba alors amoureux fou ; c'est l'année où s'initie par lettres l'idylle entre l'auteur de *La Peau de chagrin* et son étrangère ; l'année aussi où s'esquisse la liaison entre Liszt et Marie d'Agoult. Dans la nuit du 16 au 17 février, Juliette Drouet et Victor Hugo ont pris les devants : l'auteur de *Lucrèce Borgia* et sa princesse Négroni se dépêchent d'entrer dans l'immortalité. Pendant ce temps, l'auteur d'*Indiana* vient douloureusement à bout d'une liaison traînarde avec son coéquipier de *Rose et Blanche*, Jules Sandeau. Le 2 février, le couple, moribond, assiste encore à la première de *Lucrèce Borgia*... Mais déjà Marie Dorval est entrée en scène, la Dalila de M. le comte Alfred de Vigny. Dès janvier, une amitié plus que tutoyante réunit la comédienne et la femme-auteur. Déjà aussi, pour la princesse en pantalons du quai Malaquais, Gustave Planche, ce "critique en guenilles", joue doctement les chercheurs de coquilles et les chevaliers servants. Quant à Mérimée, déguisé en Hercule forain, portant Solange à bout de bras en haut de l'escalier de l'Opéra, il se prépare, après une nuit blanche d'avril-mai terminée en fiasco, à servir de texte à un trop célèbre bon mot.

Et Musset, parmi tout ce beau monde ?

Pour l'heure, il attendra. Les mythes ont tout leur temps. Ainsi en a décidé l'auteur goguenard du Grand Rouleau qui nous manipule. Ce que suggère d'emblée cette bribe de lettre où George Sand, de manière détachée, presque irréelle, écrit à Sainte-Beuve, promu par elle (à défaut de mieux) pourvoyeur de relations littéraires et autres : "[...] à propos, ne m'amenez pas Musset, il est trop dandy." Délicieux prélude antiphrastique, pour qui sait déguster ces écarts de gamme...

D'abord, il faut que Mme Dudevant donne le coup de grâce au "malheureux de la rue de l'Université" : le "petit Jules", ce Sténio asthénique mais déjà un peu empâté – surpris au bras de sa blanchisseuse, disent les mauvaises langues. Il va gentiment avaler son acétate de morphine, et bon débarras... A lui la consolante Hespérie, où, pour un périple touristico-thérapeutique, ses amis berrichons cotisés vont l'expédier le 26 mars. "Pauvre jeune homme !"

A qui le tour ?

Dans l'escalier du 19, quai Malaquais, face à la Seine, il ne manque pas de "petits messieurs curieux et désœuvrés" prêts à empocher la succession. Ils grimpent, par grappes, à ce troisième étage coquet et ensoleillé, avec fenêtres à fleurs et cage à sansonnet, donnant sur ce qui est devenu pour nous les jardins de l'Ecole des beaux-arts. Tous rêvent de pénétrer dans la "mansarde bleue" : le trois pièces-cuisine, laissé vacant par son maître Latouche, que, depuis novembre 1832, a investi cette "écriveuse" à la mode, cet animal mythologique qu'est devenue Mme la baronne Dudevant, dame de Nohant-Vic et autres lieux à vaches circumvoisins... Et, parce qu'elle a vraiment les "diables bleus", ou tout simplement parce qu'elle est en train d'écrire *Lélia*, ou parce qu'elle escompte mieux, elle les "éconduit très poliment"...

Elle se réserve pour les intimes, les bienheureux familiers de son tapis à fumer le houka, en qui le trop bien né Alfred aura tendance à ne voir que chiens à grosses pattes : Jules Boucoiran, le précepteur nîmois des enfants, admis au petit lever de la reine, mais fermant les yeux quand elle passe sa chemise, allant dans la chambre voisine "manger six livres de pain et deux cuisses de dinde en désespoir d'amour" ; Gustave Planche, le *patito* officieux, malodorant et empesé, si utile pour le marketing littéraire et si burlesquement conscient lui-même de ses doctorales raideurs ; Joseph Delorme, autrement dit Sainte-Beuve, dont Aurore a beaucoup ri naguère et qu'*Indiana* a miraculeusement conquis, transformé lui aussi en ami de profession, un peu agent littéraire, un peu Tartuffe émoustillé et voyeur. (Mais celui-ci est moins maniable : car, ajoutées à la jalousie d'Adèle Hugo, ses vapeurs de printemps rendent glissant l'auteur futur de *Volupté*...) D'autres, d'autres encore, qui pointeront leur nez page après page, qu'ils soient présents à Paris ou qu'ils assistent au film depuis leur Berry natal : Emile Regnault, Laure et Alphonse Fleury, Suzanne Bourgoing, Emile Paultre, etc.

Dans cet interrègne agité de quelques mois, tandis que, libérée de Jules, George n'est pas encore au pouvoir d'Alfred, on dirait que tout en brusquant le bonheur, "hiéroglyphe terrible", tout en essayant de lui faire rendre gorge à coups d'assauts répétés, elle n'en rode pas moins prudemment sa ménagerie intime. Et tandis que Planche joue les sigisbées officiels, que Jules Boucoiran, avec son accent du Midi, tente d'endoctriner l'indomptable Solange, que Regnault soigne rhumes, maux d'entrailles et ophtalmies, que Mme Lacouture fait la vaisselle, l'active George ébauche avec l'athlétique "Clara Gazul" une liaison cavalière qui se terminera en points de suspension, ou donne rondement rendez-vous à la captivante Marie Dorval : "Lundi matin ou soir, au théâtre ou dans votre lit"...

De Musset, point encore. A quoi bon ce Namouna chétif qui se profile ? Monde possible ? Qu'il attende un peu. "Percez-m'en donc d'un autre", dit la princesse encore tiède à son marchand d'amour improvisé. "A la place de celui-là, je veux donc vous prier de m'amener Dumas." – *Antony* battant *Rolla* avant que le gong sonne. Admirable "ironie du monde", comme seul un très grand auteur sait en feindre...

Et puisque quelque obscur complot se trame pour retarder son avènement, l'impertinent troubadour de la "Ballade à la lune" ne sera pas l'hôte non plus de ce mythique "dîner Lointier" où, pour fêter ses juteux succès, l'écurie Buloz au grand complet festoie aux alentours du 8 mars. On l'a cru longtemps, c'était commode : ce n'était sans doute qu'un mirage... Pour assister à la conjonction stellaire de nos deux planètes, il faudra attendre jusqu'au 15 avril, date de leur mariage typographique. Sans penser à mal, ce jour-là, *La Revue des Deux Mondes* a publié leurs bans : dans la même livraison, *Les Caprices de Marianne* se sont trouvés unis aux "bonnes feuilles" de *Lélia*. De là rencontre des deux champions de la même écurie, réunis par leur commune appartenance à un produit maison : le “romantisme intime” (opposé au romantisme “artiste” de *L'Artiste* et de la *Revue de Paris*). Mais cela, sans doute pas avant la fin de juin…

Alors, à l'occasion de quelque autre festivité dînatoire, le mythe tout à coup accélère. Est-ce chez Florestan Bonnaire, le commanditaire de la revue, qu'eut lieu le premier côte-à-côte (ou face-à-face), comme le suggère Georges Lubin ? Ou bien chez les *Frères provençaux*, comme le voulait le distrait et vieillissant Paul de Musset ? Mais qu'importe le chef et le menu… Nous voici de plain-pied dans la Légende. Et tout devient alors très confus et très irritant, pour qui, comme tout bon lecteur de correspondances, cède, ne serait-ce que pour corser le jeu, à l'attrait de la séduisante *illusion référentielle*, et se raidit alors contre toute ellipse et tout à-peu-près. Exigence normale bien que coupable quand on sait que leur vérité grinçante se joue à chaque phrase. Alors, quand il y a coupure ou pâté, volontaire ou non, quelle souffrance !

Au lendemain sans doute d'une première rencontre, première correspondance. Pour le lecteur déjà sur le qui-vive, premier grincement de dents. Car si Decori et Evrard commencent au billet de Musset qui accompagne l'envoi du poème écrit “Après une lecture d'*Indiana*”, Georges Lubin – que j'ai suivi non sans hésitations – renverse l'ordre des préséances : il propose de mettre en tête un billet en apparence plus anodin de Musset. Ce qui ne change pas grand-chose pour qui ne s'intéresse qu'à la tournure triviale des faits. Mais ce qui est d'une tout autre conséquence pour qui est sensible à la valeur de vérité de cet amour par lettres, comme à la trajectoire esthétique que trace dans le ciel cette correspondance. Car, dans un cas, l'épopée amoureuse commence par l'envoi guindé de ses vers méritants par un jeune louangeur qui cherche à se placer auprès de la romancière en vogue, réputée brune piquante à tendances transsexuelles. Tandis que, dans l'autre, tout dépend au contraire du “petit caprice de curiosité” de la consœur d'un poète fuyant, et qui paraît surtout craindre les fuites…

Petit caprice ou plat éloge ? Sautons par-dessus ces préludes, car les voici bientôt unis. Au terme d'un mois de juillet qu'on leur souhaite plein de chants d'oiseaux et de cavalcades rieuses sous les marronniers du Luxembourg, un agenda d'Alfred – aujourd'hui perdu – a noté l'heure du berger. Ce fut, dit-on, dans la matinée du 29 juillet 1833, à la fin d'une nuit de feu d'artifice en l'honneur des Trois Glorieuses. Seul indice subsistant : ce délicieux billet daté du matin de la veille, où Musset, avant d'aller se coucher, donnait, sous forme graphique, rendez-vous à sa belle pour après les réjouissances foraines. Auxquelles cette mère responsable ne manquerait pas d'assister, emmanchée de ses deux marmots...

Bientôt, après que George aura congédié un amant en puissance en la personne d'un bel exilé italien du nom de Poerio, les gorges de Franchard vont résonner de leurs cavalcades, de leurs rires et de leurs sanglots (4-14 août 1833), tandis que Planche, quai Malaquais, fait le factotum et que Charles Didier blêmit d'amour. Déjà, pour nos deux camarades de mansarde et de plume, Venise la rouge se profile au bout de la demi-année, heureuse et laborieuse au total. Mais pas avant que Musset, en préface à son voyage en Italie, n'ait tiré l'essentiel de *Lorenzaccio* d'un canevas que George a écrit deux ans plus tôt *(Une conspiration en 1537)*. Et non sans que George, ayant gagné assez d'argent à Buloz, ait imploré et obtenu la permission d'Edmée, mère d'Alfred...

Comme la mécanique est maintenant engrenée, profitons-en pour faire connaissance avec les deux protagonistes. D'autant plus urgent et impossible que ces deux-là sont légion, à force d'être la somme improbable de leurs hypostases psychologiques et de leurs incarnations littéraires. Deux êtres, oui, solitaires mais polyphoniques, monadiques mais planétaires.

George d'abord, puisqu'on la suit mieux à trace, en démultiplié, grâce à sa somptueuse correspondance si bien éditée par Georges Lubin. Qui est-elle, au fait, cette jeune femme brune, qui écrit dans la "chambrette" du quai Malaquais, et qui a déjà publié trois romans, *Rose et Blanche* (en 1831, avec Sandeau), *Indiana* et *Valentine* (en 1832, sous son nouveau pseudonyme de George Sand) ? L'épouse infidèle de Casimir Dudevant, montée à Paris depuis janvier 1831, "pour écrire" ? La perverse maîtresse de quelques hommes de lettres parisiens et d'une célèbre comédienne ? La rumeur le dit. Et comme la rumeur la porte, l'intéressée la laisse faire. Et même, elle en rajoute un peu : témoin *Lélia* (août 1833), qui voile en vain des perversités allusives derrière une auréole de vague à l'âme.

Mais qu'y a-t-il derrière l'écran publicitaire ? Quels souterrains, quelles cachettes ?

Un palimpseste de rôles, d'images contradictoires. Fille, mère, épouse, amante, amie, écrivain, que de partitions ! D'autant que l'héroïne aime les changements à vue, que facilite un usage heureux de la pseudonymie ainsi qu'un penchant marqué pour le transsexualisme vestimentaire. Maman amoureuse de son mâle rejeton (Maurice), mère abusive du "petit Jules" avant que de l'être de ce "gamin d'Alfred", elle est aussi le franc camarade de sa cohorte de Berrichons en blouse et bottes, ainsi que la caressante amie de Marie. Femme de lettres lancée, qui a la littérature sur son escalier "comme les anges sur l'échelle de Jacob", elle est aussi une "pauvre écrivassière attachée du matin au soir à son boulet", et qu'on entend parfois se plaindre : "Mon âme est sous presse, mes facultés sont dans la main du prote. Infâme métier !" Mais cela ne l'empêche pas d'être aussi un "écrivain heureux", dont tout l'art poétique tient dans une formule qui irrite Alfred et qui aurait transpercé Flaubert : "J'écris avec d'autant de facilité que je ferais un ourlet."

Tel jour confidente et "bonne femme", elle joue le lendemain les Lélia méphistophéliques. Jusqu'à ce que Sainte-Beuve – qui comprend trop tout – déclare complaisamment qu'elle lui fait peur. De là, virevolte désarçonnante : "Ne croyez pas trop à mes airs sataniques : je vous jure que c'est un *genre* que je me donne." Car au moins cette comédienne-née sait et avoue parfois qu'elle joue la comédie, par impossibilité de s'atteindre et de se ressembler : "Il m'arrive rarement d'être moi-même", avoue-t-elle à sa camarade de pension. Difficulté romantique à être soi, en présence d'autrui surtout ? Ou merveilleuse aptitude à être, *ad libitum*, n'importe qui, n'importe quoi ? Extranéité maladive ou surprenant caméléonisme ? Quand, délivré de son premier enchantement, Sainte-Beuve lâchera ses *Poisons*, pour accabler les mimétismes coupables de "celle qui écrivit *Lélia*", il ricanera en compagnie de Delphine de Girardin, fausse sœur : "Le style, c'est l'homme – oui, l'homme, même quand le grand écrivain est une femme." Et d'admirer le fielleux Latouche pour avoir comparé "très bien le talent de George Sand à un écho qui double la voix, mais qui n'a pas lui-même la voix".

Mais inutile de prêter l'oreille à ces acidités tardives que l'adepte déçu empruntera au père littéraire répudié, un temps amoureux bougon de sa trop géniale élève. Qu'on interroge simplement le miroir qu'elle se tend à elle-même, en ce début de 1833, à égale distance de sa rupture avec Sandeau et de sa rencontre avec Musset, dans la confession épistolaire qu'elle envoie à Laure Decerfz. Fastueux cadeau de Pâques donné en lot de compensation à cette amie provinciale délaissée ! Devant cet *alter ego* qu'on devine exigeant et averti, et dont il faut ménager l'envie possible, la femme de lettres lancée s'analyse en bonne et due forme. Se retournant vers cette spectatrice du Berry, se captant soi-même dans le regard de cette *autre* élue pour sa qualité de Huron, elle étale les diverses couches de sa géologie intime.

Au fond – un mauvais fond – voici une Lélia acerbe, une chipie injuste, qui se désigne elle-même à la vindicte entendue de son amie de cœur : "Tu sais que je ne suis pas bonne tous les jours. Il y a des jours où je suis pieuse et croyante, mais il y en a aussi (et de plus fréquents) où je suis impie et railleuse." C'est son côté Lilith, sa veine satanique. Par là, Thanatos rôde, masochiste mais narcissique. Car elle s'aime "mauvaise" aussi, tant qu'on ne la prend pas au mot…

En surface, à l'une de ses surfaces, il y a un ours mal léché : une femme auteur. Constamment baignée dans l'encre, elle manque, la pauvre, cruellement d'esprit de conversation. (N'est-ce pas, monsieur de Senancour ?) C'est "l'animal le moins intéressant et le plus mal peigné qui soit au monde", avoue-t-elle bonnement. “Il y a *d’aucunes* qui sont pimpantes, qui font florès, qui s’attifent, qui se montrent [...].” Pas elle. N’aimant pas à être “en souliers de prunelle”, elle ne rêve que “de trois fauteuils pour [s’]allonger en chien devant le feu”.

Derrière ce lourdaud littéraire de convention, qui affecte une rusticité hommasse, une stupidité “géorgique” de bête de somme, un “ange sans nom” pointe parfois son frais museau, plein de délicatesses féminines. C’est son côté fragile, son petit cœur de Sténio du sexe faible, muet et résigné à mourir en silence. Mais si, au profit de la camarade négligée, la confidente en verve exagère comme à plaisir ses talents d’incommunicabilité, elle n’en indique pas moins les vraies fêlures. Car la marâtre du petit Jules est aussi une “femme de trente ans” amère et réellement meurtrie (“Jamais je n’avais été plus rudement éprouvée”). Et cela, dès avant sa cuisante expérience avec Mérimée.

Certes, elle s’achemine vers la résignation ; elle vogue à pleines voiles vers “l’idée Trenmor”. Tout en quêtant chez Marie Dorval une féminité inventive, faite de générosités un peu folles et d’“inégalités de caractère”, elle aspire à la résignation virile. Mais bientôt une “double méprise” va rompre le fragile équilibre et la ramener en enfer. Le “nabab” meurtri adresse alors ses plaintes au bon Rollinat, Trenmor berrichon : “Mon cœur a vieilli et rien dans la vie ne me sourit plus. Il n’est plus pour moi de passions profondes, plus de joies vives. J’ai doublé le cap. Je suis au port.”

De là, “lâchetés hideuses” devant Sainte-Beuve, à qui elle s’accuse d’avoir montré ses ulcères à nu, pour s’attirer sa compassion. Et sentiment renforcé de culpabilité, qui la fait s’accuser d’être “capable de vol, de meurtre, de trahison”. Cet état d’esprit va lui faire récuser le candide Jouffroy et s’entendre d’emblée à demi-mot avec l’écorché vif Rolla. Reconnaissance réflexe entre “enfants du siècle”, après quelques hésitations pour la forme...

En voici un, du moins, qui, comme elle, ne s’est pas contenté de regarder la vie, de philosopher dans son fauteuil, mais qui a véritablement “mangé de la chair humaine”. Pas comme cet innocent aux yeux bleus, ce calme philosophe de l'école éclectique, cueilli par Sainte-Beuve lors de son séjour au *Globe* doctrinaire, et que Joseph Delorme désignait à Lélia comme une perle à son étal de fleuriste. Alors que le bon Jouffroy appartient à la race honnie des “vertueux de naissance”, bons par formule, Musset est de ceux qui, d'emblée, passent les bornes et plaident coupable. Race de Caïn, et pas seulement par convention byronienne. Un cannibale, au fond, cet éphèbe dandy, cet enfant perdu, qui ne va pas tarder à s'asseoir au festin, pour finir dévoré par sa légende ? Mais d'abord, et comme elle aussi, un vrai théâtre en liberté à soi tout seul.

Il y a d'abord joué les enfants gâtés. Fils chéri d'une lignée où le rousseauisme se portait permissif et tendre – son père, son mentor littéraire, a édité avec grand soin la correspondance de Jean-Jacques –, il a eu l'heur de pouvoir continuer dans le cénacle romantique ses manières d'enfant gâté. On s'est pâmé à l'Arsenal devant l'impertinence charmante de ce poète valseur, croqué pour l'éternité en page Renaissance par Eugène Devéria. Puis, fatigué de n'avoir que de la grâce, ce chérubin s'est mis en tête de se “byronniser”, tout en se “déhugotisant”. De là, moins de sérénades et d'alcades, moins de rimes de matador – et plus de cigares, de filles et de maisons de jeu. Moins il rime riche, plus il joue gros. Cela s'appelle déjà le “dandysme”, et de même que ce “mangeur d'opium” dont il a traduit les *Confessions* (en y mettant pas mal du sien), cela vient d'Angleterre. Pose ? Certes. Et de celles qu'on voit de loin. Mais ce jeune homme du noble Faubourg, nourri parmi le gratin, et qui semblait trop bien élevé pour aller jamais au-delà des apparences, va y trouver, par surprise, l'occasion de sa vérité.

Il l'a raconté en préambule à sa *Confession d'un enfant du siècle*, dans un passage qui célèbre une autre blessure originelle. Une première “perfide” l'aurait fait homme avant le temps. C'était à un festin joyeux, “après une mascarade”. Se penchant sous la nappe pour ramasser une fourchette, il avait vu la jambe de sa maîtresse enlacée à celle de son meilleur ami… Sous l'éclairage masochiste de ce fantasme de plongée fatale, le romantique “farceur” – ainsi le désigne certaine petite presse – va récrire son mythe personnel. Adieu, la charmante innocence des surfaces. Il sera l’homme de la brusque et mortelle profondeur. Un voyeur accablé et coupable. Un plongeur sous sa cloche – outil métaphorique emprunté à Jean-Paul Richter –, au regard médusé par les Léviathans informes qui hantent le dessous des mers. Car l’humanité a baissé sa robe (ou sa nappe), et lui a “infligé comme à un adepte digne d’elle sa monstrueuse nudité” (*Lorenzaccio*, acte III, sc. 3).

Désormais, à tous les détours de l’œuvre, on croisera ce grand noyé. Avide de connaître, pressé de franchir la barrière œdipienne qui préserve le secret de l’infini maternel, et accablé par sa connaissance intime de l’en-dessous. Car si l’aventure mussetienne avait commencé sous les auspices d’un donjuanisme plutôt mozartien (chant II de *Namouna*), voici qu’un Faust adolescent et éberlué est entré en scène, sous le manteau d’un “orphelin vêtu de noir”…

Qu’il se révolte, et il se nommera Franck (*La Coupe et les Lèvres*, 1832) : un parricide par allégorie, qui, pour découvrir la trahison de sa maîtresse, n’hésite pas mettre en scène son propre enterrement, et à guetter l’infidèle du fond de son cercueil. Ou bien Rolla, ce débauché de vingt ans, ce suicidé par bravade, avec son déspespoir lancinant de bon élève qui est allé trop loin dans le cynisme de convention. Mais qu’il se résigne et qu’il mesure, accablé, toute son impuissance, tout son mutisme de jeune mort en sursis, et il sera Cœlio ou Sténio : l’amoureux transi de cette Marianne qui coquette avec Octave, ou de cette Lélia qui goguenarde sur sa frigidité. Timidement, respectueusement, c’est lui qui va frapper les trois coups de cette correspondance amoureuse : “Mon cher George, j’ai quelque chose de bête à vous dire…” – Tandis qu’Octave ironiquement le regarde, à travers son verre de lacryma-christi…

Et alors, le spectacle peut commencer…

Ce n'est pas ici le lieu de le suivre dans ses diverses phases, ni de le précéder par un commentaire trop apprêté. La fable est connue, mais le lecteur a droit de la découvrir et de la reconstruire à sa guise. Par commodité, on se contentera d'en marquer les principales scansions. D'autant que nous avons hésité à les indiquer dans le texte même de cette édition, n'y renonçant que pour ménager la liberté du lecteur. Il n'en reste pas moins que le drame se découpe en cinq actes, encadrés d'un prologue et d'un épilogue.

Prologue : donnant, avant la rencontre, quelque écho de l'identité et de la situation des deux futurs amants.

Ier acte, à Paris, avant Venise (24 juin-31 décembre 1833). *L'amour heureux (ou presque).*

IIe acte. *Le drame de Venise* (1er janvier-30 mars 1834).

IIIe acte. *Entre Venise et Paris* (4 avril-juillet 1834).

IVe acte. *La reprise, puis la crise*, à partir du retour de George Sand à Paris (12-13 août), jusqu'au moment où Musset apprend enfin de source sûre qu'il a été trompé à Venise (fin octobre 1834).

Dans le Ve acte, *Raccommodements et déchirements* se succèdent à un rythme de plus en plus endiablé, jusqu'à ce que George Sand décide de fuir à Nohant, et de disparaître sans laisser de traces (6 mars 1835).

Un *Epilogue* montre comment, après la rupture irréversible, les derniers lambeaux de la passion s'effilochent au fil des années, tandis que chacun gère à sa façon le capital symbolique qu'elle représente. Sans quitter des yeux le trésor de lettres qui en constitue le précieux monument...

Tel que le voici offert au lecteur, complété et "scénarisé", structuré en actes successifs – "remonté", comme on le dit d'un bijou –, le corpus des lettres de George Sand et de Musset fait apparaître à quel point la vie eut ici d'emblée forme dramatique et littéraire. Non seulement parce qu'ils "écrivent bien", dans ce style vivace, élégant et sans apprêt qu'est communément alors le style épistolaire. Mais parce que sans le savoir ils composent une trame, et qu'ils explorent un laboratoire mental qui a toutes les qualités de la littérature. Difficile dans ce cas de se plaindre, comme on est tenté parfois de le faire, du côté commun et prosaïque, de la non-littérarité de ces correspondances. Tel que le voici reconstitué avec quelques ajouts qui en complètent l'effet, ce roman d'amour par lettres-là vaut bien, je crois, les tout premiers ouvrages du genre. A leur exemple, tout en suivant une intrigue unifiée qui serre le destin des protagonistes, il anime autour d'eux des satellites qui, par quelques mots, acquièrent une indéniable présence et compliquent l'intrigue de leurs interventions ou de leurs jugements. A leur exemple aussi, il joue tantôt de l'ellipse, qui laisse le lecteur sur sa faim, tantôt de la polyphonie, qui fait qu'un même événement est considéré sous des angles différents. L'impression de relief s'accroît grâce à ces effets non concertés de stéréoscopie. Les deux protagonistes qui vont se mouvoir sous notre regard en acquièrent une profondeur, un bougé, et aussi des zones d'ombre que peuvent leur envier bien des créatures romanesques. De plus, ce roman-là a l'avantage de n'avoir pas été feint. Ce qui, parmi d'autres qualités, lui donne une indéniable valeur documentaire.

Sans description ni préambule, par la simple force des mots de tous les jours, nous tombons dans le Paris de 1833, dans la Venise de 1834 : de manière d'autant plus naturelle que personne n'est là pour nous prévenir, pour nous endoctriner. Tant mieux : le voyage dans le temps se fera ainsi en douceur, sans coup de force fictionnel. Par la moindre allusion, grâce au moindre mot irisé de la lumière de ce temps, nous voici transportés ailleurs, dans un chronotope à la fois reconnaissable et différent. A Paris, nous voici dans la mansarde de G. Sand, dans la chambre d'Alfred, à l'Opéra... A Venise, nous dégustons avec les amants les huîtres cueillies au pied des palais (d'où leurs déboires physiologiques), et nous respirons les courants d'air du Carnaval. A Baden-Baden, sous les flonflons, nous entrouvrons la porte du salon de conversation.

Mais ce n'est pas seulement quai Malaquais ou quai des Esclavons, à Nohant ou face aux "spectres éternels des Alpes", que ce périple nous conduit. Les voyages réels se doublent ici de voyages imaginaires, programmés avec effervescence dès que tout va mal : à Constantinople, en Morée, en Bretagne chez Lamennais, aux Pyrénées, aux Enfers... Mais, à l'évidence, le voyage est d'abord intérieur. C'est dans des "âmes de poètes" particulièrement compliquées qu'il nous donne l'occasion de nous mouvoir, avec une étrange facilité. Comment éviter alors une part de lecture naïve, qui fait qu'on entre pour de bon *dans la peau des personnages*, et qu'on est amené à choisir son camp ? Sandien ou mussetiste ? Débat toujours recommencé, et qui s'est compliqué du fait de la découverte par Georges Lubin, juge fiable s'il en fut, du fait que "Georgette" a "trafiqué" (récrit de manière intéressée) certaines de ses lettres (nous dirons lesquelles à chaque fois). A sa décharge, le fait qu'elle a dû sans doute songer elle-même à une publication, et vouloir arrondir certains angles, ou améliorer certains effets, en fonction des critères esthétiques du temps. Ce que confirme, sur les autographes de ces lettres restés en sa possession, son usage des ciseaux (elle a coupé tout bonnement des passages compromettants) ou du crayon rouge ou bleu (elle a aussi barré de manière à ne pas permettre la lecture à un tiers). La lecture de ce corpus hanté en prend des allures d'enquête policière, ce qui ne va pas sans ajouter un charme irritant de plus. Transformé en inspecteur sur le qui-vive, parfois même en graphologue – quelle écriture, celle de 1834 ou de 1856 ? –, le lecteur doit alors non seulement suivre le texte, mais surveiller ses implicites, chercher ce qui est dit sous les mots, tenir compte de la graphie, et parfois tenter de rétablir des énoncés manquants en puisant dans les références qui y sont faites dans d'autres lettres qui les mentionnent. De là des problèmes de raccord quand George Sand "intervient" – auxquels elle n'a pas toujours veillé... Et, pour nous, en perspective, de captivants travaux pratiques de pragmatique épistolaire...

Au lecteur à son tour de se faire juge, s'il le souhaite, du débat qui s'est sempiternellement tenu quant à la responsabilité des deux acteurs du drame. Il a tous les documents disponibles entre les mains. Mais plutôt que d'entretenir ces polémiques un peu vieilles, peut-être est-il temps d'essayer de comprendre vraiment les deux "parties". Tel est le défi que nous lance cette correspondance, naturellement polyphonique : nous inviter à voir tour à tour le monde par les yeux de chacun des correspondants, grands ou petits, héros ou utilités. Vivre surtout aux deux températures, celle de Musset et celle de Sand, telle est l'invite qui est faite ici à qui veut vraiment lire, sans être pour autant obligé de laisser ses préjugés au vestiaire. Epreuve difficile mais captivante, car les deux mondes sont bien différents *a priori*, à bien des niveaux : système de valeurs, *ethos*, rythme de vie, rapport à l'écriture, rapport au travail et à la reconnaissance sociale, sexualité et sexuation imaginaire, etc. Des écarts qui fondent l'amour, mais permettent aussi connivence et même collaboration.

Ils partagent la même idéologie amoureuse : pour tous les deux, la passion est le "grand idéal" ; "il n'y a que l'amour qui soit quelque chose" ; "il n'y a que cela au monde pour certains caractères, et il faut se tuer ou se laisser mourir d'ennui quand on a le cœur vide" (à Fleury, 18 décembre 1833). Pour tous deux aussi, l'amour est "une faculté divine [...] qu'il faut acheter par des expériences douloureuses". Ce qu'ils manifestent en employant souvent à son égard le vocabulaire religieux, et en orchestrant leurs moindres sentiments dans le cadre d'un panthéisme naturaliste. Non seulement l'amour est pour tous deux *fusion*, jusqu'à ce qu'"il n'y ait plus trace d'individualité" (Balzac, *Correspondanc*e, t. I, p. 170), mais leur passion ambitionne un caractère d'universalité ; elle rêve d'avoir sa place nécessaire dans le Grand Tout. De là leur désespoir lorsque la faille se creuse : "Toutes les harmonies du monde nous ont poussés l'un vers l'autre, et il y a entre nous un abîme éternel." Pour tous deux aussi, l'amour est un saint contrat, dont ils rappellent à tout bout de champ la casuistique, et dont ils remplissent fidèlement toutes les injonctions. En professionnels de l'amour, ils détaillent avec un grand luxe les divers modes du sentiment qui les unit (passion, amitié, tendresse, adoration, sentiment filial, maternel, fraternel, etc.). Non sans finir par proclamer avec orgueil : "Le sentiment qui nous unit s'est formé de tant de choses qu'il ne peut être comparé à aucun autre..."

Ils ont partagé aussi l'idée "très romantique" – ce qui veut dire aussi "très datée" – que leur expérience se retournerait immédiatement en mythe, que leurs déchirements allaient entrer en direct dans la Légende. C'est ce que Musset promet à son amante traîtresse, transformée pour l'heure en lointaine dame de ses pensées, au moment où il se propose d'écrire en son honneur cet "hymne" à l'amour que voudrait être *La Confession d'un enfant du siècle* : "Je voudrais te bâtir un autel, fût-ce avec mes os... La postérité répétera nos noms comme ceux de ces amants immortels qui n'en ont plus qu'un à eux deux, comme Roméo et Juliette, comme Héloïse et Abélard. On ne parlera jamais de l'un sans parler de l'autre."

Quelle placidité de philistins, diront leurs adversaires ! De là, chez certains, des haines sans appel – fort injustes – à l'encontre du gandin jaloux ou de la spiritualiste manœuvrière, clouant au pilori de la littérature fade ces amants d'opérette vénitienne avec leurs ambitions d'éternité... Mais ne nous empressons pas trop de sourire de ces utopistes qui voulaient "frapper avec le mythe de l'amour aux portes de la liberté". Car ces poètes qui proclamaient que "l'amour est plus beau que la poésie", et qui voulaient que leur vie fût "un poème aussi beau que ceux qu'avait rêvés [leur] intelligence", ont réussi à atteindre leur idéal. Cela grâce surtout à leur correspondance, véritable œuvre-vie, "hymne" en prose de tous les jours. Soit donc d'une façon moins solennelle qu'ils ne l'avaient rêvé, mais plus vraie et plus convaincante, selon nos critères actuels.

Ils partagent aussi cette idée très "enfants du siècle" – mais de quel siècle, alors ? le nôtre peut-être autant que le leur... – que l'amour n'est pas seulement fusion, culte, contrat divin, ou Fable vécue, mais qu'il est aussi épreuve, mise en danger, risque. Aimer, aimer vraiment, c'est "se livrer", se mettre à nu, s'exposer sans défense. C'est ce que George Sand, restée à Venise dans les bras de Pagello, rappelle à Musset, battant seul le pavé de Paris, en cet étrange printemps où les lilas fleurissent en l'honneur de l'amour mort, et où le poète, pour mieux signifier sa *vita nuova*, brûle sa bibliothèque et menace de reprendre son ancienne vie (le jeu et les filles) : "Un homme comme toi n'est complet que lorsqu'il s'est livré !" A quoi Musset répond, lui abandonnant généreusement le privilège romantique de la vie torrentielle : "Je ne suis qu'une pauvre paille dans le fleuve terrible qui t'entraîne..."

Pas question d'être véritablement homme sans s'être "livré", sans avoir traversé cette expérience tauromachique de l'amour-passion. D'où la légitimité de la souffrance, dont Musset, Christ et Pélican, ne va pas tarder à faire une blessure véritablement sanguinolente. Mais d'où aussi l'idée que l'amour est connaissance, parce qu'il apporte l'expérience de l'altérité. On s'expose à l'autre, mais surtout on devient autre quand on aime. Tout autre que ce qu'on croyait être. C'est par ce biais seulement, grâce à cette expérience traumatisante du négatif, qu'on pourra peut-être un jour être soi, gagner le droit de dire : "C'est moi qui ai vécu et non pas un être factice créé par mon orgueil et mon ennui." Sans aller jusqu'à la célèbre formule rimbaldienne, c'est bien cette expérience d'aliénation, miraculeuse d'abord, cauchemardesque ensuite, mais sans cesse constitutive, qui est le fond intime de leur expérience. Ces Christophe Colomb de l'amour ont souvent eu le sentiment qu'ils touchaient à un autre monde, sans abri, sans limites. Comme Musset lors de la "nuit de la lettre", ils ont souvent rencontré leur fantôme. Comme lui, ils ont souvent dit : "J'ai entrevu un nouveau monde." Au milieu de ces lettres élégantes, qui fleurent bon le premier XIXe siècle, n'est-ce pas cette expérience de la terreur qui nous les rend si familiers ?

JOSÉ-LUIS DIAZ

LE ROMAN DE VENISE

Journal de Juste Olivier[1]

1er juillet 1830.

Voici une anecdote qui pourrait donner une idée de M. Alfred de Musset. Ils ont passé toute la journée de dimanche, lui et un de ses amis (qu'on appelle, je crois, Viel-Castel[2], ou à peu près), à ce que je vais vous dire. Alfred de Musset a mis sur sa tête une tête de mort. Au moyen d'une cravate noire et d'une grande redingote, il a caché sa propre figure. Sur la tête de mort, il a fiché un claque, et la tête et le claque se balançaient avec un petit air coquet. Dans cet équipage, il s'est promené devant sa fenêtre. Tous les gamins du voisinage se sont rassemblés dans la cour de l'hôtel. L'ami leur a jeté de mauvaises estampes et pendant que les gamins se les disputaient, lui et Alfred de Musset avec une énorme seringue les ont aspergés tellement que plusieurs semblaient sortir d'un bain. Puis pour finir la comédie l'ami a lancé une *seringade* dans la figure d'Alfred de Musset qui, pour s'en venger, a versé un verre d'eau dans le chapeau de l'ami. On a causé longtemps encore. L'ami a oublié l'eau qui était au fond de son chapeau et, en partant, il s'est mis bravement sur la tête ledit chapeau et son contenu. "Ah ! que vous êtes bête ! voilà un chapeau perdu !" Et M. de Musset de rire en racontant cela, et Alfred de Vigny de rire aussi, tout en disant : "Voilà à quoi il passe la vie. Il vaut bien la peine d'être grand poète !"

Mérimée à Stendhal

14 septembre 1831.

[...] J'ai dîné avant-hier avec nos amis du dîner de la rue de la Draperie, plus Sharpe et Musset. Musset qui avait été tout affectation jusqu'au vin de Champagne, s'étant trouvé soûl au dessert est devenu naturel et amusant. Il nous a proposé de nous donner le spectacle de lui baisant une fille au milieu de vingt-cinq chandelles. La proposition ayant été acceptée avec empressement, nous sommes sortis aussitôt pour la mettre à exécution. Il y avait émeute ce jour-là, et nous avons eu toutes les peines du monde à passer au milieu des masses de garde nationale.

Arrivé chez Leriche, notre poète romantique a saigné du nez et a commencé à chercher des mais et des si, etc. Bref, malgré tous les efforts et toute la science de deux assez jolies filles, il a été impossible d'en rien tirer.

Nous avons fait exécuter des exercices de gymnastique par six filles *in naturalibus* et le but c'était la contenance de chacun. Besan était calme comme un amant fidèle (il est toujours amoureux) ; Horace[3] superbe d'éloquence arsouille. Mais notre ami de la ✠[4] était frénétique. Il haletait, pantelait et voulait les embrocher toutes à la fois. Sans le respect qu'on doit au papier, je vous dirais de drôles de choses de son enthousiasme érotique.

Alfred de Vigny, "Journal d'un poète"

[Mars 1832.]

J'ai fait la connaissance de Mme Sand, l'auteur d'*Indiana*. C'est une femme qui paraît avoir vingt-cinq ans. Son aspect est celui de la Judith célèbre du Musée. Ses cheveux noirs et bouclés et tombant sur son col à la façon des anges de Raphaël. Ses yeux sont grands et noirs, formés comme les yeux modèles des mystiques et des plus magnifiques têtes italiennes. Sa figure sévère et immobile, le bas du visage peu agréable, la bouche mal faite. Sans grâce dans le maintien, rude dans le parler, homme dans la tournure, le langage, le son de voix et la hardiesse des expressions.

J'apprends que Mme Sand a dit en étourdie à une femme de mes amies que sa mère était figurante. Que Latouche lui cassait à elle-même un encrier sur la tête quand elle écrivait dans *Le Figaro* à dix francs par mois. – Je ne devine pas encore l'existence de cette femme. Elle va voir de temps à autre à la campagne son mari et loge à Paris avec son amant. – Cette femme vit dans une sorte de camaraderie avec J. Janin et Latouche.

Sa fille s'appelle Solange.

Journal de Charles Didier[5]

18 janvier 1833.

Visite à Sainte-Beuve où Alfred de Musset. Talent distingué, mais dandy efféminé et âme peu honnête.

2 février 1833.

Hortense Allart me présente à Mme Dudevant. Telle que je l'imaginais et l'attendais, un peu sèche et sans liant. Elle a une tête singulière. Ne la crois plus capable de passion. Elle était seule ; on parle beaucoup d'*Adolphe* de B. Constant.

Alfred de Vigny, "Journal d'un poète"

2 février 1833.

Mme Sand vient à minuit chez une de ses amies[6] et veut passer la nuit chez elle. Bizarre conversation.

Cette femme monstrueuse a dit hier tout à coup à son amie nouvelle : "Eh bien, c'est fini, je me suis donnée à *[illisible]*." Elle a eu cet homme qui la méprisait et le lui disait. Ainsi, sans scrupule, elle trompe son amant pour lequel elle avait quitté son mari.

Elle ajoutait : "Il m'a traitée comme une fille. Il m'a dit : «Ce n'est pas la peine de vous tromper un jour pour vous avoir une nuit.» Il m'a dit : «Vous avez le ton d'une fille sans en avoir les avantages et la fierté d'une marquise sans en avoir les grâces.»"

George Sand à Emile Regnault

[Paris, 6 (?) mars 1833.]

Mon ami, allez chez Jules[7], et soignez son corps. L'âme est brisée, vous ne la relèveriez plus. N'essayez pas. Je ne vous appelle point près de moi encore, je n'ai besoin de rien, je désire même être seule aujourd'hui. Et puis il n'y a plus rien pour moi dans la vie. Tâchez que Jules vive, ce sera horrible pour lui pendant longtemps, mais enfin il est si jeune. Un jour peut-être il n'aura pas regret d'avoir vécu.

[Adresse :]
Emile Regnault
r. du Bac, 49.

George Sand à Sainte-Beuve[8]

[Paris, 10 mars 1833.]

[...]
A propos, réflexion faite, je ne veux pas que vous m'ameniez Alfred de Musset. Il est très dandy, nous ne nous

conviendrions pas, et j'avais plus de curiosité que d'intérêt à le voir. Je pense qu'il est imprudent de satisfaire toutes ses curiosités et meilleur d'obéir à ses sympathies. A la place de celui-là, je veux donc vous prier de m'amener Dumas en l'art de qui j'ai trouvé de l'âme, abstraction faite du talent. Il m'en a témoigné le désir, vous n'aurez donc qu'un mot à lui dire de ma part, mais venez avec lui la première fois, car les premières fois me sont toujours fatales[9].

Dimanche soir.

[Adresse :]
Sainte Beuve
rue du Montparnasse 1 (ter).

Journal de Charles Didier

21 mars 1833.

Visite à Mme Dudevant malade. Elle est belle et douce. Sa belle tête pâle, encadrée de cheveux noirs, faisait un effet gracieux. Viennent et passent chez elle des provinciaux sales. L'un, son frère[10] ; eux partis, vient Planche[11], avec qui je cause ; elle, souffrante et silencieuse, mais l'esprit à la conversation, ce qu'on voyait dans ses yeux. Planche ne manque ni de finesse ni d'esprit ; mais superficiel, parlant de ce qu'il ignore.

Honoré de Balzac à Mme Hanska

[Paris, fin mars 1833.]

[…] J[ules] S[andeau] est un jeune homme, George Sand est une femme. Je m'étais intéressé à l'un et à l'autre parce que je trouvais sublime à une femme de tout quitter pour suivre un pauvre jeune homme qu'elle aimait. Cette femme qui se nomme Mme D[udevant] se trouve avoir un grand talent. Il fallait sauver Sand[eau] de la conscription, ils font un livre à eux deux, le livre est bien. J'aimais ces deux amants logés en haut d'une maison du quai Saint-Michel, fiers et heureux. *Mme D[udevant] avait avec elle ses enfants*. Notez ce point. La gloire arrive et jette le malheur sur le seuil du colombier. Mme Dudevant prétend qu'elle doit le quitter à cause de ses enfants. Ils se séparent, et cette séparation est, je crois, fondée sur une nouvelle affection que G[eorge] Sand, ou Mme Dudevant, a prise pour le plus méchant de nos contemporains H. de Latouche[12], l'auteur de *Fragoletta*, l'un de mes ci-devant amis, un des hommes les plus séduisants, mais bien odieusement mauvais. Quand je n'en aurais pour preuve que l'éloignement de Mme D[udevant] pour moi, qui la recevais fraternellement avec Jules Sand[eau], ce serait assez ; mais elle décoche des épigrammes à son ancien hôte, et hier j'ai rencontré Sandeau au désespoir. Voilà ce que c'est que l'auteur de *Valentine* et d'*Indiana* […].

George Sand à Laure Decerfz[13]

[Paris,] 1er avril [1833].

[…]
Si tu veux que je te parle de ma vie *sociale*, elle est plus arrangée et plus calme depuis quelque temps. Je vois moins de monde, je travaille moins et avec plus de repos. […]

En fait d'amitiés littéraires ou de camaraderies d'artiste j'ai Sainte-Beuve, autrement [dit] *Joseph Delorme* dont nous avons tant ri jadis, les défauts d'une école l'avaient séduit et gâté, mais l'âme et l'intelligence ne meurent pas et les mauvaises influences ne l'ont pas étouffé. C'est un homme de talent occupé maintenant d'un livre très grave et très beau qui s'appellera *Volupté* et qui est pourtant le plus austère et le plus religieux du monde. Je te l'enverrai quand il sera fait, ce sera une des plus belles et des plus sages productions de l'époque. En outre, Sainte-Beuve est un homme d'un grand cœur, d'une sensibilité vive, d'un caractère un peu bizarre mais jamais fâcheux. C'est *l'estime* la plus complète et la plus établie que je me connaisse.

Ensuite je vois Gustave Planche, un homme très savant, très logique, très grave, d'un bon et austère conseil et d'un caractère obligeant et doux *dans l'intérieur*. On le déteste dans Paris parce qu'il est *critique* de son état, parce qu'il fait la critique la plus raisonnée, la plus sévère et la plus hardie. Je l'ai détesté comme tous les autres avant de le connaître quoiqu'il m'ait toujours magnifiquement traitée. Je me suis réconciliée avec ses défauts prétendus et j'ai découvert ses qualités. Je le vois tous les jours et je cherche à acquérir le *bon sens* littéraire dont il a trop peut-être et dont je n'ai pas assez.

Ensuite je vois dans une intimité tutoyante Mme Dorval, la fameuse comédienne dont je t'ai si souvent parlé. Ce n'est pas une amie que je puisse te comparer à coup sûr, aussi je puis te dire que j'en suis folle, sans rien ôter de ma tendresse pour toi. Une femme si différemment posée dans la vie a pour qualités tout ce qui serait défaut chez toi, de même que tes vertus seraient presque des vices pour elle. Je l'aime donc pour toutes les choses qui ne sont pas en toi, comme je t'aime pour toutes les choses qui ne sont pas en elle. Chacun a sa destinée marquée. Tu es tolérante parce que tu es vraiment grande dans la tienne. Quand on en est là, on peut tout voir d'un œil calme et philosophique sans manquer à un seul de ses principes. Je suis donc sûre que tu aimerais *Marie* pour sa franchise, sa loyauté, sa gaieté, ses tristesses, ses colères, ses grands élans de l'âme la plus généreuse et la plus vaste qui fut jamais, et ces grandes inégalités du caractère le plus bizarre et le plus curieux qu'on puisse étudier. Nous ne nous voyons pas extrêmement souvent car toutes deux nous avons beaucoup de travail et une vie très occupée. Mais quand au sortir des coulisses nous pouvons bavarder au coin de mon feu, ou quand nous pouvons marcher en causant sur le théâtre vide, obscur et sonore, après la représentation, nous regagnons le temps perdu et nous vivons beaucoup en peu d'heures.

[...]

Je vois aussi Mme Allart, une femme de lettres qui a un style assez ronflant et qui a fait des livres assez élevés mais ennuyeux et mal conduits. Elle ne vaut pas ses livres, elle est pédante comme un cuistre, tranchante, politique, hommasse, *femme auteur* comme tous les diables. Elle fait semblant de m'admirer, je crois, pour ne pas avoir l'air d'être jalouse, ce qui serait de mauvais goût, elle manque de simplicité, de grâce et je crois de cœur. Je ne l'aime guère.

Je ne vois plus Balzac, il m'ennuie trop, d'ailleurs nous sommes bons amis et nous nous grattons de loin. Latouche est malade, bizarre, grognon, il ne me pardonne pas d'avoir eu des succès malgré moi. Il m'en fait un véritable crime et prétend que j'abandonne mes vieux amis, quand c'est lui qui m'évite et me fuit. Il est si braque qu'on ne sait jamais comment faire avec lui. J'espère pourtant bien l'attraper au collet un de ces jours et lui faire entendre raison. Il m'a bien un peu chagrinée, au milieu de mes chagrins secrets, son injustice et ses fantaisies de reproche m'ont souvent fait de la peine. Où sont les amis qui ne font jamais souffrir ?

Ensuite je vois de loin en loin dans les dîners littéraires où je vais très rarement, M. de Vigny, Auguste Barbier, Alexandre Dumas, Ampère, Jouffroy, Loève-Veymars, L'Herminier etc., un tas de célébrités dont je ne me soucie guère jusqu'ici.

[…] Ajoute quelques petits messieurs curieux et désœuvrés qui viennent tourner autour de moi et que j'éconduis très poliment à mesure qu'ils paraissent sur mon horizon, ajoute deux ou trois de ces médiocrités littéraires qu'on estime et qu'on supporte, tu auras une idée de l'entourage d'une femme de lettres, l'animal le moins intéressant et le plus mal peigné qui soit au monde.

Il y a *d'aucunes* qui sont pimpantes, qui font florès, qui s'attifent, qui se montrent, qui bavardent et dont on parle beaucoup sans savoir pourquoi. Moi je n'aime pas tout cela. Je n'ai pas d'esprit, je ne sais parler que des choses que je comprends et qui m'intéressent. Or il n'y en a pas beaucoup. Je n'ai pas d'improvisation, je n'ai ni l'envie, ni le pouvoir de faire effet. Je ne vais dans aucun bal et dans très peu d'endroits où il y ait plus de quinze personnes. C'est du grand monde pour moi, qui n'aime pas à être en souliers de prunelle et qui ai besoin de trois fauteuils pour m'allonger en chien devant le feu. Je n'ai pas besoin de te dire la joie que j'éprouve d'avoir mon fils et ma fille réunis dans…

[La suite manque.]

George Sand à François Rollinat[14]

[Paris, 20 mai 1833.]

[…]

Mon cœur a vieilli de vingt ans et rien dans la vie ne me sourit plus. Il n'est plus pour moi de passions profondes, plus de joies vives. Tout est dit. J'ai doublé le cap. Je suis au port. Non pas comme ces bons nababs qui se reposent dans des hamacs de soie, sous les plafonds de bois de cèdre de leurs palais, mais comme ces pauvres pilotes écrasés de fatigue et brûlés par le soleil qui sont à l'ancre et qui ne peuvent plus risquer sur les mers leur chaloupe avariée. Ceux-là sont en panne. Ils n'ont pas de quoi vivre à terre et d'ailleurs la terre les ennuie. Ils ont eu jadis une belle vie, des aventures, des combats, des amours, des richesses. Ils voudraient recommencer, mais le navire est démâté, la cargaison est perdue ; il faut échouer sur le sable et rester là.

Tu comprends au fond de cette belle poésie l'état maussade de mon cerveau. Suis-je plus à plaindre qu'avant ? Je crois qu'oui, le calme qui vient de l'impuissance est une plate chose.
[...]

Honoré de Balzac à Mme Hanska

[Paris, mercredi 29 mai - samedi 1er juin 1833.]

[...]
Mon Dieu, l'auteur d'*Indiana*, Mme Dudevant, s'est déshonorée, tout Paris s'intéressait à ces deux amants, Sandeau vient de partir pour l'Italie, il est au désespoir, je l'ai cru fou. Mme Dudevant s'est donnée à un homme, nommé G. Planche[15], un homme généralement méprisé, mais qui l'avait encensée dans *La Revue des Deux Mondes*. Plaignez Sandeau, un noble cœur, et oubliez Mme Dudevant.
[...]

Auguste Barbier, "Souvenirs personnels"

Juin 1833.

Je l'ai rencontrée deux fois en soirée et une fois à la table de Buloz, en un dîner donné par lui à plusieurs rédacteurs de *La Revue des Deux Mondes*, vers 1834[16]. Elle y vint au bras de M. Planche, alors son conseiller, son *patito*, son correcteur d'épreuves. C'était, à cette époque, une petite femme brune de peau et de cheveux, aux yeux bombés et aux pupilles de jais, au nez aquilin et aux lèvres épaisses. Assez maigre et fluette de forme, sans appendices charnus ni devant ni derrière, bref une apparence de jeune garçon habillé en femme ; un être plutôt étrange que beau et agréable. Elle ne parla presque pas, regarda beaucoup les yeux bleus de son voisin, le philosophe Jouffroy, et eut la bonté de dire que j'avais quelque ressemblance avec Pétrarque, ce qui m'étonna fort.

Aussitôt le dîner fini, elle se retira avec son ami, le grand Gustave, qui lui mit son châle sur les épaules assez gauchement et fit sourire un peu l'assemblée de son rôle de Sigisbée.

Alfred de Musset à George Sand[17]

[Paris, 17 (?) juin 1833.]

Voilà, madame, le fragment que vous désirez lire, et que je suis assez heureux pour avoir retrouvé en partie dans mes papiers, en partie dans ma mémoire. Soyez assez bonne pour faire en sorte que votre petit caprice de curiosité ne soit partagé par personne.

Votre bien dévoué serviteur

ALFD DE MUSSET.

Lundi [*en surcharge de :* Mardi].

Alfred de Musset à George Sand

[Paris, 24 juin 1833.]

Madame,

Je prends la liberté de vous envoyer quelques vers que je viens d'écrire en relisant un chapitre d'*Indiana*, celui où Noun reçoit Raymond dans la chambre de sa maîtresse. Leur peu de valeur m'aurait fait hésiter à les mettre sous vos yeux, s'ils n'étaient pour moi une occasion de vous exprimer le sentiment d'admiration sincère et profonde qui les a inspirés.

Agréez, madame, l'assurance de mon respect.

ALF[D] DE MUSSET.

Alfred de Musset

[Après la lecture d'*Indiana*]

Sand, quand tu l'écrivais, où donc l'avais-tu vue,
Cette scène terrible où Noun, à demi nue,
Sur le lit d'Indiana s'enivre avec Raymond ?
Qui donc te la dictait, cette page brûlante
Où l'amour cherche en vain d'une main palpitante
Le fantôme adoré de son illusion ?

En as-tu dans le cœur la triste expérience ?
Ce qu'éprouve Raymond te le rappelais-tu ?
Et tous ces sentiments d'une vague souffrance,

Ces plaisirs sans bonheur, si pleins d'un vide immense
As-tu rêvé cela, George, où l'as-tu connu ?

N'est-ce pas le Réel dans toute sa tristesse
Que cette pauvre Noun, les yeux baignés de pleurs,
Versant à son ami le vin de sa maîtresse,
Croyant que le bonheur c'est une nuit d'ivresse
Et que la volupté, c'est le parfum des fleurs ?

Et cet être divin, cette femme angélique
Que dans l'air embaumé Raymond voit voltiger,
Cette frêle Indiana dont la forme magique
Erre sur les miroirs comme un spectre léger,
O George ! n'est-ce pas la pâle fiancée
Dont l'Ange du désir est l'immortel amant ?
N'est-ce pas l'Idéal, cette amour insensée
Qui sur tous les amours plane éternellement ?

Ah, malheur à celui qui lui livre son âme !
Qui couvre de baisers sur le corps d'une femme
Le fantôme d'une autre, et qui, sur la beauté,
Veut boire l'idéal dans la réalité !

Malheur à l'imprudent qui, lorsque Noun l'embrasse,
Peut penser autre chose en entrant dans son lit,
Sinon que Noun est belle et que le Temps qui passe,
A compté sur ses doigts les heures de la nuit !

Demain viendra le jour, demain, désabusée,
Noun, la fidèle Noun, par sa douleur brisée,
Rejoindra sous les eaux l'ombre d'Ophélia,
Elle abandonnera celui qui la méprise ;

Et le cœur orgueilleux qui ne l'a pas comprise
Aimera l'*autre* en vain – n'est-ce pas, Lélia ?

George Sand à Alfred de Musset

[Paris, 24 juin 1833.]

Je suis fière aujourd'hui d'avoir écrit quelques pages que vous avez lues, Monsieur, et qui vous ont fait songer un instant. J'avais eu parfois la fatuité de croire qu'il existait entre Hassan et Raymond, entre Franck et Lélia[18] une secrète et douloureuse fraternité. Mais outre le génie qui a présidé à vos créations, ces créations sont par elles-mêmes bien autrement belles que les miennes. Vos types de souffrance morale ont de la jeunesse, de l'avenir. Ces désirs que vous personnifiez arriveront à être la volonté. Le lecteur peut l'espérer, et après avoir contemplé d'abord ces grandes pensées avec effroi, il se prend à les comprendre, à les révérer sous la forme dont vous savez les vêtir. Mes figures sont d'une réalité plus saisissable et plus grossière. Elles ont traversé ces temps de prose et de mesquinerie. Don Juan n'est-il pas misérablement travesti sous l'habit de Raymond au lieu qu'on le retrouve dans son éclat, dans sa poésie, dans sa grandeur sous les traits que vous lui donnez. Vos peintures appartiennent à la jeunesse de l'âme. Les années, l'oubli, la moquerie, peut-être, ont effacé la vigueur et abâtardi la physionomie des miennes.

Si je réponds par de la critique littéraire à des vers si beaux de pensée et de sentiment, c'est que je suis bien embarrassée de répondre aux questions du poète qui me les adresse. Je n'ai pas le droit de résoudre la dern tout, car je ne puis oublier que le poète a vingt ar est assez heureux de douter encore pour interroger, et que j'aurais bien mauvaise grâce à lui révéler les tristes secrets de mon expérience. Je le prierais bien de jeter les yeux dans quelques jours sur les feuillets de *Lélia* : mais *Lélia* est déjà publiée et résumée tout entière dans une strophe de *Namouna*[19] et je tremblerais d'instruire davantage une âme si jeune et déjà si savante.

Lorsque j'ai eu l'honneur de vous voir je n'ai point osé vous engager à venir chez moi. Je crains encore que la gravité de mon intérieur vous effraie et vous ennuie. Cependant, si dans un jour de fatigue et de dégoût de la vie active vous étiez tenté d'entrer dans la cellule d'une recluse, vous y seriez reçu avec reconnaissance et cordialité.

GEORGE SAND.

Journal de Charles Didier

29 juin 1833.

S[ain]te-B[euve] me raconte les turpitudes de Mme Dud[evant] qui se donne [*ou :* s'est donnée] à Mérimée, duré vingt jours la *fac[c]enda*. A un repas a été insultée par Dumas, avec qui Planche devait se battre. Dumas a demandé pour se rétracter, que Planche déclare n'être pas l'amant de Mme Dud[evant]. Est-ce assez sale[20] ?

George Sand à François Buloz

[Paris,] 4 juillet [1833].

Mon cher Buloz, avez-vous fait un bon voyage[21] ? Etes-vous vivant ? Avez-vous oublié nos querelles, mes violences, vos fureurs, les rages de Planche, les grincements de dents de Dumas, etc., etc. ? Nous nous sommes quittés comme une bande de chiens hargneux. Depuis ce temps Planche a sommé Dumas de lui rendre raison. Dumas a tué Planche. Planche a fait son testament en votre faveur et vous a légué ses œuvres complètes en quarante-deux volumes in-8° composées d'un discours sur la modération, d'un traité sur les ophtalmies – et d'une dissertation sur les racines grecques. Sainte-Beuve est sur le point d'épouser une jeune personne qu'il a enlevée. M. Alfred de Musset s'est brûlé la cervelle pour avoir perdu trente-sept mille francs au jeu. M. Ampère est parti pour l'Allemagne, M. Lacoardaire *[sic]* pour l'Amérique du Sud, M. Auguste Barbier va épouser une lady et se fixer en Angleterre. M. de Vigny est devenu fou, et M. Magnin aveugle. Voilà ce que c'est que d'abandonner la revue. Quand on revient, on ne trouve plus personne. Il ne vous reste plus que Lord Feeling qui est revenu d'Espagne. Et le poète de Dieu qui vient de faire paraître un très beau poème sur les étoiles fixes. Pour moi je suis veuve. J'ai eu le bonheur d'enterrer mon mari, je suis rentrée dans la jouissance de mes biens et suis décidée à ne plus m'occuper de littérature. [...]

G. SAND.

[Adresse :]
Angleterre
M. Buloz
Sablonière's Hotel / Leicester Square
London.

Alfred de Musset à George Sand

[Paris, avant le 12 (?) juillet 1833.]

Votre aimable lettre[22] a fait bien plaisir, madame, à une espèce d'idiot entortillé dans de la flanelle comme une épée de bourgmestre. Il vous remercie bien cordialement de votre souvenir pour une sottise qui n'en valait pas la peine, et dont il était bien fâché de vous avoir rendue témoin[23]. Que vous ayez le plus tôt possible la fantaisie de perdre une soirée avec lui, c'est ce qu'il vous demande surtout.

Votre bien dévoué

ALFD DE MUSSET.

George Sand à Alfred de Musset

[Paris, 12 (?) juillet 1833.]

Pouvez-vous venir me voir demain samedi après neuf heures ? Si vous avez autre chose à faire, écrivez-moi un mot pour que je ne vous attende pas et que je me plonge dans l'encre sans préoccupation ; pour que rien ne trouble mon auguste permanence[24].

G. S.

[Adresse :]
Monsieur Alfred de Musset
rue Grenelle Saint-Germain, 55.

Alfred de Musset à George Sand

Paris, 12 (?) juillet 1833.

Vous êtes bien bonne et bien aimable de penser à moi ; je m'aperçois que le porteur de votre lettre s'est exalté sur la route, en sorte que, de peur de méprise, je prends la précaution du papier pour vous dire que je suis parfaitement libre, et que je vous remercie de votre aimable invitation.

Votre bien dévoué serviteur

ALFD DE MUSSET.

[Adresse :]
Madame Sand.

Alfred de Musset à George Sand[25]

[Paris, 15 (?) juillet 1833.]

Je suis obligé, madame, de vous faire le plus triste aveu ; je monte la garde mardi prochain ; tout autre jour de la semaine, ou ce soir même, si vous étiez libre je suis tout à vos ordres et reconnaissant des moments que vous voulez bien me sacrifier.

Votre maladie n'a rien de plaisant, quoique vous ayez envie d'en rire ; il serait plus facile de vous couper une jambe que de vous guérir ; malheureusement on n'a pas encore trouvé de cataplasme à poser sur le cœur. Ne regardez pas trop la lune, je vous en prie, et ne mourez pas avant que nous n'ayons exécuté ce beau projet de voyage dont nous avons parlé. Voyez quel égoïste je suis ; vous dites que vous avez manqué d'aller dans l'autre monde ; je ne sais vraiment pas trop ce que je fais dans celui-ci.

Tout à vous de cœur

ALFD DE MUSSET.

Lundi.

George Sand à Marie Dorval

[Paris, 18 juillet 1833.]

Où es-tu ? Que deviens-tu ? Je ne peux pas mettre la main sur un journal qui me parle de toi, et pourtant beaucoup de journaux doivent en parler ; tu dois avoir des succès énormes, car tu es belle, tu es ange et tout ce qui te voit doit t'admirer et t'adorer. Mais je ne sais pas où tu es ; je viens d'écrire trois lignes à M. de Vigny pour le savoir, afin te t'adresser cette lettre. Pourquoi es-tu partie, méchante, sans me dire adieu, sans me donner un itinéraire de tes courses, afin que je puisse courir après toi ? Ton départ sans adieux m'a fait de la peine. J'étais dans une veine de spleen. Je me suis figuré que tu ne m'aimais pas. J'ai pleuré comme un âne. Depuis que tu es partie, je ne sais pas tout ce qu'on m'a dit pour me persuader de ne pas t'aimer. Conçois-tu qu'on s'amuse à vous faire souffrir ? Des gens que je connais à peine et qui ne te connaissent pas du tout m'ont dit et écrit que tu me trahissais ! Trahir quoi ? Ils en ont plein la bouche. Qu'ils sont butors, n'est-ce pas ? Je n'ai pas écouté et pas retenu un mot de tout cela, et leur bêtise m'a rendu le bon sens. Je me suis dit que tu ne pouvais pas m'avoir oubliée, que tu n'avais pas eu le temps de venir me voir, et que j'aurais dû aller chez toi. Qu'est-ce qu'une amitié qui craint d'être indiscrète, qui fait des façons, qui compte les visites ? Je suis une sotte. Il faut me le pardonner, vois-tu. J'ai de mauvais côtés dans le caractère, mais j'ai le cœur capable de t'aimer, je le sens bien. J'examine en vain les autres, je ne vois rien qui te vaille. Je ne trouve pas une seule nature franche, vraie, forte, souple, bonne, généreuse, gentille, grande, bouffonne, excellente, complète comme la tienne. Je veux t'aimer toujours, soit pour pleurer, soit pour rire avec toi. Je veux aller te trouver, passer quelques jours où tu es. Où es-tu ? Où faut-il que j'aille ? Ne t'ennuierai-je pas ? Bah ! ça m'est égal, d'ailleurs ; je tâcherai d'être moins maussade qu'à l'ordinaire. Si tu es triste, je serai triste ; si tu es gaie, vive la joie ! As-tu des commissions à me donner ? Je t'apporterai tout Paris si j'ai de quoi l'acheter.

Allons, écris-moi une ligne et je pars. Si tu as quelque affaire où je sois de trop, tu m'enverras travailler dans une autre chambre. Je sais m'occuper partout. On me dit de me méfier de toi, on t'en a dit autant de moi sans doute ; eh bien ! envoyons-les tous faire… et ne croyons que nous deux.

Si tu me réponds vite en me disant pour toute littérature : *Viens !* je partirai, eussé-je le choléra ou un amant.
A toi toujours

GEORGE.

[...]
18, jeudi soir[26].

Alfred de Musset à George Sand

[Paris, 23 (?) juillet 1833.]

J'ai reçu *Lélia*[27] – je vous en remercie, et bien que j'eusse résolu de me conserver cette jouissance pour la nuit, il est probable que j'aurai tout lu avant de retourner au corps de garde.

Si après avoir raisonnablement trempé vos doigts dans l'encre, vous vous couchez prosaïquement, je souhaite que Dieu vous délivre de votre mal de tête. – Si vous avez réellement l'idée d'aller vous percher sur les tours Notre-Dame[28], vous serez la meilleure femme du monde, si vous me permettez d'y aller avec vous – pourvu que je rentre à mon poste le matin, je puis disposer de ma veillée patriotique ; répondez-moi un mot, et croyez à mon amitié sincère.

ALF^D DE MUSSET.

[Adresse :]
Madame G. Sand
N° 19, Quai Malaquai.

George Sand à Sainte-Beuve

[Paris, 24 (?) juillet 1833.]

[...] Vous ne m'avez pas demandé de confidences, je ne vous en fais pas en vous disant ce que je vais vous dire, car je ne vous demande pas de discrétion. Je serais prête à raconter et à imprimer tous les faits de ma vie si je croyais que cela pût être utile à quelqu'un. Comme votre estime m'est utile et nécessaire j'ai le droit de me montrer à vous telle que je suis, même quand vous repousseriez ma confession.

Un de ces jours d'ennui et de désespoir, je rencontrai un homme qui ne doutait de rien, un homme calme et fort, qui ne comprenait rien à ma nature et qui riait de mes chagrins. La puissance de son esprit me fascina entièrement, pendant huit jours je crus qu'il avait le secret du bonheur, qu'il me l'apprendrait, que sa dédaigneuse insouciance me guérirait de mes puériles susceptibilités. Je croyais qu'il avait souffert comme moi et qu'il avait triomphé de sa sensibilité extérieure. Je ne sais pas encore si je me suis trompée, si cet homme est fort par sa grandeur ou par sa pauvreté. Je suis toujours portée à croire le premier cas. Mais à présent peu m'importe, je continue le récit.

Je ne me convainquis pas assez d'une chose, c'est que j'étais absolument et complètement *Lélia.* Je voulus me persuader que non, j'espérai pouvoir abjurer ce rôle froid et odieux. Je voyais à mes côtés une femme sans frein et elle était sublime[29] ; moi austère et presque vierge j'étais hideuse dans mon égoïsme et dans mon isolement. J'essayai de vaincre ma nature, d'oublier les mécomptes du passé. Cet homme qui ne voulait m'aimer qu'à une condition, et qui savait me faire désirer son amour, me persuadait qu'il pouvait exister pour moi une sorte d'amour supportable aux sens, enivrant à l'âme. Je l'avais compris comme cela jadis, et je me disais que peut-être n'avais-je pas assez connu l'amour moral pour tolérer l'autre : j'étais atteinte de cette inquiétude romanesque, de cette fatigue qui donne des vertiges et qui fait qu'après avoir tout nié on remet tout en question et l'on se met à adopter des erreurs beaucoup plus grandes que celles qu'on a abjurées. Ainsi après avoir cru que des années d'intimité ne pouvaient pas me lier à une autre existence, je m'imaginai que la fascination de quelques jours déciderait de mon existence. Enfin je me conduisis à trente ans comme une fille de quinze ans ne l'eût pas fait, et je commis la plus incroyable sottise de ma vie, je fus la maîtresse de P[rosper] M[érimée].

Prenez courage, le reste de l'histoire est odieux à raconter. Mais pourquoi aurais-je honte d'être ridicule si je n'ai pas été coupable ?

L'expérience manqua complètement. Je pleurai de souffrance, de dégoût et de découragement. Au lieu de trouver une affection capable de me plaindre et de me dédommager, je ne trouvai qu'une raillerie amère et frivole. Ce fut tout, et l'on a résumé toute cette histoire en deux mots que je n'ai pas dits, que Mme Dorval n'a ni trahis ni inventés, et qui font peu d'honneur à l'imagination de M. Dumas.

Si P[rosper] M[érimée] m'avait comprise, il m'eût peut-être aimée, et s'il m'eût aimée, il m'eût soumise, et si j'avais pu me soumettre à un homme, je serais sauvée, car ma liberté me ronge et me tue. Mais il ne me connut pas assez, et au lieu de lui en donner le temps, ce qui eût peut-être été le meilleur parti à tirer d'une sottise, je me décourageai tout de suite et je rejetai la seule condition qui pût l'attacher à moi.

Après cette ânerie, je fus plus consternée que jamais et vous m'avez vue en humeur de suicide très réelle. Mais s'il y a des jours de froid et de fièvre, il y a aussi des jours de soleil et d'espérance.

Peu à peu je me suis remise et même cette malheureuse et ridicule campagne m'a fait faire un grand pas vers l'avenir de sérénité et de détachement que je me promets en mes bons jours. J'ai senti que l'amour ne me convenait pas plus désormais que des roses sur un front de soixante ans, et depuis trois mois (les trois premiers mois de ma vie assurément !) je n'en ai pas senti la plus légère tentation.

J'en suis donc là. – J'espère, je me repose, j'écris, j'aime mes enfants et je souffre peu. Je marche vers *l'idée Trenmor*[30] sans trop divaguer. Je sais qu'on me raille et me calomnie, ce ne sont pas là pour moi des causes de chagrin, car ma nature dédaigneuse a bien aussi son bon côté, sa part de bénéfices. Eh bien, mon ami, pourquoi m'abandonnez-vous quand je commence mon œuvre et quand je comptais sur vous pour m'aider ? [...]

Tenez, votre boutade m'a fait un mal sérieux. Je m'étais arrangé tout bas une petite existence bien belle et bien modeste, trois amis au plus, la retraite, l'étude dans le jour, et le soir quelque sage et douce conversation. Cela n'a l'air de rien, mais c'est une énorme ambition, je le vois bien, car au beau milieu du projet, voilà que le meilleur appui me manque. Encore un hasard ou un caprice, je serai tout à fait abandonnée. Que Planche devienne amoureux, ou ambitieux, ou dévot, ou politique, il s'éloignera. Qu'un autre me comprenne mal ou se laisse influencer à l'extérieur il me fuira. Et alors que voulez-vous que je devienne ? Vivrai-je seule ? C'est une grande épreuve à tenter et je le désire parfois singulièrement, mais je le crains aussi. J'aime trop la solitude pour qu'elle me soit bonne, je la cherche trop comme un plaisir pour qu'elle me soit un remède. Jadis elle m'a bien mal réussi. O mes amis, un peu d'aide, un peu de pitié. Je suis dans un passage dangereux et quoique j'avance, je me heurte encore souvent.

Mon Dieu, me laisserez-vous aussi ? Faut-il que je nie l'amitié, la seule espérance qui me soit un peu restée ? Faut-il que je renonce à l'estime des personnes graves, en me disant qu'il n'est point de sagesse, point de justice, point de tolérance sur la terre, qu'une liaison en vaut une autre pourvu qu'elle amuse ou distraie ? Faut-il que je croie, ce qui m'est souvent venu à l'esprit, à savoir que les vertueux sont orgueilleux et durs, et que les dissolus sont compatissants et doux ?

Vous voyez quels efforts je fais pour me rattacher à vous, Sainte-Beuve, c'est que je personnifie en vous une idée. Vous comprenez laquelle. Si je me trompe, tant pis pour moi, je ne m'en prendrai qu'à moi. Si vous n'êtes pas plus sage que moi, quel reproche aurai-je à vous faire ? Aucun. Mais si je ne me trompe pas, si vous êtes arrivé au port et que vous refusiez de m'y amener, maudit soit votre égoïsme ou votre cruauté. Moi, qui vaux peu de chose, je ne laisserais pas périr un homme qui m'appellerait obstinément, qui pour m'intéresser à lui me ferait effrontément le loyal aveu de ses misères et qui me demanderait secours au nom de Dieu.

Brûlez cette lettre n'est-ce pas ? Elle est commencée depuis trois jours, mais j'ai été écrasée de travail. J'ai fini *Lélia.*

Alfred de Musset à George Sand

[Paris, 24 juillet 1833.]

Eprouver de la joie à la lecture d'une belle chose faite par un autre, est le privilège d'une ancienne amitié – je n'ai pas ces droits auprès de vous, madame, il faut cependant que je vous dise que c'est là ce qui m'est arrivé en lisant *Lélia* – J'étais, dans ma petite cervelle, très inquiet de savoir ce que c'était ; cela ne pouvait pas être médiocre, mais – enfin ça pouvait être bien des choses, avant d'être ce que cela est. Avec votre caractère, vos idées, votre nature de talent, si vous eussiez échoué là, je vous aurais regardée comme valant le quart de ce que vous valez. Vous savez que malgré tout votre cher mépris pour vos livres, que vous regardez comme des espèces de contrepartie des mémoires de vos boulangers, etc. – vous savez, dis-je, que pour moi un livre, c'est un homme, ou rien – je me soucie autant que de la fumée d'une pipe, de tous les arrangements, combinaisons, *drames*, qu'à tête reposée et en travaillant pour votre plaisir, vous pourriez imaginer et combiner. – Il y a dans *Lélia* des vingtaines de pages qui vont droit au cœur, franchement, vigoureusement, tout aussi belles que celles de *René* et de *Lara*[31]. Vous voilà George Sand ; autrement vous eussiez été Mme une telle, faisant des livres.

Voilà un insolent compliment – je ne saurais en faire d'autres, le public vous les fera. Quant à la joie que j'ai éprouvée, en voici la raison.

Vous me connaissez assez pour être sûre à présent que jamais le mot ridicule de – voulez-vous ? ou ne voulez-vous pas ? – ne sortira de mes lèvres avec vous. – Il y a la mer Baltique entre vous et moi sous ce rapport – vous ne pouvez donner que l'amour moral – et je ne puis le rendre à personne (en admettant que vous ne commenciez pas tout bonnement par m'envoyer paître, si je m'avisais de vous le demander), mais je puis être – si vous m'en jugez digne – non pas même votre ami – c'est encore trop moral pour moi – mais une espèce de camarade sans conséquence et sans droits, par conséquent sans jalousie et sans brouilles, capable de fumer votre tabac, de chiffonner vos peignoirs[32] et d'attraper des rhumes de cerveau en philosophant avec vous sous tous les marronniers de l'Europe moderne. Si, à ce titre, quand vous n'avez rien à faire, ou envie de faire une bêtise (comme je suis poli !), vous voulez bien de moi pour une heure ou une soirée, au lieu d'aller ces jours-là chez Mme une telle, faisant des livres, j'aurai affaire à mon cher Monsieur George Sand, qui est désormais pour moi, un homme de génie. Pardonnez-moi de vous le dire en face, je n'ai aucune raison pour mentir.

A vous de cœur,

ALF^D DE MUSSET.

Mercredi.

[Adresse :]
Mme
Mme Sand
N° 19, quai Malaquai.

Alfred de Musset à George Sand

[Paris, 25 (?) juillet 1833.]

Mon cher Georges *[sic]*, vos beaux yeux noirs que j'ai outragés hier[33] m'ont trotté dans la tête ce matin – je vous envoie cette ébauche, toute laide qu'elle est, par curiosité, pour voir si vos amis la reconnaîtront, et si vous la reconnaîtrez vous-même.

Good night. I am gloomy today[34].

ALF^D^ DE M^T^.

[Adresse :]
Madame G. Sand
N° 19, Quai Malaquai.

Alfred de Musset à George Sand

[Paris, 25 (?) juillet 1833.]

Mon cher Georges, j'ai quelque chose de bête et de ridicule à vous dire. Je vous l'écris sottement au lieu de vous l'avoir dit, je ne sais pourquoi, en rentrant de cette promenade. J'en serai désolé ce soir. Vous allez me rire au nez, me prendre pour un faiseur de phrases dans tous mes rapports avec vous jusqu'ici. Vous me mettrez à la porte et vous croirez que je mens. Je suis amoureux de vous. Je le suis depuis le premier jour où j'ai été chez vous. J'ai cru que je m'en guérirais tout simplement en vous voyant à titre d'ami. Il y a beaucoup de choses dans

votre caractère qui pouvaient m'en guérir ; j'ai tâché de me persuader tant que j'ai pu ; mais je paye trop cher les moments que je passe avec vous. J'aime mieux vous le dire et j'ai bien fait, parce que je souffrirai bien moins pour m'en guérir à présent si vous me fermez votre porte.

Cette nuit, pendant que[35].. j'avais résolu de vous faire dire que j'étais à la campagne, mais je ne veux pas faire de mystères ni avoir l'air de me brouiller sans sujet.

Maintenant, George, vous allez dire : encore un qui va m'ennuyer ! comme vous dites ; si je ne suis pas tout à fait le premier venu pour vous, dites-moi, comme vous me l'auriez dit hier en me parlant d'un autre, ce qu'il faut que je fasse. Mais je vous en prie, si vous voulez me dire que vous doutez de ce que je vous écris, ne me répondez plutôt pas du tout. Je sais comme vous pensez de moi, et je n'espère rien en vous disant cela. Je ne puis qu'y perdre une amie et les seules heures agréables que j'aie passées depuis un mois. Mais je sais que vous êtes bonne, que vous avez aimé, et je me confie à vous, non pas comme à une maîtresse, mais comme à un camarade franc et loyal. George, je suis un fou de me priver du plaisir de vous voir pendant le peu de temps que vous avez encore à passer à Paris, avant votre voyage à la campagne, et votre départ pour l'Italie où nous aurions passé de si belles nuits, si j'avais la force. Mais la vérité est que je souffre et que la force me manque.

ALF^D DE M^T.

Alfred de Musset à George Sand

[Paris, 27 (?) juillet 1833.]

S'il y a dans les feuilles que je viens [de] lire[36] une page où vous ayez pensé à moi, et que je l'aie deviné, je vous remercie, George[37] .... et, avant de............ résister au désir de vous .... je voudrais que vous me connûssiez mieux, que vous voyiez qu'il n'y a dans ma conduite envers vous ni rouerie ni orgueil affecté, et que vous ne me fassiez pas plus grand ni plus petit que je ne suis. Je me suis livré sans réflexion au plaisir de vous voir et de vous aimer – je vous ai aimée, non pas chez vous, près de vous, mais ici, dans cette chambre où me voilà seul à présent. C'est là que je vous ai dit ce que je n'ai jamais dit à personne. – Vous souvenez-vous que vous m'avez dit un jour que quelqu'un vous avait demandé si j'étais Octave ou Cœlio[38], et que [vous] aviez répondu : tous les deux, je crois. – Ma folie a été de ne vous en montrer qu'un, George, et quand l'autre a parlé, vous lui avez répondu comme à[39] ....

A qui la faute ? à moi. Plaignez ma triste nature qui s'est habituée à vivre dans un cercueil scellé, et haïssez les hommes qui m'y ont forcé. Voilà un mur de prison, disiez-vous hier, tout viendrait s'y briser – Oui, George, voilà un mur, vous n'avez oublié qu'une chose, c'est qu'il y a derrière un prisonnier.

Voilà mon histoire tout entière, ma vie passée, ma vie future. Je serai bien avancé, bien heureux, quand j'aurai barbouillé de mauvaises rimes les murs de mon cachot ! Voilà un beau calcul, une belle organisation, de rester muet en face de l'être qui peut vous comprendre, et de faire de ses souffrances un trésor sacré pour le jeter dans toutes les voiries, dans tous les égouts, à six francs l'exemplaire ! Pouah !

Plaignez-moi, ne me méprisez pas. Puisque je n'ai pu parler devant vous, je mourrai muet. Si mon nom est écrit dans un coin de votre cœur, quelque faible, quelque décolorée qu'en soit l'empreinte, ne l'effacez pas. Je puis embrasser une fille galeuse et ivre morte, mais je ne puis embrasser ma mère.

Aimez ceux qui savent aimer, je ne sais que souffrir. Il y a des jours où je me tuerais ; mais je pleure ; où j'éclate de rire, non pas aujourd'hui, par exemple. Adieu George, je vous aime comme un enfant.

[Adresse :]
Madame G. Sand.

Alfred de Musset à George Sand

[Paris, 28 juillet 1833.]

Je crois, mon cher Georges, que tout le monde est fou ce matin ; vous qui vous couchez à quatre heures, vous m'écrivez à huit ; moi qui me couche à sept, j'étais tout grand éveillé au beau milieu de mon lit, quand votre lettre est venue. Mes gens auront pris votre commissionnaire pour un usurier, car on l'a renvoyé sans réponse. Comme j'étais en train de vous lire, et d'admirer la sagesse de votre style[40], arrive un de mes amis (toujours à huit heures), lequel ami se lève ordinairement à deux heures de l'après-midi. Il était cramoisi de fureur contre un article des *Débats* où l'on s'efforce ce

Je crois, mon cher Georges, que tout
le monde est fou ce matin ; vous qui
vous couchez à quatre heures, vous
m'écrivez à huit ; moi qui me couche
à sept, j'étais tout grand éveillé
au beau milieu de mon lit, quand
votre lettre est venue. Mes gens
auront pris votre commissionnaire pour
un usurier, car on l'a renvoyé sans
réponse. Comme j'étais en train de

matin même de me faire un tort commercial de quelques douzaines d'exemplaires[41]. En vertu de quoi j'ai essuyé mon rasoir dessus.

J'irai certainement vous voir à minuit. Si vous étiez venue hier soir, je vous aurais remerciée sept fois comme ange consolateur et demi, ce qui fait bien proche de Dieu. J'ai pleuré comme un veau pour faire ma digestion après quoi je suis accouché par le forceps de cinq vers et un hémistiche, et j'ai mangé un fromage à la crème qui était tout aigre.

Que Dieu vous conserve en joie vous et votre progéniture jusqu'à la vingt et unième génération.

Yours truly

ALF^D DE M^T.

[Adresse :]
Madame G. Sand.

"Journal des débats", 29 juillet 1833[42]

Ce matin, à sept heures, le tambour appelait aux armes la garde nationale ; à huit heures, elle s'était rendue à ses places ordinaires de rendez-vous ; à neuf heures, toutes les légions de Paris et de la banlieue occupaient les boulevards depuis la Madeleine jusqu'à la place Saint-Antoine.

Le roi est parti à dix heures des Tuileries, entouré d'un état-major où l'on remarquait toutes les gloires militaires de notre ancienne armée et de notre armée nouvelle. [...]

L'artillerie, la cavalerie et l'infanterie de la ligne ont ensuite passé devant le roi ; tous ces corps étaient remarquables par leur tenue et la précision de leurs manœuvres. On estime à quatre-vingt mille hommes le nombre des troupes que le roi a passées aujourd'hui en revue. Cette revue, commencée à dix heures du matin, n'a été terminée qu'à sept heures du soir.

La population de Paris et les étrangers qui ont envahi notre ville depuis huit jours ont passé de cette fête militaire à d'autres fêtes qui les attendaient.

Ceux-ci sont allés voir le vaisseau *La Ville de Paris* que pavoisaient des drapeaux aux couleurs de toutes les nations ; ceux-là sont allés entendre aux Tuileries un concert de cinq cents musiciens, où dix mille personnes écoutaient la mélodie des voix humaines, et l'harmonie des instruments, c'était aussi sonore que dans une salle de spectacle. D'autres sur le Pont-Neuf, le Pont-Royal et les quais, assistaient à un magnifique feu d'artifice ; spectacle que les habitants du faubourg Saint-Antoine pouvaient aussi se donner et tout à leur aise, à la barrière du Trône.

La fête du 28 juillet 1833 a été la plus belle que l'on ait vue depuis longtemps à Paris. Mais elle a présenté un spectacle plus remarquable encore : celui de la concorde et de l'harmonie entre tous les habitants de cette grande ville[43].

Alfred de Musset

[1er août 1833.]

Te voilà revenu, dans mes nuits étoilées,
Bel ange aux yeux d'azur, aux paupières voilées,
Amour, mon bien suprême, et que j'avais perdu.

J'ai cru pendant trois ans te vaincre et te maudire –
Et toi, les yeux en pleurs, avec ton doux sourire,
Au chevet de mon lit te voilà revenu.

Eh bien, deux mots de toi m'ont fait le roi du monde.
Mets ta main sur mon cœur – sa blessure est profonde ;
Elargis-la, bel ange, et qu'il en soit brisé !
Jamais amant aimé, mourant sur sa maîtresse
N'a dans deux yeux plus noirs bu ta céleste ivresse –
Nul sur un plus beau front ne t'a jamais baisé.

Fait au bain, jeudi soir 2 août[44] 1833.

George Sand à Alessandro Poerio

[Paris, 3 août 1833[45].]

Qu'êtes-vous donc devenu, Monsieur, et pourquoi ne vous vois-je plus ? Vous ai-je déplu ou ennuyé ? C'est bien possible, mais comme de mon côté il n'en est pas de même, je réclame contre votre abandon. J'ai été malade et ensuite très occupée de mon livre qui est enfin terminé et qui ne me forcera plus à me priver du plaisir de voir mes amis et les personnes qui me sont bienveillantes. Si vous êtes encore de ce nombre, voulez-vous venir dîner avec moi lundi prochain ? Recevez l'assurance de mon dévouement.

GEORGE SAND.

3 août.

[Adresse :]
Monsieur Alessandro Poerio
r. Louis le Grand, 22.

George Sand à Alessandro Poerio

[Paris, 4 août 1833.]

Une affaire imprévue[46] me fera quitter Paris pour quelques jours. Voudrez-vous bien, Monsieur, remettre à mon retour le plaisir que j'ai sollicité de vous de venir dîner avec moi ? Pardonnez-moi de le différer. Je cède à une nécessité absolue et j'espère que vous me garderez les sentiments bienveillants que vous m'avez témoignés.

T[out] à v[ous].

GEORGE SAND.

4 août.

Gustave Planche à George Sand

[Paris, 8 août 1833.]

Je vous ai envoyé, madame, deux bulletins à Fontainebleau poste restante.

Ce soir en venant prendre Maurice pour le ramener au collège j'ai su de Julie votre adresse précise[47].

Admirable sang-froid du cheval nommé Gerdès à la vue d'un danger imprévu ; scène des montagnes où l'on voit la qualité de mon chapeau et le derrière de mon cicéron.

9bre 1858

Mais à moins d'être attaché comme paysagiste naire à l'état-major de la garde nationale de Paris je ne sais pas où je pourrais trouver la matière d'un troisième bulletin [...]

Capo Feuillide, "Les Bas-Bleus – fragment" ("L'Europe littéraire", 9 août 1833[48]*)*

[...] La femme bas-bleu est euphémiste, janséniste, moliniste, se met du fard, graisse ses cheveux avec de la pommade, et blanchit ses mains avec de la pâte d'amandes. Elle n'a jamais appris la musique ni la peinture, mais elle est peintre, elle est musicienne ; [...] La bas-bleu est philosophe, c'est-à-dire se moque du qu'en-dira-t-on, et du haut de son balcon ou de sa mansarde elle regarde en pitié tout ce qui passe en bas. Elle s'exalte elle-même et déprécie fort ses pareilles. Elle croit fort à la supériorité de la femme sur l'homme, et en est encore à dire que, sans la tyrannie de l'homme qui a peur, et cherche à amortir en elle le feu sacré, cette supériorité apparaîtrait à de moins rares distances.

La femme bas-bleu a une cour où elle se fait donner de l'encensoir à travers le nez par les Vadius et les Trissotins du jour, qu'elle récompense en écoutant leurs sonnets, leurs légendes et leurs ballades, et en disant à tout venant que le dernier morceau entendu est incomparablement ce qui jamais a été fait de plus beau. [...] La bas-bleu ne se contente pas de douces extases, de s'abandonner aux ineffables joies de l'âme, de se plonger dans le vague, dans l'idéal, dans l'infini, de chercher une étoile dans le ciel, une étoile qu'elle puisse aimer, à laquelle la nuit, au clair de lune, sur les ailes des vents, elle envoie ses soupirs : elle comprend très bien la puissance du coup d'œil qui appelle le désir ; la tête sur un banc de gazon ou sur un canapé de velours ne lui déplaît pas du tout. Elle croit fort aux chaînes qui cimentent les plaisirs des sens et de la matière ; et à la voir la tête penchée, les yeux langoureux, les lèvres ardentes, le sein ému, la robe entrouverte et flottante, les pieds mignonnement enfermés dans des bas qui laissent voir le rose de la chair, – à voir sa taille qui s'arrondit quelquefois durant les deux tiers de l'année, on sait enfin que si, en public, elle a de la pruderie, si elle rougit et détourne la tête en signe de dégoût à certaines libertés de propos, elle ne fait pas également fi, dans l'intimité, de la liberté de gestes et d'actions ; si elle tonne contre la puissance des maris et les soins ignobles d'un ménage, elle s'accommode volontiers de tout ce qu'il y a de capricieux et de tyrannique dans les embarras charmants de la maternité, et surtout dans les arrangements minutieux d'une toilette brusquement chiffonnée, et d'une alcôve où le jour vient surprendre les mystères de la nuit.

Mais ce n'est pas assez pour la bas-bleu que la mélancolie, l'intrigue, les caquets, l'amour et ses suites. Eh ! mon Dieu, avec tout cela, elle ressemblerait au vulgaire des femmes. La bas-bleu écrit, fait des livres, des journaux et de la critique de feuilleton. En ai-je vu, moi qui vous parle, de ces jolis doigts tout tachés d'encre, de ces fronts d'où la sueur ruisselait à la peine, de ces bouches contractées quand la période n'arrivait pas assez arrondie ou la rime pas assez riche, ou la pensée pas assez nette, ou l'expression pas assez pittoresque ; ou bien encore, quand un libraire malhonnête renvoyait sans l'acheter, et le plus souvent sans l'avoir lu, le manuscrit, le chef-d'œuvre pour lequel on s'était privé de danser tout un hiver, on avait abandonné une petite fille à la société des servantes, fermé la porte à vingt amis, désolé trois amants, et fait pester le mari, qui n'aime pas, quand il dort, à voir la bougie éclairer sa chambre, ou à entendre la plume imiter sur le papier le bruit d'une souris qui grignote dans un coin !

Oh ! que j'ai vu des regards qui agaçaient, des bouches qui souriaient, et des mains qui suppliaient, quand l'ami, le mari ou l'amant était parvenu à arrêter au collet la Critique dans la rue, à la traîner à la table de la bas-bleu, pour qu'elle se décidât à la choyer, à la prôner, à emmailloter son amour-propre, à lui trouver du talent, à la prendre par la main, à la présenter à la foule, avec grand accompagnement d'annonces pompeuses, ni plus ni moins que le saltimbanque qui présente en plein vent aux badauds la sublime, l'incomparable danseuse qui saute sur le fil de fer, marche sans balancier sur la corde tendue, et fait le grand écart d'une façon qui lui a mérité des applaudissements de tous les peuples éclairés.

Oh ! oui, moi qui vous parle, j'ai vu à cet égard de singulières choses, et il m'en est arrivé aussi de fort plaisantes, depuis le jour où, pour compléter mon éducation d'artiste, ce diable de Georges *[sic]*, en compagnie de Gustave, me mena le plus sérieusement du monde, chez toutes des femmes auteurs, chez tous ces bas-bleu qui ont la rage de ne pas se contenter d'être jolies, gracieuses, coquettes, aimantes et aimées, et qui mourraient plutôt que de renoncer à connaître les tourments que donne un livre à concevoir, à lancer et à faire cheminer dans le monde, pauvres créatures, qui croiraient manquer à leur destinée si elles ne voyaient pas leur nom de fille ou d'épouse, une ou deux fois par an, figurer aux annonces d'un journal, entre la mixture brésilienne, le racahout des Arabes et l'huile de Sévigné ; si elles n'exposaient pas leur frère, leur amant ou leur mari, braves bourgeois qui paient leurs impositions, font leur service de la garde nationale, et nomment des députés, à s'aller couper la gorge avec le journaliste qui s'avise de dire que Mme ou Mlle une telle ferait mieux de raccommoder ses bas, le linge et l'esprit de ses enfants, que d'érailler ses yeux, jaunir son teint et noircir ses doigts à trouver des incidents invraisemblables, des personnages communs, des drames niais, et faire de ce style qui n'est toléré que dans les pensionnats de petites filles ou dans les mémoires de blanchisseuses.

Et j'eus beau faire et beau dire, il me fallut aller entendre ici le chant d'un poème, là le chapitre d'un roman, ailleurs la critique de l'ouvrage en vogue, et je ne sais plus où encore l'appréciation d'un système de philosophie ou d'économie politique.

Je vous le dis en vérité, le bas-bleu est aujourd'hui un fameux type de comédie. Mais depuis que Molière est mort, la comédie est morte.

C. FEUILLIDE.

Journal de Charles Didier

14 août 1833.

Je reçois de Mme Dudevant une lettre qui me trouble et me cause une émotion singulière. Elle me demande de lui prêter cent francs. Me vient à l'esprit que c'est là une épreuve. Lélia me demande cent francs… que je n'ai pas, devant payer de suite mon marchand de bois. Je ferai comme je pourrai. Je les porte à Mme Dudevant, que je trouve arrivée depuis quelques moments de la forêt de Fontainebleau, où elle a chevauché quelques jours. Lui dis, par sotte timidité, n'avoir pas lu *Lélia.*

20 août 1833.

En réponse à ma lettre à Mme Dudevant, je reçois un exemplaire de *Valentine* et d'*Indiana* avec une lettre très aimable, mais triste, qui me trouble tout le jour que je passe en songeant à elle. Vais chez elle après dîner, et je la trouve seule, écrivant une nouvelle, *Metella Doria.* Chez elle une heure, après laquelle elle me chasse. Etait très aimable, très gaie, me disant qu'elle avait quinze ans. Nous parlons de *Lélia*, puis de stoïcisme. Portait sur la tête une espèce de *flammeum* des Italo-Albanais. Lui serait-il encore possible d'aimer ? Hortense[49] [Allart], très jalouse, me fait ce soir de *Lélia* des critiques justes, critiquant quand je loue, louant quand je critique.

"Le Figaro", 24 août 1833[50]

Il ou elle
Enigme

Le sonnet de l'avorton a coûté moins de peine à faire qu'il n'en faut pour définir ce qu'*il* ou ce qu'*elle* est.

On dit qu'*elle* écrit ses livres ou qu'*il* fume, qu'*elle* a quitté son mari et qu'*il* (cette femme) boit du rhum et du punch ; on assure qu'*elle* se rase. Elle exige que ses amants l'appellent monsieur, et que ses amantes, dans les plus doux embrassements, l'appellent mademoiselle. Quand elle veut flatter un homme, elle lui dit, vous êtes beau comme une femme, lorsqu'elle veut louer une femme, elle crie, tu es belle comme un homme ! Ainsi ses amants sont obligés de se faire le contre-poil, ses amantes de porter des favoris postiches.

On raconte que dans quelques villes du Midi il a laissé des souvenirs masculins, et dans quelques villes du Nord des preuves de sa fécondité. Les maris le redoutent, les fils de famille l'adorent, les femmes en sont jalouses pour leurs maris : un de ces quatre matins, on se battra en duel pour défendre sa réputation, si elle ne se bat pas elle-même pour défendre celle de ses amants, à moins qu'elle ne se batte seule deux fois pour il et pour elle, car elle peut se battre comme elle se conjugue.

Si j'étais son amant, ce qui n'arrivera jamais, j'espère, malgré l'ordre hiérarchique qui me menace, je lui dirais (lui est ici pour à elle) : J'exige que vous abandonniez le houka, la pipe, le hamac, la cigarette, le jurement espagnol, votre admiration pour les jeunes hommes, pâles ou bruns, les promenades au clair de la lune avec des forçats libérés, sur les lacs, les grèves, les galets, les pelouses, les espaces réels ou imaginaires ; à défaut, je n'emploierai pas avec vous la parole, vous seriez vingt fois plus éloquente que moi ; je ne me servirai pas de la prière, vous m'appelleriez faible homme ! je n'aurai pas recours aux maisons de force et de travail, parce que vous en sortiriez, d'après votre système, plus épurée, plus belle, plus droite et plus forte de toute votre lutte contre la société ; je ne vous mettrai pas à la porte, parce que le scandale vous fournirait un excellent livre contre moi, et qu'au déplaisir de vous avoir possédée, je ne voudrais pas joindre celui d'être votre héros, mais j'achèterai une cravache russe, à pomme dorée, souple, effilée, élastique, si je suis sûr qu'après l'usage de cette cravache, vous me reviendrez plus douce et plus soumise, abhorrant les galériens, les jurements, le hamac et le houca et, comme Cunégonde, sachant faire les sorbets et la pâtisserie.

Au contraire, si vous vouliez être homme au lieu d'être femme, je ferais de vous mon ami, je vous conduirais à mes raouts et à mes parties de folie et de joie ; vous porteriez comme moi des favoris à la Bergami ; Blain serait votre tailleur. Seulement, je ne vous laisserais jamais en tête à tête avec des hommes. Voyez ce qu'il vous plairait d'être, femme ou homme : femme, renoncez au tabac, homme, montez la garde.

George Sand à Sainte-Beuve

[Paris,] 25 août [1833].

Mon ami. Je suis très insultée comme vous savez, et j'y suis fort indifférente. Mais je ne suis pas indifférente à l'empressement et au zèle avec lequel mes amis prennent ma défense. On m'a dit de votre part que vous répondriez à *L'Europe littéraire* dans la *Revue [des Deux Mondes]* et dans *Le National*. Faites-le donc puisque votre cœur vous le conseille, je ne vous en remercie pas, mais vous savez qu'en pareille occasion mes paroles et ma vie seraient à votre service.

Je veux vous parler d'une autre chose qu'il m'importe beaucoup que vous sachiez. Puisque le doute, l'étonnement, l'incertitude ont effrayé souvent votre amitié et ébranlé votre estime, je veux que vous voyiez très clair dans ma conduite et que vous connaissiez mes actions et mes intentions. Si vous les blâmez ce ne sera pas une raison pour m'ôter votre confiance.

Je me suis énamourée et cette fois très sérieusement d'Alfred de Musset. Ceci n'est plus un caprice, c'est un attachement senti, et dont je vous parlerai avec détail dans une autre lettre. Il ne m'appartient pas de promettre à cette affection une durée qui vous la fasse paraître aussi sacrée que les affections dont vous êtes susceptible. J'ai aimé une fois pendant six ans, une autre fois pendant trois[51] et maintenant, je ne sais pas de quoi je suis capable. Beaucoup de fantaisies ont traversé mon cerveau, mais mon cœur n'a pas été aussi usé que je m'en effrayais, je le dis maintenant parce que je le sens. Je l'ai senti quand j'ai aimé P. M[érimée][52]. Il m'a repoussée, j'ai dû me guérir vite, mais ici, bien loin d'être affligée et méconnue, je trouve une candeur, une loyauté, une tendresse qui m'enivrent. C'est un amour de jeune homme et une amitié de camarade. C'est quelque chose dont je n'avais pas l'idée, que je ne croyais rencontrer nulle part et surtout là. Je l'ai niée, cette affection, je l'ai repoussée, je l'ai refusée d'abord, et puis je me suis rendue et je suis heureuse de l'avoir fait. Je m'y suis rendue par amitié plus que par amour, et l'amour que je ne connaissais pas s'est révélé à moi sans aucune des douleurs que je croyais accepter.

Je suis heureuse, remerciez Dieu pour moi. Il y a bien encore en moi des heures de tristesse et de vague souffrance : cela est en moi et vient de moi. Si j'abjurais les infirmités de ma nature, je ne serais plus moi et je pourrais craindre de le redevenir tout à coup. Je suis dans des conditions plus vraies, de régénération et de consolation, ne m'en dissuadez pas.

Si vous êtes étonné et effrayé peut-être de ce choix ; si cette réunion de deux êtres qui chacun de leur côté, niaient et raillaient ce qu'ils ont cherché et trouvé l'un dans l'autre, attendez pour en augurer les suites, que je vous aie mieux raconté ce nouveau *roman*. Ne pourrai-je vous voir une heure avant mon départ pour le Berry ? Tâchez d'en obtenir la liberté. Peut-être sommes-nous dans un de ces *cas réservés*, où ayant un secret important à vous confier, il me serait utile de vous voir.

Maintenant que je vous ai dit ce qu'il y a dans mon cœur, je vais vous dire quelle sera ma conduite. Planche a passé pour être mon amant, peu m'importe, je ne l'ai pas nié. Je n'ai dit qu'à mes amis la vérité : *il ne l'est pas*. Il m'importe beaucoup maintenant qu'on sache qu'il ne l'est pas, de même qu'il m'est parfaitement indifférent qu'on croie qu'il l'a été. Vous comprenez que je ne puis vivre dans l'intimité avec deux hommes qui passeraient pour avoir avec moi des rapports de même nature, cela ne convient à aucun de nous trois.

J'ai donc pris le parti, très pénible pour moi, mais inévitable, d'éloigner Planche. Nous nous sommes expliqués franchement et affectueusement à cet égard, et nous nous sommes quittés en nous donnant la main, en nous aimant du fond de l'âme, en nous promettant une éternelle estime. Je me plais à vous le dire pour que Planche soit lavé à vos yeux, ou du moins justifié des reproches qu'on lui adresse, reproches dont je n'ai jamais voulu faire l'examen et dont je ne me soucie aucunement, n'en ayant jamais eu aucun à lui faire. Je serais fort affligée que notre séparation eût l'air d'une brouillerie et accréditât la mauvaise opinion que plusieurs ont de lui. Je fais donc tout ce qui est en moi pour l'éviter en disant hautement quelle est ma position à l'égard de M. de Musset et à l'égard de Gustave Planche. Je tiens peu à l'opinion de ceux qui n'ajouteront pas de confiance à mes paroles et qui aimeront mieux croire à chances égales le mal que le bien. Ceux-là sont des gens méchants ou malades. Je crains les uns, et je n'ai pas besoin des autres étant moi-même malade très souvent.

Je ne sais pas si ma conduite hardie vous plaira, peut-être trouverez-vous qu'une femme doit cacher ses affections. Mais je vous prie de voir que je suis dans une situation tout à fait exceptionnelle et que je suis forcée de mettre désormais ma vie privée au grand jour. Je ne fais pas un grand cas de la voix publique, cependant s'il m'est facile de l'éclairer sur les points principaux je dois le faire. Elle dira que je suis inconstante et fantasque : que je passe de Planche à Musset en attendant que je passe de Musset à un autre, peu importe pourvu qu'on ne dise pas que mon lit reçoit deux hommes dans le même jour. Je me trouverai méconnue, c'est peu de chose, mais je ne me trouverai pas calomniée et outragée comme je le serais si je ne prenais le parti de dire la vérité.

Quant à la sincérité de mon âme, au plus ou moins de force et de vertu qu'elle a conservé à travers ma triste vie, ce sont choses délicates, appréciables seulement pour deux ou trois amis. Vous savez que vous êtes celui que j'estime le plus. Je vous verrai et je vous écrirai pour que vous lisiez bien en moi, pour que vous m'éclairiez sur les taches, pour que vous me rendiez justice sur les bons endroits. J'ai besoin de savoir que de près ou de loin deux ou trois nobles âmes marchent dans la vie en me soutenant de leurs vœux et de leur sympathie. Ce sont des frères et des sœurs que je retrouverai dans le sein de Dieu au bout du pèlerinage.

Adieu mon ami, tout à vous.

GEORGE.

[Adresse :]
Monsieur Saintebeuve.

Gustave Planche à Sainte-Beuve

[Paris, 26 août 1833.]

Mon cher ami, vous avez peut-être reçu hier dimanche une lettre de George Sand où elle croit devoir avouer publiquement ses relations avec Alfred de Musset, pour trouver en lui, sans contestation et sans critique, un défenseur légitime et naturel à opposer aux attaques injurieuses et personnelles des journaux.

Il n'appartient à aucun homme de blâmer ou d'approuver la conduite de George Sand, seulement chacun de nous pense qu'un aveu de ce genre, en courant les chances de la publication, peut porter un préjudice irréparable à l'avenir de George Sand et de ses enfants.

Pour prévenir autant qu'il est en nous les conséquences de cette démarche mes deux amis et moi nous chargeons des deux insulteurs qui ont paru jusqu'à ce jour, L. Gozlan et C. de Feuillide.

J'espère, mon cher ami, que vous croirez comme nous que la discrétion est un devoir et un service.

T[out] à v[ous].

Ce lundi 26.

Gustave Planche à George Sand

[Paris, 26 août 1833.]

Madame,

Je vous envoie le brouillon de la lettre que j'ai adressée hier soir dimanche à M. C. de Feuillide.

Il y a dans son article des injures qui me sont personnelles[53]. Et vous voyez que c'est en mon nom que je le provoque. – Je déclarerai sur le terrain, si vous voulez, que vous me refusez le droit de prendre votre défense. Mais j'obtiendrai une réparation individuelle et vous ne serez nullement compromise. Je me donne pour votre ami, et je crois que vous ne me démentirez devant personne. – J'espère, madame, que vous me comprendrez et pardonnerez ma détermination. En tout cas elle n'est pas révocable.

T[out] à v[ous]

GUSTAVE PLANCHE.

Lundi matin.

Journal de Charles Didier

Début de septembre [1833].

L[erminier][54] me parle des bruits de Mme Dudevant et de Musset. Elle a écrit à Sainte-Beuve qu'elle est vraiment amoureuse. *"J'ai cédé par amitié, l'amour est venu."* Planche licencié ! O contradiction ! O vanité !

Quatrain d'Alfred de Musset sur Gustave Planche

Par propreté laissons à l'aise
Mordre cet animal rampant
En croyant frapper un serpent
N'écrasons pas une punaise[55].

Alfred de Musset à François Buloz

[Paris, 28 août 1833.]

Mon cher Buloz,

J'apprends que G. Planche et M. E. Regnault ont provoqué hier M. Capot *[sic]* de Feuillide, et l'un des rédacteurs du *Figaro*. Lorsque vous m'avez parlé de l'article qui a donné lieu à cette affaire j'ignorais complètement que vous fussiez instruit de mes relations avec Mme Sand. J'espère que la manière un peu trop légère dont vous m'avez vu traiter cet article vous paraîtra toute simple de ma part, et que si, maintenant ou plus tard, on vous adressait quelques questions à ce sujet, vous voudriez bien répondre que mon intention était de me battre, et que j'ai été prévenu. Si vous voulez me rendre service, vous ajouterez même que je regarderais comme une insulte, aussi grave pour Mme Sand que pour moi, qu'on parût douter de ma détermination à cet égard, et qu'il me serait impossible de le souffrir, quelle que fût la personne qui le soutiendrait. – A vous de tout cœur.

ALF^D DE MUSSET.

[Adresse :]
Monsieur Buloz
N° 6, rue des Beaux-Arts.

"Le Petit Poucet", 1er septembre 1833

Les duels se sont acclimatés à Paris de telle sorte que chacun veut avoir le sien. Désormais on ne sera pas à la hauteur de la mode si l'on n'a essuyé un ou deux coups de feu au bois de Boulogne. Hier c'était de politique qu'il s'agissait ; c'est aujourd'hui le tour de la littérature. Il n'est plus permis de faire la critique d'un mauvais livre sans avoir à rendre compte de ses opinions à l'auteur ou aux amis de l'auteur. Soit ; mais qu'est-ce que cela prouve ? Vous tueriez tous les feuilletonistes les uns après les autres que vos livres n'en vaudraient pas une obole de plus. Toutefois, dans les circonstances dont il est question, il n'y a pas eu de sang répandu. Le combat avait lieu entre M. Capo de Feuillide, rédacteur de *L'Europe littéraire*, et M. Gustave Planche à propos de *Lélia*, – roman de Mme Sand selon les uns, de M. Sand selon les autres, – dont M. Feuillide avait fait la critique dans son journal. Or, si *Lélia* est de M. Sand, je ne sais trop à quel titre M. Planche s'est constitué le *bravi [sic]*, le *majo* de cet écrivain. A moins que M. Sand ne soit impotent ou cul-de-jatte, la conduite de M. Planche est incompréhensible. Si M. Sand est une femme, ce dont il est permis de douter en lisant *Lélia*, œuvre de dévergondage et de cynisme, cette femme doit savoir peu de gré à M. Planche de l'avoir compromise par une démarche beaucoup moins chevaleresque qu'inconséquente et irréfléchie. M. Planche, dont les opinions honorables nous sont connues, n'avait pas plus de droit de risquer sa vie que celle de M. Capo de Feuillide sur un vain motif de susceptibilité littéraire.

LE PETIT POUCET.

Alfred de Musset

Complainte historique et véritable sur le fameux duel qui a eu lieu entre plusieurs hommes de plume très inconnus dans Paris, à l'occasion d'un livre dont il a été beaucoup parlé de différentes manières, ainsi qu'il est relaté dans la présente complainte

(Air de la *Complainte du maréchal de Saxe*)

I

Monsieur Capot de Feuillide
Ayant insulté *Lélia*
Monsieur Planche, ce jour-là,
S'éveilla fort intrépide,
Et fit preuve de valeur
Entre midi et une heur !

II

Il écrivit une lettre,
Dans un français très correct,
Se plaignant que, sans respect,
On osât le méconnaître ;

Et, plein d'indignation
Il passa son pantalon.

III

Buloz, dedans sa chambrette,
Sommeillait innocemment.
Il s'éveille incontinent,
Et bâille d'un air fort bête,
Lorsque Planche entra soudain,
Un vieux journal à la main.

IV

Il avait trouvé en route
Monsieur Regnault tout crotté.
Après l'avoir consulté
Comme il n'y comprenait goutte,
Il l'avait pris sous le bras,
Pour se sortir d'embarras.

V

Ayant écouté l'affaire,
Buloz dit : "En vérité,
Ne soyez pas irrité
Si je ne vous comprends guère ;
C'est que j'ai l'esprit très lourd,
Et que je suis un peu sourd."

VI

Alors Planche, tout en nage,
Leur dit : "C'est pourtant très clair ;
A *L'Europe littérair'*
On doute de mon courage ;
Afin de le leur prouver
Je suis venu vous trouver."

VII

Ils allèrent chez Lepage
Pour chercher des pistolets ;
Mais on leur dit qu'il fallait
Mettre cent écus en gage.
Alors Buloz, prudemment,
Dit : "Nous n'avons pas d'argent."

VIII

Ils prirent les *Dames blanches*[56]
Pour s'en aller à Meudon
Acheter des mirlitons,
Afin que Gustave Planche
Pût faire baisser le ton
A messieurs du Feuilleton.

IX

L'ennemi se fit attendre
Jusqu'à trois heures un quart,
Ce qui fut canulant, car
Buloz brûlait de se rendre
Chez Madame Dudevant
Qu'il aimait passionnément.

X

Enfin, dans un beau carrosse,
Par deux beaux chevaux tiré,
Feuillide parut, paré
Comme pour un jour de noce ;
De plus, Lautour-Mézeray
Et deux petits pistolets.

XI

Alors les témoins, tous quatre
Devant donner le signal,
Retardent l'instant fatal
Où l'on allait voir combattre
Ces deux grands littérateurs,
Qui faisaient frémir d'horreur.

XII

Regnault regardait ses bottes
Sans pouvoir trouver un mot ;
Feuillide dit : "A propos,
Je vais ôter ma culotte
Afin d'être plus dispos
Et de n'être pas *capot*."

XIII

Buloz, s'asseyant par terre,
Saisi d'un effroi mortel,
S'écria : "Au nom du ciel,
Mes amis, qu'allez-vous faire ?
Que deviendra mon journal ?
Je m'en vais me trouver mal."

XIV

"Messieurs, écoutez de grâce,
Dit Regnault aux assistants ;
Je ne suis pas éloquent,
Mais, mettez-vous à ma place,
Je crois que certainement
Nous sommes tous bons enfants.

XV

Monsieur Planche a du courage
Et monsieur Feuillide aussi ;
Pour nous, nous sommes ici
Pour empêcher le carnage.
Votre journal est charmant,
Le nôtre pareillement,

XVI

Vous avez raison entière,
Et nous, nous n'avons pas tort,
Vous ne craignez pas la mort
Et nous ne la craignons guère.
Je crois, sans vous offenser,
Qu'il est temps de s'embrasser."

XVII

"Messieurs, c'est épouvantable",
Leur dit Buloz tout suant,
"George Sand, assurément,
Est une femme agréable
Et pleine d'honnêteté
Car elle m'a résisté !!!"

XVIII

"Messieurs, ce n'est pas pour elle,
Dit Planche, que je me bats,
J'ai ma raison pour cela ;
Je ne sais pas trop laquelle ;
Si je me bats c'est pour moi,
Je ne sais pas trop pourquoi."

XIX

Buloz qui chargeait les armes
Avec du plomb à lapin,
Le prit alors sur son sein,
Et le baigna de ses larmes
En lui disant : “Mon enfant,
Vous êtes trop véhément.”

XX

Feuillide le gigantesque
Lui dit : “Monsieur, s’il vous plaît,
Donnez-moi mon pistolet ;
Tous ces discours-là me *vesque*,
Je ne viens pas de si loin
Pour voir pleurer les témoins.”

XXI

Les combattants en présence
Firent feu des quatre pieds.
Planche tira le premier,
A cent toises de distance ;
Feuillide, comme un éclair,
Riposta, cent pieds en l’air.

XXII

“Cessez cette boucherie”,
Crièrent les assistants,
“C’est assez répandre un sang
Précieux à la patrie ;
Planche a lavé son affront
Par sa détonation.”

XXIII

Dedans les bras de Feuillide
Planche s'élance à l'instant,
Et lui dit en sanglotant :
"Nous sommes deux intrépides,
Je suis satisfait vraiment,
Vous aussi probablement."

XXIV

Alors ils se séparèrent
Et depuis ce jour fameux,
Ils vécurent très heureux ;
Et c'est de cette manière
Qu'on a enfin reconnu
De George Sand la vertu.

Paul de Musset, "Biographie d'Alfred de Musset" (chap. VI)

[...] *Rolla* parut dans *La Revue des Deux Mondes* le 15 août 1833. Le lendemain, Alfred de Musset, au moment d'entrer à l'Opéra, jeta son cigare sur les marches du théâtre. Il vit un jeune homme qui le suivait ramasser à la dérobée ce bout de cigare et l'envelopper soigneusement dans un morceau de papier, comme une relique précieuse. Souvent il m'a dit que jamais compliments, signes de distinction ni récompenses ne l'avaient touché au cœur comme ce témoignage naïf d'admiration et de sympathie.

Dans le même temps, Alfred de Musset rencontra pour la première fois une personne qui a exercé sur sa vie une influence considérable et laissé dans son œuvre une empreinte profonde. C'était à un grand dîner offert aux rédacteurs de la *Revue* chez les *Frères provençaux*[57]. Les convives étaient nombreux ; une seule femme se trouvait parmi eux. Alfred fut placé près d'elle à table. Elle l'engagea simplement et avec bonhomie à venir chez elle. Il y alla deux ou trois fois, à huit jours d'intervalle, et puis il y prit habitude et n'en bougea plus. Quelques amis intimes y venaient aussi assidûment que lui. De ce nombre était Gustave Planche. Ce personnage cynique, manquant absolument de tact et de savoir-vivre, avait usurpé une position qui le rendait fort incommode. Il se donnait des airs familiers, sans aucun droit à une pareille conduite, il commandait en maître et affectait une aisance que la maîtresse de maison supportait par faiblesse et par bonté, mais avec une impatience secrète, comme Mme d'Epinay dans ses rapports avec Duclos. Alfred, qui connaissait Planche, comme on sait, lui conseilla de prendre une tenue meilleure. Celui-ci feignit de ne pas comprendre ; il fallut lui dire clairement ce qu'on pensait de lui. Au lieu de changer de ton, il se retira furieux ; de là une rancune qui ne s'éteignit jamais.

Le salon d'où Gustave Planche s'était exilé volontairement ne perdit rien à sa retraite. La conversation ne s'y endormait pas. Il y régnait une gaieté folle. Jamais je ne vis de compagnie si heureuse, si peu occupée du reste du monde. On passait le temps à causer, à dessiner, à faire de la musique. On se déguisait à certains jours, pour le plaisir de jouer des rôles. On inventait toutes sortes de divertissements en petit comité, non par crainte de l'ennui, mais, au contraire, par excès de contentement. Un jour on se mit en tête de donner un dîner esthétique, voire philosophique et politique. Les invités étaient quelques rédacteurs de la *Revue*, entre autres Lerminier, le professeur philosophe. Afin de pouvoir lui offrir un *partner* digne de lui, on engagea Debureau *[sic]*, l'incomparable Pierrot des *Funambules*. Debureau, dont la figure n'était connue qu'enfarinée et vêtue de blanc, mit pour ce jour-là un habit noir, un jabot à larges tuyaux, une cravate fort empesée, des escarpins et des gants glacés. Il fut chargé de représenter un membre distingué de la Chambre des communes d'Angleterre, traversant la France pour se rendre en Autriche avec des instructions extrêmement secrètes de Lord Grey. Les têtes s'échauffant, Alfred voulut avoir un rôle. Il adopta celui d'une jeune servante supplémentaire, fraîchement débarquée de Normandie. Il s'habilla en paysanne avec le jupon court, les bas à côtes, la croix d'or au cou et les bras nus. Son visage rose et ses cheveux blonds s'arrangeaient de ce costume pittoresque, et quand il eut rasé ses moustaches, il représenta un beau brin de fille pas trop dégourdie.

Au jour indiqué, les convives arrivèrent au nombre de sept ou huit, si j'ai bonne mémoire. Debureau parut quinze minutes après l'heure convenue, comme il sied à un personnage considérable. Il se laissa présenter les invités, répondit aux saluts par une légère inclination de tête et se tint raide comme un piquet devant la cheminée, les mains derrière son dos, renfermé dans un silence plein de morgue. On se faisait une fête de voir l'auteur de *Rolla* ; mais à six heures et demie, Alfred de Musset n'arrivant pas, on se mit à table, et son couvert resta vacant. L'Anglais assis à la place d'honneur n'ouvrait la bouche que pour boire et manger, mais largement. Personne ne reconnut le Pierrot des *Funambules*. Afin de lui donner beau jeu et de permettre à Lerminier de montrer ses connaissances, on mit la conversation sur la politique. Vainement on nomma Robert Peel, Lord Stanley et tout le personnel des hommes d'Etat de la Grande-Bretagne, le diplomate étranger ne répondait que par monosyllabes. Enfin quelqu'un vint à prononcer le mot d'*équilibre européen.* L'Anglais étendit la main et demanda la parole.

"Voulez-vous savoir, dit-il, comment je comprends l'équilibre européen, dans les graves circonstances où se trouve la politique en Angleterre et sur le continent ? Le voici. Je vais tâcher d'être clair."

Le diplomate prit son assiette, la lança en l'air en lui imprimant un fort mouvement de rotation, puis il la reçut adroitement sur la pointe de son couteau, où l'assiette, toujours tournant, demeura en équilibre, au grand ébahissement des convives.

"Tel est, poursuivit Debureau, l'emblème de l'équilibre européen. Hors de là point de salut !" [...]

Il semblait qu'une association où l'on vivait si gaiement, où l'on mettait en commun talents, esprit, grâce, jeunesse et bonne humeur, ne pourrait jamais se dissoudre. Il semblait surtout que des gens si heureux n'eussent rien de mieux à faire que de rester dans un intérieur qu'ils avaient su rendre charmant pour eux et pour leurs amis. Mais non : une inquiétude ennemie du bien, une espèce de turbulence incompréhensible s'empara d'eux. Ils se mirent à souhaiter un milieu plus beau qu'un petit salon dans la première ville du monde. Cette ville devint à leurs yeux un amas de pierres poudreux et enfumé, dont il fallait se sauver. Ils commencèrent par une excursion à Fontainebleau. Ce ne fut pas assez : aux approches de l'hiver, ils parlèrent de l'Italie. Ce sujet de conversation devint bientôt un projet de voyage, et ce projet une idée fixe. [...]

Alfred de Musset

Stances burlesques à George Sand[58]

George est dans sa chambrette
Entre deux pots de fleurs,
Fumant sa cigarette
Les yeux baignés de pleurs[59].

Buloz, assis par terre,
Lui fait de doux serments,
Solange par derrière
Gribouille ses romans.

Planté comme une borne,
Boucoiran tout mouillé
Contemple d'un œil morne
Musset tout débraillé.

Dans le plus grand silence,
Paul, se versant du thé,
Ecoute l'éloquence
De Ménard tout crotté.

Planche, soûl de la veille,
Est assis dans un coin,
Et se cure l'oreille
Avec le plus grand soin.

La mère Lacouture,
Accroupie au foyer,
Renverse la friture
Et casse un saladier ;

De colère pieuse
Guéroult tout palpitant,
Se plaint d'une dent creuse
Et des vices du temps ;

Pâle et mélancolique,
D'un air mystérieux,
Papet, pris de colique,
Demande où sont les lieux.

George Sand à Sainte-Beuve

[Paris, 19 septembre 1833.]

[…] Je me soumets, non sans chagrin mais du moins sans humeur, à ne point vous voir ; mais je ne veux pas cesser de compter sur votre dévouement comme vous comptez, j'espère, sur le mien. Vous m'aviez promis de m'écrire quelquefois. Parce que je ne suis plus en danger de désespoir et de mort, pensez-vous que votre souvenir me serait un bonheur superflu ? Donnez-moi au moins des nouvelles de votre santé, et dites-moi quelque chose de vos occupations. Moi, j'ai été malade, mais je suis bien, et puis je suis heureuse, très heureuse, mon ami, chaque jour je m'attache davantage à lui, chaque jour je vois s'effacer en lui les petites choses qui me faisaient souffrir, chaque jour je vois luire et briller, les belles choses que j'admirais. Et puis encore, par-dessus tout ce qu'il est, il est *bon enfant*, et son intimité m'est aussi douce que sa préférence m'a été précieuse. – Vous êtes heureux aussi, mon ami[60]. Vous aimez, vous êtes aimé. Tant mieux. Après tout, voyez-vous, il n'y a que cela de bon sur la terre. Le reste ne vaut pas la peine qu'on se donne pour manger et dormir tous les jours.

Tout à vous.

GEORGE S.

[Adresse :]
Sainte beuve
r. Montparnasse, 1 ter.

Alfred de Musset

A George Sand

[Fin août 1833.]

Telle de l'*Angelus* la cloche matinale
Fait dans les carrefours hurler les chiens errants,
Tel ton luth chaste et pur, trempé dans l'eau lustrale,
O George, a fait pousser de hideux aboiements,

Mais quand les vents sifflaient sur ta muse au front pâle,
Tu n'as pu renouer tes longs cheveux flottants ;
Tu savais que Phébé, l'Etoile virginale
Qui soulève les mers, fait baver les serpents.

Tu n'as pas répondu, même par un sourire,
A ceux qui s'épuisaient en tourments inconnus,
Pour mettre un peu de fange autour de tes pieds nus.

Comme Desdemona t'inclinant sur ta lyre,
Quand l'orage a passé tu n'as pas écouté,
Et tes grands yeux rêveurs ne s'en sont pas douté.

[Août-septembre 1833.]

Puisque votre moulin tourne avec tous les vents,
Allez, braves humains, où le vent vous entraîne ;
Jouez, en bons bouffons, la comédie humaine.
Je vous ai trop connus pour être de vos gens.

Ne croyez pourtant pas qu'en quittant votre scène,
Je garde contre vous ni colère ni haine,
Vous qui m'avez fait vieux peut-être avant le temps ;
Peu d'entre vous sont bons, moins encor sont méchants.

Et nous, vivons à l'ombre, ô ma belle maîtresse !
Faisons-nous des amours qui n'aient pas de vieillesse ;
Que l'on dise de nous, quand nous mourrons tous deux :

Ils n'ont jamais connu la crainte ni l'envie ;
Voilà le sentier vert où, durant cette vie,
En se parlant tout bas, ils souriaient entre eux.

George Sand à Adolphe Guéroult[61]

[Paris, 28 septembre 1833.]

[…] Rendez-moi encore un service, c'est de réclamer auprès de M. Coste, l'article que M. de Musset avait fait sur *Lélia* et qu'on a refusé d'insérer. On me le demande ailleurs. Vous me feriez un grand plaisir en le retrouvant.

Adieu Monsieur. Tout à vous d'amitié

GEORGE SAND.

[Adresse :]
Monsieur Adolphe Guéroult
R. de Provence, 12.

George Sand à Sainte-Beuve

[Paris, ... septembre 1833.]

Mon ami, donnez-moi l'adresse du docteur Louis.

Ne pourriez-vous sans affliger personne et tout en disant les vérités qui me concernent, venir dîner avec Alfred de M[usset] et moi, un de ces jours ? J'inviterais Bérenger *[sic]* qui est venu me voir et que j'aime beaucoup.

Tout à vous.

G. S.

Tâchez de m'envoyer l'adresse de M. Louis par le retour du commissionnaire.

[Adresse :]
Sainte Beuve
r. Mt Parnasse, 1 ter.

George Sand à Sainte-Beuve

[Paris, 8 octobre 1833.]

[…] Mon cerveau est tout entrepris par des nouvelles que je maçonne pour gagner comme dit ma fille, *tout l'argent à Buloz*, et qui ne m'amusent pas du tout. Je vais cependant commencer bientôt un livre, et quand j'en aurai éclairci l'idée, je vous demanderai ce qu'il faut en faire. Vous êtes moral, vous, mon ami, le suis-je aussi, ou ne le suis-je pas ? Je ne sais pas ce que c'est. Je crois qu'être *moral*, c'est *espérer*. Moi je n'espère pas, j'ai blasphémé la nature et Dieu peut-être dans *Lélia*, Dieu qui n'est pas méchant et qui n'a que faire de se venger de nous, m'a fermé la bouche en me rendant la jeunesse du cœur et en me forçant d'avouer qu'il a mis en nous des joies sublimes. Mais la société c'est autre chose. Je la crois perdue, je la trouve odieuse et il ne me sera jamais possible de dire autrement.

[…]

Votre amie.

G. S.

[Adresse :]
Monsieur de Saintebeuve
rue du Mont Parnasse, n° 1 ter.

George Sand à Sainte-Beuve

[Paris, 13 novembre 1833.]

[…] Nous parlons continuellement de vous et nous nous affligeons de ne pas vous voir. Je n'insiste pas, vous le savez, mais il m'est bien permis de vous regretter comme un absent. Musset a souvent envie d'aller vous voir et de vous tourmenter pour que vous veniez chez nous, mais je l'en empêche, quoique je fusse toute prête à y aller avec lui, si je ne craignais que ce fût inutile. Adieu, mon ami, nous vous aimons quand même. Je voudrais que vous fussiez aussi heureux que moi, vous le méritez bien mieux. Donnez-moi de vos nouvelles et parlez-moi de vous.

Votre ami.

GEORGE.

Mercredi.

[Adresse :]
Monsieur de Saintebeuve
rue du Montparnasse, n° 1 ter.

Sainte-Beuve à Victor Pavie

[Paris, 17 novembre 1833.]

[…]

Madame Dudevant et de Musset s'aiment toujours réellement et j'espère que cela durera ; elle est heureuse,

elle travaille et lui aussi ; elle ne va pas en Italie : avez-vous lu *Metella* qui vaut bien mieux qu'*Aldo* sur lequel je suis de votre avis ? Elle m'a envoyé à lire un manuscrit de roman nouveau qui est achevé.

La pièce de Hugo a réussi avec un orage dû à Juliette[62], à Dumas, à Bocage, à toutes les intrigues du drame et des coulisses. Vous avez entendu parler de ces misères. Juliette a si mal joué que nous avons décidé Hugo à lui retirer le rôle. [...][63]

Paul de Musset, "Biographie d'Alfred de Musset", (chap. VII)

Alfred de Musset sentait bien que son départ pour l'Italie n'était qu'à moitié résolu tant qu'il n'avait pas obtenu le consentement de sa mère. Un matin, – nous venions de déjeuner en famille, – il paraissait préoccupé. Connaissant ses intentions, je n'étais guère moins agité que lui. En sortant de table, je le vis se promener de long en large d'un air d'hésitation. Enfin il prit son grand courage, et, avec bien des précautions, il nous fit part officiellement de ses projets, en ajoutant qu'ils restaient subordonnés à l'approbation de sa mère. Sa demande fut accueillie comme la nouvelle d'un véritable malheur. "Jamais, lui répondit sa mère, je ne donnerai mon consentement à un voyage que je regarde comme une chose dangereuse et fatale. Je sais que mon opposition sera inutile et que tu partiras, mais ce sera contre mon gré et sans ma permission."

Un moment il eut l'espoir de vaincre cette résistance en expliquant dans quelles conditions ce voyage devait se faire ; mais lorsqu'il vit que son insistance ne servait qu'à provoquer l'éruption des larmes, il changea tout à coup de résolution et fit à l'instant le sacrifice de ses projets. – "Rassure-toi, dit-il à sa mère, je ne partirai point ; s'il faut absolument que quelqu'un pleure, ce ne sera pas toi."

Il sortit, en effet, pour donner contre-ordre aux préparatifs de départ. Ce soir-là, vers neuf heures, notre mère était seule avec sa fille au coin du feu, lorsqu'on vint lui dire qu'une dame l'attendait à la porte dans une voiture de place, et demandait instamment à lui parler. Elle descendit accompagnée d'un domestique. La dame inconnue se nomma ; elle supplia cette mère désolée de lui confier son fils, disant qu'elle aurait pour lui une affection et des soins maternels. Les promesses ne suffisant pas, elle alla jusqu'aux serments. Elle y employa toute son éloquence, et il fallait qu'elle en eût beaucoup, puisqu'elle vint à bout d'une telle entreprise. Dans un moment d'émotion, le consentement fut arraché, et, quoi qu'en eût dit Alfred, ce fut sa mère qui pleura.

Par une soirée brumeuse et triste, je conduisis les voyageurs jusqu'à la malle-poste, où ils montèrent au milieu de circonstances de mauvais augure. Lorsque des gens, connus de toute la terre, s'embarquent ainsi, voyageant de compagnie, assurés d'avance que partout où ils iront leur réputation les y aura précédés, c'est qu'ils ne veulent pas du mystère. Pour croire qu'une pareille démarche resterait ignorée, il aurait fallu qu'ils eussent perdu la raison. Leur dessein n'était ni d'échapper au jugement de l'opinion ni de la braver, mais de s'y soumettre ; ou plutôt, ils ne songeaient point à elle. Aujourd'hui le secret ne peut être que celui de la comédie, et tout le monde sait que cette comédie est un drame. Je ne ferai point le récit de ce drame. Je n'en raconterai que les particularités qui me sont parvenues à trois cents lieues de distance et que j'aurais toujours connues quand même je n'aurais reçu aucune confidence. [...]

George Sand à Casimir Dudevant

[Paris, 30 novembre 1833.]

Mon ami, je vais te voir dans quelques jours. Je vais en Italie[64] passer l'hiver et essayer de guérir les rhumatismes dont je suis abîmée cette année. Je craindrais d'emmener Solange aussi loin et je te la déposerai à Nohant où elle sera mieux que partout ailleurs pour passer quelques mois. Au printemps j'irai la reprendre et alors elle entrera en pension ou en demi-pension selon ce que nous jugerons de mieux.

Maurice se porte bien, on est assez content de lui. En mon absence je le recommanderai à Gustave Papet pour le faire sortir à moins que tu ne le trouves mauvais et que tu ne le recommandes à d'autres personnes. [...] Je ferai porter chez lui le petit lit de fer de Solange où Maurice serait bien couché sans gêner personne. Papet demeurant dans la rue de Seine tout près d'Hippolyte, il serait à portée de le voir à tout instant. Vois, si cet arrangement te convient et réponds-moi courrier par courrier afin que je ne fasse rien sans ton avis. [...]

Samedi 30.

[Adresse :]
Monsieur Dudevant
à la Châtre
Indre.

George Sand à François Buloz

[Paris, 5 décembre 1833.]

Mon cher Buloz, Alfred vient de s'informer du départ du bateau à vapeur de Lyon. C'est le jeudi et le dimanche seulement. Ainsi il faut que nous soyons à Lyon d'aujourd'hui en huit, pour cela il faut que nous partions d'ici lundi prochain. Autrement, nous ne serons point à Marseille le 15 et nous serons forcés d'y attendre jusqu'au 15 janvier le départ du bâtiment pour Gênes. Ainsi il faut que vous me donniez mes cinq mille francs dimanche, ou que je renonce à ce voyage, car si je passe encore un mois ici, j'aurai déjà dépensé presque la moitié. Donnez-moi donc une réponse définitive, je vous en prie. Puisque vous avez consenti à cet arrangement, que vous importe de le remplir quelques jours plus tôt ou plus tard ? Pour moi, c'est d'une telle importance que c'est à choisir entre partir tout de suite, ou rester tout à fait. N'y mettez pas d'indolence je vous en prie. Si vous ne voulez pas de ma nouvelle pour votre prochain numéro, je vous l'enverrai plus tard et vous n'aurez à me la payer qu'alors. Mais il me faut emporter la somme totale de cinq mille francs car j'ai déjà des dettes et des emplettes à payer et je n'ai rien. [...]

T[out] à v[ous].

GEORGE.

[Adresse :]
monsieur Buloz
r. des Beaux arts, 6.

George Sand à Casimir Dudevant

[Paris, 6 décembre 1833.]

Mon ami la lettre que je reçois de Brazier me décide à me rendre directement d'ici à Lyon. Par La Châtre et Moulins ma route serait incertaine et très coûteuse. Il me faudrait louer une voiture de poste et je ne saurais comment la renvoyer. Ainsi je ne conduirai pas Solange moi-même à Nohant. Je l'embarque dimanche avec sa bonne et tu l'iras chercher si tu veux à Châteauroux mardi matin, ou tu les laisseras arriver par la patache. Solange est enchantée. Moi je prendrai le lendemain la malle-poste pour Lyon. De là j'irai par le bateau à vapeur, à Marseille, Gênes, Civitavecchia, Naples, etc. Je te donnerai de mes nouvelles et je te prierai de me donner des tiennes et de celles de Solange dans les villes que je t'indiquerai à mesure.

[...]

[Adresse :]
Monsieur Dudevant
La Châtre
Indre.

George Sand à Mme Maurice Dupin[65]

[Paris,] jeudi [12 décembre 1833].

Ma chère maman, je vous envoie le lit de Maurice et sa petite boîte de crayons pour qu'il fasse des bonshommes et se tienne tranquille auprès de vous. Vous seriez bien bonne et bien gentille de tâcher de le faire coucher chez vous pour Noël. Mme Dudevant qui s'en est chargée le rendra bien malheureux, je crains, à force de sermons et de niaiseries. [...]

Je vous embrasse de toute mon âme.

AURORE.

Je vous envoie un lit de sangle, deux petits matelas, une couverture de laine, une de coton, un traversin. Soyez assez bonne pour en donner un reçu au commissionnaire pour que je sache s'il ne m'a rien perdu ou volé en route.

[Adresse :]
Madame Dupin
Boulevard Poissonnière, 6.

George Sand, "Histoire de ma vie" (Ve partie, chap. III)

Sur le bateau à vapeur qui me conduisait de Lyon à Avignon, je rencontrai un des écrivains les plus remarquables de ce temps-ci, Beyle, dont le pseudonyme était Stendhal[66]. Il était consul à Civitavecchia et retournait à son poste, après un court séjour à Paris. Il était brillant d'esprit et sa conversation rappelait celle de Delatouche, avec moins de délicatesse et de grâce, mais avec plus de profondeur. Au premier coup d'œil, c'était un peu aussi le même homme, gras et d'une physionomie très fine sous un masque empâté. Mais Delatouche était embelli, à l'occasion, par sa mélancolie soudaine, et Beyle restait satirique et railleur à quelque moment qu'on le regardât. Je causai avec lui une partie de la journée et le trouvai fort aimable. Il se moqua de mes illusions sur l'Italie, assurant que j'en aurais vite assez, et que les artistes à la recherche du beau en ce pays étaient de véritables badauds. Je ne le crus guère, voyant qu'il était las de son exil et y retournait à contrecœur. Il railla, d'une manière très amusante, le type italien, qu'il ne pouvait souffrir et envers lequel il était fort injuste. Il me prédit surtout une souffrance que je ne devais nullement éprouver, la privation de causerie agréable et de tout ce qui, selon lui, faisait la vie intellectuelle, les livres, les journaux, les nouvelles, l'actualité, en un mot. Je compris bien ce qui devait manquer à un esprit si charmant, si original et si poseur, loin des relations qui pouvaient l'apprécier et l'exciter. Il posait surtout le dédain de toute vanité et cherchait à découvrir dans chaque interlocuteur quelque prétention à rabattre sous le feu roulant de sa moquerie. Mais je ne crois pas qu'il fût méchant : il se donnait trop de peine pour le paraître.

Tout ce qu'il me prédit d'ennui et de vide intellectuel en Italie m'alléchait au lieu de m'effrayer, puisque j'allais là, comme partout, pour fuir le bel esprit dont il me croyait friande.

Nous soupâmes avec quelques autres voyageurs de choix, dans une mauvaise auberge de village, le pilote du bateau à vapeur n'osant franchir le pont Saint-Esprit avant le jour. Il fut là d'une gaieté folle, se grisa raisonnablement, et, dansant autour de la table avec ses grosses bottes fourrées, devint quelque peu grotesque et pas du tout joli.

A Avignon, il nous mena voir la grande église, très bien située, où, dans un coin, un vieux christ en bois peint, de grandeur naturelle et vraiment hideux, fut pour

Stendhal

lui matière aux plus incroyables apostrophes. Il avait en horreur ces repoussants simulacres dont les Méridionaux chérissaient, selon lui, la laideur barbare et la nudité cynique. Il avait envie de s'attaquer à coups de poing à cette image.

Pour moi, je ne vis pas avec regret Beyle prendre le chemin de terre pour gagner Gênes[67]. Il craignait la mer, et mon but était d'arriver vite à Rome. Nous nous séparâmes donc après quelques jours de liaison enjouée ; mais, comme le fond de son esprit trahissait le goût, l'habitude ou le rêve de l'obscénité, je confesse que j'avais assez de lui, et que s'il eût pris la mer, j'aurais peut-être pris la montagne. C'était, du reste, un homme éminent, d'une sagacité plus ingénieuse que juste en toutes choses appréciées par lui, d'un talent original et véritable, écrivant mal, et disant pourtant de manière à frapper et à intéresser vivement ses lecteurs. [...]

George Sand à Jules Boucoiran[68]

[Marseille,] 18 [décembre 1833].

Mon cher enfant, je suis arrivée ici sans trop de fatigue et j'en repars après-demain. Je vais à Pise ou à Naples, je ne sais lequel, mais écrivez-moi à Livourne poste restante. Je ferai retirer mes lettres par quelqu'un. Donnez-moi des nouvelles de mon gamin. Soyez bien bon pour lui comme vous l'êtes toujours, et protégez-le contre les petits ennuis dont je vous ai parlé. Avez-vous réussi à dîner le jour de mon départ ? Je vous ai fait faire une journée de corvée, mais sans vous je ne serais pas venue à bout de partir. Avez-vous eu la bonté de ranger tout chez moi, de mettre dehors mes chambrières, de fermer portes et fenêtres, etc. ? Ayez soin de retirer toutes les clefs de tous les meubles et de les mettre en paquet dans le secrétaire dont vous prendrez la clef chez vous car si *M. le baron* prenait envie de venir à Paris, il ne se ferait pas faute de fouiller dans tous les coins de ma chambre. Je vous remets aussi la surintendance des rats et souris avec autorisation d'en manger à discrétion et de boire tout le vin de ma cave.

[Adresse :]
Monsieur Boucoiran
Passage Choiseul, 18
Paris.

George Sand à Alphonse Fleury[69]

[Marseille, 18 décembre 1833.]

Mon ami, je suis à Marseille et dans deux jours je serai sur mer. Je vais à Pise et peut-être à Naples. Je ne verrai pas votre mariage. [...] Moi aussi j'ai repris ma part dans la véritable vie de l'âme, et je n'ai pas pu faire autrement que de la prendre au sérieux. Nous nous vantons, mon ami, quand nous prétendons avoir fini avec les passions. Elles se rallument plus profondes et plus absolues que jamais le jour où nous croyons jouer avec elles. C'est qu'en vérité, il n'y a que cela au monde pour certains caractères et qu'il faut se tuer ou se laisser mourir d'ennui quand on a le cœur vide. Tant que l'amour dure, on est heureux, tout le monde vous dit que cela doit finir et vous laisser plus misérable qu'auparavant. On en fait soi-même la funeste expérience. Eh bien on ne veut plus s'en souvenir, on ne peut croire ce que vous prédisent les autres, on se flatte d'obtenir ce qu'on n'a pas obtenu, on croit en soi-même. On est fou et on est sage en même temps, car la foi seule fait l'amour, et qui n'a pas l'un n'a pas l'autre.

[Adresse :]
Monsieur Alphonse Fleury
à La Châtre
(Indre).

Journal de Charles Didier

19 décembre 1833.

Visite de Sand[eau], de retour d'Italie. Parlons de tout, excepté de Mme Dudevant, laquelle est pourtant entre nous l'invisible lien, et domine au fond notre entretien. Il est triste et me rend triste. Pauvret ! ne semble pas bien guéri, et s'ennuie [...].

Passeport d'Alfred de Musset

Firenze, 28 Dic. 1833. Visto alla Legatione d'Austria per Venezia.

Firenze, 28 Dic. 1833. Visto, buono per Bologna et Venezia. – G. MOLINARI.

Visto, buono per Bologna. – DELLACA, 29 Dicembre 1833.

Bologna, 29 Dic. 1833. Per la continuazzione del suo viaggio, via di Ferrara.

Francolino, 30 Dic. 1833. Visto sortire.

Rovigo, 30 Dic. 1833. Buono per Padova.

Vu au Consulat de France à Venise. Bon pour séjour. Venise, le 19 janvier 1834. – Le consul de France : SILVESTRE DE SACY.

George Sand, "Histoire de ma vie" (Ve partie, chap. III)

[...]

La fièvre me prit à Gênes, circonstance que j'attribuai au froid rigoureux du trajet sur le Rhône, mais qui en était indépendante, puisque, dans la suite, je retrouvai cette fièvre à Gênes par le beau temps et sans autre cause que l'air de l'Italie, dont l'acclimatation m'est difficile.

Je poursuivis mon voyage quand même, ne souffrant pas, mais peu à peu si abrutie par les frissons, les défaillances et la somnolence, que je vis Pise et le Campo-Santo avec une grande apathie. Il me devint même indifférent de suivre une direction ou une autre ; Rome et Venise furent jouées pile ou face. *Venise face* retomba dix fois sur le plancher. J'y voulus voir une destinée, et je partis pour Venise par Florence.

Nouvel accès de fièvre à Florence. Je vis toutes les belles choses qu'il fallait voir, et je les vis à travers une

on parle bien à Gênes
Vous avez parlé tout le temps vous-même, et diablement mal, encore. À quelle heure dormez-vous, pour que j'aie un moment sans parler? Parlez-vous aussi en dormant? Parlez-vous

sorte de rêve qui me les faisait paraître un peu fantastiques. Il faisait un temps superbe, mais j'étais glacée, et, en regardant le *Persée* de Cellini et la Chapelle carrée de Michel-Ange, il me semblait, par moments, que j'étais statue moi-même. La nuit, je rêvais que je devenais mosaïque, et je comptais attentivement mes petits carrés de lapis et de jaspe.

Je traversai l'Apennin par une nuit de janvier[70] froide et claire, dans la calèche assez confortable qui, accompagnée de deux gendarmes en habit jaune serin, faisait le service de courrier. Je n'ai jamais vu de route plus déserte et de gendarmes moins utiles, car ils étaient toujours à une lieue en avant ou en arrière de nous, et paraissaient ne pas se soucier du tout de servir de point de mire aux brigands. Mais, en dépit des alarmes du courrier, nous ne fîmes d'autre rencontre que celle d'un petit volcan que je pris pour une lanterne allumée auprès de la route, et que cet homme appelait avec emphase *il monte fuoco.*

Je ne pus rien voir à Ferrare et à Bologne : j'étais complètement abattue. Je m'éveillai un peu au passage du Pô, dont l'étendue, à travers de vastes plaines sablonneuses, a un grand caractère de tristesse et de désolation. Puis je me rendormis jusqu'à Venise, très peu étonnée de me sentir glisser en gondole, et regardant, comme dans un mirage, les lumières de la place Saint-Marc se refléter dans l'eau, et les grandes découpures de l'architecture byzantine se détacher sur la lune immense à son lever, fantastique elle-même à ce moment-là plus que tout le reste.

Venise était bien la ville de mes rêves, et tout ce que je m'en étais figuré se trouva encore au-dessous de ce qu'elle m'apparut, et le matin et le soir, et par le calme des beaux jours et par le sombre reflet des orages. J'aimais cette ville pour elle-même, et c'est la seule au monde que je puisse aimer ainsi, car une ville m'a toujours fait l'effet d'une prison que je supporte à cause de mes compagnons de captivité. A Venise on vivrait longtemps seul, et l'on comprend qu'au temps de sa splendeur et de sa liberté, ses enfants l'aient presque personnifiée dans leur amour et l'aient chérie non pas comme une chose, mais comme un être.

A ma fièvre succéda un grand malaise et d'atroces douleurs de tête que je ne connaissais pas, et qui se sont installées depuis lors dans mon cerveau en migraines fréquentes et souvent insupportables. Je ne comptais rester dans cette ville que peu de jours et en Italie que peu de semaines, mais des événements imprévus m'y retinrent davantage. [...]

George Sand, "Fragment d'un roman qui n'a pas été fait[71]*"*

Il était dix heures du soir lorsque le misérable *legno* qui nous cahotait depuis le matin sur la route sèche et glacée s'arrêta à Mestre. C'était une nuit de janvier sombre et froide. Nous gagnâmes le rivage dans l'obscurité. Nous descendîmes à tâtons dans une gondole. Le chargement de nos paquets fut long. Nous n'entendions pas un mot de vénitien. La fièvre me jetait dans une apathie profonde. Je ne vis rien, ni la grève, ni l'onde, ni la barque, ni le visage des bateliers. J'avais le frisson, et je sentais vaguement qu'il y avait dans cet embarquement quelque chose d'horriblement triste. Cette gondole noire, étroite, basse, fermée de partout, ressemblait à un cercueil. Enfin, je la sentis glisser sur le flot. Le temps était calme, et il ne me semblait pas que nous allassions vite, bien que trois hommes noirs fissent voguer rapidement. Ils faisaient entre eux une conversation suivie, comme s'ils eussent été au coin du feu. Nous traversions sans nous en douter cette partie dangereuse de l'archipel vénitien où, au moindre coup de vent, des courants terribles se précipitent avec furie. Il faisait si noir que nous ne savions pas si nous étions en pleine mer ou sur un canal étroit et bordé d'habitations. J'eus, un instant, le sentiment de l'isolement. Dans ces ténèbres, dans ce tête-à-tête avec un enfant qui ne liait point à moi une affection puissante, dans cette arrivée chez un peuple dont nous ne connaissions pas un seul individu et dont nous n'entendions pas même la langue, dans le froid de l'atmosphère, dont l'abattement de la fièvre ne me laissait plus la force de chercher à me préserver, il y avait de quoi contrister une âme plus forte que la mienne. Mais l'habitude de tout risquer à tout propos m'a donné un fond d'insouciance plus efficace que toutes les philosophies. Qui m'eût prédit que cette Venise, où je croyais passer en voyageur, sans lui rien donner de ma vie, et sans en rien recevoir, sinon quelques impressions d'artiste, allait s'emparer de moi, de mon être, de mes passions, de mon présent, de mon avenir, de mon cœur, de mes idées, et me ballotter comme la mer ballotte un débris, en le frappant sur ses grèves jusqu'à ce qu'elle l'ait rejeté au loin, et, faible jouet, avec mépris ? Qui m'eût prédit que cette Venise allait me séparer violemment de mon idole, et me garder avec jalousie dans son enceinte implacable, aux prises avec le désespoir, la joie, l'amour, et la misère ? [...]

Tout à coup Théodore, ayant réussi à tirer une des coulisses qui servent de doubles persiennes aux gondoles, et regardant à travers la glace, s'écria : – Venise !

Quel spectacle magique s'offrait à nous à travers ce cadre étroit ! Nous descendions légèrement le superbe canal de la Giudecca ; le temps s'était éclairci, les lumières de la ville brillaient au loin sur ces vastes quais qui font une si large et si majestueuse avenue à la cité reine ! Devant nous, la lune se levait derrière Saint-Marc, la lune mate et rouge, découpant sous son disque énorme des sculptures élégantes et des masses splendides. Peu à peu, elle blanchit, se contracta, et, montant sur l'horizon au milieu de nuages lourds et bizarres, elle commença d'éclairer les trésors d'architecture variée qui font de la place Saint-Marc un site unique dans l'univers.

Au mouvement de la gondole, qui louvoyait sur le courant de la Giudecca, nous vîmes passer successivement sur la région lumineuse de l'horizon la silhouette de ces monuments d'une beauté sublime, d'une grandeur ou d'une bizarrerie fantastique : la corniche transparente du palais ducal, avec sa découpure arabe et ses campaniles chrétiens soutenus par mille colonnettes élancées, surmontées d'aiguilles légères ; les coupoles arrondies de Saint-Marc, qu'on prendrait la nuit pour de l'albâtre quand la lune les éclaire ; la vieille tour de l'Horloge avec ses ornements étranges ; les grandes lignes régulières des Procuraties ; le Campanile, ou tour de Saint-Marc, géant isolé, au pied duquel, par antithèse, un mignon portique de marbre précieux rappelle en petit notre Arc triomphal, déjà si petit, du Carrousel ; enfin, les masses simples et sévères de la Monnaie, et les deux colonnes grecques qui ornent l'entrée de la Piazzetta. Ce tableau, ainsi éclairé, nous rappelait tellement les compositions capricieuses de Turner qu'il nous sembla encore une fois voir Venise en peinture, dans notre mémoire ou dans notre imagination.

8. Le Grand Hôtel royal à Venise
(d'après une gravure d'époque)

— Que nous sommes heureux ! s'écriait Théodore. Cela est beau comme le plus beau rêve. Voilà Venise comme je la connaissais, comme je la voulais, comme je l'avais vue quand je la chantais dans mes vers. Et cette lune qui se lève exprès pour nous la montrer dans toute sa poésie ! Ne dirait-on pas que Venise et le ciel se mettent en frais pour notre réception ? Quelle magnifique entrée ! Ne sommes-nous pas bénis ? Allons, voilà un heureux présage. Je sens que la muse me parlera ici. Je vais enfin retrouver l'Italie que je cherche depuis Gênes sans pouvoir mettre la main dessus.

Pauvre Théodore ! Tu ne prévoyais pas.

....

"Gazzetta privilegiata di Venezia", jeudi 2 janvier 1834
Notizie urbane.

Arrivi e partenze del g. 30 dic.[...] Nel giorno 31 detto. Arrivati.[...] Conte Cestari poss[idente] da Ferrara al Cavaletto, de Mussel *[sic] idem*, da Firenze all'Europa. Dudevant nata Dupen *[sic]*, *idem*, *idem*, all' Alb. Reale[72].

Paul de Musset, "Biographie d'Alfred de Musset" (chap. VII)

La première lettre d'Alfred de Musset à sa famille était datée de Marseille. Il se louait beaucoup de la rencontre de Stendhal (Henri Beyle), qui s'en allait à son consulat de Civitavecchia, et dont l'esprit caustique avait égayé le voyage. La seconde lettre, datée de Gênes, contenait quelques détails sur les mœurs, les costumes des femmes. Les galeries de tableaux de cette grande ville, plus le récit d'une promenade dans les jardins de la *villa Priavicini*, où Alfred s'était reposé dans un lieu de délices, au bord d'une fontaine aimée des touristes. D'autres lettres de Florence nous apprirent qu'il avait trouvé dans les chroniques florentines le sujet d'un ouvrage dramatique en cinq actes, et qu'il prenait un grand plaisir à visiter les places publiques et les palais où il voulait mettre en scène les personnages de sa pièce. C'était le drame de *Lorenzaccio*.

De Bologne et de Ferrare qu'il ne fit que traverser, en se rendant à Venise, il ne nous écrivit point. Arrivé dans la mourante cité des doges, il fut pris d'une joie d'enfant. La chambre qu'il occupait à l'hôtel *Danieli* sur le quai des Esclavons lui parut mériter l'honneur d'être décrite. Il ne se lassait pas, disait-il, de contempler ces lambris sous lesquels s'était promené jadis le chef de quelque grande famille vénitienne, et de regarder par la fenêtre l'entrée du Grand Canal, le dôme de la *Salute*. Persuadé qu'il ne résisterait pas à l'envie de mettre un jour dans ce cadre les personnages d'un roman ou d'une comédie, il prenait des notes sur les usages vénitiens, sur les termes du dialecte, et il faisait jaser son gondolier.

Alfred de Musset, "Notes de Venise[73]"

[Ier feuillet]

[Recto] Burchiello, bateau de Venise à Padoue par le canal de la Brenta.

Muran, à une demi-lieue de Venise.

Graspia, boisson faite d'eau dans laquelle on a fait bouillir des grappes de raisin dépouillées de leurs grains.

Bientôt après elle rouvrit les yeux, se mit sur son dos, laissa tomber ses bras, et, avec la tête joliment penchée, elle se livra à un sommeil dont rien n'avait la plus douce apparence.

Ses yeux étaient bien fendus, à fleur de tête, et enluminés d'un iris inconcevable que la nature ne donne quelquefois qu'à la jeunesse, et qui disparaît d'ordinaire vers les quarante ans après avoir fait des miracles Le grand Frédéric l'a conservé jusqu'à sa mort.

Disinvolta, alerte.

La famille Lin, noble, éteinte en 1750.

Moines somasques, ordre institué par le bienheureux Jérôme Miani, noble vénitien (avaient plusieurs couvents), entre autres la Salute, et l'église patriarcale de Saint-Cyprien.

Petite porte du fort Saint-André, à l'embouchure de la mer, place où s'arrêtait le Bucentaure, le jour de l'Ascension, quand le doge épousait la mer.

Ail. Tabac. Vin esclavon, noir comme de l'encre.

Sage à l'Ecriture, président de la Guerre.

Albanais, Cimariotes.

Figano, habit des forçats.
Saint-Sauveur. Saint-Paul (places).
L'avogador, procureur général.
Scribe de l'Avogarie (greffier).
Confraternité des pauvres, distribuait des aumônes.
Couvent des Minimes à Saint-François-de-Paule.
Potte, grande barque.

Collefiorito. Chemin de Rome. Spoleti.
Soma (truffes). Terni. Otricoli. Castelnuovo. Rome.

Route de Venise à Rome. Chioja. Orsara (Istrie) où on aborde en passant – puis à Véruda, port de Pola. – Ancône. Lazaret, quarantaine, Tolentino. Valcimara. Sereval. Collefiorito. Foligno. Pisignano. Spoleti. Soma. Terni. Otricoli. Castelnuovo. Rome. Porte *des peupliers*, vulgô *du peuple.*

Cérigo, muscat du levant. Cerdaléophron (mot grec), ruse (*cerda*, renard).

[Verso] Bonbons. Une pâte d'ambre, de sucre, de vanille, d'angélique, d'alkermès et de styrax.

[IIe feuillet]

[Recto] Chiozza est une presqu'île, port de mer dépendant de Venise, et peuplée de dix mille habitants, matelots, pêcheurs, marchands, gens de chicane, et employés aux gabelles, aux finances de la République.

Il y a dans la tradition orale de Saint-François que lorsqu'un moine aura frappé à sept portes où on lui aura refusé l'aumône, il doit frapper à la huitième avec assurance, car là elle ne lui manquera pas.

Il batticulo, poche de derrière d'un moine pleine de vivres et d'aumônes.

Infarinato, demi-ignorant qui sait se soutenir en compagnie.

Il n'est pas possible, dit le cardinal, qu'un poète écrive sans faire semblant d'être amoureux.

Le bargello, directeur-police.

Auditeur du cardinal-vicaire. – Maître de chambre (majordome).

Après la mort, le médecin !

Si vous vous obstinez, je suis forcé de croire que vous vous faites une cruelle étude de me tourmenter, et qu'excellent physicien, vous avez appris dans la plus maudite de toutes les écoles, que le vrai moyen de rendre impossible à un jeune homme la guérison d'une passion amoureuse, est de l'irriter sans cesse. Mais vous conviendrez que vous ne pouvez exercer cette tyrannie qu'en haïssant la personne sur laquelle elle opère cet effet, et la chose étant ainsi, je dois rappeler ma raison pour vous haïr à mon tour.

...

[Verso] Moretta, masque de velours noir vénitien.

Vin de Scopolo. Muscats de l'archipel. Moutons. Bécasses. Notre-Dame de Casopo, île près de Corfou.

Ponter à la bassette. Quai Saint-Job pour aller à Mestri. Vin de la Gatta, égaie et ne grise pas. Coiffure à l'oiseau-royal, petit chapeau sur l'oreille. Cabaret restaurant du *Sauvage*, à Venise. Jardin à Saint-Blaise, à la Zuecca.

Si vous avez aimé, ne m'interrompez pas.
Et crois-tu que je veuille descendre
D'un trône où je venais me rasseoir triomphant,
Pour tenter d'abuser de l'erreur d'un enfant.
Je dois, je veux... mais j'aime (et rappeler l'ancien amour).

Casimir Dudevant à George Sand

[Nohant, 20 janvier 1834.]

J'ai reçu, ma chère amie, ta lettre en date de Florence[74] où tu me dis que tu ne fais que passer pour te rendre à Venise. Je suis bien aise de voir que ta santé ne peut se détériorer dans un pays où le soleil a la propriété de guérir les rhumes et les fièvres, mais je vois avec peine que ton imagination ne soit pas aussi délicieusement flattée que tu l'avais espéré dans tes projets de voyage.

Tu vois d'un œil froid et tranquille et pour ainsi dire avec les yeux d'une bonne philosophie, les monuments, les sites, et le luxe en tout genre qui a fait palpiter tant de cœurs, bouleversé tant de têtes, et dicté tant de pages de feu ; c'est un pays bien enchanteur par de brillants souvenirs, et chacun peut y puiser le sien. Tu es sur le théâtre des exploits militaires de ton père et de notre grande armée ; tu as lu les lettres de ton père à ta grand-mère ; tu passeras sans doute sur quelque champ de bataille où il a si souvent bravé la mort, qu'il a trouvée auprès de La Châtre. Voilà un grand chapitre d'émotion.

Alfred de Musset à François Buloz

Venise, 27 j[anvie]r [1834].

Vous avez dû recevoir de nos nouvelles, mon cher Buloz, par une lettre de Mme Dudevant. Nous avons tardé à écrire à Paris, par la très bonne raison qu'à chaque ville où nous arrivions ici, nous prenions la résolution de nous fixer dans une autre, et qu'ainsi de poste en poste, nous sommes allés beaucoup plus loin que nous ne pensions. Nous sommes restés presque un mois en route ; la fatigue d'un si long voyage a fait tomber malade Mme Dudevant d'une manière assez sérieuse, trois ou quatre jours après notre arrivée ici ; ce qui n'aurait été à Paris qu'une indisposition devenait une maladie, par la difficulté de trouver un chirurgien pour la saignée. On nous en a même envoyé un tellement inhabile que nous avons été forcé de le renvoyer[75], et que Georges *[sic]*, effrayé *[sic]* de cette mauvaise tentative, ne voulait plus se fier à un autre.

Tout est aujourd'hui pour le mieux ; elle est guérie, et travaille à une nouvelle qui s'appelle, je crois, *André*, et qui est très avancée. Si vous avez eu à vous plaindre d'un retard de sa part, comme éditeur, le motif qui l'a causé doit vous le faire pleinement excuser, comme ami.

Pour ma part, vous m'aviez demandé en partant de vous écrire quelque chose sur l'Italie ; en vérité cela me serait bien impossible ; ou j'aurais l'air de vouloir dire le contraire de ce qu'ont dit les autres, ou je dirais ce que les autres ont dit. En somme, je vous avoue que rien n'est si peu intéressant que mes impressions (comme on dit) dans ce voyage-ci[76]. Ce qui m'a paru le plus étonnant, avant tout, c'est la manière miraculeuse dont bien des honnêtes gens voient les choses, au moyen de certaines lunettes qui ne vont guère à mon nez.

Mon frère a dû venir chez vous, vous demander de ma part trois cent soixante francs, je suppose que vous les lui avez donnés, et qu'il vous en a fait un reçu. Lorsque j'ai quitté Paris, d'après le compte que nous avons fait ensemble, je me trouvais en avance de *cent francs* avec la *Revue*, y compris le paiement de la dernière lettre de change. Le prix de *Phantasio [sic]* devant être le même que celui de *Marianne* d'après nos conventions (cinq cents francs) nous devons nous trouver maintenant à peu près quittes l'un envers l'autre.

Je vous enverrai un de ces jours un manuscrit, et vous m'enverrez de l'argent. Tâchons de rester le plus longtemps possible dans cette méthode vis-à-vis l'un de l'autre. Vous savez qu'au reçu de mon manuscrit, vous n'aurez qu'à porter l'argent chez M. André Cotier ; ainsi cela ne vous sera pas, j'espère, un trop grand dérangement. Notre voyage a été plus cher que nous ne pensions, nous ne sommes riches ni l'un ni l'autre. Si je ne comptais pas sur votre parole, je reviendrais tout de suite du côté de Paris.

Avez-vous commencé *Lorenzaccio*[77] ? Si vous tenez à le publier, et si vous croyez qu'un retard dans cette publication peut vous être préjudiciable, faites ce que vous voudrez. Je suppose que mon frère s'est chargé des épreuves.

Adieu. Ecrivez-moi un mot pour me donner des nouvelles, et me dire que je peux compter sur vous.

Tout à vous.

ALF[D] DE MUSSET.

George Sand à Jules Boucoiran

[Venise,] 28 janvier [1834].

Mon cher enfant, vos lettres sont les bienvenues et je les attends comme le messie. Merci mille fois de votre exactitude et de vos soins pour mon fils. Je suis rassurée maintenant sur son compte et je vais bien au physique comme au moral. Ma santé se raffermit et je travaille passablement. Dites cela à Buloz je vous prie et rassurez-le sur son volume du *Secrétaire intime*. Il l'aura complet certainement avant peu. Mais ce n'est pas ma faute si j'ai été longtemps et sérieusement malade. Il faut qu'il prenne ce retard en patience, il m'en a fallu plus que lui pour supporter les affreux maux de tête et la fièvre qui m'ont tenue au lit pendant quinze jours. [...]

Nous sommes ici en Carnaval. Tous les dimanches nous avons des masques sur les quais et sur la place. Il y a des compagnies de sauvages, de pêcheurs napolitains, vénitiens, etc. Leurs costumes sont assez jolis. Ils arrivent sur la lagune dans des barques pavoisées avec des musiciens. C'est bien pâle auprès des descriptions fantastiques qu'on nous fait de l'antique Venise et de ses fêtes, et cependant c'est encore assez beau pour nos yeux parisiens. Au reste les vraies mascarades n'auront lieu qu'aux jours gras. On dit que le carnaval populaire est encore fort curieux à Venise. Je vous dirai ce qui en est. [...]

George Sand à Mme Maurice Dupin

Venise, 29 janvier [1834].

Ma chère maman [...]

Ma position est devenue indépendante, et malgré les envieux mes travaux ont acquis quelque succès. Avec cela je puis me placer au-dessus de bien des choses, mais non pas de celles qui me viendraient de vous, et mon orgueil, tout roide qu'il est, ne m'empêcherait pas de les sentir. Epargnez-le et vous verrez que je n'ai pas un mauvais cœur. A qui ai-je fait du mal dans ma vie, et combien ne m'en a-t-on pas fait ! […]

Pour moi, ma santé est tout à fait rétablie. J'ai de l'appétit, je me promène en gondole et je vois passer les masques sous ma fenêtre, car on se déguise ici tous les dimanches de carnaval. Du reste je vis très retirée, je n'ai pas encore été au spectacle quoique Mme Pasta y soit *prima donna.* Je ne vois personne et je travaille. Ce genre de vie me plaît et me repose. [...]

[Adresse :]
Madame Dupin
Boulevard Poissonnière, 6
Paris.

George Sand à Jules Boucoiran

Venise [, 4 février 1834].

Mon cher ami, Buloz est un cuistre qui manque à ses engagements et à un traité signé de sa belle main. Je ne manque pas aux miens puisque je travaille pour lui à en crever. Je ne puis aller plus vite. Je viens encore d'être malade cinq jours d'une dyssenterie *[sic]* affreuse. Mon compagnon de voyage est très malade aussi. Nous ne nous en vantons pas, parce que nous avons à Paris une foule d'ennemis qui se réjouiraient en disant : "Ils ont été en Italie pour s'amuser, et ils ont la foire ! Quel plaisir pour nous, ils sont malades !" Ensuite Mme de Musset serait au désespoir si elle apprenait la maladie de son fils ; ainsi n'en soufflez mot. Il n'est pas dans un état inquiétant, mais il est fort triste, de voir languir et souffrotter une personne qu'on aime et qui est ordinairement si bonne et si gaie. J'ai donc le cœur aussi barbouillé que l'estomac. Par-dessus le marché M. Buloz fait le Cassandre et le gouverneur avec moi, ce qui ne m'amuse guère. [...]

Il mérite des coups de pied au cul. Tandis que moi je m'échine pour le satisfaire et travaille en grelottant de fièvre ! C'est être trop bête. Il attendra encore au moins un mois, car le manuscrit que je lui destinais passera de vos mains dans celles de Dupuy. [...]

Je quitte l'hôtel Danieli. Ecrivez-moi poste restante à Venise.

Dites à Buloz que j'ai été de nouveau malade et que je le suis encore. Il m'est égal qu'on sache cela en ce qui me concerne, tout le monde sait que je le suis toujours. [...]

[Adresse :]
Monsieur Boucoiran
Passage Choiseuil
Paris.

George Sand à François Buloz

[Venise,] 4 [et 5] février [1834].

Lisez quand vous serez seul.

Mon cher Buloz, vos reproches tombent sur moi dans un triste moment. Si vous avez reçu ma lettre vous savez déjà que jusqu'ici je ne les ai pas mérités. Enfin depuis quinze jours j'étais bien et je travaillais, Alfred travaillait aussi quoiqu'il fût un peu souffrant et qu'il eût de temps en temps des accès de fièvre. Il y a environ cinq jours, nous sommes tombés malades à peu près ensemble moi d'une dysenterie qui m'a fait horriblement souffrir et je ne suis pas rétablie mais qui m'a laissé au moins la force de le soigner, lui d'une fièvre nerveuse et inflammatoire, qui a fait des progrès rapides au point qu'aujourd'hui il est très mal et le médecin déclare qu'il ne sait qu'en penser. Il faudra attendre au douzième ou treizième jour pour savoir s'il n'y a point de danger pour sa vie ! Et que sera ce douzième ou treizième jour ? Le dernier peut-être ! Je suis au désespoir, accablée de fatigue, souffrant horriblement et attendant, quel avenir !

Comment voulez-vous que je m'occupe de littérature et de quoi que ce soit au monde dans ce moment-ci ? Je sais seulement qu'il nous reste pour fortune six cents francs, que nous allons dépenser énormément en pharmacie, en garde-malade, en médecins, etc., que nous vivons dans une auberge très chère. Nous allions la quitter et habiter une maison particulière. Alfred n'est pas transportable et ne le sera peut-être pas d'un mois, en supposant tout au mieux. Nous serons forcés de payer un terme de loyer inutilement, et nous retournerons en France s'il plaît à Dieu. Si mon malheur va jusqu'au bout et qu'Alfred meure, je vous avoue que ce qui arrivera après, de moi, m'est assez indifférent. Si Dieu permet qu'Alfred se rétablisse je ne sais avec quoi nous payerons les frais de sa maladie et son retour. Les mille francs que vous devez m'envoyer n'y suffiront pas et je ne sais comment nous ferons. Ne retardez pas du moins l'envoi de cette somme, quand elle arrivera elle sera plus que nécessaire. Je suis fâchée du désagrément que vous avez d'attendre votre publication. Mais voyez si c'est ma faute. Si Alfred avait quelques jours de calme je pourrais bien vite terminer mon travail. Mais il est dans un état d'agitation et de délire épouvantable. Je ne puis pas le quitter un instant, j'ai mis neuf heures à vous écrire cette lettre.

Adieu mon ami. Plaignez-moi.

GEORGE.

George Sand à Jules Boucoiran

[Venise, 5 février 1834.]

Mon ami, ne vous pressez pas de porter la lettre et le traité à Dupuy. Gardez-les quelques jours jusqu'à ce que je vous écrive. Je viens d'annoncer à Buloz l'état d'Alfred qui est fort alarmant ce soir ; et en même temps, je lui démontre qu'il me faut absolument de l'argent pour payer les frais d'une maladie qui sera sérieuse, et pour retourner en France. Comme au bout du compte c'est un assez bon diable et qu'il a de l'attachement pour Alfred, je crois qu'il comprendra ce que notre position a de triste et qu'il n'hésitera plus. Voyez-le à cet égard et d'après sa conduite agissez ou n'agissez pas. Ne lui parlez pas du manuscrit que vous attendez, et si ma lettre arrivait trop tard et que vous eussiez fait signer Dupuy, allez chez lui, dites-lui qu'il n'y a rien de fait, que mon compagnon de voyage est en danger très grand, et qu'il est possible que je n'écrive plus un manuscrit de ma vie. Qu'il vous rende le traité (et d'ailleurs c'est seulement à la remise du manuscrit qu'il eût été raisonnable de signer).

Adieu mon ami, je vous écrirai dans quelques jours. Je suis rongée d'inquiétudes, accablée de fatigue, malade et au désespoir.

Embrassez mon fils pour moi. Mes pauvres enfants, vous reverrai-je jamais.

Gardez un silence absolu sur la maladie d'Alfred à cause de sa mère, qui l'apprendrait infailliblement et en mourrait de chagrin. Recommandez à Buloz de n'en pas parler, et si vous avez occasion d'en parler à Dupuy, faites-lui donner sa parole d'honneur qu'il n'en parlera à personne.

[Adresse :]
Monsieur Boucoiran
Passage Choiseul
Paris.

Pietro Pagello, "Da Parigi a Genova[78]*"*

[...] Je demeurais à Venise, où, ayant achevé mes études médicales, je commençais à me procurer quelques clients. Je me promenais un jour sur le quai des Esclavons avec un Génois de mes amis, voyageur et lettré de goût. En passant sous les fenêtres de l'*Albergo Danieli* (ou hôtel Royal), je vis à un balcon du premier étage une jeune femme assise, d'une physionomie mélancolique, avec les cheveux très noirs et deux yeux d'une expression décidée et virile. Son accoutrement avait un je ne sais quoi de singulier. Ses cheveux étaient enveloppés d'un foulard écarlate, en manière de petit turban.

Elle portait au cou une cravate, gentiment attachée sur un col blanc comme neige et, avec la désinvolture d'un soldat, elle fumait un paquitos en causant avec un jeune homme blond, assis à ses côtés. Je m'arrêtai à la regarder, et mon compagnon, me secouant doucement :

— Hé ! hé ! me dit-il, tu parais fasciné par cette charmante fumeuse… tu la connais peut-être ?

— Non, mais je ne sais ce que je donnerais pour la connaître. Cette femme-là doit être en dehors du commun des femmes. Toi qui as beaucoup voyagé, dis-moi quels sont tes sentiments à son endroit.

— Précisément parce que j'en ai vu de toutes les races et de toutes les couleurs, je ne saurais rien décider de raisonnable : peut-être anglaise romanesque ou polonaise exilée, elle a l'air d'une personne de haut rang ; elle doit être étrange et fière.

Ainsi jasant, nous arrivâmes à la place Saint-Marc, où nous nous séparâmes.

Le jour suivant je m'en fus visiter mon ami le Génois (lequel était Rebizzo… je ne crois pas commettre d'indiscrétion en le révélant). Il était à table avec sa famille. Je me montrai un peu préoccupé ; il s'en aperçut et, se tournant vers sa femme :

— Vois, Bianchina, lui dit-il, notre Pagello pense en ce moment à certaine belle fumeuse…

— Que Lazzaro (Rebizzo) juge anglaise ou polonaise, répondis-je, mais que je puis vous assurer être une Française pur sang. Je lui ai fait visite il y a une heure, j'y retournerai ; c'est déjà une de mes clientes ; elle a voulu mon adresse.

— Vraiment, s'écria Lazzaro en écarquillant les yeux.

— Oui, oui, vraiment. Ce matin, l'hôtelier Danieli vint chez moi et je fus introduit dans l'appartement de la fumeuse qui, assise sur un petit siège, la tête mollement appuyée sur sa main, me pria de la soulager d'une forte migraine. Je lui tâtai le pouls ; je lui proposai une saignée qu'elle accepta ; je la pratiquai et à l'instant elle fut soulagée. En me congédiant, elle me pria de revenir, si elle ne me faisait rien dire. Le jeune homme blond, son compagnon, inséparable, me reconduisit avec beaucoup de courtoisie jusqu'au bas de l'escalier, et voilà tout, tout ce qui est arrivé aujourd'hui ; mais un pressentiment – doux ou amer, je ne sais – me dit : "Tu reverras cette femme et elle te dominera..."

Là je fis une longue pause. Elle fut interrompue par un éclat de rire de mes hôtes, qui me déclarèrent *amoureux*... "Non, non, répondis-je, pas encore ! – Mais qui est donc cette étrangère ? demanda la Bianchina. – Je ne sais pas, lui répondis-je. – Mais pourquoi n'avez-vous pas demandé au moins à l'hôtelière et son nom et sa provenance ? – Pourquoi ?... Parce que j'ai comme peur de savoir. – Ah ! ah ! il est amoureux et enflammé jusqu'à la pointe des cheveux..."

Vingt jours peut-être se passèrent, pendant lesquels faisant ma visite à peu près journalière aux Rebizzo, la signora Bianchina me demandait souvent, avec un malin sourire, si j'avais vu la fumeuse ; mais, à la dernière enquête qu'elle me fit, je tirai de mon portefeuille cette lettre, que je déposai sur la table ronde, entre elle et son mari assis à dîner. Ils la parcoururent avidement. Elle disait ceci[79]. [...]

George Sand à Pietro Pagello
[Traduction de l'italien]

[Venise, 5 (?) février 1834.]

Mon cher monsieur Païello *[sic]*,
Je vous prie de venir voir le plus tôt que vous pourrez, avec un bon médecin pour consulter ensemble[80] sur l'état du *signor* français de l'auberge Royale. Mais je veux vous dire auparavant que je crains pour sa raison plus que pour sa vie. Depuis qu'il est malade, il a la tête excessivement faible et raisonne à peu près comme un enfant. Et pourtant c'est un homme d'un caractère énergique et d'une puissante imagination. C'est un poète très admiré en France. Mais l'exaltation du travail cérébral, le vin, les fêtes, les femmes, le jeu, l'ont beaucoup fatigué, et ont excité ses nerfs. Pour la moindre chose, il est agité comme si elle était très grave. Une fois, il y a trois mois de cela[81], il a été comme fou, toute une nuit, à la suite d'une grande inquiétude. Il voyait comme des fantômes autour de lui, et criait de peur et d'horreur. A présent, il est toujours inquiet, et ce matin il ne sait presque ni ce qu'il dit, ni ce qu'il fait. Il ne fait que pleurer, se lamenter d'un mal sans nom et sans cause, il demande son pays, dit qu'il est près de mourir ou de devenir fou ! Je ne sais si c'est là le résultat de la fièvre, ou de la surexcitation des nerfs, ou d'un début de folie. Je crois qu'une petite saignée pourrait le soulager. Je vous prie de faire toutes ces observations au médecin et de ne pas vous laisser rebuter par la difficulté que présente la disposition indocile du malade. C'est la personne que j'aime le plus au monde, et je suis dans une grande angoisse de la voir en cet état.

J'espère que vous aurez pour nous toute l'amitié que peuvent espérer deux étrangers.

Excusez le mauvais italien que j'écris.

G. SAND.

Ordonnance prescrite par le Dr Pagello à Alfred de Musset[82]

Aq. ceras. nigr.	? IJ.
Laud. liquid. Sydn., gutt.	XX.
Aq. coob. laur. ceras., gutt.	XV.

DR PAGELLO.

[Traduction :]

Eau de cerises noires	1 once, 2 gros.
Laudanum liquide de Sydenham	20 gouttes.
Eau distillée de laurier-cerise	15 gouttes.

George Sand à Jules Boucoiran

[Venise,] le 8 [février 1834].

Mon enfant, je suis toujours bien à plaindre. Il est réellement en danger et les médecins me disent : *poco a sperare, poco a disperare*, c'est à dire que la maladie suit son cours sans trop de mauvais symptômes mais non pas sans symptômes alarmants. Les nerfs du cerveau sont tellement entrepris que le délire est affreux et continuel. Aujourd'hui cependant il y a un mieux extraordinaire. La raison est pleinement revenue et le calme est parfait. Mais la nuit dernière a été horrible. Six heures d'une frénésie, telle que malgré deux hommes robustes, il courait nu dans la chambre. Des cris, des chants, des hurlements, des convulsions, ô mon Dieu, mon Dieu, quel spectacle ! Il a failli m'étrangler en m'embrassant. Les deux hommes ne pouvaient lui faire lâcher le collet de ma robe. Les médecins annoncent un accès du même genre pour la nuit prochaine, et d'autres encore peut-être, car il n'y aura pas à se flatter avant six jours encore. Aura-t-il la force de supporter de si horribles crises ? Suis-je assez malheureuse et vous qui connaissez ma vie, en connaissez-vous beaucoup de pires ? Faites passer cette lettre à Buloz, car il s'intéresse probablement beaucoup à la santé d'Alfred et je n'ai pas la force de lui écrire aujourd'hui. Priez-le de ne pas me laisser dans une si affreuse position sans argent.

Heureusement j'ai trouvé enfin un jeune médecin excellent, qui ne le quitte ni jour ni nuit et qui lui administre des remèdes d'un très bon effet.

GEORGE.

Gardez toujours un silence absolu sur la maladie d'Alfred, et recommandez le même silence à Buloz. Embrassez mon fils pour moi. Pauvre enfant ! Le reverrai-je ? [...]

George Sand à Sosthènes de La Rochefoucauld[83]

Venise, Albergo Reale, 8 fév[rie]r [1834].

[...] Voici ce qui m'arrive, plaignez-moi. J'étais partie pour l'Italie avec un compagnon que vous connaissez et qui m'est plus cher que ma vie. Nous étions arrivés ici fatigués, mais gais et enchantés de trouver du repos, du recueillement et du temps pour écrire dans cette belle Venise. Mais peu de jours après mon arrivée, j'y suis tombée malade. Après quinze jours de souffrance j'étais mieux et je commençais à travailler. Mais mon compagnon était souffrant et mal à l'aise. Il couvait une affreuse maladie qui vient de se déclarer et qui l'a déjà mis à la mort. Les médecins me donnent médiocrement d'espérance, aujourd'hui pourtant il y a un mieux remarquable, mais ils m'annoncent qu'il y a un danger imminent à courir encore pendant six ou huit jours ! quelle agonie pour tous deux ! Oh mon ami, vous êtes bon, vous ! vous comprendrez ce que je souffre, seule, ici, sans amis, témoin d'un délire affreux ou de souffrances déchirantes, et livrée à la crainte désespérante de perdre le seul être qui m'ait parfaitement comprise et qui m'ait donné six mois d'un bonheur parfait ! C'était donc trop, mon Dieu ?

Je ne sais trop ce que je vous dis, c'est peut-être ridicule, mais je souffre et je sais que je parle à un être qui n'a rien que de bon dans le cœur.

Vous jugez que dans cette déplorable situation je ne puis songer à travailler pour remplir mes obligations. Si vous voulez bien me prêter cette petite somme, je serai à même de vous la rembourser dans trois mois, et vous me rendrez un très grand service.

[…]

GEORGE.

Gardez-moi je vous prie un secret absolu sur la maladie de mon compagnon de voyage, afin de ne pas désespérer sa mère qui l'apprendrait infailliblement et qu'il est trop tôt encore pour désoler ou pour consoler.

[Adresse :]
Monsieur le Vte de la Rochefoucauld
r. de Varennes, 33.

Pietro Pagello, "Da Parigi a Genova"

[…] Si je fus assidu au lit de ce malade, vous pouvez l'imaginer. George Sand veillait avec moi des nuits entières, à son chevet. Ces veillées n'étaient pas muettes et les grâces, l'esprit élevé, la douce confiance que me montrait la Sand, m'enchaînaient à elle tous les jours, à toute heure et à chaque instant davantage. Nous parlions de la littérature, des poètes et des artistes italiens ; de Venise, de son histoire, de ses monuments, de ses coutumes ; mais à chaque nouveau trait, elle m'interrompait en me demandant à quoi je pensais. Confus de me sentir surpris à être ainsi absorbé, en causant avec elle, je me prodiguais en excuses, devenant rouge comme braise, tandis qu'elle me disait avec un sourire presque imperceptible et un regard de la plus fine expression : "Oh ! docteur, je vous ennuie beaucoup avec mes mille questions !" Je restais muet.

Un soir qu'Alfred de Musset nous pria de nous éloigner de son lit parce qu'il se sentait passablement bien et avait envie de dormir, nous nous assîmes à une table près de la cheminée.

Eh bien ! Madame, lui dis-je, vous avez l'intention d'écrire un roman qui parle de la belle Venise ?

— Peut-être…, répondit-elle, puis elle prit un feuillet et se mit à écrire avec la fougue d'un improvisateur. Je la regardais étonné, contemplant ce visage ferme, sévère, inspiré ; puis, respectueux de ne pas la troubler, j'ouvris un volume de Victor Hugo qui était sur la table, et j'en lus quelques passages sans pouvoir y prêter la moindre attention. Ainsi passa une longue heure. Finalement, George Sand déposa la plume et, sans me regarder ni me parler, elle se prit la tête entre les mains et resta plus d'un quart d'heure dans cette attitude, puis, se levant, elle me regarda fixement, saisit le feuillet où elle avait écrit et me dit : "C'est pour vous." Ensuite, prenant la lumière, elle s'avança doucement vers Alfred qui dormait, et s'adressant à moi :

— Vous paraît-il, docteur, que la nuit sera tranquille ?

— Oui, répondis-je.

— Alors vous pouvez partir, et au revoir demain matin.

Je partis et rentrai droit à mon logis où je m'empressai de lire ce feuillet[84].

George Sand à Pietro Pagello

[Venise, (?) février 1834.]

En Morée.

Nés sous des cieux différents, nous n'avons ni les mêmes pensées ni le même langage ; avons-nous du moins des cœurs semblables ?

Le tiède et brumeux climat d'où je viens m'a laissé des impressions douces et mélancoliques : le généreux soleil qui a bruni ton front, quelles passions t'a-t-il données ? Je sais aimer et souffrir, et toi, comment aimes-tu ?

L'ardeur de tes regards, l'étreinte violente de tes bras, l'audace de tes désirs me tentent et me font peur. Je ne sais ni combattre ta passion ni la partager. Dans mon pays on n'aime pas ainsi ; je suis auprès de toi comme une pâle statue, je te regarde avec étonnement, avec désir, avec inquiétude.

Je ne sais pas si tu m'aimes vraiment. Je ne le saurai jamais. Tu prononces à peine quelques mots dans ma langue, et je ne sais pas assez la tienne pour te faire des questions si subtiles. Peut-être est-il impossible que je me fasse comprendre quand même je connaîtrais à fond la langue que tu parles.

Les lieux où nous avons vécu, les hommes qui nous ont enseignés, sont cause que nous avons sans doute des idées, des sentiments et des besoins inexplicables l'un pour l'autre. Ma nature débile et ton tempérament de feu doivent enfanter des pensées bien diverses. Tu dois ignorer ou mépriser les mille souffrances légères qui m'atteignent, tu dois rire de ce qui me fait pleurer.

Peut-être ne connais-tu pas les larmes.

Seras-tu pour moi un appui ou un maître ? Me consoleras-tu des maux que j'ai soufferts avant de te rencontrer ? Sauras-tu pourquoi je suis triste ? Connais-tu la compassion, la patience, l'amitié ? On t'a élevé peut-être dans la conviction que les femmes n'ont pas d'âme. Sais-tu qu'elles en ont une ? N'es-tu ni chrétien, ni musulman, ni civilisé ni barbare ; es-tu un homme ? Qu'y a-t-il dans cette mâle poitrine, dans cet œil de lion, dans ce front superbe ? Y a-t-il en toi une pensée noble et pure, un sentiment fraternel et pieux ? Quand tu dors, rêves-tu que tu voles vers le ciel ? Quand les hommes te font mal, espères-tu en Dieu ?

Serai-je ta compagne ou ton esclave ? Me désires-tu ou m'aimes-tu ? Quand ta passion sera satisfaite, sauras-tu me remercier ? Quand je te rendrai heureux, sauras-tu me le dire ?

Sais-tu ce que je suis, et t'inquiètes-tu de ne pas le savoir ? Suis-je pour toi quelque chose d'inconnu qui te fait chercher et songer, ou ne suis-je à tes yeux qu'une femme semblable à celles qui engraissent dans les harems ? Ton œil, où je crois voir briller un éclair divin, n'exprime-t-il qu'un désir semblable à celui que ces femmes apaisent ? Sais-tu ce que c'est que le désir de l'âme que n'assouvissent pas les sens, qu'aucune caresse humaine n'endort ni ne fatigue ? Quand ta maîtresse s'endort dans tes bras, restes-tu éveillé à la regarder, à prier Dieu et à pleurer ?

Les plaisirs de l'amour te laissent-ils haletant et abruti, ou te jettent-ils dans une extase divine ? Ton âme survit-elle à ton corps, quand tu quittes le sein de celle que tu aimes ?

Oh ! quand je te verrai calme, saurai-je si tu penses ou si tu te reposes ? Quand ton regard deviendra languissant, sera-ce de tendresse ou de lassitude ?

Peut-être penses-tu que tu ne connais pas[85]...... que je ne te connais pas. Je ne sais ni ta vie passée, ni ton caractère, ni ce que les hommes qui te connaissent pensent de toi. Peut-être es-tu le premier, peut-être le dernier d'entre eux. Je t'aime sans savoir si je pourrai t'estimer, je t'aime parce que tu me plais, peut-être serai-je forcée de te haïr bientôt.

Si tu étais un homme de ma patrie, je t'interrogerais et tu me comprendrais. Mais je serais peut-être plus malheureuse encore, car tu me tromperais.

Toi du moins ne me tromperas pas, tu ne me feras pas de vaines promesses et des faux serments. Tu m'aimeras comme tu sais et comme tu peux aimer. Ce que j'ai cherché en vain dans les autres, je ne le trouverai peut-être pas en toi, mais je pourrai toujours croire que tu le possèdes. Les regards et les caresses d'amour qui m'ont toujours menti, tu me les laisseras expliquer à mon gré, sans y joindre de trompeuses paroles. Je pourrai interpréter ta rêverie et faire parler éloquemment ton silence. J'attribuerai à tes actions l'intention que je te désirerai. Quand tu me regarderas tendrement, je croirai que ton âme s'adresse à la mienne ; quand tu regarderas le ciel, je croirai que ton intelligence remonte vers le foyer éternel dont elle émane.

Restons donc ainsi, n'apprends pas ma langue, je ne veux pas chercher dans la tienne les mots qui te diraient mes doutes et mes craintes. Je veux ignorer ce que tu fais de ta vie et quel rôle tu joues parmi les hommes. Je voudrais ne pas savoir ton nom, cache-moi ton âme que je puisse toujours la croire belle.

[Adresse :]
Au stupide Pagello[86].

Pietro Pagello, "Da Parigi a Genova"

Oui, oui, je ne puis nier que le génie de cette femme me surprît et m'annihilât. Si je l'aimais d'abord, vous pouvez vous imaginer combien je l'aimai davantage après cette lecture. J'aurais donné je ne sais quoi pour la voir aussitôt, me jeter à ses pieds, lui jurer un amour impérissable ; mais il était déjà tard, et je restais pourtant en face de cette feuille, la relisant deux fois avec le même enthousiasme. Cependant, quelques phrases, l'allure de cet écrit éveillèrent en moi, après la troisième lecture, un je ne sais quoi d'indéfinissable et d'amer qui me sembla me monter au cerveau des profondeurs du cœur…

Elle entoure son épicurisme d'une fine auréole de gloire, me disais-je ; elle me dépeint semblable à un demi-dieu et badine avec moi après m'avoir jeté sur le dos la tunique de Nessus. Je sens que je me laisse envelopper en vain de ses filets, et dans cette situation je me demande : "Sera-t-elle la première ou la dernière des femmes ?" Ensuite, ma position me revenait à l'esprit ; jeune, initié, je commençais à me procurer une clientèle pour laquelle la science ne suffit pas : il y faut encore une conduite sévère. En dernier lieu, je me rappelai Alfred de Musset qui, jeune, gravement malade, étranger, se fiait à mes soins et à mon amitié. Ces pensées m'agitaient l'âme et, me tenant la tête dans les mains, il me semblait que ma cervelle s'en allait de çà et de là, comme la navette du tisserand.

Levant les yeux, je vis devant moi le portrait de ma mère morte un an auparavant. Je crus l'entendre me répéter son proverbe : "Si tu trouves, dans la vie, des attraits qui contrastent avec les principes moraux que je t'ai inspirés, ceux-là te rendront malheureux." Je me jetai sur mon lit et passai le reste de la nuit sans dormir, travaillé par les idées contraires qui luttaient en moi.

A dix heures du matin, je fus, comme de coutume, faire ma visite à Alfred de Musset qui allait visiblement mieux, après avoir connu pour sa vie un grave péril. La Sand n'y était pas. Assis contre le lit du patient et causant avec lui, je n'osai demander où était sa compagne de voyage ; mais un mouvement involontaire me fit maintes fois regarder derrière moi comme si je la sentais approcher, et j'épiais la porte d'une chambre voisine d'où je m'attendais à la voir apparaître.

Il y avait pourtant deux désirs contraires en moi : l'un qui haletait ardemment de la voir, l'autre qui aurait voulu la fuir, mais celui-ci perdait toujours à la loterie.

Tout à coup s'ouvrit la porte que je regardais, et George Sand apparut, introduisant sa petite main dans un gant d'une rare blancheur, vêtue d'une robe de satin couleur noisette, avec un petit chapeau de peluche orné d'une belle plume d'autruche ondoyante, avec une écharpe de cachemire aux grandes arabesques, d'un excellent et fin goût français. Je ne l'avais vue encore si élégamment parée et j'en demeurais surpris, lorsque s'avançant vers moi avec une grâce et une désinvolture enchanteresses, elle me dit : "Signor Pagello, j'aurais besoin de votre compagnie pour aller faire quelques petits achats, si, cependant, cela ne vous dérange pas."

Je ne sus que bredouiller : que je me tenais honoré de me mettre à son service comme *cicerone* et comme interprète. Alfred alors nous congédia, et nous sortîmes ensemble. Quand je me sentis au grand air, il me sembla respirer plus librement, et je parlai avec plus de désinvolture et plus d'agilité. Elle me raconta comment elle vivait depuis quelques mois en relations avec Alfred, combien de raisons nombreuses elle avait de se plaindre de lui, et qu'elle était déterminée à ne pas retourner avec lui en France. Je vis alors mon sort, je n'en eus ni joie ni douleur, mais je m'y engouffrai les yeux fermés. Je vous fais grâce de la très longue conversation que j'eus avec George Sand, en nous promenant, trois heures durant, de-ci et de-là sur la place Saint-Marc. Nous parlâmes comme tout le monde en semblable cas. C'étaient les variations accoutumées du verbe *je t'aime*... Mais, après vingt jours écoulés, il survint des faits plus graves.

Mme Edmée de Musset à Alfred de Musset

Paris, ce jeudi 13 février 1834.

Il m'est impossible, mon cher enfant, de me rendre compte des motifs que tu peux avoir pour me laisser si longtemps sans nouvelles, après la promesse que tu m'avais faite de m'éviter au moins ce chagrin-là. Tu connais ma facilité malheureuse à m'inquiéter ; si tu lui laisses un libre cours, je ne puis pas prévoir où elle me conduira. Ces jours derniers, Hermine était malade, elle a pris un rhume en sortant d'un bal chez Mme Hennequin, qui nous avait invitées. Je veillais près d'elle et passais de longues nuits, que l'incertitude de ta position, de ta santé, rendaient bien tristes. Le matin, j'avais une fièvre nerveuse, la tête me tournait, il me semblait que j'allais devenir folle ; je pleurais, je marchais à grands pas dans ma chambre, cherchais quel moyen je pourrais imaginer pour me procurer de tes nouvelles. Enfin, j'ai supplié Paul, après plusieurs jours de cet état intolérable, d'aller voir Buloz et de savoir de lui si quelqu'un des amis de Mme Sand avait eu de ses nouvelles. Heureusement Buloz avait reçu une lettre de toi, datée du 27 janvier. Paul m'a calmé le sang en me rapportant cette nouvelle. Je ne suis plus malade, mais je suis bien triste ; car il faut que tu aies des raisons pour me laisser dans une pareille inquiétude, si tu n'es pas malade, ce que cette lettre à Buloz ne prouve nullement, puisque je ne l'ai pas lue ; au moins tu es ennuyé, lui-même l'a dit à Paul ; tu ne te plais plus à Venise, peut-être en es-tu parti ; je t'écris à tout hasard ; ma lettre ne te parviendra probablement pas, mais c'est le moindre de mes soucis. Je me soulage en t'écrivant ; il me semble au moins, pendant que je promène ma plume sur ce papier, que tu m'entends et que tu vas te hâter de soulager mon ennui en m'écrivant bien vite. Fais-le, mon bon fils, si cette lettre arrive jusqu'à toi, et surmonte la paresse ou le malaise qui t'en a empêché depuis six semaines, car il y a réellement tout ce temps que je n'ai reçu un mot de toi. La dernière qui m'a fait tant de plaisir est datée du 6 janvier : je l'ai relue bien des fois, mais maintenant je ne puis plus la relire, elle me fait mal, par cette phrase par laquelle tu la termines : "Ne crains pas, ma chère mère, que je te laisse sans nouvelles, il t'en coûtera des ports de lettres...", etc. N'y a-t-il pas, dans cette assurance, de quoi faire naître les plus vives inquiétudes ? Car, qui peut te détourner d'une si bonne et si chère résolution, que des accidents graves ou un état d'abattement causé par la maladie ? Je sens, mon cher enfant, que si rien de tout cela n'existe, je vais t'ennuyer par mes doléances ; mais figure-toi un peu ce que c'est que d'être à trois cents lieues de son fils chéri, et de ne savoir à quels saints se vouer pour savoir s'il existe ou s'il est mort, assassiné, noyé, que sais-je ? Il y a de quoi en perdre l'esprit et c'est ce que je fais...

Nous avons passé un triste carnaval [...].

Je ne sais pas si tu as reçu les deux lettres que je t'ai adressées à Venise ? La première était adressée poste restante, à Venise ; la seconde, quai des Esclavons ou bureau restant. Mais j'avais mis sur l'adresse : *Monsieur de Musset*, sans le prénom d'Alfred ; je crains que si tu l'as été chercher, on ne te l'ait pas donnée. Enfin, je me persuade que tu n'as pas reçu mes lettres, puisque tu n'as répondu à aucune. Celle-ci sera-t-elle plus heureuse ? Cela est fort douteux. Fais réclamer les autres si on ne te les as pas encore données. Il faudrait y aller toi-même, car on ne les donne pas à d'autres qu'à la personne même à laquelle elles sont adressées.

Mais cela n'est que du bavardage : tu le sais aussi bien que moi.

Je te quitte en t'embrassant bien tendrement ; ton frère et ta sœur en font autant, mais personne au monde ne t'aime comme

TA MÈRE.

George Sand à François Buloz

[Venise,] 13 février [1834].

Mon ami, Alfred est sauvé, il n'a pas eu de nouvelle crise et nous touchons au quatorzième jour sans que le mieux se soit interrompu. A la suite de l'affection cérébrale il s'est déclaré une inflammation de poitrine qui nous a un peu effrayés pendant deux jours. Il y avait déjà un crachement de sang. Mais les vésicatoires ont fait un très bon effet et les médecins n'ont plus aucune inquiétude. Je ne serai tranquille, pourtant, que quand cet affreux quatorzième jour sera passé. Alors j'écrirai à sa mère. Jusque-là une rechute est encore possible. Cependant il y a tout à espérer que cela n'arrivera pas. Il est en ce moment d'une faiblesse extrême et il extravague encore de temps en temps. Il demande des soins continuels le jour et la nuit. Ainsi, croyez bien que je ne cherche pas de prétexte pour retarder mon travail. Il y a huit nuits que je ne me suis déshabillée, je dors sur un sofa, et à toutes les heures il faut que je sois sur pied. Malgré cela, je trouve encore moyen, depuis que je suis rassurée sur sa vie, d'écrire quelques pages dans la matinée aux heures où il repose. Et cependant j'aimerais bien à en profiter pour reposer moi-même. Soyez sûr, mon ami, que ce n'est ni le courage, ni la volonté qui me manque. Vous ne désirez pas plus que moi que je remplisse mes engagements. Vous savez qu'une dette me cuit comme une plaie. Mais vous êtes assez notre ami pour avoir égard à ma situation et pour ne pas me laisser dans l'embarras. Je passe ici de bien tristes jours, seule auprès de ce lit où le moindre mouvement, le moindre bruit est pour moi un sujet d'effroi perpétuel. Dans cette disposition je n'écrirai pas des choses bien gaies, et je ne vous brocherai pas des œuvres légères. Elles seront lourdes, au contraire, comme ma fatigue et ma tristesse.

Ne me laissez pas sans argent, je vous en prie, je ne sais pas ce que je deviendrais. Je dépense vingt francs par jour en drogues de toute espèce. Nous ne savons comment le faire vivre. Il est tellement dégoûté de tout, qu'il faut changer sa boisson à chaque instant. Les médecins sont au bout de leurs inventions, on lui compose à chaque instant des sirops qu'il demande avec impatience et dont il est dégoûté après y avoir trempé les lèvres. J'ai à payer deux médecins qui font trois visites par jour et qui souvent passent la nuit auprès de lui. Pour surcroît de dépense, et de malheur, cette maladie nous cloue dans une auberge ruineuse que nous étions à la veille de quitter. A peine sera-t-il guéri qu'il voudra partir, car il a pris Venise en horreur et s'imagine qu'il y mourra s'il y reste. Pour subvenir à tout cela, je compte sur vos mille francs et sur mille autres que j'emprunte à M. de Larochefoucauld *[sic]*. Je reconduirai Alfred à Paris, et comme je n'aurai pour toute fortune que des dettes, j'irai sur-le-champ m'enfermer trois ou quatre mois en Berry où je travaillerai comme un diable. De cette manière vous aurez *Jacques* dans le temps convenu et je vous enverrai avant de quitter Venise une nouvelle que vous pourrez mettre dans la revue et qui complétera nos deux volumes avec *Metella.* Vous avez cinq feuillets de reste, du *Secrétaire intime*. J'imagine que *Metella* en fera au moins six. Je vous en ferai onze ou douze et tout s'arrangera dans le courant du mois, j'espère. Fiez-vous à mes bonnes intentions et prenez patience, j'ai besoin d'amitié maintenant plus que de reproches. Je vous prie en grâce de payer la dette d'Alfred et de lui écrire que c'est une affaire terminée. Vous ne pouvez pas imaginer l'impatience et l'inquiétude que cette petite affaire lui cause. Il m'en parle à tout instant et me recommande tous les jours de vous écrire à cet égard. Il doit ces trois cent soixante francs à un jeune homme qu'il connaît peu et qui peut s'en plaindre dans le monde. Alfred est très chatouilleux pour ces sortes de choses et ne rêve déjà que soufflets à donner et coups d'épée à échanger. Vous lui avez déjà fait des avances bien plus considérables, il s'est acquitté et vous ne craignez pas qu'il vous fasse banqueroute. Si par suite de sa maladie, il restait longtemps sans pouvoir travailler, soyez tranquille, mon travail subviendrait à cela. Faites-le donc, je vous prie, et écrivez-lui vite, une petite lettre bien courte et bien rassurante que je lui lirai et qui tranquillisera un des tourments de sa pauvre tête. Ah si vous saviez, mon ami, ce que c'était que ce délire ! Quelles choses sublimes et épouvantables il disait, et quelles convulsions, quels cris ! Je ne sais comment il a eu la force d'y résister et comment je ne suis pas devenue folle moi-même. Adieu, adieu mon ami.

T[out] à v[ous].

GEORGE.

(Ne parlez pas encore de sa maladie à cause de sa mère.)

[Adresse :]
Monsieur Buloz
r. des beaux arts, 6
Paris.

George Sand à Pietro Pagello

[Venise, fin février 1834.]

Aurons-nous assez de prudence et assez de bonheur, toi et moi, pour lui cacher notre secret pendant un mois ? Les amants n'ont pas de patience et ne savent pas se cacher. Si j'avais pris une chambre dans l'auberge, nous aurions pu nous voir sans le faire souffrir et sans nous exposer à le voir d'un moment à l'autre devenir furieux. Tu m'as dit de lui pardonner ; la compassion que me causaient ses larmes ne me portait que trop à suivre ton conseil ; mais ma raison me dit que ce pardon était un acte de faiblesse et d'imprudence, et que j'aurais bientôt sujet de m'en repentir. Son cœur n'est pas mauvais et sa fibre est très sensible ; mais son âme n'a ni force ni véritable noblesse. Elle fait de vains efforts pour se maintenir dans la dignité qu'elle devrait avoir. – Et puis, vois-tu, moi, je ne crois pas au repentir. Je ne sais pas ce que c'est. Jamais je n'ai eu sujet de demander pardon à qui que ce soit ; et quand je vois les torts recommencer après les larmes, le repentir qui vient après ne me semble plus qu'une faiblesse. – Tu me commandes d'être généreuse. Je le serai ; mais je crains que cela ne nous rende encore plus malheureux tous les trois. Dans deux ou trois jours, les soupçons d'Alfred recommenceront et deviendront peut-être des certitudes. Il suffira d'un regard entre nous pour le rendre fou de colère et de jalousie. S'il découvre la vérité, à présent, que ferons-nous pour le calmer ? Il nous détestera pour l'avoir trompé. – Je crois que le parti que j'avais pris aujourd'hui était le meilleur, Alfred aurait beaucoup pleuré, beaucoup souffert dans le premier moment, et puis il se serait calmé, et sa guérison aurait été plus prompte qu'elle ne le sera maintenant. Je ne me serais montrée à lui que le jour de son départ pour la France et je l'aurais accompagné. Du moment qu'il ne nous aurait plus vus ensemble, il n'aurait plus eu aucun sujet de colère et d'inquiétude, et nous aurions pu lui et moi arriver à Paris et nous y séparer avec amitié. Au lieu que nous serons peut-être ennemis jurés avant de quitter Venise. C'est le relâchement des nerfs après une crispation, c'est un besoin de pleurer après le besoin de blasphémer. Je ne peux pas être ainsi. Je ne peux pas être ainsi. Tant que j'aime, il m'est impossible d'injurier ce que j'aime, et quand j'ai dit une fois *je ne vous aime plus*, il est impossible à mon cœur de rétracter ce qu'a prononcé ma bouche. C'est là, je crois, un mauvais caractère : je suis orgueilleuse et dure. Sache cela, mon enfant, et ne m'offense jamais. Je ne suis pas généreuse, ma conscience me force à te le dire. Ma conduite peut être magnanime, mon cœur ne peut pas être miséricordieux. Je suis trop bilieuse, ce n'est pas ma faute. Je puis servir encore Alfred par devoir et par honneur, mais lui pardonner par amour, ce m'est impossible.

Songe à cela, réfléchis à mon caractère et souviens-toi de ce que tu as dit une fois :

Ella cessa de amare questo uomo per amarmi
Ella potra cessar de amarmi per amar un altro[87].

Je ne crois pas que j'en puisse aimer un autre à présent, si je cessais de t'aimer.

Je vieillis et mon cœur s'épuise, mais je puis devenir de glace pour toi d'un jour à l'autre. Prends garde, prends garde à moi ! Pour conserver mon amour et mon estime, il faut se tenir bien près de la perfection. Ah ! c'est que l'amour est une chose si grande et si belle ! L'amitié peut être oublieuse et tolérante. Je pardonne tout à mes amis, et il y en aura parmi eux que j'aime sans pouvoir les estimer. Mais l'amour, selon moi, c'est la vénération, c'est un culte. Et si mon dieu se laisse tomber tout à coup dans la crotte, il m'est impossible de le relever et de l'adorer. Mais je suis stupide de te faire de pareilles remontrances. Est-ce que tu es capable de dire une injure ou une grossièreté à une femme ! Non : pas même à celle qui te serait indifférente. C'est bien bête de ma part de le craindre et de me méfier. C'est toi au contraire qui dois te méfier de moi. Es-tu sûr que je sois digne d'un cœur aussi noble que le tien ? Je suis si exigeante et si sévère, ai-je bien le droit d'être ainsi ?

Mon cœur est-il pur comme l'or pour demander un amour irréprochable ? Hélas ! j'ai tant souffert, j'ai tant cherché cette perfection sans la rencontrer ! Est-ce toi, est-ce enfin toi, mon Pietro, qui réaliseras mon rêve ? Je le crois, et jusqu'ici je te vois grand comme Dieu. Pardonne-moi d'avoir peur quelquefois. C'est quand je suis seule et que je songe à mes maux passés que le doute et le découragement s'emparent de moi.

Quand je vois ta figure honnête et bonne, ton regard tendre et sincère, ton front pur comme celui d'un enfant, je me rassure et ne songe plus qu'au plaisir de te regarder. Tes paroles sont si belles et si bonnes ! tu parles une langue si mélodieuse, si nouvelle à mes oreilles et à mon âme ! Tout ce que tu penses, tout ce que tu fais est juste et saint. Oui, je t'aime, c'est toi que j'aurais dû toujours aimer. Pourquoi t'ai-je rencontré si tard ?

quand je ne t'apporte plus qu'une beauté flétrie par les années et un cœur usé par les déceptions. – Mais non, mon cœur n'est pas usé. Il est sévère, il est méfiant, il est inexorable, mais il est fort, ce passionné. Jamais je n'ai mieux senti sa vigueur et sa jeunesse que la dernière fois que tu m'as couverte de tes caresses[88]......

Oui, je peux encore aimer. Ceux qui disent que non en ont menti. Il n'y a que Dieu qui puisse me dire : "Tu n'aimeras plus." – Et je sens bien qu'il ne l'a pas dit. Je sens bien qu'il ne m'a pas retiré le feu du ciel ; et que, plus je suis devenue ambitieuse en amour, plus je suis devenue capable d'aimer celui qui satisfera mon ambition. C'est toi, oui, c'est toi. Reste ce que tu es à présent, n'y change rien. Je ne trouve rien en toi qui ne me plaise et ne me satisfasse. C'est la première fois que j'aime sans souffrir au bout de trois jours. Reste mon Pagello, avec ses gros baisers, son air simple, son sourire de jeune fille, ses caresses[89]...... son grand gilet, son grand regard doux...... Oh ! quand serai-je ici seule au monde avec toi ? Tu m'enfermeras dans ta chambre et tu emporteras la clef quand tu sortiras, afin que je ne voie, que je n'entende rien que toi, et tu...... – Etre heureuse un an et mourir. Je ne demande que cela à Dieu et à toi. Bonsoir, *mio Piero*, mon bon cher ami, je ne pense plus à mes chagrins quand je parle avec toi. Pourtant mentir toujours est bien triste. Cette dissimulation m'est odieuse. Cet amour si mal payé, si déplorable, qui agonise entre moi et Alfred, sans pouvoir recommencer ni finir, est un supplice. Il est là devant moi comme un mauvais présage pour l'avenir et semble me dire à tout instant : "Voilà ce que devient l'amour." Mais non, mais non, je ne veux pas le croire, je veux espérer, croire en toi seul, t'aimer en dépit de tout et en dépit de moi-même. Je ne le voulais pas. Tu m'y as forcée. Dieu aussi l'a voulu. Que ma destinée s'accomplisse[90].

George Sand à Pietro Pagello

[Venise, fin février ou début mars 1834.]

Nous souffrons, mon ami, nous souffrons ! As-tu du courage ? J'ai besoin du tien, pour aider le mien ; car je suis triste à mourir. Ma vie est affreuse auprès d'Alfred. Nous avons tant souffert l'un et l'autre, que nous ne pouvons plus être calmes. Tous nos entretiens sont pleins d'amertume et nous ne pouvons parler ni du passé, ni du présent, ni de l'avenir, sans nous reprocher, indirectement ou directement, le mal que nous [nous] sommes fait. J'espère que dans quelques jours, il aura la force de s'occuper, ou de se distraire et que notre intimité deviendra plus supportable. En attendant, l'ennui et la tristesse me rongent ; aide-moi à être patiente ; et ne me montre pas ton chagrin : il me fait encore plus de mal que tout le reste. Ce matin, tu étais triste ; tu as dit des mots de découragement que j'ai compris : mon ami, mon ami, je t'en prie, cache-moi tes souffrances. Il me faut bien du stoïcisme pour ne pas céder aux miennes et pour ne pas réclamer et reprendre la liberté qui m'appartient. Ce soir, quand j'ai été obligée de refuser de sortir avec toi, mon cœur s'est déchiré, et quand tu as été parti, j'ai eu une envie de pleurer, qui a été pour moi un supplice. Mais j'avais vu tant de froideur et de tristesse sur la figure d'Alfred que j'avais cru devoir lui faire ce sacrifice. Eh bien, nos relations sont tellement gâtées et empoisonnées, que tout s'aigrit et tourne mal entre nous. Quand il a vu que je restais, il m'a reproché d'être triste et de ne pas savoir cacher mon déplaisir. Que faire ? Je ne puis feindre pour lui l'amour que je n'ai plus. Celui qu'il me témoigne à présent, et qui m'aurait donné tant de joie il y a deux mois, ne me touche plus, et me persuade encore moins. Qu'est-ce qu'un amour semblable ? Quand j'étais son esclave, il m'aimait faiblement ; à présent que je rentre dans les droits de ma raison, son orgueil blessé s'attache à moi et me poursuit comme une conquête difficile… Tu as raison, quand tu dis qu'il ne m'aurait pas plus tôt soumise de nouveau, qu'il en abuserait : il ne connaît pas le véritable amour. Celui-là n'a pas besoin de querelles pour se tenir éveillé : il n'est ni languissant, ni malade ; il n'a pas besoin d'excitants ; il est sain et fort. Le bonheur ne l'endort pas, le repos et la confiance ne le tuent pas ; il ne connaît ni la jalousie ni la colère ; il ne demande jamais pardon parce qu'il n'offense jamais ; il est égal et pur comme un beau ciel : il n'a pas besoin de nuages pour faire ressortir sa splendeur.

J'ai été aveugle et folle, quand j'ai espéré que cet enfant le comprendrait. Il est aussi capable de constance que de ressentiment. Il n'a ni haine, ni amour, il n'est ni bon, ni méchant. Il est beau, aimable, intelligent ; il sera heureux avec d'autres caractères que le mien. Il me tarde de lui avoir rendu sa liberté et de reprendre la mienne. Oh, ma liberté, ma sainte liberté ! que j'avais eu tant de peine à conquérir, et que j'avais tant juré de conserver !

Eh bien, je ne la désire que pour la sacrifier à nouveau ; mon cœur ne rompt cette chaîne que pour en chercher une plus forte. C'est fou, je le sais, mais il m'est impossible de n'avoir pas en toi une confiance aveugle, et de ne pas croire que le bonheur est enfin pour moi dans ton amour. Si tu connaissais ma vie, et si tu comprenais bien mon triste cœur, tu me dirais peut-être toi-même que je suis imprudente.

Il n'est pas un de mes amis qui ne me conseillât, si je le consultais, de fermer désormais mon âme à toute passion forte ; mais cela ne m'empêcherait pas de me livrer à toi et de m'endormir tranquille dans tes bras. Si le malheur nous éprouve, si notre affection nous fait souffrir un jour, ou que la maladie, la misère ou la méchanceté humaine nous assiègent, n'importe. Nous aurons aimé, nous aurons été heureux. Je me sens encore le courage de souffrir. J'ai tant souffert pour des êtres, qui ne te valaient pas, soit en amour, soit en amitié : que je souffre encore, si Dieu le veut, mais que tu m'aimes et que j'aie encore sur la terre quelques jours comme ceux que tu m'as donnés ! Qu'il soit ce qu'il voudra, le bonheur vaut bien la peine d'être acheté. Il y a huit mois que je vis avec la pensée de la mort. Dès le jour où j'ai aimé Alfred, j'ai joué à tout instant avec le suicide. Je me suis habituée à dire, encore un mois, encore une semaine, et puis deux balles dans la tête, ou une dose d'opium dans l'estomac. Quand je t'ai connu, j'aurais donné ma vie pour deux sous, comme dit Francesco[91]. Je me serais jetée dans la mer, non pas seulement pour sauver mon semblable, mais pour en retirer un chien ou pour ramasser mon mouchoir. A présent, je ne suis plus capable de peur.

J'ai été aussi loin dans le désespoir qu'une âme humaine peut aller. J'y ai contracté une force d'inertie, qui est au-dessus de l'héroïsme, bien qu'elle n'y ressemble guère, rien ne peut m'effrayer. Il ne peut pas se trouver sur ma route de passages plus rudes que ceux que j'ai traversés : j'irai, tant qu'il y aura encore quelques fleurs au bord du chemin, et je les cueillerai sans m'inquiéter des abîmes, qui sont auprès. On m'a dit cent fois que l'amour était une chimère et le bonheur un rêve. Je me le suis dit cent fois à moi-même. Mais tant que je me sentirai la force de désirer le bonheur et l'amour, j'aurai la force de les espérer.

Tu ne doutes pas, toi ? tu es jeune et fort, ton âme est toute neuve, toute belle, toute vigoureuse. Eh bien, quand même tu ne serais qu'un brave et noble fou, tu vaudrais mieux que tous ceux qui nient. Conduis-moi où tu voudras. Je me fie à ta vertu ; aimons, souffrons, mourons ensemble.

Adieu, mon Pierre ! Adieu, mon bon garçon, mon noble cœur ! Je t'aime, et je t'estime. Tu ne sais pas quelle valeur ce dernier mot a dans ma bouche ; il en a bien moins dans la tienne, mon enfant. Tu es si loyal et si bon, que tu crois à beaucoup de gens vertueux. Moi, je doute de l'univers entier, et je n'en excepte que toi.

Nous nous verrons demain soir ; nous irons au spectacle ensemble, qu'Alfred se fâche, ou non. Je lui ai fait assez de sacrifices depuis deux jours pour avoir droit à un jour de liberté. Aie du courage ; aime-moi ; souviens-toi que je t'aime, comme si je n'avais jamais souffert. Sois sûr que la mort seule pourrait m'empêcher de revenir à toi dans peu. Aie confiance en moi, comme j'ai confiance en toi. Adieu, mon âme, adieu mon espoir et mon bonheur : je t'aime…

G…

George Sand à Alfred Tattet[92]

[Venise, 4 (?) mars 1834.]

Alfred ne va pas mal ; nous irons au spectacle si vous voulez. Mais guérissez-vous de votre rhume et soignez-vous.
Tout à vous.

GEORGE.

[Adresse :]
A Monsieur Alfred Tattet,
Hôtel de l'Europe.

George Sand à François Buloz

Venise, 4 (?) mars 1834.

[…] Alfred est sauvé et va de mieux en mieux. Je travaille beaucoup et nous allons parler d'affaires le plus clairement possible. […]

Remerciez pour moi Sainte-Beuve de la part qu'il a prise à mes chagrins, et demandez-lui comme un véritable service à me rendre, de corriger les épreuves de *Leone Leoni*, les fautes d'orthographe, les mots répétés, les phrases anti-françaises, les mots de mauvais goût, etc. Donnez-lui plein pouvoir sur tout cela.

S'il en est temps encore, faites les mêmes corrections sur *Melchior* et *La Marquise.*

Adieu mon ami, je tombe de fatigue et de sommeil. J'ai travaillé onze heures cette nuit. Si je ne tombe pas malade, et j'espère que non, car je me sens très forte en ce moment, je porterai à Paris au mois d'avril le premier volume de *Jacques*. Il est commencé, et j'y ai travaillé alternativement avec *André*, lorsque j'étais souffrante. Je vous remercie encore de votre intérêt et vous quitte pour aller avec M. Tattet au théâtre de la Fenice où chantent Mme Pasta et Donzelli. Je n'y ai pas encore été depuis que je suis à Venise. Je commence seulement à pouvoir quitter Alfred une heure ou deux le soir pour prendre l'air. Il fait ici un temps délicieux, un clair de lune fantastique comme le style d'*Ahasvérus* et Venise est belle comme Gerdès[93].

T[out] à v[ous].

GEORGE.

Dès que vous aurez reçu le manuscrit veuillez envoyer les mille francs à M. Boucoiran passage Choiseul, 18.

George Sand à Casimir Dudevant

[Venise, 5 mars 1834.]

[…] Moi j'ai été sérieusement malade. La fièvre qui m'avait prise à Gênes et ensuite à Florence m'a reprise à mon arrivée ici et je suis restée quinze jours au lit avec des douleurs insupportables à la tête. Enfin la saignée et la quinine m'ont rétablie. J'ai encore traîné quinze jours avant d'être tout à fait bien.

Maintenant je suis très forte et je travaille énormément. Je me promène aussi beaucoup et je vais de temps en temps au spectacle qui est fort bon. Nous avons

Mme Pasta et Donzelli. Comme je me plais beaucoup ici, que Venise est la plus belle ville de l'univers et que la vie y est charmante à bon marché, j'ai renoncé à pousser plus loin mon voyage et j'y resterai encore ce mois-ci. Le mois prochain je retournerai à Paris par Genève et après avoir vu et embrassé Maurice, j'irai passer l'été à Nohant. [...]

AURORE.

[Adresse :]
Monsieur Dudevant
La Châtre – Indre
France.

George Sand à Pietro Pagello

[Venise, début de mars 1834.]

Mon ange, prends courage. Je ne pourrai plus sortir avec toi. J'ai encore eu bien du chagrin aujourd'hui. Alfred a été très triste et très bon. Je vois qu'il n'ose plus se fâcher de notre intimité, mais qu'elle le fait souffrir. Je serais cruelle, si je ne lui épargnais les maux que je puis lui épargner. Je sais que loin de t'en plaindre, tu m'approuveras. Aie confiance en mon amour et en ma parole. Je ferai pour lui tout ce que l'amitié et la compassion pourront me dicter ; mais mon cœur et ma personne n'appartiendront plus jamais qu'à toi. Sois donc tranquille et souffre avec patience. Souviens-toi que je t'ai promis de revenir bientôt, et que tu m'as promis de ne jamais douter de moi. Ta confiance est ce qui t'ennoblit le plus à mes yeux et ce qui m'attache à toi par une estime plus solide.

Continue à venir nous voir le soir ; mais je crois que tu feras bien de ne plus venir tous les matins. Je t'écrirai quand je pourrai m'échapper et te donner rendez-vous en gondole ; ce ne sera pas avant deux ou trois jours. Il faut que j'accoutume Alfred à me voir sortir seule sans me soupçonner. Espérons encore une ou deux journées de bonheur avant de nous quitter, et ensuite prions Dieu de faire marcher le temps vite et aimons-nous.

George Sand à Hippolyte Chatiron[94]

Venise, 6 mars [1834].

Mon ami, je te remercie de ta lettre. Ton souvenir malgré tout me fait toujours du plaisir et du bien. J'ai tardé à te répondre parce que je viens de faire une maladie assez grave. Je suis bien à présent et au moment de quitter l'Italie, je commence à m'y acclimater. Mais j'y reviendrai, car après avoir goûté de ce pays-là, on se croit chassé du paradis quand on retourne en France. Du moins, voilà l'effet que cela me fera. Je n'ai pas été charmée de la Toscane, mais Venise est la plus belle chose qu'il y ait au monde. Toute cette architecture mauresque en marbre blanc au milieu de l'eau limpide et sous un ciel magnifique, ce peuple si gai, si insouciant, si chantant, si spirituel, ces gondoles, ces églises, ces galeries de tableaux, toutes les femmes jolies ou élégantes[95], la mer qui se brise à vos oreilles, des clairs de lune comme il n'y en a nulle part ; des chœurs de gondoliers qui sont quelquefois très justes ; des sérénades sous toutes les fenêtres ; des cafés pleins de Turcs et d'Arméniens, de beaux et vastes théâtres, où chantent Mme Pasta et Donzelli ; des palais magnifiques ; un théâtre de polichinelle qui enfonce à dix pieds sous terre celui de Nohant et les farces de Gustave Malus[96] ; des huîtres délicieuses, qu'on pêche sur les marches de toutes les maisons ; du vin de Chypre à vingt-cinq sous la bouteille ; des poulets excellents à dix sous ; des fleurs en plein hiver, et, au mois de février, la chaleur de notre mois de mai : que veux-tu de mieux ?

Je ne me suis pas doutée des autres plaisirs de l'hiver. Je n'aime pas le monde, comme tu sais. Je me suis bornée à deux ou trois personnes excellentes, et j'ai vu le carnaval par la fenêtre.

Il m'a semblé fort au-dessous de sa réputation[97]. Il aurait fallu le voir aux bals masqués des théâtres ; mais je me suis trouvée malade à cette époque-là et je n'ai pu y aller. Je le regrette peu ; ce que je cherchais ici, je l'ai trouvé : un beau climat, des objets d'art à profusion, une vie libre et calme, du temps pour travailler et des amis. Pourquoi faut-il que je ne puisse bâtir mon nid sur cette branche ? Mais mes poussins ne sont pas ici et je ne puis m'y plaire qu'en passant. J'attends le mois d'avril pour passer les Alpes, et je m'en irai par Genève. Je compte donc être à Paris dans le courant du mois prochain.

[…] Vraiment la société est une sotte chose et la vie une espèce de lavement qu'il faut promener sous peine d'avoir la colique. L'amour du travail sauve de tout. Je bénis ma grand-mère, qui m'a forcée d'en prendre l'habitude. Cette habitude est devenue une faculté, et cette faculté un besoin. J'en suis venue à travailler sans être malade treize heures de suite, et terme moyen sans me fatiguer, sept ou huit heures par jour, bonne ou mauvaise soit la besogne. Elle me rapporte beaucoup d'argent et me consomme beaucoup de temps, que j'emploierais à avoir le spleen, auquel me porte mon tempérament bilieux. Si comme toi, je n'avais pas envie d'écrire, je voudrais du moins lire beaucoup. Je regrette même que mes affaires d'argent me forcent de faire toujours sortir quelque chose de mon cerveau sans me donner le temps d'y faire rien entrer. J'aspire à avoir une année tout entière de solitude et de liberté complète, afin de m'entasser dans la tête tous les chefs-d'œuvre étrangers que je connais peu ou point. Je m'en promets un grand plaisir et j'envie ceux qui peuvent s'en donner à discrétion. Mais moi quand j'ai barbouillé du papier à la tâche, je n'ai plus de facultés que pour aller boire du café et fumer des cigarettes sur la place Saint-Marc, en écorchant l'italien avec mes amis de Venise. C'est encore très agréable, non pas mon italien, mais le tabac, les amis et la place Saint-Marc. Je voudrais t'y transporter d'un coup de baguette et jouir de ton étonnement.

Nous savons si peu ce qu'est l'architecture, et notre pauvre Paris est si laid, si sale, si raté, si mesquin, sous ce rapport ! Il n'y a pourtant que lui au monde, pour le luxe et le bien-être matériel. L'industrie y triomphe de tout et supplée à tout ; mais, quand on n'est pas riche, on y subit toute sorte de privations. Ici, avec cent écus par mois, je vis mieux qu'à Paris avec trois cents. Pourquoi diable, toi et ta femme, qui êtes indépendants, qui n'avez ni place, ni famille, ni amour du monde, ni relations obligatoires en France, ne venez-vous pas vous établir ici ? Vous y feriez des économies en y vivant très bien ; vous y élèveriez votre fille aussi bien que partout ailleurs. Vous y auriez mille commodités que vous ne pouvez avoir à Paris : un logement cent fois plus joli et plus vaste, une gondole avec un gondolier qui serait en même temps votre domestique ; le tout pour soixante francs par mois ; ce qui représente à Paris une voiture, une paire de chevaux, un cocher et un valet de chambre, c'est-à-dire douze à quinze mille francs par an. Le bois et le vin à très bas prix ; les habits, les marchandises de toute sorte, les denrées de tout pays à moitié prix de Paris. Je paye ici une paire de souliers en maroquin quatre francs. Hier, nous avons été au café, nous étions trois ; nous y avons pris chacun trois glaces, une tasse de café et un verre de punch, plus des gâteaux à discrétion pour compléter les jouissances de deux grandes heures de bavardage. Cela nous a coûté, en tout, quatre livres autrichiennes ; la livre autrichienne vaut un peu moins de dix-huit sous de France.

Si vous voulez y venir, comme j'y retournerai passer l'hiver prochain, je vous y piloterai. Le voyage vous coûtera mille francs, pour vous deux ; mais vous y vivrez pour mille écus par an et quand vous n'y resteriez que deux ans, vous dépenseriez en tout avec le voyage pour revenir cinq mille francs. C'est probablement moins que vous ne dépensez à Paris dans une année, et, par-dessus le marché, vous connaîtriez Venise, la plus belle ville de l'univers. Si je n'avais pas mon fils cloué au collège Henri-IV, certainement je prendrais ma fille avec moi et je viendrais me planter ici pour plusieurs années. J'y travaillerais comme j'ai coutume de faire et je retournerais en France, quand j'en aurais assez, avec un certain magot d'argent. [...]

George Sand à Jules Boucoiran

Venise, 7 mars 1834.

[...]

Ne donnez en aucune façon mes clefs à M. Dudevant[98], s'il vous les demande, ne dites pas que je vous l'ai défendu ; mais dites que n'ayant pas mon avis à cet égard, vous ne pouvez le prendre sur vous. Cette réponse est désagréable à vous dicter. En aurez-vous le courage, pour me rendre un grand service ? Mon mari en fouillant dans mes papiers peut trouver des armes contre moi et me faire les plus mauvaises affaires. Prévenez aussi mon portier de ne laisser opérer aucun serrurier sous ses ordres, ou sous ceux de Mlle Julie. Il n'est pas censé connaître M. Dudevant et son devoir est de garder aveuglément les portes des locataires. Je crains un peu le retour si prompt de mon mari pendant mon absence. Peut-être feriez-vous bien de prendre chez vous indistinctement tous les papiers écrits que vous trouverez dans mon appartement. Les deux tiroirs de mon bureau sont pleins de lettres. Mon pupitre à écrire en contient aussi je crois, et il y a un grand livre de cuir de Russie fermant à clé, et sur le dos duquel est écrit : *Sketches and Hints*, que je tiens à ne pas laisser traîner[99]. Emportez tout cela chez vous. C'est le plus sûr. Mon mari a le droit de forcer mon domicile, qui est censé le sien, puisque nous ne sommes pas séparés légalement. Une fois sûr de mes papiers vous n'aurez plus qu'à protéger mon argenterie et mon linge, ce qui sera plus facile. Faites attention qu'il ne reste pas dans la chambre d'Alfred quelques hardes masculines qu'il ferait bon aussi de ne pas laisser trouver. […]

Adieu. Je vous embrasse de toute mon âme.

A vous.

GEORGE.

[…]

George Sand à Sosthènes de La Rochefoucauld

[Venise, 7 mars 1834.]

Mon ami, vous êtes bon et généreux. Je le savais. Vous pouvez le dire de ma part à ceux qui prétendent que je dis du mal de vous. […]

Mon malade est en convalescence, mon travail rapide me remettra en peu de jours au courant de mes affaires. Je me porte assez bien, je rêve beaucoup. J'aime Venise et je suis triste, faites quelque chose avec cela, si vous croyez que ma position vaille la peine d'être définie, comme vous dites, moi je ne m'en mêle pas. Je sais que je n'échappe à une douleur que pour tomber dans une autre. Ma destinée le veut ainsi et nulle amitié ne peut m'en préserver. Mais la vôtre peut toujours adoucir mes maux et je ne rougis jamais d'y avoir recours dans ces moments-là. Comme je ne suis pas absolument dépourvue de fierté, c'est la plus grande part d'estime que je puisse donner à un ami.

Mon compagnon de voyage, rétabli de sa cruelle maladie, reste débile et menacé de la poitrine. Vous comprenez à quoi ma conscience et mon affection m'obligent. Je compte voyager et vivre seule pendant deux ou trois ans. Vous savez mes anciens projets de retraite en Suisse. J'irai les accomplir en Orient, plus loin si je peux. Je voudrais pousser mon voyage jusqu'à cet autre monde d'où l'on ne revient pas.

J'irai reconduire mon malade à Paris, et embrasser mes enfants le mois prochain. Je repartirai presque aussitôt avec ma fille. Vous viendrez me dire adieu n'est-ce pas, et au moment d'une séparation peut-être éternelle, vous oublierez tout à fait cette espèce de méfiance qui vous reste peut-être contre moi ? Il faudra au moins me le dire pour que je parte tranquille. [...]

Tout à vous.

G. S.

[Adresse :]
Monsieur
Monsieur le Vicomte de la Rochefoucauld
Rue de Varennes n° 33
Paris.

George Sand à Pietro Pagello[100]
[Traduction]

[Venise, ... mars 1834.]

Il a été très mal cette nuit, le pauvre enfant ! Il croyait voir des fantômes autour de son lit, et criait toujours : "Je suis fou, je deviens fou !" Je crains beaucoup pour sa raison. Il faut savoir du gondolier s'il n'a pas bu du vin de Chypre dans la gondole, hier. S'il n'était qu'ivre...

Note de George Sand à propos de la "Nuit de la lettre[101]"

La lettre à laquelle il est fait allusion dans celle qui précède, et qui a donné lieu à de si belles histoires, forme neuf petites lignes écrites au crayon sur le revers d'une *Canzonetta nuova, sopra l'elisire d'amore*, que l'on chantait et criait à un sou dans les rues de Venise. Il l'avait achetée le matin et elle se trouvait sur la table. Il était alors tourmenté de visions et de soupçons jaloux. Elle le veillait toujours, bien qu'il fût en convalescence. Mais il était souvent très agité. Le croyant endormi, et ne voulant pas l'éveiller en cherchant une plume et du papier, elle écrivit sur le verso de cette chanson[102] :

"*Egli è stato molto male questa notte, poveretto ! Crediva di vedere fantasmi intorno al suo letto, e gridava sempre son matto* Je deviens fou ! *Temo molto per la sua ragione. Bisogna sapere del gondoliere se non ha bevuto vino di Cipro nella gondola, ieri. Se fosse ubb[riaco]...*" Ici elle fut interrompue. Il avait fait un mouvement ; elle mit ce qu'elle écrivait dans sa poche. Il s'en aperçut et demanda à le voir. Elle s'y refusa, promettant de le lui montrer plus tard.

Voici la traduction :

"Il a été très mal cette nuit, le pauvre enfant ! Il croyait voir des fantômes autour de son lit, et criait toujours : "Je suis fou, je deviens fou !" Je crains beaucoup pour sa raison. Il faut savoir du gondolier s'il n'a pas bu du vin de Chypre dans la gondole, hier. S'il n'était qu'ivre..." Probablement la phrase devait être terminée ainsi : "S'il n'était qu'ivre ce ne serait pas si inquiétant."

Il éprouvait un insurmontable besoin de relever ses forces par des excitants et deux ou trois fois, malgré toutes les précautions il réussit à boire, en s'échappant sous prétexte de promenade en gondole. Chaque fois, il eut des crises épouvantables, et il ne fallait pas en parler au médecin devant lui, car il s'emportait sérieusement contre les révélations. Comme lui-même craignait pour sa raison, il n'est pas étonnant non plus qu'elle ne voulût pas lui montrer cette phrase : *Temo molto per la sua ragione.* Et comme pour lui ôter des soupçons qui par moments l'exaspéraient elle n'osait plus parler de lui *a parte* au médecin, c'est bien souvent sur des bouts de papier glissés furtivement qu'elle put lui rendre compte des crises dont il fallait qu'il fût informé.

Plus tard elle consentit à Paris à lui remettre cette fameuse lettre. Elle eut tort. Elle le croyait très calme et très guéri dans ce moment-là. Il fut d'abord très reconnaissant et très consolé. Mais son imagination que les boissons excitantes ramenèrent bientôt aux accès de délire, travailla énormément sur cette phrase : *Temo molto per la sua ragione.* Il en parla peut-être à son frère. De là l'épouvantable et infâme accusation de l'avoir menacé à Venise de *la maison des fous.* Mais jamais une si méprisable idée ne lui est venue à lui ! Il était fantasque, injuste, fou réellement dans l'ivresse ; mais jamais calomniateur de sang-froid.

Il faut donc mettre ses torts sur le compte des gens qui ont pris ses hallucinations au sérieux. Cette idée était déjà si loin d'elle et de lui qu'elle n'a pas craint, elle n'a pas seulement songé à craindre, dans une des *Lettres d'un voyageur*, qu'elle lui écrivit de Venise, de décrire cette maison de fous[103], où jamais l'idée de le faire entrer ne peut être venue à personne.

Dicté par Alfred de Musset à son frère[104]

[Décembre 1852.]

Il y avait à peu près huit ou dix jours que j'étais malade à Venise. Un soir, Pagello et G. S. étaient assis près de mon lit. Je voyais l'un, je ne voyais pas l'autre, et je les entendais tous deux. Par instants, les sons de leurs voix me paraissaient faibles et lointains ; par instants, ils résonnaient dans ma tête avec un bruit insupportable. Je sentais les bouffées de froid monter du fond de mon lit, une vapeur glacée, comme il en sort d'une cave ou d'un tombeau, me pénétrer jusqu'à la moelle des os. Je conçus la pensée d'appeler, mais je ne l'essayai même pas, tant il y avait loin du siège de ma pensée aux organes qui auraient dû l'exprimer. A l'idée qu'on pouvait me croire mort et m'enterrer avec ce reste de vie réfugié dans mon cerveau, j'eus peur ; et il me fut impossible d'en donner aucun signe. Par bonheur, une main, je ne sais laquelle, ôta de mon front la compresse d'eau froide, et je sentis un peu de chaleur.

J'entendis alors mes deux gardiens se consulter sur mon état. Ils n'espéraient plus me sauver. Pagello s'approcha du lit et me tâta le pouls. Le mouvement qu'il me fit faire était si brusque pour ma pauvre machine que je souffris comme si on m'eût écartelé. Le médecin ne se donna pas la peine de poser doucement mon bras sur le lit. Il le jeta comme une chose inerte, me croyant mort ou à peu près. A cette secousse terrible, je sentis toutes mes fibres se rompre à la fois ; j'entendis un coup de tonnerre dans ma tête et je m'évanouis. Il se passa ensuite un long temps. Est-ce le même jour ou le lendemain que je vis le tableau suivant, c'est ce que je ne saurais dire aujourd'hui. Quoi qu'il en soit, je suis certain d'avoir aperçu ce tableau que j'aurais pris pour une vision de malade si d'autres preuves et des aveux complets ne m'eussent appris que je ne m'étais pas trompé. En face de moi je voyais une femme assise sur les genoux d'un homme. Elle avait la tête renversée en arrière. Je n'avais pas la force de soulever ma paupière pour voir le haut de ce groupe, où la tête de l'homme devait se trouver. Le rideau du lit me dérobait aussi une partie du groupe ; mais cette tête que je cherchais vint d'elle-même se poser dans mon rayon visuel. Je vis les deux personnes s'embrasser : dans le premier moment, ce tableau ne me fit pas une vive impression. Il me fallut une minute pour comprendre cette révélation ; mais je compris tout à coup et je poussai un léger cri. J'essayai alors de tourner ma tête sur l'oreiller et elle tourna. Ce succès me rendit si joyeux, que j'oubliai mon indignation et mon horreur et que j'aurais voulu pouvoir appeler mes gardiens pour leur crier : "Mes amis, je suis vivant !" Mais je songeai qu'ils ne s'en réjouiraient pas et je les regardai fixement. Pagello s'approcha de moi, me regarda et dit : "Il va mieux. S'il continue ainsi, il est sauvé !" Je l'étais en effet.

C'est, je crois, le même soir, ou le lendemain peut-être, que Pagello s'apprêtait à sortir lorsque G. S. lui dit de rester et lui offrit de prendre le thé avec elle. Pagello accepta la proposition. Il s'assit et causa gaiement. Ils se parlèrent ensuite à voix basse, et j'entendis qu'ils projetaient d'aller dîner ensemble en gondole à Murano. "Quand donc, pensai-je, iront-ils dîner ensemble à Murano ? Apparemment quand je serai enterré." Mais je songeai que les dîneurs comptaient sans leur hôte. En les regardant prendre leur thé, je m'aperçus qu'ils buvaient l'un après l'autre dans la même tasse. Lorsque ce fut fini, Pagello voulut sortir. G. S. le reconduisit. Ils passèrent derrière un paravent, et je soupçonnai qu'ils s'y embrassaient. G. S. prit ensuite une lumière pour éclairer Pagello. Ils restèrent quelque temps ensemble sur l'escalier. Pendant ce temps-là, je réussis à soulever mon corps sur mes mains tremblantes. Je me mis *à quatre pattes* sur le lit. Je regardai la table de toute la force de mes yeux. Il n'y avait qu'une tasse ! Je ne m'étais pas trompé. Ils étaient amants ! Cela ne pouvait plus souffrir l'ombre d'un doute. J'en savais assez. Cependant je trouvai encore le moyen de douter, tant j'avais de répugnance à croire une chose si horrible !

[...]

Nous étions logés à Saint-Moïse, dans une petite rue qui aboutissait au *traghetto* du Grand Canal. Je m'expliquai un soir avec George Sand. Elle nia effrontément ce que j'avais vu et entendu et me soutint que tout cela était une invention de la fièvre. Malgré l'assurance dont elle faisait parade, elle craignait qu'en présence de Pagello il lui devînt impossible de nier, et elle voulut le prévenir, probablement même lui dicter les réponses qu'il devait me faire lorsque je l'interrogerais. Pendant la nuit, je vis de la lumière sous la porte qui séparait nos deux chambres. Je mis ma robe de chambre et j'entrai chez George. Un froissement m'apprit qu'elle cachait un papier dans son lit. D'ailleurs elle écrivait sur ses genoux et l'encrier était sur sa table de nuit. Je n'hésitai pas à lui dire que je savais qu'elle écrivait à Pagello et que je saurais bien déjouer ses manœuvres. Elle se mit dans une colère épouvantable et me déclara que si je continuais ainsi, je ne sortirais jamais de Venise. Je lui demandai comment elle m'en empêcherait. “En vous faisant enfermer dans une maison de fous”, me répondit-elle. J'avoue que j'eus peur. Je rentrai dans ma chambre sans oser répliquer. J'entendis George Sand se lever, marcher, ouvrir la fenêtre et la refermer. Persuadé qu'elle avait déchiré sa lettre à Pagello et jeté les morceaux par la fenêtre, j'attendis le point du jour et je descendis en robe de chambre dans la ruelle. La porte de la maison était ouverte, ce qui m'étonna beaucoup. Je regardai dans la rue et j'aperçus une femme en jupon enveloppée d'un châle. Elle était courbée. Elle cherchait quelque chose à terre. Le vent était glacial. Je frappai sur l'épaule de la chercheuse, lui disant, comme dans le *Majorat*[105] : "George, George, que viens-tu faire ici à cette heure ? Tu ne retrouveras pas les morceaux de ta lettre. Le vent les a balayés ; mais ta présence ici me prouve que tu avais écrit à Pagello."

Elle me répondit que je ne coucherais pas ce soir dans mon lit ; qu'elle me ferait arrêter tout à l'heure ; et elle partit en courant. Je la suivis le plus vite que je pus. Arrivée au Grand Canal, elle sauta dans une gondole, en criant au gondolier d'aller au Lido, mais je m'étais jeté dans la gondole, à côté d'elle, et nous partîmes ensemble. Elle n'ouvrit pas la bouche pendant le voyage. En débarquant au Lido, elle se remit à courir, sautant de tombe en tombe dans le cimetière des Juifs. Je la suivais et je sautais comme elle. Enfin elle s'assit épuisée sur une pierre sépulcrale. De rage et de dépit, elle se mit à pleurer : "A votre place, lui dis-je, je renoncerais à une entreprise impossible. Vous ne réussirez pas à joindre Pagello sans moi et à me faire enfermer avec les fous. Avouez plutôt que vous êtes une c… – Eh bien ! oui, répondit-elle. – Et une désolée c…", ajoutai-je. Et je la ramenai vaincue à la maison.

Paul de Musset, "Biographie d'Alfred de Musset" (chap. VII)

Vers le milieu de février, ces lettres qui nous étaient jusqu'alors parvenues régulièrement cessèrent tout à coup. Après un silence de six mortelles semaines, nous étions décidés à partir pour l'Italie, ma mère et moi, lorsque enfin on nous remit une lettre, dont l'écriture altérée, le ton de profonde tristesse et les nouvelles déplorables ne firent que donner un aliment certain à notre inquiétude[106]. Le pauvre garçon, à peine relevé d'une fièvre cérébrale, parlait de se traîner comme il pourrait jusqu'à la maison, car il voulait s'éloigner de Venise dès qu'il aurait assez de forces pour monter dans une voiture. "Je vous apporterai, disait-il, un corps malade, une âme abattue, un cœur en sang, mais qui vous aime encore."

Il devait sa vie aux soins dévoués de deux personnes qui n'avaient point quitté son chevet jusqu'au jour où la jeunesse et la nature avaient vaincu le mal. Pendant de longues heures, il était resté dans les bras de la mort ; il en avait senti l'étreinte, plongé dans un étrange anéantissement. Il attribuait en partie sa guérison à une potion calmante que lui avait administrée à propos un jeune médecin de Venise, et dont il voulait conserver l'ordonnance. "C'est un puissant narcotique, ajoutait-il ; elle est amère, comme tout ce qui m'est venu de cet homme : comme la vie que je lui dois." Cette ordonnance existe, en effet, dans les papiers d'Alfred de Musset. Elle est signée *Pagello.*

Mme Edmée de Musset à Alfred de Musset

Paris, 17 mars 1834.

Oh ! mon pauvre fils ! mon pauvre fils ! Quel fatal voyage tu as fait là ! Et quelle affreuse maladie ! Ta lettre m'a bouleversée ; j'en suis restée trois heures sans pouvoir parler. D'après le traitement qu'on t'a fait subir, ton frère conclut que tu as une fièvre cérébrale. Pour moi, je me perds dans les conjectures les plus sinistres pour deviner quelle complication de maladies a pu t'assaillir, toi si sain, si fort jusque-là, et qui n'as jamais fait sous mes yeux ce qu'on peut appeler une maladie. Je suis persuadée que le malsain climat dans lequel vous êtes allés vous fixer a contribué à ton malheur. Venise est inhabitable une grande partie de l'année ; je voudrais à tout prix t'en savoir dehors. Il ne faut pas cependant que tu te remettes en route pour la France avant que ta pauvre santé soit consolidée ; tu n'aurais pas la force de supporter le voyage, et une rechute serait plus dangereuse encore. Mais si tu t'en sens la force, tâche d'aller passer ta convalescence loin de Venise ; elle en sera plus courte et plus sûre. J'ai une bien grande reconnaissance pour Mme Sand et pour tous les soins qu'elle t'a donnés. Que serais-tu devenu sans elle ? C'est affreux à penser. J'étais, lorsque j'ai reçu ta lettre, dans une inquiétude impossible à exprimer. J'avais été jeudi chez Buloz, qui venait de recevoir une lettre de Mme Sand ; il ne voulait pas me la montrer et il feignait de l'avoir perdue. Il avait imprudemment lâché le mot d'indisposition : Alfred a une indisposition ! Il n'en fallait pas tant pour me faire deviner la vérité, l'horrible vérité ; et je suis sortie de chez lui plus morte que vive.

Du reste, il se dispose à envoyer mille francs aussitôt qu'il aura reçu le paquet que Mme Sand lui annonçait. Et je pense que cela doit être fait actuellement. J'irai le voir demain pour lui mettre l'épée dans les reins, afin que vous puissiez quitter Venise aussitôt que vous aurez reçu l'argent que vous attendez et qu'il a la bonne volonté de vous envoyer.

Je n'ai pas besoin de te dire, mon bien cher enfant, que tout ce que tu désires de changements dans notre appartement sera fait de suite [...] Si ce projet convient, écris-le-moi, je le ferai exécuter avant ton retour, pour t'éviter l'ennui des ouvriers ; autrement, nous attendrons ton retour, et je me bornerai à faire ce que tu me demandes.

Je te supplie de m'écrire lettres sur lettres, mon cher enfant ; tu comprends combien cela m'est nécessaire en ce moment. Je suis si malheureuse, si tourmentée ! Ton frère et ta sœur sont bien inquiets aussi. J'ai appris avec plaisir que M. Tattet est avec vous : ce te sera une distraction agréable : un ami est un bien précieux à trois cents lieues de tous les siens.

Nous nous portons tous bien, à l'inquiétude près, qui est un mal insupportable pour moi. Je t'embrasse, mon cher fils, de toute mon âme, et t'aime plus que ma vie.

Ta mère,

EDMÉE.

Tu ne m'as pas donné d'adresse positive et pas dit si tu as reçu une seule de mes lettres ; de sorte que je crains toujours qu'elles ne te soient pas parvenues.

Alfred Tattet à Sainte-Beuve

[Florence, 17 mars 1834.]

Merci mille fois, mon cher monsieur de Sainte-Beuve *[sic]* de votre lettre si bonne et si attentive. Mme Dudevant et Alfred ne vous en seront pas plus reconnaissants que moi, je vous assure. Elle m'arrive de Florence, où je suis depuis hier. Il est bien entendu que j'ai passé plusieurs jours auprès du cher malade, qui a besoin encore de grands ménagements. Il faut même qu'il dise adieu pour longtemps à d'excellentes choses qu'il aime beaucoup. Je ne sais quel bon génie m'a conduit à Venise et m'a fait exécuter par moi-même et d'inspiration ce que votre lettre me commandait avec tant d'instances.

J'ai tâché, pendant mon séjour à Venise, de procurer quelques distractions à Mme Dudevant, qui n'en pouvait plus ; la maladie d'Alfred l'avait beaucoup fatiguée. Je ne les ai quittés que lorsqu'il m'a été bien prouvé que l'un était tout à fait hors de danger et que l'autre était entièrement remise de ses longues veilles.

Soyez donc maintenant sans inquiétude, mon cher monsieur de Sainte-Beuve ; Alfred est dans les mains d'un jeune homme tout dévoué, très capable, et qui le soigne comme un frère. Il a remplacé auprès de lui un âne qui le tuait tout bonnement. Dès qu'il pourra se mettre en route, Mme Dudevant et lui partiront pour Rome, dont Alfred a un désir effréné. Vous les verrez avant moi qui vais continuer mon voyage ; dites-leur donc de ma part à tous deux ce que votre éloquente amitié trouvera pour leur exprimer la mienne, qui n'est que bien tendre et bien dévouée.

Alfred vous dira peut-être beaucoup de mal de l'Italie ; ne le croyez pas. Il l'a mal vue, ou plutôt il n'a pas eu le temps de la voir. [...]

ALFRED TATTET.

George Sand à Pietro Pagello

[Venise, 2de quinzaine de mars 1834.]

Mon Pierre, mon Pierre ! Tu es un homme, toi. On peut t'aimer et t'estimer : que tu es bon, mon ami, que tu es sensible et généreux ! Comme tu sais te sacrifier sans hésiter un instant !

Oui, je t'estime ; oui, je t'aime. Oui je paierai ta vertu d'un amour digne de toi. Quelles comparaisons tu me fais faire à chaque instant entre toi et ceux que j'ai aimés, et tous ceux que j'ai connus ! Je connais pourtant quelques hommes dignes de vénération, mais je crois que tu es le meilleur de tous. Tu as leurs qualités, et tu n'as pas leurs défauts. Ce pauvre enfant malade que tu m'as ramené ce soir a bien de la peine à te comprendre ; mais il t'admire et te bénit. Je ne crois guère à sa conversion. Je sais bien que cette folie ne sera pas la dernière et que j'aurai encore beaucoup à souffrir avec lui. Cependant, je ne peux pas m'empêcher d'être au désespoir quand je le vois abandonné et manquant de soins, d'amitié et de secours, avec une santé si faible, une tête si malade et si peu de courage. Malgré le mal que je m'attends à souffrir encore par lui, je suis heureuse quand je le vois revenir se placer sous mon appui. Pauvre jeune poète, qui a le sentiment des grandes choses, mais qui n'a pas la force de les exécuter. Il est bien digne d'inspirer de la compassion, car il est bien coupable, et quand il se trouve seul et délaissé, il n'a pas de refuge dans sa conscience. Il ne peut pas comme toi, ami, se consoler des maux par la pensée d'avoir rempli un devoir ou d'avoir fait une bonne action : il obéit à tous ses mauvais mouvements, et il en souffre : il faut le plaindre. Souvent, il m'offense si grièvement que ma pitié est étouffée par une espèce de mépris pour sa faiblesse et son injustice. Mais nous sommes deux, pour veiller sur lui et la miséricorde de l'un se ranime quand celle de l'autre se fatigue. Aide-moi à accomplir cette tâche jusqu'au bout. Nous serons si heureux, quand nous nous retrouverons, et qu'enivrés d'amour, dans les bras l'un de l'autre, nous pourrons nous dire que nous n'avons rien à nous reprocher ! Nous nous rappellerons que nous avons sacrifié des jours que nous eussions pu consacrer au bonheur et que nous avons consacrés à la pitié ; et nous jouirons doublement des jours de liberté et de délices qui nous seront rendus. Nous les recevrons du ciel comme une récompense, si mon amour et mes caresses peuvent te sembler un prix digne de ta grandeur et de ta bonté, sois sûr que tu seras bien payé, ô mon Pierre ! S'il suffit pour te mériter, de te bien apprécier et de te bien comprendre, sois sûr que je te mérite.

Alfred disait ce soir : “Quel homme que ce Pagello ! quel cœur ! quelle force ! Il m'a presque avoué qu'il t'aime, et cependant il vient me chercher, quand il pourrait profiter de nos querelles et il me ramène auprès de toi : il obtient mon pardon. Il me semble qu'auprès de vous deux, je suis un nain. Je me fais honte à moi-même. Je sens que je devrais mettre ta main dans la sienne, et m'en aller pleurer tout seul le bonheur que je n'ai pas su mériter. Pagello est l'homme qu'il te fallait, ma pauvre George : celui-là aurait su te respecter."

C'est ainsi que ton rival parle de toi, mon Pierre. C'est le plus bel éloge qu'un homme puisse recevoir d'un autre homme. J'aime à l'entendre, et je pardonne tout à Alfred quand je vois qu'il te rend justice : il me semble qu'il se purifie et qu'il s'ennoblit en te comprenant. Que ferait-il à ta place, le pauvre enfant ?

Jamais, il ne me laisserait partir avec un homme qui aurait été mon amant deux mois auparavant. Il me croirait incapable de résister à ses prières et à ses caresses, il me forcerait de choisir entre cet homme et lui, et si je persistais à accomplir mon devoir auprès du triste et du malade, il m'abandonnerait et se croirait encore en droit de me mépriser. Et toi, mon Pierre, tu me connais à peine ; tu ne sais pas quelle a été ma vie passée ; tu n'as aucune garantie de ma loyauté ; je suis peut-être une aventurière et la dernière des femmes, cependant, tu te fies à ma parole ; tu ramènes auprès de moi l'homme qui s'arroge des droits sur moi, tu crois à ma fermeté, à ma chasteté ; tu t'endors tranquille sur tout cela. Dieu m'est témoin que tu as bien raison, Pierre ; tu as pris le vrai et le seul moyen de m'enchaîner à toi. Mais enfin tu t'es risqué, tu t'es livré à moi, comme un enfant aux bras de sa mère, tu n'as pas craint de devenir ridicule, toi. Mon ami, mon ami, tu as bien fait. Je sais ce que vaut un grand cœur, et aucun beau sentiment n'est perdu avec moi. Tu verras, Pierre, si je sais aimer celui qui est digne d'être aimé.

Adieu, mon âme ! Adieu ! J'espère que nous ne serons pas longtemps sans nous revoir. Alfred ira te trouver si tu ne viens pas. Je t'approuve de lui avoir dit que tu ne voulais plus venir chez nous, mais s'il t'en prie bien, tu lui céderas.

Tu dois bien souffrir entre nous deux ; mais cela vaut mieux que de ne pas nous voir du tout. Il me sera bien difficile de te donner des rendez-vous ; tu vois quelles scènes cela amène ; pour quelques heures d'absence, il me querelle pendant trois jours et trois nuits. Car il ne dort pas, il se réveille et vient à chaque instant voir ce que je fais. Cette surveillance m'est odieuse. Il me semble que je vis dans une cage qui m'étouffe, et la nuit je me réveille avec une montagne sur la poitrine. Il me semble toujours entendre ce pas furtif autour de mon lit et je ne dors plus que d'un œil. Il me faut une force de cheval pour ne pas lui dire à chaque instant qu'il m'est insupportable. Ses protestations me font encore plus de mal. Il m'est impossible de ne pas être attendrie de ses larmes, mais il m'est impossible aussi de lui dire ce que je ne pense pas. Mon cœur se gonfle et se déchire. J'ai besoin de toi, je voudrais te presser contre mon sein oppressé de douleur et d'ennui. Mes nerfs sont agacés, comme si j'avais bu de l'eau-de-vie. Au milieu de mes rêves, je te vois passer : il me semble que je cours après toi, mais qu'une main jalouse me retient toujours : alors j'ai comme une soif ardente, j'étends les bras pour te saisir et je m'éveille au moment de t'appeler. Ah ! Si je pouvais crier ton nom vingt fois pendant la nuit, il me semble que cela me soulagerait, mais il faut que je me taise et que je souffre ! Ah donne-moi du courage !

Adieu, adieu ! Je t'aime, je t'aime, je t'aime !

[Adresse :]
Monsieur Pagello.

George Sand à Alfred Tattet

[Venise, 22 mars 1834.]

Votre lettre me fait beaucoup de plaisir, mon cher monsieur Alfred, et je suis charmée que vous me fournissiez l'occasion de deux choses. D'abord de vous dire qu'Alfred, sauf un peu moins de force dans les jambes et de gaieté dans l'esprit, est presque aussi bien portant que dans l'état naturel. Ensuite de vous remercier de l'amitié que vous m'avez témoignée, et des moments agréables que vous m'avez fait passer en dépit de toutes mes peines[107]. Je vous dois les seules heures de gaieté et d'expansion que j'aie goûtées dans le cours de ce mois si malheureux et si accablant. Vous en retrouverez de meilleures dans votre vie ; quant à moi, Dieu sait si j'en rencontrerai jamais de supportables. Je suis toujours dans l'incertitude où vous m'avez vue, et j'ignore absolument si ma vieille barque ira échouer en Chine, ou à toute autre morgue, *questo non importa*, comme dirait notre ami Pagello, et je vous engage à vous en soucier fort peu. Gardez-moi seulement un bon souvenir du peu de temps que nous avons passé à bavarder au coin de mon feu, dans les loges de la Fenice, et sur les ponts de *Venezia la Bella*, comme vous dites si élégamment. Si quelqu'un vous demande ce que vous pensez de la féroce Lélia, répondez seulement qu'elle ne vit pas de l'eau des mers et du sang des hommes, en quoi elle est très inférieure à Han d'Islande ; dites qu'elle vit de poulet bouilli, qu'elle porte des pantoufles le matin et qu'elle fume des cigarettes de Maryland. Souvenez-vous tout seul de l'avoir vue souffrir et de l'avoir entendue se plaindre, comme une personne naturelle. – Vous m'avez dit que cet instant de confiance et de sincérité était l'effet du hasard et du désœuvrement. Je n'en sais rien, mais je sais que je n'ai pas eu l'idée de m'en repentir, et qu'après avoir parlé avec franchise pour répondre à vos questions, j'ai été touchée de l'intérêt avec lequel vous m'avez écoutée. Il y a certainement un point par lequel nous nous comprenons : c'est l'affection et le dévouement que nous avons pour la même personne. Qu'elle soit heureuse, c'est tout ce que je désire désormais. Vous êtes sûr de pouvoir contribuer à son bonheur, et moi, j'en doute pour ma part. C'est en quoi nous différons ; et c'est en quoi je vous envie. Mais je sais que les hommes de cette trempe ont un avenir et une providence. Il retrouvera en lui-même plus qu'il ne perdra en moi. Il trouvera la fortune et la gloire, moi je chercherai Dieu et la solitude.

En attendant, nous partons pour Paris dans huit ou dix jours, et nous n'aurons pas, par conséquent, le plaisir de vous avoir pour compagnon de voyage. Alfred s'en afflige beaucoup, et moi, je le regrette réellement. Nous aurions été tranquilles et *allegri* avec vous, au lieu que nous allons être inquiets et tristes. Nous ne savons pas encore à quoi nous forcera l'état de sa santé physique et morale. Il croit désirer beaucoup que nous ne nous séparions pas et il me témoigne beaucoup d'affection. Mais il y a bien des jours où il a aussi peu de foi en son désir que moi en ma puissance, et alors je suis près de lui entre deux écueils : celui d'être trop aimée et de lui être dangereuse sous un rapport, et celui de ne l'être pas assez, sous un autre rapport, pour suffire à son bonheur. La raison et le courage me disent donc qu'il faut que je m'en aille à Constantinople, à Calcutta ou à tous les diables. Si quelque jour il vous parle de moi et qu'il m'accuse d'avoir eu trop de force ou d'orgueil, dites-lui que le hasard vous a amené auprès de son lit dans un temps où il avait la tête encore faible, et qu'alors, n'étant séparé des secrets de notre cœur que par un paravent, vous avez entendu et compris bien des souffrances auxquelles vous avez compati, dites-lui que vous avez vu la vieille femme répandre sur ses tisons deux ou trois larmes silencieuses, que son orgueil n'a pas pu cacher. Dites-lui qu'au milieu des rires que votre compassion ou votre bienveillance cherchait à exciter en elle, un cri de douleur s'est échappé une ou deux fois du fond de son âme pour appeler la mort.

Mais je vous ennuie avec mes bavardages, et peut-être vous aussi, vous penserez que, par habitude, j'écris des phrases sur mon chagrin. Cette crainte-là est ce qui me donne ordinairement de la force et une apparence de dédain. Je sais que je suis entachée de la désignation de *femme de lettres*, et, plutôt que d'avoir l'air de consumer ma marchandise littéraire par économie dans la vie réelle, je tâche de dépenser et de soulager mon cœur dans les fictions de mes romans ; mais il m'en reste encore trop, et je n'ai pas le droit de le montrer sans qu'on en rie. C'est pourquoi je le cache ; c'est pourquoi je me consume et mourrai seule comme j'ai vécu. C'est pourquoi j'espère qu'il y a un Dieu qui me voit et qui me sait, car nul homme ne m'a comprise, et Dieu ne peut pas avoir mis en moi un feu si intense pour ne produire qu'un peu de cendres.

Ensuite, il y a des gens qui prennent tout au sérieux, même la mort, et qui vous disent : "Cela ne peut pas être vrai, on ne peut pas plaisanter et souffrir, on ne peut pas mourir sans frayeur, on ne peut pas déjeuner la veille de son enterrement." Heureux ceux qui parlent ainsi. Ils ne meurent qu'une fois et ne perdent pas le temps de vivre à faire sur eux-mêmes l'éternel travail de renoncement, ce qui est, après tout, la plus stupide et la plus douloureuse des opérations.

A propos d'opérations, l'*illustrissimo professore Pagello* vous adresse mille compliments et amitiés ; je lui ai traduit servilement le passage sombre et mystérieux de votre lettre où il est question de lui et de Mlle Antonietta[108], sans y ajouter le moindre point d'interrogation, sans chercher à soulever le voile qui recouvre peut-être un abîme d'iniquités. Le docteur Pagello a souri, rougi, pâli ; les veines colossales de son front se sont gonflées, il a fumé trois pipes ; ensuite il a été voir jouer un opéra nouveau de Mercadante à la Fenice, puis il est revenu, et, après avoir pris quinze tasses de thé, il a poussé un grand soupir et il a prononcé ce mot mémorable que je vous transmets aveuglément pour que vous l'appliquiez à telle question qu'il vous plaira : *Forse*[109].

Ensuite, je lui ai dit que vous pensiez beaucoup de bien de lui, et il m'a répondu qu'il en pensait au moins autant de vous, que vous lui plaisiez *immensamente* et qu'il était bien fâché que vous ne vous fussiez pas cassé une jambe à Venise, parce qu'il aurait eu le plaisir de vous la remettre et de vous voir plus longtemps. J'ai trouvé que son amitié allait trop loin, mais j'ai partagé son regret de vous avoir si tôt perdu.

Je n'écris pas à Sainte-Beuve parce que je ne me sens pas le courage de parler davantage de mes chagrins, et qu'il m'est impossible de feindre avec lui une autre disposition que celle où je suis. Mais si vous lui écrivez, remerciez-le pour moi de l'intérêt qu'il nous porte. Sainte-Beuve est l'homme que j'estime le plus ; son âme a quelque chose d'angélique et son caractère est naïf et obstiné comme celui d'un enfant. Dites-lui que je l'aime bien ; je ne sais pas si je le verrai à Paris ; je ne sais pas si je le reverrai jamais.

Ni vous non plus, mon cher ; mais pensez à moi quelquefois, et tâchez d'en penser un peu de bien avec ceux qui n'en penseront pas trop de mal. Je ne vous dis rien de la part d'Alfred ; je crois qu'il vous écrira de son côté. Amusez-vous bien, courez, admirez et surtout ne tombez pas malade.

Tout à vous.

GEORGE SAND.

2 mars.

Ecrivez-moi à Paris, quai Malaquais, 19, si vous avez quelque chose à me dire.

Alfred de Musset à George Sand

[Venise, 27 (?) mars 1834.]

Adieu, mon enfant[110]. – Je pense que tu resteras ici et que tu m'enverras l'argent par Antonio[111]. – Quelle que soit ta haine ou ton indifférence pour moi, si le baiser d'adieu que je t'ai donné aujourd'hui est le dernier de ma vie, il faut que tu saches qu'au premier pas que j'ai fait dehors avec la pensée que je t'avais perdue pour toujours, j'ai senti que j'avais mérité de te perdre, et que rien n'est trop dur [pour] moi. S'il t'importe peu de savoir si ton souvenir me reste ou non, il m'importe à moi, aujourd'hui que ton spectre s'efface déjà et s'éloigne devant moi, de te dire que rien d'impur ne restera dans le sillon de ma vie où tu as passé, et que celui qui n'a pas su t'honorer quand il te possédait, peut encore y voir clair à travers ses larmes, et t'honorer dans son cœur, où ton image ne mourra jamais – adieu mon enfant.

George Sand à Alfred de Musset[112]

[Venise, 27 (?) mars 1834.]

Non, ne pars pas comme ça ! Tu n'es pas assez guéri et Buloz ne m'a pas encore envoyé l'argent qu'il faudrait pour le voyage d'Antonio.

Je ne veux pas que tu partes seul. Pourquoi se quereller, mon Dieu ? Ne suis-je pas toujours le frère George, l'ami d'autrefois ?

[Adresse :]
Al Signor A. de Musset
In gondola, alla piazzetta.

Ex-dono de Pagello et George Sand, écrits par eux sur la dernière page du carnet de voyage remis à Alfred de Musset au moment de son départ de Venise[113]

Pietro Pagello
raccomanda
M. Alfred de Musset
a Pietro Livrio
a Vincenzo Stefanelli Ingegneri
all' I. R. Aggiunta.

A son bon camarade, frère et ami Alfred.
Sa maîtresse George.
Venise 28 mars 1824 *[sic].*

Alfred de Musset à George Sand[114]

[Padoue, 29 mars 1834.]

Tu m'as dit de partir, et je suis parti ; tu m'as dit de vivre et je vis. Nous nous sommes arrêtés à Padoue ; il était huit heures du soir et j'étais fatigué. Ne doute pas de mon courage. Ecris-moi un mot à Milan, frère chéri, George bien-aimé.

Passeport d'Alfred de Musset

Venezia, 28 marzo 1834. Dir. Gen. di Poli. Buono per Milano.
Vu au consulat de France à Venise. Bon pour se rendre à Paris. Venise, 29 mars 1834. – Le consul de France : Silvestre de Sacy.
Visto al Comando. Arona, 1 aprile 1834.
Vu au Pont-Saint-Maurice, le 3 avril 1834, allant en France.
Vu à Genève, le 5 avril 1834. Bon pour Paris.
Vu à Bellegarde, le 6 avril 1834.

Alfred de Musset

A George Sand

Il faudra bien t'y faire à cette solitude,
Pauvre cœur insensé, tout prêt à se rouvrir,
Qui sait si mal aimer et sait si bien souffrir.
Il faudra bien t'y faire ; et sois sûr que l'étude,

La veille et le travail ne pourront te guérir.
Tu vas, pendant longtemps, faire un métier bien rude,
Toi, pauvre enfant gâté, qui n'as pas l'habitude
D'attendre vainement et sans rien voir venir.

Et pourtant, ô mon cœur, quand tu l'auras perdue,
Si tu vas quelque part attendre sa venue,
Sur la plage déserte en vain tu l'attendras.

Car c'est toi qu'elle fuit de contrée en contrée,
Cherchant sur cette terre une tombe ignorée,
Dans quelque triste lieu qu'on ne te dira pas.

Venise.

Album de voyage d'Alfred de Musset à lui donné par George Sand, à Venise, en 1834[115]

[Page 1]
A son bon camarade frère et ami Alfred
sa maîtresse George.
Venise 28 mars 1834

[Page 3]
Tan lexos del ojo, tan lexos del coraçon.
L'Amour est aussi fort que la mort. (Ovide)
En l'amour, il n'y a ni honte, ordre ni conseil. (Hésiode)
Celui qui n'est point soupçonneux est bien souvent trompé. (Tibère)
Le silence est difficile, où il y a beaucoup de douleur. (Cicéron)
La Beauté est un trompeur muet. (Théophraste)

[Page 4]
La beauté seule mérite d'être aimée par-dessus toutes choses au plus haut degré. (Platon)
Les choses passées ne se peuvent oublier tout à fait, et ce qui a été ne peut être une autre fois. (Plutarque)
La muger y la cereza
por su mal se afeyta.
Croyez plutôt aux larmes qu'aux paroles.

[Page 5]
A los atrevidos, Dios de la mano.
Personne ne parle de l'Amour impunément. (Marc Aurèle)
Muger, viento y ventura
presto se muda.
Le bonheur n'est en nous que par emprunt, mais le malheur y est un patrimoine. (Sénèque)
La colère est un appétit désordonné de vengeance. (Zénon)

[Page 6]
Guerra, caça y amores
por un plazer mil dolores.

Si la mort est un mal, c'est le dernier de tous. La beauté est une tyrannie de peu de durée. (Socrate)
[19] Il est plus aisé de se porter de la vertu au vice, que du vice à la vertu. (Stace)
Amores, dolores y dineros
no pueden estar secretos.

[Page 7]
Si le monde était sans femmes, les hommes ne seraient jamais sans la compagnie des Dieux. (Caton)
L'Espérance est la nourriture du faux amour. (Ovide)
De baxo de Manta
tanto vale la prieta
como la blanca
De la mar la sal
y de la muger mucho mal.
L'homme est toujours cause de ses malheurs. (Homère)

[Page 8]
La biuda [sic] *rica con un ojo llora,*
y con el otro repica.
La muger [sic] *y el vidrio*
siempre estan en peligro.
L'amour de toutes les femmes peut se digérer avec une seule pilule ; mais la haine d'une seule ne se peut désopiler avec toute la rhubarbe d'Alexandrie.
Notre âme est plus là où elle aime que là où elle anime. (Athénée)

[Page 9]
La femme se prend aux yeux et oublie le passé.
Plus oblige et peut davantage
Un beau visage

Qu'un homme armé.
De la mala muger te guarda
y de la buena no te fies nada.
Quien bien ama
Tarde olvida.
La vie est le rêve d'une ombre. (Pindare)

[Page 10]
Il n'y a rien qui fasse mieux connaître un véritable amour, que la séparation de ceux qui s'aiment, parce qu'alors ils ne peuvent parler et ne sauraient s'empêcher de pleurer. (Sénèque)

[Page 11]
En l'an 70 de la fondation de Rome, Erasco jeune homme romain muet et marié allant à la montagne Céline, y rencontra Vérone, jeune femme latine fort belle, muette aussi et mariée, lesquels se rendirent amoureux l'un de l'autre ; lui était de Rome et elle de Solon ; ils se visitèrent et traitèrent leurs amours trente ans durant, sans que jamais personne le sût, jusqu'à ce que le mari vint à mourir, et sa femme aussi, et incontinent après, ils se marièrent et eurent un fils duquel est descendue l'heureuse et fortunée race des Scipions, plus adroite aux armes que leurs pères à discourir. (Marc Aurèle)

[Page 12]
Doulce et agréable est cette vie ; mais c'est à ceux qui ne la cognoissent.

No compres mula coxa pensando que ha de sanar, di [sic pour : *ni] te cases con puta pensando que se ha d'emendar.*

La haine et l'amour sont frères jumeaux.
Believe, and sink not – doubt and periste [sic]. (Byron)
Believe if thou can'st – doubt if thou will/t [sic].

George Sand à Alfred de Musset

[Trévise,] dimanche [30 mars 1834].

Je voulais te suivre de loin, mon enfant. En entrant à Venise je devais partir pour Vicence avec Pagello et savoir comment tu as passé ta première et triste journée. Mais j'ai senti que je n'aurais pas le courage de passer la nuit dans la même ville que toi sans aller t'embrasser encore le matin. J'en mourais d'envie mais j'ai craint de renouveler pour toi les souffrances et l'émotion de la séparation. Et puis, j'étais si malade en rentrant chez moi que je craignais de n'en avoir pas la force moi-même. M. Rebizzo est venu me chercher et m'a emmenée malgré moi coucher chez lui. Ils ont été très bons pour moi et m'ont parlé de toi avec beaucoup d'intérêt, ce qui m'a fait un peu de bien. A présent, je t'écris de Trévise. Je suis partie de Venise ce matin à six heures. Je veux absolument être à Vicence ce soir et aller à l'auberge où tu as couché. J'y dois trouver une lettre d'Antonio à qui j'ai recommandé de me laisser de tes nouvelles[116]. Je suis forcée de m'arrêter ici une heure ou deux parce que Pagello a une visite à faire et m'a priée de prendre cette route qui n'est pas plus longue que l'autre à ce qu'il dit[117]. Je ne serai tranquille que ce soir, et encore quelle tranquillité ! Un voyage si long, et toi si faible encore ! Mon Dieu, mon Dieu ! Je prierai Dieu du matin au soir. J'espère qu'il m'entendra.

Je trouverai ta lettre demain à Venise. J'arriverai presque en même temps qu'elle. Ne t'inquiète pas de moi. Je suis forte comme un cheval, mais ne me dis pas d'être gaie et tranquille. Cela ne m'arrivera pas de sitôt. Pauvre ange ; comment auras-tu passé cette nuit ? J'espère que la fatigue t'aura forcé de dormir. Sois sage et prudent et bon comme tu me l'as promis. Ecris-moi de toutes les villes où tu coucheras, ou fais-moi au moins écrire par Antonio, si cela t'ennuie. Moi je t'écrirai à Genève ou à Turin selon la route que tu prendras et dont tu m'informeras, de Milan.

Adieu, adieu, mon ange, que Dieu te protège, te conduise et te ramène un jour ici si j'y suis. Dans tous les cas, certes je te verrais aux vacances, avec quel bonheur, alors ! Comme nous nous aimerons bien, n'est-ce pas, n'est-ce pas, mon petit frère, mon [joli[118]] enfant ? Ah ! qui te soignera, et qui soignerai-je ? Qui aura besoin de moi, et de qui voudrai-je prendre soin désormais ? Comment me passerai-je du bien et du mal que tu me faisais ? Puisses-tu oublier les souffrances que je t'ai causées et ne te rappeler que les bons jours ! le dernier surtout, qui me laissera un baume dans le cœur et en soulagera la blessure. Adieu mon petit oiseau. Aime toujours ton pauvre vieux

GEORGE.

Je ne te dis rien de la part de Pagello, sinon qu'il te pleure presque autant que moi, et que quand je lui ai redit tout ce dont tu m'avais chargée pour lui il a fait comme avec sa femme aveugle. Il s'est enfui en colère et en sanglotant.

[Adresse :]
Monsieur Alfred de Musset
Poste restante
à Milan.

George Sand, "Histoire de ma vie" (V^e^ partie, chap. III)

Alfred de Musset subit bien plus gravement que moi l'effet de l'air de Venise, qui foudroie beaucoup d'étrangers, on ne le sait pas assez. Il fit une maladie grave ; une fièvre typhoïde le mit à deux doigts de la mort. Ce ne fut pas seulement le respect dû à un beau génie qui m'inspira pour lui une grande sollicitude et qui me donna, à moi très malade aussi, des forces inattendues ; c'était aussi les côtés charmants de son caractère et les souffrances morales que de certaines luttes entre son cœur et son imagination créaient sans cesse à cette organisation de poète. Je passai dix-sept jours à son chevet sans prendre plus d'une heure de repos sur vingt-quatre. Sa convalescence dura à peu près autant, et quand il fut parti, je me souviens que la fatigue produisit sur moi un phénomène singulier. Je l'avais accompagné de grand matin, en gondole, jusqu'à Mestre, et je revenais chez moi par les petits canaux de l'intérieur de la ville. Tous ces canaux étroits, qui servent de rues, sont traversés de petits ponts d'une seule arche pour le passage des piétons. Ma vue était si usée par les veilles, que je voyais tous les objets renversés, et particulièrement ces enfilades de ponts qui se présentaient devant moi comme des arcs retournés sur leur base.

Mais le printemps arrivait, le printemps du nord de l'Italie, le plus beau de l'univers peut-être. De grandes promenades dans les Alpes tyroliennes et ensuite dans l'archipel vénitien, semé d'îlots charmants, me remirent bientôt en état d'écrire. Il le fallait, mes petites finances étaient épuisées, et je n'avais pas du tout de quoi retourner à Paris. Je pris un petit logement plus que modeste dans l'intérieur de la ville. Là, seule tout l'après-midi, ne sortant que le soir pour prendre l'air, travaillant encore la nuit au chant des rossignols apprivoisés qui peuplent tous les balcons de Venise, j'écrivis *André*, *Jacques*, *Mattea* et les premières *Lettres d'un voyageur.*

Je fis à Buloz divers envois qui devaient promptement me mettre à même de payer ma dépense courante (car je vivais en partie à crédit) et de retourner vers mes enfants, dont l'absence me tiraillait plus vivement le cœur de jour en jour. Mais un guignon particulier me poursuivait dans cette chère Venise ; l'argent n'arrivait pas. Les semaines se succédaient, et chaque jour mon existence devenait plus problématique. On vit à très bon marché, il est vrai, dans ce pays, si l'on veut se restreindre à manger des sardines et des coquillages, nourriture saine d'ailleurs, et que l'extrême chaleur rend suffisante au peu d'appétit qu'elle vous permet d'avoir. Mais le café est indispensable à Venise. Les étrangers y tombent malades principalement parce qu'ils s'effraient du régime nécessaire, qui consiste à prendre du café noir au moins six fois par jour. Cet excitant inoffensif pour les nerfs, indispensable comme tonique tant que l'on vit dans l'atmosphère débilitante des lagunes, reprend son danger dès qu'on remet le pied en terre ferme.

Le café était donc un objet coûteux dont il fallut commencer à restreindre la consommation. L'huile de la lampe pour les longues veillées s'usait terriblement vite. Je gardais encore la gondole de louage, de sept à dix heures du soir, moyennant quinze francs par mois ; mais c'était à la condition d'avoir un gondolier si vieux et si éclopé, que je n'aurais pas osé le renvoyer, dans la crainte qu'il ne mourût de faim. Pourtant je faisais cette réflexion, que je dînais pour six sous afin d'avoir de quoi le payer, et qu'il trouvait, lui, le moyen d'être ivre tous les soirs.

Alfred de Musset, guéri, partait en prenant sèchement congé de moi. George Sand abandonnait l'hôtel Royal et venait habiter un petit appartement à San Fantin.

Venise n'est pas Paris, et comme j'étais connu de beaucoup, l'aventure fit du bruit. [...]

Je proposai à George Sand un petit voyage dans les Alpes de Trévise et pour première halte je la conduisis à Castelfranco, à la maison de mon père qui me reçut sèchement, mais il accueillit G. Sand avec l'hospitalité la plus courtoise et la plus aimable. Ils causaient littérature, arts, fleurs, et moi qui observais le bon vieillard, je le voyais petit à petit se dérider et il semblait dire, à part soi, et pourtant ce [...] de Pierre n'a pas si grand tort.

Nous prîmes congé une heure après, sans que j'eusse prononcé d'autres mots que les rituelles formules :

— ... Papa je te présente George Sand...

Nous allâmes tout droit à Bassano – et après avoir visité la ville, nous allâmes visiter la grotte de Parolini, où G. Sand, enthousiaste, écrivit mon nom et le sien sur un talus couvert de varechs qui cédèrent à la pointe de son parasol et qui auront effacé, en végétant, la célèbre épigraphe en peu de jours et pour toujours.

De là nous allâmes en pérégrinant aux ruines du château des Ezzelini, à Crespano, à Possaguo, Canova, etc., et G. Sand fut toujours suivie de moi aussi bien qu'elle le fut à travers les îles de l'estuaire et plus tard, dans son retour, par les lacs lombards. [...]

Quatre jours après, mon père m'écrivit de Castelfranco une longue lettre où il m'adressait les observations les plus raisonnables sur le mauvais pas que j'avais fait, et où il ordonnait à mon frère Robert, qui habitait avec moi, de s'éloigner de mon logis et de ma société tant que durerait cette liaison. Je prévoyais cette première amertume et je la supportai, sinon en paix, du moins avec assez d'aplomb. Plusieurs de mes clients et de mes amis, parmi lesquels beaucoup de personnes distinguées, souriaient en me rencontrant dans les rues ; d'autres pinçaient les lèvres en me regardant, et évitaient de me saluer quand je paraissais sur la place avec la Sand à mon bras. Quelques femmes me complimentaient malicieusement. George Sand, avec cette perception qui lui était propre, voyait et comprenait tout, et lorsque quelque léger nuage passait sur mon front, elle savait le dissiper à l'instant avec son esprit et ses grâces enchanteresses. Nous vécûmes ainsi de février à août. Je vaquais le matin aux soins de ma profession ; elle écrivait son roman de *Jacques*, dont elle me fit le protagoniste, exagérant mon caractère moral.

J'écrivais aussi ; nous avons du moins travaillé ensemble aux *Lettres d'un voyageur*, où nous dépeignîmes en quelques croquis, et plutôt à sa façon qu'à la mienne, les coutumes de Venise et des environs. Quand elle n'écrivait pas, elle s'occupait volontiers à des travaux féminins pour lesquels elle avait une adresse et un goût particuliers, jusqu'à vouloir meubler toute une chambre de sa main, rideaux, chaises, sofa, etc. Je ne sais ce qu'elle n'eût pas fait avec ses mains. Sobre, économe, laborieuse pour elle-même, elle était prodigue pour les autres. Elle ne rencontrait pas un pauvre à qui elle ne fît l'aumône. Je crois que ses plus gros gains seront prodigués en grande partie à autrui, peut-être sans discernement, peut-être à des escrocs et à des vicieux, parce que sa générosité manque de mesure jusqu'à l'avoir fait tomber souvent dans le besoin, avec des bénéfices de dix mille francs par an. Elle s'en confessa elle-même à moi, et je le sais bien, et je le sus encore à Paris, de quelques-uns de ses plus honnêtes amis. [...]

Alfred de Musset à George Sand

[Genève, 4 avril 1834.]

Mon George chéri, je suis à Genève. Je suis parti de Milan sans avoir trouvé de lettre de toi à la poste. Peut-être m'avais-tu écrit ; mais j'avais retenu mes places tout de suite en arrivant et le hasard a voulu que le courrier de Venise, qui arrive toujours deux heures avant le départ de la diligence de Genève, s'est trouvé en retard cette fois. Je t'en prie, si tu m'as écrit à Milan, écris au directeur de la poste de me faire passer ta lettre à Paris ; je la veux, n'eût-elle que deux lignes. Ecris-moi à Paris, mon amie, je t'ai laissée bien lasse, bien épuisée de ces deux mois de chagrin ; tu me l'as dit d'ailleurs, tu as bien des choses à me dire. Dis-moi surtout que tu es tranquille, que tu seras heureuse ; tu sais que j'ai très bien supporté la route ; Antonio doit t'avoir écrit. Je suis fort, bien portant, presque heureux. Te dirai-je que je n'ai pas souffert, que je n'ai pas pleuré bien des fois dans ces tristes nuits d'auberge ? Ce serait me vanter d'être une brute, et tu ne me croirais pas.

Je t'aime encore d'amour, George, dans quatre jours, il y aura trois cents lieues entre nous, pourquoi ne parlerais-je pas franchement ? A cette distance-là il n'y a plus ni violences ni attaques de nerfs : je t'aime, je te sais auprès d'un homme que tu aimes, et cependant je suis tranquille ; les larmes coulent abondamment sur mes mains tandis que je t'écris, mais ce sont les plus douces, les plus chères larmes que j'aie versées. Je suis tranquille ; ce n'est pas un enfant épuisé de fatigue qui te parle ainsi ; j'atteste le soleil que j'y vois aussi clair dans mon cœur, que lui dans son orbite. Je n'ai pas voulu t'écrire avant d'être sûr de moi ; il s'est passé tant de choses dans cette pauvre tête ! De quel rêve étrange je m'éveille !

Ce matin, je courais les rues de Genève, en regardant les boutiques ; un gilet neuf, une belle édition d'un livre anglais, voilà ce qui attirait mon attention. Je me suis aperçu dans une glace, j'ai reconnu l'enfant d'autrefois. Qu'avais-tu donc fait, ma pauvre amie ? C'était là l'homme que tu voulais aimer ! Tu avais dix ans de souffrance dans le cœur, tu avais, depuis dix ans, une soif inextinguible de bonheur, et c'était là le roseau sur lequel tu voulais t'appuyer ! Toi m'aimer ! mon pauvre George ! Cela m'a fait frémir. Je t'ai rendue si malheureuse ; et quels malheurs plus terribles n'ai-je pas encore été sur le point de te causer ! Je le verrai longtemps, mon George, ce visage pâli par les veilles qui s'est penché dix-huit nuits sur mon chevet ; je te verrai longtemps dans cette chambre funeste où tant de larmes ont coulé ! Pauvre George ! pauvre chère enfant ! tu t'étais trompée ; tu t'es crue ma maîtresse, tu n'étais que ma mère ; le ciel nous avait fait l'un pour l'autre ; nos intelligences, dans leur sphère élevée, se sont reconnues comme deux oiseaux des montagnes, elles ont volé l'une vers l'autre. Mais l'étreinte a été trop forte ; c'est un inceste que nous commettions.

Eh bien, mon unique amie, j'ai été presque un bourreau pour toi ; du moins dans ces derniers temps ; je t'ai fait beaucoup souffrir, mais Dieu soit loué, ce que je pouvais faire de pis encore, je ne l'ai pas fait. Oh ! mon enfant, tu vis, tu es belle, tu es jeune, tu te promènes sous le plus [beau (?)] ciel du monde, appuyée sur un homme dont le cœur est digne de toi. Brave jeune homme ! dis-lui combien je l'aime, et que je ne puis retenir mes larmes en pensant à lui. Eh bien, je ne t'ai donc pas dérobée à la Providence, je n'ai donc pas détourné de toi la main qu'il te fallait pour être heureuse ! j'ai fait peut-être en te quittant la chose la plus simple du monde, mais je l'ai faite, mon cœur se dilate malgré mes larmes ; j'emporte avec moi deux étranges compagnes ; une tristesse et une joie sans fin. Quand tu passeras le Simplon, pense à moi, George ; c'était la première fois que les spectres éternels des Alpes se levaient devant moi, dans leur force et dans leur calme ; j'étais seul dans le cabriolet, je ne sais comment rendre ce que j'ai éprouvé[119]. Il me semblait que ces géants me parlaient de toutes les [grandeurs] sorties de la main de Dieu, je ne suis qu'un enfant, me suis-je écrié, mais j'ai deux grands amis, et ils sont heureux.

Ecris-moi, mon George. Sois sûre que je vais m'occuper de tes affaires. Que mon amitié ne te soit jamais importune, respecte-la, cette amitié plus ardente que l'amour, c'est tout ce qu'il y a de bon en moi, pense à cela, c'est l'ouvrage de Dieu, tu es le fil qui me rattache à lui ; pense à la vie qui m'attend.

[Adresse :]
M. Pagello Dr M^n^
Pharmacie Ancillo,
Ça St Luca
pour remettre à Mme Sand
Venise.

George Sand à Jules Boucoiran

Venise, 6 avril [1834].

Mon cher enfant. J'ai reçu vos deux effets sur M. Papadopoli, et je vous remercie. Maintenant je suis sûre de ne pas mourir de faim et de ne pas demander l'aumône en pays étranger, ce qui pour moi serait pire. Je m'arrangerai avec Buloz, et je pense qu'à présent il pourra suffire à mes besoins sans se faire trop brailler et je ferai peu de dépense et travaillerai beaucoup. Alfred est parti pour Paris sans moi et je vais passer ici quelques mois encore. Vous savez les motifs de cette séparation. De jour en jour elle devenait plus nécessaire et il lui eût été impossible de faire le voyage avec moi sans s'exposer à une rechute. La poitrine encore délicate lui prescrivait une abstinence complète, mais ses nerfs toujours irrités lui rendaient les privations insupportables[120]. Il a fallu mettre ordre à ces dangers et à ces souffrances et nous diviser aussitôt que possible. Il était encore bien délicat pour entreprendre ce long voyage et je ne suis pas sans inquiétude sur la manière dont il le supportera. Mais il lui était plus nuisible de rester que de partir, et chaque jour consacré à attendre le retour de sa santé le retardait au lieu de l'accélérer. Il est parti enfin, sous la garde d'un domestique très soigneux et très dévoué. Le médecin m'a répondu de sa poitrine en tant qu'il la ménagerait. Je ne suis pas bien tranquille, j'ai le cœur déchiré, mais j'ai fait ce que je devais.

Nous nous sommes quittés, peut-être pour quelques mois, peut-être pour toujours. Dieu sait maintenant ce que deviendront ma tête et mon cœur. Je me sens de la force pour vivre, pour travailler, pour souffrir. La manière dont je me suis séparée d'Alfred m'en a donné beaucoup. Il m'a été doux de voir cet homme si frivole, si athée en amour, si incapable (à ce qu'il me semblait d'abord) de s'attacher à moi sérieusement, devenir bon, affectueux et loyal de jour en jour. Si j'ai quelquefois souffert de la différence de nos caractères et surtout de nos âges, j'ai eu encore plus souvent lieu de m'applaudir des autres rapports qui nous attachaient l'un à l'autre, il y a en lui un fonds de tendresse, de bonté et de sincérité qui doivent le rendre adorable à tous ceux qui le connaîtront bien et qui ne le jugeront pas sur des actions légères. S'il conservera de l'amour pour moi, j'en doute et je n'en doute pas. C'est-à-dire que ses sens et son caractère le porteront à se distraire avec d'autres femmes, mais son cœur me sera fidèle, je le sais, car personne ne le comprendra mieux que moi et ne saura mieux s'en faire entendre. Je doute que nous redevenions amants. Nous ne nous sommes rien promis l'un à l'autre sous ce rapport, mais nous nous aimerons toujours et les plus doux moments de notre vie seront ceux que nous pourrons passer ensemble. Il m'a promis de m'écrire durant son voyage et aussitôt après son arrivée. Mais cela ne suffit pas à calmer mes craintes. Je vous prie de le voir ; il arrivera à Paris probablement en même temps que cette lettre-ci. Dites-moi sincèrement dans quel état de santé vous l'aurez trouvé. S'il vous demande la clef de mon appartement et mes papiers, remettez-lui tout ce qu'il désirera sans exception. Je crois qu'il a des lettres et des effets parmi les miens, plusieurs tableaux et petits meubles qui sont chez moi lui appartiennent. S'il a envie de les faire transporter chez lui, dites à mon portier de les laisser passer.

Le manuscrit de *Lélia* est dans une des petites armoires de Boule. Je l'ai en effet donné à Planche ; pour peu qu'il tienne à ce griffonnage, donnez-le-lui, il est bien à son service. Je suis profondément affligée d'apprendre qu'il a encore mal aux yeux. Je voudrais pouvoir encore le soigner et le soulager. Remplacez-moi, ayez soin de lui. Dites-lui que mon amitié pour lui n'a pas changé, s'il vous questionne sur mes sentiments à son égard. Dites-lui sincèrement que plusieurs propos m'étaient revenus après l'affaire de son duel avec M. de Feuillide, lesquels propos m'avaient fait penser qu'il ne parlait pas de moi avec toute la prudence possible. Ensuite, il avait imprimé dans la revue des pages qui m'avaient donné de l'humeur[121]. Lui et moi sommes des esprits trop graves et des amis trop vrais, pour nous livrer aux interprétations ridicules du public. Pour rien au monde je n'aurais voulu qu'un homme que j'aime et que j'estime infiniment devînt la risée d'une populace d'artistes haineux qu'il a souvent tancée durement, et qui, pour ce fait, cherche toutes les occasions de le faire souffrir et de le rabaisser. Il me semblait que le rôle d'amant disgracié que ces messieurs voulaient lui donner ne convenait pas à son caractère et à la loyauté de nos relations. J'avais cherché de tout mon pouvoir à le préserver de ce rôle mortifiant et ridicule, en déclarant hautement qu'il ne s'était jamais donné la peine de me faire la cour, et que notre affection était toute paisible et fraternelle, que les méchants commentaires me forçaient à ne plus le voir pendant quelques mois, mais que rien ne pouvait ébranler notre mutuel dévouement. Au lieu de me seconder en ceci, Planche s'est compromis et m'a compromise moi-même, d'abord par un duel qu'il n'avait pas des raisons personnelles suffisantes pour provoquer, secondement par des plaintes et des reproches très doux, il est vrai, mais très hors de place et qui pis est, tirés à mille exemplaires. J'ai cru voir dans ces reproches indirects l'intention, éloignée mais habile, d'inquiéter Alfred sur le passé et sur l'avenir et j'en ai été très blessée, tant qu'Alfred a vécu près de moi, je n'ai pu risquer d'explications à cet égard mais à présent je donnerai à Planche de tout mon cœur celle de ma froideur et de mon silence quand ses yeux lui permettront de lire une lettre de moi, et d'y répondre. Je la lui donnerai d'autant plus volontiers que mon ressentiment contre lui s'est entièrement effacé. De si loin et après tant de choses, les petits accidents de la vie disparaissent, comme les détails du paysage se confondent et s'effacent à l'œil de celui qui les contemple du haut de la montagne. Les grandes masses restent seules distinctes au milieu du vague de l'éloignement. Ainsi les susceptibilités, les petits reproches, les mille légers griefs de la vie habituelle, s'évanouissent maintenant de ma mémoire, il ne me reste que le souvenir des choses sérieuses et vraies. L'amitié de Planche, le souvenir de ses soins, de son dévouement, de sa bonté inépuisables pour moi, resteront dans ma vie et dans mon cœur comme des sentiments inaltérables.

En quittant Alfred, que j'ai suivi jusqu'à Vicence, j'ai fait une petite excursion dans les Alpes en suivant la Brenta. J'ai fait à pied jusqu'à huit lieues par jour et j'ai reconnu que ce genre de fatigue m'était fort bon, physiquement et moralement. Dites à Buloz que je lui écrirai des lettres pour la revue sur mes voyages pédestres.

Je suis revenue à Venise avec sept centimes dans ma poche. Sans cela, j'aurais été jusque dans le Tyrol, mais le besoin de hardes et d'argent m'a forcée de revenir. Dans quelques jours, je repartirai et je reprendrai la traversée des Alpes par les gorges de la Piave. Je puis aller loin ainsi en dépensant cinq francs par jour et en faisant huit ou dix lieues soit à pied, soit à âne. J'ai le projet d'établir mon quartier général à Venise, mais de courir le pays, seule et en liberté. Je commence à me familiariser avec le dialecte. Quand j'aurai vu cette province, j'irai à Constantinople, j'y passerai un mois, et je serai à Nohant pour les vacances. De là, j'irai faire un tour à Paris et je reviendrai à Venise.

[...] J'ai une si pauvre cervelle que je ne sais plus l'état de mes dettes à Paris. Je vous prie de vous entendre à cet égard avec Alfred à qui j'ai expliqué autant que possible l'emploi de mon argent et qui vous expliquera de son côté du mieux qu'il pourra. Il fera mes comptes avec Buloz.

Ne me parlez jamais, je vous prie, des articles qui se publient pour ou contre moi dans les journaux. J'ai au moins ici le bonheur d'être tout à fait étrangère à la littérature et de la traiter absolument comme un gagne-pain.

Adieu, mon ami, je vous embrasse de tout mon cœur. Ecrivez-moi, parlez-moi de mon fils, envoyez-moi une lettre de lui, à tout prix je la veux. Avez-vous de bonnes nouvelles de votre mère ? Vous ne me parlez jamais de vous. Avez-vous des élèves ? Faites-vous bien vos affaires ? N'êtes-vous pas amoureux de quelque femme ou de quelque science ou de quelque grue ? Pensez-vous un peu à votre vieille amie, qui vous aime toujours *paternellement* ?

G. S.

Je vous fais passer une lettre que vous remettrez à mon mari s'il est Paris, ou que vous ferez passer à Nohant.

George Sand à Alfred de Musset

[Venise,] 15 avril [et 17 avril 1834].

J'étais dans une affreuse inquiétude, mon cher ange. Je n'ai reçu aucune lettre d'Antonio. J'avais été à Vicence exprès pour savoir comment tu aurais passé cette première nuit. J'avais appris seulement que tu avais traversé la ville dans la matinée. J'avais donc pour toutes nouvelles de toi, les deux lignes que tu m'as écrites de Padoue, et je ne savais que penser. Pagello me disait que certainement, au cas où tu serais malade, Antonio nous écrirait, mais je sais que les lettres se perdent ou restent six semaines en route dans ce pays-ci. J'étais au désespoir. Enfin j'ai reçu ta lettre de Genève. Oh que je t'en remercie mon enfant ! Qu'elle est bonne et qu'elle m'a fait de bien ! Est-ce bien vrai, que tu n'es pas malade, que tu es fort, que tu ne souffres pas ? Je crains toujours que par affection, tu ne m'exagères cette bonne santé. Oh que Dieu te la donne et te la conserve, mon cher petit ! Cela est aussi nécessaire à ma vie, désormais, que ton amitié. Sans l'une ou sans l'autre, je ne puis pas espérer un seul beau jour pour moi. Ne crois pas, ne crois pas, Alfred, que je puisse être heureuse avec la pensée d'avoir perdu ton cœur. Que j'aie été ta maîtresse ou ta mère, peu importe. Que je t'aie inspiré de l'amour ou de l'amitié, que j'aie été heureuse ou malheureuse avec toi, tout cela ne change rien à l'état de mon âme à présent. Je sais que je t'aime, et c'est tout. Mais non pas avec cette soif [douloureuse[122]] de t'embrasser à toute seconde, que je ne pourrais satisfaire sans te donner la mort. Mais avec une force toute virile et aussi avec toutes les tendresses de l'amour féminin[123].

Veiller sur toi, te préserver de tout mal, de toute contrariété, t'entourer de distractions et de plaisirs, voilà le besoin et le regret que je sens depuis que je t'ai perdu… pourquoi cette tâche si douce et que j'aurais remplie avec tant de joie est-elle devenue peu à peu si amère et puis tout à coup impossible ? Quelle fatalité a changé en poison, les remèdes que je t'offrais ? Pourquoi, moi qui aurais donné tout mon sang, pour te donner une nuit de repos et de calme, suis-je devenue pour toi, un tourment, un fléau, un spectre. Quand ces affreux souvenirs m'assiègent (et à quelle heure me laissent-ils en paix ?) je deviens presque folle. Je couvre mon oreiller de larmes. J'entends ta voix m'appeler dans le silence de la nuit. Qu'est-ce qui m'appellera à présent ? Qui est-ce qui aura besoin de mes veilles ? à quoi emploierai-je la force que j'ai amassée pour toi, et qui maintenant se tourne contre moi-même ? Oh ! mon enfant, mon enfant ! que j'ai besoin de ta tendresse et de ton pardon ! Ne parle pas du mien, ne me dis jamais que tu as eu des torts envers moi. Qu'en sais-je ? Je ne me souviens plus de rien, sinon que nous aurons été bien malheureux et que nous nous sommes quittés. Mais je sais, je sens que nous nous aimerons toute la vie avec le cœur, avec l'intelligence, que nous tâcherons par une affection sainte de nous guérir mutuellement du mal que nous avons souffert l'un pour l'autre, hélas non ! ce n'était pas notre faute, nous suivions notre destinée, et nos caractères plus âpres, plus violents que ceux des autres, nous empêchaient d'accepter la vie des amants ordinaires. Mais nous sommes nés pour nous connaître et pour nous aimer, sois-en sûr. Sans ta jeunesse et la faiblesse que tes larmes m'ont causée, un matin, nous serions restés frère et sœur. Nous savions que cela nous convenait. Nous nous étions prédit les maux qui nous sont arrivés. Eh bien qu'importe, après tout ? Nous avons passé par un rude sentier, mais nous sommes arrivés à la hauteur où nous devions nous reposer ensemble. Nous avons été amants, nous nous connaissons jusqu'au fond de l'âme, tant mieux. Quelle découverte avons-nous faite mutuellement qui puisse nous dégoûter l'un de l'autre ? Oh malheur à nous, si nous nous étions séparés dans un jour de colère, sans nous comprendre, sans nous expliquer ! C'est alors qu'une pensée odieuse eût empoisonné notre vie entière, c'est alors que nous n'aurions jamais cru à rien. Mais aurions-nous pu nous séparer ainsi ? Ne l'avons-nous pas tenté en vain plusieurs fois, nos cœurs enflammés d'orgueil et de ressentiment ne se brisaient-ils pas de douleur et de regret chaque fois que nous nous trouvions seuls ? Non, cela ne pouvait pas être. Nous devions, en renonçant à des relations devenues impossibles, rester liés pour l'éternité. Tu as raison, notre embrassement était un inceste, mais nous ne le savions pas. Nous nous jetions innocemment et sincèrement dans le sein l'un de l'autre. Eh bien ! avons-nous un seul souvenir de ces étreintes qui ne soit chaste et saint ? Tu m'as reproché dans un jour de fièvre et de délire de n'avoir jamais su te donner les plaisirs de l'amour. J'en ai pleuré alors, et maintenant je suis bien aise qu'il y ait quelque chose de vrai dans ce reproche. Je suis bien aise que ces plaisirs aient été plus austères, plus voilés que ceux que tu retrouveras ailleurs. Au moins tu ne te souviendras pas de moi dans les bras des autres femmes. Mais quand tu seras seul, quand tu auras besoin de prier et de pleurer, tu penseras à ton George, à ton vrai camarade, à ton infirmière, à ton ami, à quelque chose de mieux que tout cela ; car le sentiment qui nous unit s'est formé de tant de choses, qu'il ne se peut comparer à aucun autre.

Le monde n'y comprendra jamais rien, tant mieux, nous nous aimerons, et nous nous moquerons de lui.

A propos de cela, je t'ai écrit une longue lettre sur mon voyage dans les Alpes, que j'ai l'intention de publier dans la revue, si cela ne te contrarie pas[124]. Je te l'enverrai et si tu n'y trouves rien à redire, tu la donneras à Buloz. Si tu veux y faire des corrections et des suppressions, je n'ai pas besoin de te dire que tu as droit de vie et de mort sur tous mes manuscrits passés, présents et futurs. Enfin, si tu la trouves entièrement impubliable, jette-la au feu, ou mets-la dans ton portefeuille, *ad libitum.* Je te fais passer une lettre de ta mère, que j'ai reçue ces jours-ci, plus les vers que tu as oubliés dans mon buvard[125] et que je recopie pour qu'ils tiennent moins de place.

Qu'est-ce que je te dirai de ma position ? Je suis encore sur un pied et ne sais précisément ce qui adviendra de moi. Je suis à Venise en attendant que j'aie l'argent et la liberté nécessaires pour aller à Constantinople. Mais je voudrais auparavant remplir mes engagements avec Buloz. C'est pourquoi je travaille du matin au soir. Mais je n'ai pas encore touché à *André*, car il y a bien peu de jours que j'ai la force de travailler et ces jours-là, je les ai employés à t'écrire cette lettre sur les Alpes. J'ai bien envie d'y retourner. Mais alors, quand finirai-je *André*[126] ? Ce Tyrol me met des idées si différentes dans la tête ! J'irai certainement y composer le plan de *Jacques* (dis à Buloz que *Jacques* est commencé). En attendant, je tâche de reprendre goût au travail. Je fume des pipes de quarante toises de longueur. Je prends pour vingt-cinq mille francs de café par jour. Je vis à peu près seule. Rebizzo vient me voir une demi-heure le matin. Pagello vient dîner avec moi et me quitte à huit heures. Il est très occupé de ses malades dans ce moment-ci et son ancienne maîtresse qui s'est repris pour lui d'une passion féroce depuis qu'elle le croit infidèle, le rend véritablement malheureux. Il est si bon et si doux qu'il n'a pas le courage de lui dire qu'il ne l'aime plus et véritablement il devrait le faire, car c'est une furie et, de plus, elle lui *fait des traits.* Mais qui lui conseillera d'être rigoureux ? Ce n'est pas moi. Cette femme vient me demander de les réconcilier, je ne peux pas faire autrement, quoique je sente bien que je leur rends à l'un et à l'autre un assez mauvais service. Pagello est un ange de vertu et mériterait d'être heureux. C'est pourquoi je ne devrais pas le réconcilier avec l'*Arpalice*[127]. Mais c'est pourquoi aussi, je partirai.

En attendant, je passe avec lui les plus doux moments de ma journée à parler de toi. Il est si sensible et si bon, cet homme ! Il comprend si bien ma tristesse, il la respecte si religieusement ! C'est un muet qui se ferait couper la tête pour moi. Il m'entoure de soins et d'attentions dont je ne me suis jamais fait l'idée. Je n'ai pas le temps de former un souhait, il devine toutes les choses matérielles qui peuvent servir à me rendre la vie meilleure, pour les autres, il se tait quand il ne comprend pas, il n'est jamais importun. J'ai une espèce de siège à soutenir contre tous les curieux qui s'attroupent déjà autour de ma cellule. Je ne sais pourquoi il en est toujours ainsi quand on veut vivre seule. Mais les importuns sont déjà à ma porte. Je ne sais quelles chipies ont lu mes romans et ont découvert que je suis à Venise. Elles veulent me voir et m'inviter à leurs *conversazioni.* Je ne veux pas en entendre parler. Je m'enferme dans ma chambre et, comme une divinité dans son nuage, je m'enveloppe dans la fumée de ma pipe. J'ai un ami intime qui fait mes délices et que tu aimerais à la folie.

C'est un sansonnet familier que Pagello a tiré un matin de sa poche et qu'il a mis sur mon épaule. Figure-toi l'être le plus insolent, le plus poltron, le plus espiègle, le plus gourmand, le plus extravagant. Je crois que l'âme de Jean Kreyssler[128] est passée dans le corps de cet animal, il boit de l'encre, il mange le tabac de ma pipe tout allumée, la fumée le réjouit beaucoup et tout le temps que je fume il est perché sur le bâton et se penche amoureusement vers la capsule fumante. Il est sur mon genou ou sur mon pied quand je travaille, il m'arrache des mains tout ce que je mange, il foire sur le *bel vestito* de Pagello. Enfin c'est un animal charmant. Bientôt il parlera, il commence à essayer le nom de George.

Adieu, adieu, mon cher petit enfant. Ecris-moi bien souvent je t'en supplie. Oh que je voudrais te savoir arrivé à Paris et bien portant ! Souviens-toi que tu m'as promis de te soigner. Adieu, mon Alfred, aime ton

GEORGE.

Je te prie de prendre chez moi un exemplaire d'*Indiana*, un de *Valentine* et un de *Lélia*. Je crois qu'il en reste deux, de *Lélia*, dont un en vélin que je te prie de ne pas m'envoyer parce que cet envoi peut se perdre. Joins à ce paquet les *Contes d'Espagne* ; le *Spectacle*, *Rolla* et les autres numéros de la revue où sont *Marianne*, *Andréa*, *Fantasio*, enfin tout ce que tu as écrit. Mais procure-moi des exemplaires non reliés et n'expose pas ceux que j'ai dans ma petite collection aux chances du voyage. Tiens ce paquet tout prêt chez toi à mon adresse : *San Fantin, casa Mezzani, corte Minelli.* On ira le prendre chez toi avec une lettre de Pagello ou de moi. Il est déjà question ici de traduire nos œuvres et on les demande à grands cris. Envoie-moi dans ta prochaine lettre tous les vers que tu as faits pour moi depuis les premiers jusqu'aux derniers. Tu trouveras les premiers dans mon livre de cuir de Russie. Si tu ne veux pas aller chez moi, fais-toi remettre tout cela par Boucoiran. Plus tard tu m'enverras par la diligence plusieurs petits objets que je te demanderai mais qu'il ne faut pas mettre avec les livres. Pagello veut t'écrire, mais il est trop occupé aujourd'hui. Il me charge de t'embrasser pour lui et de te recommander d'avoir soin de son malade.

17 avril.

Paul de Musset, "Biographie d'Alfred de Musset" (chap. VII)

Le retour du malade nous fut annoncé par une lettre où l'on sentait l'irritation de ses nerfs : "Par charité, disait-il, donnez-moi une autre chambre que la mienne. A l'idée de revoir, en m'éveillant, ce vilain papier d'un vert cru, je crois que l'ennui et le chagrin tapissent mes quatre murs."

Pour donner satisfaction à cette envie de convalescent, je m'empressai de céder ma chambre dont le papier était d'un ton très doux, et qui avait deux fenêtres sur un jardin. Le 10 avril, le pauvre enfant prodigue arriva enfin, le visage maigre et les traits altérés. Une fois sous l'aile maternelle, son rétablissement n'était plus qu'une question de temps ; mais on jugera de la gravité de son mal par les lenteurs de la guérison et par les phénomènes psychologiques dont elle a été accompagnée.

La première fois que mon frère voulut nous raconter sa maladie et les véritables causes de son retour à Paris, je le vis tout à coup changer de visage et tomber en syncope.

Il eut une attaque de nerfs effrayante, et il fallut un mois avant qu'il pût revenir sur ce sujet et achever son récit.

Alfred demeura longtemps enfermé dans sa chambre. Il n'en sortait que le soir, pour jouer aux échecs avec sa mère. Il avait amené d'Italie une espèce de domestique, perruquier de son état, qui l'avait soigné tant bien que mal durant le voyage, et qui ne savait pas un mot de français. Les services de ce garçon lui étaient agréables, quoique ce fût un valet de chambre assez mauvais. Souvent il appelait Antonio pour lui faire parler le dialecte de son pays ; mais Antonio gagna dans ces entretiens une nostalgie si intense qu'il fallut le renvoyer à Venise. Il partit un matin avec une cargaison de fioles vides et de vieux pots de pommade qu'il se proposait de remplir de saindoux et d'esprit-de-vin pour les vendre aux habitants des lagunes, comme un échantillon de la parfumerie parisienne.

Notre jeune sœur, tout enfant qu'elle était, jouait déjà fort bien du piano. Nous remarquâmes que le beau *concerto* de Hummel, en *si* mineur, avait le pouvoir de faire sortir le malade de sa retraite. Quand il restait trop longtemps enfermé, je demandais le concerto de Hummel : au bout de quelques minutes, on entendait les portes s'ouvrir. Alfred venait s'asseoir dans un coin du salon, et, le morceau achevé, nous réussissions souvent à le retenir, en lui parlant musique ; mais, si un mot le rappelait à son chagrin, il retournait dans sa chambre pour le reste de la journée.

Quand ce besoin de séquestration fut un peu calmé, il nous ouvrit sa porte, à son ami Tattet et à moi, car il n'avait rien à nous cacher. Nous demeurâmes donc dans la chambre de notre malade, pendant des journées entières, et des soirées qu'on pourrait appeler des nuits. D'abord, Alfred voulut montrer du courage. Il crut que la fierté lui pouvait être bonne à quelque chose, et l'on voyait qu'il comptait sur elle pour venir à bout de son chagrin et de ses regrets ; mais il ne tarda pas à reconnaître l'impuissance de cet auxiliaire, et il rejeta la fierté bien loin, comme un vain point d'honneur. Bientôt il nous laissa mesurer la profondeur de sa blessure. Malgré des souvenirs affreux qui l'obsédaient, il chérissait sa douleur. Par moments, il nous savait mauvais gré d'oser en médire. Par moments, il devenait ombrageux, comme si son caractère se fût altéré ; il nous soupçonnait de je ne sais quelles trahisons, ou bien il nous accusait d'indifférence, et puis, tout à coup, il avait honte de ses soupçons et se reprochait son ingratitude avec une exagération et des emportements contre lui-même que nous avions peine à modérer. Quant aux destructeurs de son repos, ce n'était pas encore assez pour lui de leur pardonner : il leur cherchait encore des excuses, ou du moins des circonstances atténuantes, tant son cœur était malade, tant il avait peur surtout que le courrier de Venise ne lui apportât plus de lettres ! Il en écrivait lui-même où il ne craignait pas de se donner tous les torts : quelques-unes contenaient des vers.

Lorsqu'on sut à Paris qu'Alfred de Musset était revenu sans le compagnon de voyage avec lequel il était parti, on fit sur ce sujet beaucoup de conjectures ; on inventa des fables, qui assurément n'approchaient pas de la vérité. Alfred eut vent de ces commérages, et il n'épargna rien pour démentir tout ce qui pouvait nuire à la personne qu'il avait laissée à Venise. En cela, il ne fit que son devoir de galant homme ; mais il ne dépendait pas de lui de dissimuler sa tristesse ou l'altération de son visage ; et les conjectures malveillantes continuèrent malgré lui.

Pour faire connaître l'état de son âme pendant ce temps d'épreuves, c'est à lui-même qu'il faut en demander la peinture fidèle, c'est au patient qu'il convient de céder la parole. Voici ce qu'il écrivait à ce sujet, en 1839, avec un intervalle de cinq ans[129] :

“Je crus d'abord n'éprouver ni regret ni douleur de mon abandon. Je m'éloignai fièrement ; mais à peine eus-je regardé autour de moi que je vis un désert. Je fus saisi d'une souffrance inattendue. Il me semblait que toutes mes pensées tombaient comme des feuilles sèches, tandis que je ne sais quel sentiment inconnu horriblement triste et tendre s'élevait de mon âme. Dès que je vis que je ne pouvais lutter, je m'abandonnai à la douleur en désespéré. Je rompis avec toutes mes habitudes. Je m'enfermai dans ma chambre ; j'y passai quatre mois à pleurer sans cesse, ne voyant personne et n'ayant pour toute distraction qu'une partie d'échecs que je jouais machinalement tous les soirs.

La douleur se calma peu à peu, les larmes tarirent, les insomnies cessèrent. Je connus et j'aimai la mélancolie. Devenu plus tranquille, je jetai les yeux sur tout ce que j'avais quitté. Au premier livre qui me tomba sous la main, je m'aperçus que tout avait changé. Rien du passé n'existait plus, ou, du moins, rien ne se ressemblait. Un vieux tableau, une tragédie que je savais par cœur, une romance cent fois rebattue, un entretien avec un ami me surprenaient ; je n'y retrouvais plus le sens accoutumé. Je compris alors ce que c'est que l'expérience, et je vis que la douleur nous apprend la vérité.

Ce fut un beau moment dans ma vie, et je m'y arrête avec plaisir : oui, ce fut un beau et rude moment. Je ne vous ai pas raconté les détails de ma passion. Cette histoire-là, si je l'écrivais, en vaudrait pourtant bien une autre, mais à quoi bon ? Ma maîtresse était brune ; elle avait de grands yeux ; je l'aimais, elle m'avait quitté ; j'en avais souffert et pleuré pendant quatre mois ; n'est-ce pas en dire assez ?

Je m'étais aperçu tout de suite du changement qui s'était fait en moi, mais il était bien loin d'être accompli. On ne devient pas homme en un jour. Je commençai par me jeter dans une exaltation ridicule. J'écrivis des lettres à la façon de Rousseau – je ne veux pas vous disséquer cela. Mon esprit mobile et curieux tremble incessamment comme la boussole, mais qu'importe si le pôle est trouvé ? J'avais longtemps rêvé ; je me suis mis enfin à penser. Je tâchai de me taire le plus possible. Je retournai dans le monde ; il me fallait tout revoir et tout apprendre.

On est difficile quand on souffre, et ce n'est pas aisé de plaire au chagrin. Je commençai, comme le curé de Cervantes, par purger ma bibliothèque et mettre mes idoles au grenier. J'avais dans ma chambre quantité de lithographies et de gravures dont la meilleure me sembla hideuse. Je ne montai pas si haut pour m'en délivrer, et je me contentai de les jeter au feu. Quand mes sacrifices furent faits, je comptai ce qui me restait. Ce ne fut pas long ; mais le peu que j'avais conservé m'inspira un certain respect. Ma bibliothèque vide me faisait peine ; j'en achetai une autre, large à peu près de trois pieds et qui n'avait que trois rayons. J'y rangeai lentement et avec réflexion un petit nombre de volumes ; quant à mes cadres, ils demeurèrent vides longtemps ; ce ne fut qu'au bout de six mois que je parvins à les remplir à mon goût ; j'y plaçai de vieilles gravures d'après Raphaël et Michel-Ange."

Tous ces détails sont parfaitement exacts. J'assistais à l'autodafé des gravures et au déménagement de la bibliothèque. Les livres conservés, que le malade appelait ses vieux amis, étaient les classiques français du XVIIe siècle : Sophocle, Aristophane, Horace, Shakespeare, Lord Byron, Goethe, les quatre grands poètes italiens en un seul volume, Boccace, Rabelais, Mathurin Régnier, Montaigne, le Plutarque d'Amyot et André Chénier. [...]

Lorsque notre malade consentit à chercher quelques distractions hors de chez lui, et à revoir le monde, il nous disait en s'habillant : "Au moment de reprendre le courant de la vie, j'éprouve une sorte de crainte mêlée de joie, car il me semble que j'ai devant moi l'inconnu. Comme un orfèvre qui frotte doucement une bague en or sur sa pierre de touche, je vais essayer toutes choses sur ma blessure à demi fermée." [...]

Nous l'engageâmes, par manière de passe-temps et pour s'assurer de l'état de son esprit, à écrire un proverbe en prose. – Le directeur de *La Revue des Deux Mondes* lui témoignait beaucoup d'amitié. – Naturellement obligeant, il n'aimait pas à refuser, et, comme le directeur avait besoin pour son recueil de morceaux d'imagination, Alfred essaya de se remettre au travail. Depuis longtemps, il avait tracé en quelques lignes le plan d'une comédie, sous le titre provisoire de *Camille et Perdican.* Il en avait même écrit l'introduction en vers ; mais, pour rien au monde, il n'aurait forcé sa Muse à descendre par des exorcismes ; c'est pourquoi il remit ses vers en prose.

La pièce, qui fut appelée *On ne badine pas avec l'amour*, porte en quelques passages des traces de l'état moral où était l'auteur. Le caractère étrange de Camille, certains mots d'une tendresse mélancolique dans le rôle de Perdican, la lutte d'orgueil entre ces deux personnages, font reconnaître l'influence des souvenirs douloureux contre lesquels le poète se débattait. [...]

Alfred de Musset à George Sand

[Paris,] 19 avril [1834].

Mon amie chérie, je suis à Paris depuis le 12[130] ; j'ai fait venir Buloz le lendemain de mon arrivée. L'important c'est d'envoyer la fin d'*André*. Jusque-là, il n'est guère possible d'obtenir grand-chose. Quant au prix, il le donnera ; je n'ai pas eu l'air d'en douter un instant. "C'est bien cher", voilà tout ce qu'il a dit.

Tu me dis, mon enfant, que tu veux aller à Constantinople ; avec quoi y vivras-tu ? Si tu ne renonces pas à tes enfants[131], comment en reviendras-tu ? Et quand même tu y renoncerais pour un temps, n'es-tu pas trop fière pour faire des dettes ? Explique-toi là-dessus, si la tranquillité de ton pauvre Mussaillon est quelque chose pour toi. Si je fais payer à Buloz d'une part ton loyer, d'autre part S[osthènes] de La R[ochefoucauld] et quelques autres dettes, je crois, dont tu m'as parlé, que te restera-t-il ? Peut-être de quoi vivre quelques mois à Venise, mais assurément pas de quoi la quitter. Songe, mon enfant, que c'est le dernier argent qui te reste à toucher, peut-être d'ici à longtemps. De mon côté, je ne sais même pas comment faire à Buloz une malheureuse comédie (faire une comédie !) dont je lui dois déjà le prix – j'enrage ; mais qu'y faire ? Réfléchis, je t'en prie, et écris-moi sérieusement tes projets. Tout ce qui dépendra de moi sera fait, compte là-dessus, quand je devrais me mettre des jambes et des bras postiches. Malheureusement la tête ne peut se remplacer.

Que je te remercie de ta lettre, mon amie. Je ne m'attendais pas à voir sitôt de ton écriture. Tu me dis de te parler de mes souffrances. Physiquement, je suis arrivé presque bien portant, quoique un coup de soleil sur la figure et un érésipèle aux jambes me rendissent horriblement ridicule ; grâce à Dieu, je suis debout aujourd'hui, et guéri, sauf une fièvre lente qui me prend tous les soirs au lit, et dont je ne me vante pas à ma mère, parce que le temps seul, et le repos, peuvent la guérir. Du reste, à peine dehors du lit, je me suis rejeté à corps perdu dans mon ancienne vie. Comment te dire jamais ce qui s'est passé dans cette cervelle depuis mon départ ? Mais, en somme, j'ai beaucoup souffert, et j'étais arrivé ici avec la ferme intention de me distraire et de chercher un nouvel amour. Je n'ai pas encore dîné une fois chez ma mère ; j'avais arrangé avant-hier une partie carrée avec Dalton[132] ; on m'avait mis, à côté de moi, une pauvre fille d'opéra qui s'est trouvée bien sotte, mais moins sotte que moi ; je n'ai pu lui dire un mot et suis allé me coucher à huit heures. Je suis retourné dans tous les salons où mon impolitesse habituelle ne m'a pas ôté mes entrées. Que veux-tu que je fasse ? plus je vais, plus je m'attache à toi, et bien que très tranquille, je suis dévoré d'un chagrin qui ne me quitte plus.

Tes meubles sont couverts de grandes couvertures de laine, ton lit n'a que les matelas, et les fenêtres sont sans rideaux ; j'ai cru que j'entrais dans l'appartement d'un mort. Je ne saurais rester là-dedans ; la seule chose qui me reste à faire, c'est de m'enfermer, mais je ne peux pas encore travailler, et dès que l'imbécile réfléchit un quart d'heure, voilà les larmes qui arrivent. Mon amie, tu m'as écrit une bonne lettre, mais ce ne sont pas de ces lettres qu'il faut m'écrire. Tu me dis que tu vas t'isoler et penser à moi ; que veux-tu que je devienne quand je lis des mots pareils ! Dis-moi plutôt, mon enfant, que tu t'es donnée à un homme que tu aimes, parle-moi de vos joies. Non, ne me dis pas cela. Dis-moi simplement que tu aimes et que tu es aimée ; alors je me sens plein de courage et je demande au ciel que chacune de mes souffrances se change en joie pour toi. Alors je me sens seul, seul pour toujours, et la force me revient car je suis jeune, et la vie ne veut pas mourir dans sa sève. Mais songe que je t'aime, qu'un mot de toi pourra toujours décider de ma vie, et que le passé tout entier se retourne en l'entendant.

Il ne faut pas m'en vouloir, mon enfant, de tout cela. Je fais ce que je peux (peut-être plus). Songe qu'à présent il ne peut plus y avoir en moi ni fureur, ni colère ; ce n'est pas ma maîtresse qui me manque, c'est mon camarade George. Je n'ai pas besoin d'une femme, j'ai besoin de ce regard que je trouvais à côté de moi pour me répondre, il n'y a là ni amour importun ni jalousie, mais une tristesse profonde. Je regardais l'autre soir cette table où nous avons lu ensemble *Goetz de Berlinchingen [sic]*[133] ; je me souvenais du moment où j'ai posé le livre sur la table après le dernier cri du héros mourant : liberté, liberté ! Tu étais beaucoup pour moi, ma pauvre amie, plus que tu ne croyais, et que je ne croyais moi-même.

Tu es donc dans les Alpes ? N'est-ce pas que c'est beau ? Il n'y a que cela au monde. Je pense avec plaisir que tu es dans les Alpes. Je voudrais qu'elles pussent te répondre, elles te raconteraient peut-être ce que je leur ai dit. O mon enfant, c'est là cependant qu'il est triste d'être seul.

Planche, M. Sandeau et Regnault vomissent, à ce que m'a dit Buloz, tout ce qu'ils ont dans les entrailles contre moi, ce qui m'est bien égal. Mme Hennequin[134] avait fait à ma mère tous les cancans possibles sur ton compte. Je n'ai pas eu de peine à la désabuser, il a suffi de lui parler des nuits que tu as passées à me soigner ; c'est tout pour une mère. Du reste, *L'Europe littéraire* est morte ; en sorte que les journaux n'ont pas donné signe d'attaques contre toi. Je n'ai trouvé qu'admiration, comme au temps d'*Indiana*. Adieu, ma sœur adorée. Va au Tyrol, à Venise, à Constantinople ; fais ce qui te plaît, ris et pleure à ta guise, mais le jour où tu te retrouveras quelque part seule et triste, comme à ce Lido, étends la main avant de mourir et souviens-toi qu'il y a dans un coin du monde un être dont tu es le premier et le dernier amour. Adieu mon amie, ma seule maîtresse. Ecris-moi, surtout, écris-moi.

Tu as dû recevoir une lettre de Genève.

[Adresse :]
Monsieur Pagello D^r^ M^n^
Farmacia Ancillo, C. San Luca
pour remettre à Madame Sand
Venise
roy^e^ Lombardo-Vénit.

Alfred de Musset à Sainte-Beuve

[Paris, 27 avril 1834.]

J'ai à vous remercier, mon cher Sainte-Beuve, de l'intérêt que vous avez bien voulu prendre aux tristes circonstances qui m'ont forcé à quitter l'Italie. Buloz sort de chez moi maintenant, et j'apprends par lui que mon retour est interprété de plusieurs manières par certaines gens. Tant qu'il ne s'agit que de moi-même, je suis obligé d'avouer qu'un mépris naturel m'a toujours là-dessus tenu lieu de philosophie ; mais je verrais avec le plus grand chagrin qu'on accusât Mme S[and] du plus léger tort à mon occasion, et surtout que de pareilles accusations fussent venues jusqu'à vous ; je sais que Mme S[and] tient à votre estime, et je mettrais autant d'empressement à la défendre auprès d'un homme capable de l'apprécier que je mets de l'orgueil à laisser parler les sots anonymes. Un mot de vous à ce sujet me ferait plaisir. J'ai pour Mme S[and] trop de respect et d'estime pour les enfermer en moi seul, et vous êtes un de ceux à qui je voudrais le plus possible les voir partager.

Tout à vous de cœur.

George Sand à Alfred de Musset

[Venise,] 29 avril [1834].

Tu es un méchant, mon petit ange. Tu es arrivé le 12 et tu ne m'as écrit que le 19. J'étais dans une inquiétude mortelle. Si j'avais eu au moins deux lignes d'Antonio, qui m'eussent appris ton arrivée, et qui m'eussent rassurée sur ta santé, j'aurais attendu plus patiemment une lettre de toi. Mais ne recevant pas signe de vie, j'ai beaucoup souffert et j'ai imaginé les choses les plus noires. Enfin te voilà installé, tu souffres aussi, mais tu vis, mais tu as assez de force pour chercher, sinon pour trouver moyen de te distraire. C'est beaucoup mieux que tous les rêves affreux que j'ai faits. Ta lettre est triste, mon ange, mais elle est bonne et affectueuse pour moi. Oh ! Quelle que soit la disposition de ton esprit, je trouverai toujours ton cœur, n'est-ce pas, mon bon petit. Je viens de recevoir ta lettre il y a une heure, et bien qu'elle m'ait émue douloureusement en plus d'un endroit, je me sens plus forte et plus heureuse que je ne l'ai été depuis quinze jours. Ce qui me fait mal, c'est l'idée que tu ne ménages pas ta pauvre santé. Oh je t'en prie à genoux, pas encore de vin, pas encore de filles ! C'est trop tôt. Songe à ton corps qui a moins de force que ton âme, et que j'ai vu mourant dans mes bras. Ne t'abandonne au plaisir que quand la nature viendra te le demander impérieusement, mais ne le cherche pas comme un remède à l'ennui et au chagrin, c'est le pire de tous, quand ce n'est pas le meilleur. Ménage cette vie que je t'ai conservée, peut-être, par mes veilles et mes soins. Ne m'appartient-elle pas un peu à cause de cela ? Laisse-moi le croire, laisse-moi être un peu vaine, d'avoir consacré quelques fatigues de mon inutile et sotte existence, à sauver celle d'un homme comme toi. Songe à ton avenir qui peut écraser tant d'orgueils ridicules et faire oublier tant de gloires présentes. Songe à mon amitié qui est une chose éternelle et sainte désormais et qui te suivra jusqu'à la mort. Tu aimes la vie et tu as bien raison. Dans mes jours d'angoisse et d'injustice, j'étais jalouse de tous les biens que tu pouvais et que tu devais me préférer. Aujourd'hui je t'aime sans fièvre et sans désespoir. Je voudrais te mettre sur le trône du monde et t'inviter à venir quelquefois fumer et philosopher dans ma cellule. Te voir arrivé à l'éclat que doit avoir ta destinée et te voler au monde de temps en temps pour te donner les joies du cœur, c'est ce que j'ambitionne et c'est ce que j'espère.

Je t'envoie la *lettre* dont je t'ai parlé[135]. Je l'ai écrite comme elle m'est venue, et sans songer à tous ceux qui devaient la lire. Je n'y ai vu qu'un cadre et un prétexte pour parler tout haut de ma tendresse pour toi, et pour fermer tout à coup la gueule à ceux qui ne manqueront pas de dire que tu m'as ruinée et abandonnée. En la relisant, j'ai craint pourtant qu'elle ne te semblât ridicule. Le monde que tu as recommencé à fréquenter ne comprend rien à ces sortes de choses et peut-être te dira-t-on que cet amour *imprimé* est comique et antimériméen. Si tu m'en crois, tu laisseras dire, et tu donneras la lettre à la revue. S'il y a quelque ridicule à encourir, il n'est que pour ton oisillon qui s'en moque et qui aime mieux le blâme que la louange de certaines gens. Que les belles dames crient au scandale, que t'importe ? Elles ne t'en feront la cour qu'un peu plus tendrement. D'ailleurs, il n'y a pas de *nom* tracé dans cette lettre, on peut la prendre pour un fragment de roman, nul n'est obligé de savoir si je suis une femme. En un mot, je ne la crois pas trop inconvenante pour la forme. Tu en jugeras, tu retrancheras ou changeras ce que tu voudras, tu la jetteras au feu si tu veux. Ne crains pas de me fâcher en me disant qu'il ne te plaît pas de la laisser publier. Je suis ici dans un monde si différent de celui où tu retournes. Toutes les idées que je comprenais là-bas me semblent si étranges dans la solitude où je m'enfonce, que je ne puis être juge et que je m'en rapporterai absolument à toi.

Ne t'inquiète pas de mes projets de voyage, de mes tristesses, de mes *stranezze*[136]. Je suis dans un singulier état moral, entre une existence qui n'est pas bien finie et une autre qui n'est pas encore commencée. J'attends, je me laisse aller au hasard, je travaille, j'occupe mon cerveau, et je laisse un peu reposer mon cœur. J'ai été malade plusieurs jours, Pagello m'a saignée et je suis bien. Mais cette indisposition m'a empêchée de quitter Venise et maintenant le manque d'argent me force d'y rester en attendant qu'il m'en vienne. J'ai eu à payer des petites dettes plus fortes que je ne croyais, mais je n'ai manqué de rien, sois sans inquiétude. J'ai encore de quoi vivre une quinzaine, et la bourse de Rebizzo m'est ouverte à discrétion. Mon petit individu a besoin de si peu pour subsister que je n'y ai pas eu recours. Je ne veux pas faire de dettes pour mon plaisir, aussi je ne voyagerai que si je le peux par moi-même. Il me faut très peu pour me promener à pied dans les montagnes, mais je ne m'y risquerai de nouveau que quand je serai bien sûre de ma force physique. Dors donc en repos sur mon compte, ta tranquillité m'est sacrée mon cher enfant et j'aimerais mieux recevoir toutes les insultes de la terre que de donner lieu à d'injustes reproches contre toi. Tu n'entendras donc pas dire que je suis morte de désespoir ou de misère dans quelque coin. J'aurai soin de ma vie, à condition que tu auras soin de la tienne. Conservons-nous tous deux pour nous retrouver, pour vieillir fraternellement en disant l'un de l'autre : nous nous sommes connus, nous nous sommes aimés et nous nous estimons.

Figure-toi que j'ai été jetée ici de prime abord dans un tissu d'aventures romanesques. M. Pierre Pagello est un don Juan sentimental qui s'est trouvé tout à coup quatre femmes sur les bras[137]. Tous les jours tragédie et comédie nouvelle, de la part de ses amantes et de ses amies. C'est un imbroglio à n'en pas finir et je t'en ferai le récit *épique* quand nous nous reverrons au mois d'août. Au milieu de tout cela, il a eu des tracasseries avec sa maîtresse de maison, et nous avons fait une association et un arrangement. Comme j'établis mon quartier général à Venise, j'ai pris le *1° piano* d'une maison qui sera toute à nous. Pagello et son frère au second, et près de moi Giùlia Puppati. – Ah ! qu'est-ce que Giùlia Puppati ? Certainement M. Dumas dirait de belles choses là-dessus[138]. On dit dans la maison Mezzani que c'est la maîtresse des deux Pagello, et qu'elle et moi nous sommes les deux amantes du docteur. C'est aussi vrai l'un que l'autre. Giùlia est une sœur clandestine, fille non avouée de leur père[139]. Elle est jolie comme un ange et chante comme un rossignol. Elle a quelque fortune et comme elle a vingt-huit ou trente ans, elle est indépendante. Elle a une affaire de cœur à Venise et vient s'y établir dans quelques jours. Elle avait lu mes romans et professait pour moi un enthousiasme de fille romanesque. Nous avons fait connaissance et elle me plaît extrêmement. Nous avons donc fait ce plan de pot-au-feu, qui me sera je crois agréable. Avec mon caractère sérieux, mon travail de cinq ou six heures par jour, mes promenades solitaires, et mes projets de voyage fréquents, je n'aurai pas à souffrir des tracasseries qui adviennent toujours entre amis. Pagello est dehors toute la journée, et s'endort méthodiquement sur le sofa après le dîner avec sa *Pipetta* dans l'œil comme la flûte de Debureau *[sic]*[140]. Roberto, son frère, est employé à la marine et ne passe à la maison qu'une heure ou deux le soir pour fumer, et boire le café ; c'est un assez drôle de garçon, la seconde épreuve de mon frère pour l'insouciance et la gaieté, spirituel dans son patois vénitien, indifférent à tout et pour tous, facile à vivre. Giùlia est une créature sentimentale dont la figure ressemble effrontément à celle du père Pagello. C'est une pincée, demi-anglaise, demi-italienne, avec de grands cheveux noirs, de grands yeux bleus toujours levés au ciel, maniérée avec grâce et gentillesse, pleureuse, exaltée, un peu folle, bonne comme Pagello. Elle chante divinement et je l'accompagne avec le piano. Le reste du temps elle fera l'amour ou lira des romans.

Tu vois, cher enfant, que mon isolement n'a rien d'effrayant, et que, quand je serai lasse de rêver sur les

Alpes ou sur le Lido, je pourrai trouver des soins et le seul genre de société intime qui me convienne. Toute autre m'est antipathique. J'ai refusé obstinément toutes les connaissances que Rebizzo voulait m'amener. Je ne reçois que lui qui vient tous les jours et sa femme très rarement. Elle ne[141]..

....

passe depuis quelques jours une vie moins tranquille, la *s[ignor]a* Arp[alice], sa maîtresse, lui a arraché la moitié des cheveux et déchiré son *bel vestito*. L'autre jour j'ai entendu un vacarme épouvantable dans sa chambre. J'ai cru qu'il faisait une opération à trente chats réunis, mais la porte s'est ouverte avec fracas et j'ai entendu le docteur s'écrier : *Carogna, io ti amazzo*[142] *!* Sans moi il la tuait en effet, elle ne m'en déteste qu'un peu plus. J'ai signifié que je ne voulais plus entendre parler d'elle, et comme elle me faisait des menaces d'assassinat sérieuses, je l'ai fait menacer de mon côté de la recommander à la police. J'espère qu'elle me laissera tranquille. Ce n'est pas ma faute si Pagello ne peut plus la souffrir, elle fait tout ce qu'il faut pour cela et je n'ai pas assez d'éloquence pour réparer des torts aussi graves que la perte de ses cheveux et de son *vestito*.

Dans cinq jours Buloz recevra la fin d'*André* ! Je t'envoie un bon que je te prie de faire toucher par Boucoiran chez Salmon[143]. Si Boucoiran a (toutes nos dettes payées envers lui) quelque reste de mon mois d'avril, qu'il le joigne à ces trois cents francs du mois de mai. Tâche de tirer de Buloz deux ou trois cents francs à m'envoyer tout de suite. Emploie le reste plus tard à payer mes dettes. Pour le moment je serais bien aise de toucher une petite somme de sept ou huit cents francs, pour faire ce voyage de Constantinople, ou au moins pour me sentir le moyen de le faire, ce qui serait pour moi une pensée de liberté agréable au milieu de tout ce qui peut m'advenir de bon ou de fâcheux. Dans tous les cas, envoie-moi ce que tu pourras récolter de Salmon et de Buloz, peu ou prou ce sera toujours assez pour vivre à Venise. Je ne veux pas que tu songes à m'envoyer du tien et ce que tu me dis à cet égard me fait beaucoup de peine. Ne te souviens-tu pas que j'ai ta parole d'honneur de ne pas songer à ce remboursement avant trois ans ? Je te l'ai fait donner plusieurs fois pendant ta maladie et je ne te la rends pas. Songe que je n'ai à souffrir d'aucune manière, que mes affaires s'arrangeront parfaitement avec ce séjour de quelques mois à Venise et que tu ne peux te forcer au travail maintenant sans te faire beaucoup de mal et sans t'exposer à une rechute. Travaille pour t'amuser, pour te distraire, rien de plus, et si tu gagnes en t'amusant quelques bons petits sous, dépense-les agréablement et sans songer à moi qui ne manque de rien et qui n'ai besoin de rien. Si j'avais cet argent et que je fusse auprès de toi, je ne l'emploierais qu'en courses, en toilettes et en spectacles avec toi. Nous le mangerions[144]...... ferais, si nous en avons quand nous nous verrons...... à l'opéra et nous monterons à cheval. Adieu...... de Salmon [par]vienne au......

Alfred de Musset à George Sand

[Paris,] 30 avril [1834].

Ce n'est donc pas un rêve, mon frère chéri ; – cette amitié qui survit à l'amour, dont le monde se moque tant, dont je me suis tant moqué moi-même, cette amitié-là existe. C'est donc vrai, tu me le dis et je le crois, je le sens, *tu m'aimes*. Que se passe-t-il en moi, mon amie ? Je vois la main de la Providence comme je vois le soleil. Maintenant c'est fini pour toujours ; j'ai renoncé, non pas à mes amis, mais à la vie que j'ai menée avec eux. Cela m'est impossible de recommencer, j'en suis sûr ; que je me sais bon gré d'avoir essayé ! Sois fière, mon grand et brave George, tu as fait un homme d'un enfant. Sois heureuse, sois aimée, sois bénie, repose-toi, pardonne-moi ! Qu'étais-je donc sans toi, mon amour ? rappelle-toi nos conversations dans ta cellule ; regarde où tu m'as pris et où tu m'as laissé. Suis ton passage dans ma vie ; regarde comme tout cela est palpable, évident ; comme tu m'as dit clairement : ce n'est pas là ton chemin, comme tu m'as pris par la main pour me remettre dans ma route – assieds-toi sur le bord de cette route simple, ô mon enfant, tu étais trop lasse pour y marcher longtemps avec moi. – Mais moi, j'y marcherai. Il faut que tu m'écrives souvent, que tu me laisses t'écrire ma vie à mesure que je vivrai. Songe à cela, je n'ai que toi, j'ai tout nié, tout blasphémé, je doute de tout, hormis de toi. Dis-moi, auras-tu ce courage-là ? Toutes les fois que je relèverai la tête dans l'orage, comme un pilote effrayé, trouverai-je toujours mon étoile, la seule étoile de ma nuit ? Consulte-toi, ces trois lettres que j'ai reçues, est-ce le dernier serrement de main de la maîtresse qui me quitte, ou le premier de l'amie qui me reste ? Mais néglige-moi, oublie-moi, qu'importe ? Ne t'ai-je pas tenue ? oui, je t'ai tenue et embrassée de ces bras que voilà. Sais-tu pourquoi je n'aime que toi ? Sais-tu pourquoi, quand je vais dans le monde à présent, je regarde de travers comme un cheval ombrageux ? je ne m'abuse sur aucun de tes défauts ; tu ne mens pas, voilà pourquoi je t'aime. Je me souviens bien de cette nuit de la lettre[145].

Mais dis-moi, quand tous mes soupçons seraient vrais, en quoi me trompais-tu ? me disais-tu que tu m'aimais ? n'étais-je pas averti ? avais-je aucun droit ? ô mon enfant chéri, lorsque tu m'aimais, m'as-tu jamais trompé ? quel reproche ai-je jamais eu à te faire, pendant sept mois que je t'ai vue jour par jour ? et quel est donc le lâche misérable qui appelle perfide la femme qui l'estime assez pour l'avertir que son heure est venue ? – le mensonge, voilà ce que j'abhorre, ce qui me rend le plus défiant des hommes ; peut-être le plus malheureux. Mais tu es aussi sincère que tu es noble et orgueilleuse.

Voilà pourquoi je crois en toi et je te défendrai contre le monde entier jusqu'à ce que je crève. Maintenant qui voudra peut me tromper, me maltraiter et me déchirer, je puis souffrir, je sais que tu existes. S'il y a quelque chose de bon en moi, si je fais jamais quelque chose de grand, de mes mains ou de ma plume, dis-toi que tu sais d'où cela vient… *[Ici, quelques mots barrés.]* Oui, George, il y a quelque chose en moi qui vaut mieux que je ne pensais ; lorsque j'ai vu ce brave Pagello, j'y ai reconnu la bonne partie de moi-même, mais pure, et exempte des souillures irréparables qui l'ont empoisonnée en moi. C'est pourquoi j'ai compris qu'il fallait partir ; ne regrette pas, ma sœur bien-aimée, d'avoir été ma maîtresse. Il le fallait pour que je te connusse, il fallait que ton corps même fût[146]..., mais ne reviens jamais sur un mot sans raison que je t'ai dit, et que tu me rappelles dans ta dernière lettre. Les plaisirs que j'ai trouvés dans tes bras étaient plus chastes, c'est vrai, mais ne me dis pas qu'ils étaient moins grands qu'ailleurs ; il faut me connaître comme je me connais moi-même pour savoir ce qui en est. Rappelle-toi une strophe de *Namouna*[147] – il y avait dans tes bras un moment dont le souvenir m'a empêché jusqu'aujourd'hui, et m'empêchera encore longtemps d'approcher d'une autre femme.

J'aurai cependant d'autres maîtresses ; maintenant les arbres se couvrent de verdure, et l'odeur des lilas entre ici par bouffées, tout renaît et le cœur me bondit malgré moi. Je suis encore jeune, la première femme que j'aurai sera jeune aussi, je ne pourrais avoir aucune confiance dans une femme *faite.* De ce que je t'ai trouvée, c'est une raison pour ne plus vouloir chercher.

Je t'ai écrit tristement, la dernière fois ; peut-être lâchement ; je ne m'en souviens pas ; je venais du quai Malaquais, et j'avoue que c'est la seule chose que je ne puisse supporter encore. Je n'y ai été que trois fois ; et toujours je suis rentré comme abruti pour toute la journée, sans pouvoir dire un mot à personne. J'ai retrouvé des cigarettes que tu avais faites avant notre départ, et qui étaient restées dans la soucoupe. Je les ai fumées avec une tristesse et un bonheur étranges. J'ai, de plus, volé un petit peigne à moitié cassé dans la toilette, et je m'en vais partout avec cela dans ma poche. Tu vois que je te dis toutes mes bêtises ; mais pourquoi me ferais-je plus héroïque que je ne suis ? Tu aideras ton camarade à consoler ton amant. Sais-tu une chose qui m'a charmé dans ta lettre ? C'est la manière dont tu me parles de Pagello, de ses soins pour toi, de ton affection pour lui, et la franchise avec laquelle tu me laisses lire dans ton cœur. Traite-moi toujours ainsi, cela me rend fier. Mon amie, la femme qui parle ainsi de son nouvel amant à celui qu'elle quitte et qui l'aime encore, lui donne la preuve d'estime la plus grande qu'un homme puisse recevoir d'une femme.

Je m'en vais faire un roman. J'ai bien envie d'écrire notre histoire[148] ; il me semble que cela me guérirait et m'élèverait le cœur. Je voudrais te bâtir un autel, fût-ce avec mes os ; mais j'attendrai ta permission formelle. Je te dirai qu'on parle beaucoup de mon retour ; une chose incompréhensible, c'est que quinze jours avant mon arrivée, tout le monde savait déjà que nous étions séparés. On disait t'avoir vue à Paris, de ton côté, t'avoir parlé même, au bal de l'Hôtel de Ville. Peut-être as-tu, dans un mauvais jour, écrit à Buloz quelque chose de cette triste séparation. Quoi qu'il en soit, j'ai peur qu'on croie que je n'ai voulu que me défendre du ridicule, tout en te défendant du blâme. Je voudrais cependant écrire, le public n'y comprendrait rien, mais ceux qui devineraient sauraient qu'au milieu de tant de calomnies stupides, il y a une voix pour toi, et que c'est celle d'un homme qui t'a connue pendant un an, précisément peut-être d'un homme que tu as quitté. Il m'est très indifférent qu'on se moque de moi, mais il m'est odieux qu'on t'accuse avec toute cette histoire de maladie.

J'ai reçu ta lettre de Trévise ; quel bon, excellent cœur tu as, mon enfant. Oui, nous nous reverrons ; comme je m'ennuie à périr ici, je vais aller aux eaux d'Aix au mois de juillet. Si tu viens à Paris aux vacances, tu m'écriras. Fussé-je à tous les diables, il faudra que je revienne ; je ne sais trop pourquoi j'ai dans la tête que je mourrai sans t'avoir revue. Voilà encore une bêtise – au fait, je serai ici avant toi. Je reviendrai à la fin d'août.

Ton histoire de sansonnet me charme. C'est de lui que je suis jaloux : il danse sur tes genoux, le coquin ! Sais-tu ce que je ferai ? J'en achèterai un aussi, et parbleu, il aura la bonté de manger de l'encre aussi, qu'il l'aime ou non, et il criera : George ! George ! toute la journée, mais il ne dansera point sur mes genoux, par respect pour mes pantalons.

Dis à Pagello que je le remercie de t'aimer et de veiller sur toi comme il le fait. N'est-ce pas la chose la plus ridicule du monde que ce sentiment-là ? Je l'aime, ce garçon, presque autant que toi ; arrange cela comme tu voudras ; il est cause que j'ai perdu toute la richesse de ma vie, et je l'aime comme s'il me l'avait donnée. Je ne voudrais pas vous voir ensemble, et je suis heureux de penser que vous êtes ensemble. Oh mon ange, mon ange, sois heureuse, et je le serai.

Je n'ai pas besoin de te dire que tes commissions sont faites ; je n'ai pas encore pu me décider à aller voir Maurice[149] ; c'est encore une lâcheté dont je m'accuse ; mais il a une paire d'yeux noirs que je ne verrai pas sans douleur, je l'avoue. – Mon enfant, j'ai encore une permission à te demander, c'est de te faire quelquefois des rapsodies de sonnets, comme si tu étais encore ma maîtresse – et ne l'es-tu donc plus, mon amour chéri ? Tu la seras toujours, quand tu serais au bout du monde. Je te défie de m'empêcher de t'aimer, franchement il faut que je fasse ce roman – quel imbécile suis-je de m'inquiéter des sots, et de te parler d'eux ! Il faut que je le fasse, ou que j'étouffe. Vois-tu, George, la veine est ouverte, il faut que le sang coule ; je t'ai si mal aimée ! il faut que je te dise ce que j'ai sur le cœur.

Adieu, mon frère, mon ange, mon oiseau, ma mignonne adorée, adieu tout ce que j'aime sous ce triste ciel, tout ce que j'ai trouvé sur cette pauvre terre. Chantes-tu encore quelquefois nos vieilles romances espagnoles ? et penses-tu quelquefois à Roméo mourant ? adieu, ma Juliette.

Ramenta il nostr' amor[150].

Sainte-Beuve me dit de te serrer la main pour lui.

[Adresse :]
Madame Sand
San Fantin – Casa Mezzani
Corte Minelli
R^e^ Lombardo-Vénitien Venise.

Alfred de Musset

A George Sand[151]

Toi qui me l'as appris, tu ne t'en souviens plus
De tout ce que mon cœur renfermait de tendresse,
Quand, dans la nuit profonde, ô ma belle maîtresse,
Je venais en pleurant tomber dans tes bras nus !

La mémoire en est morte, un jour te l'a ravie
Et cet amour si doux, qui faisait sur la vie
Glisser dans un baiser nos deux cœurs confondus,
Toi qui me l'as appris, tu ne t'en souviens plus.

George Sand à François Buloz

[Venise, 6 mai 1834.]

Mon cher Buloz, je vous envoie la fin d'*André*. Je vous l'ai fait un peu attendre parce que ce roman s'est prolongé au-delà de ce que je croyais, et parce que j'ai eu dans la tête des choses un peu plus sérieuses que tous les romans du monde. Rassurez-vous, ce sont des choses qui n'arrivent pas tous les jours dans la vie et mon travail n'en souffrira plus. *Jacques* est assez avancé et avant la fin du mois vous en recevrez une bonne partie. Je vous prie de vous entendre avec Alfred pour le paiement de nos quatre volumes de petits romans. J'ai besoin d'argent tout de suite, un peu ici et beaucoup à Paris. Alfred vous dira cela.

Alfred aura, je crois, la charité de corriger mes épreuves, avant de mettre sous presse la dernière portion du manuscrit que je vous envoie, faites-la-lui lire je vous prie, afin qu'il corrige et retranche ce qui serait par trop bête. Ecrivez-moi, et parlez-moi de lui, dites-moi au vrai, si sa santé est aussi bonne qu'il me l'assure. – Avec *Jacques* je vous enverrai des lettres sur l'Italie que je vous prierai de me payer tout de suite, parce que je n'aurai plus que cela pour vivre, jusqu'à ce que *Jacques* soit fini. Je vous en ferai une par mois. Cela vous convient-il ?

Adieu, mon ami. Dites à Sainte-Beuve que je lui ai écrit une longue lettre et qu'en la relisant je l'ai trouvée si maussade et si ennuyeuse que je l'ai déchirée. Dites-lui qu'il serait bien bon de m'écrire deux ou trois lignes de souvenir. Je suis triste, cela me ferait du bien. Adieu, mon cher, êtes-vous content de vos affaires, de votre santé et de votre ami ?

GEORGE S.

Ecrivez-moi à M. Pagello, farmacia Ancillo
Piazza san Luca, p[ou]r remettre à Mme Sand
De cette manière, si je suis en voyage, vos lettres ne s'égareront pas.

George Sand à Maurice Dudevant

[Venise, 8 mai 1834.]

[...] J'espérais te voir ce mois-ci, mais je ne peux pas quitter Venise. Je ne fais pas ce que je veux, et quand tu seras plus grand, je te raconterai toutes les raisons qui m'ont forcée de te quitter souvent et de rester bien des mois éloignée de toi. Tu sauras alors que j'ai bien souffert, que j'ai fait bien des rêves où je croyais tenir mes deux enfants dans mes bras, et que je me suis bien des fois éveillée en pleurant de me trouver seule et si loin d'eux. [...] Nous nous retrouverons, mon enfant, nous sommes souvent séparés depuis quelques années, tu es quelquefois plusieurs jours peut-être sans te souvenir de ta pauvre voyageuse de mère, tu entends peut-être dire du mal d'elle. Tout cela n'empêchera pas qu'un jour tu ne me reconnaisses et ne me choisisses pour ta meilleure amie. Je le sais. Je ne m'inquiète pas beaucoup de l'indifférence qu'on pourra essayer de t'inspirer pour moi. Toutes les fois que nous sommes éloignés l'un de l'autre, tu m'oublies un peu. Mais quand nous nous revoyons tu es bien content d'embrasser ta vieille, de te faire dorloter sur ses genoux et de lui faire chanter des chansons bêtes et dire des vieux contes avant d'aller te coucher. [...] T'es-tu corrigé un peu des petits caprices d'enfant que tu avais l'année dernière ? retrouverai-je un petit homme, au lieu d'un gros béta que j'ai laissé ?

Je te reverrai aux vacances, mon bon petit, nous les passerons ensemble à Nohant, avec ta grosse bonne femme de sœur que tu aimes bien, n'est-ce pas ? Ecris-moi donc, à présent que tu sais combien ton silence me fait de la peine. Adieu mon enfant. Dis-moi si tu concourras pour les prix et à quelle époque au juste se fera la distribution, afin que j'arrange mes affaires pour être à Paris à cette époque. Il faut que je le sache d'avance. Le voyage est long, sais-tu ? – Je t'embrasse un million de fois.

TA MÈRE.

[Adresse :]
Monsieur Maurice Dudevant
au collège Royal d'Henri IV
Paris.

George Sand à Gustave Papet[152]

Venise, 8 mai [1834].

Cher Gustave, je t'avais promis de t'écrire, je ne l'ai pas fait. Cela m'a été bien impossible. Il s'est passé tant de choses dans ma pauvre vie, j'ai tant souffert. Tu sais que quand je suis désespérée, je n'ai plus la faculté de m'épancher et de chercher des consolations dans le cœur de ceux qui m'aiment. Tu m'as comprise depuis longtemps et j'ai trouvé en toi une sublime délicatesse dans ces moments-là. Chaque fois que je suis revenue à toi en te disant "me voilà, j'ai été au tombeau mais je renais un peu et mon amitié n'est pas morte, elle a dormi seulement et la voilà qui se réveille telle que tu l'as connue, telle que tu la mérites", je t'ai toujours retrouvé alors le même que je t'avais laissé. Cette fois encore tu me pardonnes, n'est-ce pas, bon cœur ? J'en ai besoin, va, si l'on doit plaindre ceux qui sont misérables, si l'on doit aimer ceux qu'on plaint, je dois être ta meilleure amie. Mais permets-moi de ne pas t'en dire davantage, raconter mes maux m'est impossible, je le ferai un jour pour mes enfants, pour toi et pour cinq ou six autres encore qui me survivront. C'est pour vous que je veux laver ma vie de toutes les taches qui sont tombées dessus. Je travaille ici maintenant que j'ai du repos, et je te lirai quelque jour dans le fond de la garenne, ou sur la lisière d'un de nos prés, des pages de ma vie que je ne peux pas te dire à présent. Ce seront des secrets entre nous et la mort qui nous en déliera tous deux.

Tout ce que je peux te dire en cinq ou six mots dans ce moment, c'est que mon compagnon de voyage a fait au mois de février une maladie épouvantable et qu'il a failli mourir dans mes bras dans les mêmes accès de délire que ce pauvre Alfred Périgois[153]. Il est revenu à la vie, mais non pas à une santé très rassurante. L'état de sa poitrine a exigé entre nous une prompte séparation, plus ses forces revenaient, plus il était urgent qu'il n'eût pas de femme auprès de lui. Je l'ai mis sous la garde d'un bon domestique et je l'ai embarqué pour Paris. Je ne sais comment le monde expliquera cette séparation. Je ne m'en soucie guère pour mon compte, mais au cas où tu entendrais accuser Alfred de m'avoir abandonnée ou trahie, je te prie de le disculper et de dire que tu sais de bonne part que nous nous chérissons toujours, que nous sommes restés frère et sœur. Si tu pouvais lire et montrer les lettres qu'il m'écrit, tu verrais quel noble et excellent enfant le monde calomnie.

Je suis restée ici avec de braves amis qui m'ont tendu les bras, et qui m'ont rendu toutes sortes de services. Je suis calme. J'espère qu'Alfred fera de deux choses l'une, ou qu'il guérira de la poitrine ou qu'il cessera d'être amoureux de moi, et que dans l'un ou l'autre cas je pourrai dans quelques mois me rapprocher de lui sans danger et retourner à Paris.

Voilà les faits matériellement, quant aux détails j'en aurais pour dix ans à te raconter le mal que nous a fait cette séparation. Je ne suis plus dans l'âge de jouer au roman. Je suis trop vieille, j'ai trop souffert et trop vécu pour avoir encore de l'exaltation. Je sais qu'Alfred se consolera dans les plaisirs et je l'y ai exhorté en tant qu'il ménagerait sa santé (on la ménage avec les p... et on ne la ménage pas avec une maîtresse[154]). Je sais que je me consolerai aussi comme je me suis consolée déjà. Je sais que je guérirai du besoin d'aimer ou que peut-être j'aimerai encore. Ma vie n'est pas finie, quoiqu'elle me pèse et me dégoûte vingt fois le jour. Je sais enfin que cet amour de six mois n'a pas tué l'avenir d'Alfred et le mien. Mais je sais que mon cœur s'est brisé en le quittant et je sais qu'il saignera toujours quelle que soit la main qui vienne en soigner la blessure. Il y en a une autre plus ancienne, plus profonde, qu'Alfred n'avait pas fermée, et avant celle-là une autre encore que Jules n'avait pas connue[155]. C'est ainsi que la douleur creuse et ronge sourdement ma pauvre âme ! Elle a encore des éclairs de joie, des jours de force et de bonheur. Mais tout ce qu'elle renferme d'ulcères, on ne le sait pas ! On dit *un tel* est changeant. Il s'enthousiasme et puis il se dégoûte. Il se désespère et veut se tuer, puis tout aussitôt on le voit joyeux et consolé – que sait-on de tout cela ? Compte-t-on les épines qui lui restent plantées dans le cœur ? Voit-on le venin qui dévore sourdement ses plaies ? Sait-on que quand il s'en forme une nouvelle, toutes les autres se rouvrent et se mettent à le brûler ? [...]

George Sand, "Lettres d'un voyageur", "A un poète" ("La Revue des Deux Mondes", 15 mai 1834)

Venise, 1er mai 1834.

[...] J'avais pris dans la journée, sous un beau rayon de soleil, quelques heures de repos sur la bruyère. Afin d'éviter la saleté des gîtes, je m'étais arrangé pour marcher pendant les heures froides de la nuit et pour dormir en plein air durant le jour. La nuit fut moins sereine que je ne l'avais espéré. Le ciel se couvrit de nuages et le vent s'éleva. Mais la route était si belle que je pus marcher sans difficulté au milieu des ténèbres. Les montagnes se dressaient à ma droite et à ma gauche comme de noirs géants ; le vent s'y engouffrait et courait sur leurs croupes avec de longues plaintes. Les arbres fruitiers, agités violemment, semaient sur moi leurs fleurs embaumées. La nature était triste et voilée, mais toute pleine de parfums et d'harmonies sauvages. Quelques gouttes de pluie m'avertirent de chercher un abri dans un bosquet d'oliviers situé à peu de distance de la route ; j'y attendis la fin de l'orage. Au bout d'une heure, le vent était tombé, et le ciel dessinait au-dessus de moi une longue bande bleue, bizarrement découpée par les anfractuosités des deux murailles de granit qui le resserraient. C'était le même coup d'œil que nous avions en miniature à Venise quand nous marchions le soir dans ces rues obscures, étroites et profondes, d'où l'on aperçoit la nuit étendue au-dessus des toits, comme une mince écharpe d'azur semée de paillettes d'argent.

Le murmure de la Brenta, un dernier gémissement du vent dans le feuillage lourd des oliviers, des gouttes de pluie qui se détachaient des branches et tombaient sur les rochers avec un petit bruit qui ressemblait à celui d'un baiser, je ne sais quoi de triste et de tendre, était répandu dans l'air et soupirait dans les plantes. Je pensais à la veillée du Christ dans le jardin des Olives, et je me rappelai que nous avons parlé tout un soir de ce chant du poème divin. C'était un triste soir que celui-là, une de ces sombres veillées où nous avons bu ensemble le calice d'amertume. Et toi aussi, tu as souffert un martyre inexorable, toi aussi tu as été cloué sur une croix. Avais-tu donc quelque grand péché à racheter pour servir de victime sur l'autel de la douleur ? qu'avais-tu fait pour être menacé et châtié ainsi ? est-on coupable à ton âge ? sait-on ce que c'est que le bien et le mal ? Tu te sentais jeune, tu croyais que la vie et le plaisir ne doivent faire qu'un. Tu te fatiguais à jouir de tout, vite et sans réflexion. Tu méconnaissais ta grandeur et tu laissais aller ta vie au gré des passions qui devaient l'user et l'éteindre, comme les autres hommes ont le droit de le faire. Tu t'arrogeas ce droit sur toi-même, et tu oublias que tu es de ceux qui ne s'appartiennent pas. Tu voulus vivre pour ton compte, et suicider ta gloire par mépris de toutes les choses humaines. Tu jetas pêle-mêle dans l'abîme toutes les pierres précieuses de la couronne que Dieu t'avait mise au front, la force, la beauté, le génie, et jusqu'à l'innocence de ton âge, que tu voulus fouler aux pieds, enfant superbe !

Quel amour de la destruction brûlait donc en toi ? quelle haine avais-tu contre le ciel, pour dédaigner ainsi ses dons les plus magnifiques ? Est-ce que ta haute destinée te faisait peur ? est-ce que l'esprit de Dieu était passé devant toi sous des traits trop sévères ? L'ange de la poésie, qui rayonne à sa droite, s'était penché sur ton berceau pour te baiser au front ; mais tu fus effrayé sans doute de voir si près de toi le géant aux ailes de feu. Tes yeux ne purent soutenir l'éclat de sa face, et tu t'enfuis pour lui échapper. A peine assez fort pour marcher, tu voulus courir à travers les dangers de la vie, embrassant avec ardeur toutes ses réalités et leur demandant asile et protection contre les terreurs de ta vision sublime et terrible. Comme Jacob, tu luttas contre elle, et comme lui tu fus vaincu. Au milieu des fougueux plaisirs où tu cherchais vainement ton refuge, l'esprit mystérieux vint te réclamer et te saisir. Il fallait que tu fusses poète, tu l'as été en dépit de toi-même. Tu abjuras en vain le culte de la vertu ; tu aurais été le plus beau de ses jeunes lévites ; tu aurais desservi ses autels en chantant sur une lyre d'or les plus divins cantiques, et le blanc vêtement de la pudeur aurait paré ton corps frêle d'une grâce plus suave que le masque et les grelots de la folie. Mais tu ne pus jamais oublier les divines émotions de cette foi. Tu revins à elle du fond des antres de la corruption, et ta voix, qui s'élevait pour blasphémer, entonna, malgré toi, des chants d'amour et d'enthousiasme. Alors ceux qui t'écoutaient se regardèrent avec étonnement. "Quel est donc celui-ci, dirent-ils, et en quelle langue célèbre-t-il nos rites joyeux ? Nous l'avons pris pour un des nôtres, mais c'est le transfuge de quelque autre religion, c'est un exilé de quelque autre monde plus triste et plus heureux. Il nous cherche et vient s'asseoir à nos tables, mais il ne trouve pas, dans l'ivresse, les mêmes illusions que nous. D'où vient que, par instants, un nuage passe sur son front et fait pâlir son visage ? A quoi songe-t-il ? de quoi parle-t-il ? Pourquoi ces mots étranges qui lui reviennent à chaque instant sur les lèvres, comme les souvenirs d'une autre vie ? Pourquoi les *vierges*, les *amours* et les *anges* repassent-ils sans cesse dans ses rêves et dans ses vers ? Se moque-t-il de nous ou de lui-même ? Est-ce son Dieu, est-ce le nôtre qu'il méprise et trahit ?"

Et toi, tu poursuivais ton chant sublime et bizarre, tout à l'heure cynique et fougueux comme une ode antique, maintenant chaste et doux comme la prière d'un enfant. Couché sur les roses que produit la terre, tu songeais aux roses de l'Eden qui ne se flétrissent pas ; et, en respirant le parfum éphémère de tes plaisirs, tu parlais de l'éternel encens que les anges entretiennent sur les marches du trône de Dieu. Tu l'avais donc respiré, cet encens ? Tu les avais donc cueillies, ces roses immortelles ? Tu avais donc gardé, de cette patrie des poètes, de vagues et délicieux souvenirs qui t'empêchaient d'être satisfait de tes folles jouissances d'ici-bas ?

Suspendu entre la terre et le ciel, avide de l'un, curieux de l'autre, dédaigneux de la gloire, effrayé du néant, incertain, tourmenté, changeant, tu vivais seul au milieu des hommes ; tu fuyais la solitude et la trouvais partout. La puissance de ton âme te fatiguait. Tes pensées étaient trop vastes, tes désirs trop immenses, tes épaules débiles pliaient sous le fardeau de ton génie. Tu cherchais dans les voluptés incomplètes de la terre l'oubli des biens irréalisables que tu avais entrevus de loin. Mais quand la fatigue avait brisé ton corps, ton âme se réveillait plus active et ta soif plus ardente. Tu quittais les bras de tes folles maîtresses pour t'arrêter en soupirant devant les vierges de Raphaël. – Quel est donc, disait, à propos de toi, un pieux et tendre songeur, *ce jeune homme qui s'inquiète tant de la blancheur des marbres* ?

Comme ce fleuve des montagnes que j'entends mugir dans les ténèbres, tu es sorti de ta source plus pur et plus limpide que le cristal, et tes premiers flots n'ont réfléchi que la blancheur des neiges immaculées. Mais, effrayé sans doute du silence de la solitude, tu t'es élancé sur une pente rapide, tu t'es précipité parmi les écueils terribles, et, du fond des abîmes, ta voix s'est élevée, comme le rugissement d'une joie âpre et sauvage.

De temps en temps, tu te calmais en te perdant dans un beau lac, heureux de te reposer au sein de ses ondes paisibles et de refléter la pureté du ciel. Amoureux de chaque étoile qui se mirait dans son sein, tu lui adressais de mélancoliques adieux quand elle quittait l'horizon.

Dans l'herbe des marais, un seul instant arrête,
Etoile de l'amour, ne descends pas des cieux[156].

Mais bientôt, las d'être immobile, tu poursuivais ta course haletante parmi les rochers, tu les prenais corps à corps, tu luttais avec eux, et quand tu les avais renversés, tu partais avec un chant de triomphe, sans songer qu'ils t'encombraient dans leur chute et creusaient dans ton sein des blessures profondes.

L'amitié s'était enfin révélée à ton cœur solitaire et superbe. Tu daignas croire à un autre qu'à toi-même, orgueilleux infortuné ! tu cherchas dans son cœur le calme et la confiance. Le torrent s'apaisa et s'endormit sous un ciel tranquille. Mais il avait amassé, dans son onde, tant de débris arrachés à ses rives sauvages, qu'elle eut bien de la peine à s'éclaircir. Comme celle de la Brenta, elle fut longtemps troublée, et sema la vallée qui lui prêtait ses fleurs et ses ombrages de graviers stériles et de roches aiguës. Ainsi fut longtemps tourmentée et déchirée la vie nouvelle que tu venais essayer. Ainsi le souvenir des turpitudes que tu avais contemplées vint empoisonner, de doutes cruels et d'amères pensées, les pures jouissances de ton âme encore craintive et méfiante.

Ainsi ton corps, aussi fatigué, aussi affaibli que ton cœur, céda au ressentiment de ses anciennes fatigues, et *comme un beau lis se pencha pour mourir*[157]. Dieu, irrité de ta rébellion et de ton orgueil, posa sur ton front une main chaude de colère, et, en un instant, tes idées se confondirent, ta raison t'abandonna. L'ordre divin établi dans les fibres de ton cerveau fut bouleversé. La mémoire, le discernement, toutes les nobles facultés de l'intelligence, si déliées en toi, se troublèrent et s'effacèrent comme les nuages qu'un coup de vent balaie. Tu te levas sur ton lit en criant : – Où suis-je, ô mes amis ?

pourquoi m'avez-vous descendu vivant dans le tombeau ?

Un seul sentiment survivait en toi à tous les autres, la volonté, mais une volonté aveugle, déréglée, qui courait comme un cheval sans frein et sans but à travers l'espace. Une dévorante inquiétude te pressait de ses aiguillons ; tu repoussais l'étreinte de ton ami, tu voulais t'élancer, courir. Une force effrayante te débordait. "Laissez-moi ma liberté, criais-tu, laissez-moi fuir ; ne voyez-vous pas que je vis et que je suis jeune ?" Où voulais-tu donc aller ? Quelles visions ont passé dans le vague de ton délire ? Quels célestes fantômes t'ont convié à une vie meilleure ? Quels secrets insaisissables à la raison humaine as-tu surpris dans l'exaltation de ta folie ? Sais-tu quelque chose à présent, dis-moi ? Tu as souffert ce qu'on souffre pour mourir ; tu as vu la fosse ouverte pour te recevoir ; tu as senti le froid du cercueil et tu as crié : "Tirez-moi, tirez-moi de cette terre humide !"

N'as-tu rien vu de plus ? Quand tu courais, comme Hamlet, sur les traces d'un être invisible, où croyais-tu te réfugier ? à quelle puissance mystérieuse demandais-tu du secours contre les horreurs de la mort ? Dis-le-moi, dis-le-moi, pour que je l'invoque dans tes jours de souffrance, et pour que je l'appelle auprès de toi dans tes détresses déchirantes. Elle t'a sauvé, cette puissance inconnue, elle a arraché le linceul qui s'étendait déjà sur toi. Dis-moi comment on l'adore, et par quels sacrifices on se la rend favorable. Est-ce une douce providence que l'on bénit avec des chants et des offrandes de fleurs ? Est-ce une sombre divinité qui demande en holocauste le sang de ceux qui t'aiment ? Enseigne-moi dans quel temple ou dans quelle caverne s'élève son autel. J'irai lui offrir mon cœur quand ton cœur souffrira ; j'irai lui donner ma vie quand ta vie sera menacée…

La seule puissance à laquelle je croie est celle d'un Dieu juste, mais paternel. C'est celle qui infligea tous les maux à l'âme humaine, et qui, en revanche, lui révéla l'espérance du ciel. C'est la Providence que tu méconnais souvent, mais à laquelle te ramènent les vives émotions de ta joie et de ta douleur. Elle s'est apaisée, elle a exaucé mes prières, elle t'a rendu à mon amitié ; c'est à moi de la bénir et de la remercier. Si sa bonté t'a fait contracter une dette de reconnaissance, c'est moi qui me charge de l'acquitter, ici, dans le silence de la nuit, dans la solitude de ces monts, dans le plus beau temple qu'elle puisse ouvrir à des pas humains. Ecoute, écoute. Dieu terrible et bon ! Il est faux que tu n'aies pas le temps d'entendre la prière des hommes ; tu as bien celui d'envoyer à chaque brin d'herbe la goutte de rosée du matin ! Tu prends soin de toutes tes œuvres avec une minutieuse sollicitude ; comment oublierais-tu le cœur de l'homme, ton plus savant, ton plus incompréhensible ouvrage ? Ecoute donc celui qui te bénit dans ce désert, et qui aujourd'hui, comme toujours, t'offre sa vie, et soupire après le jour où tu daigneras la reprendre. Ce n'est pas un demandeur avide qui te fatigue de ses désirs en ce monde ; c'est un solitaire résigné qui te remercie du bien et du mal que tu lui as fait…

[…]

Alfred de Musset à George Sand

[Paris, 10 mai 1834.]

J'ai reçu ta *Lettre du Tyrol.* Que puis-je te dire, ma bien-aimée ? Elle paraîtra le 15 dans la *Revue*, c'est-à-dire

dans six jours[158]. O la meilleure, la plus aimée des femmes ! que de larmes j'ai versées ! quelle journée ! Je suis perdu, vois-tu – que veux-tu que je fasse ? Tu verses sur ma blessure les larmes d'une amie, le baume le plus doux, le plus céleste qui coule de ton cœur – et tout tombe comme une huile brûlante sur un fer rouge. – Je voudrais être calme et fort, quand je t'écris – je me raisonne, je m'efforce. Mais quand je prends la plume, et quand je vois ce petit papier qui va faire pour t'aller trouver ces trois cents lieues que je viens de faire – et il n'y a au monde que toi à qui je puisse parler de toi – pas un ami – pas un être – et qui d'ailleurs en serait digne ? Au milieu de mes chagrins, je sens bien que j'ai un trésor dans le cœur, je ne puis l'ouvrir à personne. Songes-tu à ce qui s'amasse pendant tant de nuits dans cette petite chambre, tant de jours solitaires ? et dès que je veux t'écrire, tout se presse jusqu'à m'étouffer. Mais je souffre, amie, et qu'importe de quoi je souffre ? – Tu me plaindras, tu ne te dégoûteras pas de moi. Figure-toi que c'est une autre que j'aime, que c'est une maladie que j'ai – Dieu m'est témoin que je lutte ; tu me dis que tu es dans un singulier état moral, entre une vie qui n'est pas finie, et une autre qui n'est pas commencée – et moi, où penses-tu que j'en sois ? En vérité, on dit que le temps guérit tout – j'étais cent fois plus fort le jour de mon arrivée, qu'à présent. Tout croule autour de moi. Lorsque j'ai passé la matinée à pleurer, à baiser ton portrait, à adresser à ton fantôme des folies qui me font frémir, je prends mon chapeau, je vais et je viens, je me dis qu'il faut en finir d'une manière quelconque. Je cherche du moins un peu de distraction ; ici je trouve[159].............
....
....
....

Si je vais voir un ami, il me propose d'aller au bordel ; si je vais dans le monde, on me présente à Mme une telle, qui est bien aise de compléter une petite collection – Dieu sait de quoi. – Et quand tout cela m'a bien bourdonné aux oreilles, quand je me sens bien venir la nausée, je me retourne vers la solitude, et je la trouve si noire et si profonde que je n'ose aller ni d'un côté ni de l'autre.

Il faut que je parte ; j'espère que Buloz va me donner de l'argent ; j'irai je ne sais où. Au mois de juillet, je serai à Aix ; jusques là, je n'écrirai qu'à toi, et à ma mère. Au mois d'août, si tu viens à Paris, je t'attendrai à Genève ou à Lyon. Si tu es seule, je reviendrai passer quelques jours avec toi. Si tu es avec Pagello, je vous serrerai la main, et j'irai à Naples – et de là à Constantinople, si je suis assez riche. J'ai peur de te voir y aller à présent, mon enfant ; un de mes amis, le fils du g[énér]al Gobert[160], vient d'y mourir de la fièvre. Alf[re]d Goin, un autre, et que j'aimais beaucoup, mort dans le même climat. Royer[161] a attrapé une dysenterie affreuse et la fièvre. Il en a souffert longtemps.

Pourquoi me dis-tu dans ta lettre que tu ne voudrais pas qu'on me fît des reproches, à cause de toi, quand je te parle de mes inquiétudes pour ta santé ? Crois-tu donc que ce soit là ma pensée ? Mon amie, songe qu'une lettre de toi met dix jours à venir ici, qu'il faut que je vive dix autres jours de cette lettre. Ne doute pas de mon cœur, je t'en supplie. Je t'ai bien méconnue, bien mal aimée, bien fait souffrir – mais, vraiment, il y a une justice céleste. Tu me parles de gloire, d'avenir – Je ne puis rien faire de bon – je vais publier ces deux volumes de prose de *Lorenzaccio* ; cela ne peut que me faire du tort[162]......

....

....

....

à qui dire ce que j'ai dans l'âme ? J'étais muet, quand je t'ai connue. A présent, je ne le suis plus, mais je n'ai personne pour m'entendre, et je n'ai encore rien dit. Tout est là, j'étends les bras dans le vide, et rien ! en vérité, je jette sur les femmes de tristes regards ; j'ai encore un reste de vie à donner au plaisir, et un cœur tout entier à donner à l'amour. Peut-être y en a-t-il qui accepteraient ; mais moi, accepterais-je ?

Où me mène donc cette main invisible qui ne veut pas que je m'arrête ? Il faut que je parle ; oui, il faut que je cesse de pleurer tout seul et de me manger le cœur pour nourrir mon cœur. Il me faut un corps dans ces bras vides, il faut que j'aie une maîtresse, puisque je ne puis me faire moine. Tu me parles de santé, de ménagements, de confiance en l'avenir ; tu me dis d'être tranquille ; et c'est toi, toi qui viens de m'ouvrir les veines ; tu me dis d'arrêter mon sang ! Qu'ai-je fait de ma jeunesse ? Qu'ai-je fait même de notre amour ? Vraiment, j'ai pleuré une ou deux fois dans tes bras. Que sais-tu de moi, toi que j'ai possédée ? C'est toi qui as parlé ; c'est toi, dont la pitié céleste m'a couvert de larmes ; c'est toi qui as laissé descendre sur ma tête le ciel de ton amour, et moi, je suis resté muet ; il y avait en moi deux hommes, tu me l'as dit souvent, Octave et Cœlio. J'ai senti en te voyant que le premier mourait en moi, mais l'autre, qui naissait, n'a pu que pleurer ou crier comme un enfant. J'ai cessé avec toi d'être un libertin sans cœur ; mais je n'ai commencé à être autre chose que pendant trois matinées à Venise, et tu dormais pendant ce temps-là.

Ne me dis pas de raisonner ; plus je vois de choses crouler sous mes pieds, plus je sens une force cachée qui s'élève, s'élève, et se tend comme la corde d'un arc. Ne me dis pas qu'avec une maîtresse, je n'ai peut-être qu'un ou deux ans à vivre ; eh bien, un ou deux ans ! mais avec qui ? où ? Voilà pourquoi j'ai des envies de mettre aussi ma blouse de cotonnade bleue, de prendre une bouteille de rhum avec un peu d'opium autour de ma ceinture et d'aller m'étendre sur le dos sur la roche de Fontainebleau[163]. C'est le printemps qui ne veut pas ; ce sont ces fleurs et toute cette verdure qui m'appellent à la vie ; je les sens qui m'attirent, et où m'attirent-elles ? Ah ! il y a six mois[164], les chaleurs du printemps me faisaient le même effet que le vin de Champagne ; elles me conduisaient au sortir de la table à la première femme venue ; que je trouvasse là deux ou trois amis en train de chanter des couplets de cabaret, un cigare et un canapé, tout était dit, et si je pleurais une heure dans ma chambre en rentrant, j'attribuais cela à l'excitation, à l'ennui, que sais-je ? et je m'endormais. J'en étais encore là quand je t'ai connue. Mais aujourd'hui, si mes sens me conduisaient chez une fille, je ne sais ce que je ferais ; il me semble qu'au moment de la crise je l'étranglerais en hurlant. Je n'ose pas me risquer, franchement, même avec une fille ; mes nerfs sont si ébranlés, j'ai un peu peur de moi. Et une femme du monde ! partager avec un mari ! Voir sa maîtresse une heure par jour, et pas tous les jours ! Donner le quart, la moitié, ou les deux tiers de son cœur, selon qu'elle est plus ou moins capable de vous comprendre, selon son éducation, son tempérament, ou son habileté à mentir ! pouah ! Et où trouver une *demoiselle*, qui ne soit ni dépravée ni bégueule, ni impudente ni niaise, et qui n'ait pas pour unique mobile de ses paroles, de ses bras, et de ses jambes, le mariage, un et indivisible ?

Et c'est à un homme qui fait du matin au soir de pareilles réflexions ou de pareils rêves, que tu adresses cette lettre du Tyrol ! cette lettre sublime, mon Georges *[sic]*, jamais tu n'as rien écrit d'aussi beau, d'aussi divin, jamais ton génie ne s'est mieux trouvé dans ton cœur. C'est à moi, c'est de moi que tu parles ainsi ! et j'en suis là ! et la femme qui a écrit ces pages-là, je l'ai tenue sur mon sein. Elle y a glissé comme une ombre céleste, et je me suis réveillé à son dernier baiser. Elle est ma sœur et mon amie, elle le sait, elle me le dit. Toutes les fibres de mon corps voudraient s'en détacher pour aller à elle et la saisir ; toutes les nobles sympathies, toutes les harmonies du monde nous ont poussés l'un vers l'autre, et il y a entre nous un abîme éternel.

Eh bien, puisque cela est réglé ainsi, que cette Providence si sage me sauve ou me perde à son gré. J'ai horreur de ma vie passée, mais je n'ai pas peur de ma vie à venir. Si, en m'ouvrant le cœur, le ciel n'a voulu que me préparer un nouveau moyen de souffrance, je subirai les conséquences de ma faiblesse et de ma vanité. Mais ce que j'ai dans l'âme ne mourra pas sans en être sorti. Dans ma jeunesse, lorsque j'étais encore pur et naïf, le vice me paraissait un monde admirable, immense, je m'y suis précipité avec bonheur dès que j'ai pu. C'est aujourd'hui la même chose ; quelque faible et misérable qu'ait dû te sembler mon amour, j'ai entrevu un nouveau monde, et cela suffit. Je lis *Werther* et *La Nouvelle Héloïse* ; je dévore toutes ces folies sublimes dont je me suis tant moqué. J'irai peut-être trop loin dans ce sens-là, comme dans l'autre. Qu'est-ce que cela me fait ? J'irai toujours.

Ne t'offense pas de ma douleur, ange chéri. Si cette lettre te trouve dans un jour de bonheur et d'oubli, pardonne-moi, jette-la dans la lagune, que ton cœur n'en soit pas plus troublé que son flot tranquille ; mais qu'une larme y tombe avec elle, une de ces belles larmes que j'ai bues autrefois sur tes yeux noirs.

Tu recevras ton argent comme tu le demandes. Buloz donnera cinq cents francs. J'ai écrit à Boucoiran. Dis à Pagello que je voudrais lui écrire, mais je ne puis pas.

Je l'aime sincèrement et de tout mon cœur. Mais je ne peux lui écrire, il sait à présent pourquoi[165].

Donne-moi ta nouvelle adresse – je t'écrirai après mon départ de l'endroit où je m'arrêterai, si je m'arrête. Adieu, âme de ma vie. – Quoi qu'il advienne de moi, n'oublie pas ton enfant.

Ecris-moi toujours à Paris, on me fera passer tes lettres.

[Adresse :]
Al Dr Pagello alla farmacia Ancillo
Madame Sand
Casa Mezzani, Corte Minelli
San Fantin
Venise
R^e^ Lomb^o^ Venete.

George Sand à Alfred de Musset

[Venise,] 12 mai [1834].

Non, mon enfant chéri, ces trois lettres ne sont pas le dernier serrement de main de l'amante qui te quitte, c'est l'embrassement du frère qui te reste. Ce sentiment-là est trop beau, trop pur, et trop doux, pour que j'éprouve jamais le besoin d'en finir avec lui. Es-tu sûr, toi mon petit, de n'être jamais forcé de le rompre ? Un nouvel amour ne te l'imposera-t-il pas comme une condition ? Que mon souvenir n'empoisonne aucune des jouissances de ta vie, mais ne laisse pas ces jouissances détruire et mépriser mon souvenir. Sois heureux, sois aimé. Comment ne le serais-tu pas ? Mais garde-moi dans un petit coin secret de ton cœur, et descends-y dans tes jours de tristesse pour y trouver une consolation, ou un encouragement. – Tu ne parles pas de ta santé. Cependant tu me dis que l'air du printemps et l'odeur des lilas entre dans ta chambre par bouffées et fait bondir ton cœur d'amour et de jeunesse. Cela est un signe de santé et de force, le plus doux certainement que la nature nous donne. Aime donc, mon Alfred, aime pour tout de bon. Aime une femme jeune, belle, et qui n'ait pas encore aimé, pas encore souffert. Ménage-la, et ne la fais pas souffrir. Le cœur d'une femme est une chose si délicate quand ce n'est pas un glaçon ou une pierre ! Je crois qu'il n'y a guère de milieu et il n'y en a pas non plus dans ta manière d'aimer et d'estimer. C'est en vain que tu cherches à te retrancher derrière la méfiance, ou que tu crois te mettre à l'abri par la légèreté de l'enfance. Ton âme est faite pour aimer ardemment, ou pour se dessécher tout à fait. Je ne peux pas croire qu'avec tant de sève et de jeunesse, tu puisses tomber dans l'auguste permanence[166], tu en sortirais à chaque instant, et tu reporterais malgré toi sur des objets indignes de toi la riche effusion de ton amour. Tu l'as dit cent fois, et tu as eu beau t'en dédire, rien n'a effacé cette sentence-là, il n'y a au monde que l'amour qui soit quelque chose. Peut-être est-ce une faculté divine qui se perd et qui se retrouve, qu'il faut cultiver ou qu'il faut acheter par des souffrances cruelles, par des expériences douloureuses. Peut-être m'as-tu aimée avec peine, pour aimer une autre avec abandon. Peut-être celle qui viendra t'aimera-t-elle moins que moi, et peut-être sera-t-elle plus heureuse et plus aimée. Il y a de tels mystères dans ces choses, et Dieu nous pousse dans des voies si neuves et si imprévues ! Laisse-toi faire, ne lui résiste pas, il n'abandonne pas ses privilégiés. Il les prend par la main, et il les place au milieu des écueils où ils doivent apprendre à vivre, pour les faire asseoir ensuite au banquet où ils doivent se reposer. Moi mon enfant, voilà que mon âme se calme, et que l'espérance me vient. Mon imagination se meurt et ne s'attache plus qu'à des fictions littéraires. Elle abandonne son rôle dans la vie réelle, et ne m'entraîne plus au-delà de la prudence et du raisonnement. Mon cœur reste encore, et restera toujours sensible et irritable, prêt à saigner abondamment au moindre coup d'épingle. Cette sensibilité a bien encore quelque chose d'exagéré et de maladif qui ne guérira pas en un jour. Mais je vois aussi la main de Dieu qui s'incline vers moi et qui m'appelle vers une existence durable et calme. Tous les vrais biens, je les ai à ma disposition, je m'étais habituée à l'enthousiasme et il me manque quelquefois. Mais quand l'accès de spleen est passé, je m'applaudis d'avoir appris à aimer les yeux ouverts. Un grand point pour hâter ma guérison, c'est que je puis cacher mes vieux restes de souffrances. Je n'ai pas affaire à des yeux aussi pénétrants que les tiens et je puis faire ma figure d'oiseau malade sans qu'on s'en aperçoive. Si on me soupçonne un peu de tristesse, je me justifie avec une douleur de tête ou un cor au pied. On ne m'a pas vue insouciante et folle, on ne connaît pas tous les recoins de mon caractère. On n'en voit que la ligne principale, cela est bien, n'est-ce pas ? – Et puis ici, je ne suis pas Mme Sand. Ce brave Pierre n'a pas lu *Lélia*, et je crois bien qu'il n'y comprendrait goutte. Il n'est pas en méfiance contre ces aberrations de nos têtes de poètes. Il me traite comme une femme de vingt ans et il me couronne d'étoiles comme une âme vierge. Je ne dis rien pour détruire ou pour entretenir son erreur. Je me laisse régénérer par cette affection douce et honnête. Pour la première fois de ma vie, j'aime sans passion.

Tu n'es pas encore arrivé là, toi. Peut-être marcheras-tu en sens contraire, peut-être ton dernier amour sera-t-il le plus romanesque et le plus jeune. Mais ton cœur, mais ton bon cœur, ne le tue pas, je t'en prie. Qu'il se mette tout entier ou en partie dans toutes les amours de ta vie, mais qu'il y joue toujours son rôle noble, afin qu'un jour tu puisses regarder en arrière et dire comme moi, j'ai souffert souvent, je me suis trompé quelquefois mais j'ai aimé. C'est moi qui ai vécu et non pas un être factice créé par mon orgueil et mon ennui[167]. J'ai essayé ce rôle dans les instants de solitude et de dégoût, mais c'était pour me consoler d'être seul, et quand j'étais deux, je m'abandonnais comme un enfant, je redevenais bête et bon comme l'amour veut qu'on soit.

Que tes lettres sont bonnes et tendres, mon cher Alfred ! la dernière est encore meilleure que les autres. Ne t'accuse de rien, n'aie pas de remords, si tu peux surmonter certaines répugnances, certaines tristesses. Ne hasarde rien qui te fasse souffrir ! Tu as bien assez souffert pour moi. Ne vois pas mon fils si cela te fait mal. Si tu le vois, dis-lui qu'il ne m'a pas écrit depuis plus de deux mois et que cela me fait beaucoup de peine. – Je suis triste de n'avoir pas ma fille, et à présent que j'ai fixé que je ne devais pas la voir avant le mois d'août, je pense à elle nuit et jour avec une impatience et une soif incroyable. Qu'est-ce que c'est que cet amour des mères ? C'est encore une chose mystérieuse pour moi. Sollicitudes, inquiétudes cent fois plus vives que dans l'amour d'une amante et pourtant moins de joie et de transports dans la possession. Absence qui ne s'aperçoit guère dans les premiers jours et qui devient cruelle et ardente comme la fièvre à mesure qu'elle se prolonge.

Je t'envoie une lettre pour Boucoiran, que je te prie de lui faire passer tout de suite. Je lui dis d'aller te voir. Charge-le de celles de mes affaires et de mes commissions qui t'ennuieront ou que tu n'auras pas le temps de faire.

Je t'envoie la liste de ces commissions. Paye-toi avec l'argent que Buloz ou Salmon te remettront pour moi, et dis-moi au juste où en sont mes affaires, si je puis faire payer mon loyer, et surtout Sosthènes. Je crois que Buloz me doit encore mille cinq cents francs sans compter la lettre sur les Alpes que je t'ai envoyée, et que je te supplie de ne pas lui donner, si elle ne te plaît pas. – Je lui ai envoyé la fin d'*André*. Aie la bonté d'en corriger les épreuves, veux-tu, mon enfant ? Il y a deux choses à observer. D'abord que j'ai fait en plusieurs endroits de grosses bourdes, à propos de l'âge de majorité. Il faut que tu t'assures de l'âge où un homme peut se marier sans le consentement des parents, et que tu fasses accorder les trois ou quatre passages où j'en parle. Il me semble que dans certains endroits je lui donne vingt ans, et que six mots après, il s'en trouve avoir vingt-cinq. Ensuite il y a une grande portion de manuscrit, celle que tu as emportée je crois, où j'ai oublié de faire la division des chapitres. Arrange cela, et fais concorder les chiffres que j'ai laissés en blanc avec les précédents. Enfin corrige les mots bêtes, les redites, les fautes de français. Tu sais que c'est un grand service à rendre à un auteur absent que de le sauver de la bêtise des protes et de sa propre inadvertance. *Jacques* est en train et va au galop. Ce n'est l'histoire d'aucun de nous. Il m'est impossible de parler de moi dans un livre, dans la disposition d'esprit où je suis. – Pour toi, cher ange, fais ce que tu voudras, romans, sonnets, poèmes, parle de moi comme tu l'entendras, je me livre à toi les yeux bandés. Je te remercierai à genoux des vers que tu m'enverras, et de ceux que tu m'as envoyés. Tu sais que je les aime de passion, tes vers, et qu'ils m'ont appelée vers toi, malgré moi, d'un monde bien éloigné du tien. – Mon oiseau est mort, et j'ai pleuré, et Pagello s'est mis à rire, et je me suis mise en colère, et il s'est mis à pleurer, et je me suis mise à rire. Voilà-t-il pas une belle histoire ? J'attends qu'il m'arrive quelques sous pour acheter une certaine to[urterelle dont] je suis éprise. Je ne me porte pas très bien. L'air de Venise est éminemment coliqueux, et je vis dans des douleurs d'entrailles continuelles. J'ai été très occupée d'arranger notre petite maison, de coudre des rideaux, de planter des clous, de couvrir des chaises. C'est Pagello qui a fait à peu près tous les frais du mobilier, moi j'ai donné la main-d'œuvre gratis, et son frère prétend pour sa part s'être acquitté en esprit et en bons mots. C'est un drôle de corps que ce Robert, et il a des façons de dire très comiques. L'autre jour il me priait de lui faire un rideau parce que le *popolo* s'attroupait sur le pont quand il passait sa chemise. – Au reste, je vis toujours sous la menace d'être assassinée par Mme Arpalice. Pagello s'est brouillé tout à fait avec elle. Giùlia prend la chose au sérieux et vit pour moi dans des inquiétudes comiques. Elle me supplie de quitter le pays pour quelque temps parce qu'elle croit de bonne foi à une *coltellata.*

Voici les petits objets que je te prie de m'envoyer. Douze paires de gants glacés – deux paires de souliers de satin noir et deux paires de maroquin noir, chez Michiels au coin de la rue du Helder et du boulevard. Tu lui diras de les faire un peu plus larges que ma mesure. J'ai les pieds enflés et le maroquin de Venise est dur comme du buffle – un quart de patchouli chez Leblanc rue Sainte-Anne, en face le numéro 30 – ne te fais pas attraper, cela vaut deux francs le quart, Marquis le vend six francs – le cahier de nos romances espagnoles que Boucoiran prendra chez Paultre et te portera. – Quelques cahiers de beau papier à lettres, il est impossible d'en trouver ici. – Un paquet de journaux liés avec un cordon qui se trouve dans une de mes armoires de Boule, et que tu diras à Boucoiran de chercher. Ce sont les journaux qui ont parlé avantageusement d'*Indiana* et de *Valentine*. Pagello est en marché pour en vendre une traduction qu'il veut faire, et il espère en tirer le double, s'il peut présenter à l'éditeur des journaux favorables. – N'oublie pas de joindre aux livres que je t'ai demandés *La Marquise*, *Aldo le rimeur* et *Metella*, parce qu'on demande une *operette* pour commencer la publication. Le romantique est fort à la mode ici. *Aldo* aurait je crois du succès. *La Marquise* aussi parce qu'on est curieux à Venise des histoires singulières, stupides et folles. Je serais bien aise de faire gagner quelque million (de centimes) à Pagello avec mes œuvres légères. Je crois qu'il pourrait traduire aussi *Marianne*, *Fantasio* ou *Andréa*. Je sais assez d'italien à présent pour l'aider à comprendre ta prose quoiqu'elle soit moins abordable que la mienne à un étranger. Il comprend très bien d'ailleurs le français imprimé et il écrit l'italien très remarquablement à ce qu'on dit. Je crois que tes petites comédies en prose feraient rage et cela m'amuserait de nous voir devenir célèbres à Venise. – Tu mettras toutes ces choses dans une caisse avec les livres. (Tout cela peut voyager ensemble sans inconvénient) et [je te prie] de mettre la caisse à la diligence à l'adresse de Pagello, Farmacia Ancillo, à Venise – cela suffit et Pagello se charge de tout. – Adieu, mon joli[168] petit ange, écris-moi, écris-moi toujours de ces bonnes lettres qui ferment toutes les plaies que nous nous sommes faites et qui changent en joies présentes nos douleurs passées. Je t'embrasse[169]...... pour moi et pour le docteur.

Ecris-moi à la farmacia Ancillo, c'est le plus prompt moyen d'avoir tes lettres dès le matin.

[En haut de la première page en post-scriptum, une ligne coupée, puis ces mots :]

Tu as..
sent-il[170] aussi mauvais que par le passé ? As-tu entrevu le gigantesque col de chemise ? Quelquefois je me mets à rire toute seule au souvenir de nos bêtises, et puis il se trouve que cela me fait pleurer. Oh nous nous reverrons, n'est-ce pas ?

George Sand à Alfred de Musset

[Venise, 24 mai 1834.]

Mon enfant chéri, je me soucie assez peu des propos que l'on tient sur mon compte. Que Mérimée dise quelque cochonnerie pour se divertir à sa manière, cela m'est fort égal ; que Mme Dorval n'ait pas pour moi toute l'amitié et le zèle que j'ai pour elle, cela m'étonne médiocrement. Mais que Planche[171] dise ou donne à entendre que je t'accuse, que je te calomnie et qu'il s'autorise d'une lettre de moi, où précisément je te justifie, voilà ce qui me révolte au point que je ne veux pas le croire. Avant qu'un propos arrive de la bouche de l'un à l'oreille de l'autre, il y a des intermédiaires, ou malveillants ou stupides, qui le dénaturent. Aussi, quand il s'agit de moi, je hausse les épaules et j'attends de meilleures preuves. Je sais que pour ton propre compte tu fais de même ; mais je ne puis t'entendre calomnier, sans m'agiter un peu plus. Ce qui m'indigne, c'est qu'on m'impute une phrase, une ligne, un mot contre toi. Je veux que Boucoiran te montre la lettre en question, la seule que je lui ai dit de montrer à Planche, la seule qu'il ait montrée certainement. J'ai autant de confiance en la discrétion de Boucoiran que dans celle d'un bloc de marbre. D'ailleurs je ne me souviens pas de lui avoir parlé[172]

....

Je l'ai fait pour prévenir précisément les propos qui en résultent. Il faut ou que Planche soit un misérable, ou que l'on ait misérablement menti en lui attribuant ces propos. Je ne peux pas croire la première hypothèse, j'ai eu de l'amitié pour lui, et de l'estime ; quoi qu'on m'ait dit pour m'en empêcher. Il se conduisait bien avec moi, et devant moi, tu connais mon caractère. Crédule, absurde ou loyal, peu importe, mon cœur se refuse à repousser ceux qu'il a accueillis, sans des preuves flagrantes. Ces preuves je ne les ai pas, et je suis vis-à-vis de Planche dans la situation la plus pénible du monde, entre le soupçon et la confiance. Je voudrais qu'il se justifiât, je voudrais pouvoir lui donner une poignée de main à mon retour à Paris. Non plus certainement le recevoir tous les jours, ni sortir avec lui, comme autrefois. J'ai bien des raisons pour m'en abstenir, quand ce ne serait que celle de ne pas t'exposer à rencontrer une figure qui te déplaît (car j'espère que nous nous verrons tous les jours, nous deux, comme dans le temps où nous étions camarades). Mais en vérité il me ferait plaisir de voir ce pauvre diable justifié des vilaines choses qu'on lui attribue contre moi. Je l'ai éloigné de mon intimité d'une manière qui m'eût fait de tout autre un ennemi dangereux. Vois comme Mérimée me traite ! Certainement Planche aurait eu plus beau jeu pour débiter quelque infâme mensonge. Je savais qu'il était incapable de cela et je lui ai dit en le quittant : "Un jour viendra, j'espère, où les circonstances qui nous séparent ne seront plus aussi impérieuses et où je pourrai vous voir. Je le désire et je reste votre amie." – Il me semble que je dois tenir ma parole si Planche n'a pas démérité auprès de moi. Voilà ce qu'il m'importe d'approfondir et ce que je saurai à coup sûr par Boucoiran, qui est plus fin qu'on ne pense, avant mon retour à Paris. S'il est certain qu'il a parlé insolemment de moi, et bassement de toi, sois sûr que je ne le reverrai de ma vie et qu'il saura pourquoi. Je t'envoie une lettre pour lui que je te prie de mettre à la poste quand tu l'auras lue. Tu verras que je lui parle de toi en termes positifs. S'il trahit mes intentions et mes paroles, ou s'il l'a déjà fait, je jure que c'est le dernier témoignage d'amitié qu'il recevra de moi[173]..

....

vaste que le monde ? Et Dieu lui-même, ce que tu appelles ma chimère, ce que j'appelle mon éternité, n'est-ce pas un amour que j'ai étreint dans tes bras avec plus de force que dans un aucun autre moment de ma vie ? J'ai là, près de moi, mon ami, mon soutien, il ne souffre pas, lui ; il n'est pas faible, il n'est pas soupçonneux, il n'a pas connu les amertumes qui t'ont rongé le cœur, il n'a pas besoin de ma force, il a son calme et sa vertu, il m'aime en paix, il est heureux, sans que je souffre, sans que je travaille à son bonheur. Eh bien moi, j'ai besoin de souffrir pour quelqu'un, j'ai besoin d'employer ce trop d'énergie et de sensibilité qui sont en moi. J'ai besoin de nourrir cette maternelle sollicitude qui s'est habituée à veiller sur un être souffrant et fatigué. Oh, pourquoi ne pouvais-je vivre entre vous deux, et vous rendre heureux sans appartenir ni à l'un ni à l'autre ! J'aurais bien vécu dix ans ainsi, il est bien vrai que j'avais besoin d'un père, pourquoi n'ai-je pu conserver mon enfant près de moi ? Hélas que les choses de ce monde sont vaines et menteuses et combien le cœur de l'homme changerait s'il entendait la voix de Dieu ! Moi je l'écoute et il me semble que je l'entends. Et pendant ce temps les hommes me crient, horreur, folie, scandale, mensonge ! Quoi donc ? Qu'est-ce ? Et pourquoi ces malédictions ? De quoi encore serai-je accusée ? – Je me souviens du temps où j'étais au couvent. La rue S[ain]t-Marceau passait derrière notre chapelle[174]. Quand les forts de la halle et les maraîchères élevaient la voix, on entendait leurs blasphèmes jusqu'au fond du sanctuaire. Mais ce n'était pour moi qu'un son qui frappait les murs. Il me tirait quelquefois de ma prière dans le silence du soir. J'entendais le bruit, je ne comprenais pas le sens des jurements grossiers. Je reprenais ma prière sans que mon oreille ni mon cœur se fussent souillés à les entendre. Depuis j'ai vécu retirée dans l'amour comme dans un sanctuaire et quelquefois les sales injures du dehors m'ont fait lever la tête, mais elles n'ont pas interrompu l'hymne que j'adressais au ciel, et je me suis dit, comme au couvent : "Ce sont des charretiers qui passent."

Il est trop tard pour que j'aille à Constantinople. Les chaleurs sont venues avant mon argent. J'irai dans une autre saison avec Pagello qui fonde avec raison peut-être des espérances de fortune sur ce voyage. Un bateau à vapeur s'organise pour porter les passagers de Venise et de Trieste, dans toutes les îles de l'archipel. Sois donc tranquille pour le moment, je suis à Venise, et je me soigne, car je ne me porte pas absolument bien. Je suis toujours souffreteuse comme tu sais, mais toi, comment es-tu ? J'espère que tu ne voyageras pas seul, et que tu emmèneras Antonio. L'as-tu encore seulement ? Es-tu content de lui ? Le butor ne sait guère ce qu'il était pour moi en quittant Venise, ce perruquier qui me remplaçait ! Hélas ! Hélas ! C'est peut-être le sanglot le plus profond et le plus amer de ma vie que le bruit de cette vague qui m'a détachée de la rive de Fusine !

Oui, nous nous reverrons au mois d'août, quoi qu'il arrive, n'est-ce pas ? Tu seras peut-être engagé alors dans un nouvel amour. Je le désire et je le crains, mon enfant, je ne sais ce qui se passe en moi quand je prévois cela. Si je pouvais lui donner une poignée de main, à celle-là ! et lui dire comment il faut te soigner et t'aimer ! mais elle sera jalouse, elle te dira : ne me parlez jamais de Mme Sand, c'est une femme infâme. Ah du moins, moi je peux parler de toi à toute heure sans jamais voir un front rembruni, sans jamais entendre une parole amère. Ton souvenir est une relique sacrée, ton nom est une parole solennelle que je prononce le soir dans le silence des lagunes et auquel répond une voix émue[175], et une douce parole simple et laconique, mais qui me semble si belle alors ! – *io l'amo !* – peu importe mon enfant, aime, sois aimé, sois heureux et que mon souvenir n'empoisonne aucune de tes joies. Sacrifie-le s'il le faut ! – Dieu m'est témoin pourtant que je mépriserais celui qui me prierait non pas seulement de te maudire, mais de t'oublier.

Adieu, mon petit ange, si tu rejoins Dieu avant moi, garde-moi une petite place là-haut près de toi. Si c'est moi qui pars la première, sois sûr que je la garderai bonne. – Pagello me charge de te dire qu'il ne t'écrit pas dans la crainte de te faire de la peine, mais qu'il t'embrasse de toute son âme. Moi mon enfant, je te presse sur mon cœur et je te bénis.

Je suis en train de t'écrire une autre lettre[176] dans la revue. Dis-moi à qui il faut l'adresser. Je voudrais que tu la lusses en manuscrit avant les autres. Mais si tu es en Suisse, tous ces voyages compromettront beaucoup son existence. Si tu vas à Aixe *[sic]*, écris-moi de là, et je te l'enverrai là, tu l'enverras ensuite à Buloz. – Envoie-moi avec les objets que je t'ai demandés, des papiers à cigare, mes symphonies de Beethoven, la valse sentimentale de Weber et la *Juliette* de Vaccaï. Tu pourrais porter avec toi cette caisse et me l'envoyer de Lyon ou de Genève. Elle me coûterait moitié moins de port. – As-tu toujours nos petits oiseaux ?

[Adresse :]
Monsieur Alfred de Musset
rue de Grenelle St Germain, 59
Paris.

George Sand à Alfred de Musset

[Venise, 30 mai 1834.]

Mon enfant, je suis horriblement triste et inquiète. Je ne sais ce qu'a Boucoiran, il y a deux mois qu'il ne m'a écrit. Depuis ce temps je suis sans aucune nouvelle de mon fils. Mon inquiétude et mon chagrin augmentent tous les jours. Je n'ai pas voulu te demander une chose qui te causait de la répugnance, mais vraiment tu m'aurais fait le plus grand plaisir du monde en allant le voir et en me disant qu'il se porte bien. J'imagine à présent qu'il est mort et je suis comme folle toutes les nuits. A cela se joint la contrariété d'être absolument sans argent et de manquer des choses les plus nécessaires. Le tout par la négligence et l'apathie incroyables de Boucoiran. Il y a plus de huit jours que j'ai reçu une lettre de Buloz qui m'annonce qu'il a *remis* cinq cents francs à Boucoiran, donc Boucoiran n'est pas malade. Il est amoureux certainement, parce que d'ordinaire il est d'une exactitude extrême. Mais quand l'amour le tient, il est impossible d'en obtenir le moindre souvenir. Je le connais de longue date et je sais ce que j'ai souffert d'inquiétudes affreuses pour mon fils, quand Monsieur roucoulait tranquillement. Pagello a mis toutes ses pauvres *roba*[177] au mont-de-piété. Je dois deux cents francs à Rebizzo et je ne veux rien emprunter de plus. La semaine prochaine il faudra que je fasse des économies sur mon estomac, car il m'est odieux de recevoir tout de la main d'autrui. Tout cela me serait à peu près égal, s'il n'y avait pas moyen de l'éviter. Mais quand j'ai travaillé, quand j'ai gagné et touché mon salaire, et que par la négligence d'un ami, je suis forcée de l'attendre indéfiniment et de demander l'aumône, cela me met un peu en colère. Je vais retirer toutes mes affaires des mains de Boucoiran, parce que je vois bien que ce retard d'argent n'est pas un simple accident, mais l'effet d'un oubli décidé. Sans cela je ne serais pas depuis deux mois dans l'ignorance absolue de ce qui concerne mon fils. J'ai écrit à Papet. Mais il est peut-être au pays. Paultre n'est pas d'un caractère exact et je ne suis pas assez liée avec Sainte-Beuve pour le prier de s'ennuyer de moi à ce point-là. Mon frère est parfaitement indifférent à tout ce qui me concerne. Mon mari voudrait bien me savoir crevée. Toi tu vas quitter Paris, il va falloir que je retombe nécessairement dans les mains de Planche, sinon de près du moins de loin, ce qui sera encore pis, car les cancans recommenceront sur notre prétendue passion. Je suis dans un chagrin et dans une irritation que je ne puis te dépeindre, mais que tu comprendras toi qui as une mère et qui sais ce qu'elle a eu à souffrir dans sa vie.

Adieu mon enfant, brûle ce billet de mauvaise humeur et pardonne-moi de te parler de mes ennuis, mais pour l'amour de Dieu, va voir mon fils, dis-moi comment il est, s'il se souvient de mon nom, s'il a figure humaine. Je rêve toutes les nuits qu'on m'apporte son squelette ou sa peau toute sanglante. Quelle vie ! J'ai bien envie d'en finir, bien envie, bien envie ! Tu es bon et tu m'aimes. Pietro aussi, mais rien ne peut empêcher qu'on soit malheureux. Occupe-toi aussi de cet argent, que je paie au moins mes dettes – ce sera un chagrin de moins.

– Peut-être la lettre de Boucoiran s'est-elle perdue à la poste ; il faudrait alors qu'il fît faire vite vite une autre *cambiale*[178] au banquier sur Papadopoli. Il y a un temps infini que je lui demande si l'on est content de mon fils au collège, s'il a vu ses notes, pas de réponse. Aie la bonté de savoir cela au moins par Sainte-Beuve, qui voit souvent M. Gaillard[179].

[Adresse :]
Monsieur Alfred de Musset
rue de Grenelle St Germain, 59
Paris.

George Sand à Hippolyte Chatiron

Venise, 1er juin [1834].

Mon ami, à présent que je suis revenue de Constantinople, je te dirai que c'est un bien beau pays mais que je n'y suis pas allée. Il fait trop chaud et je n'ai pas assez d'argent pour cela. Si j'en avais j'irais à Paris tout de suite et non ailleurs. Si tu entends dire que je suis noyée dans l'Archipel, sache donc bien qu'il n'en est rien et que c'est une nouvelle *littéraire*, rien de plus.

Je suis maintenant à Venise pour deux mois encore, travaillant comme un cheval pour payer mon voyage d'Italie, que je dois encore à mon éditeur, mais dont je m'acquitte peu à peu. Je comptais être débarrassée de cette corvée il y a deux mois, mais des circonstances imprévues, une maladie mortelle qu'a faite mon compagnon de voyage et par suite de laquelle je suis tombée malade moi-même plus tard après t'avoir écrit, un voyage de quatre ou cinq sous vaillant, mais magnifique, que j'ai fait dans le Tyrol et quelques chagrins d'esprit et de cœur assez sérieux m'ont retardée dans mon travail et dans mes profits par conséquent. Je suis un vrai cheval à la tâche depuis quelques mois surtout que la paresse me tient, et le malheur surtout. Néanmoins mon courage n'est pas mort et pour le moment je suis dans une position assez heureuse. Mais je souffre beaucoup d'être si loin de mes enfants et depuis si longtemps. [...]

Venise, avec ses escaliers de marbre blanc et les merveilles de son climat, ne me fait oublier aucune des choses qui m'ont été chères. Sois sûr que rien ne meurt en moi. J'ai une vie agitée. Mon destin me pousse d'un côté et de l'autre, il faut que mes amis et moi-même renoncions à servir de pilote à mon sort, mais mon cœur ne répudie pas le passé. Il souffre et se calme selon le temps qu'il fait. [...]

Dire que l'on aura une vie uniforme, sans nuages et sans reproches, c'est promettre un été sans pluie ; mais, quand le cœur est bon, l'on se retrouve et l'on se souvient de s'être aimés.

[Adresse :]
Monsieur Chatiron
r. de Seine n° 31
Paris.

George Sand à Jules Boucoiran

[Venise, 2 juin 1834.]

[…]

On m'a dit que Gustave Planche, au lieu de parler d'Alfred et de moi selon la vérité, répandait des calomnies sur le compte d'Alfred, et s'autorisait *des* lettres écrites par moi à vous, que vous lui aviez montrées. J'ai répondu que Planche était incapable d'un si lâche mensonge. Ensuite que je vous avais écrit *une* lettre que vous aviez été chargé de lui montrer, et que vous étiez incapable de montrer une ligne de moi sans mon aveu, que d'ailleurs, je n'avais jamais eu sujet d'écrire du mal d'Alfred, et que l'eussé-je fait, j'étais aussi sûre de votre discrétion, comme de la sainteté de l'Evangile. J'ai écrit à cet égard à Alfred, à Planche, et pas à vous, parce que j'ai jugé inutile de vous interroger, ne vous soupçonnant pas. […]

Adieu mon ami, surtout, surtout ne soyez pas malade. Tout le reste ne sera rien pour moi.

Ne me parlez jamais de politique dans vos lettres. D'abord je m'en soucie fort peu, ensuite c'est une raison certaine pour qu'elles ne me parviennent pas.

[Adresse :]
Monsieur Jules Boucoiran
Passage Choiseul, 18
Paris.

Alfred de Musset à George Sand

[Paris, 4 juin 1834.]

Je suis fâché, mon amie, de t'avoir parlé de choses que ni toi ni moi ne devrions savoir. Buloz m'en avait si bien rebattu les oreilles, que cela est venu je ne sais comment sous ma plume[180]. Mais je suis plus bas que je ne croyais dans son estime puisque tu écris à cet homme pour lui dire de me ménager. – J'ai brûlé ta lettre, n'en parlons plus. Si j'ai jamais une explication avec lui, elle sera plus sérieuse. Quant à ce que tu as écrit à Boucoiran dans l'intention qu'on le lui montrât, qu'il y soit parlé de moi ou non, tu conçois que je n'ai ni le droit ni le désir de le connaître. Je ne suis plus ton amant.

Je ne suis pas encore parti, faute d'argent. Jamais je n'ai été dans une disposition si singulière – heureux ou malheureux, je n'en sais rien – peut-être vais-je m'enfermer dans un trou – peut-être les élégies dont mon cœur est plein vont se changer en hymne – il me semble que la nature entière l'entonnerait avec moi – ma vie est dans la gueule d'un canon, et moi, la mèche haute, j'hésite à mettre le feu. Je vais et viens, j'avance et je recule ; un instinct singulier me pousse et m'attire ; je ne sais si c'est de peur, ou de plaisir que je frissonne – je vais aimer.

Il ne me sera peut-être pas très difficile de trouver ce que je cherche, car je n'ai jamais moins tenu à la beauté dans une femme. Malgré ma santé qui n'a jamais été meilleure (je suis gros comme un moine), il me semble que je n'ai plus de sens, dans l'acception grossière du mot. Je ne tiens qu'à rencontrer une intelligence élevée, et un cœur vierge. Tu me dis que tu commences à t'habituer de vivre sans l'enthousiasme. Moi, mon amie chérie, je vais commencer à le connaître – deux êtres qui s'aiment bien sur terre font *un* ange dans le ciel. – Voilà ce que j'ai trouvé l'autre jour dans un ouvrage nouveau[181]. Connais-tu une parole plus belle et plus sublime que celle-là ?

Peut-être le monde ne saura-t-il jamais le changement qui s'est opéré en moi – tant que je pourrai, je conserverai cette écorce molle et inerte qui m'est devenue une seconde peau. Je ne sais quel plaisir étrange j'ai toujours trouvé à sentir que je pouvais vouloir, et que je ne voulais. L'autre soir une femme que j'estime beaucoup sous le rapport de l'intelligence, dans un entretien de bonne amitié que j'avais avec elle, commençait à se livrer. Je m'approchais d'elle franchement et de bonne foi, lorsqu'elle a posé sa main sur la mienne, en me disant : Soyez sûr que le jour où vous êtes né, il est né une femme pour vous. – J'ai reculé malgré moi – cela est possible, me suis-je dit, mais alors je vais chercher ailleurs, car assurément ce n'est pas vous[182].

Je me fais une fête de te revoir, mon bon enfant, si ton retour n'est pas un rêve ; avec quel plaisir je reviendrai m'asseoir quelquefois dans cette petite chambre sur tes coussins à terre, et te raconter au milieu des nuages, de nos cigarettes, la nouvelle face de mon être qui décidément a pris le dessus ! Que je t'aime, Georgeot ! quel bonheur que cette amitié douce et élevée qui est restée entre nous deux comme le parfum de nos amours ! Ne crains pas que tes lettres me fassent du mal ! j'aime mieux le mal qu'elles me font, que le bien que me font les autres. Hélas, ma chère, si je t'ai jamais fait souffrir ce que je souffre, pardonne-moi ; je ne savais pas ce que c'était.

Il n'en faut pas douter, George, il y a des *révélations*. Saint Augustin est à mes yeux l'homme le plus vrai qui ait existé. "J'ai nié et je crois", voilà tout le mystère ; la foi en quelque chose, un but – un triangle lumineux placé à la voûte de ce temple qu'on appelle le monde – marcher librement dans le temple, et avoir à son côté un être capable de comprendre pourquoi une pensée, un livre, un mot, une fleur, font que vous vous arrêtez et que vous relevez la tête vers le triangle céleste. Exercer les nobles facultés de l'homme est un grand bien, voilà pourquoi la poésie est une belle chose. Mais doubler ses facultés, avoir deux ailes pour monter au ciel, presser un cœur et une intelligence sur son intelligence et sur son cœur, c'est le bonheur suprême. Dieu n'en a pas fait plus pour l'homme ; voilà pourquoi l'amour est plus beau que la poésie.

Voilà pourquoi aussi je tiens tant à l'intelligence dans la femme que j'aimerai ; quant à son cœur, qu'il soit vierge, et que, si je pleure dans son lit, ce ne soit pas de douleur de sentir mon cœur venir à mes lèvres et de ne pouvoir parler. O mon Georgeot, que Dieu me protège ! Je m'agenouille quelquefois en criant : que Dieu me protège ! je vais me livrer. Cela est beau, n'est-ce pas, et effrayant en même temps, d'aller et de venir avec cette pensée-là : je vais me perdre ou me sauver ? Prie pour moi, mon enfant, quoi qu'il doive m'arriver, plains-moi, je t'ai connue un an trop tôt. J'ai cru longtemps à mon bonheur, à une espèce d'étoile qui me suivait. Il en est tombé une étincelle de la foudre sur ma tête, de cet astre tremblant. Je suis lavé par ce feu céleste, qui a failli me consumer. Si tu vas chez Danieli, regarde dans ce lit où j'ai souffert ; il doit y avoir un cadavre, car celui qui s'en est levé n'est pas celui qui s'y était couché.

Comme il s'ouvre, amie bien-aimée, ce cœur qui s'était desséché ! comme chaque mot, chaque chose, chaque homme que je rencontre fait se détendre une fibre ! comme tous les objets que je retrouve ici m'envoient à l'âme un rayon nouveau ! et comme tous ces rayons se pressent, se condensent, jusqu'à ce qu'ils aient trouvé une issue pour s'élancer de leur centre, et retourner teints du sang de mes veines dans la nature ! Je vais aux boulevards, au bois, à l'Opéra, sur le quai, aux Champs-Elysées[183] ; cela est doux et étrange, n'est-ce pas, de se promener tout jeune dans une vieille vie ? Tattet est de retour ; le brave garçon trouve que *je lui apparais sous un nouvel aspect*, voilà son mot. Du reste, je bois autant de vin de Champagne que devant, ce qui le rassure.

Tu reviendras, n'est-ce pas ? je retrouverai mon bon et loyal camarade, avec son grand cœur et ses grands yeux ? ô mon petit ange que tu es joli ! que tu m'es cher, toi, mon seul ami ! Avec quel plaisir je sens en t'écrivant que mon cœur s'épanche avec confiance, avec amour, que je puis pleurer dans tes bras, oh, Dieu merci ! j'ai un ami ; on ne me le volera pas, il prie pour moi, et moi pour lui.

Si je ne t'avais pas connue et perdue, George, je n'aurais jamais compris ce que je devais être, et pourquoi ma mère a eu un fils. Quand nous étions ensemble, je laissais ma stupide jeunesse tomber lentement en poussière, mais je ne me rendais compte de rien de ce qui se passait en moi. Je me disais que cela valait mieux que le passé, je remettais au lendemain, je croyais qu'il serait toujours temps, je réfléchissais et je doutais. De plus, je suis d'une nature faible et oisive, la tranquillité de nos jours de plaisirs me berçait doucement. Pendant ce temps-là, Azraël a passé, et j'ai vu luire entre nous deux l'éclair de l'épée flamboyante. Chose étrange, je n'ai compris qu'il fallait faire usage de mes forces que lorsque j'ai senti qu'elles pouvaient manquer. J'avais une telle confiance, une si misérable vanité ! j'étais habitué depuis si longtemps à porter autour de moi tant de voiles bizarres, à en ôter une partie avec l'un, une partie avec

l'autre ! Je n'ai compris que je pouvais aimer, que lorsque j'ai vu que je pouvais mourir. .... c'est la ...... de l'amour ...... à vivre ; c'est une plante qu'il ne faut pas arroser, même avec les plus petites larmes, hélas ! tu avais le cœur bien épris lorsque j'étais à Venise[184], et cependant si tu avais su à quelle vie tu m'envoyais, tu aurais hésité[185] ; ....
Adieu, ma bien-aimée. Dis à Pagello que je l'embrasse, et qu'il a tort de ne pas m'écrire, cela me ferait plus de plaisir que je ne puis dire. Je ferai tes commissions, mais il me semble qu'il est impossible qu'on laisse passer à la douane des gants français, des livres, et surtout *des journaux*. Je connais quelqu'un à qui on a pris un vieux *Figaro* dans lequel il avait enveloppé une brosse. Adieu, adieu.

J'ai encore nos petits oiseaux. Antonio me quittera quand je serai à Aix ; le pauvre garçon a le mal du pays pour sa chère Venise ; hélas ! j'en connais un qui l'a aussi, et cependant sans y être né.

Malgré tout ce que tu m'as dit sur les belles promesses que je t'ai faites durant ma fièvre, j'espère au mois de septembre pouvoir te donner de l'argent. En tout cas, au mois d'août, que Buloz t'en doive ou non, il t'en donnera pour revenir. Il me l'a dit (je crois qu'il est amoureux de toi). – Je m'occupe du reste de tes affaires ; mais je ne sais trop pourquoi Boucoiran ne vient pas me voir.

[Adresse :]
All dott^e^ Pagello
Farmacia Ancillo
C. San Luca
pour Madame Sand
Venise
Regno lomb^o^ veneto.

George Sand à François Buloz

[Venise, 5 juin 1834.]

Mon cher Buloz, je vous envoie la seconde lettre sur l'Italie. Comme elle est adressée à Alfred, j'aurais beaucoup de plaisir à ce qu'il la lût le premier, mais comme dans sa dernière lettre il me mandait qu'il était prêt à partir pour les eaux d'Aixe *[sic]*, je crains qu'il ne soit déjà plus à Paris et je vous la fais passer pour que vous ayez l'obligeance de la lui remettre. Après quoi vous la ferez paraître dans le numéro du 15 juin si cela vous convient. [...]

Si Alfred n'est plus à Paris, ouvrez le paquet et mettez le manuscrit que je vous envoie sous presse, faites-y les corrections de langue et d'orthographe qui seront nécessaires. Adieu mon ami. [...]

Mille amitiés.

T[ou]t à v[ou]s,

GEORGE.

5 juin 1834.

Je n'ai pas entendu parler des cinq cents francs que vous avez remis pour moi à Boucoiran.

George Sand à Mme Maurice Dupin

Venise, 5 juin [1834].

Ma chère maman, il y a bien longtemps que je veux répondre à votre bonne lettre. J'ai été malade, j'ai voyagé, j'ai eu des chagrins et des inquiétudes très graves, mais enfin je suis bien portante et tranquille. Vous avez peut-être entendu dire que mon compagnon de voyage, après avoir fait une maladie mortelle à Venise, a été forcé par l'état de sa poitrine de quitter l'air de l'Italie et de retourner en France. Je suis restée ici pour achever mon travail et jouir encore quelque temps du séjour de ce beau pays. [...]

Certainement je ferai un roman sur Venise plus tard quand je connaîtrai assez bien tout ce qu'il faut savoir pour cela. Mais vous me dites de ne pas faire comme tous ceux qui en parlent, et qui montrent toutes leurs héroïnes italiennes jalouses et furieuses. C'est certainement un bon conseil. Mais savez-vous que j'ai failli être étranglée par une belle Vénitienne qui s'est amusée à être jalouse de moi à propos de bottes ? et que je vis sous la menace d'être assassinée par elle au premier jour ? Vous pensez bien que je n'en fais que rire, mais si je raconte mes aventures il faudra que je tombe dans l'inévitable portrait de la Vénitienne jalouse le poignard à la main.

Adieu ma bonne petite mère. Priez toujours pour moi, cela me portera bonheur et me fera retourner bientôt vers vous. Je vous embrasse mille fois. [...]

[Adresse :]
Madame Dupin
Boulevard Poissonnière, 6
Paris.

Pietro Pagello à Alfred Tattet
[Traduction]

Venise, 7 juin 1834.

Mon cher ami,

Je me suis hâté de faire votre commission et je me suis assuré que les deux caisses de bouteilles sont déjà sur la route de France. – S'il n'arrivait rien au contraire, écrivez-moi et je vous servirai. – Madame G[eorge] vous salue cordialement ; elle va bien de santé et se divertit suffisamment, pour le peu qu'offre Venise en comparaison de Paris. – Adieu, bon ami, notre amitié d'un jour semble celle de deux années ; peut-être nous verrons-nous à Paris. – Je ne sais vous dire ni quand ni comment, je sais que nous nous reverrons. – Si vous voyez Alfred de Musset, embrassez-le pour moi.

Adieu, adieu, votre sincère

PIETRO PAGELLO.

Alfred de Musset à George Sand

[Paris,] mardi 10 juin [1834].

Maurice se porte bien ; je viens de le voir à l'instant, et il doit sortir avec moi dimanche. J'ai été de là chez André Cotier, savoir à quelle époque Boucoiran lui a remis pour toi l'argent qu'il devait te faire passer. Je ne pourrai le voir que demain, attendu que ces messieurs-là ne se dérangent que fort majestueusement, surtout lorsqu'il s'agit de pauvres gens comme nous autres. Si demain, j'apprends que l'argent ne lui a été remis que tard, c'est une négligence bien maladroite de la part de Boucoiran, mais enfin ce n'est qu'une négligence, et je pourrai penser qu'à l'heure qu'il est tu dois avoir reçu ton argent. Si au contraire on me dit que l'argent a été remis à l'époque où il a dû l'être, il sera clair que la lettre qui contient le mandat se sera égarée, et je t'en enverrai un autre le jour même.

Maurice m'a dit qu'il avait donné à M. Papet une lettre pour toi, il y a environ quinze jours ; je suppose que M. Papet l'aura mise à la poste. Du reste, il y avait longtemps qu'il n'avait vu Boucoiran. Il était sorti chez sa grand-mère à son dernier jour de congé.

Je te remercie, ma chère, d'avoir pensé à moi dans toutes tes inquiétudes. J'ai l'espoir que lorsque cette lettre te parviendra, tu seras déjà rassurée d'autre part sur tous ces sujets de tristesse ; cependant je ne veux pas même attendre à demain pour te parler de Maurice, je comprends que cela doit passer avant tout. Que je suis fâché, mon enfant, que tu ne m'aies pas dit franchement ton désir à cet égard ! Tu m'écrivais d'être tranquille sur ton compte, *de ne pas chercher à vaincre certaines tristesses, certaines répugnances* ; je me figurais absolument que mes visites au collège ne pouvaient être que des hors-d'œuvre et que tu savais toujours par Boucoiran des nouvelles de ton fils. Pourquoi ne m'as-tu pas parlé franchement ? Voilà maintenant une lettre qui va mettre dix jours à te parvenir, et moi, comme un sot bavard que je suis, je t'en ai écrit une ces jours-ci, dans laquelle tu chercheras à coup sûr autre chose que mes stupides rêveries, et où tu ne trouveras pas une ligne qui ne mérite d'être jetée au feu. Pauvre Georgeot ! quelle peine m'a faite ta lettre ! des économies sur ton estomac ! quelle horreur ! Mon enfant, je t'en supplie, combats un peu ta fierté, emprunte à Rebizzo, n'es-tu pas sûre que tu auras, quoi qu'il arrive, de quoi payer quand tu voudras ? Ne sais-tu pas que, quand Buloz refuserait de te donner un sou, je n'ai qu'à *vouloir* pour que ma mère me donne la somme que je voudrai, *mille francs ou deux mille* ? La pauvre femme me proposait de m'envoyer *telle somme qu'il me faudrait* dans cette lettre que tu m'as renvoyée de Venise.

Ecris-moi, ma chère, si tu t'es déjà adressée à Planche, comme tu me dis en avoir l'intention. Quelque mépris que j'aie pou[r] l[ui][186] il a pendant mon absence dit des choses trop viles et trop .... me soit p.............. parlez Buloz, tu trouveras que j'ai raison. Si tu n'as pas encore écrit, dis-le-moi, je resterai à Paris. En tout cas, songe que dans quelque circonstance que tu te trouves, ma vie t'appartient, ma chère, et que c'est me rendre service que de m'en demander un pour toi. Buloz crie comme un aigle, mais il paiera ce que tu veux.

[Adresse :]
Al dott^e^ Pagello
Farmacia Ancillo
C. San Luca
pour Mme Sand
Venise
regno Lom^o^ veneto.

George Sand à Alfred de Musset

[Venise, 15 juin 1834.]

Mon enfant, je suis fâchée que tu aies si mal compris la lettre que j'écrivais à Planche. Je ne le priais pas de te ménager, ce me semble. Je lui ordonnais de respecter mes paroles et de ne pas s'en servir au rebours de la vérité et de mes intentions. J'aurai de vive voix avec lui une explication plus dure que ma lettre, non pour te défendre auprès de lui, mais pour me plaindre d'un tort très grave de lui envers moi, et s'il ne s'en lave pas bien, je ne le lui pardonnerai jamais. – N'en parlons plus, c'est un fait qui m'est personnel et dont j'aurai raison. – J'ai fixé mon départ d'ici, au 25 août[187]. Aide-moi à tirer de Buloz mille francs le 15 au plus tard. Je tiens extrêmement à être à Paris le 16 7bre, pour voir concourir mon fils, et je voudrais arriver quelques jours auparavant pour me reposer. Je me recommande donc à toi si tu es à Paris à cette époque, mon enfant. Si tu n'y es pas, recommande cette affaire avant de partir à Tattet. Tu sais comme ce mulet de Buloz a besoin d'être talonné. Boucoiran est mort à ce que je présume. Papet quitte Paris le 30 juin et Planche n'étant nullement justifié auprès de moi du tort que je lui impute, j'aimerais mieux crever de faim que de lui demander un service dans les circonstances actuelles. Je te demande pardon, mon cher enfant, de t'ennuyer de ces détails. Je suis un peu dans la position de ceux qui hésitent entre voler et mendier grâce à l'inconcevable incurie de mes amis qui m'ont laissée depuis le 1er avril sans autre secours que cinq cents francs – et j'ai depuis ce temps énormément travaillé, et j'ai de l'argent à Paris plus qu'il ne m'en faut pour payer les plus pressées de mes dettes et pour bien vivre ici. Hâte-toi donc, et fais à M. Boucoiran à qui j'avais remis le soin de tout cela une semonce un peu verte de ma part. Cet excès de misère empoisonne beaucoup ma vie et me force à de continuelles privations ou à des mortifications d'orgueil auxquelles je ne saurais m'habituer. Pagello est un ange pour moi, mais il est aussi pauvre que moi et devoir à Rebizzo ne me plaît guère. Tu n'as pas d'idée de l'économie avec laquelle je vis et de l'assiduité avec laquelle je travaille, cela devient fantastique, mais j'aimerais mieux une existence un peu moins sublime. – Pour ne plus revenir sur ces bavardages, et pendant que j'y pense : ne m'envoie pas la caisse que je t'ai demandée, elle m'arriverait au moment de mon départ pour Paris.

Que Dieu te conserve, mon ami, dans la disposition où sont ton cœur et ton esprit. L'amour est un temple que bâtit celui qui aime à un objet plus ou moins digne de son culte, et ce qu'il y a de plus beau dans cela, ce n'est pas tant le Dieu que l'autel. Pourquoi craindrais-tu de te risquer ? Que l'idole reste debout longtemps ou qu'elle se brise bientôt, tu n'en auras pas moins bâti un beau temple. Ton âme l'aura habité, elle l'aura rempli d'un encens divin, et une âme comme la tienne doit produire de grandes œuvres. Le Dieu changera peut-être, le temple durera autant que toi. Ce sera un lieu de refuge sublime où tu iras retremper ton cœur à la flamme éternelle, et ce cœur sera assez riche, assez puissant pour renouveler la divinité, si la divinité déserte son piédestal. Crois-tu donc qu'un amour ou deux suffisent pour épuiser et flétrir une âme forte ? Je l'ai cru aussi pendant longtemps mais je sais à présent que c'est tout le contraire. C'est un feu qui tend toujours à monter et à s'épuiser. Peut-être que plus on a cherché en vain, plus on devient habile à trouver ; plus on a été forcé de changer, plus on devient propre à conserver. Qui sait ! C'est peut-être l'œuvre terrible, magnifique et courageuse de toute une vie. C'est une couronne d'épines qui fleurit et se couvre de roses quand les cheveux commencent à blanchir. Peut-être que Dieu mesure nos douleurs et nos travaux aux forces de notre jeunesse et qu'il est un temps marqué pour se reposer et pour jouir des fatigues du passé. Quelle est la plus belle de ces deux époques de la vie morale, les larmes de l'esprit, ou les hymnes du bonheur ? Peut-être est-ce la première. J'entre dans la seconde, et il me semble faire encore un rêve. Mais la première est celle que Dieu chérit et protège parce que ceux qui la parcourent ont besoin de lui, c'est celle qu'il féconde des plus vives émotions et de la plus ardente poésie. N'en aie donc pas peur. C'est un sentier dans la montagne ; dangereux et pénible, mais qui mène à des hauteurs sublimes et qui domine toujours le monde plat et monotone où végètent les hommes sans énergie. Tu n'es pas de ceux qu'une fatigue vaine doit décourager ni qu'une chute peut briser. Tu n'es pas destiné à ramper sur la boue de la réalité. Tu es fait pour créer ta réalité toi-même dans un monde plus élevé, et pour trouver tes joies dans le plus noble exercice des facultés de ton âme. Va, espère, et que ta vie soit un poème aussi beau que ceux qu'a rêvés ton intelligence. Un jour tu le reliras avec les saintes joies de l'orgueil. Tu verras peut-être derrière toi bien des débris. Mais tu seras debout et sans tache au milieu des trahisons, des bassesses et des turpitudes d'autrui. Celui qui s'est toujours livré loyalement et généreusement peut avoir à souffrir, mais à rougir jamais, et peut-être que la récompense est là tout entière. Jésus disait à Madeleine : Il te sera beaucoup remis, parce que tu as beaucoup aimé.

Vois combien tu te trompais quand tu te croyais usé par les plaisirs et abruti par l'expérience ! Vois que ton corps s'est renouvelé et que ton âme sort de sa chrysalide. Si dans son engourdissement elle a produit de si beaux poèmes, quels sentiments, quelles idées en sortiront maintenant qu'elle a déployé ses ailes ? Aime et écris, c'est ta vocation mon ami. Monte vers Dieu sur les rayons de ton génie, et envoie ta muse sur la terre raconter aux hommes les mystères de l'amour et de la foi, et n'aie pas peur, dirige mieux ton orgueil. Ne l'étouffe pas, tu n'en as pas trop, et à voir quels buts puérils tu lui donnais, j'ai souvent cru que tu n'en avais pas assez. Mais il n'était qu'endormi ce juste orgueil qui te fait dire maintenant : Je vais me livrer, je vais me risquer. – Oui cela est beau et grand. Tous les sots ont l'orgueil de dire : Je ne risque pas, moi ! – Ils tiennent à leur repos, comme les inutiles à la vie. Un homme comme toi n'est complet que lorsqu'il s'est livré.

T'ai-je dit que j'avais fait mes adieux à l'enthousiasme ? Si je l'ai dit j'ai voulu parler de cet enthousiasme des premières années de la carrière, qui a besoin d'être si ardent pour en couvrir les difficultés. Cette force que j'avais pour fermer les yeux afin d'y conserver le rayon de mon soleil, alors même qu'il s'éteignait, je n'en ai plus besoin. Je contemple, les yeux toujours ouverts, une lumière toujours éclatante et pure. Tu m'as fait de grandes et belles prédictions, dans les élans de ta plus vive amitié, alors qu'elle était déjà assez forte pour faire taire les intérêts de l'amour. Tu m'as dit qu'il était temps pour moi de recueillir le fruit de toute une vie de fatigue et que le dernier amour d'une femme était le plus beau. Tes prédictions se réalisent, mon enfant, et j'oublie jusqu'au nom des souffrances que je croyais autrefois inévitablement liées à l'affection. Je souffre encore souvent et beaucoup, mais jamais par lui. N'ayant pas une petite pièce de monnaie pour m'acheter un bouquet, il se lève avant le jour et fait deux lieues à pied pour m'en cueillir un dans les jardins des faubourgs, cette petite chose est le résumé de toute sa conduite. Il me sert, il me porte, et il me remercie. Oh dis-moi que tu es heureux et je le serai.

Ce mot si beau des deux êtres qui s'aiment sur la terre et qui font un ange dans le ciel est de Latouche.

Tu le trouveras imprimé dans *La Reine d'Espagne*, une comédie qui a été sifflée outrageusement[188], quoiqu'elle méritât tout le contraire. A cette phrase si belle et si sainte, un monsieur du parterre a crié : Oh ! quelle cochonnerie ! – et les sifflets n'ont pas permis à l'acteur d'aller plus loin. C'est comme cela que le public de France comprend. Ces bons Italiens sont tout le contraire. Ils applaudissent tout, ils pleurent, ils rient, ils trépignent, ils s'émeuvent, ils s'exaltent, le bon et le mauvais, tout leur va, pourvu qu'on touche leur fibre sensitive, peu importe que ce soit avec un sceptre ou avec un balai. M. Dumas leur plairait excessivement, et pourtant ils pleurent très à propos à un mot simple et touchant de Kotzebue. Hier, je voyais jouer une détestable traduction du *Civiale et le Pasticcio*[189]. – Au milieu des éternelles déclamations morales et philosophiques, il y eut un mot de rien qui fut très goûté et avec raison, par le plus grossier public du monde. Un vieux capitaine, jovial, bon et beau parleur, tend la main à un jeune aveugle, en lui disant : "Et toi mon pauvre Cupidon ?" – C'est un de ces mots qui plaisent sans qu'on puisse dire pourquoi, et que nous aimions tant à rencontrer parce qu'ils nous frappaient tous deux en même temps, t'en souviens-tu, mon bon petit ?

A quelle époque vas-tu à Aixe *[sic]* ? Arrange-toi, je t'en prie, de manière à ce que je sache où tu seras, afin que si je ne te trouve pas à Paris, je te rencontre du moins en route. Dis-moi, toi qui as fait le voyage par Genève, combien il me faut d'argent pour le faire seule, afin que j'ordonne mes affaires en conséquence.

Adieu, mon bon enfant chéri. Je t'ai prié d'aller voir mon fils. Cela t'a peut-être contrarié. J'étais si inquiète que je ne savais à quel saint me vouer. Enfin, Papet m'a donné de lui d'excellentes nouvelles. Adieu cher ange, porte-toi toujours bien, Pagello me dit qu'il est en train de t'écrire un sermon sur le vin de Champagne. Sois sûr que s'il en avait sous la main, il en boirait une bouteille à chaque point de son discours. Sois sûr aussi que tu es bien aimé. Adieu adieu. Voilà l'heure du courrier. Ecris-moi beaucoup. Si tu savais quels bons jours sont ceux qui m'apportent une lettre de toi.

15 juin.

Pietro Pagello à Alfred de Musset
[Traduction]

Venise, 15 juin 1834.

Cher Alfred,

Nous ne nous sommes écrit encore ni l'un ni l'autre, peut-être parce que ni l'un ni l'autre ne voulait être le premier. Ceci pourtant n'empêche pas la muette correspondance d'affection qui nous liera toujours de ses nœuds sublimes pour nous, incompréhensibles pour les autres. Je suis heureux de vous savoir sain de corps et fort d'esprit. Moi, j'ai toujours auguré bien de votre santé, pourvu que vous ayez le courage de vous opposer aux tentations, aux désordres, qui sont compagnons de votre nature trop vive. Quand vous êtes entouré d'une douzaine de bouteilles de champagne, souvenez-vous de cette cuve d'eau de gomme arabique que je vous ai fait vider à l'hôtel Danieli, et je suis certain que vous aurez le courage de les fuir.

Adieu, mon bon Alfred, aimez-moi comme je vous aime.

Votre véritable ami,

PIETRO PAGELLO.

Alfred de Musset à George Sand

[Paris,] 15 juin [1834].

Il a fallu que ce fût Boucoiran qui allât chez André Cotier faire refaire un autre billet, par la raison que le premier était à son ordre. Il a dit à Buloz qu'il t'avait envoyé le 19 un bon de *onze cents* francs. Il est clair, d'après tes lettres, que la sienne est perdue, à moins qu'elle ne soit restée plusieurs jours à la poste restante, comme cela nous est arrivé quelquefois du temps que j'étais encore de ce monde. En tout cas tu vas être hors d'affaire.

Mon amie, je t'en supplie au nom de Dieu, si tu te retrouves jamais dans de pareilles circonstances, et quelque sujet de chagrin qui puisse t'affliger, fais quelque effort sur toi-même, ne t'abandonne pas à la douleur ; songe qu'il n'y a que ta vie qui me prouve encore que je vive, et de quelque misérable secours que je puisse être, ne crois pas ta coupe épuisée tant qu'il se peut trouver encore une goutte au fond de la mienne. Bois-la du moins cette faible goutte, avant de casser ton verre. Dis-moi de prendre ton fils ou ta fille par la main, de faire trois cents lieues pour te les amener, et de m'en revenir. Dis-moi de contracter pour toi une dette que je ferais de si bon cœur, et que je paierais ensuite par mon travail. Je ne suis qu'une pauvre paille dans le fleuve terrible qui t'entraîne, mais avant de céder au torrent, accroche-toi un instant à cette paille, ne fût-ce que pour qu'elle te suive dans l'océan.

Buloz vient de m'apporter la lettre que tu lui as envoyée pour la *Revue*[190]. Il me l'a lue en ânonnant jusqu'à ce qu'impatienté des coups d'épingle que sa lourde déclamation me donnait dans le cœur, je lui aie arraché le papier des mains pour le finir à haute voix. Maintenant le voilà parti, et le cœur me bat si fort, qu'il faut que je t'écrive ce que j'éprouve. Mon enfant, il y a dans ta lettre un mot affreux, celui de *Suicide* ; quel que soit le degré de foi qu'on ajoute à cette pensée chez les autres, elle ne prouve pas moins une très grande souffrance ; j'en ai ri souvent, mais depuis ces trois mois-ci, je ne ris plus de rien. Dis-moi, mon George, mon frère adoré, quand tu as écrit ce mot-là, quand tu m'as parlé dans une autre lettre de ton envie d'en finir, était-ce seulement l'inquiétude que tu ressentais pour ton fils, jointe au désappointement de ne pas recevoir ce que tu attendais ? ne sont-ce enfin bien réellement que des causes matérielles et réelles qui t'inspiraient cette affreuse et poignante pensée ? Il m'a semblé qu'une tristesse étrangère à tout cela dominait les autres motifs. Buloz lui-même s'est interrompu plusieurs fois en lisant, pour me dire : Qu'a-t-elle donc ? comme cela est triste ! Le pauvre homme qui ne se doute de rien au monde, ne manquait pas, il est vrai, d'ajouter : Mais vous ne l'avez pas quittée ? vous ne l'avez pas abandonnée ? – Hélas ! le pauvre garçon ne se doute pas du mal qu'il me fait avec ses balourdises. Mais il n'en est pas moins vrai que tu souffres ; je sais bien que toute ta vie, tu as pensé à la mort, que toute ta vie t'y a poussée, que cette idée t'est familière, presque chère ; mais enfin elle ne se représente à toi avec force que lorsque tu souffres, et je ne puis croire qu'elle naisse d'elle-même dans une organisation aussi belle, aussi complète et aussi harmonieuse que la tienne, comme dans celle d'un Anglais pulmonique. Je te parle franchement, mon enfant, mais ne suis-je pas un ami ? ne m'as-tu pas permis de l'être ? Lorsqu'en lisant cette lettre, je voyais cette gondole chargée d'êtres aimés et heureux s'approcher de toi en chantant et t'inviter à y descendre, je me disais : Elle est heureuse, Dieu soit loué ! Elle est entourée de braves et honnêtes gens qui veillent sur elle, elle se repose, elle oublie. Puis, quelques lignes plus bas, je trouve le mot de suicide.

O mon enfant, la plus aimée, la seule aimée des femmes, je te le jure sur mon père ; si le sacrifice de ma vie pouvait te donner une année de bonheur, je sauterais dans un précipice avec une joie éternelle dans l'âme. Mais sais-tu ce que c'est que d'être là, dans cette chambre, seul, sans un ami, sans un chien, sans un sou, sans une espérance, inondé de larmes depuis trois mois, et pour bien des années, d'avoir tout perdu, jusqu'à mes rêves, de me repaître d'un ennui sans fin, d'être plus vide que la nuit ; sais-tu ce que c'est que d'avoir pour toute consolation une seule pensée : qu'il faut que je souffre, et que je m'ensevelisse en silence, mais que du moins tu es heureuse ! Peut-être heureuse par mes larmes, par mon absence, par le repos que je ne trouble plus. O mon amie, mon amie ! Si tu ne l'étais pas !

Certes l'homme que tu as choisi ne peut avoir changé ta vie qu'en bien ; c'est une noble créature, bonne et sincère ; il t'est dévoué, j'en suis sûr, et tu es trop noble toi-même pour ne pas lui rendre le même dévouement. Il t'aime, et comme tu dois être aimée. Je n'ai jamais douté de lui, et cette confiance que rien ne détruira jamais a été ma force pour quitter Venise, ma force pour venir ici, pour y rester. Mais hélas ! je n'en suis pas à apprendre aujourd'hui quel hiéroglyphe terrible c'est que ce mot si souvent répété, le bonheur ! O mon Dieu, la création tout entière frémit de crainte et d'espérance en l'entendant. Le bonheur ! est-ce l'absence du désir ? est-ce de sentir tous les atomes de son être en contact avec d'autres ? est-ce dans la pensée, dans les sens, dans le cœur que se trouve le bonheur ? qui sait pourquoi il souffre ?

George, je viens de retrouver dans un coin du petit album que tu m'as donné à Venise un mot que j'y ai écrit pendant mon retour : – Il faudra bien que nous restions amis, et que nous nous consolions quelquefois, car nous avons souffert ce que les autres ne souffrent pas[191]. – Réponds-moi, je t'en conjure, réponds-moi que les tristesses qui t'ont prise venaient de ton fils, de ton argent, que sais-je ? d'une migraine. Mais réponds-moi que tu es heureuse, afin que je retourne au pied de mon lit, retrouver ma douleur courageuse et résignée, afin que l'idée de ton bonheur éveille encore un faible écho lointain dans le vide où je suis, et quelque chose comme un petit soupir de joie au milieu de tous ces affreux sanglots que personne ne voit, si Dieu n'existe pas, ou ne les entend pas. Surtout, pardonne-moi de te parler avec cette franchise ; pardonne-moi de ne pouvoir imposer silence à mon cœur. Je suis muet depuis si longtemps et pour si longtemps ! Parle-moi un peu de toi, fais-moi vivre un quart d'heure, car la mort se repent de m'avoir manqué, là-bas, quand tes soins et tes veilles l'ont écartée de moi. Adieu, je n'en puis plus.

Tu dois avoir reçu un mot où je te dis que ton fils se porte bien.

En tout cas, que je puisse t'être utile ou non, je reste à Paris. Il ne sera pas dit que j'irai sottement chercher ce qui me fuit si bien, lorsque tu peux avoir besoin de moi, ne fût-ce que pour commander chez les marchands ce qu'il te faut là-bas. Adieu, je t'aime et ne veux aimer que toi, jusqu'à la mort. Adieu, adieu.

[Adresse :]
Al dott^e Pagello
Farmacia Ancillo
C. San Luca

pour Mme Sand
Venise
regno lomb° veneto.

George Sand à Emile Paultre[192]

[Venise, 25 juin 1834.]

[...] Tu es fort ingrat de me dire que je ne me souviens peut-être déjà plus de t'avoir écrit. Si je vous racontais ma vie depuis six mois, vous comprendriez que ma résurrection est prompte et qu'un autre à ma place eût été au cercueil pendant des années, mais je vis si vite ! tu as raison. Je marche comme les autres courent. Ce n'est pas ma faute et il faut bien que j'accepte mon sort comme Dieu me l'a fait. Ce n'est pas le plus beau du monde et il ne m'amuse pas tous les jours. Tu me demandes où j'en suis avec le bonheur. Il y a des semaines et des mois où je le porte en croupe, mais il y en a d'autres où je tourne la tête et où je le vois tout à coup à cent lieues derrière moi. Alors comme je n'ai ni raison, ni patience, je me couche par terre, je me roule comme un chien, je pleure comme un veau, je dis que la vie est insupportable, qu'il faut en finir. Je me rends malade sérieusement, souvent sans la moindre cause réelle de souffrance. Je suis brutale, insolente, injuste, mes amis veulent m'apaiser, je me mets encore plus en colère. Enfin l'accès se passe. Un petit bonheur m'arrive, la lettre d'un ami, de bonnes nouvelles de mes enfants, moins que cela même, une brave envie de travailler, une bonne pluie qui me détend les nerfs du cerveau, et alors me voilà gaie comme un pinson. Je raconte mes joies à tous mes amis, je les embrasse, je cours, je fais des calembours et j'écris des poèmes fantastiques dignes des petites maisons. Vraiment, ce n'est pas par caprice que je suis ainsi, et je n'aime pas moins quand je boude que quand je ris, mais depuis deux ans ma maladie chronique est fort augmentée. Quelle est-elle, cette maladie, je n'en sais rien. Elle me fait souffrir physiquement dans tous les membres et me porte au suicide quatre jours sur huit. Et puis elle guérit avec une chanson ou avec un hochet. Comment cela s'appelle-t-il ? est-ce que vous n'êtes pas tous de même plus ou moins ? Je suis dans le plus, parce que j'ai beaucoup de bile et beaucoup de sang. Dire qu'on a un caractère, c'est se vanter. Que dirais-je du mien quand un jour je raisonne tout, et le lendemain rien ? quand dans certaine occasion je tue l'amour par le raisonnement, et dans d'autres je me mets à aimer si bien que je suis aveugle ni plus ni moins que Cupidon en personne ? Tu es un raisonneur, toi, et pourtant je t'ai vu te donner des indigestions, et dire, ma foi tant pis, j'aurai mal à l'estomac, mais j'aime le melon. Ce que je sais de moi pertinemment, c'est que j'ai de la conscience, de l'orgueil et de la sincérité, que je suis incapable de tromper, de calomnier et de m'avilir. En cela je vaux mieux que trois ou quatre cents personnes à qui j'ai eu affaire dans ma vie. Mais je suis incapable de ce qu'il y a de plus bête et de plus extravagant, et je suis obligée tous les jours de rire de moi-même avec moi-même.

Voilà donc où j'en suis avec le bonheur, c'est à me dire, ai-je connu le bonheur ? Y a-t-il du bonheur ? Qu'est-ce que c'est ? Où cela se trouve-t-il ? Quand j'ai de l'amour dans le cœur et dans la tête, je dis – Comment, le bonheur ? mais j'en suis inondée, j'y nage en plein. J'aime. Il n'y a que cela dans la vie. – Mais quand je me repose, je dis, il n'y a rien dans la vie que de l'ennui et de la fatigue. J'ai raison dans l'un et dans l'autre cas, la vie est la plus belle chose du monde quand on aime, et la plus détestable quand on cesse d'aimer. C'est-à-dire que, selon moi, l'amour est tout. Qu'en dis-tu ? Tu n'en sais rien. Tu n'as encore aimé que pour le *nécessaire*, et ce nécessaire-là est du superflu dans le véritable amour. Le véritable amour, c'est quand le cœur, l'esprit et le corps se comprennent et s'embrassent. L'embrassement et la sympathie de ces trois choses se rencontrent une fois en mille ans. Mais pourvu qu'il y en ait deux, le corps et l'esprit sans le cœur, ou le cœur et le corps sans l'esprit, on se figure que la troisième existe jusqu'à ce que l'absence trop sensible de cette troisième chose tue la sympathie des deux autres. Sacrebleu ! J'espère que voilà une démonstration. Tu vois mon cher que je ne suis guère amoureuse pour le moment. Quand je le suis, je n'en pense pas si long. Tu aimeras certainement, toi, et comme tu as plus de force et de durée que moi dans la volonté, tu suppléeras à ce complément de bonheur qui manque à tous les amours possibles, mais dont les caractères un peu fermés savent cacher le vide. Moi, j'ai un caractère de cire molle avec une tête de bois sec, si j'arrive jamais à connaître le véritable amour qui dure et qui rend heureux longtemps, je te le dirai. Mais ce sera l'œuvre de celui qui m'aimera et non la mienne.

Il me semble que nous ne sommes à la mode ni l'un ni l'autre et qu'il n'y a rien de moins *don Juan* que tous ces discours-là. Toi tu fais bien la cour aux grosses Allemandes, mais tu as une belle pour le sentiment. Moi, je n'ai aucun prince, aucun charretier, aucun chat, aucun chien, à mes pieds. Ici, comme partout où l'on voit une femme sans mari, sans père ou sans duègne, parler à des hommes, dîner ou se promener avec eux, on suppose que j'ai un ou plusieurs amants. J'ai un ami excellent, et deux autres connaissances intimes moins excellentes, mais aimables. Je ne me livre aux badinages de l'amour avec personne. J'ai sous ce rapport des passions très soumises à ma volonté, et ma volonté attend ou se repose. Je viens d'aimer avec une violence qui m'a brisée pour quelque temps. Un fait tout matériel, une maladie mortelle à laquelle il a manqué succomber, m'a séparée d'Alfred avant que j'eusse pu m'inquiéter de savoir si c'était le véritable amour que nous avions l'un pour l'autre. Il me semblait que oui, comme il m'a semblé toutes les fois que j'ai aimé. Je sais seulement que je n'ai jamais aimé et que je n'aimerai peut-être jamais avec autant de vivacité et de transport. Mais je n'ai pas de goût pour le rôle de la *Fornarina*. Les médecins m'ont mis de la glace dans le sang avec certaines paroles, et je me suis brisé le cœur comme un verre. Depuis ce temps-là je ne vis plus, je ne pense plus, j'écris, j'écrivasse. Je passe mes jours seule dans ma chambre, couchée sur le stuc, dans le simple appareil d'une vieille beauté, etc., noircissant du papier, tantôt pour me soulager du spleen qui s'en va en encre, tantôt pour arracher quelques sous à cet épouvantable cerbère de *La Revue des Deux Mondes*. Il fait si chaud que je suis obligée d'avaler une glace tous les quarts d'heure, puis, comme cela me refroidit trop, j'avale par-dessus une tasse de café, mais cela me réchauffe trop et je ravale une glace, ainsi de suite. Ce régime me fait un mal de chien. J'en suis quitte pour être de mauvaise humeur, pour gronder ma servante et pour donner des coups de pied au derrière de mon sansonnet, qui s'en va en disant – mon petit Georges, mon petit Georges *[sic]* ! C'est là tout le prince italien que je gouverne et il est plus gentil que tous les princes du monde, il est noir comme du jais et met ses pattes dans l'encrier, ensuite il vient se promener sur mes manuscrits et les couvrir d'hiéroglyphes. Quand je n'ai pas mal à l'estomac, je trouve cela charmant. Voilà ce que tu peux dire de plus intéressant sur mon compte à ceux qui te parleront de moi et qui te demanderont si j'ai épousé le Grand Turc, ou le pape.

Tu me racontes des choses très drôles, mais sais-tu que tu es devenu diablement moqueur ? Tu te moques de tout le monde et de toi par-dessus le marché. Ma foi, tu as raison. Les choses de ce monde devraient toujours faire rire et je suis une imbécile de les prendre si souvent au sérieux. Que veux-tu ? chacun mène sa bête comme il peut. Je trouve que le joujou de Lavanne[193] est le plus raisonnable de tous. Jules [Sandeau] faisant du don Juan et Planche prenant des poses sont bien plus fous. Jules était si bon quand il était naturel, et Planche a tant de bon sens et d'esprit ! Mais quelle rage a donc tout le monde de jouer un petit bout de rôle ! Cela donne envie d'aller vivre avec les rochers du Tyrol qui du moins ont toujours la même pose et la même figure. [...]

[Adresse :]
Monsieur Emile Paultre
rue Vivienne n° 10
Paris.

George Sand à Alfred de Musset

[Venise, 26 juin 1834.]

J'ai reçu, mon enfant chéri, ton billet il y a quelques jours, et ta lettre aujourd'hui. Je te remercie mille fois

de m'avoir donné tout de suite des nouvelles de Maurice et de t'être occupé de ce sot envoi d'argent qui m'est enfin arrivé, grâce à un employé de la poste qui s'est donné la peine d'examiner toutes les lettres des bureaux de la poste restante et qui a trouvé celle de Boucoiran dans la case de Londres. Le pauvre garçon que tantôt j'accusais et que tantôt je pleurais comme mort et enterré avait été d'une exactitude extrême. Enfin j'ai payé mes dettes et j'ai de quoi dîner à discrétion. Tu ne peux pas t'imaginer, mon bon petit, par quelle série de souffrances et de déplaisirs mon destin s'est plu à me faire passer depuis quelque temps. Je t'en ai dit quelques-unes... et de colère, j'ai renvoyé[194] ....
son départ. Voilà ce que c'est que la misère. On a beau s'en moquer, avoir un corps de cheval pour la supporter, un courage d'esclave pour le travail, elle vous avilit, elle donne le droit aux butors qui ont de l'argent de vous insulter et de vous plaindre. J'ai toujours porté la mienne hardiment et fièrement, parce que j'ai dans le bras de quoi me passer des trésors de M. Demidoff[195]. Mais une combinaison malheureuse, un sot hasard, la négligence d'un employé de la poste m'exposent à recevoir un affront, si affront il y a pour un orgueil aussi légitime que le mien, mais du moins une souillure, une fange dégoûtante, que l'on jette devant moi pour m'empêcher de passer. Ce sont de ces choses-là qui me donnent le spleen et qui réveillent mon idée de suicide, la triste compagne cramponnée après moi. Mais il ne faut pas, mon enfant, que cela t'inquiète, il est probable qu'elle me suivra toujours sans me faire aucun bobo, car après tout, je n'ai ici aucun chagrin de cœur et si j'ai pu résister à ceux que j'ai éprouvés par le passé, il est probable que les contrariétés et les dégoûts de la vie matérielle n'auront pas plus de pouvoir que les douleurs de l'amour et de l'amitié. Ma dernière lettre a

dû te rassurer. Je serais un monstre si je trouvais un sujet de plainte contre l'ami auquel tu m'as confiée. C'est un ange de douceur, de bonté et de dévouement. J'aime la vie quand je suis dans mon bon sens. Mais tu sais qu'il y a dans les choses extérieures des sujets de contrariété si poignante qu'ils nous en font sortir. J'ai donc des mauvais jours quand le mauvais destin me persécute, mais le destin aussi a ses bonnes lunes et j'espère que je viens d'entrer dans une de celles-là. Je suis rassurée sur mon fils, j'ai de bonnes nouvelles de ma fille, je ne dois plus un sou à Venise, et le mois prochain tout sera payé à Paris si Buloz ne me fait[196]...... Au mois d'août j'embrasserai mes enfants. Non certes je ne les quitterai pas plus longtemps, j'en mourrais, et ils vont avoir besoin de moi vu que...... obligés de voyager et de *voir* un peu ! c'est notre état, une nécessité de la vie, de l'avenir de l'artiste. Pietro me rejoindra à Paris dans tous les cas. Tu as donc bien raison de dire que mon bonheur a pris sa source dans tes larmes, non pas dans celles de ton désespoir et de ta souffrance, mais dans celles de ton enthousiasme et de ton sacrifice. Tu aimeras peut-être mieux par la suite, tu auras peut-être un caractère plus égal et plus heureux, mais tu ne seras jamais plus grand que tu ne l'as été dans ces tristes jours. N'en déteste pas la mémoire et quand l'ennui de la solitude te prend, rappelle-toi que tu m'as laissé un souvenir plus cher et plus précieux que tous les plaisirs de la possession.

Je ne veux pas que tu restes à Paris pour mes affaires. Si tu as de l'argent, si tu as envie de voyager, oh je t'en supplie, prends du plaisir ou au moins de la distraction. Mes affaires vont bien à présent. Boucoiran n'était ni amoureux ni mort. Il s'occupera de tout comme de coutume, seulement je te prie d'aller voir quelquefois mon fils pendant que tu seras à Paris, et de le faire sortir si tu vois qu'il soit négligé par Boucoiran. Mais, à ton défaut, Buloz me donnera bien de ses nouvelles et ma mère n'est pas capable, je pense, de lui laisser manquer ses sorties. Je ne veux avoir aucune relation avec Planche. Je vois d'après la manière froide et réservée dont Boucoiran me parle de lui, qu'il y a beaucoup de vrai dans les ragots de Buloz. Buloz est un imbécile de te reporter les mauvais propos. Boucoiran ne me dit rien, mais me fait bien comprendre à quoi je dois m'en tenir. J'aurai une petite explication avec Planche, qui se passera à huis clos, mais qui lui fermera la bouche pour longtemps.

Quant à toi, la meilleure réponse que tu puisses faire c'est de hausser les épaules et de dire comme autrefois, tra la la. Va donc où tu pourras et où tu voudras aller, pourvu que je te voie, peu ou beaucoup, comme tu l'entendras. Mais au moins que je sache si tu es beau comme autrefois, et gras comme tu t'en vantes, que je sois bien rassurée sur ta santé et que mon cœur se dilate en t'embrassant comme mon Maurice, et en t'entendant me dire que tu es mon ami, mon fils bien-aimé et que tu ne changeras jamais pour moi. Je ne sais pas encore si Pagello pourra m'accompagner. Ce grand voyage toute seule, et le chagrin qu'il aura de me voir partir m'effraient un peu. D'un autre côté, je sais qu'il n'acceptera pas de moi le plus simple prêt, et qu'il dira bien des *confiteor* avant de se décider à faire ailleurs une dette. Il a pourtant bien envie de ne pas me quitter[197]...... et il se fait une joie de t'embrasser. J'espère que cela l'emportera sur les embarras de sa position.

Encore un mot sur Planche : Boucoiran me mande qu'il corrige les épreuves de tout ce que Buloz publie de moi. C'est fort bien si ça l'amuse, et comme je ne l'en ai pas prié, je ne l'en remercierai pas. C'est une affaire entre Buloz et lui. Mais Buloz ne me paraît pas fort prudent s'il lui confie les lettres que je t'écris dans la *Revue*. Tu sais comme ces choses se passent, comme Buloz relit les épreuves corrigées, et tu sais aussi qu'une syllabe changée peut altérer entièrement le sens d'une phrase et même d'un paragraphe. Quelquefois la malice ou l'inadvertance font de singulières bévues, témoin le *ou* et le *où* de Figaro[198].

Comment pourrais-je m'étonner ou me fâcher de tes questions ? ô mon cher enfant, ne sais-je pas que tu me dis la vérité quand tu parles de donner ta vie pour moi ? Qu'ai-je de plus précieux au monde que cette confiance, sur laquelle j'ai bâti mon nouveau bonheur ? Ton amitié n'est-elle pas la base de tout ce qui peut m'arriver d'important désormais ? Tu m'as remise dans les mains d'un être dont l'affection et la vertu sont immuables comme les Alpes. Les petits maux que je puis ressentir de la vie extérieure sont entièrement à part de lui et de toi, il ne faut pas y faire d'autre attention que de dire à Maurice : Ecris à ta mère, et à Buloz : Envoyez de l'argent à George. Ce qui pourrait me faire du mal, et ce qui ne peut pas arriver, c'est de perdre ton affection. Ce qui me consolera de tous les maux possibles, c'est encore elle. Songe mon enfant que tu es dans ma vie à côté de mes enfants, et qu'il n'y a plus que deux ou trois grands coups qui puissent m'abattre, leur mort, ou ton indifférence. Quant à Pierre c'est un corps qui nous enterrera tous, c'est un cœur qui ne s'appartient plus et qui est à nous comme celui que nous avons dans la poitrine.

Adieu adieu mon cher ange, ne sois pas triste à cause de moi, cherche au contraire ton espérance et ta consolation dans le souvenir de ta vieille mignoune[199], qui te chérit et qui prie Dieu pour que tu sois aimé.

Fais-moi le plaisir de jeter la lettre ci-jointe au premier bureau de poste que tu trouveras sur ton chemin.

Demain, je mets à la poste la moitié du second volume de *Jacques*. Dis et redis à Buloz que le 15 juillet il aura reçu tout le roman et qu'il faudra qu'il m'envoie les derniers mille francs courrier par courrier. Je veux partir d'ici le 25. Tu me ferais bien plaisir de lire *Jacques* et d'en retrancher les choses les plus bêtes. J'espère que Buloz aura fait payer M. de La Rochefoucauld. On dit que Buloz a acheté la *Revue de Paris* et qu'il a fait une mauvaise affaire. Est-ce vrai[200] ?

[Adresse :]
Monsieur Alfred de Musset
rue de Grenelle St Germain, 59
Paris.

George Sand à Jules Boucoiran

[Venise, 27 juin 1834.]

[...]

Ma dernière lettre vous a aidé sans doute à vous débarrasser de tous mes créanciers, ou à leur faire prendre patience. Aurez-vous la bonté de faire blanchir mes rideaux et de les faire poser dans toutes mes chambres pour le moment de mon retour, afin que je trouve une chambre sombre, un lit frais, des appartements propres, plaisir immense de la civilisation française, dont je n'ai pas joui depuis longtemps ? Nous avons ici vingt-deux degrés de chaleur et cela n'est que le commencement. On m'en promet vingt-cinq ou vingt-six.

Si Planche s'occupe de corriger mes épreuves, recommandez-lui bien de châtier le style et de corriger les fautes de français. Dites-lui que je voudrais beaucoup que *Jacques* fût écrit proprement et qu'il y fasse de son mieux. Dites-lui encore que j'ai à m'expliquer avec lui pour des propos qui me sont revenus et que je le ferai à Paris. En attendant il devrait bien se taire absolument sur mon compte et sur celui de tout ce qui tient à moi. J'ai horreur des bavardages et il me paraît qu'il les alimente pour le plaisir de me fâcher. Je sais bien que tout cela vous trouve impassible, mais répétez-lui mes paroles, je vous en prie. S'il a pour moi l'amitié qu'il prétend avoir, il y fera peut-être attention.

[...]

[Adresse :]
Monsieur Jules Boucoiran
Passage [Vivienne : *raturé*] Choiseul, 18
Paris.

Confidences de Musset à Buloz notées sur le dos d'une lettre d'Alfred de Vigny en date du samedi 28 juin 1834[201]

[...] à son retour au sujet des recherches qu'on avait faites pour retrouver le docteur. Comme on voit, la confiance avait disparu entre les deux amants ; le soupçon tourmenta A. de M. ; souvent il avait surpris des signes d'intelligence entre G. S. et le docteur ; il devinait jusqu'au moindre mouvement, et ne ménageait pas G. S. "Tu es une catin, lui dit-il un jour, tout mon regret c'est de n'avoir pas mis vingt francs sur ta cheminée, le jour où je t'ai eue pour la première fois." On se ferait difficilement une idée des cris et de la violence des apostrophes à de pareilles scènes. Mais ce qui faisait le plus grand tourment de G. Sand, c'était l'instinct si profond avec lequel A. de Musset pénétrait le moindre signe, la moindre démarche. "J'ai en horreur les hommes qui devinent tout", disait-elle. A. de M. eut bien à souffrir pendant cette maladie ; souvent il surprenait des caresses dérobées, de tendres attouchements entre les nouveaux amants. Dès qu'il put se traîner, il se faisait presque porter à un café voisin, et abandonnait la place à l'amour naissant du docteur.

Enfin un matin à son lever, il découvrit dans une pièce voisine une table à thé servie encore, mais avec une seule tasse. "Tu as donc pris le thé hier soir. – Oui, dit G. S., j'ai pris le thé avec le docteur. – Ah ! comment cela se fait-il, il n'y a qu'une tasse. – On aura enlevé l'autre. – Non, on n'a rien enlevé, vous avez bu dans la même tasse. – Quand cela serait ! Vous n'avez plus le droit de vous inquiéter de ces choses-là. – J'en ai toujours le droit, puisque je passe encore pour votre amant. Vous devriez encore au moins me respecter, et puisque je pars dans trois jours, attendez ce départ qui vous mettra si à l'aise !"

Le soir de cette scène, A. de M. surprit G. S., accroupie sur le lit et écrivant une lettre ! Que fais-tu là ? – Je lis – et elle souffla la chandelle. – Si tu lis, pourquoi éteindre la chandelle ? – Elle s'est éteinte d'elle-même, rallume-la." A. de M. la ralluma en effet. – Ah ! tu lis, dis-tu et tu n'as pas de livre. Dis plutôt, infâme prostituée, que tu écris à ton amant ! – G. S. eut recours à ses cris ordinaires ; elle voulut s'échapper de la maison. A. de M. la devina : Tu nourris une pensée horrible ; tu veux courir chez ton docteur, me faire passer pour fou,

[dire] que je veux attenter à tes jours. Tu ne sortiras pas, je veux te garantir d'une lâcheté. Si tu sors, je te plaquerai sur ta tombe une épitaphe à faire pâlir ceux qui la liront, lui dit Alfred avec une horrible énergie. G. S. pleura, et se plaignit ensuite de coliques.

Je ne t'aime plus, disait A. à G. S. C'est le moment de prendre ton poison, ou de te jeter à l'eau.

Aveu à Alfred de son secret sur le docteur ; rapprochement. – Départ d'Alfred. Lettres de G. S. tendres et enthousiastes.

George Sand à Casimir Dudevant

Venise, le 8 juillet [1834].

[…] Je partirai d'ici le 25 de ce mois et voyagerai à petites journées jusqu'à Genève, pour ne point tomber malade en route comme j'ai fait en venant ici.

Je serai à Paris vers le 15 août et j'assisterai à la distribution des prix. De là je partirai avec Maurice pour Nohant […].

Adieu mon ami, soigne-toi et ne bois pas trop de vin d'ici à longtemps. Songe que je ne suis pas destinée à faire de vieux os et que tu es nécessaire à nos enfants. […]

[Adresse :]
Monsieur Dudevant
La Châtre
Dt Indre.
France.

Alfred de Musset à George Sand et à Pietro Pagello

[Paris,] jeudi 10 juillet [1834].

Tu me demandes, mon amie, combien il te faut d'argent pour faire le voyage de Paris par Genève. Il ne faut pas l'entreprendre seul à moins de six cents francs et deux à moins de mille. J'espère que le bon docteur se laissera persuader, et que vous trouverez un moyen de lever les obstacles qui le retiennent à Venise. Il est fort important ....

J'enrage de bon cœur de ne pas avoir un sou. Que ne puis-je vous être bon à quelque chose ! vous les meilleurs de mes amis ! Mais j'ai beau regarder mes quatre murs, je n'en saurais tirer une goutte d'huile ; ainsi, je ne serai jamais bon à rien, tant que je n'assassinerai personne.

Il s'est passé bien des choses, mon cher Georgeot,
....
si nous nous voyons à Paris ; car je ne sais pas encore de quelle façon M. le Tout-Puissant en ordonnera à cet égard. Dans tous les cas, j'espère que nous nous donnerons une poignée de main.

Antonio est parti ces jours-ci. Je lui ai dit que vous allez revenir ici ; – vous devriez attendre le docteur, lui ai-je dit, il vous ramènerait dans votre pays dans quelque temps – tu n'...
riait, de toutes ses forces et de si bon cœur, que je me suis mis à en faire autant.

J'ai commencé le roman dont je t'ai parlé. A propos de cela, si tu as par hasard conservé les lettres que je t'ai écrites depuis mon départ, fais-moi le plaisir de les apporter dans un .... Tu te doutes bien que je n'ai ....

Dites-moi, monsieur, est-ce vrai que Mme Sand soit *une femme adorable* ? – Telle est l'honnête question qu'une belle bête m'adressait l'autre jour. La chère créature ne l'a pas répétée moins de trois fois, pour voir apparemment si je varierais mes réponses. – Chante, mon brave coq, me disais-je tout bas, tu ne feras pas renier saint Pierre ....

....

bavarder les gens qui s'y sont trompés ; j'ai cru devoir supprimer tout ce qui pourrait faire dire que tu as formé une nouvelle liaison, avant d'avoir dénoué la première. Peut-être cette raison-là devra-t-elle m'imposer aussi de te voir rarement par la suite ; tout dépendra de toi pour cela, et en tout cas ce sera, je pense .... tu resteras à Paris qu'il[202] ....

Alfred de Musset à Pietro Pagello

[Paris, 10 juillet 1834.]

Al mio caro P. Pagello,

Mon cher, vous êtes bien gentil de m'avoir un peu écrit ; je dis un peu, car ce n'est guère. Mais si petit que soit le morceau de papier qui me parle de votre amitié, en quel moment de ma vie ne serait-il pas bien reçu ? Il n'en est peut-être pas de même de vos recommandations sur le vin de Champagne et je n'ose avouer au grand Salvatico Pietro combien était fondé le juste remords qui m'a saisi à cet article de votre lettre. Mais je vous promets que jamais, jamais je ne boirai plus de cette maudite boisson – sans me faire les plus grands reproches.

George me mande que vous hésitez à venir ici avec elle ; il faut venir, mon ami, ou ne pas la laisser partir. Trois cents lieues sont trop longues pour une femme seule. Je sais bien qu'elle vous dira à cela qu'elle est forte comme un Turc. Mais je vous dirai moi, à l'oreille, et tout bas, que le plus petit Turc est plus fort que la plus forte femme d'Europe ; croyez-m'en, moi qui ne suis pas turc, et venez. Je vous promets de vous montrer, si vous êtes curieux de le voir, un de vos meilleurs amis.

ALFRED DE MUSSET.

[Adresse :]
Al dotte Pagello
Farmacia Ancillo
C. San Luca
Pour Mme Sand
Venise
Italie.

Journal de Charles Didier

11 juillet 1834.

[Je] passe la matinée à *La Revue des Deux Mondes*, où Musset et Planche, les deux rivaux, en présence. Planche, toujours bavard et de mauvaise compagnie.

George Sand à Sosthènes de La Rochefoucauld

Venise, 18 juillet [1834].

Mon ami, votre lettre si affectueuse et si bonne me fait un plaisir extrême ; je craignais que quelques personnes ne vous eussent à jamais mis en méfiance contre moi par des propos que je n'ai jamais bien compris ; j'aurais pu leur rendre cruellement la pareille auprès de vous ; mais je n'ai [pas] le temps et l'énergie de me venger de personne ; je compte sur l'avenir pour me justifier et me faire justice des ennemis et des ingrats.

Regardant vos questions comme celles de la plus sincère amitié, je répondrai sans détour et sans déguisement :

QUI J'AIME ? – Mes enfants et mes amis.

CE QUE JE PENSE ? – Tout et rien, selon ma santé, l'humeur où je me trouve et le temps qu'il fait.

CE QUE JE DIS ? – Peu de chose, car je vis seule les trois quarts de la journée, et j'échange le soir quelques paroles de bonne amitié avec deux ou trois personnes excellentes qui demeurent porte à porte avec moi, que le hasard m'a fait connaître, et en qui ma bonne étoile m'a fait trouver animées de bonnes intentions et de bons procédés pour moi *[sic]*. Ces paroles sont : "Comment vous portez-vous aujourd'hui ? Trouvez-vous le café bon ? Avez-vous fait bonne chasse et bonne pêche ? Quel temps fait-il en mer ? Quel degré de chaleur marque le thermomètre ? etc., etc., etc."

CE QUE J'ÉCRIS ? – J'ai écrit énormément de sottises qui sont sous presse maintenant, entre autres, un roman en deux volumes appelé *Jacques*, tout bêtement, et que vous trouverez peut-être moins impie et moins immoral que les autres ; mais ne croyez pas que ce soit une conversion, ce n'est qu'un essai. Dans ce moment-ci, je n'écris pas ; je fais mes malles pour aller en Suisse et à Paris.

SI JE PORTE UNE CHAÎNE OU SI JE SUIS SOUS LE CHARME ? – Pour parler clair, je vis d'un souvenir qui me sera toujours cher et sacré ; mais, socialement, je suis indépendante et n'ai aucun lien.

SI MA SANTÉ EST BONNE ? – Non, il fait trop chaud ici, et c'est un miracle que je n'y sois pas morte.

SI JE SUIS CALME ? – Plus que je ne l'ai été de ma vie.

SI JE RESTE ICI ? – J'y reviendrai, mais pour le moment je pars et vais embrasser mes enfants, dont l'absence est pour moi un tourment qui me rendrait folle si je le prolongeais.

Vous voyez que je subis très bien l'interrogatoire. Il y a un an, je vous aurais envoyé promener ; mais, depuis ce temps, j'ai acquis la certitude que vous étiez un homme *excellentissime*, et que votre amitié était solide comme un pont. Vous m'avez été bon ; je vous ai promis de ne pas l'oublier, et vous verrez que je ne l'oublie pas. [...]

George Sand à Jules Boucoiran

[Venise,] 19 juillet [1834].

[...] Ce voyage m'a menée bien plus loin que je ne pensais. Mon malheur l'a voulu ainsi, mais les causes qui pouvaient livrer ma vie au hasard sont à jamais détruites. J'en ai fini avec les passions. La dernière est celle qui m'a fait le plus de mal, mais c'est la seule dont je ne me repente pas, car il n'y a eu dans mes chagrins ni de ma faute ni de celle d'autrui. Vous dites que vous ne l'approuviez pas, mon ami. Il y a tant de choses entre deux amants dont eux seuls au monde peuvent être juges !

Quant à Planche, ce que vous me dites de son intimité avec Mme Dorval, qu'il exécrait il y a six mois, m'étonne tellement que je ne sais plus que penser de lui[203]. Vous me direz ce que vous en pensez vous-même, et pour quelles raisons vous n'avez pas approuvé mon amitié pour lui. Cela m'importe à savoir. Je suis en disposition de me méfier beaucoup, car ma bêtise et ma confiance m'ont laissé au cœur beaucoup d'écorchures.

Je partirai aussitôt que j'aurai reçu les mille francs. Fasse Dieu que ce ne soit pas plus tard que le 25. J'ai une impatience extrême de voir mes enfants. J'en suis malade, et par-dessus le marché la chaleur de vingt-cinq degrés qu'il fait ici m'incommode cruellement.

Mon cher enfant, je vous prie de mettre la clef de mon appartement dans une petite boîte ficelée et cachetée, et de la déposer vers le 10 août chez mon portier, afin que je la trouve en arrivant. Ayez la bonté d'y passer ce jour-là pour faire mettre de l'eau dans ma fontaine et de repasser de trois jours en trois jours pour la faire renouveler. [...] Faites faire mon lit et mettre tous les rideaux, propres ou sales, il n'importe. J'ai les yeux abîmés par le soleil et j'aurai grand besoin de trouver des appartements frais et sombres.

Adieu, je vous remercie d'aimer Maurice comme votre enfant. Vous savez que c'est une affection que je vous rends. Entre nous, c'est une chose qui ne variera pas et qui m'est bien douce au milieu de tous les chagrins *du d'ailleurs*. Je vous embrasse de toute mon âme.

[Adresse :]
Monsieur Jules Boucoiran
Passage Choiseul, 18
Paris.

Pietro Pagello, "Da Parigi a Genova"

Donc, au mois d'août, elle m'apprit qu'il lui était absolument nécessaire d'aller pour quelque temps à Paris. Les vacances s'approchaient. Ses deux enfants sortaient du collège et ils avaient coutume de se rendre avec elle à La Châtre, où elle passait l'automne avec son mari. En même temps, elle me marqua un grand désir de me voir l'accompagner, pour revenir ensuite à Venise ensemble. Je restai troublé et je lui dis que j'y penserais jusqu'au lendemain. Je compris du coup que j'irais en France et que j'en reviendrais sans elle ; mais je l'aimais au-delà de tout, et j'aurais affronté mille désagréments plutôt que de la laisser courir seule un aussi long voyage.

J'arrangeai pour le mieux mes affaires, afin de recueillir un peu d'argent. Le jour suivant, je lui dis que je l'accompagnerais, mais que j'exigeais d'habiter seul à Paris, et de n'être pas contraint de me rendre à La Châtre, voulant au contraire profiter de mon séjour dans cette grande capitale pour fréquenter les hôpitaux et en faire bénéficier ma profession. A l'accent un peu triste, mais décidé, avec lequel je prononçai ces paroles, elle me répondit : "Mon ami, tu feras ce qui te plaira le mieux." Je l'avais comprise et elle m'avait compris. A partir de ce moment-là, nos relations se changèrent en amitié, au moins pour elle. Moi, je voulais bien n'être qu'un ami ; mais je me sentais néanmoins amoureux…

George Sand à Casimir Dudevant

Milan, 30 juillet [1834].

[…] Je voyage à petites journées, la chaleur et le pauvre état de ma santé ne me permettent pas de faire cette longue route en diligence. Il y a quatre jours que j'ai quitté Venise. J'ai pris un voiturin et je m'arrête où je veux. J'ai vu le lac de Garde et le lac d'Iseo. Ce sont de bien belles choses. Mais je cherche en vain dans les Alpes, une nature aussi extraordinaire et aussi pittoresque qu'aux Pyrénées. On m'assure que je la trouverai au Simplon. Demain je verrai le lac Majeur. Je ferai un crochet en quittant la route du Simplon à Martigny pour voir le mont Blanc, et l'hospice du Mont-Saint-Bernard. Ce matin je me suis levée à quatre heures pour voir la cathédrale et le Museum, qui sont au nombre des plus belles choses du monde. Je vois enfin l'Italie ; jusqu'ici, ayant voyagé au cœur de l'hiver, et ayant passé tout le reste du temps à Venise entre le ciel et l'eau, je ne me doutais pas de ce que c'est que la richesse de ce pays. […] Cela me fait penser souvent que tu as raison en politique et que le meilleur des gouvernements est le gouvernement absolu[204].

Adieu mon ami, je te verrai donc dans une vingtaine de jours, ou dans un mois si la distribution est pour le 28. Je t'embrasse de tout mon cœur. Ecris-moi toujours au quai Malaquais 19.

[Adresse :]
Monsieur Dudevant
à La Châtre
Indre
France
par le pont de Beauvoisin.

George Sand, "Histoire de ma vie" (Ve partie, chap. III)

Je mis ordre aussitôt à mes affaires : je fis mes paquets, et je partis à la fin d'août[205] par une chaleur écrasante. J'ai toujours eu horreur des diligences. Je préférai prendre un voiturin qui, voyageant à petites journées, me permettait de parcourir à pied tout le beau pays, et de me servir de sa protection dans mes haltes. Mon conducteur était un fort brave homme qui n'avait pas peur des brigands, et que pour cela je pris sur sa mine ; car, à cette époque, c'était encore un des ennuis de l'Italie d'avoir à discuter avec les terreurs vraies ou fausses des voituriers et des aubergistes. Il fut convenu entre le *Carlone* et moi que nos étapes seraient invariablement fixées, quand même nous rencontrerions, comme cela m'était déjà arrivé, des bandes de paysans effarés nous criant de retourner sur nos pas. La police autrichienne était très bien faite, et ces paniques ressemblaient beaucoup à des mystifications. Je ne voulais pas qu'elles servissent de prétexte à des journées de surplus dans le voyage. Le Carlone me promit en riant d'aller toujours devant lui, et de bien rosser les brigands s'il en rencontrait.

Ce sobriquet de Carlone était caractéristique. On appelle ainsi la statue colossale de *San Carlo Borromeo*, placée au bord du lac Majeur. On sait que la terminaison en *one* exprime la grandeur ou la grosseur. Mon guide, étant milanais et d'une stature proportionnée à son embonpoint, avait reçu cet honorable surnom.

J'avais toujours gardé au fond de ma malle un pantalon de toile, une casquette et une blouse bleue, en cas de besoin, dans la prévision des courses dans les montagnes. Je pus donc dédommager mes jambes du long engourdissement des jours et des nuits de griffonnage et des promenades en gondole, et je fis une grande partie du voyage à pied. Je vis tous les grands lacs, dont le plus beau est, à mon sens, le lac de Garde ; je traversai le Simplon, passant en une journée de la chaleur torride du versant italien au froid glacial de la crête des Alpes, et retrouvant, le soir, dans la vallée du Rhône, une fraîcheur printanière. Je n'écris pas un voyage, je dirai donc seulement que celui-là fut pour moi un perpétuel ravissement. J'eus un temps admirable jusqu'au passage de la Tête-Noire entre Martigny et Chamonix. Là, un orage superbe me donna le plus beau spectacle du monde. Mais le mulet dont on m'avait persuadée de m'embarrasser ne voulant plus ni avancer ni reculer, je lui jetai la bride sur le cou, et, courant à l'aise, sur les pentes gazonneuses, j'arrivai à Chamonix avant la pluie, dont les gros nuages venaient lourdement derrière moi, faisant retentir les montagnes de roulements formidables et sublimes.

Je ne fis que deux rencontres dans tout ce voyage. La première fut celle d'Antonino, un petit perruquier que j'avais eu pour domestique à Venise, et que, voyant un excellent sujet, dévoué et intelligent, j'avais donné à Alfred de Musset pour l'accompagner à Paris. Il était convenu que, s'il ne lui plaisait pas de le garder, je le reprendrais à mon retour. Mais Antonino s'était senti pris de nostalgie, et il revenait à pied, à travers les

Alpes, quand, me rencontrant face à face, habillée moins élégamment, mais plus proprement que lui, reconnaissant ma figure et non pas ma personne travestie, il s'arrêta court, en s'écriant à la manière de son pays : *Ah ! par le sang de Diane !...*

Puis il vint me baiser la main, comme c'est la coutume de tout serviteur et même des garçons d'auberge en Italie, et je me mis à penser que, pour un passant, c'eût été un spectacle assez bizarre que celui de ce monsieur étriqué et râpé, ayant encore un reste de gants et un bout de chaîne d'or, baisant galamment la main d'un gamin en blouse, tous deux blancs de poussière de la tête aux pieds.

Le pauvre Antonino était dans une détresse complète. Ayant voulu quitter Paris sans être congédié, il n'avait pas dû prétendre au paiement de son voyage, et il revenait sans sou ni maille, traînant la semelle, mais toujours perruquier dans ses habitudes, car il sentait la pommade d'une lieue ; et toujours vénitien, car il aimait mieux demander l'aumône que de ne pas revoir sa chère cité.

Je m'amusai du récit de ses infortunes, car il parlait le vrai italien assez purement et d'une façon prétentieuse et divertissante, ne manquant jamais de dire *Venezia la bella* dans ses aspirations patriotiques, et se plaignant de la nation parisienne, *razza* essentiellement *sofistica*, selon lui.

Je lui donnai de quoi adoucir la rigueur de son voyage, et j'eus beaucoup de peine à le lui faire accepter ; car il ne comprenait pas que mon costume et mon état de piéton fussent un caprice de ma part, et il me disait : "Je vois bien que la mauvaise fortune a visité aussi la *signora*."

Il accepta enfin avec des larmes et les témoignages d'une sensibilité à la fois prétentieuse et naïve.

Ma seconde rencontre se divisa en deux parties. Au passage du Simplon, trois Anglais gravissaient devant moi la route escarpée. Le premier me regarda le dépasser sans trop souffler, et, s'arrêtant, me dit d'un air émerveillé : *Il est bien pénible !*

Sur le mont Blanc, les trois mêmes Anglais descendaient le sentier à pic comme je le gravissais. Je reconnus très bien le premier, qui passa en me saluant d'un air de connaissance, mais celui qui marchait derrière lui se contenta de me dire en soupirant d'un ton lugubre : *Il est bien pénible !*

Il est évident que, si j'avais rencontré ce trio une troisième fois, celui qui ne m'avait pas encore parlé m'aurait dit la même chose. [...]

Pietro Pagello, "Da Parigi a Genova"

J'eus, avec beaucoup de difficultés, un passeport, et je partis avec elle pour Milan sans prendre congé de mes parents ni de mes amis, et sans dire à personne si ni quand je reviendrais.

De Milan, j'écrivis à mon père :

"Je n'ai pas répondu à la lettre dans laquelle tu me blâmais de vivre avec une étrangère, pendant ma jeunesse, ruinant ma carrière, reniant publiquement ces principes de morale chrétienne qui me furent inculqués par la meilleure des mères ; je n'ai pas répondu à cette lettre parce que je ne savais pas me disculper et que je dédaignais de mentir avec de fausses promesses. Je te réponds aujourd'hui de Milan : je suis au dernier stade de ma folie et je dois le courir encore les yeux fermés, comme j'ai couru les autres. Demain, je pars pour Paris où je quitterai la Sand, et je reviendrai t'embrasser, digne de toi. Je suis jeune et je pourrai refaire ma carrière. Toi, ne cesse pas de m'aimer et écris-moi à Paris."

J'ai commencé mon histoire à contrecœur ; je la poursuis maintenant volontiers, parce que, à mesure que je la raconte, je me sens l'âme soulagée, comme celui qui confesse ses fautes. De Milan, nous allâmes, la Sand et moi, par Domo d'Ossola et le Simplon. Arrivés à Martigny, nous quittâmes la voiture et les bagages.

George Sand était en costume d'homme. A dos de mulet, nous avons franchi le col des Palmes et nous nous sommes transportés à Chamonix, où le jour suivant nous avons entrepris à pied l'ascension du mont Blanc avec une longue caravane d'Anglais, de Français, d'Allemands et d'Américains. Arrivés à la mer de Glace, après avoir examiné les fissures qui laissent voir l'épaisseur de la glace à quatre cents pieds de profondeur, après nous être réjouis de l'écho éclatant des Mortarets qui rebondissait avec un long hululement dans cette vallée désolée, hérissée de récifs de glace, parmi les neiges éternelles, nous sommes revenus à Chamonix, laissant quatre gentlemen anglais et un Américain poursuivre l'ascension jusqu'aux dernières aiguilles, avec leurs guides, et y passer la nuit. Plus tard je sus qu'un de ces jeunes gens avait perdu deux doigts de pied par suite de la gangrène de la gelée. – Le lendemain nous revenions à Martigny et de là nous nous mettions en route pour Genève.

A mesure que nous avancions, nos relations devenaient plus circonspectes et plus froides. Je souffrais beaucoup, mais je faisais mille efforts pour le cacher. George Sand était un peu mélancolique, et beaucoup plus détachée de moi. Je voyais douloureusement en elle une actrice assez coutumière de telles tromperies, et le voile qui me bandait les yeux commençait à s'éclaircir. Nous visitâmes Genève, marché de manufactures en or et en argent et en horlogerie. Mais ce qui me procura un grand plaisir, bien que je n'en pusse goûter pleinement aucun, ce furent ses délicieux environs, et tout d'abord le lac : il la côtoie d'une onde si limpide qu'on peut voir les poissons frétiller à trente pieds de profondeur, comme si on les avait dans la main. De plus, les bords du lac jusqu'à Lausanne sont un pays enchanté. Je n'oserais le décrire, d'abord parce que vous avez l'intention de le visiter, puis parce que Voltaire et spécialement Rousseau les ont dépeints, comme personne ne les dépeindra plus. Après six ou sept jours passés à Genève, nous remontâmes en diligence, et, par le Dauphiné et la Champagne, nous arrivâmes à Paris. A la station, George Sand trouva un de ses amis, M. Bouquerean [Boucoiran], qui l'accompagna chez elle, quai Voltaire, et moi à l'hôtel d'Orléans, rue des Petits-Augustins, dans une chambre du troisième étage à un franc cinquante par jour.

George Sand à Laure Fleury

[Paris,] 15 août [1834].

[...] Dans bien peu de jours je serai à Nohant. J'attends le 19 pour assister à la distribution des prix, et je pars aussitôt pour aller presser contre le plus joyeux cœur du monde mes deux filles, ma grosse et ma grande. Il y aurait bien ici l'occasion d'un charmant jeu de mots, sur l'épithète de grosse[206], mais je suis trop bête quand je suis heureuse, et je t'en fais grâce. Je suis ivre de joie d'avoir là mon fils qui dort à côté de moi ; il me semble que je rêve – et ma Solange ! – j'ai bien cru ne jamais les revoir, tant d'impatience me rendait malade et me jetait dans un découragement de corps et d'esprit, auquel s'ajoutaient agréablement trente degrés de chaleur d'Italie. Et mon brave Alphonse mon véritable frère, et ta mère qui est bien plus mienne que la mienne ! C'est auprès de vous, avec mes enfants sur mes genoux que je vais goûter les vraies joies, ô mes amis, aimez-moi bien, car vous êtes mon pays et ma famille. Adieu chère fille bien-aimée, je suis trop éreintée pour t'en dire davantage. […]

[Adresse :]
Madame la directrice de la poste
aux lettres
Indre
La Châtre.

George Sand à François Rollinat

Paris, 15 août [1834].

Mon ami,

J'ai reçu ta brave lettre du mois d'avril hier, en arrivant de Venise, où j'ai passé toute l'année. Je pars dans cinq ou six jours pour le pays, et j'espère que je te trouverai à Châteauroux ; tâche de ne pas être absent du 24 au 26, et de venir avec moi jusqu'à Nohant pour quelques jours, il le faut absolument pour que je sois complètement heureuse un jour dans ma vie. Je ne sais rien te dire de moi sinon que j'étais malade de l'absence de mes enfants, et que je suis ivre de revoir Maurice et impatiente de revoir Solange, que je t'aime comme un frère aussi vivement et aussi saintement, et que sous les belles étoiles de l'Italie je n'ai pas passé un soir sans me rappeler nos promenades et nos entretiens sous le ciel de Nohant. Je ne t'ai pas écrit ; il eût fallu te raconter ma vie entière. C'est un triste et long roman, que je n'avais pas le courage de retracer. Je te raconterai tout sous les arbres de mon jardin ou dans les traînes d'Urmont, ne me retire pas ce bonheur-là, mon ami, quelque affaire que tu aies. Songe que les affaires se retrouvent et que les jours heureux ne pleuvent pas pour nous. [...]

Adieu, mon ami. J'ai trois cent cinquante lieues dans le postérieur et une quarantaine dans les jambes, car j'ai traversé la Suisse à pied, plus un coup de soleil sur le nez et le teint couleur de brique. Ce qui fait que je suis charmante et qu'il est bien heureux pour toi que nous ne soyons qu'amis ; car je défie bien tout animal appartenant à notre espèce de ne point reculer d'horreur en me voyant. Ça m'est bien égal, j'ai le cœur rempli de joie.

Pietro Pagello, "Da Parigi a Genova"

Comme M. Boucoiran prenait congé de moi, las de corps et d'esprit, je me laissai tomber sur une chaise, et les coudes appuyés aux genoux, je frappai dans les mains, je me dis à moi-même : "Te voilà à Paris avec peu d'argent et une liaison dont il ne te reste qu'une amitié mal assurée. Elle succède en toi à une passion mal éteinte, en George Sand à un caprice satisfait et fini... Qui t'aidera et qui consolera tes douleurs solitaires ? Alors, machinalement, je me levai, et machinalement j'ouvris ma malle pour en tirer quelques vêtements ; et, tout en soulevant mon linge, je découvris un paquet que je connaissais bien, que je saisis et décachetai avec un grand respect. C'était le portrait de ma mère. Je le couvris de baisers et le plaçai sur une armoire qui faisait face au petit lit ; ainsi je pouvais le voir toujours. Et je restai longtemps à le contempler. Je me sentis renouvelé ; un courage spontané secourut mon âme abattue et une voix sembla me dire : "Tu retourneras dans ta patrie et tu y passeras des jours honorés et tranquilles ; ta conduite à venir tirera des enseignements de tes erreurs passées ; garde toujours dans ton esprit les principes que ta mère t'a fait sucer avec le lait ; – toutes les joies terrestres qui iront contre ces préceptes te rendront malheureux."

J'entendis frapper doucement à la porte de ma chambre ; j'ouvris… C'était George Sand avec M. Boucoiran, qui venaient me chercher pour m'emmener dîner comme nous en étions convenus. Cette visite m'arracha âprement à une tranquille joie de l'esprit, et j'en fus presque dégoûté. Je me ressaisis et je sortis avec eux. J'allai donc dîner chez George Sand qui m'offrait la plus gentille hospitalité. Elle me proposa comme ami, presque comme frère, à M. Boucoiran. Elle voulait partir avec ses deux petits enfants pour La Châtre le jour suivant et moi j'avais manifesté la ferme volonté de ne pas la suivre. La Sand voyait toute la singularité de ma position, tous les sacrifices que j'avais faits à son amour : ma clientèle perdue, mes parents quittés et moi exilé sans fortune, sans appui, sans espérance. Elle me regardait fixement bien en face, stupéfaite de me voir tranquille et presque sérieux. Le colloque spirituel que je venais d'avoir avec ma mère m'avait rendu une paix que je ne connaissais plus depuis longtemps. Cette femme à l'œil de lynx épiait mon cœur ; mais elle en avait perdu le secret. Au milieu même de ses égarements, tous consécutifs d'un premier faux pas, elle gardait un cœur de femme tendre, compatissant, industrieux pour les malheureux et intrépide pour le sacrifice…

Pietro Pagello à son père

[Paris, 18 août 1834.]

Hier soir je fus [...] à un théâtre où l'on jouait la pièce de *Marguerite de Bourgogne*. Les acteurs sont excellents et meilleurs que les nôtres ; les costumes sont copiés avec une grande fidélité et beaucoup de pittoresque, mais je ne saurais m'habituer à entendre l'orchestre jouer un motet avec des fifres et des violons toutes les fois qu'un personnage nouveau entre en scène : cela interrompt le fil des idées. Malgré tout cela, je fus très satisfait du spectacle. […]

Alfred de Musset à George Sand[207]

[Paris, 18 août 1834.]

Georgette, hier en te quittant, j'ai demandé à ma mère de quoi aller aux Pyrénées. Elle me le donne, et je pars dans quatre jours. Personne n'en saura la cause ; mais je n'éprouve ni crainte ni fausse honte en te la disant. J'ai trop compté sur moi en voulant te revoir, et j'ai reçu le dernier coup.

J'ai à recommencer la triste tâche de cinq mois de lutte et de souffrance, je vais mettre une seconde fois la mer et les montagnes entre nous. Ce sera la dernière épreuve ; je sais ce qu'elle me coûtera ; mais mon père de là-haut[208] ne m'appellera pas lâche quand je paraîtrai devant lui. J'aurai tout fait pour tenter de vivre. J'attendrai de l'argent là-bas, et si Dieu le permet, je reverrai ma mère, mais je ne reverrai jamais la France.

Je t'ai vue heureuse ; je t'ai entendu dire que tu l'étais. Il m'eût été doux de rester votre ami, et que la douce joie de vos âmes eût été hospitalière envers ma douleur. Mais le destin ne pardonne pas.

Le monde saura mon histoire ; je l'écrirai ; elle ne servira peut-être à personne. Mais ceux qui suivent la même route que moi verront où elle mène ; ceux qui marchent sur le bord de l'abîme pâliront peut-être en m'entendant tomber.

C'était là ma mission. Ne crains jamais que je t'accuse, toi par qui je l'ai accomplie ! Tu devais être ma mort ou ma vie ; ton choix est juste ; c'en est fait de moi.

Le jour où j'ai quitté Venise, tu m'as donné une journée entière. Je pars aujourd'hui pour toujours, je pars seul, sans un compagnon, sans un chien. Je te demande une heure et un dernier baiser. Si tu crains un moment de tristesse, si ma demande importune Pierre, n'hésite pas à me refuser. Ce sera dur, mais je ne m'en plaindrai pas. Mais si tu as du courage, reçois-moi seule, chez toi ou ailleurs, où tu voudras. Pourquoi craindrais-tu d'entendre hautement la voix solennelle de la Destinée ?

N'as-tu pas pleuré hier, lorsqu'elle nous a murmuré à cette fenêtre entrouverte, ce triste air de ma pauvre Walse ? Ne pense pas retrouver jamais en moi, ni orgueil offensé, ni douleur importune. Reçois-moi sur ton cœur, ne parlons ni du passé, ni du présent, ni de l'avenir ; que ce ne soit pas l'adieu de M. un tel et de Mme une telle. Que ce soient deux âmes qui ont souffert, deux intelligences souffrantes, deux aigles blessés qui se rencontrent dans le ciel, et qui échangent un cri de douleur, avant de se séparer pour l'éternité. Que ce soit un embrassement, chaste comme l'amour céleste, profond comme la douleur humaine. O ma fiancée ! pose-moi doucement la couronne d'épines ; et adieu ! Ce sera le dernier souvenir que conservera ta vieillesse, d'un enfant qui n'y sera plus.

ALFRED.

Alfred de Musset à François Buloz

[Paris,] lundi 18 [août 1834].

Mon ami, ma mère me donne de quoi aller aux Pyrénées, et je vais partir. Dites-moi si vous croyez pouvoir, quand je serai là-bas, m'envoyer quelque argent. J'y vais pour travailler ; je vous donnerai d'abord les vers que je vous ai promis, vous aurez ensuite et bientôt mon roman. Je m'engagerai, si vous voulez, à un dédit pour une époque que vous fixerez, et à laquelle vous recevrez le manuscrit entier, à moins de maladie grave, auquel cas tout vous sera fidèlement rendu. Répondez-moi un mot ou venez me voir si vous avez le temps. Mais, tout de suite, car je ne serai pas ici vendredi.

T[ou]t à v[ou]s.

ALF^D DE MUSSET.

George Sand à Alfred de Musset[209]

[Paris, 18 août 1834[210]*.]*

Oui, il faut nous quitter pour toujours. Il est inquiet et il n'a pas tort, puisque tu es si troublé[211], et il voit bien que cela me fait du mal. Est-il possible, mon Dieu, que cela ne m'en fasse pas ? Mais je pars pour Nohant, moi. Je vas passer là les vacances de mes enfants. Je ne veux pas que tu t'exiles à cause de moi. Je *lui* ai tout dit. Il comprend tout, il est bon. Il veut que je te voie sans lui, une dernière fois et que je te décide à rester, au moins jusqu'à mon retour de Nohant. Viens donc chez moi, je suis trop malade pour sortir et il fait un temps affreux.

Ah ! ton amitié, ta chère amitié, je l'ai donc perdue puisque tu souffres auprès de moi !

[Adresse :]
M. Alfred de Musset
rue de Grenelle Saint Germain, 59.

Alfred de Musset à George Sand

Paris, 19 (?) août 1834.

C'est trop, ou trop peu. Manques-tu de courage ? Revoyons-nous, je t'en donnerai. Parle ou ne parle pas ; les lèvres des hommes n'ont pas de paroles que je ne puisse entendre sans crainte. Tu me dis que tu ne crains pas de blesser Pierre en me voyant ; quoi donc alors ? Ta position n'est pas changée ? Mon amour-propre, dis-tu ? Ecoute, écoute, George, si tu as du cœur, rencontrons-nous quelque part, chez moi, chez toi, au Jardin des plantes, au cimetière, au tombeau de mon père[212] (c'est là que je voulais te dire adieu), ouvre ton cœur, sans arrière-pensée, écoute-moi te jurer de mourir avec ton amour dans le cœur ; un dernier baiser et adieu ! Que crains-tu ? ô mon enfant, souviens-toi de ce triste soir à Venise, où tu m'as dit que tu avais un secret. C'était à un jaloux stupide que tu croyais parler ; non, mon George, c'est à un ami ; c'est la Providence qui changea tout à coup l'homme à qui tu parlais. Rappelle-toi cela ; au milieu de cette vie de misère et de souffrances, Dieu m'accorde peut-être la consolation de t'être bon à quelque chose. Sois-en sûre, oui, je le sens là, je ne suis pas ton mauvais génie. Qui sait ce que le ciel veut de nous ? Peut-être suis-je encore destiné à te rendre encore une fois le repos. Songe que je pars, mon enfant, ne fermons pas légèrement des portes éternelles.

Eh puis ! Avoir tant souffert, pendant ces cinq mois, partir pour souffrir plus encore, partir pour toujours, te savoir malheureuse, quand j'ai tout perdu pour te voir tranquille, et pas un adieu ! ah ! c'est trop, c'est trop. Je suis bien jeune, mon Dieu ; qu'ai-je donc fait ?

[Adresse :]
Madame Sand.

Alfred de Musset à George Sand

[Paris, 19 août 1834.]

Je te remercie de m'accorder ma demande. Quant à ma résolution de partir, n'en parlons pas, elle est irrévocable. Je l'ai prise hier soir en me couchant ; ce matin j'ai ouvert ma fenêtre, et j'ai regardé le soleil ; lui-même, du haut des sphères célestes, il n'avait rien vu qui pût la changer. Quoique tu m'aies connu enfant, crois aujourd'hui que je suis homme. Je ne m'abuse sur rien ; je ne crains ni n'espère rien ; que je sois au désespoir, cela est possible ; mais ce n'est pas le désespoir qui agit en moi, c'est moi qui le sens, qui le calcule, et qui agis sur lui. Je t'en prie, pas un mot là-dessus et ne crains pas qu'il m'échappe rien. Tu me dis que je me trompe sur ce que j'éprouve[213]. Non, je ne me trompe pas. J'éprouve le seul amour que j'aurai de ma vie. Je te le dis franchement et hautement, parce que j'ai raisonné avec cet amour-là jour par jour, minute par minute, dans la solitude et dans la foule, depuis cinq mois ; que je sais qu'il est invincible, mais que tout invincible qu'il est, ma volonté le sera aussi. Ils ne peuvent se détruire l'un l'autre ; mais il dépend de moi de faire agir l'un plutôt que l'autre. Ne te donne pas la peine de penser à tout cela ; il y a longtemps que j'y pense. Lorsque j'ai risqué de te voir, j'avais calculé toutes les chances ; celle-là est sortie. Ne t'en afflige pas, surtout, et sois sûre qu'il n'y a pas dans mon cœur une goutte d'amertume. J'ai écrit à Buloz, et je dîne avec lui aujourd'hui, pour causer d'affaire, afin d'avoir de l'argent là-bas. Il est probable que j'irai d'abord à Toulouse, chez mon oncle (dont je t'ai souvent parlé), de là aux Pyrénées ; et, de là dans un mois ou deux, à Cadix par eau.

Ecris-moi quand tu veux que je te voie ; je pars mercredi, jeudi au plus tard. Adieu, ma bien-aimée Georgette.

Ton enfant,

ALFRED.

[Adresse :]
Madame Sand
n° 19,
Quai Malaquais.

George Sand à Sainte-Beuve

[Paris,] mercredi [20 août 1834].

Mon ami, je vous remercie de votre aimable envoi. Je vous offrirai *Jacques*, aussitôt que l'inflexible Buloz voudra bien m'en donner un exemplaire. Je ne vous ai pas vu pour ainsi dire, ces saint-simoniens se sont mis entre nous. J'avais pourtant bien à vous parler. Je suis triste à la mort et je ne sais pas vraiment si je sortirai de cette affreuse crise du sixième lustre. Venez me voir, ce soir, si vous pouvez. Je vais partir, je veux vous dire adieu. Apportez-moi quelque bonne parole de consolation et d'amitié.

A vous.

GEORGE.

[Adresse :]
Monsieur de Sainte Beuve
rue du Montparnasse, 1 ter
Paris.

George Sand à Gustave Papet

[Paris, 21 (?) août 1834[214]*.]*

Viens me voir. Je suis dans une douleur affreuse. Viens me donner une éloquente poignée de main, mon pauvre ami. Ah ! si je peux guérir de l'amour, je payerai toutes mes dettes à l'amitié, car je l'ai négligée et elle ne m'a pas abandonnée. J'ai retrouvé la lettre et les bagues[215]. Je veux te parler. Tâche de m'avoir cette lettre que Jules voulait m'écrire[216] ; elle me ferait du bien ; j'ai tant de plaies ; c'en sera une de fermée.

Jeudi.

[Adresse :]
Gustave Papet
rue de Seine, 49.

Alfred de Musset à George Sand

[Paris, 23 (?) août 1834.]

Je t'envoie un dernier adieu, ma bien-aimée, et je te l'envoie avec confiance, non sans douleur, mais sans désespoir. Les angoisses cruelles, les luttes poignantes, les larmes amères ont fait place en moi à une compagne bien chère, la pâle et douce mélancolie. Ce matin, après une nuit tranquille, je l'ai trouvée au chevet de mon lit, avec un doux sourire sur les lèvres ; c'est l'amie qui part avec moi. Elle porte au front ton dernier baiser. Pourquoi craindrais-je de te le dire ? n'a-t-il pas été aussi chaste, aussi pur que ta belle âme, ô ma bien-aimée ? Tu ne te reprocheras jamais ces deux heures si tristes que nous avons passées. Tu en garderas la mémoire. Elles ont versé sur ma plaie un baume salutaire. Tu ne te repentiras pas d'avoir laissé à ton pauvre ami un souvenir qu'il emportera et que toutes les peines et toutes les joies futures trouveront comme un talisman sur son cœur entre le monde et lui. Notre amitié est consacrée, mon enfant. Elle a reçu hier, devant Dieu, le saint baptême de nos larmes. Elle est immortelle comme lui. Je ne crains plus rien ni n'espère plus rien. J'ai fini sur la terre. Il ne m'était pas réservé d'avoir un plus grand bonheur. Eh bien, ma sœur chérie, je vais quitter ma patrie, ma mère, mes amis, le monde de ma jeunesse ; je vais partir seul, pour toujours, et je remercie Dieu. Celui qui est aimé de toi ne peut plus maudire, George. Je puis souffrir encore maintenant ; mais je ne peux plus maudire.

Quant à nos rapports à venir, tu décideras seule, sur quoi que ce soit qui regarde ma vie, parle, dis un mot, mon enfant, ma vie est à toi. Ecris-moi d'aller mourir en silence dans un coin de la terre à trois cents lieues de toi, j'irai. Consulte ton cœur, si tu crois que Dieu te le dit, tâche de défendre notre pauvre amitié ; réserve-toi de pouvoir encore m'envoyer de temps en temps une poignée de main, un mot, une larme. Hélas ! ce sont là tous mes biens. Mais si tu crois devoir sacrifier notre amitié, si mes lettres, même hors de France, troublent ton bonheur, mon enfant, ou seulement ton repos, n'hésite pas. Oublie-moi. Je te le dis, je puis souffrir beaucoup sans me plaindre, à présent.

Sois heureuse, à tout prix. Oh ! sois heureuse, bien-aimée de mon âme ! Le temps est inexorable, la mort avare, les dernières années de la jeunesse s'envolent plus rapidement que les premières. Sois heureuse, ou, si tu ne l'es pas, tâche d'oublier qu'on peut l'être. Hier, tu me disais qu'on ne l'était jamais. Que t'ai-je répondu ? Je n'en sais rien. Hélas ! ce n'est pas à moi d'en parler. Les condamnés à mort ne renient pas leur Dieu.

Sois heureuse, aie du courage, de la patience, de la pitié ; tâche de vaincre un juste orgueil, rétrécis ton cœur, mon grand George, tu en as trop pour une poitrine humaine. Mais si tu renonces à la vie, si tu te retrouves jamais seule en face du malheur, rappelle-toi le serment que tu m'as fait : "Ne meurs pas sans moi." Souviens-t'en, souviens-t'en, tu me l'as promis devant Dieu.

Mais je ne mourrai pas, moi, sans avoir fait mon livre, sur moi et sur toi (sur toi surtout). Non, ma belle, ma sainte fiancée, tu ne te coucheras pas dans cette froide terre sans qu'elle sache qui elle a portée. Non, non, j'en jure par ma jeunesse et par mon génie, il ne poussera sur ta tombe que des lis sans tache ; j'y poserai de ces mains que voilà ton épitaphe en marbre plus pur que les statues de nos gloires d'un jour. La postérité répétera nos noms comme ceux de ces amants immortels qui n'en ont plus qu'un à eux deux, comme Roméo et Juliette, comme Héloïse et Abélard[217] ; on ne parlera jamais de l'un sans parler de l'autre. Ce sera là un mariage plus sacré que ceux que font les prêtres ; le mariage impérissable et chaste de l'Intelligence. Les peuples futurs y reconnaîtront le symbole du seul Dieu qu'ils adoreront ; quelqu'un n'a-t-il pas dit que les révolutions de l'esprit humain avaient toujours des avant-coureurs qui les annonçaient à leur siècle ! Eh bien, le siècle de l'Intelligence est venu. Elle sort des ruines du monde, cette souveraine de l'avenir : elle gravera ton portrait et le mien sur une des pierres de son collier. Elle sera le prêtre qui nous bénira, qui nous couchera dans la tombe comme une mère y couche sa fille le soir de ses noces ; elle écrira nos deux chiffres sur la nouvelle écorce de l'arbre de la vie ; je terminerai ton histoire par mon hymne d'amour ; je ferai un appel du fond d'un cœur de vingt ans, à tous les enfants de la terre ; je sonnerai aux oreilles de ce siècle blasé et corrompu, athée et crapuleux, la trompette des résurrections humaines, que le Christ a laissée aux pieds de sa croix. Jésus ! Jésus ! et moi aussi, je suis fils de ton père ! Je te rendrai les baisers de ma fiancée ; c'est toi qui me l'as envoyée, à travers tant de dangers, tant de courses lointaines, qu'elle a courus pour venir à moi. Je nous ferai, à elle et à moi, une tombe qui sera toujours verte, et peut-être les générations futures répéteront-elles quelques-unes de mes paroles, peut-être béniront-elles un jour ceux qui auront frappé avec le myrte de l'amour aux portes de la liberté.

Alfred de Musset à George Sand

[Paris, 24 (?) août 1834.]

Je m'aperçois, mon enfant, que ce que je t'avais demandé n'est pas chez toi ; je ne sais pourquoi tu me renvoies ces oripeaux des anciens jours de joie ; si tu n'en voulais pas, il fallait les jeter par la fenêtre.

Il me semble comprendre à ta lettre que nous ne nous verrons plus avant ton départ et le mien. Je pars lundi ; ma place est retenue dans la malle-poste de Strasbourg[218]. Les derniers mots de ton billet ont l'air d'un adieu, et un mot de notre dernière conversation m'a presque ôté le courage de t'en dire un autre. Je suis étonné qu'il reste dans mon cœur de la place pour une souffrance nouvelle. Qu'il en soit ce qui plaît à Dieu.

[Adresse :]
Madame Sand.

Franz Liszt à Marie d'Agoult

[Paris,] 25 août 1834.

[...] Mme Sand est arrivée ces jours derniers. Alfred de Musset m'en a beaucoup parlé avant-hier. Il doit me présenter chez elle s'il la revoit. En attendant il part pour visiter les bords du Rhin. [...]

Honoré de Balzac à Mme Hanska

[Paris,] 26 [(?) août 1834].

[…] Avant-hier, Mme Sand ou Dudevant, revenue d'Italie, m'a rencontré au foyer de l'Opéra, et nous avons fait deux ou trois tours ensemble[219]. Je devais déjeuner avec elle ; je n'y suis pas allé. Aujourd'hui, j'ai donné à déjeuner à Sandeau qui me disait que le lendemain de son abandon par cette femme, il avait pris une telle quantité d'acétate de morphine que son estomac ne l'avait pu supporter, et il l'a rendue sans qu'il y ait eu la moindre absorption. J'ai été fâché de ne pas avoir eu les confidences de Mme George Sand. Il le regrettait aussi, lui, Jules Sandeau. Le pauvre garçon est bien malheureux en ce moment. […]

George Sand à Jules Boucoiran

[Nohant, 31 août 1834.]

Mon cher petit enfant, je suis arrivée très lasse et assez malade, je vais mieux. Maurice va bien. Tous mes amis, Papet, Fleury, Charles Duvernet et Dutheil sont venus me voir le lendemain, et le surlendemain ils sont venus dîner avec Mme Decerfz, Jules Néraud et les Manjant. J'ai éprouvé un grand plaisir à me retrouver là. C'était un adieu que je venais dire à mon pays et à tous les souvenirs de ma jeunesse et de mon enfance, car vous avez dû le comprendre et le deviner, ma vie est odieuse, perdue, impossible, et je veux en finir absolument avant peu[220].

Nous en reparlerons. En attendant, je veux vous remercier de l'amitié éternelle, constante, infatigable que vous avez pour moi. J'aurais été heureuse, si je n'eusse rencontré que des cœurs comme le vôtre. Dans ce moment, vous comblez de soins et de services mon ami Pagello. J'en suis plus reconnaissante que si c'était à moi-même que ces soins s'adressent. Pagello est un brave et digne homme, de votre trempe, bon et dévoué comme vous. Je lui dois la vie d'Alfred et la mienne. Quant à la mienne, je sais bien l'usage que je vais en faire, quant à celle d'Alfred, rien ne peut la payer. Pagello a le projet de rester quelques mois à Paris, sans moi ou sans vous cela lui serait difficile. Je vous le confie et je vous le lègue, car dans l'état de maladie violente où est mon esprit, je ne sais point ce qui peut m'arriver, et il est bien possible que je ne retourne point à Paris de sitôt. C'est pourquoi, craignant de ne jamais revoir ce brave garçon, qui repartira peut-être bientôt pour son pays, je l'invite (avec l'agrément de M. Dudevant qui est devenu fort aimable) à venir passer huit ou dix jours ici. Je ne sais s'il acceptera. Joignez-vous à moi pour qu'il me fasse ce plaisir, non en lui lisant ma lettre dont la tristesse l'affecterait mais en lui conseillant ce petit voyage qui pourra être agréable pour lui et qui me donnera l'occasion de lui témoigner une amitié malheureusement stérile et prête à descendre au tombeau.

J'aurai à causer longuement avec vous et à vous charger de l'exécution de volontés sacrées. Ne me sermonnez pas d'avance. Quand nous aurons parlé ensemble une heure, quand je vous aurai fait connaître l'état de mon cerveau et de mon cœur, vous direz avec moi qu'il y a paresse et lâcheté à essayer de vivre depuis si longtemps, quand je devrais en avoir fini déjà. Le moment n'est pas venu de nous expliquer à cet égard. Il viendra bientôt.

Si Pagello se décide à venir, donnez-lui les instructions nécessaires et faites-le partir vendredi prochain. Si vous pouviez l'accompagner… mais je n'ose espérer que vous soyez libre, cela me ferait beaucoup de bien, c'est pourquoi je ne m'en flatte pas. Dites-lui son itinéraire et ce qu'il a à faire à Châteauroux, où l'on arrive à quatre heures du matin pour en repartir à six, par la voiture de La Châtre, expliquez-lui cela car chez Suart, on est peu prévenant et peu affable pour les voyageurs de passage.

J'ai besoin de tabac à fumer ; envoyez-m'en deux livres avec une douzaine de livrets à faire des cigarettes. Choisissez du même *levant* chez le même marchand et mettez-moi cela à la diligence tout de suite. Si vous êtes gentil, je l'aurai dans quatre jours. Sinon, je passerai des journées d'ennui et de désappointement au milieu de mes camarades qui fument avec moi du matin au soir, et qui ne fument qu'à cause de la bonté de mon tabac. Dites à Pagello d'apporter sa pipe, mais n'attendez pas qu'il se décide pour m'envoyer ce que je vous demande. Il n'y a plus que cela qui soutienne mes nerfs et mon cerveau dans un état de force et d'excitation. Adieu mon ami. Votre vieille mère va mal. Brûlez ma lettre. Faites dire à mon propriétaire qu'il est probable que je garderai l'appartement. A quoi bon changer pour le peu de temps que je veux passer en ce monde ? Cependant certains souvenirs me rendent cette chambre terrible. Je ne sais pas. Faites-la toujours voir, je ne veux m'engager à rien. Je crains d'y mourir plus tristement qu'ailleurs. O mon enfant ! quelles années que ces trente années qui sont derrière moi. Adieu j'ai la fièvre. Solange est charmante, je ne peux pas l'embrasser sans pleurer.

Faites carder mes matelas ; je ne veux pas être mangée aux vers de mon vivant.

Pietro Pagello, "Da Parigi a Genova"

Nous en étions à prendre congé l'un de l'autre pour nous revoir dans trois mois ; mais elle croyait que peut-être nous ne nous reverrions plus et, sans manifester ce doute qui dans ce moment lui était pénible, elle redoubla avec moi de courtoisies et d'offres, me priant de ne pas abandonner aussitôt l'occasion que je trouvais à Paris de cultiver les études de ma profession. Aucune mère n'aurait parlé avec une affection plus raisonnée. J'en fus touché au fond de l'âme.

Pour faire ce voyage, j'avais recueilli le peu d'argent que j'avais pu et vendu quelques objets précieux. De plus, j'avais expédié d'avance à Paris quatre tableaux à l'huile de Zuccarelli pour les vendre et pouvoir demeurer quelques mois dans la capitale de la France. – George Sand, avec son exquise courtoisie, me dit alors : "Les tableaux partiront avec moi demain pour La Châtre, où un amateur de mes amis en fera sûrement l'acquisition ; aussi je te prie de me laisser le soin de cette affaire et de vivre tranquille. Dans peu de jours, mon excellent Boucoiran, que je te laisse en place de frère, t'en comptera l'argent." Je répondis à tout cela par une poignée de main qui fut comprise comme le plus éloquent discours. Le matin suivant, Boucoiran frappait à ma porte et me trouvait préparé à le suivre au secrétariat de l'Hôtel-Dieu. On me délivra un permis de pratique pour tous les grands hôpitaux de Paris. Ayant visité l'Hôtel-Dieu et ensuite la Charité, où je fus présenté à Lisfrane, qui m'accueillit avec grande courtoisie, j'allai avec mon Mentor faire une visite d'un autre genre à M. Buloz, savoyard, directeur de *La Revue des Deux Mondes*. Boucoiran portait un gros paquet et il le lui remit ; c'était le second volume de *Jacques*, écrit chez moi à Venise. "Elle est donc arrivée ? dit Buloz. – Oui, répondit Boucoiran. – Depuis quand ? – Depuis deux jours. – Cette diablesse de femme me fait devenir fou ; voici un volume que j'attends depuis un mois ! Mais on m'a dit qu'elle s'était entortillée dans un nouvel amour avec un comte italien." Boucoiran sourit et moi je rougis. Buloz demeura comme une statue ; pendant ce temps-là, je me détournai pour regarder quelques estampes qui ornaient la pièce, et Boucoiran dit quelques mots à l'oreille de Buloz ; après quoi celui-ci, qui m'avait à peine remarqué, prit ses lunettes et, me regardant avec discrétion et courtoisie du seul œil qui lui restait, me fit les plus gracieuses questions, les offres les plus courtoises, et finit par me donner une carte avec laquelle je pouvais entrer, en qualité de journaliste, dans quelque théâtre ou spectacle que ce fût. *[Illisible.]* puis je pris congé, en souriant de mon importance littéraire. La carte équivalait à une nomination de journaliste.

Buloz est une célébrité connue de tout Paris ainsi que des deux mondes où rayonne son fameux journal. Ici je ne puis m'abstenir de signaler ce qui me fut le plus agréable : qu'il m'ait offert de travailler à sa revue, me sachant collaborateur de George Sand pour les *Lettres d'un voyageur.* Il me donna de curieux éclaircissements sur le groupe littéraire qu'il présidait. Je lui reconnus un tact très fin, des manières franches, un excellent cœur et un rare bon sens.

[...] Je vous jure que Buloz, à son bureau, est un véritable imprésario d'opéra. Il a ses ténors, ses *prime done*, ses *contralti*, ses basses, ses secondes parties et ses chœurs, c'est une joie que de voir cet homme s'agiter avec sa *virtuose canaille* et suivant les convenances particulières de chacun. Ils sont excellemment payés selon leur catégorie, mais ils sont presque tous en dettes de travaux.

La table de Buloz est toujours couverte de lettres, de billets, de sollicitations de toute sorte, pour de l'argent, de l'argent, de l'argent, et cela contre la seule garantie de l'argument d'un article, d'une histoire, d'un récit encore gisant dans l'esprit de l'auteur – qui promet de le livrer dans quinze jours, un mois, un an… Je me suis convaincu qu'en général il vaut mieux connaître de loin les célébrités littéraires : j'ai su des choses à confondre, sur la vie privée de ces monstres de grands hommes. Figurez-vous Chateaubriand, le plus grand, le plus moral des poètes français de ce siècle : il joue et il perd dans une nuit, par anticipation, une édition nouvelle de ses œuvres… Il se fait bâtir une maison délicieuse, tout incrustée de marbres rapportés de Grèce : il la perd également au jeu.

Et connaissez-vous les désordres financiers de Lamartine ? Je vous dis qu'à peu près tous sont dans le même genre.

Je trouvai à Paris une paix dont je ne jouissais pas depuis longtemps. Boucoiran fut mon mentor et mon ange tutélaire. Huet, Lisfrane, Amussat, trois illustres médecins, me prodiguèrent les amabilités et m'aidèrent à acquérir de nouvelles lumières dans les sciences médicales. Et de funestes pensées survenaient pour me travailler l'esprit, lorsque de ce monde bruyant et agité je passais dans la solitude de ma chambrette ; le portrait de ma mère m'inspirait des paroles d'inexprimable consolation et je trouvais le courage de défier ma pauvreté et mon ténébreux avenir.

Peu de temps après, une lettre de George Sand m'annonçait la vente de mes tableaux pour mille cinq cents francs. Je crus être devenu un Rothschild, et dans l'extase de la joie je courus me procurer une boîte d'instruments de chirurgie avec quelques livres nouveaux pour mon état. Un nouvel envoi de cinq cents francs qu'elle me fit quelques jours après me mit en mesure de payer tout et de vivre sobrement pendant un mois encore, réservant les cinq cents francs supplémentaires qu'elle-même devait m'apporter pour retourner à Venise.

Passeport d'Alfred de Musset

Vu au ministère des Affaires étrangères. Paris, 20 août 1834.

Vu pour Francfort et les bords du Rhin. Paris, 20 août 1834. Préfecture de police.

Vu à la légation de Bade. Paris, 21 août 1834.

Vu à la légation des villes libres d'Allemagne. Paris, 21 août 1834.

Vu pour les eaux de Bade. Strasbourg, 28 août 1834.

Baden, 30 August 1834. – *[Illisible.]*

Alfred de Musset à George Sand

Baden, 1er septembre [1834].

Voilà huit jours que je suis parti[221], et je ne t'ai pas encore écrit. J'attendais un moment de calme, il n'y en a plus. Je voulais t'écrire doucement, tranquillement, par une belle matinée, te remercier de l'adieu que tu m'as envoyé[222], il est si bon, si triste si doux ; ma chère âme, tu as un cœur d'ange. Je voulais te parler seulement de mon amour, ah Georges *[sic]*, quel amour ! jamais homme n'a aimé comme je t'aime. Je suis perdu, vois-tu, je suis noyé, inondé d'amour ; je ne sais plus si je vis, si je mange, si je marche, si je respire, si je parle ; je sais que j'aime. Ah ! si tu as eu toute ta vie une soif de bonheur inextinguible, si c'est un bonheur d'être aimée, si tu l'as jamais demandé au ciel, oh toi, ma vie, mon bien, ma bien-aimée ! regarde le soleil, les fleurs, la verdure, le monde ! tu es aimée, dis-toi cela ; autant que Dieu peut être aimé par ses lévites, par ses amants, par ses martyrs, je t'aime, ô ma chair et mon sang ! je meurs d'amour, d'un amour sans fin, sans nom, insensé, désespéré, perdu, tu es aimée, adorée, idolâtrée jusqu'à mourir ! Et non ! je ne guérirai pas. Et non, je n'essayerai pas de vivre ; et j'aime mieux cela, et mourir en t'aimant vaut mieux que de vivre. Je me soucie bien de ce qu'ils en diront. Ils disent que tu as un autre amant. Je le sais bien, j'en meurs. Mais j'aime, j'aime, j'aime. Qu'ils m'empêchent d'aimer !

Vois-tu, lorsque je suis parti, je n'ai pas pu souffrir ; il n'y avait pas de place dans mon cœur ; j'étais couvert de tes baisers[223] ; je t'avais tenue dans mes bras, ô mon corps[224] adoré ! Je t'avais pressée sur cette blessure chérie. Je suis parti sans savoir ce que je faisais ; je ne sais si ma mère était triste, je crois que non : je l'ai embrassée, je suis parti, je n'ai rien dit ; j'avais le souffle de tes lèvres sur les miennes, je te respirais encore. Ah ! George, tu as été tranquille et heureuse là-bas. Tu n'avais rien perdu. Mais sais-tu ce que c'est que d'attendre un baiser cinq mois ! Sais-tu ce que c'est pour un pauvre cœur, qui a senti pendant cinq mois, jour par jour, heure par heure, la vie l'abandonner, le froid de la tombe descendre lentement dans la solitude, la mort et l'oubli tomber goutte à goutte comme la neige, sais-tu ce que c'est pour un cœur serré jusqu'à cesser de battre, de se dilater un moment, de se rouvrir comme une pauvre fleur mourante, et de boire encore une goutte de rosée vivifiante ? O mon Dieu, je le sentais bien, je le savais, il ne fallait pas nous revoir. Maintenant c'est fini ; je m'étais dit qu'il fallait revivre, qu'il fallait prendre un autre amour, oublier le tien, avoir du courage. J'essayais, je tentais du moins. Mais maintenant, écoute, j'aime mieux ma souffrance que la vie ; tu m'as permis de t'aimer, vois-tu, tu te rétracterais que cela ne servirait à rien ; tu veux bien que je t'aime ; ton cœur le veut, tu ne diras pas le contraire, et moi, je suis perdu. Vois-tu, je ne réponds plus de rien.

Qu'est-ce que je viens faire, dis-moi, là ou là ? Qu'est-ce que cela me fait tous ces arbres, toutes ces montagnes, tous ces Allemands qui passent sans me comprendre, avec leur galimatias ? Qu'est-ce que c'est que cette chambre d'auberge ? Ils disent que cela est beau, que la vie est charmante, la promenade agréable, que les femmes dansent, que les hommes fument, boivent, chantent, et les chevaux s'en vont en galopant. Ce n'est pas la vie, tout cela, c'est le bruit de la vie. Ecoute, George : plus rien, je t'en prie, pas un mot pour me dissuader ; pas de consolation, pas de jeunesse de gloire, d'avenir, d'espérance, pas de conseils, pas de reproches. Tout cela me fait penser que je suis jeune, que j'ai cru au bonheur, que j'ai une mère ; tout cela me donne envie de pleurer, et je n'ai plus de larmes. Je ne suis pas un fou, tu le sais, je lutterai tant que je pourrai. J'ai de la force encore ; mais de la force, mon Dieu ! à quoi sert d'en avoir, quand elle se tourne elle-même contre l'homme ? rien, rien. Je t'en supplie, ne me fais pas souffrir, ne me rappelle pas à la vie. Je te promets, je te jure de lutter, si je puis. Ne me dis pas que je t'écris dans un moment de fièvre ou de délire, que je me calmerai, voilà huit jours que j'attends un quart d'heure de calme, un seul moment pour t'écrire. Je le sais bien que je suis jeune, que j'ai fait naître des espérances dans quelques cœurs aimants, je sais bien qu'ils ont tous raison ; n'ai-je pas fait ce que je devais ? je suis parti, j'ai tout quitté. Qu'ont-ils à dire ? le reste me regarde. Il serait trop cruel de venir dire à un malheureux qui meurt d'amour qu'il a tort de mourir. Les taureaux blessés dans le cirque ont la permission d'aller se coucher dans un coin avec l'épée du matador dans l'épaule, et de finir en paix[225]. Ainsi, je t'en supplie, pas un mot. Ecoute : tout cela ne fera pas que tu prennes ta robe de voyage, un cheval ou une petite voiture, et que tu viennes. J'aurai beau regarder ; me voilà assis devant cette petite table au milieu de tes lettres, avec ton portrait que j'ai emporté ! Tu me dis que nous nous reverrons ; que tu ne mourras pas sans m'embrasser. Tu vois que je souffre, tu pleures avec moi, tu me laisses emporter de douces illusions, tu me parles de nous retrouver ; tout cela est bon, mon ange, tout cela est doux. Dieu te le rendra. Mais j'aurai beau regarder ma porte ; tu ne viendras pas y frapper, n'est-ce pas ? Tu ne prendras pas un morceau de papier grand comme la main, et tu n'écriras pas dessus : viens ! – Il y a entre nous je ne sais quelles phrases, je ne sais quels devoirs, je ne sais quels événements, il y a entre nous cent cinquante lieues. Eh bien, tout cela est parfait, il n'y en a pas si long à dire, je ne peux pas vivre sans toi, voilà tout.

Combien tout cela durera encore, je n'en sais rien ; j'aurais voulu faire ce livre. Mais il aurait fallu que je connusse en détail, et par époque, l'histoire de ta vie ; je connais ton caractère, mais je ne connais ta vie que confusément ; je ne sais pas tout, et ce que je sais, je le sais mal. Il aurait fallu que je te visse, que tu me racontasses tout cela. Si tu avais voulu, j'aurais loué aux environs de Moulins ou de Châteauroux un grenier, une table et un lit ; je m'y serais enfermé ; tu serais venue m'y voir une ou deux fois, seule, à cheval, moi, je n'aurais vu âme qui vive, j'aurais écrit, pleuré, on m'aurait cru en Allemagne. Il y aurait eu là quelques beaux moments. Tu n'aurais cru trahir personne, j'espère ; tu m'as vu mourant d'amour dans tes bras la dernière fois ; as-tu rien eu à te reprocher ? Mais tous les rêves que je peux faire sont des chimères ; il n'y a de vrai que les phrases, les devoirs, et les choses ; tout est bien, tout est mieux ainsi.

O ma fiancée, je te demande encore pourtant quelque chose. Sors un beau soir, au soleil couchant, seule, va dans la campagne, assieds-toi sur l'herbe, sous quelque saule vert ; regarde l'occident, et pense à ton enfant qui va mourir. Tâche d'oublier le reste ; relis mes lettres, si tu les as, ou mon petit livre[226], pense, laisse aller ton bon cœur, donne-moi une larme ; et puis rentre chez toi, doucement, allume ta lampe, prends ta plume, donne une heure à ton pauvre ami. Donne-moi tout ce qu'il y a pour moi dans ton cœur. Efforce-toi plutôt un peu ; ce n'est pas un crime, mon enfant. Tu peux m'en dire même plus que tu n'en sentiras, je n'en saurai rien, ce ne peut pas être un crime ; je suis perdu. Mais qu'il n'y ait rien autre dans ta lettre que ton amitié pour moi, que ton amour, George, ne l'appelles-tu pas de l'amour ? Ecris à Baden (grand-duché), poste restante. Affranchis jusqu'à la frontière et mets : *près Strasbourg*. C'est à douze lieues de Strasbourg ; je n'irai ni plus près ni plus loin. Mais que j'aie une lettre, où il n'y ait rien que ton amour ; et dis-moi que tu me donnes tes lèvres, tes dents, tes cheveux, tout cela, cette tête que j'ai eue, et que tu m'embrasses, toi, moi ! ô Dieu, ô Dieu, quand j'y pense, ma gorge se serre, mes yeux se troublent, mes genoux chancellent ; ah ! il est horrible de mourir, il est horrible d'aimer ainsi. Quelle soif, mon George, ô quelle soif j'ai de toi ! Je t'en prie, que j'aie cette lettre. Je me meurs, adieu !

A Baden (Grand-Duché), près Strasbourg, poste restante.

O ma vie, ma vie, je te serre sur mon cœur, ô mon George, ma belle maîtresse ! mon premier, mon dernier amour !

Pietro Pagello à Alfred Tattet
[Traduction]

Paris, 6 septembre 1834.

Mon cher Alfred,

Votre pauvre ami est à Paris. – Je suis allé chez vous demander de vos nouvelles ; on m'a dit que vous étiez à la campagne. Si j'avais eu le temps, je serais allé vous embrasser, mais comme je suis ici pour peu, je vous embrasse par cette feuille. Je ne sais combien de jours encore je resterai à Paris ; vous savez que je suis obligé d'obéir à ma petite bourse, et celle-ci me commande déjà le départ. – Adieu. – Si je puis vous voir à Paris, je serai heureux ; si je ne puis, envoyez-moi un baiser, vous aussi, sur un petit bout de papier. Hôtel d'Orléans,

n° 17, rue des Petits-Augustins[227]. – Adieu, mon bon, mon sincère ami, adieu.
Votre très affectionné ami,

PIERRE PAGELLO.

Pietro Pagello à son père

[Paris, 7 septembre 1834.]

J'étais plongé dans une morne tristesse, n'ayant reçu ni lettres de toi ni d'autres parents ou amis depuis plusieurs jours ; aujourd'hui enfin j'en ai reçu de tout le monde ; c'est pour moi un jour de fête.

Tu me questionnes sur mes occupations et sur mes observations. [...] J'ai fait la connaissance de Civiale, Amussat, Dupuytren, Velpeau, Lisfrane. Ils ont beaucoup de sympathie pour les Italiens et estiment beaucoup l'école de Scarpa, à laquelle je leur dis avoir été élevé. Ils me demandèrent des nouvelles du vénérable vieillard et je pus les contenter avec beaucoup de détails, ayant eu familiarité avec lui, comme tu sais, mais combien misérablement je représente l'école de ce grand homme ! Pauvre Scarpa, en quelles mains ! Ils m'instruisent patiemment aux grandes opérations, et me demandent mon respectable conseil.

Qu'est-ce que tu en dis ? [...] Je te dirai quelque chose de ma vie privée. J'habite une chambrette au troisième étage de l'hôtel d'Orléans, rue des Petits-Augustins, qui me coûte quarante-cinq francs par mois et je dîne dans le restaurant d'un certain Bombarda, vénitien, qui depuis trente-trois ans fait l'aubergiste à Paris ; c'est le rendez-vous de beaucoup d'Italiens.

Je profite des amusements qui ne coûtent pas d'argent ; je vais chaque jour au Jardin des plantes, manger un petit pain avec quelques fruits [...]. Sobre, laborieux, économe, j'ai su me débarrasser du passé et je saurai bien défier l'avenir, tout en laissant les détracteurs et malveillants croasser leurs antiennes derrière les épaules.

George Sand à Alfred de Musset[228]

[Nohant, vers le 7 septembre 1834.]

Je t'écris sur un album, d'un petit bois où je suis venue me promener seule, triste, brisée, et où je lis ta lettre de Baden. Hélas ! hélas ! qu'est-ce que tout cela ? pourquoi oublies-tu donc à chaque instant, et cette fois plus que jamais, que ce sentiment devait se transformer et ne plus pouvoir par sa nature faire ombrage à personne ? Ah ! tu m'aimes encore trop, il ne faut plus nous voir. C'est de la passion que tu exprimes, mais ce n'est plus le saint enthousiasme de tes bons moments. Ce n'est plus cette amitié pure dont j'espérais voir s'en aller, peu à peu, les expressions trop vives. Et pourtant, je ne m'en inquiétais pas de ces expressions, elles étaient la poétique habitude de ton langage de poète : et moi-même, est-ce que je pesais, et mesurais les mots ? Pour d'autres que pour nous ils eussent peut-être signifié autre chose, je n'en sais rien. Je sais, je croyais savoir, du moins, que pour *nous trois*, ils manifestaient un amour de l'âme où les sens n'étaient pour rien. Eh bien voilà que tu t'égares et *lui aussi* ! Oui lui-même qui dans son parler italien est plein d'images et de protestations qui paraîtraient exagérées si on les traduisait mot à mot, lui qui, selon l'usage de là-bas, embrasse ses amis presque sur la bouche et cela sans y entendre malice, le brave et pur garçon qu'il est, lui qui tutoie la belle Crescini sans avoir jamais songé à être son amant, enfin lui qui faisait à Giulia Puppati (je t'ai dit qu'elle était sa sœur de la main gauche) des vers et des romances tout remplis d'*amore* et de *felicità*, le voilà, ce pauvre Pierre, qui après m'avoir dit tant de fois : *il nostro amore per Alfredo* lit je ne sais quel mot, quelle ligne de ma réponse à toi le jour du départ et s'imagine je ne sais quoi. Il croit que je me plaignais de lui à toi, quand c'est lui qui s'est plaint à toi de ma tristesse et de mon dépérissement de santé. N'ai-je pas, en dehors de lui et de toi, des sujets de chagrin qu'il devrait apprécier ? Tu m'as dit en partant : tu es donc malheureuse ? et je te disais : *oui, du côté de mes enfants que je ne veux pas perdre dussé-je tout briser dans ma vie.* Mais lui qui comprenait tout à Venise, du moment qu'il a mis le pied en France il n'a plus rien compris, et le voilà désespéré. Tout de moi le blesse et l'irrite, et, faut-il le dire, il part, il est peut-être parti à l'heure qu'il est, et moi je ne le retiendrai pas parce que je suis offensée jusqu'au fond de l'âme de ce qu'il m'écrit et que je le sens bien, il n'a plus la foi, par conséquent il n'a plus l'amour. Je le verrai s'il est encore à Paris, je vais y retourner dans l'intention de le consoler, me justifier, non, le retenir, non. Est-ce que l'amour élevé et croyant est possible ? Est-ce qu'il ne faut pas que je meure sans l'avoir rencontré ? Toujours saisir des fantômes et poursuivre des ombres ! je m'en lasse. Et pourtant je l'aimais sincèrement et sérieusement cet homme généreux, aussi romanesque que moi, et que je croyais plus fort que moi. Je l'aimais comme un père, et tu étais notre enfant à tous deux. Le voilà qui redevient un être faible, soupçonneux, injuste, faisant des querelles d'Allemand et vous laissant tomber sur la tête ces pierres qui brisent tout ! et moi, il ne me faut plus songer à vivre. Oh ! que je suis malheureuse, je ne suis point aimée, je n'aime pas ! Me voilà insensible, un être stérile et maudit ! – Et toi tu viens me parler de transports d'ivresse, de désirs. Que t'ai-je fait, insensé, pour que tu brises tout dans mon âme, la confiance en toi et en moi-même ? – J'ai consommé mon suicide le jour où j'ai cru te sauver par l'amitié. Mais non, je suis injuste, je suis malade, j'ai tort. Tu étais sincère. Quand nous nous sommes revus tu étais bon et vrai. Tu voulais mon repos, ma dignité, mon bonheur avec lui. J'ai consenti à te voir seul, de l'avis et de l'aveu de Pierre. Les trois baisers que je t'ai donnés, un sur le front et un sur chaque joue en te quittant, il les a vus, et il n'en a pas été troublé, et moi, je lui savais tant de gré de me comprendre ! – Mais cette lettre d'aujourd'hui pourquoi me l'as-tu écrite ? S'il la voyait, lui, il croirait que je l'ai provoquée. Mais moi, qui vois bien que tu t'égares, je ne m'égarais pas, le ciel m'en est témoin, et tu le sais bien, toi ! Je n'avais rien, rien à me reprocher ! Il y a une fatalité, car c'est toi-même qui as éveillé ses soupçons sur moi. Telle n'était pas ton intention, n'est-ce pas ? Oh non, mon enfant c'est impossible ! Enfin, il prétend que pendant que tu lisais ma lettre il est entré chez toi et que ses yeux sont tombés sur ces mots, *il faut que je sois à toi – c'est ma destinée*, et il ajoute : *Non volli legger di più e lo poteva*[229]. Je ne puis rien expliquer ; il n'y a rien de cela dans ma lettre, dont je ne me rappelle pourtant pas un mot, mais que je n'ai pas écrite sous l'impression d'un accès de délire, j'imagine ! Non, je ne veux pas me justifier, car je suis outrée. Qu'il parte, je te redemanderai alors ma lettre[230] et je la lui enverrai pour le punir... Mais non, pauvre Pierre, il souffre et je tâcherai de le consoler, et tu m'y aideras – car je sens que je meurs de tous ces orages, et je suis tous les jours plus malade, plus dégoûtée de la vie et il faut que nous nous séparions tous trois sans fiel et sans outrage. Je veux te revoir encore une fois et lui aussi. Je te l'ai promis d'ailleurs et je te renouvelle ma promesse ; mais ne m'aime plus, entends-tu bien ? Je ne vaux plus rien. Le doute de tout m'envahit tout à fait. Aime-moi si tu veux dans le passé et non telle que je suis à présent. Mon cœur se glace et tout ce que je te dis là, tout ce déchirement que je te révèle, c'est pour que si nous nous revoyons à Paris, tu ne prennes aucune idée de rapprochement avec moi. Il faut nous quitter, vois-tu, il le faut puisque tu arrives à te persuader que tu ne peux guérir de cet amour pour moi qui te fait tant de mal, et que tu as pourtant si solennellement abjuré à Venise avant et même encore après ta maladie. Adieu donc le beau poème de notre amitié sainte et de ce lien idéal qui s'était formé entre nous trois, lorsque tu lui arrachas à Venise l'aveu de son amour pour moi et qu'il te jura de me rendre heureuse. Ah ! cette nuit d'enthousiasme où, malgré nous, tu joignis nos mains en nous disant : Vous vous aimez, et vous m'aimez pourtant, vous m'avez sauvé, âme et corps[231] ! – Tout cela était donc un roman ? Oui, rien qu'un rêve, et moi seule, imbécile enfant que je suis, j'y marchais de confiance et de bonne foi ! et tu veux qu'après le réveil, quand je vois que l'un me *désire* et que l'autre *m'abandonne* en m'outrageant, je croie encore à l'amour sublime ! Non hélas, il n'y a rien de tel en ce monde et ceux qui se moquent de tout ont raison. Adieu, mon pauvre enfant. Ah ! sans mes enfants à moi, comme je me jetterais dans la rivière avec plaisir !

George Sand à Jules Boucoiran

[Nohant,] mercredi soir [10 septembre 1834].

Mon ami, je suis assez inquiète pour Pagello. Votre lettre était peu faite pour effrayer et il me donnait l'espérance dans la sienne, de venir passer quelques jours auprès de moi. Mais il a écrit ensuite un mot à Maurice pour nous dire qu'il ne pouvait venir, et il en donnait pour raison principale le dérangement de sa santé. C'est donc plus qu'une indisposition, et cela doit donc se prolonger ? Il me promettait de m'écrire au moins tous les deux jours si en effet il continuait à être mal portant, afin de m'empêcher de prendre de l'inquiétude. J'en prends déjà, car voici le quatrième jour que je passe sans nouvelles de lui.

[…]

Je suis d'une tristesse et d'un dégoût toujours croissant. Mon âme est devenue stérile et rien ne la réveille plus assez pour la faire produire quelque chose de bon en cette vie. N'ai-je pas rempli ma tâche, et si la fatigue m'a anéantie, ne suis-je pas libre de partir ?

Priez pour moi parce qu'il y a une autre vie. Je m'étourdis et me distrais avec mes camarades, auxquels je me réunis tous les jours. Mais les nuits, je retombe sur moi-même, et quelquefois mes idées sont si noires, que j'ai envie de vous écrire pour vous dire que nous ne nous reverrons plus. Je veux avoir pourtant du courage encore quelque temps. Le pourrai-je ?

Adieu mon fils bien-aimé.

Veillez à une chose que je vous dis en particulier. Il se peut qu'il ait, s'il est malade surtout, quelque besoin d'argent. Il faudra le deviner, car pour lui, il ne l'avouera jamais. En pays étranger, on est exposé à ne pas recevoir toujours à temps les sommes sur lesquelles on compte. Je le sais par expérience malgré tout votre bon vouloir. Vous n'êtes pas toujours très bien garni, je suppose. Prenez trois cents francs à *La Revue des Deux Mondes*, qui m'en doit au moins quatre cents pour un article que je viens d'envoyer, et fournissez aux dépenses de notre ami sans qu'il sache que j'y suis pour quelque chose. Il accepterait peut-être moins volontiers de moi que de vous qui êtes garçon. Si l'on hésitait à vous payer à la *Revue*, car je crois Buloz absent, écrivez-moi bien vite, je vous en enverrai d'ici.

Adieu mon petit. Ne soyez pas triste à cause de moi. Je guérirai dans le repos de la mort, soit que cette mort soit celle de l'âme seulement en cette vie, ou que ce soit celle qui résout le grand problème ; je tâcherai de me résigner à la première, mais je ne l'espère pas.

Pietro Pagello à son père
[Traduction]

[Paris, 15 septembre 1834.]

[...]

Avant-hier j'allai écouter Lamartine qui parlait de la tribune en proposant d'employer l'armée à la façon des Romains, dans les travaux d'entretien des rues publiques. On sent le poète même dans l'orateur et il traite le sujet avec une science et une érudition telle qu'il fut applaudi à grand éclat par la foule nombreuse. [...] Je me rendis aussi à Compiègne voir et entendre les grandes manœuvres d'artillerie et j'en restai stupéfait et même abasourdi par ce fracas qui faisait trembler terre et ciel. [...]

Si l'on veut connaître les Français, on doit les entendre à la tribune ou les voir manier les armes. [...] Sans gallomanie, je déclare qu'ils sont les plus sincères, les plus loyaux, les plus généreux amis du monde. Les amabilités que mes confrères eurent envers moi et quelques connaissances que George Sand me procura sont telles que je ne peux y penser sans être ému. [...] Beaucoup de mes confrères et professeurs m'ont sollicité de rester, de passer un examen et de prendre un diplôme ici, mais je ne sais que soupirer après mon Italie, ma chère patrie que je désire ardemment revoir. [...]

Je fis part à l'illustre docteur Zannini de mes études et de mes observations sur les hôpitaux de Paris ainsi que des progrès des sciences médicales. Il se fit un plaisir de répondre à ma lettre et il me confia quelques tâches scientifiques.

[...]

Alfred de Musset à George Sand

Baden, 15 septembre [1834].

Je te renvoie ta lettre comme tu le veux. Jamais je n'ai vu si clairement combien j'étais peu de chose dans ta vie. Non pas parce que tu me refuses le peu de mots d'amitié que je t'avais demandés à genoux. Je conçois à merveille que dans ce moment-ci ils te coûteraient beaucoup trop, et loin de t'en vouloir de ce que tu me dis que tu n'as pas la force de me les envoyer, je ne vois[232] ...... la franchise, et je t'en sais bon gré. Mais ta lettre a ......, j'y trouve à la dernière ces propres mots : *Je te renouvelle ma promesse* et, de l'autre côté, tu me dis *que je t'aime encore trop*, et *que tu n'auras pas la force de me revoir*[233]. Il faut, ma pauvre amie, que ton cœur soit bien malade, et ne crois pas que je sois moi-même de force à t'adresser un reproche. Il faut que tu souffres beaucoup, pour que tu n'aies même plus une larme pour moi, et pour qu'en face de Dieu tu manques à ta parole, qui *depuis trente ans*, disais-tu, *n'a pas encore été faussée.* Elle le sera donc une fois, et j'aurai perdu le seul jour de bonheur qui me restait encore. Qu'il en soit ce qui plaît à Dieu, ou à l'esprit de mort. Car, à vingt-deux ans, sans avoir jamais fait de mal à personne, en être où je suis, et recevoir ainsi constamment, jour par jour, un nouveau coup de pierre sur la tête, c'est trop. Qu'il y ait une Providence ou non, je n'en veux rien savoir, s'il y en a une, je le lui dis en face : elle est injuste et cruelle. Elle est la plus forte, je le sais ; qu'elle me tue. Je ferai mieux que de la maudire, je la renie. – Ne va pas croire surtout que je te fasse un reproche, ô mon brave Georgeot, mon grand cœur, je ne t'en veux pas de manquer à la parole que tu m'avais donnée de ne pas mourir sans étendre la main, et sans te souvenir de moi quand tu serais seule en face de la douleur. Non, je ne t'en veux pas, car tu souffres. Je n'en veux qu'à cette destinée de mort qui sait le secret de trouver toujours un endroit à frapper dans un cœur plein de ses coups, ce n'est pas ta faute si je ne [suis plus] rien pour toi.

Tu me dis de lire bien[234] .... de frémir. Que crois-tu donc m'apprendre, mon enfant, en me disant qu'un soupçon jaloux tue l'amour dans ton cœur[235] ? Qui crois-tu donc que j'aime : toi, ou une autre ? Tu t'appelles *insensible, un être stérile et maudit* ? tu te demandes si tu n'es pas un monstre d'avoir le cœur fait comme tu l'as, et tu me dis de frémir en songeant de quels abîmes je suis sorti. Et, mon amie, me voilà ici à Baden, à deux pas de la maison de conversation[236] ; je n'ai qu'à mettre mes souliers et mon habit, pour aller faire autant de déclarations d'amour que j'en voudrai, à autant de jolies petites poupées qui ne me recevront peut-être pas toutes mal, qui, à coup sûr, sont fort jolies, et qui, plus certainement encore, ne quittent pas leur amant parce qu'elles ne veulent pas se voir méconnaître. Quoi que tu fasses ou que tu dises, morte ou vive, sache que je t'aime, entends-tu, toi et non une autre. – "Aime-moi dans le passé, me dis-tu, mais non telle que je suis dans le présent." – George, George, tu sauras que la femme que j'aime est celle des roches de Franchard, mais que c'est aussi celle de Venise, et celle-là, certes, ne m'apprend rien quand elle me dit qu'on ne l'offense pas impunément.

Je t'avoue qu'il y a un mot qui m'a choqué dans le peu de lignes que tu me transcris de la lettre de Pierre : *non volli legger di più e lo poteva.* – Si tu n'avais pas rompu avec lui, je ne t'aurais jamais parlé de cela. Mais *c'est faux.* Mme La Couture était venue deux fois dans la journée, très inquiète, et tout essoufflée, me dire qu'elle avait mis le soir en se couchant ta lettre pour moi avec ma canne sur le canapé, qu'en se réveillant la lettre avait disparu, et qu'elle n'avait trouvé que la canne. Cela m'a semblé étrange, et la vérité est que lorsque j'ai ouvert la lettre, Pagello n'en pouvait rien voir. Le cachet était défait, et refermé avec le pouce.

Je ne sais pourquoi je te dis cela, ni pourquoi je te dis quelque chose. Je n'ai plus rien dans le cœur, ni dans la tête. Je crois que je vais revenir à Paris pour peu de temps, écris-y, si tu m'écris. Mais pourquoi ? à quoi bon, dis-moi, tout cela ? Je souffre, et à quoi bon ? Ta lettre m'a fait un mal cruel, George ; ah mon enfant, pourquoi ? Mais que sert de gémir ? tu me dis que tu m'écris, afin que je ne prenne aucune idée de rapprochement entre nous. Eh bien, écoute, adieu, n'écrivons plus… Tout cela, vois-tu, est horrible au bout du compte. Tu souffres, toi aussi, je te plains, mon enfant. Mais puisqu'il est vrai que je ne peux rien pour toi, eh bien alors, si notre amitié s'envole au moment où tu souffres et où tu es seule, qu'est-ce que tout cela ? Je ne t'en veux pas, je te le répète. Adieu, je ne sais où je serai, n'écris pas, je ne puis savoir.

Je relis cette lettre, et je vois que c'est un adieu. O mon Dieu, toujours des adieux ! Quelle vie est-ce donc ? mourir sans cesse ? Ah mon cœur, mon amour, je ne t'en veux pas de cette lettre-ci ; mais pourquoi m'as-tu écrit l'autre ? cette fatale promesse, maudit soit Dieu ! J'espérais encore. Ah malheur et malheur, c'est trop. J'avais encore un jour dans ma vie ; un, un, sur tant d'années, à vingt ans, un jour, un seul jusqu'à la mort. Qu'ai-je donc fait, sacré Dieu ! mais à quoi bon tout cela. Il n'y a plus rien, n'est-ce pas, rien dans ton cœur ? *Tu n'es point aimée, tu n'aimes pas*, hideuse parole ; puissé-je ne l'écrire jamais !

Que je revienne à Paris, cela te choquera peut-être, et *lui* aussi. J'avoue que je n'en suis plus à ménager personne. S'il souffre, lui, eh bien qu'il souffre, ce Vénitien qui m'a appris à souffrir ! Je lui rends sa leçon, il me l'avait donnée en maître. Quant à toi, te voilà prévenue, et je te rends tes propres paroles : *Je t'écris cela, afin que si tu vinsses à apprendre mon retour, tu n'en prisses aucune idée de rapprochement avec moi*[237]. Cela est-il dur ? peut-être. Il y a une région dans l'âme, vois-tu, lorsque la douleur y entre, la pitié en sort. Qu'il souffre ! Il te possède. Puisque ta parole m'est retirée, puisqu'il est bien clair que toute cette amitié, toutes ces promesses, au lieu d'amener une consolation sainte et douce au jour de la douleur, tombent net devant elle, eh bien, puisque je perds tout, adieu les larmes, adieu ; non pas adieu d'amour. Je mourrai en t'aimant. Mais adieu la vie, adieu l'amitié, la pitié, ô mon Dieu ! est-ce ainsi ? j'en aurai profité. Par le ciel, en fermant cette lettre, il me semble que c'est mon cœur que je ferme. Je le sens qui se resserre, et s'ossifie. Adieu.

Alfred de Musset à François Buloz

Baden, 15 septembre [1834].

Mon cher Buloz, je me trouve dans un embarras extrême, s'il ne vous est pas possible de faire en sorte que les cinq cents francs que vous devez m'envoyer pour le 1er octobre, me parviennent ici le 20 de ce mois. Mon séjour à Strasbourg, mes frais de transport et de voyages depuis que je l'ai quitté, m'ont mis à sec. J'ai agi trop légèrement, et j'en porte la peine. Ma mère est aux eaux de Lucques, en sorte que je me trouve vraiment dans la position la plus pénible, et tout à fait sans ressource, ici, où je ne connais personne, si vous ne pouvez avancer votre envoi de dix jours, et me faire passer ces cinq cents francs le 20 par Mme Levrault, qui, du reste, est on ne peut plus obligeante, et qui, je le crois, avancerait elle-même l'échéance de quelques jours si je le lui demandais. Répondez-moi vite un mot à ce sujet je vous prie. J'aurai déjà quelque peine à arriver au 20 avec ce qui me reste. Vous avez toujours été si obligeant vous-même pour moi, que j'espère que vous m'épargnerez cette triste affaire, dans un pays où je ne connais personne. Ce serait à ne savoir que devenir.

Si M. Buloz est encore en Belgique, je prie M. Gerdès de vouloir bien porter le petit mot ci-inclus à M. Bonnaire, de lui expliquer ce dont il s'agit, et de lui lire cette lettre. Je lui en aurai mille obligations.

ALFD DE MUSSET.

George Sand à François Buloz

[Nohant] samedi [20 (?) septembre 1834].

[...] Nous nous entendrons toujours bien pour l'argent, vous êtes le plus honnête de tous les coquins que je connais, et moi le moins fripon de vos gens de lettres. Songez à cette réimpression de tous mes livres. Je vais avoir besoin d'une certaine somme pour me remettre en route, non pour l'Italie, mais je crois pour la Suède. Je vous recommanderai mon fils, je vous confierai mes papiers, et Bonsoir Buloz. – Si je meurs en chemin, vous me ferez dire des messes magnifiques avec la vente de mes mémoires. Messes en musique, entendez-vous ? et ne lésinez pas sur les violons.

Adieu, vieux Buloz, restez *quoi qu'on die* fidèle au souvenir de votre ami

GEORGE.

[Adresse :]
M. Buloz.

George Sand à François Rollinat

[Nohant, 22 (?) septembre 1834.]

[…] Ecris-moi […] comment se porte ton vieux et triste individu. Mon squelette centenaire dort, fume, prend du tabac, griffonne du papier, et pleure comme un veau. Si tu te portes mieux, si tu peux supporter la société d'un galérien ou d'un pendu, reviens. Si ma tristesse t'ennuie ou te fait mal, ne reviens pas, mais écris-moi, ne sois plus malade et aime ton vieux George.

Je t'ai demandé pour Maurice des instruments *aratoires* qu'il attend avec grande impatience. Il me prie de te *tourmenter* de sa part. Je te tourmente, sois tourmenté. Amen.

Lundi soir.

Alfred de Musset à François Buloz

Baden, 22 septembre [1834].

Mon cher Buloz,

J'ai reçu *Le Saule* que vous m'avez envoyé. Je ne sais pas si, de votre côté, vous avez reçu un mot de moi où je vous disais qu'au 20 de ce mois, je me trouverais sans argent ; à moins que vous ne puissiez m'en envoyer. Ma lettre est partie il y a plus de huit jours ; n'ayant pas de réponse de vous, et ne connaissant ici absolument personne à qui je puisse emprunter, j'ai écrit un mot à Mme Levrault, à Strasbourg, pour lui demander si elle n'avait rien reçu de vous qui me regardât ; je ne me hasardais pas à la prier de rien m'avancer, mais d'après ce que je lui disais, il n'était pas difficile de voir que j'étais dans une position excessivement gênée. Elle m'a répondu un petit mot bien sec pour me dire qu'elle n'était prévenue de rien par vous à cet égard. Il est probable qu'elle a même douté de ma véracité là-dessus.

Il m'est donc resté pour tout moyen de commencer par retrancher la moitié de mon dîner, et ensuite de le retrancher tout à fait. Je n'ai aucun reproche à vous faire ; les termes de notre traité ne vous obligeant en rien avant le 1er octobre ; je n'en puis faire qu'à moi-même qui suis parti de Paris trop légèrement ; et sans rien calculer ; j'étais dans une situation d'esprit si insupportable que je n'ai réfléchi à rien ; tout cela aurait été sans inconvénient, si ma mère, ou même mon frère, eussent été à Paris ; ils m'auraient tiré aussitôt d'affaire ; mais l'une est en Normandie et l'autre à Nîmes ou à Lyon. Je me trouve donc forcément dans la nécessité de manger du pain et de boire de l'eau, jusqu'à ce que vous veuilliez bien vous occuper de moi. Ce sera une rude leçon que je me serai donnée à moi-même, mais ce sera la dernière. Aussitôt mes cinq cents francs reçus, je vais revenir droit à Paris, et n'en bougerai jamais de ma vie sans avoir dans ma poche de quoi n'avoir besoin de personne.

Vous concevez, du reste, que la position où je suis, et le régime que je mène, ne sont pas très favorables à la poésie ; nous remettrons donc à un autre jour de parler du manuscrit que vous m'envoyez. Ce que vous me dites de mes deux volumes ne m'étonne nullement : nous nous arrangerons pour que vous n'y perdiez pas ; c'est là l'important. Quant à moi, plus je vais, moins je suis sensible à ce genre de choses ; d'ailleurs, je voudrais l'être en ce moment, que la série de déboires, d'ennuis et de dégoûts de toutes sortes dont je suis abreuvé depuis six mois sous tous les rapports, ne laissent guère de place à une si frivole contrariété ; soyez assuré que vous n'y perdrez pas ; moi, j'y perdrai toujours sans doute, c'est-à-dire que j'y laisserai l'espèce de réputation que cinq ou six feuilletons de bonne volonté m'ont fabriquée il y a deux ans. Ce sera encore une assez petite perte ; il y en a de plus grandes dans cette vie ; il n'y a pas besoin d'être plus vieux que moi pour le savoir.

Nous rirons quelque jour, mon ami, de la position où je me trouve ; j'en rirai avec vous, mais je n'en rirai jamais tout seul ; il faut être gai et sans souci pour se moquer d'une situation pareille ; malheureusement, je ne suis ni l'un ni l'autre, et j'avoue que je me passerais bien d'une si mortifiante et si ignoble épreuve. En vérité, j'ai besoin de tout autre chose que de la misère et de l'inquiétude pour pouvoir être un peu tranquille et travailler.

Adieu. Quand vous voudrez, envoyez-moi de quoi manger. Mais envoyez-moi les cinq cents francs tout ensemble, car il faut que je revienne, et si vous mettiez quelque intervalle dans cet envoi je ne le pourrais plus et, pour le coup, quelque chose de plus sérieux arriverait.

Tout à v[ous]

ALF^D DE MUSSET.

George Sand à Sainte-Beuve

Nohant, 24 septembre [1834].

[...]

Je vais à Paris dans quelques jours, j'y veux arranger mes affaires et me mettre en mesure de quitter ce monde sans faire de dérangement autour de moi. Je suis assez sérieusement malade pour penser que j'ai peu de temps à vivre. Cette idée m'a rendu beaucoup de calme. Je viendrai finir dans mon pays, au milieu de mes compagnons d'enfance, qui, s'ils ne m'aiment pas tous extrêmement, sont du moins habitués à me supporter comme je suis. J'espère que je vous verrai, ne fût-ce qu'une heure, pour vous faire mes adieux. Personne n'en souffrira, n'est-ce pas ? Personne n'aurait l'injustice d'interdire à deux amis qui ne se reverront plus une dernière poignée de main ? Ce ne serait pas bien.

Adieu, mon ami. Puissiez-vous trouver après tous les tourments de la jeunesse cette sérénité qui règne dans les dernières pages de *Volupté* ! Dites-nous votre secret, car enfin vous n'êtes pas prêtre ? Moi je suis tranquille aussi, mais le calme des morts ne profite pas aux vivants. Je vous ai écrit deux ou trois fois de Venise, et une fois entre autres une énorme lettre. J'ai tout jeté au feu. Je n'ai jamais eu la force de parler de mes chagrins, même à vous, mon excellent ami.

T[ou]t à v[ou]s,

GEORGE.

Si vous m'écrivez écrivez-moi quai Malaquais.

[Adresse :]
M. de Sainte Beuve
rue du Montparnasse, 1 ter
Paris.

Duchesse de Dino, "Chronique"

Valençay, 28 septembre 1834.

En rentrant hier de la promenade, nous avons trouvé le château rempli de visiteurs, hommes et femmes, venus en poste et visitant toutes choses en curieux. Le régisseur nous a dit que c'était Mme Dudevant avec M. Alfred de Musset et leur compagnie[238]. A ce nom de Dudevant, les Entraigues ont fait des exclamations auxquelles je n'entendais rien et qu'ils m'ont expliquées : c'est que Mme Dudevant n'est autre que l'auteur d'*Indiana*, *Valentine*, *Leone Leoni*, George Sand enfin !... Elle habite le Berry, quand elle ne court pas le monde, ce qui lui arrive souvent. Elle a un château près de La Châtre, où son mari habite toute l'année et fait de l'agriculture. C'est lui qui élève les deux enfants qu'il a de cette virtuose. Elle-même est la fille d'une fille naturelle du maréchal de Saxe ; elle est souvent vêtue en homme, mais elle ne l'était pas hier. En entrant dans mon appartement, j'ai trouvé toute cette compagnie parlementant avec Joseph, pour le voir, ce qui n'est pas trop permis quand je suis au château. Dans cette occasion cependant, j'ai voulu être polie pour des voisins : j'ai moi-même ouvert, montré, expliqué l'appartement et je les ai reconduits jusqu'au grand salon, où l'héroïne de la troupe s'est vue obligée, à propos de mon portrait par Prud'hon, de me faire force compliments. Elle est petite, brune, d'un extérieur insignifiant, entre trente et quarante ans, d'assez beaux yeux ; une coiffure prétentieuse, et ce qu'on appelle, en style de théâtre, *classique.* Elle a un ton sec, tranché, un jugement absolu sur les arts. [...] Son langage est recherché. A tout prendre, peu de grâces ; le reste de sa compagnie d'un commun achevé, de tournure au moins, car aucun n'a dit un mot.

Sainte-Beuve à George Sand

[Paris, 5 octobre 1834.]

J'ai reçu avec une bien grande joie et reconnaissance, mon amie, votre lettre de Nohant[239]. Je n'y réponds pas aujourd'hui, mais je veux vous en remercier seulement. J'ai eu moi-même, pendant que vous étiez à Venise, l'idée de vous écrire, mais je ne savais dans quelle disposition vous atteindre, à quel état de votre âme m'adresser, et j'ai tardé toujours. Une mauvaise honte m'a empêché de vous aller voir tout d'abord à votre passage à Paris ; j'attendais un petit mot de vous pour le faire, car j'espère que je pourrai vous voir quelquefois désormais sans affliger personne, bien qu'il y ait toujours pour moi quelqu'un que je veux avant tout ne pas affliger. Mais ce quelqu'un en vous lisant davantage vous a enfin tout à fait accueillie. [...]

Ne vous croyez pas ainsi malade, je vous supplie ; vous êtes pleine de vie et les souffrances ne tuent pas. Tâchez de bien arranger enfin cette existence à laquelle nous tenons tous, nous qui vous aimons et que je voudrais voir assise avec le calme qui sied au génie éprouvé. – Mais je ne commencerai pas de sermon, ce sera pour plus tard : adieu mon amie, croyez à ma bien vive et respectueuse amitié.

Ce dimanche.

[Adresse :]
Madame, Madame Du Devant
Quai Malaquais, 19.

Alfred de Musset à George Sand

[Paris le 13 (?) octobre 1834.]

Lundi.

Mon amour, me voilà ici[240]. Tu m'as écrit une lettre bien triste, mon pauvre ange, et j'arrive bien triste aussi. Tu veux bien que nous nous voyions, et moi si je le veux ! Mais ne crains pas de moi, mon enfant, la moindre parole, la moindre chose qui puisse te faire souffrir un instant. Voyons-nous, chère âme, et tu auras toute confiance, et tu sauras jusqu'à quel point je suis à toi, corps et âme, tu verras qu'il n'y a plus pour moi ni douleur ni désir, du moment qu'il s'agit de toi. Fie-toi à moi, George. Dieu sait que je ne te ferai jamais de mal. Reçois-moi, pleurons ou rions ensemble, parlons du passé ou de l'avenir, de la mort ou de la vie, de l'espérance ou de la douleur ; je ne suis plus rien que ce que tu me feras. Sais-tu les paroles de Ruth à Noëmi dans la Bible ? Je ne puis te dire autre chose.

Laissez-moi vivre de votre vie ; le pays où vous irez sera ma patrie, vos parents seront mes parents ; là où vous mourrez, je mourrai, et dans la terre qui vous recevra, là je serai ensevelie.

Ainsi, un mot, dis-moi ton heure. Sera-ce ce soir ? demain ? Quand tu voudras, quand tu auras une heure, un instant à perdre. Réponds-moi une ligne. Si c'est ce soir, tant mieux. Si c'est dans un mois, j'y serai. Ce sera quand tu n'auras rien à faire, moi je n'ai à faire que de t'aimer.

TON FRÈRE ALFD.

[Adresse :]
Madame Sand
n° 19
Quai Malaquais.

Journal de Charles Didier

14 octobre [1834].

Dîner avec Fortoul chez George Sand, laquelle gracieuse et aimable.

George Sand à Alphonse et Laure Fleury

[Paris, mi-octobre 1834.]

Il m'a fallu plusieurs jours, mes bons enfants, pour débrouiller le fatras de visites, lettres, journaux, discussions d'affaires, etc., etc., enfin tout le mortel arriéré de la profession. Je n'ai pas encore appartenu une heure à l'espèce humaine depuis que je suis ici, je suis venue en esclavage sur la terre d'exil, et je suis sous le fouet des argousins littéraires attendant avec impatience que Maurice et Buloz me donnent ma liberté pour retourner auprès de vous. [...]

Je te dirai que j'ai toujours les nerfs tendus comme des cordes à violon, que je passe les jours à combattre un sommeil sans cesse interrompu, et les nuits à le chercher en vain. Ce n'est pas un état sans agrément que cette excitation continuelle, mais cela rend un peu trop bête parfois.

Pietro Pagello à son père

[Paris, 20 octobre 1834.]

[...] Je partirai dans cinq jours : ma décision, imposée par des raisons d'argent et souhaitée par mon cœur, à présent me pèse pour les nombreux amis que je dois quitter et pour l'incertitude de mon avenir. Triste et inexorable vicissitude des choses humaines ! Nous ne sommes jamais contents de rien. Nous n'avons jamais une joie parfaite ! Et pourtant si je me demande : Resterais-tu à Paris ? Je m'entends répondre : Non, c'est une atmosphère qui n'est pas la tienne et où ne peut respirer bien que celui qui y est né. Cette société exige tant de reniements, tant d'artifice que ma nature ne saurait s'y habituer.

Et après je n'aime pas le fond du tableau : il y a peu de moralité et beaucoup de fiction : Louis-Philippe et sa cour sont devenus populaires par ostentation et par politique et non pas par le cœur ; il en est ainsi de toute la noblesse. La riche bourgeoisie lie partie avec elle, et la religion du pays est le sordide intérêt et la spéculation de Bourse. L'ancienne Foi de la France et son catholicisme pratique sont réfugiés en quelques cœurs isolés comme dans leurs catacombes. [...]

Notes de Buloz sur l'autographe d'une lettre de Musset[241]

21 octobre 1834.

On ne peut être grand écrivain, à ce qu'il paraît, qu'en renonçant à toutes les qualités de l'homme simple et bon, qu'en renonçant au cœur, à la vertu.

Conversation de deux à trois heures avec Boucoiran sur le pont des Arts.

G. Sand-Catherine II, mais faible tremblant devant A. de M. qui la menace de la dévoiler.

Aurélien de Sèze
[Lacune.]
Ajasson de Gransagne
[Lacune.]
Jules Sandeau
[Lacune.]
Mérimée
Planche
A. de Musset abandon
Pagello et reprise
A. de M.

Pietro Pagello, "Da Parigi a Genova"

Le temps, qui est un grand honnête homme, amena le jour redouté et désiré pour moi du retour de Sand à Paris. J'eus d'elle les autres cinq cents francs, je préparai mon bagage, et, deux jours après, j'allai chez George Sand où Boucoiran m'attendait. Nos adieux furent muets ; je lui serrai la main sans pouvoir la regarder. Elle était comme perplexe : je ne sais pas si elle souffrait ; ma présence l'embarrassait. Il l'ennuyait, cet Italien qui, avec son simple bon sens, abattait la sublimité incomprise dont elle avait coutume d'envelopper la lassitude de ses amours. Je lui avais déjà fait connaître que j'avais profondément sondé son cœur plein de qualités excellentes, obscurcies par beaucoup de défauts. Cette connaissance de ma part ne pouvait que lui donner du dépit, ce qui me fit abréger, autant que je pus, la visite. J'embrassai ses enfants et je pris le bras de Boucoiran qui m'accompagna et me laissa au point où vous m'avez trouvé.

Pietro Pagello à Alfred Tattet
[Traduction]

Paris, 23 octobre 1834.

Mon bon ami,

Avant de partir, je vous envoie encore un baiser. Je vous conjure de ne souffler jamais mot de mon amour avec la George. – Je ne veux pas de vengeances. – Je pars avec la certitude d'avoir agi en honnête homme. – Ceci me fait oublier ma souffrance et ma pauvreté. – Adieu, mon ange. – Je vous écrirai de Venise. – Adieu, adieu.

PIERRE PAGELLO.

[Adresse :]
Monsieur Alfred Tattet
rue Grange Batelier, n° 13, Paris.

Pietro Pagello, "Da Parigi a Genova"

En l'an de grâce 1834, et exactement le 25 octobre, je montai à l'avant d'une énorme diligence qui partait de Paris pour aller à Marseille. Après m'être bien rangé dans mon petit coin, et après avoir allumé mon cigare et baissé une main pour serrer la main d'un ami qui me saluait, au moment où avec un coup de fouet sonore le postillon mettait au trot les chevaux, je me retournai pour voir en quelle compagnie je me trouvais. Dans les deux places qui, outre la mienne, occupaient le devant de la voiture, deux jeunes hommes, grands et maigres comme j'étais alors, étaient assis [...] ils parlaient une langue étrangère [...]. Ils causaient en portugais. Moi je me tenais à l'écart comme d'habitude, de plus j'étais mélancolique et pensif car j'avais quitté à Paris quelque chose qu'il me chagrinait de quitter. Des heures étaient passées et nous avions parcouru beaucoup de chemin, mais je continuais à me taire obstinément quand, après avoir échangé quelques regards de confiance... – Pouvons-nous savoir avec qui nous avons l'honneur de rester quatre jours et quatre nuits dans cette "cage à chapons" pour arriver jusqu'à Marseille ? – Il ne manquait que cela pour m'exciter à parler. Vous avez, répondis-je, la compagnie d'un Italien qui partit de Venise, visita la Suisse, demeura quelques mois à Paris et, à présent, par Livourne et par Florence, revient à Venise. Il est chirurgien de sa profession, il s'est rendu à Paris pour une folie, il y est resté quelques mois pour des raisons scientifiques, il l'a quitté pour des raisons économiques et pour quelques autres raisons… C'est ici que je sentis une larme couler sur une joue, je l'essuyai gauchement, en m'efforçant de sourire.

[…]

Adieu belle France, adieu terre gentille et aimable que je ne reverrai peut-être jamais plus, mais que je ne saurai jamais oublier. En quelques mois j'ai vécu trente ans de vie, et si cette vie a été une alternance de grande tristesse et de peu de joies, ces tristesses sont l'héritage de la nature humaine en tout temps et en tout homme, mais ces quelques joies furent offertes par la cordialité et par la spontanéité d'amis que je trouvai sans les chercher, qui vinrent à ma rencontre sans connaître mes douleurs et qui les soulagèrent sans le savoir ; des joies offertes par la science qui occupa avec ses doux mystères mon esprit malade et l'entretint dans une atmosphère dépourvue de passion et d'angoisse.

Alfred de Musset à George Sand

[Paris, après le 26 octobre 1834[242]*.]*

Je te quitte, et une affreuse idée s'est emparée de moi. Tu as écrit à tes amis du Berry. Mon enfant, mon enfant, que je suis coupable envers toi ! Que de mal je t'ai fait cette nuit ! Oh, je le sais ! Et toi, toi, voudrais-tu m'en punir ? O ma vie, ma bien-aimée, que je suis malheureux, que je suis fou, que je suis stupide, ingrat, brutal ! Tu es triste, chère ange, et je ne sais pas respecter ta tristesse ! Tu me dis un mot qui m'afflige, et je ne sais pas me taire, je ne sais pas sourire, je ne sais pas te dire que mille larmes, que mille affreux tourments, que les plus horribles malheurs peuvent tomber sur moi, que je peux les souffrir, et qu'ils n'ont qu'à attendre un sourire, un baiser de toi pour disparaître comme un songe ! O mon enfant, mon âme ! Je t'ai pressée, je t'ai fatiguée, quand je devrais passer les journées et les nuits à tes pieds, à attendre qu'il tombe une larme de tes beaux yeux pour la boire, à te regarder en silence, à respecter tout ce qu'il y a de douleur dans ton cœur ; quand ta douleur devrait être pour moi un enfant chéri que je bercerais doucement ; ô George ! George ! écoute ; ne pense pas au passé ; non, non ! au nom du ciel, ne compare pas, ne réfléchis pas, je t'aime comme on n'a jamais aimé. O ma vie, attends, attends, je t'en supplie, ne me condamne pas. Laisse faire le temps ; écris-moi plutôt de ne pas te revoir pendant huit jours, pendant un mois, que sais-je ? O Dieu, si je te perdais. Ma pauvre raison n'y tient pas. Mon enfant, punis-moi, je t'en prie : je suis un fou misérable, je mérite ta colère, bannis-moi de ta présence pendant un temps ; tu n'es pas assez forte toi-même pour m'aimer encore, et moi, et moi, je t'aime tant ; oh, que je souffre, amie ! quelle nuit je vais passer ! Oh, dis-toi cela, au nom du ciel, au nom de ta grand-mère, de ton fils, dis-toi que je t'aime, crois-le, mon enfant. Punis-moi, ne me condamne pas. Tiens, je ne sais ce que je dis : je suis au désespoir ; je t'ai offensée, affligée, je t'ai fatiguée ; comme je t'ai quittée ; oh insensé ! et quand j'ai eu fait trois pas j'ai cru que j'allais tomber. Ma vie, mon bien suprême, pardon, oh pardon à genoux ! Ah, pense à ces beaux jours que j'ai là dans le cœur, qui viennent, qui se lèvent, que je sens là, pense au bonheur, hélas ! hélas ! si l'amour l'a jamais donné, George, je n'ai jamais souffert ainsi. Un mot, non pas un pardon, je ne le mérite pas ; mais dis seulement : *j'attendrai*, et moi, Dieu du ciel, il y a sept mois que j'attends, je puis en attendre encore bien d'autres. Ma vie, doutes-tu de mon pauvre amour ? O mon enfant, crois-y, ou j'en mourrai.

[Adresse :]
Madame Dudevant
N° 19, quai Malaquais.

George Sand à Alfred de Musset

[Paris, fin octobre 1834[243].]

J'en étais bien sûre que ces reproches-là viendraient dès le lendemain du bonheur rêvé et promis, et que tu me ferais un crime de ce que tu avais accepté comme un droit. En sommes-nous déjà là, mon Dieu ! Eh bien, n'allons pas plus loin, laisse-moi partir. Je le voulais hier, c'était un éternel adieu résolu dans mon esprit. Rappelle-toi ton désespoir et tout ce que tu as dit pour me faire croire que je t'étais nécessaire, que sans moi tu étais perdu, et encore une fois, j'ai été assez folle pour vouloir te sauver, mais tu es plus perdu qu'auparavant puisque, à peine satisfait, c'est contre moi que tu tournes ton désespoir et ta colère. Que faire, mon Dieu ! Ah ! que j'en ai assez de la vie, mon Dieu ! Qu'est-ce que tu veux, à présent, qu'est-ce que tu me demandes ? Des questions, des soupçons, des récriminations déjà, déjà ! Et pourquoi me parler de Pierre, quand je t'avais défendu de m'en parler jamais ? De quel droit d'ailleurs m'interroges-tu sur Venise ? Etais-je à toi, à Venise ? Dès le premier jour, quand tu m'as vue malade, n'as-tu pas pris de l'humeur en disant que c'était bien triste et bien ennuyeux, une femme malade ? Et n'est-ce pas du premier jour que date notre rupture ? Mon enfant, moi, je ne veux pas récriminer, mais il faut bien que tu t'en souviennes, toi qui oublies si aisément les faits. Je ne veux pas te dire tes torts. Jamais je ne t'ai dit seulement ce mot-là, jamais je ne me suis plainte d'avoir été enlevée à mes enfants, à mes amis, à mon travail, à mes affections et à mes devoirs, pour être conduite à trois cents lieues et abandonnée avec des paroles si offensantes et si navrantes sans aucun autre motif qu'une fièvre tierce, des yeux abattus, et la tristesse profonde où me jetait ton indifférence. Je ne me suis jamais plainte, je t'ai caché mes larmes, et ce mot affreux a été prononcé un certain soir que je n'oublierai jamais, dans le casino Danieli : "George, je m'étais trompé, je t'en demande pardon, mais *je ne t'aime pas.*" Si je n'eusse pas été malade, si on n'eût dû me saigner le lendemain, je serais partie. Mais tu n'avais pas d'argent, je ne savais pas si tu voudrais en accepter de moi, et je ne voulais pas, je ne pouvais pas te laisser seul, en pays étranger, sans entendre la langue et sans un sou. La porte de nos chambres fut fermée entre nous, et nous avons essayé là de reprendre notre vie de bons camarades comme autrefois ici. Mais cela n'était plus possible, tu t'ennuyais, je ne sais ce que tu devenais le soir et un jour tu me dis que tu craignais d'avoir une mauvaise maladie[244]. Nous étions tristes. Je te disais : *Partons*, je te reconduirai jusqu'à Marseille. Et tu répondais : Oui, c'est le mieux, mais je voudrais travailler un peu ici puisque nous y sommes. Pierre venait me voir et me soignait, tu ne pensais guère à être jaloux, et certes je ne pensais guère à l'aimer. Mais quand je l'aurais aimé dès ce moment-là, quand j'aurais été à lui dès lors, veux-tu me dire quels comptes j'avais à te rendre, à toi qui m'appelais l'ennui personnifié, la rêveuse, la bête, la religieuse, que sais-je ? Tu m'avais blessée et offensée et je te l'avais dit aussi : *Nous ne nous aimons plus, nous ne nous sommes pas aimés.* Eh bien, à présent, tu veux l'historique jour par jour et heure par heure de ma liaison avec Pierre, et je ne te reconnais pas le droit de me questionner. Je m'avilirais en me laissant confesser comme une femme qui t'aurait trompé. Admets tout ce que tu voudras pour nous tourmenter, je n'ai à te répondre que ceci : ce n'est pas du premier jour que j'ai aimé Pierre, et même après ton départ, après t'avoir dit que je l'aimais *peut-être*, que *c'était mon secret* et que *n'étant plus à toi je pouvais être à lui sans te rendre compte de rien*, il s'est trouvé dans sa vie, à lui, dans ses liens mal rompus avec ses anciennes maîtresses, des situations ridicules et désagréables qui m'ont fait hésiter à me regarder comme engagée par des précédents *quelconques.* Donc il y a eu de ma part une sincérité dont j'appelle à toi-même et dont tes lettres font foi pour ma conscience. Je ne t'ai pas permis à Venise de me demander le moindre détail, si nous nous étions embrassés tel jour sur l'œil ou sur le front, et je te défends d'entrer dans une phase de ma vie où j'avais le droit de reprendre les voiles de la pudeur vis-à-vis de toi. Le temps où nous sommes redevenus frère et sœur a été chaste comme la fraternité réelle et à présent que je redeviens ta maîtresse, tu ne dois pas m'arracher ces voiles dont j'ai vis-à-vis de Pierre et vis-à-vis de moi-même le devoir de rester enveloppée. Crois-tu que s'il m'eût interrogée sur les secrets de notre oreiller, je lui eusse répondu ? Crois-tu que mon frère eût bon goût de m'interroger sur toi ? – Mais tu n'es plus mon frère, dis-tu ! hélas ! hélas ! n'as-tu pas compris mes répugnances à reprendre ce lien fatal ? Ne t'ai-je pas dit tout ce qui nous arrive ? N'ai-je pas prévu que tu souffrirais de ce passé qui t'exaltait comme un beau poème, tant que je me refusais à toi, et qui ne te paraît plus qu'un cauchemar, à présent que tu me ressaisis comme une proie ? Voyons, laisse-moi donc partir, nous allons être plus malheureux que jamais. Si je suis galante et perfide comme tu sembles me le dire, pourquoi t'acharnes-tu à me reprendre et à me garder ? Je ne voulais plus aimer, j'avais trop souffert. Ah ! si j'étais une coquette, tu serais moins malheureux. Il faudrait te mentir, te dire : Je n'ai pas aimé Pierre, je ne lui ai jamais appartenu. Qui m'empêchait de te le faire croire ? C'est parce que j'ai été sincère que tu es au supplice. Donc on ne peut pas s'aimer dans les conditions où nous sommes et tout ce que j'ai fait pour revenir à l'amitié était illusoire ! Que nous restera-t-il donc, mon Dieu, d'un lien qui nous avait semblé si beau ! Ni amour ni amitié, mon Dieu !

George Sand à Alfred Tattet

[Paris,] mardi, 28 [octobre 1834].

Mon cher Tattet

J'apprends que j'ai été la cause indirecte et très involontaire d'un différend entre vous et Alfred[245]. Je serais bien fâchée de savoir deux vieux amis désunis par rapport à moi. J'espère bien que cela ne sera pas.

Dans tous les cas, je vous prie de venir me voir ; après l'intérêt que vous m'avez témoigné, j'ai lieu d'être surprise et affligée de votre oubli. Je désire causer avec vous et vous attends à votre premier retour à Paris. Toujours quai Malaquais, 19.

GEORGE SAND.

Quand vous serez ici, écrivez-moi un mot, je vous donnerai rendez-vous, car je suis souvent dehors ou enfermée.

[Adresse :]
M. Alfred Tattet
rue G[range] Batelière, 15.
Paris.

Alfred de Musset à Franz Liszt

[Paris,] 4 novembre [1834].

Mon cher ami, Mme Sand me charge de vous demander si vous voulez dîner avec nous après-demain jeudi. Elle serait bien charmée de faire votre connaissance d'une manière plus *sans façon* qu'une visite.

Venez, je vous en prie, pour moi et pour elle. Nous serons deux (et seulement deux) à vous en remercier.

T[out] à v[ou]s de cœur

Mardi 4 novembre.

ALFD DE MUSSET.

Quai Malaquais n° 19.

George Sand à Franz Liszt

[Paris, début de novembre 1834.]

Je ne sais, Monsieur, si vous avez reçu le billet d'Alfred de Musset qui vous demandait instamment de m'amener Hector Berlioz[246]. S'il vous est impossible de satisfaire à ce vœu, auquel je tiens autant que lui, dans les deux ou trois jours qui viennent, promettez-moi au moins que j'aurai le bonheur de faire la connaissance de M. Berlioz et de M. Heine à mon retour de Bretagne. [...]

Alfred de Musset à Gustave Planche

[Paris,] 8 novembre [1834].

Monsieur,

Il m'est revenu par plusieurs personnes que vous aviez tenu sur mon compte des propos d'une nature telle que je ne peux ni ne veux les laisser passer[247].

Je désire savoir par vous-même si cela est vrai, afin de lui donner la suite qui me conviendra.

Je vous salue.

VTE ALFD DE MUSSET.

Quai Malaquais, n° 19.

[Adresse :]
Monsieur Planche
N° 103, rue de la Harpe.

Gustave Planche à Alfred de Musset

Samedi 8 novembre 1834, minuit.

Monsieur,

Je ne parle jamais de vous à personne, soit en bien, soit en mal. Je désavoue très positivement les propos qu'on a pu m'attribuer, et j'espère que vous désavouerez pareillement ceux qu'on vous attribue sur mon compte.

Si je me suis abstenu de vous demander une explication, c'est que j'ai cru bien faire pour vous, pour moi, pour une troisième personne à l'estime de laquelle je ne veux pas renoncer.

Je n'en suis pas moins à votre disposition si vous croyez avoir une réparation à me demander.

Je vous salue.

GUSTAVE PLANCHE.

Alfred de Musset à Gustave Planche

[Paris,] 10 novembre 1834.

Monsieur,

Le but de la lettre que je vous ai écrite était uniquement ou un désaveu, ou une réparation. Du moment que vous me donnez l'un, je n'ai plus besoin de l'autre.

Je vous salue.

ALFD DE MUSSET.

Lundi 10 novembre.

[Adresse :]
Monsieur Planche
N° 103, rue de la Harpe.

George Sand à François Buloz

[Paris, 11 novembre 1834.]

[…] Si vous venez me voir, dans la matinée, je vous mènerai dans un très beau magasin où vous aurez le plaisir de voir et de payer les plus riches étoffes.
Je suis avec un profond respect,
Votre très humble et très obéissant serviteur

GEORGE.

[Adresse :]
Monsieur le marquis de Buloz
rue des beaux arts, 6.

Notes de Buloz au verso de la lettre précédente

Aventure le soir. – J'entrais aux Italiens quand un gamin charmant me donne un grand coup de poing ; c'était George. – Je lui prends un billet. Rencontre de M. Blaze qui nous place dans une loge au troisième – charmante soirée – souper au café anglais avec G.

Alfred de Musset à Alfred Tattet

[Paris, 12 novembre 1834.]

Mon cher ami,

Tout est fini[248]. – Si par hasard on vous faisait des questions (comme il est possible qu'on vous soupçonne de m'avoir parlé) ; si enfin peut-être on allait vous voir, pour vous demander à vous-même si vous ne m'avez pas vu, répondez purement que non, que vous ne m'avez pas vu et soyez sûr que notre secret commun est bien gardé de ma part. – J'irai vous voir bientôt.

A vous de cœur.

ALF^D M^T.

[Adresse :]
M. Alfred Tattet
à Bury, près Margency
Vallée de Montmorency.

Journal intime de George Sand[249]

Samedi minuit [15 novembre (?) 1834].

J'arrive des Italiens. Je me suis profondément ennuyée. J'avais eu une journée assez doucement triste. Boucoiran m'avait lu quelque chose de M. de Maistre. Je n'ai retenu que trois lignes : "Dans quelques provinces de l'Inde on fait souvent le vœu de se tuer volontairement, si l'on obtient telle ou telle grâce des idoles du lieu, ceux qui ont fait ce vœu se précipitent du haut d'un rocher appelé[250]…" O mon Dieu, mon Dieu, si vous vouliez m'accorder un seul jour de ce bonheur que vous m'avez ôté, je ferais bien ce vœu-là. Mais je mourrai sans l'avoir retrouvé.

Décidément la musique fait du mal, et c'est si bête un théâtre. Que toutes ces figures-là sont stupides ! Tout le monde a l'air tranquille, indifférent ; il y en a qui ont l'air content, et moi j'ai une vipère qui me mange le cœur. Me voilà en bousingot[251], seul, désolé *[sic]* d'entrer au milieu de ces hommes noirs, et moi aussi je suis en deuil. J'ai les cheveux coupés[252], les yeux cernés, les joues creuses, l'air bête et vieux, et là-haut il y a toutes ces femmes blondes, blanches, parées, couleur de rose, des plumes, des grosses boucles de cheveux, des bouquets, des épaules nues ; et moi, où suis-je, pauvre George ! Voilà au-dessus de moi le champ où Fantasio ira cueillir ses bluets[253]. Ah, pauvre jeune homme, pourquoi ne peux-tu pas m'aimer ? Je sais bien que cela est juste suivant la raison, suivant la justice humaine. Mais vous mon Dieu, mon Dieu ! vous savez, vous, si quelqu'une d'Elles l'aimera jamais comme je l'aime aujourd'hui !

Insensé, tu me quittes dans le plus beau moment de ma vie, dans le jour le plus vrai, le plus passionné, le plus saignant de mon amour ! n'est-ce rien que d'avoir maté l'orgueil d'une femme, et de l'avoir jeté à tes pieds ? n'est-ce rien que de savoir qu'elle en meurt ? – Mais il ne le sait pas ! tu mens ! tu le sais bien, c'est toi qui mens, cœur sans pitié, quand tu dis que je joue une comédie. Pour quoi, pour qui ? Ah, si je m'embarrassais du monde, je serais déjà partie. Ne suis-je pas sûre de votre honneur ? On dirait que j'ai fait un coup de tête, et vous, Alfred, je sais bien que vous m'épargneriez. Cela serait moins humiliant sans doute que de faire dire à toutes ces belles dames, que je me déguise en homme pour vous aller trouver la nuit, et que je me traîne à genoux dans votre chambre. – Mais, ô mon Dieu ! qui donc leur dit tout cela si vite, ce n'est pas toi qui me railles devant elles... Non, ce propos chez Delphine Gay, mais ce mépris, un rire moqueur. Toutes ces femmes qui disaient du mal de moi, et lui qui répondait : "Vous ne vous trompez peut-être guère !" et tu m'écrivais en Italie : "Chantez, mes braves coqs ; vous ne me ferez pas renier Jésus[254] !" Oh ces lettres que je n'ai plus, que j'ai tant baisées, tant arrosées de larmes, tant collées sur mon cœur nu quand l'autre ne me voyait pas ! Oh, je les aimais tant, je ne les ai plus[255] !

Il y en avait une où il me disait : "Je me rappelle bien la nuit de la lettre, mais quand même tu m'aurais *menti* d'un bout jusqu'à l'autre, tu ne m'as pas *trompé*, tu ne m'as pas dit que tu m'aimais", et puis il y avait une distinction sur les femmes qui trompent et sur celles qui mentent. Mais depuis il a trouvé à cela une explication qui le décharge de toute indulgence envers moi. C'est parce qu'il aurait dit à *l'autre* : *"Elle s'est redonnée à moi !"* Ah Seigneur mon Dieu, vous savez si j'avais pensé à cela, vous savez si j'ai jamais fait cela de ma vie, vous savez si j'avais fait d'autres mensonges ! Aussi pourquoi m'avez-vous jetée dans une position horrible où il fallait mentir ou tuer ? et pourquoi ne m'avez-vous pas préservée du danger quand ma raison, ma conscience et ma vue, m'abandonnaient ? Vous savez bien ce que nous sommes, pourquoi nous laissez-vous nous perdre et nous suicider ? Il n'y a que vous qui puissiez savoir tout ce qui se passe de bon et de mauvais dans un cœur ulcéré, dans une tête en délire : que vous qui puissiez m'absoudre sur bien des points, car l'interprétation humaine trouve tout ce qu'elle veut et, vous seul vous savez ce qui est. Que vous ! il n'y a que vous qui puissiez me consoler, et me relever. Ah tuez-moi donc vite maître cruel ! n'ai-je pas assez expié ! ne voilà-t-il pas assez de semaines de terreur et de frissons, de mensonges qui passaient sur mes lèvres comme un fer rouge et des prières insensées pendant que mes dents claquaient de froid dans les églises, et ce soir à Saint-Sulpice quand je vous ai crié : "M'abandonnerez-vous ? Me punirez-vous à ce point ? N'y a-t-il pas autre chose qui puisse vous désarmer ?", il y avait une voix au fond de mon cœur qui répondait : "Confesse, confesse et meurs." Hélas, j'ai confessé le lendemain, mais il était trop tard, et je n'ai pas pu mourir, car on ne meurt pas, on vit, on souffre tout cela, on boit son calice goutte à goutte, on se nourrit de fiel et de larmes, on passe toutes les nuits sans dormir, et le matin on s'assoupit avec des rêves affreux ! Ah l'autre nuit, j'ai rêvé qu'il était auprès de moi, qu'il m'embrassait et je me suis réveillée dans la pâmoison du plaisir. Quel réveil mon Dieu. Cette tête de mort auprès de moi, et cette chambre où il ne remettra plus les pieds, ce lit où il ne dormira plus. Je n'ai pas pu me retenir de crier. Pauvre Sophie[256], quelles nuits je lui procure !

Je ne peux pas souffrir tout cela ! et tout cela pour rien ! J'ai trente ans, je suis belle encore, du moins je le serais dans quinze jours, si je pouvais m'arrêter de pleurer. J'ai autour de moi des hommes qui valent mieux que moi, et qui pourtant à me prendre telle que je suis, sans mensonge, sans coquetterie aucune et faisant l'aveu le plus rigide de mes fautes, m'offriraient hardiment leur appui. Ah si je pouvais me mettre à aimer quelqu'un ! Mon Dieu rendez-moi ma féroce vigueur de Venise, rendez-moi cet âpre amour de la vie, qui m'a pris comme un accès de rage au milieu du plus affreux désespoir, faites que j'aime encore. Ah ! l'on s'amuse à me tuer ! l'on y prend plaisir, on boit mes larmes en riant ! eh bien moi je ne veux pas mourir, je veux aimer, je veux rajeunir, je veux vivre. – Mais comme cela est tombé, Dieu, tu le sais, comme tu m'as abandonnée après ! C'était donc un crime ? l'amour de la vie est donc un crime ? l'homme qui vient dire à une femme : "Vous êtes abandonnée, méprisée, chassée, foulée aux pieds. Vous l'avez peut-être mérité, eh bien, moi, je n'en sais rien, je ne vous connais pas, mais je vois votre douleur et je vous plains, et je vous aime. Je me dévoue à vous seule pour toute ma vie, consolez-vous, vivez. Je veux vous sauver. Je vous aiderai à remplir vos devoirs près d'un convalescent, vous le suivrez au bout du monde, mais vous ne l'aimerez plus, et vous reviendrez. Je crois en vous." – Un homme qui disait cela pouvait-il me sembler coupable à ce moment-là ? et si après avoir conçu l'espérance de persuader cette femme, emporté lui, par l'impatience de ses sens, ou bien par le désir de s'assurer de sa foi avant qu'il fût trop tard, il l'obsède de caresses, de larmes, il cherche à surprendre ses sens par un mélange d'audace et d'humilité ; ah, les autres hommes ne savent pas ce que c'est que d'être adorée et persécutée, et implorée des heures entières, il y en a qui ne l'ont jamais fait, qui n'ont jamais tourmenté obstinément une femme ; plus délicats et plus fiers, ils ont voulu qu'elle se donnât, ils l'ont persuadée, attendue, et obtenue. Moi je n'avais jamais rencontré que de ces hommes-là. Cet Italien, vous savez mon Dieu si son premier mot ne m'a pas arraché un cri d'horreur ! et pourquoi ai-je cédé, pourquoi, pourquoi ? Le sais-je ? Je sais que vous m'avez brisée ensuite et que si c'est un crime involontaire, vous ne m'en avez pas moins punie comme les juges humains punissent l'assassinat prémédité, plus encore, car le parricide n'est tué qu'une fois, et moi voilà dix semaines que je meurs, jour par jour, et à présent minute par minute. C'est une agonie trop longue. Vraiment toi, cruel enfant, pourquoi m'as-tu aimée après m'avoir haïe ? Quel mystère s'accomplit donc en toi chaque semaine ? pourquoi ce crescendo de déplaisir, de dégoût, d'aversion, de fureur, de froide et méprisante raillerie, et puis tout à coup ces larmes, cette douceur, cet amour ineffable qui revient ! tourment de ma vie ! Amour funeste ! Je donnerais tout ce que j'ai vécu pour un seul jour de ton effusion ! Mais jamais, jamais ! c'est trop affreux ! Je ne peux pas croire cela. Je vais y aller. J'y vais. – Non – crier, hurler, mais il ne faut pas y aller. Sainte-Beuve ne veut pas.

Enfin c'est le retour de votre amour à Venise, qui a fait mon désespoir et mon crime ? Pouvais-je parler ? Vous n'auriez plus voulu de mes soins, vous seriez mort de rage en les subissant, et qu'auriez-vous fait sans moi, pauvre colombe mourante ? Ah Dieu, je n'ai jamais pensé un instant, à ce que vous aviez souffert à cause de cette maladie et à cause de moi, sans que ma poitrine se brisât en sanglots. Je vous trompais, et j'étais là entre ces deux hommes, l'un qui me disait : "Reviens à moi, je réparerai mes torts, je t'aimerai, je mourrai sans toi !" – et l'autre, qui disait tout bas, dans mon autre oreille : "Faites attention, vous êtes à moi, il n'y a plus à en revenir. Mentez, Dieu le veut, Dieu vous absoudra !" – Ah, pauvre femme, pauvre femme ! – c'est alors qu'il fallait mourir !

[... novembre 1834[257]]

....

....

mais ce malheureux amour-propre masculin ! Au premier [mot], comme tu m'as traitée ! Tu voulais me souffleter, m'appeler catin devant tout le monde, et tu mourais de colère, si je n'avais menti, et quelques jours plus tard, tu serais mort de douleur si je n'avais continué à mentir. Crois-tu donc que ce soit agréable de mentir ? O mon Dieu vous savez que vous n'avez pas inventé de plus grand supplice pour les coupables. C'est leur enfer en ce monde.

Et puis et puis, sais-tu que c'est horrible de perdre l'estime de celui qui vous aimait la veille, quand on l'estime soi-même ? Je me souciais bien de l'estime de l'autre quand il est parti ! Lui ai-je fait un mensonge à lui ? me suis-je donné la peine de feindre un instant pour ne pas avoir en lui un ennemi ? ne m'a-t-il pas fait tout le mal qu'il pouvait me faire[258] ? ....
....
plein de toi ! Si tu veux que je guérisse, fais-moi une ...... méchanceté demain. Après-demain je serai consolée. Mais comme te voilà, ô mon pauvre roseau ! luttant contre ta colère et ta bonté, me faisant du mal, et puis m'en consolant, me traitant avec injustice, et puis te rétractant, parce que tu ne peux pas te nier à toi-même la vérité d'aujourd'hui. Eh bien, je vois bien que tu es bon comme un agneau, avec tes colères de lion. Je vois bien que le monde est entre nous et que tu ne peux pas ôter de devant tes yeux l'*injure* qui t'a été faite par moi, mais tu ne peux pas ôter de ton cœur la compassion et l'amitié. Pauvre Alfred, si personne ne le savait, tu me pardonnerais. Mais il y a M. Tattet qui dirait d'un air bête : *"Dieu, quelle faiblesse !"*, lui qui pleure quand il est saoul dans le giron de Mlle Déjazet[259], il y a messieurs tels et tels, et ces dames des salons esthétiques qui diraient : "C'est bien pitoyable, c'est bien ridicule !" – et on aime mieux être malheureux et fou, car qu'est-ce donc de pardonner quand on est sûr d'être aimé ! Ah

si j'avais été sûre que tu dusses m'aimer réellement quand tu as quitté Venise, que tu dusses souffrir ce que je souffre aujourd'hui, je me serais coupé une main, je te l'aurais présentée en te disant : "Voilà une main menteuse et sale, jetons-la dans la mer, et que le sang qui en coulera lave l'autre. Prends-la et mène-moi au bout du monde." Si tu devais accepter cette main ainsi lavée je le ferais bien encore. Veux-tu ?

Mais à qui s'adresse tout cela ? est-ce à vous, murs de ma chambre, échos de sanglots et de cris ? est-ce à toi portrait silencieux et grave ? à toi crâne effrayant, plein d'un poison plus sûr que tous ceux qui tuent le corps, cercueil où j'ai enseveli tout espoir ? à toi Christ sourd et muet ? J'aurai beau dire, beau pleurer et me plaindre, il n'y a que vous qui me pardonnerez, mon Dieu ! Que votre miséricorde commence donc par donner l'oubli et le repos à ce cœur dévoré de chagrin, car tant que je souffre, tant que j'aime ainsi je vois bien que vous êtes en colère. Ah rendez-moi mon amant, et je serai dévote, et mes genoux useront le pavé des églises !

George Sand à Sainte-Beuve

[Paris, 17 (ou 24) novembre 1834.]

Mon ami, je voudrais vous voir et causer avec vous tête à tête, cela est impossible chez moi, soyez assez bon pour aller au collège Henri-IV demain de midi et demi à une heure, demander mon fils. Je serai avec lui. De là nous irons faire un tour sur la place Sainte-Geneviève, et en une demi-heure je vous expliquerai ma situation

et vous demanderai un conseil. J'ai une question de vie et de mort à trancher. Aidez-moi.
A vous.

GEORGE.

Lundi soir.

Sainte-Beuve à Jean-Jacques Ampère

[Paris, 18 novembre 1834.]

[...] Bref, cher ami, tout va son train, et les plus grands orages que je sache sont les ruptures de *Lélia* et de *Rolla*, qui ont passé tout ce dernier mois à se maudire, à se retrouver, à se déchirer, à souffrir. [...]

Journal intime de George Sand

Mercredi matin [19 novembre 1834].

Qu'est-ce que Buloz me disait donc hier de M. Liszt ? est-ce qu'Alfred lui en aurait parlé ? est-ce qu'il a pensé sérieusement un instant que j'allais aimer M. Liszt ? est-ce qu'il le penserait encore ? Ah mon cher bien, si tu pouvais être jaloux de moi, avec quel plaisir je renverrais tous ces gens-là ! Mais vous n'êtes pas jaloux de moi. Vous avez fait semblant de croire une chose que vous n'avez pas crue, pour vous débarrasser de moi plus vite, et cela est mal, et si j'avais pu aimer M. Liszt de colère, je l'aurais aimé. Mais je ne pouvais pas ! Faites des raisonnements là-dessus, M. Tattet. Je serais bien fâchée d'aimer les épinards, car si je les aimais j'en mangerais, et je ne les peux souffrir. A Nohant l'autre jour, étant grise, je disais au Gaulois[260] qui parlait d'assassiner Louis-Philippe[261] : "Cela est affreux, je suis bien contente de te connaître bon, car si je ne [te] connaissais pas bon, je te croirais méchant, et si je ne t'aimais pas je te haïrais." Voilà qui est logique, soyez-le si vous pouvez vous autres ! Moi, je souffre et je pleure. Si je pouvais faire autrement, je ne souffrirais pas, je ne pleurerais pas. Croyez-vous que les principes soient la meilleure sauvegarde d'une femme ? Demandez à l'amour si les cœurs qu'il garde sont mal gardés. "Oui, disent-ils, mais s'il s'en va, adieu la fidélité !" Propos de mari ! Eh mon amant, qu'en aurais-tu à faire de la fidélité d'une femme qui ne t'aimerait plus ?

Mettre Liszt à la porte à présent, quelle bêtise ! cher Buloz. Pourquoi ? à cause de qui ? Je me suis figuré pendant une ou deux entrevues qu'il était amoureux de moi, ou disposé à le devenir. Peut-être que si j'avais pu je l'aurais agréé, mais par la grande raison des épinards, je me sentais obligée de lui dire, c'est-à-dire de lui faire comprendre qu'il fallait n'y pas penser, lorsque tout à coup après la jolie réception que je lui ai faite, devant vous, cher Buloz, je me suis clairement convaincue à la troisième visite que je m'étais sottement infatuée d'une vertu inutile et que M. Liszt ne pensait qu'à Dieu et à la Sainte Vierge qui ne me ressemble pas absolument. Bon et heureux jeune homme ! Certes s'il est ainsi je l'estime et l'aime beaucoup, si c'est une affectation, cela m'est fort égal, car je ne le connais pas. Et quel besoin de le renvoyer dans tout cela ? Comment m'y prendrais-je, et quelle singulière raison lui donnerais-je ? D'ailleurs j'ai une idée fixe, une seule et dernière espérance ! bien modeste, pauvre George, pour toi qui fus si ambitieuse d'être aimée et que voici bien humble. Magdeleine sans cheveux, mais non pas sans larmes, sans croix et sans tête de mort. Ce crâne que vous méditiez tristement, ô pauvre pécheresse, ne vous donnait, certes pas, une aussi rude et profonde leçon que celui qui est là sur ma table. Vous aimiez Jésus et il vous disait : “Il te sera pardonné parce que tu as aimé.” Moi j'aime, et on ne me pardonne pas. Ah que je changerais bien ma chambre tapissée et ma robe de chambre pour votre désert et pour vos haillons, s'il m'était permis d'emporter la parole d'espoir et de pardon que votre Christ laisse tomber en vous souriant. Le mien ne dit pas seulement : “Laissez approcher cette femme, laissez-la me laver les pieds !”

Je vous disais, Buloz, que j'avais une idée fixe. Je veux ravoir son amitié, et un peu de son estime. Mais pour cela il me faut du temps, six mois peut-être au moins, peut-être encore plus. N'importe, fût-ce toute la vie ! Mais c'est la seule chose qui me soutienne, le seul espoir qui ait réussi à entrer dans cette pauvre tête. C'est pour cela que je ne peux pas me décider à partir, car quand je serai loin, il me l'a dit, que saura-t-il de moi ? Il pourra supposer que je fais des folies, et qu'il les ignore. En restant ici, je me ferai bien rendre justice, et pour cela je ne veux pas m'isoler, me cacher, me cloîtrer, ce serait à ses yeux un coup de tête, une idée romanesque dont la durée lui semblerait douteuse. Il penserait qu'au premier pas que je ferais dehors, j'aurais une tentation et j'y succomberais. D'ailleurs qui sait s'il n'en serait pas ainsi ? La claustration, l'ascétisme, la mortification exaltent les sens, et pourquoi exalterais-je les miens par une solitude dangereuse, lorsqu'au milieu des hommes, ils me laissent fort tranquille ? Ce serait par trop bête. S'il venait me trouver dans ma cellule, s'il venait m'y donner seulement un baiser tous les jours, oh comme j'y courrais ! Mais il n'y viendrait pas, ou il y viendrait avec cette méfiance continuelle du lendemain – il faut que je mette entre nous un temps et des faits qui pourront s'appeler *hier* et qui lui prouveront que je peux aimer, souffrir et subir. Je veux m'entourer d'hommes purs et distingués. Loin de moi les fats[262], je veux voir des artistes. Liszt, Lacroix[263], Berlioz, Meyerbeer, je ne sais qui encore. Je serai homme avec eux, et on en jasera d'abord, on le niera, on en rira. Alfred entendra ces mauvaises plaisanteries, et il jugera mal, il se détachera de moi, il prendra une maîtresse, alors, si ce n'est fait déjà. Mais la vérité triomphe, ô mon Dieu, qui le sait mieux que moi ! Ce qui est mensonge se révèle, hélas ! mais qu'on fasse de bonnes actions, et cela se révèle par le même principe de fatalité, qui m'a perdue. Ces hommes-là même qui m'entoureront, me défendront et me justifieront, s'ils ne sont des fats et des gredins, et s'ils le sont, ils seront connus pour tels et leur parole ne fera pas foi. C'est à moi d'ailleurs de les bien choisir, et de les bien examiner. Je rétablirai ma cuisine aussitôt que j'aurai de l'argent. Je donnerai à dîner comme je faisais tous les jours à deux ou trois personnes. Je travaillerai, je sortirai, je tâcherai de me distraire, de me fortifier contre le désespoir qui est le plus funeste conseiller qu'il y ait, et quand j'aurai mené cette vie honnête et sage, assez longtemps pour prouver que je peux la mener, j'irai, mon amour, te demander une poignée de main. Je n'irai pas te tourmenter de jalousies, et de persécutions inutiles, je sais bien que quand on n'aime plus, on n'aime plus. Mais ton amitié il me la faut pour supporter l'amour que j'ai dans le cœur, et pour empêcher qu'il me tue. Oh si je l'avais aujourd'hui, hélas ! que je suis pressée de l'avoir ! Qu'elle me ferait du bien ! Si j'avais quelques lignes de toi de temps en temps ! un mot, la permission de t'envoyer de temps en temps une petite image de quatre sous achetée sur les quais, des cigarettes faites par moi, un oiseau, un joujou ! quelque chose pour tromper ma douleur, et mon ennui, pour me figurer que tu penses un peu à moi en recevant ces niaiseries ! – Oh, ce n'est pas du calcul, de la prudence, la crainte du monde, sacredieu ce n'est pas cela ! je dis mon histoire à tout le monde, on la sait, on en parle, on rit de moi, cela m'est à peu près égal. C'est une contrariété bien petite auprès de la douleur qui est en moi ! Que mes ennemis se réjouissent : je souffre, je ne pense guère à eux, et quand j'y pense je les plains de trouver là leur joie. Je ne demande pas que tu viennes chez moi, que tu fasses des démarches pour prouver que je ne suis pas une malheureuse chassée à coups de pied. Tu m'as offert encore le dernier soir où je t'ai vu de me rendre ces services-là, ai-je accepté ? dis-moi ? rends-moi enfin justice, quand je la mérite ! – Mais hélas mon Dieu, tu dors car il est onze heures du matin, et tu ne m'entends guère ! – Oui je voudrais ton amitié. Mais je n'ai pas encore le droit de te faire croire à quelque chose de bon de ma part. J'irais maintenant te la demander que ce seraient des orages à n'en plus finir, et cela te fait du mal. Pour moi mon Dieu, j'aimerais mieux des coups que rien. Rien, c'est ce qu'il y a de plus affreux au monde, mais c'est mon expiation ; ah qu'on ne m'en demande pas d'autre ! Un cilice, le jeûne et des coups de fouet, voilà tout ce que les pénitents ont su inventer, ils n'ont pas imposé à des gens qui aimaient, de demeurer à trois pas de l'objet de leur amour, et de se tenir tranquilles, et de rire, et de manger !

et d'ailleurs il faudra du temps avant que j'aie la fermeté et le courage de n'être pas jalouse. Oh mon Dieu vous me faites sentir des tortures dont je n'avais que l'idée ! mais ceci sera éternellement refoulé au plus profond de mon cœur. J'ai senti l'autre jour en dînant avec lui chez Pinson combien la jalousie peut rendre vil, injuste et sot, si l'on s'y abandonne. J'aurais voulu rabaisser la femme dont il disait du bien, au-dessous des plus viles créatures, et pourquoi ? Cela est aussi laid que stupide. Non mon Seigneur Dieu, ne me laissez pas m'abrutir et me perdre. La passion est un don sévère, mais divin ; les souffrances de l'amour doivent ennoblir et non dégrader. C'est ici, mon orgueil, que vous êtes une sainte et digne chose. Que cette femme l'aide et le console, qu'elle lui apprenne à croire. Hélas moi je ne lui ai appris qu'à nier ! *Mea culpa.* Alfred je vais faire un livre. Tu verras que mon âme n'est pas corrompue, car ce livre sera une terrible accusation contre moi. – Saints du Ciel, vous avez péché, vous avez souffert !

[... novembre 1834.]

L'heure de ma mort est en train de sonner, chaque jour qui s'écoule frappe un coup et dans quatre jours le dernier coup ébranlera encore l'air vital autour de moi. Alors s'ouvrira une tombe où ma jeunesse et mes amours descendront pour jamais, et que serai-je ensuite ? triste spectre, sur quelle rive vas-tu errer et gémir ? grèves immenses, hivers sans fin !

Il faut plus de courage pour franchir le seuil de la vie des passions et pour entrer dans le calme du désespoir, que pour avaler la ciguë. O mes enfants ! vous ne saurez jamais combien je vous aime.

Pourquoi m'avez-vous réveillée, ô mon Dieu, quand je m'étendais avec résignation sur cette couche glacée ? pourquoi avez-vous fait repasser devant moi ce fantôme de mes nuits brûlantes ? Ange de mort, amour funeste, ô mon destin, sous la figure d'un enfant blond et délicat ! O que je t'aime encore, assassin ! que tes baisers me brûlent donc vite, et que je meure consumée. Tu jetteras mes cendres au vent, elles feront pousser des fleurs qui te réjouiront.

Quel est ce feu qui dévore mes entrailles ? Il semble qu'un volcan gronde au-dedans de moi, et que je vais éclater comme un cratère. O Dieu, prends donc pitié de cet être qui souffre tant ! Pourquoi les autres meurent-ils ? Pourquoi ne puis-je succomber sous le fardeau de mes peines ? on dit que la douleur s'épuise et qu'à force de saigner, le cœur se dessèche et devient insensible. Quand sera-ce, mon Dieu, que je ne le sentirai plus frémir et se déchirer ?

O mes yeux bleus, vous ne me regarderez plus ! belle tête je ne te verrai plus t'incliner sur moi et te voiler d'une douce langueur ! Mon petit corps souple et chaud[264], vous ne vous étendrez plus sur moi, comme Elisée sur l'enfant mort, pour me ranimer. Vous ne me toucherez plus la main comme Jésus à la fille de Jaïre en disant : "Petite fille lève-toi !" Adieu mes cheveux blonds, adieu mes blanches épaules, adieu tout ce que j'aimais, tout ce qui était à moi. J'embrasserai maintenant dans mes nuits ardentes le tronc des sapins et les rochers dans les forêts en criant votre nom, et, quand j'aurai rêvé le plaisir, je tomberai évanouie sur la terre humide.

Pourquoi cette idée fixée dans le cerveau, pourquoi après toutes les révoltes de la raison, tous les conseils de la vanité, toutes les agitations de l'égoïsme souffrant, pourquoi après tous les discours humains, ce profil divin vient-il se dessiner entre mon œil et la muraille ? pourquoi ceux qui me parlent s'enveloppent-ils d'un nuage tout à coup et pourquoi vois-je sur leurs épaules une tête qui n'est pas la leur ? pourquoi suis-je obligée d'étouffer dans ma poitrine des sanglots, des cris de joie ou de frayeur ? et quels rêves passent donc autour de mon chevet pendant la fièvre ? l'être qu'on aime renferme-t-il un démon qui nous domine et nous torture tout le temps que dure l'amour ?

Quelle fièvre avez-vous fait passer dans la moelle de mes os, esprits de la vengeance céleste ? quel mal avais-je fait aux anges du ciel pour qu'ils descendissent sur moi et pour qu'ils missent en moi pour châtiment, un amour de lionne ? pourquoi mon sang s'est-il changé en feu, et pourquoi ai-je connu au moment de mourir des embrassements plus fougueux que ceux des hommes ? quelle furie t'anime donc contre moi, toi qui me pousses du pied dans le cercueil, tandis que ta bouche s'abreuve de mon corps et de ma chair ? tu veux donc que je me tue ? tu dis que tu me le défends, et cependant que deviendrai-je loin de toi, si cette flamme continue à ronger ? Si je ne puis passer une nuit sans crier après toi, et me tordre dans mon lit, que ferai-je quand je t'aurai perdu pour toujours ? pâlirai-je comme une religieuse dévorée par les désirs ? deviendrai-je folle, et réveillerai-je les hôtes des maisons, par mes hurlements ? O tu veux que je me tue !

Et pourquoi ne le ferais-je pas ? Je ressens tant de douleur à l'idée d'abandonner mes enfants, que le déchirement de mon cœur en consommant ce sacrifice m'absoudrait devant Dieu de la faute pour laquelle il m'a châtié *[sic]*. Ma fille souffrira-t-elle de ma mort ? bien peu. Mon fils... Oh toi pauvre enfant, tu pleureras bien fort, et ton âme sera blessée pour toujours. Un enfant sans mère est si malheureux ! et pourtant je vais partir pour longtemps et il faudra bien que tu te passes de moi. Mais ces pleurs, ces sanglots de mon enfant, quand on viendra lui dire : “Ta mère est morte”, pourquoi m’en inquiéter ? Je ne les verrai pas, je ne le saurai pas. Mais ils me tombent d’avance sur le cœur, je les sens déjà comme si ces larmes me roulaient toutes chaudes sur le visage. Pauvre petit ! Je me souviens des larmes de mon enfance, elles n’étaient pas moins amères que celles d’aujourd’hui, et quand un étranger sera venu t’annoncer doucement que tu n’as plus de mère, tu t’en retourneras seul dans ces grands corridors froids, retrouver un pédagogue qui te punira si tu pleures. Non, je ne me tuerai pas à moins que le délire ne s’en mêle encore, comme tant de fois où j’ai été bien près. – Mais l’ange d’Abraham étendait son épée pour sauver l’enfant… Protège-moi donc Dieu des orphelins, détourne de moi ces affreuses tentations ; réveille-moi à ces heures d’oubli, où il me semble que mes enfants n’existent plus, où je ne sais plus rien que mon amour et mon désespoir, heures féroces où je voudrais arracher mon cœur et le dévorer. L’autre nuit je rêvais que je l’enterrais sous un pavé. Pauvre cœur, vous allez être enseveli tout vivant, et combien vous souffrirez jusqu’à ce que la pierre du sépulcre vous ait anéanti, à force de peser sur vous ! O mon fils ! mon fils, je veux que tu lises ceci un jour, et que tu saches, combien je t’ai aimé. O mes larmes, larmes de mon cœur, signez cette page et que les siennes retrouvent un jour vos traces auprès de son nom !

George Sand à François Buloz

[Paris, 20 novembre 1834.]

Venez me voir tantôt, mon ami. Je tâcherai que vos placards soient corrigés, et nous irons dîner avec mes enfants chez Pinson à cinquante centimes par tête.

[Adresse :]
Monsieur Buloz
rue des beaux arts, 6.

Notes de Buloz sur le billet de George Sand du 20 novembre 1834

Brouille avec Al[fred] affaire Pagello – confession de Tattet à Alf[red] – scènes horribles.

Elle avoue tout tristement, en se jetant aux genoux d'Alfred et s'écriant : Pardonne-moi !

Achat d'une tête de mort pour enfermer la dernière lettre d'Al[fred][265] et des cheveux – pleurs chez moi le 13 9bre. Sainte-Beuve s'interpose entre G. et A.

Chez Dorval 17 9bre.

Croyez-vous à Dieu. – Je crois à Buloz.

Répit momentané – Alf[red] revient. – Portrait chez Delacroix.

Scène nouvelle avec Alfred le soir – réception de cette lettre.

[Date, portée par Buloz :] 20 9bre 1834.

George Sand à Eugène Delacroix

[Paris, 21 novembre 1834.]

Je suis encore malade. Si vous ne l'êtes pas demain à votre tour, voulez-vous remettre la séance jusque-là ? Si vous aviez une heure à perdre de cinq à six, vous seriez bien aimable de venir la passer chez moi.

Toute à vous.

GEORGE.

Vendredi.

[Adresse :]
Monsieur Delacroix
quai Voltaire, 15.

Journal intime de George Sand

Samedi [22 novembre (?) 1834].

J'ai rencontré ce matin J[ules] S[andeau] chez Papet, il m'a abordée, sans embarras avec beaucoup de franchise, d'affection et de respect. Nous sommes entrés en explication tout de suite. Pour l'engager à se confesser, je me suis confessée la première, et j'ai commencé par lui dire, qu'entendant dire des méchancetés qu'on lui attribue sur mon compte, j'en avais été blessée, irritée et que j'avais exprimé ma colère à quelques personnes seulement, qui ne le répéteraient jamais, ou qui étaient en position de le défendre, notamment Papet. J'ai ajouté que je croyais bien ces accusations exagérées, mais que probablement il y en avait de méritées. Je n'ai pas voulu dire lesquelles, elles sont malheureusement trop convaincantes. Il n'a rien voulu avouer et s'est défendu obstinément d'avoir dit jamais un mot contre moi. En cela il a été emphatique et peu sincère, ensuite il se défend d'avoir jamais fait cause commune avec Planche ni avec Frémy, Pyat, etc., contre moi, il ne les voit pas, il est très blessé des articles qu'ils écrivent[266]. Tout cela est vrai, il m'en a donné des preuves et nous avons parlé d'autre chose. Je me suis chauffé les pieds en fumant une cigarette, pendant que Gustave faisait des calembours comme à l'ordinaire. Jules a été très circonspect, tout en étant très franc de manières et très naturel dans ce qui est vrai de lui. Je lui ai donné une poignée de main et lui ai dit que nous ne pouvions pas nous revoir, à cause des propos qui en résulteraient, mais que, quand nous nous rencontrerions, je le priais de ne pas m'éviter, et de venir me dire bonjour amicalement. Il m'a demandé la permission d'aller voir Solange à sa pension, ce que je lui ai accordé de bon cœur.

Je suis bien aise de cette rencontre, il est affreux de s'en vouloir, quand on s'est aimé. Bien ou mal on s'est aimé. Ah Dieu, qu'est-ce [que] l'amour pour changer ainsi de nature, et pour entrer dans l'âme sous une forme si divine, avec un objet nouveau ? peut-être n'y a-t-il qu'un vrai, qu'un fort amour, dans tout cela. Lequel est-ce dans ma vie ? Aurélien[267] ? c'est le plus beau dans mon cœur. Mais un amour, sans union des corps, c'est mystique et incomplet. Ah le premier, oui, c'est le plus beau et le plus pur, et le dernier, c'est le plus involontaire, le plus inguérissable, c'est celui-là qui me tue.

Ah ! faudra-t-il donc mourir si jeune ! Mon Dieu, est-ce que vous ne viendrez pas à mon secours ? Ah, si je pouvais aimer Jésus, comme les religieuses l'aiment.

De samedi à dimanche la nuit

[22 au 23 novembre 1834[268]*.]*

Tu ne m'aimes plus, tu ne m'aimes plus, c'est bien aisé à voir. J'étais bien malade hier soir quand tu es parti. Tu le voyais bien, tu es parti cependant. Tu as bien fait, tu étais fatigué. Mais aujourd'hui pas un mot, tu n'as pas seulement envoyé savoir de mes nouvelles, je t'ai espéré et attendu minute par minute depuis onze heures du matin jusqu'à minuit. Quelle journée ! Chaque coup de sonnette me faisait bondir. Grâce à Dieu mon cœur est physiquement bien malade. O si je pouvais mourir ! Tu m'aimes encore avec les sens et plus que jamais ainsi, et moi aussi je n'ai jamais aimé personne, et je ne t'ai jamais aimé de la sorte. Mais je t'aime aussi avec toute mon âme, et toi tu n'as pas même d'amitié pour moi. Je t'ai écrit ce soir. Tu n'as pas voulu répondre à mon billet. On a dit que tu étais sorti, et tu n'es pas venu seulement passer cinq minutes avec moi ! Tu es donc rentré bien tard, et où étais-tu, mon Dieu ? Hélas, c'est bien fini, tu ne m'aimes plus du tout. Je te deviendrais abjecte et odieuse si je restais ici. D'ailleurs tu le désires que je parte. Tu m'as dit l'autre nuit d'un air incrédule : "Bah ! tu ne partiras pas !" Ah, tu es donc bien pressé ? Sois tranquille, je pars dans quatre jours, et nous ne nous reverrons plus. Pardonne-moi de t'avoir fait souffrir, et sois bien vengé, personne au monde n'est plus malheureux que moi !

Sainte-Beuve à Alfred de Musset
(Carte de visite)

[Paris, 23 (?) novembre 1834.]

[Au recto, à la main :]
Sainte-Beuve

[Au verso :]
Mon cher ami, je venais vous voir pour vous prier de ne plus voir ni recevoir la personne que j'ai vue ce matin si affligée. Je vous ai mal conseillé en voulant vous rapprocher, trop vite du moins. Ecrivez-lui un mot bon, mais ne la voyez pas, cela vous ferait trop de mal à tous les deux. Pardonnez-moi mon conseil à faux, *à bientôt.*

[Adresse :]
Monsieur Alfred de Musset
rue de Grenelle St Germain, 59.

Alfred de Musset à Sainte-Beuve

[Paris, 23 (?) novembre 1834.]

Je vous suis bien reconnaissant, mon cher ami, de l'intérêt que vous avez bien voulu prendre, dans ces tristes circonstances, à moi et à la personne dont vous me parlez aujourd'hui. Il ne m'est plus possible maintenant de conserver, sous quelque prétexte que ce soit, des relations avec elle, ni par écrit, ni autrement. J'espère que ses amis ne croiront pas voir dans cette résolution aucune intention offensante pour elle, ni aucun dessein de l'accuser en quoi que ce soit. S'il y a quelqu'un à accuser là-dedans, c'est moi, qui, par une faiblesse bien mal raisonnée, ai pu consentir à des visites fort dangereuses sans doute, comme vous le dites vous-même. Mme Sand sait parfaitement mes intentions présentes, et si c'est elle qui vous a prié de me dire de ne plus la voir, j'avoue que je ne comprends pas bien par quel motif elle l'a fait, lorsqu'hier au soir même j'ai positivement refusé de la recevoir à la maison[269].

Je vous répète encore, mon ami, qu'il me serait bien pénible qu'on interprétât défavorablement pour elle mes résolutions. Je n'en fais part d'ailleurs qu'à vous, et je pense que cela ne peut avoir aucun inconvénient. Maintenant, mon ami, je vous remercie encore ; il y a : *à bientôt*, au bas de votre carte ; ne me faites pas croire, je vous en prie, que c'était tout à fait pour le quai Malaquais que vous vous êtes souvenu de la rue de Grenelle. Vous feriez de moi un cruel, si vous me laissiez croire que, pour vous voir, il faut que je sois brouillé avec ma maîtresse.

A vous de cœur.

George Sand à Sainte-Beuve

[Paris, 25 novembre 1834.]

Voilà deux jours que je ne vous ai vu mon ami. Je ne suis pas encore en état d'être abandonnée, de vous surtout qui êtes mon meilleur soutien. Je suis résignée moins que jamais. Je sors, je me distrais, je me secoue, mais en entrant dans ma chambre, le soir, je deviens folle. Hier mes jambes m'ont emportée malgré moi ; j'ai été chez lui, heureusement je ne l'ai pas trouvé. J'en mourrai. Je sais qu'il est froid et colère en parlant de moi. Je ne comprends pas seulement de quoi il m'accuse à propos de je ne sais qui, cette injustice me dévore le cœur ; c'est affreux de se séparer sur de pareilles choses et pas un mot pas une marque de souvenir ! il s'impatiente et il rit de ce que je ne pars pas. Mais mon Dieu, conseillez-moi donc de me tuer. Il n'y a plus que cela à faire.

Venez me voir aujourd'hui, à quatre heures ou demain à la même heure. J'ai séance chez Delacroix pour ce portrait de la revue et je ne veux pas rester chez moi le soir. J'aimerais mieux jouer aux dominos dans un café, que de passer une heure de l'après-midi chez moi, au risque d'être seule, seule, quelle horreur !

GEORGE.

[Adresse :]
Monsieur de Sainte-Beuve
rue du Montparnasse,
n° 1 ter.

Journal intime de George Sand

Mardi soir [25 novembre 1834].

J'ai été aux Italiens, et j'ai fait connaissance avec le bonhomme Delécluze[270]. Première représentation d'*Ernani*[271], stupide, embêtant. Buloz dort aux Italiens comme dans son lit, on marche sur sa redingote, sur son chapeau, sur ses pieds, il se réveille pour dire : "Sacré nom de Dieu !" et il se rendort. Moi, pauvre garçon ! on me regarde et puis on dit : "C'est George Sand. – Voyons ? voyons ? où donc ? Ah !" J'ai entendu une vieille femme qui disait : "Mais comme elle a un joli petit air décent avec ça !" Un profond diplomate (à en juger par son gilet) m'a lorgnée, et a dit : "C'est qu'elle est ma foi jolie !" Eh bien c'est possible hélas ! Mais pour qui ? A présent il n'y a plus personne qui me fasse plaisir en me le disant. Il y a huit jours cela me charmait.

Ce matin, j'ai posé chez Lacroix[272]. J'ai causé avec lui en fumant des cigarettes de paille délicieuses, il m'en a donné, si je pouvais te les envoyer, cher petit, cela t'amuserait un instant. Mais je n'ose pas. Lacroix m'a montré le recueil de Goya. Il m'a parlé d'Alfred à propos de cela, et m'a dit qu'il aurait fait un grand peintre, s'il eût voulu. Je le crois bien ! il veut copier, lui, Lacroix, les petits croquis de l'album d'Alfred. Moi je vais m'amuser, m'amuser ? m'appliquer à copier servilement quelques-unes de ces jolies femmes de Goya. Je les enverrai à mon pauvre ange quand je partirai, il ne les refusera peut-être pas, je sais qu'il aime ces femmes-là. Si je pouvais prendre la figure d'une de ces petites images, et aller le trouver la nuit, il ne reconnaîtrait pas le malheureux George, et il m'aimerait ne fût-ce qu'une heure !

Je ne guéris pourtant pas ! Eh bien, eh bien, comme vous voudrez, mon Dieu ! Faites de moi ce qui vous plaira. Je racontais mon chagrin à de Lacroix ce matin car de quoi puis-je parler sinon de cela ? et il me donnait un bon conseil, c'est de n'avoir pas de courage. "Laissez-vous aller, disait-il, quand je suis ainsi, je ne fais pas le fier, *je ne suis pas né Romain*. Je m'abandonne à mon désespoir, il me ronge, il m'abat, il me tue. Quand il en a assez, il se lasse à son tour, et il me quitte." – Le mien me quittera-t-il ? hélas ! il augmente tous les jours. Cette horreur de l'isolement ! ces élans de mon cœur pour aller rejoindre ce cœur qui m'était ouvert ! et si je courais quand l'amour me prend trop fort ! si j'allais casser le cordon de sa sonnette, jusqu'à ce qu'il m'ouvrît la porte, si je m'y couchais en travers jusqu'à ce qu'il passe, si je me jetais non pas à ses pieds, c'est fou après tout, car c'est l'implorer, et certes il fait pour moi ce qu'il peut, il est cruel de l'obséder et de lui demander l'impossible ; mais si je me jetais à son cou, dans ses bras, si je lui disais : "Tu m'aimes encore, tu en souffres, tu en rougis, mais tu me plains trop pour ne pas m'aimer. Tu vois bien que je t'aime, que je ne peux aimer que toi, embrasse-moi, ne me dis rien, ne discutons pas ; dis-moi quelques douces paroles, caresse-moi puisque tu me trouves encore jolie malgré mes cheveux coupés, malgré les deux grandes rides qui se sont formées depuis l'autre jour sur mes joues. Eh bien, quand tu sentiras ta sensibilité se lasser, et ton irritation revenir, renvoie-moi, maltraite-moi, mais que ce ne soit jamais avec cet affreux mot, *dernière fois* ! Je souffrirai tant que tu voudras mais laisse-moi quelquefois, ne fût-ce qu'une fois par semaine, venir chercher une larme, un baiser qui me fasse vivre et me donne du courage. – Mais tu ne peux pas ! ah ! que tu es las de moi ! et que tu t'es vite guéri aussi toi ! hélas mon Dieu, j'ai de plus grands torts certainement que tu n'en eus à Venise quand je me consolai. Mais tu ne m'aimais pas, et la raison égoïste et méchante me disait : *"Tu fais bien."* A présent, je suis bien coupable à tes yeux, mais je le suis dans le passé ! le présent est beau et bon encore, je t'aime, je me soumettrais à tous les supplices pour être aimée de toi, et tu me quittes. Ah ! pauvre homme, vous êtes fou. C'est votre orgueil qui vous conseille, vous devez en avoir, le vôtre est beau, parce que votre âme est belle, mais votre raison devrait le faire taire et vous dire : "Aime cette pauvre femme, tu es bien sûr de ne pas trop l'aimer à présent. Que crains-tu ? Elle ne sera pas exigeante, l'infortunée. Celui des deux qui aime le moins est celui qui souffre le moins. C'est le moment de l'aimer ou jamais."

Ah ! il a tort, n'est-ce pas mon Dieu, il a tort de me quitter à présent, que mon âme est purifiée et que pour la première fois une volonté sévère s'est arrêtée en moi. Est-ce une volonté ? Je ne sais pas. C'est mieux, car que sais-je de tous leurs raisonnements humains, et de leurs principes sociaux ! Je sens, voilà tout, je l'aime. Cet amour pourrait me conduire au bout du monde, mais personne n'en veut, et la flamme s'éteindra comme un holocauste inutile : personne n'en veut !... Ah ! mais on ne peut pas aimer deux hommes à la fois. Cela m'est arrivé, quelque chose qui m'est arrivé ne m'arrivera plus. Ah insensé ! quand tu dis : "Elle le fera demain parce qu'elle l'a fait hier !" – c'est le contraire qu'il faudrait dire. Est-ce que je suis stupide ou insensible ? est-ce que je ne souffre pas des folies ou des fautes que je fais ? est-ce que les leçons ne profitent pas aux femmes comme moi ? est-ce que je n'ai pas trente ans, est-ce que je ne suis pas dans toute ma force ? Oui Dieu du Ciel ! je le sens bien, je peux encore faire la joie et l'orgueil d'un homme, si cet homme veut franchement m'aider ! J'ai besoin d'un bras solide pour me soutenir, d'un cœur sans vanité pour m'accueillir et me conserver. Si j'avais trouvé cet homme-là, je ne serais pas où j'en suis. Mais ces hommes-là sont des chênes noueux dont l'écorce repousse, et toi Poète, belle fleur, j'ai voulu boire ta rosée, elle m'a enivrée, elle m'a empoisonnée, et dans un jour de colère j'ai cherché un contrepoison qui m'a achevée. Tu étais trop suave et trop subtil, mon cher parfum, pour ne pas t'évaporer, chaque fois que mes lèvres t'aspiraient. Les beaux arbrisseaux de l'Inde et de la Chine, pliant sur une faible tige et se courbant au moindre vent, ce n'est pas d'eux qu'on tirera des poutres pour bâtir des maisons. On s'abreuve de leur nectar, on s'entête de leur odeur, on s'endort et on meurt.

Ensuite ces hommes forts qui mentent ! et qui frappent grossièrement et lâchement dans leur colère ! ces vantards qui bâtissent tout un système de vertu sur un crime. – Mais le crime, quand on le commet on ne sait pas ce que c'est. C'est le lendemain, c'est le hasard qui en fait une sainte chose ou une action détestable. J'ai vu une malheureuse fille qui se mit à genoux, après avoir tué son enfant, et qui s'écria : "Mon Dieu, je vous remercie de m'avoir donné le courage de tuer cette misérable petite créature, destinée à tant souffrir s'il elle eût vécu !" Elle monta à l'échafaud avec les sentiments d'une martyre. Dites donc des grands mots et faites des phrases, fais-en toi-même, malheureuse femme qui écris sans savoir quoi et qui ne sais rien, sinon que tu aimes, à en mourir !

George Sand à Sainte-Beuve

[Paris, 27 novembre 1834.]

Tâchez mon ami de venir me voir aujourd'hui. Je vous espère, et ne vous écris que pour être sûre. Je n'ai plus même l'espoir de terminer doucement cet amour si orageux et si cruel. Il faut qu'il se brise et mon cœur avec. Il faut de la force, donnez-m'en, ne cherchez plus à me faire espérer, c'est pire. Ne vous ennuyez pas trop de mon désespoir, j'en ai tant que je ne peux pas le porter.

Jeudi.

[Adresse :]
Monsieur de Saintebeuve
rue du Montparnasse
n° 1 ter.

Journal intime de George Sand

Vendredi [28 novembre 1834].

Liszt me disait ce soir qu'il n'y avait que Dieu qui méritât d'être aimé[273]. C'est possible mais quand on a aimé un homme, il est bien difficile d'aimer Dieu, c'est si différent. Il est vrai que Liszt ajoutait qu'il n'a eu de vive sympathie dans sa vie que pour M. de Lamennais, et que jamais un amour terrestre ne s'emparerait de lui. Il est bien heureux, ce petit chrétien-là. J'ai vu Heine ce matin, il m'a dit qu'on n'aimait qu'avec la tête et les sens et que le cœur n'était que pour bien peu dans l'amour. J'ai vu Mme Allart à deux heures. Elle m'a dit qu'il fallait *ruser* avec les hommes, et faire semblant de se fâcher pour les ramener. Il n'y a que Sainte-Beuve qui ne m'ait pas fait de mal, et qui ne m'ait pas dit de sottise. Je lui ai demandé ce que c'était que l'amour, et il m'a répondu : "Ce sont les larmes, vous pleurez, vous aimez."

Oh oui, mon pauvre ami, j'aime. J'appelle en vain la colère à mon secours, j'aime, j'en mourrai, ou Dieu fera un miracle pour moi, il me donnera l'ambition littéraire ou la dévotion, il faut que j'aille trouver sœur Marthe[274].

Minuit.

Je ne peux pas travailler. O l'isolement, l'isolement. Je ne peux ni écrire, ni prier. Sainte-Beuve dit qu'il faut me distraire. Avec qui ? Qu'est-ce que me font tous ces gens-là ; quand ils ont parlé une heure de choses qui me sont à peu près indifférentes, ils s'en vont, ce ne sont que des figures qui changent de place, et moi seule, seule pour toujours, je veux me tuer ; qui donc a le droit de m'en empêcher ? O mes pauvres enfants, que votre mère est malheureuse !

George Sand à Marie Dorval

[Paris,] samedi 2 heures [fin 1834 ?].

Tu me disais que tu m'enverrais un mot. Tu m'as oubliée, petite. Tu joues ce soir de bonne heure ? Mais nous pouvons dîner ensemble, au cabaret, à quatre heures, ou plus tôt si tu le veux. De là je te mènerai à ta loge et j'y resterai avec toi. Il faudrait t'arranger pour n'avoir pas à monter chez toi après dîner, parce que cela prend beaucoup de temps. Après tout, si tu aimes mieux un autre jour, je suis *toute à toi* et je puis aller te trouver. Ce soir, à ta loge, si tu veux.

Enfin commande, ma chère âme. N'oublie pas que je te veux.

George Sand à Franz Liszt

[Paris, 6 (?) décembre 1834.]

Merci mille fois, Monsieur, de votre souvenir. Vous me donnez bien des regrets en m'apprenant que vous jouez demain. Il me sera absolument impossible d'y aller, je vous renvoie vos billets et suis bien désolée de n'en pouvoir faire usage.

Je suis d'autant plus fâchée de ne pas vous avoir vu ce soir, que je suis maintenant plus *présentable.* Vous m'avez vue imbécile et folle, vous m'auriez vu contente, ce qui vous eût semblé assez neuf, n'est-ce pas ? Vous aviez bien raison de me donner de l'espoir, je vous en remercie, cela m'a porté bonheur. Peut-être avez-vous prié Dieu pour moi. J'ai été bien longtemps sans avoir l'honneur de vous voir. Je vais m'absenter pour quelques jours. A mon retour vous viendrez recevoir mes remerciements et vous m'amènerez M. Berlioz, je ne vous en tiens pas quitte.

J'ai bien l'honneur d'être votre serviteur.

GEORGE SAND.

[Adresse :]
Monsieur Liszt
rue de Provence, 61.

George Sand à Jules Boucoiran

Nohant, dimanche [14 décembre 1834[275]*].*

Mon cher enfant, comment se portent mes petits ? Les voyez-vous ? Ne manquent-ils de rien ? Je ne vais pas mal, je me distrais et ne retournerai à Paris que guérie et fortifiée. J'ai lu votre billet à Dutheil. Vous avez tort de parler comme vous le faites d'Alfred. N'en parlez pas du tout, si vous m'aimez, et soyez sûr que c'est fini à jamais entre lui et moi.

Envoyez vite, et vite, quatre livres de tabac du Levant ; 2° une très grande boîte de cachou à l'ambre (place de la Bourse, chez le confiseur, ce n'est que là qu'il est bon) ; 3° une pipe courte, allemande, à réservoir de faïence blanche que vous trouverez dans la petite armoire noire près de la fenêtre, premier rayon sous des paperasses ; 4° quelques capsules de terre turque, non dorées, que vous trouverez dans l'autre armoire, vingt-quatre cahiers de papier à cigarettes ; 5° une petite provision de *paquitas*, que vous chargerez Gustave [Papet] d'acheter ; 6° une bobine d'or et une d'argent pour broder, au Père de Famille au coin de la rue Dauphine et la petite rue d'Anjou. N'allez pas ailleurs, ce n'est que là que la soie est tordue convenablement, c'est-à-dire peu ; 7° un volume de *La Revue des Deux Mondes* que j'ai prêté à Mme Allart et qu'elle a peut-être renvoyé chez moi après mon départ. Gustave est amoureux d'elle, si le volume est chez elle, chargez-le d'aller le lui demander [rue] de Mondovi n° 3. Achetez-moi enfin une paire de pantoufles dans le genre que vous voudrez, mais très jolies et bien justes à mon pied. Vous trouverez pour modèle des souliers chez moi, et un très bon cordonnier fabriquant de charmantes pantoufles, r[ue] des Saints-Pères près de chez moi. – Un pot de pommade à la vanille, un flacon d'eau de Botot pour les dents, une brosse à dents dans votre passage, vous savez quelle brosse, dure un peu au milieu, et douce au bord. Et voilà, ne tardez pas, car le tabac manque.

[…] Si Alfred vous fait demander de mes nouvelles, dites que vous ne savez rien de moi, que je ne vous ai pas écrit. Recommandez à Buloz de dire la même chose.

[…]

Adieu mon cher enfant, je vous embrasse de toute mon âme. Si vous savez quelque chose de désagréable pour moi, ne m'en avertissez pas. Comme je ne retomberai pas dans ce malheureux amour, il est inutile que mes souffrances soient augmentées.

Tout à vous.

GEORGE.

[…]

George Sand à Sainte-Beuve

[Nohant, 15 décembre 1834.]

Mon excellent ami, j'aurais dû vous écrire plus tôt, mais vous comprenez bien qu'il m'a fallu quelques jours pour reprendre ma pauvre tête et pour comprendre où m'avait conduite cet affreux cauchemar. Mon réveil ici a été assez doux. J'ai retrouvé mes chers camarades aussi bons pour moi qu'à l'ordinaire, mais mon vieux cœur hélas, est bien las et bien flétri. Je ne crois pas qu'il se relève de sitôt. Alfred m'a écrit une petite lettre assez affectueuse, se repentant beaucoup de ses violences[276]. Son cœur est si bon dans tout cela ! Je lui ai envoyé pour toute réponse une petite feuille de mon jardin, et lui m'a envoyé une mèche de ses cheveux que je lui avais beaucoup demandée autrefois, c'est-à-dire il y a quinze jours ! et voilà, c'est fini. Je ne désire plus le revoir, cela me fait trop de mal. Mais il me faudra de la force pour lui refuser des entrevues, car il m'en demandera. Il ne m'aime plus, mais il est toujours tendre et repentant après la colère, il voudra effacer le triste souvenir qu'il m'a laissé de nos adieux, il croira me faire du bien, et il se trompera, car je me retrouverai tout à coup l'aimant et ayant travaillé en vain à me détacher. J'aurai cette force, de le fuir, je vous le promets, je sens bien qu'il me la faut.

Je voudrais rester ici longtemps, mais je ne le peux pas. M. Dudevant, tout en se montrant fort *affable*, trouve un peu mauvais le surcroît de dépense que j'apporte ici, et je ne peux attendre qu'il me dise de m'en aller, d'autant plus qu'il se ruine en effet et qu'il va être obligé de fermer la porte de sa maison. Il a une pauvre tête, il fait de mauvaises spéculations et il s'en affecte beaucoup. [...] Je suis dans une disposition d'esprit souffrante et pourtant douce. Je rêvasse beaucoup, je vais accoucher de quelque livre sentimental. Je pleure et je ris en même temps.

Mon ami, comme vous avez été bon pour moi, et comme il m'est cher de me sentir assistée et consolée par vous et par tous ces bons cœurs qui m'aiment malgré tout ! Soyez sûr que dans aucun temps de ma vie je n'oublierai cette affection si indulgente et si active que vous avez eue pour moi. Si vous avez jamais besoin de moi, combien je serai heureuse ! Adieu, mon cher directeur, écrivez-moi un petit mot pour me dire tout ce que vous voudrez, mais si vous savez quelque chose de triste de la part d'Alfred, quelque mouvement d'humeur pendant lequel il aurait mal parlé de moi, ne me le dites pas. J'ai bien assez souffert et je suis bien assez résignée à l'avoir perdu. Adieu, je suis à peu près idiote, mais j'en reviendrai, je vous embrasse de tout mon cœur. Vous portez-vous bien ? êtes-vous heureux ? Oui, vous êtes aimé ! Pensez quelquefois à moi et priez le bon Dieu pour votre pauvre vieux ami.

GEORGE.

[Adresse :]
La Châtre, poste restante
Indre.

Sainte-Beuve à George Sand[277]

[Paris,] ce 19 décembre [1834].

Il y a longtemps, madame et amie, que je voulais vous écrire pour savoir comment vous vous trouviez dans cette nouvelle vie et si vous jouissiez d'un peu de calme enfin ; car c'est ce calme qu'il vous faut d'abord, ne serait-il que de l'abattement, de l'anéantissement ; mieux vaut cela encore que toutes ces luttes interminables et désespérées. Ce que je puis vous conseiller est de la bien triste et chétive médecine, de celle comme vous n'en voulez pas entendre du docteur Louis. C'est pourtant la seule, j'en suis certain, qui convienne à votre état moral. Attendre, se tenir coi et gisant sur le flanc, sans trop rouvrir ses blessures, tromper les heures par quelque conversation, étude et écriture, et laisser à cette fécondité de nature et de jeunesse qui est en vous le temps de réparer les désastres et de se relever pour le bonheur. Vous en êtes capable encore, je le crois, non plus du premier et impossible bonheur que vous rêviez dans vos illusions d'infini, dans vos délires de jeune fille et de poète, mais d'un bonheur où la passion et le sentiment entreront avec quelque mélange de prudence, de précaution, avec le ressouvenir et quelquefois la souffrance de l'expérience passée.

Quand vous voudrez accepter ce bonheur, madame, quand vous ne le trouverez pas misérable, indigne de vous et n'en chasserez pas l'idée avec colère, il vous viendra, il se préparera autour de vous, il se réveillera un matin, après six mois ou un an de patience et de vie réglée, auprès de votre chevet et modeste, prêt à accompagner et à embellir vos jours. Je suis persuadé de la possibilité de cette issue si vous entrez dans une voie autre que celle des volcans et des précipices. [...] Vous jugerez peut-être que j'abonde dans mon sens, en vous conseillant ainsi ce qui est évidemment bien plus conforme à ma nature qu'à la vôtre, ô flamme, mais que cette première vue ne vous fasse pas rejeter ce que la réflexion m'indique de plus en plus pour vous. Je me mets bien à votre place en vous parlant comme je le fais. Adieu, gardez-moi un bon souvenir et comptez sur mon bien entier et affectueux dévouement.

SAINTE-BEUVE.

[Adresse :]
Madame, Madame Dudevant
chez Monsieur du Theil, avocat
à La Châtre.

George Sand à Henri Heine

[Paris,] lundi [5 ou 12 janvier 1835].

Cher cousin, si vous n'êtes pas mort, au physique et au moral (quant à moi, il y a longtemps que sous les deux rapports, la chose est faite) venez dîner avec moi aujourd'hui, c'est un plaisir que je voudrais procurer à Liszt pour le dédommager de ma sotte figure. Je n'ai personne, vous pouvez venir en pantoufles et en bonnet de coton.

Tâchez de venir si vous n'avez pas oublié jusqu'à mon nom. A vous de cœur

GEORGE.

[Adresse :]
Monsieur Henry Heine.

Alfred de Musset à Mme de Girardin

[Paris, le 6 janvier 1835.]

Il faut, madame, que vous soyez bien sûre d'être reconnue pour écrire une lettre anonyme à un romantique dans la saison des bals masqués. Il n'en est pas moins vrai que je vous en remercie et que je ne le mérite guère, vu ma nature d'homme mal élevé. Je suis en ce moment barricadé dans ma chambre, grognon, bête et vexé, fort en train d'abhorrer tout ce qui fait partie de ce sexe qu'on a surnommé *beau.*

Voilà ce qui fait que, pour rien au monde, je ne vais voir une jolie femme, pas même sous prétexte qu'elle est aussi aimable et spirituelle qu'une laide. Si vous vous trouvez jamais bien enrhumée, bien maussade, avec un bien vilain bonnet bien enfoncé sur les yeux, faites-le-moi savoir, je vous en supplie ; j'irai aussitôt vous faire ma cour, avec toute la maladresse dont je suis capable.

Votre respectueux serv[r]

ALFRED DE MUSSET.

Mardi.

[Adresse :]
Madame E. de Girardin
rue St Georges.

Henri Heine à George Sand

[Paris,] 8 janvier [1834].

Je regrette infiniment qu'il m'est impossible aujourd'hui de vous voir et de dîner avec vous. Je suis dans une grande tourmente pendant cette semaine. Je vous remercie de votre aimable billet. Vous êtes l'amabilité même. Soyez persuadée qu'il est impossible d'exprimer combien vous êtes aimable, adorable, divine. Ecrivez comme vous voulez, vous ferez toujours mieux que les autres. Pardonnez à la fatuité de ceux qui croient vous comprendre, priez pour l'âme de ceux qui osent vous juger. Vous blâmer c'est un blasphème.

Votre cousin.

HENRI HEINE.

J[eudi] 8 janv[ier].

Vers d'Alfred de Musset écrits de la main de George Sand

Porte ta vie ailleurs, ô toi qui fus ma vie ;
Verse ailleurs ce trésor que j'avais pour tout bien.
Va chercher d'autres lieux, toi qui fus ma patrie,
Va fleurir au soleil, ô ma belle chérie !
Fais riche un autre amour et souviens-toi du mien.

Laisse mon souvenir te suivre loin de France ;
Qu'il parte sur ton cœur, pauvre bouquet fané.
Lorsque tu l'as cueilli, j'ai connu l'Espérance,
Je croyais au bonheur, et toute ma souffrance
Est de l'avoir perdu sans te l'avoir donné.

10 janvier 1835.

George Sand à Alfred Tattet

[Paris, 14 (?) janvier 1835.]

Monsieur,

Il y a des opérations qui sont fort bien faites et qui font bonheur à l'habileté du chirurgien, mais qui n'empêchent pas la maladie de revenir. En raison de cette possibilité, Alfred est redevenu mon amant ; comme je présume qu'il sera bien aise de vous voir chez moi, je vous engage à venir dîner avec nous au premier jour de liberté que vous aurez. Puisse l'oubli que je fais de mon offense ramener l'amitié entre nous.

Adieu, mon cher Tattet.

Tout à vous.

GEORGE SAND.

[Adresse :]
Monsieur Alfred Tattet
rue Grange batelière, 15.

George Sand à Alfred de Musset

[Paris, début de janvier 1835.]

Six heures.

Pourquoi nous sommes-nous quittés si tristes ? nous verrons-nous ce soir ? pouvons-nous être heureux ? pouvons-nous nous aimer ? tu as dit que oui, et j'essaye de le croire. Mais il me semble qu'il n'y a pas de suite dans tes idées, et qu'à la moindre souffrance, tu t'indignes contre moi, comme contre un joug. Hélas ! mon enfant ! Nous nous aimons, voilà la seule chose sûre qu'il y ait entre nous. Le temps et l'absence ne nous ont pas empêchés et ne nous empêcheront pas de nous aimer. Mais notre vie est-elle possible ensemble ? La mienne est-elle possible avec quelqu'un ? Cela m'effraie. Je suis triste et consternée par instants, tu me fais espérer et désespérer à chaque instant. Que ferai-je ? Veux-tu que je parte ? Veux-tu essayer encore de m'oublier ? Moi je ne chercherai pas, mais je puis me taire et m'en aller. Je sens que je vais t'aimer encore comme autrefois, si je ne fuis pas. Je te tuerai peut-être et moi avec toi, penses-y bien. Je voulais te dire d'avance tout ce qu'il y avait à craindre entre nous. J'aurais dû te l'écrire et ne pas revenir. La fatalité m'a ramenée ici. Faut-il l'accuser ou la bénir ? Je t'ai vu et je t'ai cédé. Il y a des heures je te l'avoue où l'effroi est plus fort que l'amour et où je me sens paralysée comme un homme sur le sentier de montagne qui n'ose ni avancer ni reculer entre deux abîmes. L'amour avec toi et une vie de fièvre pour tous deux peut-être : ou bien la solitude et le désespoir pour moi seule. Dis-moi, crois-tu pouvoir être heureux ailleurs ? Oui sans doute, tu as vingt-trois ans et les plus belles femmes du monde, les meilleures peut-être, peuvent t'appartenir. Moi, je n'ai pour t'attacher que le peu de bien, et le beaucoup de mal que je t'ai fait. C'est une triste dot que je t'apporte. Chasse-moi, mon enfant, dis un mot. Cette fois, tu n'auras rien à craindre de violent de ma part, et je ne te demanderai pas compte d'un bonheur auquel j'avais renoncé. Dis-moi ce que tu veux, fais ce que tu veux, ne t'occupe pas de moi, je vivrai pour toi aussi longtemps que tu voudras, et le jour où tu ne voudras plus, je m'éloignerai sans cesser de te chérir et de prier pour toi. Consulte ton cœur, ta raison aussi, ton avenir, ta mère, pense à ce que tu as hors de moi et ne me sacrifie rien. Si tu reviens à moi, je ne peux te promettre qu'une chose, c'est d'essayer de te rendre heureux. Mais il te faudrait de la patience et de l'indulgence pour quelques moments de peur et de tristesse que j'aurai encore sans doute. Cette patience-là n'est guère de ton âge. Consulte-toi, mon ange. Ma vie t'appartient et quoi qu'il arrive, sache que je t'aime et t'aimerai…

Veux-tu que j'aille là-bas à dix heures ?

[Adresse :]
Monsieur Alfred de Musset
rue de Grenelle Saint-Germain 59.

Alfred de Musset à George Sand

[Paris, début de janvier 1835.]

Le bonheur, le bonheur, et la mort après, la mort avec ! Oui, tu me pardonnes, tu m'aimes ! tu vis, ô mon âme, tu seras heureuse ! Oui, par Dieu, heureuse par moi. Et oui, j'ai vingt-trois ans, et pourquoi les ai-je, pourquoi suis-je dans la force de l'âge, sinon pour te verser ma vie pour que tu la boives sur mes lèvres ? Ce soir, à dix heures et compte que j'y serai plus tôt. Viens dès que tu pourras ; viens pour que je me mette à genoux, pour que je te demande de vivre, d'aimer, de pardonner !

Ce soir, ce soir.

[Adresse :]
Madame Dudevant
n° 19
Quai Malaquais.

George Sand à Alfred de Musset

[Paris, début de janvier 1835.]

....

à mon billet, et tu n'as peut-être pas voulu me voir. J'ai désiré cette séparation tous les jours, au moins une heure par jour, depuis que tu es venu me chercher à mon retour de Nohant pour m'emmener dîner avec toi, au milieu de mes résolutions et de mes frayeurs. Je n'ai pu prendre confiance à cette vie, qu'avec des efforts de courage ou des élans d'amour. Oh ceux-là pourquoi ne les sais-tu pas faire durer, pourquoi faut-il qu'avec toi, le cœur ne suffise pas ? Il y faut encore du caractère, de l'héroïsme, du dévouement, et je n'ai rien de tout cela, parce que je sens que tu ne t'y tromperais pas et que tu n'en voudrais pas. L'amour c'est le bonheur qu'on se donne mutuellement.

O Dieu, ô Dieu, je te fais des reproches à toi qui souffres tant ? Pardonne-moi mon ange, mon bien-aimé, mon infortuné. Je souffre tant moi-même ; je ne sais à qui m'en prendre. Je me plains à Dieu, je lui demande des miracles. Il n'en fait pas, il nous abandonne. Qu'allons-nous devenir ? Il faudrait que l'un de nous eût de la force, soit pour aimer, soit pour guérir, et ne t'abuse, nous n'avons ni l'une ni l'autre, et pas plus l'un que l'autre. Tu crois que tu peux m'aimer encore, parce que tu peux espérer encore tous les matins après avoir nié tous les soirs. Tu as vingt-trois ans, et voilà que j'en ai trente et un, et tant de malheurs, tant de sanglots, de déchirements derrière moi ! Où vas-tu ? Qu'espères-tu de la solitude et de l'exaltation d'une douleur déjà si poignante ? Hélas me voici lâche et flasque comme une corde brisée, me voici par terre, me roulant avec mon amour désolé comme avec un cadavre, et je souffre tant que je ne peux pas me relever pour l'enterrer ou pour le rappeler à la vie. Et toi, tu veux exciter et fouetter ta douleur. N'en as-tu pas assez comme cela ? Moi je ne crois pas qu'il y ait quelque chose de pis que ce que j'éprouve.

Mais tu espères ? tu t'en relèveras peut-être ? Oui, je m'en souviens, tu as dit que tu la prendrais corps à corps et que tu sortirais victorieux de la lutte, si tu ne périssais pas tout d'un coup. Eh bien oui, tu es jeune, tu es poète, tu es dans ta beauté et dans ta force. Essaye donc, moi je vais mourir. Adieu, adieu, je ne veux pas te quitter, je veux ne pas te reprendre, je ne veux rien, rien, j'ai les genoux par terre, et les reins brisés, qu'on ne me parle de rien. Je veux embrasser la terre et pleurer. Je ne t'aime plus, mais je t'adore toujours. Je ne veux plus de toi, mais je ne peux pas m'en passer. Il n'y aurait qu'un coup de foudre d'en haut qui pourrait me guérir en m'anéantissant. Adieu, reste, pars, seulement ne dis pas que je ne souffre pas, il n'y a que cela qui puisse me faire souffrir davantage, mon seul amour, ma vie, mes entrailles, mon frère, mon sang, allez-vous-en, mais tuez-moi en partant.

[Adresse :]
Monsieur Alfred de Musset.

Alfred de Musset à George Sand

[Paris, début de janvier 1835.]

Quitte-moi, toi, si tu veux. Tant que tu m'aimeras, c'est de la folie, je n'en aurai jamais la force. Ecris-moi un mot, je donnerais je ne sais quoi pour t'avoir là. Si je peux me lever, j'irai te voir.

[Adresse :]
Mme Sand.

George Sand à Franz Liszt

[Paris,] dimanche [18 janvier 1835].

Mon cher Monsieur Listz *[sic]*, je ne sais où vous êtes. Plusieurs personnes m'ont dit que vous étiez resté à Paris. Où que vous soyez, je présume que votre mère vous fera parvenir ma lettre.

Vous avez eu la bonté de vous intéresser à mes chagrins et de me parler de vos ennuis. Vous m'avez témoigné une très douce et précieuse amitié. Je ne sais pourquoi, quelques personnes autour de moi ont pensé que cette sympathie mutuelle était un sentiment plus vif et même une liaison plus intime[278]. D'autres ont seulement pensé qu'il y avait eu de ma part curiosité et coquetterie. J'en appelle à vous, mon ami, et vous charge du soin de me justifier auprès de ceux avec qui le hasard pourrait vous mettre à même d'échanger quelques mots à ce sujet. Je suis dans une si douloureuse situation, en proie à des chagrins si profonds et entourée de soupçons si cruels, que je ne saurais profiter d'aucune affection si pure et légitime qu'elle soit. Vous ne viendrez certainement pas chez moi sans en retirer quelque ennui. Permettez-moi de vous prier (au cas où vous seriez de retour à Paris avant moi), de ne pas venir me voir, et croyez bien que malgré cela, je ne vous tiens pas quitte de l'amitié que vous m'avez promise. Je la mets en dépôt dans votre propre cœur et vous prie de l'y chercher quelquefois pour adresser à Dieu une prière pour moi, car je suis très malheureuse.

Je vais partir pour essayer de rompre une passion bien sérieuse pour moi et bien terrible. Je doute que cela me serve à quelque chose, car chaque nouveau jour de cette passion m'apprend à douter de mon libre arbitre. Je ne sais où je vais et vous me permettrez de ne le dire ni à vous, ni à aucun autre. Je sais que je vais être accusée d'avoir été vous rejoindre et d'être cachée, avec vous, dans quelque retraite romanesque. Justifiez-moi, je compte sur vous.

Je compte sur vous aussi pour me rendre cette justice, qu'aux jours de ma plus grande douleur, je n'ai point accusé l'auteur de mes souffrances. Je vous l'ai dit, moi seule suis coupable et porte la peine d'une faute immense. En fuyant un pardon trop humiliant, je fais preuve de faiblesse et non de force. Ma vertu serait de m'y soumettre et d'accepter toutes les conséquences du passé, dans un présent orageux et rigide. Je ne le peux pas. Ma raison et ma religion m'abandonnent. Dieu sait ce que je vais devenir. Mon âme est peut-être à jamais perdue. Car je n'ai pas le courage de rester avec celui que je devrais aimer, et je l'aimerai toujours trop, pour jamais offrir de garantie certaine à un autre, contre lui. Je vais donc travailler à tuer l'amour en moi. Il y a peut-être autre chose dans la vie. Priez pour moi, je le répète.

Toute à vous de cœur.

GEORGE.

[Adresse :]
Monsieur Listz
rue de Provence, 61.

George Sand à Franz Liszt

[Paris, 19 (?) janvier 1835.]

J'apprends que vous êtes certainement ici. On vous a vu au Conservatoire[279]. Répondez-moi un mot avant que je parte, dites-moi que vous n'avez pas de reproche à me faire dans tout ceci, que vous n'êtes pas blessé de mes tristes façons d'agir et que vous conserverez en vous-même un souvenir mélancolique et affectueux pour les cinq ou six heures de votre vie que vous avez passées avec le vieux oncle.

Adressez votre lettre à mon amie,
Mme Bourgoing, quai Malaquais 19[280].

Alfred de Musset à George Sand

[Paris, fin janvier 1835.]

Mon ange adoré, je te renvoie ton argent[281], Buloz m'en a envoyé. Je t'aime, je t'aime, je t'aime, adieu, ô mon Georges *[sic]* c'est donc vrai ? Je t'aime pourtant. Adieu, adieu ma vie, mon bien. Adieu mes lèvres, mon cœur, mon amour. Je t'aime tant, ô Dieu ! Adieu. Toi, toi, toi, ne te moque pas d'un pauvre homme.

[Adresse :]
Mme Sand
n° 19.

George Sand à Alfred de Musset

[Paris, fin janvier 1835.]

....

Tout cela, vois-tu, c'est un jeu que nous jouons. Mais notre cœur et notre vie servent d'enjeux, et ce n'est pas tout à fait aussi plaisant que cela en a l'air. Veux-tu que nous allions nous brûler la cervelle ensemble à Franchard ? Ce sera plus tôt fait.

Rozanne a eu une petite larme sur la joue, quand je lui ai lu le paragraphe qui la concerne[282]. Viens pour elle, si ce n'est pour moi. Elle te donnera du lait et tu lui feras des vers. Je ne serai jalouse que du plaisir qu'elle aura à te soigner, mais de ....

Alfred de Musset à George Sand

[Paris, ... janvier 1835.]

J'ai une fièvre de cheval ; impossible de tenir sur mes jambes ; j'espérais que cela se calmerait. Comment donc faire pour te voir ? Viens donc avec Papet ou Rollinat ; il entrerait le premier tout seul, et quand il n'y aurait personne il t'ouvrirait, après dîner cela se peut bien. Je me meurs de te voir une minute si tu veux. Aime-moi. Vers huit heures tu peux venir, veux-tu ?

[Adresse :]
Mme Sand.

George Sand à Alfred de Musset

[Paris, ... janvier (?) 1835.]

Certainement, j'irai mon pauvre enfant. Je suis bien inquiète. Dis-moi, est-ce que je ne peux pas t'aller soigner.

Est-ce que ta mère s'y opposerait ? Je peux mettre un bonnet et un tablier à Sophie. Ta sœur ne me connaît pas. Ta mère fera semblant de ne pas me reconnaître, et je passerai pour une garde[283]. Laisse-moi te veiller cette nuit, je t'en supplie. Parle à ta mère, dis-lui que tu le veux.

[Adresse :]
M. Alf. de Musset.

George Sand à Charles Meure

[Paris, 28 janvier 1835.]

[…] Je n'attendrai pas le printemps, le soleil ou la verdure. Je me f… de tout cela. Je suis triste, mon ami, et moralement malade. J'ai besoin de quitter Paris et d'être seule avec un ami qui me permette d'être bête et maussade. Je tomberai chez vous un de ces matins, ne vous inquiétez pas comment et n'en écrivez rien à aucun de nos amis. On est trop gai à Nohant pour moi. Votre neige, vos montagnes, votre pays de loups et surtout votre douce et peu bruyante amitié me feront du bien, c'est du repos et de la tristesse à discrétion qu'il me faut. Je porterai papier, encre et livres, je travaillerai pendant que vous jugerez les pâles humains.

Achevez donc ma chambre bleue dans votre chalet de bois, car vous m'y verrez probablement bientôt. Ce ne sont pas les chagrins que vous croyez, cher gros excellent homme. Je me moque bien de la presse, de la gloire, des journaux et des éditeurs ! J'ai bien d'autres affaires sérieuses dans le cœur ! Nous n'en parlerons pas, n'est-ce pas ? Vous me supporterez. Adieu, mon cher et vrai ami, à bientôt.

Votre camarade

GEORGE-AURORE.

Quai Malaquais, 19.

[Adresse :]
Monsieur Meure
Procureur du roi
à Château Chinon.

Alfred de Musset à George Sand
[Lettre écrite au crayon[284]]

[Paris, février 1835.]

J'ai fait des rêves horribles, et toi aussi, mais ta *Lélia* n'est point un rêve, tu ne t'es trompée qu'à la fin. – Il ne dort pas sous les roseaux du lac, ton Sténio : il est à tes côtés, il assiste à toutes tes douleurs, ses yeux trempés de larmes veillent sur tes nuits silencieuses. – Regarde autour de toi, son ombre triste et souffrante ne t'apparaît-elle pas dans le dernier rêve de ta vie ? Ah oui, c'est moi, moi, tu m'as pressenti. Quand sa pâle figure s'est présentée à toi dans le calme des nuits, quand tu as écrit pour la première fois son nom sur la première page, c'est moi qui m'approchais. Une main invisible m'amenait à toi, l'ange de tes douleurs m'avait mis dans les mains une couronne d'épines et un linceul blanc, et m'avait dit : va lui porter cela ; tu lui diras que c'est moi qui les lui envoie. Moi je croyais tenir une couronne de fleurs, et le voile de ma fiancée ; ainsi je suis venu et je te les ai donnés.

Peut-être l'as-tu cru aussi, car tu les as mis sur ta tête, et tu m'as attiré sur ton cœur : tu as parlé à la fois de bonheur et de mort ; tu m'as dit que je t'apprenais la vie et l'amour, et tu t'es dit en toi-même, il faut que je meure, voilà mon jour arrivé.

Alors tu m'as mis à côté de toi, et tu as arrangé tes papiers ; tu me disais toujours, voilà toute ma vie revenue, il faut me traiter en convalescente, je vais renaître, et en disant cela, tu écrivais ton testament.

Moi, je me disais : voilà ce que je ferai ; je la prendrai avec moi, pour aller dans une prairie ; je lui montrerai les feuilles qui poussent, les fleurs qui s'aiment, le soleil qui échauffe tout dans l'horizon plein de vie ; je l'assoirai sur du jeune chaume, elle écoutera, et elle comprendra bien ce que disent tous ces oiseaux, toutes ces rivières avec les harmonies du monde – elle reconnaîtra tous ces milliers de frères, et moi pour l'un d'entre eux ; elle nous pressera sur son cœur ; elle deviendra blanche comme un lys, et elle prendra racine dans la sève du monde tout-puissant[285].

Je t'ai donc prise et je t'ai emportée ; mais je me suis senti trop faible. Je croyais que j'étais trop jeune parce que j'avais vécu sans mon cœur, et que je me disais toujours : je m'en servirai en temps et lieu : mais j'avais traversé un si triste pays que mon cœur ne pouvait plus se desserrer sans souffrir, tant il avait souffert pour se serrer autant ; ce qui fait que mes bras étaient tout allongés et tout maigres, et je t'ai laissée tomber.

Tu ne m'en as pas voulu. Tu m'as dit que c'était parce que tu étais trop lourde, et tu t'es retournée la face contre terre, mais tu me faisais signe de la main pour me dire de continuer sans toi, et que la montagne était proche, mais tu es devenue pâle comme une hyacinthe et le tertre vert s'est roulé sur toi, et je ne t'ai plus vue qu'une petite éminence où poussait de l'herbe. Je me suis mis à pleurer sur ta tombe et alors je me suis senti la force d'un millier d'hommes pour t'emporter, mais les cloches sonnaient dans le lointain et il y avait des gens qui traversaient la vallée en disant ; voilà comme elle était, elle faisait ceci, elle faisait cela. Elle a fini par là. Alors il est venu des hommes qui m'ont dit : la voilà donc, nous l'avons tuée ; mais je me suis éloigné avec horreur, en disant ; je ne l'ai pas tuée, si j'ai de son sang après les mains, c'est que je l'ai ensevelie, et vous, vous l'avez tuée, et vous avez lavé vos mains. Prenez garde que je n'écrive sur sa tombe qu'elle était bonne, sincère, et grande, et si on vous demande qui je suis, répondez que vous n'en savez rien, attendu que je sais qui vous êtes. Le jour où elle sortira de cette tombe, son visage portera les marques de vos coups, mais ses larmes les cacheront et il y en aura une pour moi.

Mais toi tu ne vois pas les miennes ! Ma fatale jeunesse m'a peint sur le visage un rire convulsif. Tu m'as aimé, mais ton amour était solitaire comme le désespoir ; tu avais tant pleuré, et moi si peu ! Tu meurs muette sur mon cœur, mais je ne retournerai point à la vie, quand tu n'y seras plus ; j'aimerai les fleurs de ta tombe comme je t'ai aimée, elles me laisseront boire comme toi leur doux parfum et leur triste rosée, elles se faneront comme toi sans me répondre et sans savoir pour qui elles meurent.

George Sand à Charles Meure

[Paris, 9 février 1835.]

Merci, merci mille fois, mon bien cher ami, je savais bien quelle serait votre réponse. Tenez-moi toujours prête cette bonne volonté de m'accueillir si je vais vous trouver et cacher sous votre bon petit toit ma douleur et mon spleen. Puissé-je n'avoir plus à vous en importuner, et vous faire ma visite au printemps avec des idées moins noires et une destinée moins incertaine. Maintenant ma tristesse s'est un peu calmée et peut-être pourrai-je retrouver un peu de ce vieux bonheur après lequel nous courons tous.

Vous ne comprenez rien à ma cervelle, n'est-ce pas ? C'est ce que vous pouvez avoir à faire de mieux. Permettez-moi de ne vous rien dire de la cause de tout cela, sinon que j'aime quelqu'un depuis longtemps, que je suis tantôt très heureuse, tantôt très malheureuse, tantôt par ma faute, tantôt par la sienne, et souvent par celle de tous deux. Or vous savez la chanson de Dutheil

Le bonheur nous rend heureux
Et le malheur malheureux.

Je voudrais bien être heureuse, et ne jamais être malheureuse. Il y a des jours où j'ai envie de rester et des jours où j'ai envie de m'en aller, je ne sais auquel entendre. Faites des vœux pour que je puisse rester, car quels que soient les orages et les tourments de la jeunesse, l'isolement et les regrets auxquels je vouerais mon avenir, seraient une triste consolation. Nous sommes vieux, mon pauvre procureur du roi, et nous nous guérissons d'aimer, que ferons-nous du reste de notre vie [?]

Priez pour votre vieux George, mon camarade.

[...]

[Adresse :]
Monsieur Meure
Procureur du roi
à Château Chinon.

Marie Dorval à George Sand

[Paris, 13 (?) février 1835.]

Tu es bien infâme de ne m'avoir pas fait demander une loge pour *Chatterton.* J'étais furieuse quand on m'a dit que tu n'y étais pas... Comment cela se fait-il qu'on ne t'ait pas donné une loge ? Tu ne l'as donc pas voulu. En voici une pour ce soir. Si tu ne peux pas venir, fais-moi savoir (par écrit) puisque tu ne veux plus me voir, quel jour tu en veux une autre.

Adieu, vilaine méchante.

George Sand à Alfred Tattet

[Paris,] 14 février 1835.

Monsieur,

J'ai une affaire indispensable à terminer avec vous. Il s'agit d'une affaire d'argent dans laquelle je suis compromise d'honneur aux yeux de Pierre Pagello. J'ai besoin d'une attestation de vous et vous êtes trop galant homme pour me la refuser. Je sais que vous m'êtes extrêmement hostile et j'ai peu sujet de vous bénir. Mais soyez sûr que j'ai trop le sentiment des convenances pour vous en faire des reproches et que jamais aucune vengeance de ma part ne cherchera à vous atteindre. Ayez donc, monsieur, la bonté de recevoir chez vous quatre tableaux qui appartiennent à Pierre Pagello et que je m'étais chargé *[sic]* de vendre. Voyant qu'il avait besoin d'argent et sachant par l'avis d'un expert que les tableaux ne valaient rien, je lui en donnai la somme de deux mille francs et j'y ajoutai le procédé de lui cacher le secours que [je] lui apportais. Je lui remis mille francs en argent et le tins quitte d'une somme plus forte qu'il me devait. Je crus devoir ces ménagements à sa position fâcheuse et délicate à Paris. Aujourd'hui Pierre Pagello, averti par un de mes amis, me fait grand crime de cette action et pense que je l'ai faite à dessein de la divulguer et d'avilir son nom ; d'abord, en racontant l'histoire telle qu'elle est, je n'ai point sujet de l'avilir ; ensuite, je ne l'ai racontée qu'à Alfred qui vous l'a redite, à vous seul. Voulez-vous avoir la bonté, monsieur, de rendre témoignage de ma discrétion, lorsque vous écrirez à Pierre Pagello ?

En second lieu, cette personne insinue que je pourrais bien m'être défaite des tableaux à mon avantage, afin de me donner en même temps les gants d'une générosité singulière. Elle ajoute que, s'ils sont entre mes mains *en effet*, elle espère que vous voudrez bien les recevoir, afin de les lui renvoyer ou de les faire vendre. Je fais porter les tableaux chez vous ; voulez-vous bien en accuser réception à Pierre Pagello ? J'espère que oui. Vous avez pensé que le sentiment de l'équité vous forçait à vous faire le bourreau d'une âme criminelle. Je ne savais pas que vous eussiez l'âme aussi austère et le bras aussi ferme. J'en souffre, mais je vous en estime d'autant plus, monsieur, et à cause de cela, je pense que vous me laverez de l'accusation de friponnerie, car si votre amour de la vérité vous a commandé de me nuire, il doit vous commander de me réhabiliter sous les rapports par où je le mérite.

Veuillez m'honorer d'un mot de réponse[286]. J'ai l'honneur de vous saluer.

GEORGE SAND.

George Sand à Marie Dorval

[Paris, 15 février 1835.]

Mon amie, j'ai à vous dire que jamais je ne vous ai vue si belle, si intelligente et si admirable qu'hier soir. Tout le monde vous le dit, mais vous savez que je suis un des plus touchés et des plus reconnaissants qui s'inclinent devant vous.

La pièce est extrêmement belle, touchante, exquise de sentiment[287]. J'en suis sortie en larmes, sans vouloir dire un mot à personne, parce que je ne pouvais pas parler. Entre nous, ma chère, quels que soient les travers de la vie du monde, et les petitesses des hommes en société, il n'y a que de nobles cœurs et des esprits d'une grande élévation, qui puissent produire de telles choses. Je n'aime pas du tout la personne de M. Devigny *[sic]*, et en cela je ne vous ressemble pas (ceci est bien spirituel, n'est-ce pas ?), mais je vous assure que d'âme à âme, j'en use autrement. Rends-le heureux, mon enfant, ces hommes-là en ont besoin et le méritent.

Adieu, j'irai te voir. Où prends-tu que je ne veux plus te voir ? Mais je te dirai pourquoi je ne puis pas souvent. Je t'embrasse, mon amie et te suis toujours à tout jamais dévouée

GEORGE.

[Adresse :]
Madame Dorval
r. St Lazare, 44.

Vers de Musset écrits de la main de George Sand après le 15 février 1835

Ecrit sous sa dictée
en revenant de *Chatterton*

Quand vous aurez prouvé, messieurs du journalisme,
que Chatterton eut tort de mourir ignoré,
qu'au Théâtre-Français on l'a défiguré,
Quand vous aurez crié sept fois à l'athéisme,

Sept fois au contresens et sept fois au sophisme,
Vous n'aurez pas prouvé que je n'ai pas pleuré.
Et si mes pleurs ont tort devant le pédantisme,
Savez-vous, moucherons, ce que je vous dirai ?

Je vous dirai : sachez que les larmes humaines
Ressemblent en grandeur aux flots de l'océan :
On n'en fait rien de bon en les analysant ;

Quand vous en puiseriez deux tonnes toutes pleines,
En les faisant sécher, vous n'en aurez demain
Qu'un méchant grain de sel dans le creux de la main.

O critique du jour, chère mouche bovine,
Que te voilà pédante au troisième degré !
Quel plaisir ce doit être, à ce que j'imagine,
D'aiguiser sur un livre un museau de fouine

Et de ronger à l'ombre un squelette ignoré !
J'aime à te voir surtout, en style de cuisine,
Te comparer sans honte au poète inspiré
Et gonfler ta grenouille au pied du bœuf sacré !

De quel robuste orgueil l'autre jour je t'ai vue
Te faire un beau pavois au fond d'une revue !
Oh ! que je t'aime ainsi, dépeçant tout d'abord

Quiconque autour de toi donne signe de vie,
Et puis, d'un laurier-rose, amer comme l'envie,
Couronnant un chacal sur le ventre d'un mort.

George Sand à Alfred de Musset

[Paris, 22 ou 23 (?) février 1835[288]*.]*

Non, non, c'est assez ! Pauvre malheureux, je t'ai aimé comme mon fils, c'est un amour de mère, j'en saigne encore. Je te plains, je te pardonne tout, mais il faut nous quitter. J'y deviendrais méchante. Tu dis que cela vaudrait mieux et que je devrais te souffleter quand tu m'outrages. Je ne sais pas lutter. Dieu m'a faite douce et cependant fière. Mon orgueil est brisé à présent, et mon amour n'est plus que de la pitié. Je te le dis, il faut en guérir. Sainte-Beuve a raison. Ta conduite est déplorable, impossible. Mon Dieu à quelle vie vais-je te laisser ! L'ivresse, le vin ! les filles, et encore, et toujours ! Mais puisque je ne peux plus rien pour t'en préserver, faut-il prolonger cette honte pour moi, et ce supplice pour toi-même ? Mes larmes t'irritent. Ta folle jalousie à tout propos, au milieu de tout cela ! plus tu perds le droit d'être jaloux plus tu le deviens ! Cela ressemble à une punition de Dieu sur ta pauvre tête. Mais mes enfants à moi, oh ! mes enfants, mes enfants ! adieu, adieu, malheureux que tu es, mes enfants, mes enfants !...

Alfred de Musset à Jules Boucoiran[289]

[Paris,] 24 février [1835].

Monsieur, je reçois une lettre de vous, me donnant quelques explications relatives à un entretien entre vous et Mme Dudevant. D'après cette lettre, je vois que Mme Dudevant ne vous a pas dit simplement la question, et qu'elle s'en est détournée beaucoup.

Il ne s'est jamais agi pour moi, Monsieur, de savoir si vous m'estimiez ou non. C'est une chose que je n'ai jamais pensé à demander à personne, à moins d'un motif positif, et j'avoue même que je ne comprends pas bien comment, avec mon nom et ma position dans le monde, je me trouverais de pareilles inquiétudes.

L'explication que je voulais avoir portait uniquement sur la lettre écrite à La Châtre, dont vous me parlez dans votre post-scriptum. Or, ce n'est que d'avant-hier, monsieur, que j'ai appris l'existence de cette lettre. Vous voyez donc que c'est à tort que vous me dites que j'aurais dû vous en parler plus tôt. Si Mme Dudevant s'était mieux expliquée, ou si elle m'eût laissé le temps de m'expliquer moi-même, vous auriez vu, Monsieur, qu'il n'y avait en moi ni susceptibilité à *tranquilliser*, ni curiosité de connaître votre position vis-à-vis de moi, mais purement et simplement un *fait* à vérifier.

Je regrette donc que cette explication ne se soit point passée entre nous, comme je le désirais. Du reste, après la manière dont vous me parlez de la lettre de M. Dutheil, il est tout à fait inutile que je lui écrive. Je vous crois certainement incapable de rétracter un propos que vous auriez tenu ; et le propos seul étant l'objet de la question, votre parole là-dessus me suffit.

Votre très humble ser[viteu]r

ALF^D DE MUSSET.

[Adresse :]
Monsieur J. Boucoiran,
n° 22 ou 28
passage Choiseul.

Alfred de Musset à George Sand

[Paris, fin février ou début mars 1835.]

Senza veder, e senza parlar, toccar la mano d'un pazzo chi partè domani[290].

[Adresse :]
Madame George Sand
N° 19, Quai Malaquais.

Alfred de Musset à George Sand

[Paris, début du carême de 1835.]

Mon cher Georgeot, je vais partir. Je suis tellement misérable que je n'ai même pas le courage d'attendre jusqu'à ton départ. J'ai fait mes petits paquets, et ma place est retenue pour ce soir. Malgré que nous soyons aujourd'hui dans toute cette tristesse des jours gras[291], voudras-tu me donner un quart d'heure d'adieu ? Ce ne sera qu'autant que tu ne t'en effraieras pas. Si tu ne peux pas, écris-moi un mot ; que je ne parte pas sans une poignée de main, et un dernier souvenir.

Ton pauvre vieux lièvre.

ALFRED.

[Adresse :]
Madame Sand
Quai Malaquais 19.

Alfred de Musset à George Sand

[Paris, fin février ou début mars 1835.]

C'est chez toi, mon enfant, que j'irai te dire adieu. Je t'avais écrit non pour te demander de venir ailleurs, mais simplement pour être sûr de te voir un instant. Ne t'effraye pas ; je ne suis de force à tuer personne ce matin.

A.

[Adresse :]
Madame Sand.

Alfred de Musset à François Buloz

[Paris,] Vendredi [27 février ou 6 mars 1835][292].

Mon cher Buloz, ayez la bonté de prier Mme Dudevant, lorsque vous la verrez, de vouloir bien brûler les deux pages de vers que j'ai laissées chez elle il y a quelque temps[293]. Soyez persuadé, mon ami, qu'il n'y a dans cette réponse de ma part aucune envie de vous désobliger. Je n'ai point relu ces ébauches, écrites dans une nuit d'exaltation maladive, et qui, probablement, ne valent rien. Ce n'est pas non plus, certainement, que je ne sois très disposé à rendre à de Vigny, ou publiquement ou en particulier, la pleine justice qui lui est due, sur un des plus beaux drames de cette époque ; dites-lui, je vous en prie, si vous le voyez, combien j'admire *Chatterton*, et que je le remercie de tout cœur de nous avoir prouvé, à tous tant que nous sommes, que, malgré les turpitudes qui nous ont blasés, dépravés, et abrutis, nous sommes encore capables de pleurer et de sentir ce qui vient du cœur. Dites-lui que j'ai fait un ou deux méchants sonnets là-dessus, lesquels sont brûlés, mais que je n'en professe pas moins haut mon admiration. Que Mme Dudevant ne trouve rien de mal de ma part, si je lui demande de jeter ces vers au feu. C'est affaire de pure *vanité littéraire* ; que voulez-vous, mon cher ami ? ce sont des vers faits à la hâte ; je suis faiseur de vers ; c'est mon métier, j'agis par intérêt pécuniaire.

T[out] à v[ous]

ALF^D^ DE M^T^.

Alfred de Musset à George Sand

[Paris, mars (?) 1835.]

Mon enfant, viens me voir ce soir, je t'en prie. J'ai écrit sans réfléchir, et si je t'ai parlé durement c'est sans le vouloir. Viens, si tu me crois.

George Sand à Jules Boucoiran

[Paris, 6 mars 1835.]

Mon ami, aidez-moi à partir aujourd'hui. Allez au courrier à midi et retenez-moi une place, puis venez me voir. Je vous dirai ce qu'il faut faire.

Cependant, si je ne peux pas vous le dire, ce qui est fort possible, car j'aurai bien de la peine à tromper l'inquiétude d'Alfred, je vais vous l'expliquer en quatre mots[294].

Vous arriverez à cinq heures chez moi et d'un air empressé et affairé vous me direz que ma mère vient d'arriver, qu'elle est très fatiguée et assez sérieusement malade, que sa servante n'est pas chez elle, qu'elle a besoin de moi tout de suite et qu'il faut que j'y aille sans différer. Je mettrai mon chapeau, je dirai que je vais revenir, et vous me mettrez en voiture. Venez chercher mon sac de nuit dans la journée, il vous sera facile de l'emporter sans qu'on le voie, et vous le porterez au bureau.

Faites-moi arranger le coussin de voyage que je vous envoie. Le fermoir est perdu. Adieu. Venez tout de suite si vous pouvez, mais si Alfred est à la maison, n'ayez pas l'air d'avoir quelque chose à me dire. Je sortirai dans la cuisine pour vous parler.

Vendredi.

[Adresse :]
Monsieur Boucoiran
passage Choiseul, 18.

George Sand à Mme Edmée de Musset

[Paris, 6 mars 1835[295] *(?).]*

Madame,

Permettez-moi de vous offrir ce pauvre petit oiseau qui n'a pas le moindre tort à se reprocher.

Vous avez sans doute beaucoup souffert à cause de moi, et au lieu de m'en vouloir, je sais que vous me traitez avec indulgence, je vous en remercie et vous demande pardon du fond du cœur des chagrins et des inquiétudes que je vous ai causés. Je serai partie quand vous recevrez ce billet et je vous jure que vous ne souffrirez plus par moi.

Je vous embrasse la main et suis
Votre servante.

GEORGE SAND.

George Sand à François Buloz

[Paris, 6 mars 1835.]

Mon cher Buloz, envoyez-moi ces cinq cents francs aujourd'hui si vous pouvez. Sinon mon départ fixé à ce soir sera encore manqué. Je compte sur vous, je n'ai pas un sou. Envoyez-moi toujours deux cents francs. Je vous laisserai mes petites dettes à payer. Si vous êtes en avance avec moi, ne soyez pas inquiet, je vais à Nohant et j'aurai bientôt réussi à m'acquitter. Gardez-moi le secret de cette nouvelle tentative de séparation et aidez-moi à réussir cette fois ; si je n'avais pas d'argent, il n'y aurait pas moyen. Envoyez chez moi avant midi je vous en supplie. Je n'ai pas besoin de vous recommander le secret d'ici à demain.

GEORGE.

[Adresse :]
Monsieur Buloz.

Alfred de Musset à Jules Boucoiran

[Paris, 7 mars 1835.]

Monsieur,

Je sors de chez Mme Sand et on m'apprend qu'elle est à Nohant. Ayez la bonté de me dire si cette nouvelle est vraie. Comme vous avez vu Mme Sand ce matin, vous avez pu savoir quelles étaient ses intentions, et si elle ne devait partir que demain, vous pourriez peut-être me dire si vous croyez qu'elle ait quelques raisons pour désirer de ne point me voir avant son départ. Je n'ai pas besoin d'ajouter que, dans le cas où cela serait, je respecterais ses volontés.

ALFD DE MT.

[Adresse :]
Monsieur Boucoiran
N° 28
Passage Choiseul.

George Sand à Jules Boucoiran

[Nohant,] lundi [9 mars 1835].

Mon ami, je suis arrivée en bonne santé et nullement fatiguée à Châteauroux à trois heures de l'après-midi. J'ai vu hier tous nos amis à La Châtre. Rollinat est venu avec moi, de Châteauroux. J'ai dîné avec lui chez Dutheil. Je vais me mettre à travailler, pour Buloz, je suis très calme. J'ai fait ce que je devais. La seule chose qui me tourmente, c'est la santé d'Alfred, donnez-moi de ses nouvelles et racontez-moi, sans y rien changer et sans en rien atténuer, l'indifférence, la colère ou le chagrin qu'il a pu montrer en recevant la nouvelle de mon départ. Il m'importe de savoir la vérité, quoique rien ne puisse changer ma résolution. Donnez-moi aussi des nouvelles de mes enfants. Maurice tousse-t-il toujours ? Est-il rentré guéri dimanche soir ? Solange toussait aussi un peu. […]

[Adresse :]
Monsieur [Gust[ave] Papet : *raturé*]
Boucoiran
[r. de Seine St Germain : *raturé*]
Passage Choiseul, 18
Paris.

George Sand à Sainte-Beuve

Indre, poste restante, La Châtre [, vers le 10 mars 1835].

Mon ami, je vous en veux un peu, il faut que je vous le dise. Vous m'avez bien abandonnée durant ces tristes semaines, quand je me débattais entre la vie et la mort. Vous me disiez bien que vous ne pouviez rien pour moi, et je sais aussi que personne ne peut accomplir la tâche de son frère, à chacun la sienne. Mais vous savez, vous, qu'il m'eût été doux et consolant, sinon fortifiant, et salutaire, de vous voir de temps en temps. Or vous m'avez quittée comme une lépreuse de malheur que j'étais. Je vous *embêtais*, convenez-en ? Je comprends bien cela, vous avez peut-être souffert les mêmes maux, ou pires encore dans votre vie, et sachant l'insuffisance des amitiés humaines, vous vous êtes retiré, croyant que d'accorder une larme ou une poignée de main, c'était une consolation puérile, un don indigne d'un intérêt qui voudrait tout guérir d'un mot et qui s'afflige de savoir qu'il ne le peut. Eh bien, vous vous êtes exagéré beaucoup la force et la virilité de ma douleur, en vous disant tout cela. Je ne suis qu'une femme, et les petites consolations vont souvent mieux aux êtres puérils que les grands services et les fortes leçons. Me trouver seule dans ce malheur sans entendre parler de vous, sans entendre prononcer votre nom, m'a beaucoup découragée. Si je vous avais vu seulement entrer et sortir sans pouvoir vous dire autre chose que quelques mots échangés à la porte, c'eût été encore beaucoup pour moi, les visites que je reçois de plusieurs personnes que j'estime et qui me plaisent sont des distractions pour mon esprit. Mais les vôtres en eussent été de bien bonnes pour mon cœur. Vous n'êtes pas pour moi quelqu'un qui parle chez moi et qui m'occupe une heure ou deux, je sais qu'en rentrant chez vous vous pensez à moi, et le soir en me couchant bien triste et bien brisée et bien seule, je me dis, au moins quelqu'un prie peut-être pour moi dans ce moment-ci et demande à Dieu de m'accorder ce que je ne sais pas obtenir.

Enfin vous avez eu tort, vous ne le ferez plus, n'est-ce pas ? Je vous écris et vous parle de mon triste *moi*, pour vous prouver que malgré mes plaintes, je suis encore sûre que vous m'aimez et que vous me plaignez. Encouragez-moi à présent, j'ai fait (tard il est vrai, mais je l'ai fait bien) ce que je devais faire, et je suis partie avec la conscience que si je laissais quelque amertume derrière moi, elle était pour le coup tout à fait ingrate et injuste. Je suis donc calme et je vais travailler à rester ainsi, le plus qu'il me sera possible, afin que si l'orage me reprend sur son aile un beau matin, j'aie au moins recouvré des forces pour lui résister. Je travaille beaucoup à des choses calmantes comme *Valentine* (je dis calmantes pour moi). Puis, mon intention est d'aller à Genève, de faire à pied et seule le tour de Suisse, et puis après, nous verrons bien ; mais c'est assez d'arrêté pour le moment. Les convalescents qui se remettent au travail doivent commencer par de petites tâches.

Qu'est-ce que vous écrivez ? Faites donc un livre qui me prouve bien évidemment quelque chose de possible et de bon pour moi et je vous donne bien ma parole que, fût-ce d'aller conquérir la Chine, je le ferai. Mais, mon Dieu, que faire de notre force, où la mettre ? Quel emploi avez-vous trouvé à la vôtre ? Dites donc, dites donc vite, vous n'êtes pas de ceux qui peuvent répondre : Moi, je n'en ai pas, je n'ai pas envie de courir, parce que je n'ai pas de pieds. – Vous avez mis quelque part, dans quelque tabernacle sacré, dans quelque astre mystérieux, votre jeunesse, vos doutes, vos douleurs. Est-ce donc vraiment dans cette religion chrétienne ? Mais comment faire pour entrer dans ce temple ? Chaque fois que je passe devant la porte, je m'agenouille devant cette divine poésie, vue de loin. Mais si j'approche, je n'y vois plus ce que je croyais être là exclusivement. Ce n'est plus qu'une face de ce que je cherche. Je voudrais trouver mon Dieu tout entier dans sa majesté et dans sa gloire et me prosterner, et n'avoir pas d'autres êtres de mon espèce autour de moi pour me dire : c'est lui, car alors j'en douterais. Ah ! que vous êtes heureux ! quel crime ai-je commis pour être condamné *[sic]* au rôle de juif errant ? Vous dites que vous souffrez et que vous savez souffrir. Et je le sais aussi bien que vous. Je parie même que vos douleurs me sembleraient bien plus légères qu'à vous, si j'avais ce que vous avez pour vous en consoler ; si je pouvais me recueillir une fois, un seul instant par jour et dire, en adorant quelque chose. Voilà ce dont je ne peux pas douter. – Mon Dieu, vous me répondrez que vous avez mené, par l'esprit du moins, une meilleure vie que moi, que vous n'avez pas prodigué et dépensé votre cœur, que vous n'êtes pas descendu dans la fosse aux lions. Ceux qui en sont sortis à demi dévorés resteront-ils donc ainsi mutilés et rampants pour toute leur vie ? – Mais tenez, il me vient souvent dans l'idée (et c'est une espèce de consolation que je me permets) que la cause pour laquelle les âmes passionnées subissent leur martyre en ce monde, est une noble et sainte cause. Aimer, c'est de tout ce que nous connaissons, ce qu'il y a encore de plus large et [de] plus ennoblissant. – C'est là qu'on trouve encore la volonté et le pouvoir de se sacrifier. Malheur à ceux qui repoussent le sacrifice et qui forcent une âme en feu à se reprendre et à s'éteindre. Ceux-là sont les bêtes féroces qui déchirent le patient, mais le Dieu pour qui le martyre s'accomplit n'en est pas moins digne de bénédictions, et ceux qui le blasphèment en mourant sont des lâches. Bah ! vice l'amour *quand même*, nos douleurs ne peuvent pas plus contre lui que les nuages de la nuit contre l'existence et la beauté des étoiles.

Adieu, mon cher directeur, il court par le monde, un bruit que vous allez vous faire prêtre. En vérité, je le voudrais bien, j'irais me confesser à vous, et j'aurais beau vous ennuyer, vous seriez forcé par votre ministère de m'entendre et de me consoler. Ma foi, votre exemple me donnerait envie de me faire religieuse. Mais j'aurais soin de me faire bien enfermer, car je ne répondrais guère de ne pas sauter quelquefois par les fenêtres, en entendant sonner le cor et galoper les chevaux.

Adieu, mon excellent ami, écrivez-moi.

Tout à vous de cœur.

GEORGE.

George Sand à Gustave Papet

[Nohant, 10 mars 1835.]

Mon ami, je suis arrivée en bon état, et si j'étais rassurée sur la santé d'Alfred, je serais très calme, et très contente de la résolution que j'ai prise, quoi qu'elle m'ait pu coûter. Je te prie de me parler de lui et de le voir de temps en temps. C'est un service que je te demande.

Dans ses moments de tristesse maladive il s'est parfois imaginé que je me plaignais de lui avec aigreur à mes amis, tes manières et tes visites lui prouveront que je ne leur ai donné de lui qu'une opinion favorable, telle qu'il y a droit, et de ta part elle lui fera plaisir, car il fait beaucoup de cas de toi particulièrement. [...]

Ton amie

GEORGE.

As-tu vu mes mioches [?]

[Adresse :]
Monsieur Gustave Papet
r. de Seine Saint Germain
49, ou 59,
Paris.

George Sand à François Buloz

[Nohant, 11 mars 1835.]

Mon cher ami, je suis arrivée en bonne santé. Je suis triste, mais calme. Je travaille, dans cinq ou six jours, vous aurez une nouvelle appelée *Mauprat.* Tirez *[Leone] Leoni* si vous voulez, vous finirez le volume avec ce que je vous enverrai, et soyez tranquille, vous l'aurez pour le 20.

Payez mes dettes, je vous prie, et donnez-moi surtout des nouvelles d'Alfred, faites-m'en donner par Guéroult aussi. Ayez soin de mes enfants, je vous les recommande. Vous avez été déjà bien bon pour eux, soyez-le encore.

Adieu mon ami. Si on parle de moi autour de vous, dites bien que je ne suis pas brouillée avec Alfred, surtout qu'il n'a pas de torts envers moi. Adieu, portez-vous bien.

[Adresse :]
Monsieur Buloz
rue des beaux arts, 10
Paris.

George Sand à Jules Boucoiran

[Nohant, 15 mars 1835.]

Mon ami, vous avez tort de me parler d'Alfred. Ce n'est pas le moment de m'en dire du mal, je n'ai que trop de force, et si ce que vous en pensez était juste, il faudrait me le taire. Mépriser est beaucoup plus pénible que regretter. Au reste, ni l'un ni l'autre ne m'arrivera, je ne puis regretter la vie orageuse et misérable que je quitte, je ne puis mépriser un homme que sous le rapport de l'honneur je connais aussi bien. J'ai bien assez de raisons pour le fuir, sans m'en créer d'imaginaires. Je vous avais prié seulement de me parler de sa santé, et de l'effet que lui ferait mon départ. Vous me dites qu'il se porte bien et qu'il n'a montré aucun chagrin. C'est tout ce que je désirais savoir, et c'est ce que je puis apprendre de plus heureux. Tout mon désir était de le quitter sans le faire souffrir. S'il en est ainsi, Dieu soit loué. Ne parlez de lui avec personne, mais surtout avec Buloz. Buloz juge fort à côté de toutes choses, et de plus il répète immédiatement aux gens le mal qu'on dit d'eux et celui qu'il en dit lui-même. C'est un excellent homme et un assez dangereux ami. Prenez-y garde, il vous ferait une affaire sérieuse avec Musset, tout en vous encourageant à mal parler de lui. Je me trouverais mêlée à ces cancans et cela me serait odieux. Ayez une réponse prête à toutes les questions. *Je ne sais pas.* C'est bientôt dit et ne compromet personne.

Ayez l'œil sur Maurice et ne le laissez jamais plus à la garde de Sophie, il ne la craint pas assez et ferait des sottises.

Vous ne m'avez pas dit si vous aviez remis exactement la lettre et le paquet à Musset[296]. Ne recevant pas de lui un accusé de réception, je crains que vous ne l'ayez laissé à un portier, ou remis à des domestiques. Ce paquet contenait des papiers auxquels j'attache du prix. Tirez-moi d'inquiétude promptement à cet égard. Je n'ai reçu que ma caisse à chapeaux. Vous m'en annoncez deux, faites des réclamations. La diligence est *fautive* depuis quelque temps. Papet avait envoyé à Jules Néraud il y a quinze jours, un paquet qui n'est arrivé qu'hier. Il faudrait s'en plaindre, autrement cela recommencera. Adieu mon ami, dites à Buloz d'attendre ma nouvelle pour finir son volume, je travaille et l'enverrai *pour le 20.*

[Adresse :]
Monsieur Boucoiran
Passage Choiseul, 28 ou 18
Paris.

George Sand à François Buloz

[Nohant, 19 (?) mars 1835.]

[...] Je suis fâchée de vous avoir fait attendre un peu, ce n'est pas ma faute, je n'ai pas passé une nuit sans travailler huit ou dix heures, et en voici *seize* au bout desquelles j'appose ma griffe à *Mattea.* Ne soyez point ingrat et payez mes dettes. Il me faut de l'argent pour aller en Suisse fin d'avril, d'ici là je ne vous demanderai rien. Je ne veux pas retourner à Paris avant que le danger de retomber dans ma galère soit passé, car on ne guérit pas en un jour, et j'ai été blessée grièvement. Adieu, ayez donc toujours soin de mes pauvres mioches que je suis toujours forcée de fuir.

Envoyez-moi *Mauprat*, remettez-le à Boucoiran, qui a une caisse à m'envoyer, dites-lui que j'ai besoin et de la lampe et du manuscrit tout de suite.

[Adresse :]
Buloz.

Alfred de Musset à Mme Jaubert

[19 mars 1835.]

J'ai besoin d'un renseignement musical que ma sœur me dit ne pas pouvoir me donner. – Auriez-vous par hasard souvenir, madame et très petite marraine, qu'il y ait un recueil de valses de Strauss intitulé *Les Soupirs* ? Veuillez poser une seconde votre front titanique dans votre imperceptible main, et si vous ne vous en souvenez pas, n'en parlons plus. Je ne sais pas pourquoi je crois m'en souvenir, et je crois en outre que cette valse – vous savez –

Ti, ti, ta, ti, ti, ti, ta,
ta, di, da, da, ta, di, di, da,
di da dou...

en *fa*, est tirée de là.

Vous ne savez jusqu'à quel point j'ai *béni le ciel* de la visite que j'ai eu l'honneur de vous faire hier soir. Pour vous l'expliquer, il faudrait vous dire énormément de choses. D'abord il y avait longtemps que je ne vous avais vue ; secondement vous seriez peut-être allée à votre soirée si personne n'était venu, or il est venu peu de monde, et j'étais de ce peu ; en troisième lieu, je me sentais mal à l'aise, par suite de quelques soupers, vous m'avez dit que le thé me ferait du bien, sur quoi j'en ai pris avec un morceau de brioche de votre menotte, et je suis rentré chez moi bien portant, doux et tendre comme un agneau ! quatrièmement, j'avais *in petto* un sujet de petit souci, lequel s'est envolé à la vue de votre robe de pourpre et de votre petite guirlande de roses ; et j'ai appris le lendemain, c['est]-à-d[ire] ce matin, qu'en effet le souci était sans raison – enfin, que vous dirai-je ? je me suis senti de tout cela comme un œuf cuit au bain-marie.

Il est certain qu'il y a un soleil, et même plusieurs, dit-on, qui font quelquefois mal aux yeux – il y a aussi de belles pleines lunes, toutes rondes, très blanches – il est sûr qu'il y a aussi des étoiles, une surtout, blonde, mignonne, scintillante, un peu pâle, elle paraît grosse comme une tête d'épingle, et cependant quand on la regarde, il semble qu'on sent la chaleur du doux rayon qu'elle vous lance – quand vous serez à la fenêtre cet été, cherchez-la si vous n'avez rien à faire ; elle est à peu près à cette distance du fromage nommé lune.

George Sand à Jules Boucoiran

[Nohant, 20 mars 1835.]

[…] Vous êtes bien paresseux pour écrire, cher fils. Vous ne m'avez pas encore dit si vous aviez pensé à porter à Alfred le paquet et la lettre que je vous avais remis pour lui en partant. Je suis si étonnée de n'avoir pas reçu de lui le plus petit accusé de réception que je crains vraiment que ce paquet n'ait été égaré par son portier ou ses domestiques.

Tirez-moi d'inquiétude, encore une fois.

Adieu, cher *bouc* ou cher *hareng*. Portez-vous bien. Je vous embrasse.

George Sand à Adolphe Guéroult

[Nohant, 27 mars 1835.]

[…]

Bonsoir mon ami, ne me parlez de rien qui puisse me faire souvenir de quelque chose, autre que mes mioches et mes amis. Je suis assez bien, sauf une éruption qui ne ressemble pas mal à la gale[297], ainsi passez ma lettre au vinaigre, adieu !

Toute à vous.

GEORGE.

[Adresse :]
Monsieur Adolphe Guéroult
chez M. Buloz
r. des Beaux-Arts, 10
Paris.

George Sand à François Buloz

[Nohant, début d'avril 1835.]

[…] Je serai obligée d'aller à Paris faire quelques emplettes et prendre mon passeport pour l'étranger. J'y veux surtout embrasser mes enfants. Mais je n'irai pas à Paris même, je me tiendrai aux environs à moins que Musset ne soit parti de son côté. Dans tous les cas ne voulant voir absolument personne, je vous prie de ne pas me trahir. Occupez-vous toujours de m'avoir des lettres de recommandation pour Genève.

Adieu mon ami. Je suis malade, je me suis fait saigner ce matin, je suis très faible. Bonsoir.

[Adresse :]
Monsieur Buloz
rue des beaux arts, 10.

George Sand à Gustave Papet

[Nohant, 12 avril 1835.]

[…] J'ai fait connaissance avec Michel[298], qui m'a promis de me faire guillotiner à la première occasion, lorsque la république serait arrivée. Je l'appelle mon cher bourreau, mon cher coupe-tête. Juge ce qu'il fera de toi, s'il me guillotine, moi qui suis en fait d'opinion, de la force d'Odry dans la conversation ! Nous irons ensemble à la place de Grève, et nous ferons des calembours en chemin.

[Adresse :]
Monsieur Gustave Papet
rue de Seine Saint Germain,
49 ou 59
Paris.

George Sand à Sainte-Beuve

[Nohant,] 4 avril [et 14 avril] [1835].

[...] En résumé, j'arrive à une conclusion que moi seule suis en état de tirer sur moi-même, c'est que ces éclairs de mon front, ces flammes du génie, ces forces passionnées de mon âme, toutes ces ardeurs et ces grandeurs que dans votre poésie (car vous êtes poète avant tout et malgré tout), il vous plaît d'appeler ainsi, ne sont que l'abus coupable et le développement maladif de certaines facultés que Dieu m'avait données pour un meilleur usage. Cette conclusion me rend profondément triste, mais ne vous le reprochez pas ; c'est mon expérience qui la tire de vos louanges, c'est ma conscience abattue et consternée qui se charge de démêler la vérité de ces mensonges que votre amitié romanesque m'adresse en toute sincérité de cœur. Ah ! j'y vois clair, à présent, soyez-en sûr et c'est le châtiment de mes erreurs. Mais il ne me découragerait que si j'étais bien sûre d'être incorrigible et inguérissable. Or voilà ce que je ne sais pas, et ce que je suis bien résolue de savoir, en mettant toute la force qui peut me rester à réparer le mal que je me suis fait. Si je ne le puis, je verrai à me brûler la cervelle, plutôt que de recommencer la vie que j'ai eue depuis deux ou trois ans. Mais j'espère, non que je sente en moi de grands éléments de succès, mais parce que le désir de réussir fait toujours espérer.

Ne croyez donc pas que le *bah !* qui se trouvait dans ma dernière lettre[299], en tête, s'il m'en souvient, d'une réhabilitation de l'amour dans mes idées, signifiât autre chose que la volonté de respecter ce sentiment comme une belle et sainte chose dont j'avais mal usé et dont on avait mal usé avec moi. Quant à la volonté de m'y rejeter par ennui ou par dépit, ne craignez pas que je l'aie, loin de là, l'idée même d'un amour tel que vous me le dépeignez m'apparaît comme un rêve qui ne se réalisera pas pour moi et que j'appliquerai toute mon énergie à ne point essayer de réaliser. Non, non, ni celui-là ni l'autre. Ni l'amour tendre et durable, ni l'amour aveugle et violent. Croyez-vous que je puisse inspirer le premier, et que je sois tentée d'éprouver le second ? tous deux sont beaux et précieux, mais je suis trop vieille pour tous les deux. C'est à cela que je n'ai plus (pour moi) ni foi, ni espoir, ni désir. Je ne peux affirmer rien de durable dans mes dispositions en général, mais je sens celle-là bien profonde ; ce côté de ma vie est frappé d'une tristesse et d'une terreur qui ressemble à la mort et qui l'est sans doute. Ce n'est donc pas de ce côté que se tournent mes regards, et, s'ils y vont jamais, ce sera avec plus de crainte et de timidité que vous ne pouvez m'en recommander. Vous le croiriez, si vous saviez ce que j'ai souffert dans l'espace de quatre ou cinq jours. Cela ne m'empêchera pas de chanter mes hymnes à ce Dieu de ma jeunesse, que j'ai mal adoré et qui m'a foudroyée, mais je chercherai ailleurs ma guérison et ma réhabilitation vis-à-vis de moi-même. […]

Je voudrais donner à mes enfants une vieille mère respectable. Si je n'y réussis pas, mon ami, soyez sûr que je ne laisserai pas ma vie traîner à la leur, comme un haillon. Vous avez cru souvent que j'adoptais certaines manières d'exister, parce que vous m'avez vue les regarder curieusement de près, les comprendre en les voyant, et les tolérer à force de me les expliquer. Vous ne savez pas ce que ma tolérante gaieté cachait de douleur et d'ineffaçable impression. J'ai ouï dire qu'on guérissait les jeunes gens du désordre, en leur montrant certains hôpitaux. Cela me paraît très possible et, pour ma part, j'ai vu sans haine et sans mépris des grabats où je ne m'étendrai jamais tant qu'il y aura un coin de terre pour m'ensevelir. Ma crainte n'est donc pas là, elle est depuis ces trois années dans l'aspect d'une mort que je ne voudrais pas être forcée de me donner, car j'aime la vie, quelque mauvaise qu'elle soit ; mais je saurai très bien y renoncer si elle devenait honteuse pour mon fils et nuisible à ma fille.

Ecrivez-moi donc, et ne craignez pas de me traiter franchement et rudement, *comme un homme* si vous voulez, et certainement *sans culte*. Un culte à moi ! est-ce que j'y croirai jamais de la part d'un amant ? est-ce que de la part d'un ami je n'en rougirais pas ? hélas ! ne me parlez pas comme à une reine sur son trône, mais comme à un roi qui a fait des ordonnances.

Bonsoir, mon ami, pardonnez-moi de vous écrire si longuement et de vous parler si obstinément de moi. C'est vous dire tout ce que je pense de vous et tout ce que vous êtes pour moi, que de vous parler de mes maux comme un malade à un médecin.

14 avril. J'avais mis cette lettre dans un coin aussitôt après l'avoir écrite. J'ai si pauvre opinion de moi à présent que j'ai voulu attendre quelques jours avant de vous l'envoyer. J'ai assez bien passé cette semaine et l'autre. J'ai relu Franklin, j'ai causé avec un vieux ami, qui est sage et heureux, et qui fait aussi ses délices du bonhomme Richard. Et puis j'ai vu un grand ouragan d'hommes politiques[300] qui ne m'a pas donné envie de faire une cavalcade dans ces idées-là, quoique ce soient de belles idées et des hommes beaux intellectuellement. Je suis contente du calme de mon esprit et du peu de

part que je prends aux choses humaines en ce qu'elles ont de personnel à moi. Le besoin d'appui, qui m'a obstinément tourmentée jusqu'ici, se dissipe en présence des individus qui représentent ou qui prétendent représenter des théories. J'aime mieux attendre qu'une conviction quelconque me vienne, que de me la faire entrer dans le cerveau avec du vin de Champagne. Bonsoir mon ami, je ne suis pas gaie, ni fière. J'espère un peu. Voici le temps qui devient magnifique, le mois prochain j'irai en Suisse, je m'imagine que tout à fait seule et livrée à des habitudes de méditation journalière que n'interrompront pas à chaque instant mes joyeux camarades, je serai encore mieux. M'écrirez-vous quelquefois ? Ne me dites pas que votre bonheur et votre vertu me feraient pitié, si je voyais le fond de ces grands secrets. Dites-moi tout le contraire quand même vous devriez exagérer un peu. Ah si j'étais sûre que la vertu est ce que je l'ai rêvée autrefois, comme j'y retournerais vite, moi qui me sens tant de force dont je ne sais que faire ? Mais où retrouver, ce désir, cette foi, et cet espoir ?

Priez pour moi, si Dieu vous écoute, priez pour tous les hommes infortunés !

Tout à vous.

GEORGE.

[Adresse :]
Monsieur Saintebeuve
rue du Montparnasse
n° 1 ter Paris.

George Sand à Hippolyte Chatiron

[Nohant, 17 avril 1835.]

Je suis très calme et très bien, mon cher vieux. Tout le monde se porte bien, tout le monde boit, rit et braille, il ne manque que toi. Où es-tu ? Laisseras-tu donc bouter le vin du cru ? Laisseras-tu Boutarin rouler dans les escaliers sans lui tomber en travers sur le corps ? Au moins tu viendras passer les vacances. Non seulement j'ai besoin de toi pour m'amuser tout à fait, mais encore pour m'aider à m'installer et à arranger la maison comme elle doit être, car je n'entends pas grand-chose aux affaires d'ici. [...]

J'ai fait connaissance avec Michel qui me paraît un gaillard solidement trempé pour faire un tribun du peuple. S'il y a un bouleversement, je pense que cet homme fera beaucoup de bruit. Le connais-tu ? [...]

[Adresse :]
Monsieur Chatiron
à Corbeil
près Paris.

George Sand à Franz Liszt

[Nohant,] 21 avril [1835].

[...] Je me sens renaître et je vois une nouvelle destinée s'ouvrir devant moi. Je ne saurais pas trop bien encore vous dire laquelle, mais ce n'est plus l'esclavage de l'amour. C'est quelque chose comme une foi quelconque à laquelle je consacrerai tout ce qui est moi, le Dieu n'est pas encore descendu sur moi, mais je suis en train de bâtir le temple, c'est-à-dire de purifier mon cœur et ma vie. Je trouve à ce travail préparatoire un bonheur que je n'ai trouvé dans la pensée d'aucune affection humaine – cependant, mes amis, mes frères, sachez bien qu'avant tout, mon pain et mon sang vous appartiennent, et que s'il vous faut rester sur terre au lieu de moi, je suis prête à partir et à laisser l'ouvrage de ma destinée à moitié. Je commence à me faire un bonheur que personne ne peut plus me prendre, mais auquel vous pouvez ajouter. Oh l'amitié ! Savez-vous bien ce que c'est ! Il n'en faudrait prononcer le nom qu'à genoux. C'est elle qui m'a sauvée dans tous les temps, c'est elle qui m'a arrachée au désespoir. [...]

A propos, mon Dieu ! l'abbé de la Mennais *[sic]*[301] va venir à Paris pour le procès. J'y vais, certes et je compte sur vous pour le préparer à me voir, car je veux me prosterner devant lui. A présent je me sens capable de retirer un avantage immense de cette rencontre, car le feu de l'enthousiasme, si longtemps éteint en moi pour les grandes choses, se rallume. J'espère. Je voudrais mourir ainsi, avant d'avoir *redésespéré*. Adieu mon ami, soignez donc votre santé. Quelle raison avez-vous de mourir, vous ? – Je serai à Paris dans les cinq ou six premiers jours de mai. – Vous viendrez frapper à ma porte, si cela vous fait plaisir et sinon, je ne vous en voudrai pas, mais *si oui*, je vous en aimerai d'autant mieux.

Tout à vous.

GEORGE.

George Sand à François Buloz

[Nohant, 2de quinzaine d'avril 1835.]

Mon ami, je vous remercie de votre bonne volonté[302], je suis parfaitement bien, soyez sûr qu'il n'y a plus de danger pour moi. Je ne reverrai point Alfred et si je suis forcée de le voir une fois, ce sera la seule. Je suis tranquille, je suis en bon chemin de guérison morale sous tous les rapports, et n'ai nulle envie d'échanger cette bonne disposition pour les agitations de l'amour. J'en ai assez comme cela. Je vous remercie bien cordialement de votre offre, mais j'aurai encore probablement quelques pages à écrire à Paris, avant de vous remettre mon travail, et il me faut les habitudes de ma cellule.

Vous êtes bien bon pour Maurice, mille fois merci, et adieu. Je travaille.

GEORGE.

Honoré de Balzac à Mme Hanska

[Chaillot, dimanche 28 juin 1835.]

[...] Mme Dudev[ant] a quitté A. de M[usset] qui, d'ailleurs, s'est relevé par une magnifique élégie, digne de Chénier, et intitulée *Le Mois de mai*[303]. Mme D[udevant] se laisse rendre des soins par Emmanuel Arago[304], mon voisin de la rue Cassini, l'ami de Sandeau, c'est abominable. La maîtresse d'un ami doit être sacrée même quand elle ne lui appartient plus. Il s'était comme moi rangé du parti de Sand[eau] à l'époque de la trahison, et il disait du mal de Mme D[udevant]. En mon absence elle est venue chez moi, rue Cassini. Et Listz *[sic]* dans son billet d'invitation que je vous ai envoyé, la qualifiait de *magnétique*. Singulière destinée ! Cette soirée a décidé de l'avenir de List *[sic]* et d'une femme. La présence de Mme Dud[evant] à cette soirée de Listz a si fort excité la jalousie de Mme d'Agoult, la femme du chevalier d'honneur de Mme Lucchesi Palli quand elle était duchesse de Berry et Madame, que la pauvre femme s'est fait enlever par Listz ou a enlevé Listz, le lendemain. Mme d'Agoult est une Tourangelle, pâle, jaunasse, cheveux traînants, maigre, assez désagréable à voir, nerveuse, qui, dit-on, aimait Listz depuis longtemps en toute tranquillité de mari. Chacun s'est demandé pourquoi s'enfuir ?

[...]

Alfred de Musset à Alfred Tattet

[Paris, 21 juillet 1835.]

Votre lettre, mon cher Alfred, est arrivée comme je n'étais pas à Paris, ce qui fait que ma réponse est en retard de quelques jours. Pour répondre d'abord à votre question sur ce qui regarde Mme P[leyel], je vous dirai que j'ai demandé et que je n'ai rien pu savoir. Les uns me disent que le procès continue et qu'elle est toujours enfermée au couvent (mais je ne sais auquel, ce n'est plus le même) ; les autres la disent partie et que son mari se montre plus doux. Quant à vos deux Judas comme vous les appelez, je ne les ai point vus et ne sais où ils sont. J'ai vu votre oncle au café, il n'est pas plus avancé que moi. Mais en quoi, le priez-vous plus vous-même, mon cher ami ; si je pouvais vous donner des nouvelles (je ne le ferai pas moins dès que je le pourrai, vous pouvez y compter). Je crois que ce que je peux vous dire de mieux, c'est qu'il y a tantôt huit ou neuf mois, j'étais où vous êtes, aussi triste que vous, logé peut-être dans la chambre où vous êtes, passant la journée à maudire le plus beau, le plus bleu ciel du monde et toutes les vertus possibles. Je dessinais de mémoire le portrait de mon infidèle ; je vivais d'ennuis, de cigarettes, de pertes à la roulette. Je croyais que c'en était fait de moi pour toujours, que je n'en reviendrais jamais !... Hélas ! Hélas ! Comme j'en suis revenu ! Comme les cheveux m'ont repoussé sur la tête, le courage dans le ventre, l'indifférence dans le cœur, par-dessus le marché ! A mon retour, je me portais on ne peut mieux ; et si je vous disais que le bon temps, c'est peut-être celui où l'on est chauve, désolé et pleurant !

Vous en viendrez là, mon ami. Je vous plains aujourd'hui bien sincèrement, parce que vous souffrez. Quand vous serez guéri, vous n'en serez pas fâché, soyez-en sûr. Tout ce qui fait vivre est bon et sain. Je vous promets de vous tenir au courant de tout ce que je pourrai savoir ; et, en revanche, faites-moi un plaisir. Il y a au bout de la promenade, non pas du côté du restaurant Chabert, mais à l'autre bout, à la dernière boutique près du pont qui mène au faubourg, à droite en allant au pont, il y a, dis-je, deux petites filles qui vendent des bagues, des bretelles, des cravaches et des cigares, et qui servent d'interprètes aux loueurs de chevaux qui ne savent pas le français ; elles sont petites et pas très jolies ; dites-leur de ma part que je les aime de tout mon cœur.

Je travaille à force. Combien de temps comptez-vous rester à Bade ? Adieu. Je suis à vous.

ALFD MT.

[Adresse :]
A Monsieur Alfred Tattet
à Baden, poste restante,
Grand-duché, par Strasbourg.

George Sand à François Buloz

[Paris, 24 juillet 1835.]

Mon cher reviewer, je ne suis ni assassinée ni enlevée. Je me porte assez mal d'ailleurs, mais moralement très bien. Je suis enfermée dans une maison déserte[305], et je travaille énormément. Je n'ai pas été en Bretagne, craignant d'y tomber malade, je ne vous dis pas où je suis, vous êtes trop bavard (pour les petites choses). Dites à ceux qui vous demanderont de mes nouvelles, que je suis en Chine, et qu'ils me laissent en paix. [...]

Tout à vous.

GEORGE.

Il m'est revenu par hasard d'affreux propos contre M[usset]. Soyez-moi témoin qu'aujourd'hui et toujours, non seulement je n'y prends aucune part, mais que je les démens de toute ma force. Je sais pertinemment que Planche est la source de toutes les versions qui selon les gens et selon les sociétés se sont répandues différemment par le monde. Cela me blesse et m'afflige profondément. Ne laissera-t-on jamais les gens s'aimer, se quereller, se quitter ou se raccommoder, sans prendre acte de toutes ces puérilités et sans entasser des matériaux pour leurs biographies ? Quelles niaiseries ! Tous les hommes et toutes les femmes n'ont-ils pas eu le droit d'être jeunes, malheureux, fous, violents, amoureux, injustes, etc. ? Haussez donc les épaules, quand on vous parle de tout cela, et quand on va jusqu'à de graves imputations contre lui ou moi, défendez paternellement, cher reviewer, celui des deux qu'on attaque, sans jamais accuser l'autre.

Je vous enverrai bientôt *Lavater* pour la *Revue*.

[Adresse :]
Monsieur Buloz
r. des Beaux-Arts, 10.

Alfred de Musset à Alfred Tattet

[Paris, 3 août 1835.]

[...] Qu'est-ce que vous faites là-bas[306] ? Parlons un peu des valses de Strass *[sic]*. Vous ne savez pas que vous êtes heureux ; vous ne me dites seulement pas si vous avez trouvé de jolies Strasbourgeoises ; à quoi diable pensez-vous donc ? A vos amours, oui, bon. Mais, en pensant à ses amours, on ne regarde pas le bout de son nez ; on se promène sur la terrasse un cigare à la bouche, et, à travers la mélancolie la plus profonde, on examine les plus jolies Strasbourgeoises. C'est la seule espèce d'Allemandes que je reconnaisse sur la terre. L'Allemande brune est charmante ; l'Allemande blonde ne vaut pas quatre livres tournois. Il faut, mon ami, s'instruire en voyageant. Si vous ne couchez pas avec les filles d'auberge, vous ne serez jamais qu'un ignorant. Pour ce que je fais, je n'en ai rien à dire. Bâiller, dormir, mourir. – Ah bah ! – N'en parlons plus. Retenez ceci : il n'y a de bon, de vrai, de gai, de triste, d'aimable, de variable, de désirable, de potable, de chantable, de célébrable, d'idolâtrable, que le delta qui existe depuis la ceinture d'une femme jusqu'à ses jarretières. La [...] motte est faite en triangle, il est clair que c'est le symbole de la divinité. On dit que Mme Sand est à Baden. Si vous la voyez, dites-lui que je l'aime de tout mon cœur, que c'est encore la femme la plus femme que j'aie jamais connue, et que je donnerais toutes mes maîtresses au diable pour être cocu de sa façon.

A vous.

[Adresse :]
à Monsieur Alfred Tattet
à Baden, poste restante
Grand-duché, par Strasbourg.

George Sand à François Buloz

[Nohant, 5 janvier 1836.]

[...] Envoyez-moi le livre d'Alfred[307], si vous croyez qu'il ne doive pas me fâcher – dans ce dernier cas, dites-le-moi et je m'abstiendrai de le connaître. La vie est courte, le mal et le bien y sont inutiles à quiconque ne veut plus que le repos. Traitez-moi comme un mort. Ne laissez pas insulter ma tombe, mais n'y mettez pas d'épitaphe, je suis bien comme cela. [...]

George Sand à François Buloz

[Nohant, vers le 7 janvier 1836.]

[...] J'ai pensé à ce que vous m'avez dit du livre de Musset. Ne le mettez pas sous presse sans le lire, mon cher ami, et si vous avez quelque influence sur lui ne me laissez pas injurier. Je m'attends bien à quelque méchant coup de griffe, il sait tellement que je ne suis pas d'un caractère vindicatif en littérature qu'il pourrait me draper selon son humeur du moment. J'avoue que cela ne me plairait guère, et ne me semblerait *ni beau ni honnête*, comme dit Sganarelle. Vous êtes je crois près d'Alfred dans une position qui vous donne droit de représentation et d'observation, je suis votre marchandise, et il ne peut trouver mauvais que vous défendiez l'honneur d'un nom qui est votre fonds de boutique.

Après tout, je n'attache pas une immense importance à tout cela. Ce serait une contrariété et rien de plus. On n'impose rien à la postérité, et s'il y a postérité pour moi, ce dont je doute un peu, elle me fera ma part aussi bonne et aussi mauvaise que je la mérite. S'il n'y a pas postérité (ce dont je me flatte), ma vie est arrangée désormais de manière à ce que les balles arrivent mortes. Ce dont Alfred ne se doute guère, et ce que je n'ai jamais eu la cruauté de lui dire nettement, c'est que sa réputation a été plus attaquée que la mienne, la réhabilitera-t-il en jetant des pierres au toit sous lequel il a dormi ? J'en doute. Il se ferait plus de mal qu'à moi.

Menez cela à bien. Vous êtes dans une position entre les deux camps. Vous savez que je ne suis pas hostile, je ne sais rien de lui, sinon que sa mère vend mes billets aux faiseurs d'albums, ce qui est un vilain commerce qui ne doit pas rapporter grand-chose[308]. Moi je ne donnerais pas deux liards de la plus belle lettre que j'ai écrite dans ma vie. [...]

[Adresse :]
Monsieur Buloz.

Alfred de Musset à Mme Olympe Chodzko

Février 1836.

Pichrocholine *[sic]*, avez-vous bien dormi ? Le souper a-t-il bien passé ? – Ah ! que vous étiez charmante sous le masque ! Sans le masque vous êtes divine ; vous êtes une hostie qu'il faut manger, et l'on vous mangera.

ALFRED DE MUSSET.

George Sand à Franz Liszt

[La Châtre, 15 mai 1836.]

[…]

J'ai été à Paris passer un mois, j'y ai vu tous nos amis […]. Je n'ai pas vu Musset, je ne crois pas qu'il pense à moi, si ce n'est quand il a envie de faire des vers et de gagner cent écus à *La Revue des Deux Mondes*. Moi, je ne pense plus à lui depuis longtemps, et même je vous dirai que je ne pense à personne dans ce sens-là. Je suis plus heureuse comme je suis, que je ne l'ai été de ma vie. La vieillesse vient. Le besoin des grandes émotions est satisfait outre mesure. J'ai par nature le sommeil paisible, et le caractère enjoué. Les affections saintes et durables sont ce qu'il faut, après trente ans d'une vie ravagée par tous les hasards. J'ai d'excellents enfants, d'excellents amis qui me font oublier le passé et ses orages.

[…]

GEORGE.

George Sand à Marie d'Agoult

[La Châtre, 25 mai 1836.]

[…]

Si vous voulez que je vous parle *histoire ancienne*, je vous dirai que cette *Confession d'un enfant du siècle* m'a beaucoup émue en effet. Les moindres détails d'une intimité malheureuse y sont si fidèlement, si minutieusement rapportés depuis la première heure jusqu'à la dernière, depuis *la sœur de charité* jusqu'à *l'orgueilleuse insensée*, que je me suis mise à pleurer comme une bête en fermant le livre. Puis j'ai écrit quelques lignes à l'auteur pour lui dire je ne sais quoi : que je l'avais beaucoup aimé, que je lui avais tout pardonné, et que je ne voulais jamais le revoir. Ces trois choses sont vraies et immuables. Le pardon va chez moi jusqu'à ne jamais concevoir une pensée d'amertume contre le meurtrier de mon amour, mais il n'ira jamais jusqu'à regretter la torture. Je sens toujours pour lui, je vous l'avouerai bien, une profonde tendresse de mère au fond du cœur. Il m'est impossible d'entendre dire du mal de lui sans colère, et c'est pourquoi quelques-uns de mes amis s'imaginent que je ne suis pas bien guérie. Je suis aussi bien guérie cependant de lui que l'empereur Charlemagne du mal de dents. Le souvenir de ses douleurs me remue profondément quand je me retrace ces scènes orageuses. Si je les voyais se renouveler, elles ne me feraient plus le moindre effet. Je n'ai plus la foi.

Ne me plaignez donc pas, belle et bonne fille de Dieu. Chacun goûte un bonheur fait selon son âme. J'ai longtemps cru que la passion était mon idéal. Je me trompais, ou bien j'ai mal choisi. Je crois à la vôtre et suis convaincue que l'ayant connue si complète et si belle vous ne pourriez survivre à sa perte. Si vous aviez mon passé à la place de votre présent, je crois que vous mettriez comme moi le calme au-dessus de tout. Ce calme n'est pas le *non-aimer*. Mon cœur est encore jeune pour les affections désintéressées. Il sait même trouver sa joie dans des dévouements assez singuliers, assez enthousiastes et dont je vous dirai le mystère quelque jour en causant avec vous à Naples ou à Constantinople. Je vous expliquerai quelque chose que vous ne connaissez pas, un sentiment qui n'a pas de nom dans les langues actuelles et qui n'existe peut-être encore que chez moi sous la forme que je lui ai donnée : sentiment chaste, durable, paisible, dont un vieillard est l'objet[309] et qui a fait de moi un jeune homme dans toute l'acception du mot (fort incapable par conséquent de se prendre d'amour pour aucun des jeunes gens qui sont ses frères et ses amis). (Vous voyez que j'emploie la parenthèse sans scrupule, vous êtes bonne à imiter en tout.) Ainsi *madame* ! gare à vous, ou plutôt M. Franz soyez parfait, car c'est un jeune homme qui est en ce moment aux genoux de Marie. [...]

Journal du comte Rodolphe Apponyi[310]

8 juin [1836].

[...] Alfred de Musset, un des habitués de la princesse Belgiojoso, se roule sur les canapés, met ses jambes sur la table, se coiffe d'un bonnet dans le salon, fume des cigares. Un soir, chez Mme Emile de Girardin, il fut présenté à notre ambassadrice ; celle-ci, avec sa politesse accoutumée, l'engage à venir la voir et lui indique un jour où elle comptait avoir quelques gens de lettres. Il arrive, sentant la pipe à faire horreur ; il s'approche de la table devant laquelle l'ambassadrice était assise avec les princesses de Béthune, la marquise de Jumilhac, la princesse de Craon et quelques autres dames. Une gravure de Paul Robert, offerte par celui-ci à l'ambassadrice et représentant les *Moissonneurs*, donna lieu de parler de ce peintre, de sa malheureuse fin et de la ville de Venise où il est mort[311]. A ce propos, M. de Musset nous dit, d'un ton prétentieux, que lui aussi, l'année dernière, avait manqué mourir dans cette ville d'une fièvre maligne.

Pour lui témoigner notre intérêt, nous observons que l'idée de mourir seul à l'étranger, sans qu'un ami, qu'un parent vous assiste, vous console dans les derniers moments, devait être terrible.

— Sans doute, répondit-il ; heureusement je n'étais pas dans ce cas, j'étais soigné mieux que par un ami, mieux que par un parent, j'avais une compagne fidèle, adorable.

— Et vous l'avez perdue depuis ? dit l'ambassadrice.

— Mme de Musset est morte ? ajoute la princesse de Béthune, toute chagrine que nous ayons contribué à rouvrir une plaie.

— Oh ! non, reprend le jeune littérateur, je n'ai jamais été marié. C'était Mme Dudevant (George Sand) avec laquelle je voyageais en Italie. C'est à elle que je dois la vie, elle qui m'a soigné avec cet amour, cette tendresse dont elle seule est capable.

Un silence suivit ce discours. A ce singulier aveu, toutes ces dames s'entre-regardèrent ; celles d'entre elles qui ne savaient pas rougir avaient peine à ne pas rire, et les hommes, moi comme les autres, n'étant pas maîtres de nous retenir, nous nous sauvâmes dans la bibliothèque, pour donner libre cours à notre hilarité.

George Sand à Jules Boucoiran

La Châtre, 11 juillet 1836.

Je pars pour Bourges. On ne sait ni qui vit ni qui meurt. En mettant tout au pis, je puis perdre mon procès, m'expatrier, ne plus revenir. Voici ce dont il s'agit.

Je laisse à La Châtre chez Ursule *Josse*, une malle contenant des papiers cachetés. Chaque paquet porte votre nom. Vous brûlerez tout sans lire.

Je me fie à vous.

Que cela ne vous effraie pas. Je me porte bien et j'ai envie de vivre. Mais je n'ai pas de domicile et je ne puis me fier entièrement qu'à vous.

Adieu, je vous embrasse.

Cette malle restera chez Ursule. Dans quinze jours probablement je la reprendrai chez moi. En cas d'événement extraordinaire vous la feriez prendre chez elle

GEORGE.

Vous forceriez la serrure de la malle.

[Adresse :]
M. Jules Boucoiran
r. de l'Aspic
Nîmes.

Alfred de Musset à Franz Liszt

[Paris, 20 juin 1836.]

[...] Le livre dont vous me parlez n'est qu'à moitié une fiction et assurément, comme vous dites, il pourrait et devrait être plus long. Je ne crois pas pourtant donner jamais de frères à ces deux volumes, par la même raison que je ne les corrigerai pas, comme j'en avais d'abord eu la tentation. Ces sortes d'ouvrages, intéressants ou non, sont en dehors de l'art, il me semble ; pas assez vrais pour des Mémoires à beaucoup près et pas assez faux pour des romans ; le lecteur doit chercher en vain l'attrait d'une réalité qui lui échappe à chaque instant, tandis que le pauvre auteur, tout nu derrière un manteau troué en mille endroits, sent la critique au vif et reçoit les estocades précisément là où il se découvre.

Aborder, d'ailleurs, le monde tel qu'il est, *dire les choses*, est impossible. Je n'ai jamais pu lire les *Confessions* de Rousseau sans dégoût. Pour des Mémoires, c'est différent ; la mort absout et les hommes n'y sont plus, mais en revanche, le mensonge a beau jeu. Que la partie que vous me proposez, d'aller vous voir un instant à Genève, aurait de charmes pour moi, mon ami, et que je me sens triste et parisien, en pensant que probablement, ce ne sera pour moi qu'un de ces rêves heureux que je ne fais jamais qu'à demi ! Si vous me demandiez ce qui me retient, je ne saurais que vous répondre, et tant de raisons m'attireraient au contraire !

Je me demande si mon cœur est trop jeune ou si ma tête est trop vieille. Je me sauve du boulevard Italien et je vais pousser des *ouf !* à Montmorency : demi-verdure, demi-nature, demi-plaisir, demi-ennui, et tout à l'avenant, de fractions en fractions, jusqu'à la dose infinitésimale, voilà tout – *époi [sic]*– autre chose qui est la même chose, un quart d'heure là et autant ici – beaucoup de fumée de cigarettes – beaucoup de grandes et d'éternelles, d'irrévocables déterminations d'un jour – un tant soit peu de vrai et de bon, par moments volé au hasard – voilà ce qui m'empêche de partir. Si j'y vais, ce sera avant le 15 juillet, sinon moquez-vous de moi et rions ensemble. Mais à Paris, à Naples ou à Genève, tendez-moi toujours la main, mon cher Franz, et gardez-moi un peu d'affection vraie, la seule sauvegarde dans les sentiers perdus.

A vous de cœur.

ALFRED DE MUSSET.

Ulric Guttinguer à Sainte-Beuve

[Paris, 29 novembre 1836.]

[…] Je vis le soir Musset chez Tattet, avec des moustaches. On parla étrangement et dans un nuage de cigares. Tout était au cynisme et à la bestialité. Singulière façon d'orgueil et de bravade ! *Candide* fut donné comme un chef-d'œuvre et un monument. Je partis assez exaspéré. […]

George Sand à Alfred de Musset

[Paris, début de décembre 1836.]

Mon cher Alfred, j'ai quelque chose de peu d'importance *pour toi* à te demander.

Je quitte Paris dans quelques jours avec le projet de n'y pas revenir de longtemps. Tout déplacement de lieu dans notre pauvre vie est accompagné d'une sorte de pressentiment solennellement puéril, comme tout ce qui se passe dans nos pauvres cervelles. Je ne sais pas si tu te souviens que j'ai la manie de me croire toujours à la veille de ma mort : manie ridicule, mais qu'il faut plaindre plus que railler, car elle part d'un grand et incurable fond d'ennui… d'un dégoût de la vie passé à *l'état chronique.* Je m'imagine donc encore cette fois-ci que je quitte Paris pour n'y jamais revenir. Le malheur ne serait grand pour personne ; cependant quand je songe aux deux seuls êtres que cela pourrait intéresser sérieusement, à mes enfants, je songe à quelques dispositions finales, et voici à quel sujet je viens encore te rebattre les oreilles d'une monomanie d'enterrement qui n'a certes pas le mérite de la nouveauté.

Quand tu m'as rendu mes lettres (à l'époque d'un départ pour Nohant qui était pour moi beaucoup moins indifférent et moins tranquille que celui d'aujourd'hui[312]), je te les ai renvoyées. Je suis restée dans une immuable sécurité sur tout ce qui te concernait personnellement, mais un fait assez léger m'a fait sentir pourtant la nécessité de te redemander ces lettres avant de quitter ou le monde, ou le pays, ou la vie. – Ta mère a donné, à je ne sais qui, un billet de moi qui contenait trois lignes, trois lignes écrites avec mes larmes, avec le sang de mon cœur au moment d'un autre départ, affreux pour moi, ou n'osant te dire adieu, je le lui disais, à elle ; lui demandant presque pardon de mon désespoir, et là, comme après, comme avant, m'exprimant avec elle, respectueusement, tendrement presque, noblement, j'ose le dire[313]. Eh bien, par je ne sais quelle incroyable imprudence, elle a laissé ce billet courir et traîner dans tout Paris, comme autographe faisant page dans un album, et servant de texte à d'ignobles commentaires dont les plus méchants ne portèrent ni sur toi, ni sur moi. D'autre part, d'étranges propos tenus par elle, le mouvement et l'âcreté d'une haine sans retenue, dirai-je sans dignité ! – me sont revenus à mon dernier voyage de cet été. Cette aversion ne m'a pas beaucoup atteinte. Les événements n'ont pas tous bien justifié ses prédictions sinistres sur les crimes que je devais commettre, sur les malheurs que je devais causer, et je me confesse d'en avoir souri. Mais voici ce qui en résulte. C'est que j'ai quelque souci pour les lettres que je t'ai écrites, si tant est que tu n'aies pas allumé ton cigare avec. A Dieu ne plaise, mon cher enfant, que ta riante et noble vie de poète soit tranchée avant le temps. Moi je ne verrai pas cet événement ; mais si par un injuste caprice du destin, un duel, une chute de cheval t'envoyait dans ce pays inconnu, auquel je crois, et où l'on se retrouve sans passion et sans effroi... Il ne reste de nous sur la terre que des haillons. Je me soucie de ma mémoire comme de mon linceul... et pourtant l'idée de la mort ne peut tellement absorber le sentiment de la vie, que je ne me sente horriblement attristée par l'idée du monde, promenant son venin sur les monuments de mon amour. Je ne puis songer sans amertume que les élans les plus douloureux de mon cœur, les paroles les plus ardentes de mon cerveau, en un mot, les pages les plus animées de ma vie, resteraient dans les mains d'une personne qui me hait, pour être livrées à la risée publique. Non, Alfred, il ne faut pas, et pour toi et pour moi, qu'il en soit jamais ainsi. Ces pages écrites dans le moment de ta vie où tu as été le plus aimé, et par l'être qui t'a le plus aimé, doivent n'être pas oubliées dans un carton entre le soulier de celle-ci et le gant de celle-là. J'ai dû te laisser mes lettres alors qu'elles pouvaient encore t'être chères pendant quelque temps, mais l'avenir ne nous appartient pas, ne lui laissons pas volontairement de chances contre nous. Cet avenir que je ne verrai pas, Dieu merci, pèsera sur la tête de mes enfants. Mon fils sera bientôt un jeune homme ; il m'aime passionnément. Un jour celui qui colporterait sous ses yeux une lettre de moi risquerait bien de se la voir arracher des mains sans cérémonie. Je ne puis pas laisser au hasard des événements de ce monde l'honneur et la vie de tout ce que j'aime en ce monde, voilà le sentiment qui me force à te redemander ces lettres, ces lambeaux de ma poitrine qui palpitent encore peut-être, si tu y jettes jamais les yeux, si tu y portes jamais la main… mais cette blessure est depuis longtemps renfermée chez toi. Tant mieux, mon brave enfant, Dieu soit loué, et que ton repos soit aussi profond que mes vœux pour toi sont fervents – adieu, réponds-moi *oui* ou *non* – sans te donner plus de peine. J'espère que ma demande ne t'en cause aucune, que tu ne tiens guère à ces papiers, et qu'après les avoir eus en toute propriété pendant deux ans, tu ne peux me soupçonner un vilain motif, une crainte lâche, je ne sais quoi quand je te les redemande avec naïveté, avec confiance. Adieu, que ta muse soit toujours ta plus chère maîtresse comme elle est la plus belle et la plus digne de toi ! – Pense à moi quelquefois comme à un frère dans le tombeau.

GEORGE.

R[ue] Lafitte 23, jusqu'au 20 du courant.

George Sand à Alfred de Musset

[Paris, 15 décembre 1836.]

Mon cher enfant, avec les gens qu'on n'aime ni n'estime, on peut avoir des exigences, et ne pas se donner la peine de les motiver. De moi à toi, il n'en sera jamais ainsi, et je ne te demanderai jamais rien, sans savoir de toi-même à quel point tu approuves ma demande. Malgré ton reproche, je persiste à penser que j'ai dû te dire la cause d'une inquiétude qui ne me serait jamais venue, si la personne dont je t'ai parlé[314] n'y avait donné lieu. Pouvais-je inventer un motif ? Je ne pense pas que tu eusses trouvé fort agréable et fort délicate une réclamation impérieuse et sèche. J'ai dû tout te dire. C'est mon cœur qui me l'a conseillé ; et il me semble qu'une injure par moi reçue en silence, et lavée entre toi et moi dans le secret d'une lettre, n'est pas subie sans modération et sans dignité.

Pour en finir au plus vite avec le chapitre des explications, je crois pouvoir affirmer qu'on s'est trompé en me supposant gratuitement de l'humeur, à propos d'une lettre que tu ne m'aurais pas écrite[315]. – Je ne sais ce que cela veut dire. Je me souviens d'avoir été brisée, je ne me souviens pas d'avoir eu du dépit ou du mécontentement sur quoi que ce soit. Je me souviens de m'être éveillée à Nohant couverte de taches hépatiques de la tête aux pieds, et de n'avoir pas cessé depuis ce jour-là d'avoir mal au foie. C'est bien assez des maux réels sans y joindre des piqûres d'amour-propre. Je t'avoue qu'il n'y avait pas de place en moi pour les petites choses à cette heure solennelle et décisive de ma vie.

J'approuve tout à fait ton idée relativement à nos lettres. Il m'eût été fort amer de te rendre les tiennes, et si je pouvais croire que les miennes ont le même prix à tes yeux, je ne les réclamerais pas. Mais tout cela est bien différent. N'importe. – Tes lettres sont à La Châtre, chez une femme qui m'est dévouée et qui croit avoir des bijoux en dépôt dans une cassette. Ces lettres sont cachetées et portent ta suscription. Je ne les ai jamais relues sans les recacheter aussitôt après et sans les replacer dans cet asile sûr et inviolable. Je ne les croirais pas assez bien gardées chez moi. La mort vous surprend à toute heure, et on ne sait quelle main ouvre vos tiroirs dès que vous avez fermé l'œil. Je puis donc être mieux que toi le gardien de ce double dépôt. En même temps que je le scellerai, je te donnerai l'adresse et le nom de la femme à qui tu dois le réclamer, si, comme il est probable, je pars la première pour le grand voyage.

Avant tout, je t'enverrai tes lettres dès que je serai au pays, afin que tu en retranches ce que tu voudras. Si tu veux m'envoyer les miennes pendant que je suis ici, tu m'épargneras le port d'un fort gros paquet à la poste de La Châtre. Si tu aimes mieux attendre la réception du tien, fais comme tu voudras[316].

Adieu, mon enfant, Dieu soit avec toi.

G.

[Adresse sur enveloppe :]
Monsieur Alfred de Musset
rue de Grenelle Saint-Germain
59.

Journal de Charles Didier[317]

26 décembre 1836.

Tout à coup, j'ai une effroyable clairvoyance... Je comprends qu'elle a un rendez-vous ce soir. Je lui fais entendre qu'elle est devinée...

27 décembre 1836.

Elle me dit qu'elle a vu Musset et qu'elle s'est sentie tout à fait guérie. Voilà ce que deviennent les passions. Elle avait à arranger quelque chose pour ses lettres, et tout s'est borné à une conversation, où elle a été frappée de son étroitesse d'esprit.

29 décembre 1836.

Journée d'aigreur et de picoterie. Elle est taquine, moi dur et la soirée se passe mal, moi irrité sourdement de l'espèce de genre qu'elle veut prendre avec moi, elle froide et muette. Elle se met à son drame et je la quitte sans même l'embrasser. Ces contacts de M[usset], fausse position, me sont odieux.

Marie d'Agoult à George Sand

[Paris, 6 avril 1837.]

[…] J'ai vu hier Alfred de Musset, Solange était là, elle ne l'a pas reconnu. Il a fait là-dessus deux ou trois phrases qui voulaient être poétiques. [...]

Marie d'Agoult à George Sand

[Paris, après le 12 avril 1837.]

[…] Mignonne entre les mignonnes, j'ai donné avant-hier une *soirée* à laquelle j'ai prié M. de Musset. Durant le cours de ladite soirée, ledit Alfred de Musset m'a demandé un entretien particulier. Nous sommes allés nous asseoir sur un canapé solitaire, et là il a commencé à me dire qu'il avait un mauvais caractère, capricieux, bizarre et injuste. Je ne disais rien, mais ma figure disait *"e poi ?"*. L'*e poi* était que lorsque vous avez décidé d'avoir vos lettres, il s'y est sottement refusé par je ne sais quel instinct d'*opposition* fantasque, qu'aujourd'hui il désire ces échanges et que, si vous n'avez pas changé d'avis, il me chargera du paquet des vôtres et vous priera de lui renvoyer celles que vous avez entre les mains. […]

George Sand à Marie d'Agoult

[Nohant, 27 avril 1837.]

[...] Musset vous promet mes lettres. Il ne vous les remettra pas. Tout cela est *un genre. – Connu ! –* Au reste je n'y tiens pas, et je sais que vous vous mettrez en mon lieu et place pour les accepter de l'air qui convient, s'il vous les rapporte. Il me les a offertes au moment où je quittais Paris, et de la meilleure grâce du monde. Il *blague* donc un peu en disant qu'il n'a pas voulu. C'est moi qui par un mouvement de fierté assez naturel n'en ai pas voulu le jour où il me les offrait. J'ai peut-être bien fait, car si j'avais eu l'air d'y tenir, il aurait peut-être changé d'avis le lendemain. En un mot, prenez votre grand air Mirabella, et n'ayez pour réponse à tous ses beaux discours que l'*e poi ?* ou le *as you like it.* [...]

George Sand à Alfred de Musset

[Paris, 19 avril 1838.]

Mon cher Alfred, j'ai reçu ta lettre la veille de mon départ de Nohant. J'ai sur-le-champ recommandé Mme Lafont[318] à une des puissances ou pour mieux dire à la seule puissance du théâtre de Châteauroux, M. Martinet, propriétaire, administrateur, etc., etc., dudit théâtre.

Je n'ai pas bien compris le reste de ta lettre. Je ne sais pourquoi tu me demandes si nous sommes amis ou ennemis. Il me semble que tu es venu me voir l'autre hiver et que nous avons eu six heures d'intimité fraternelle après lesquelles il ne faudrait jamais se mettre à douter l'un de l'autre, fût-on dix ans sans se voir et sans s'écrire, à moins qu'on ne voulût aussi douter de sa propre sincérité ; et en vérité, il m'est impossible d'imaginer comment et pourquoi nous nous tromperions l'un l'autre à présent.

Tout ce que je puis répondre à tes questions, c'est que tu peux disposer de moi comme d'un ami et compter que je ferai avec joie tout ce qui te sera agréable, sans examiner si cela est convenable ou non, si les protégés ou protégées sont *grand-chose* ou *pas grand-chose.* Je te remercie de n'avoir pas douté de mon dévouement en cette rencontre. Je vois que comme de coutume, tes bons instincts ont donné secrètement un démenti à tes méfiances.

Si tu veux venir me voir, cela me rendra très heureuse. Si tu ne veux pas, je n'en serai pas offensée du tout. Entre nous il ne peut y avoir d'autre loi que le bon plaisir. Fais selon ton idée.

Je demeure chez Mme Marliani, Grange Batelière 7. Je suis ici pour huit jours au plus.

Tout à toi.

GEORGE.

[Adresse :]
Monsieur Alfred de Musset
rue Saint Dominique Saint Germain
53-55 ou 59.

Sainte-Beuve à Mme Juste Olivier

[Paris,] ce jeudi 2 [août 1838].

[…] chez Guttinguer, je devais trouver Musset, qui loge pour le quart d'heure à Saint-Germain à une fashionable auberge où il pratique la vie de ses drames ; mais gris le matin, il avait de plus un *rendez-vous* à Paris, et n'a pu être de retour à temps ; nous n'avons eu à dîner que son ami Tattet et un autre gentil monsieur ; mais à peine éveillés de leur *griserie* et de tout ce qui s'ensuit. C'était triste au fond de les voir ainsi.

Alfred Tattet à George Sand

[Bury, 20 août 1838.]

Il m'est pénible, madame, de revenir sur un temps déjà si loin de nous et qui ne nous laisse, en ce qui me concerne du moins, que de bien tristes et de bien défavorables souvenirs. Mais peut-être m'avez-vous pardonné ? […] Toujours est-il que sachant que vous venez tous les soirs dans notre maison, je ne veux pas manquer cette occasion de vous demander ce que je dois faire de certains *rouleaux* dont je suis dépositaire depuis si longtemps et que j'appellerai *tableaux* par pure politesse […] Ne les aurais-je gardés que pour qu'ils nous servissent de trait d'union, et seraient-ils encore une fois destinés à vous inspirer un généreux mouvement ? […] Est-ce ma faute si ces malheureuses toiles m'entraînent malgré moi vers ces bienheureux jours passés à Venise auprès de vous ? Que de fois mes regards s'y reportent, et avec quel attendrissement et quel orgueil je songe à ce manuscrit de *Leone Leoni* que j'eus le bonheur de lire le premier, à nos promenades sur le Grand Canal, à nos soirées du café Florian, à nos causeries à la Fenice, à vos lettres alors si bonnes, à toutes les confidences, perles de l'âme, qui sortaient de votre bouche pour tomber dans un cœur bien tendre et bien dévoué ! Tout ce passé, pardonnez-le-moi, produit sur moi l'effet d'une de ces bonnes bouffées d'air que l'on respire au printemps. Pouvais-je supposer alors que je tremblerais un jour en vous écrivant, et devais-je croire, en tenant cet œillet que je reçus de vous en face de ce beau Giorgione de la galerie Manfrini, que votre amitié pour moi s'en irait aussi vite que son parfum ? C'est pourtant cette pauvre fleur desséchée qui m'engage en vous quittant à me dire, non point votre admirateur, ce qui pour vous est bien vulgaire, mais votre sincère ami, ce qui est tout à la fois un honneur et un plaisir pour votre bien dévoué,

ALFRED TATTET.

George Sand à Alfred Tattet

[Paris, 24 août 1838.]

Je ne pense pas qu'il y ait lieu à vous occuper de ces tableaux. Votre maison est assez vaste pour que vous les laissiez, relégués, dans un coin de cave ou de grenier. Je n'ai pas eu plus de relations que vous avec Pagello depuis le triste temps vers lequel vous reportez mes souvenirs, et j'aime à penser qu'après ces orages, ses idées sont redevenues justes et élevées, comme son âme l'était dans le calme. Nous sommes tous ainsi plus ou moins ; la colère et la haine sont des maladies qui nous tueraient, si la providence ne les avait faites de courte durée. Je ne suis pas plus qu'un autre à l'abri de ces passions. Pourtant votre conduite à mon égard ne m'avait inspiré ni l'un ni l'autre. On a dû vous le dire. Je trouvais légitime que vous me préférassiez votre ami, et, après tout, vous me rendiez un plus grand service que de me garder le secret, car vous l'empêchiez de se battre, et je n'eusse pas voulu payer votre silence au prix de la moindre goutte de son sang. Si quelque chose a pu altérer l'amitié que vous me rappelez et que je vous conservais, c'est le peu de générosité que vous avez mis à répondre à la lettre que je vous écrivis bientôt après[319]. Ce fut un mouvement de mon cœur que j'aime à me rappeler, mais que vous ne comprîtes point. J'en fus fâchée pour vous, que j'avais cru si bon et si chevaleresque. Depuis, il m'est revenu que vous m'étiez très hostile et que vous racontiez avoir été avec moi à Venise dans de tout autres termes que ceux d'une amitié fraternelle. Je ne vous fais pas un grand crime de parler de moi légèrement ; je ne suis plus placée de manière, dans la vie, à attacher la moindre importance à ce que l'on dit de moi. Mais il m'est toujours douloureux de voir les démonstrations de loyauté et d'attachement auxquelles j'ai cru naïvement, tomber au rang des paroles banales et des gracieuses moqueries qui ont cours dans le monde.

Tout est donc très pénible, en effet, pour moi dans les souvenirs que vous évoquez, et je ne conçois guère que vous en gardiez une impression agréable, les ayant si gratuitement gâtés. Vous auriez dû au moins respecter notre pauvre amitié, et, quand la mienne résistait à une si rude épreuve, comprendre qu'elle pouvait avoir quelque prix. Au lieu de cela, vous avez mieux aimé imaginer une aventure vulgaire entre vous et moi ; c'est bien commun. La vérité (si quelque histoire pouvait flatter votre amour-propre), était meilleure pour vous à raconter, et quant à moi j'eusse pris plaisir à la confirmer, malgré la cruelle blessure que vous m'avez faite ensuite.

T[out] à v[ou]s

GEORGE.

Alfred Tattet à George Sand[320]

[Paris, 25 octobre 1838.]

Je vous demande bien pardon, madame, mais je vous rendrai vos tableaux. Vous en disposerez ensuite comme il vous conviendra, puisqu'ils vous appartiennent [...]. Quant à ce que vous me faites l'honneur de me dire sur les propos que l'on m'a fait tenir, je ne pense pas que vous puissiez m'accuser aussi formellement sans quelque preuve positive. [...] Avez-vous bien pu croire, madame, toutes ces calomnies ? Un galant homme ne se vante pas de ses bonnes fortunes quand il en a, à plus forte raison n'en publie-t-il pas d'imaginaires ; car dans le premier cas ce serait un lâche, dans le second [...] un sot et un infâme. Il y a loin de là, vous conviendrez, à l'idée chevaleresque que vous vous étiez faite, dites-vous, de ma personne. Je pourrais peut-être, madame, en appeler à cette pauvre amitié passée, puisque c'est vous

qui prononcez ce mot ; mais votre lettre me prouve que cette amitié n'est même plus un agréable souvenir. Il est facile d'accuser, et quelquefois inutile de se défendre.
T[out] à vous quand même.

ALF. T.

Alfred de Musset à Alfred Tattet

[Paris, 1838.]

J'apprends, mon cher Alfred, que vous avez plusieurs fois manqué à la parole que vous m'aviez donnée de garder le silence sur tout ce qui s'est passé en Italie. Cela m'a fait beaucoup de peine, d'abord pour vous, qui manquez ainsi à votre promesse, et ensuite pour moi, qui ai cru, pendant plus de quatre ans, avoir un véritable ami.
T[out] à v[ou]s.

ALFD DE MUSSET.

George Sand à Alfred de Musset

[Paris, 30 août 1840.]

Elles[321] sont à Nohant dans un coffre dont j'ai les clefs ici. Je vais écrire tout de suite à Papet de m'envoyer ce coffre et dès que je l'aurai reçu je vous avertirai pour que vous veniez le chercher si jusque-là vous demeurez dans les mêmes intentions. J'ai bien maudit cette histoire de lettres d'il y a quatre ans, lorsque vous étiez si malade l'hiver dernier[322]. Vous avez dû comprendre pourquoi je n'allais pas vous voir, si vous avez pensé à moi durant cette terrible épreuve. Pour moi, j'ai bien pensé à vous, je n'ai pas besoin de vous le dire.

G. S.

[Adresse :]
Monsieur Alfred de Musset
quai Voltaire, 21.

George Sand à Alfred de Musset

[Paris, 11 (?) septembre 1840.]

Les lettres sont arrivées. Si vous voulez venir les chercher, vous me trouverez toujours de cinq à six heures de l'après-midi.

GEORGE.

Vendredi.

Si vous ne vouliez pas venir (ce qui serait bien mal) je vous enverrais le vieux Rollinat pour opérer l'échange. Faites-moi savoir ce qu'il vous convient de faire à cet égard.

[Rue] Pigale 16.

[Adresse :]
Monsieur Alfred de Musset
quai Voltaire, 21.

Alfred de Musset à Mme Caroline Jaubert

[Paris, septembre 1840.]

Au moment d'écrire ma proposition d'échange, je m'arrête pensant à vous. – Serez-vous chez vous ce jeudi matin ? – Je vous apporterais le portefeuille que vous liriez à votre loisir *è poi [sic]* vous me diriez – en connaissance de cause. – Le plus blond des notaires y consentira-t-il ?

RSVP.

George Sand, "Entretiens journaliers"

7 janvier 1841.

Heine a des mots diablement plaisants. Il disait ce soir en parlant d'Alfred de Musset : "C'est un jeune homme de beaucoup de passé." Heine dit des choses très mordantes et ses saillies emportent le morceau.

Alfred de Musset à son frère, en Italie

[Janvier 1843.]

Je sais, mon cher ami, que tu as fait bon voyage et que tu t'amuses, ce qui ne m'étonne point, bien que Hetzel dise qu'il n'y a que toi au monde capable de trouver du plaisir à voyager seul.

Pour ce qui me regarde, je te dirai que je suis raccommodé avec Rachel. Je l'ai rencontrée à souper chez Buloz et nous nous sommes donné une poignée de main. Tu sais qu'elle demeure sur le quai, comme le chevalier de la Marjolaine. C'est un gentil voisinage.

As-tu vu à Gênes ce beau jardin où il y a écrit sur la porte : *Hic mihi jucunda solitudo, amicitia jucundior* ? c'est celui que préférait ton serviteur très humble. Mme Sand en parle dans les *Lettres d'un voyageur.* Il y a une fontaine en grotte délicieuse.

Je me porte très bien. Fais-en autant, amuse-toi surtout, et envoie-nous des nouvelles de Naples.

Alfred de Musset

A mon frère,
revenant d'Italie

[…]
Sans doute tu l'as vue aussi,
Vivante encore, Dieu merci !
Malgré nos armes,
La pauvre vieille du Lido,
Nageant dans une goutte d'eau
Pleine de larmes.

Toits superbes ! froids monuments !
Linceul d'or sur des ossements !
Ci-gît Venise.

Là mon pauvre cœur est resté.
S'il doit m'en être rapporté,
Dieu le conduise !

Mon pauvre cœur, l'as-tu trouvé
Sur le chemin, sous un pavé,
Au fond d'un verre ?
Ou dans ce grand palais Nani,
Dont tant de soleils ont jauni
La noble pierre ?

L'as-tu vu sur les fleurs des prés,
Ou sur les raisins empourprés
D'une tonnelle ?
Ou dans quelque frêle bateau,
Glissant à l'ombre et fendant l'eau
A tire-d'aile ?

L'as-tu trouvé tout en lambeaux
Sur la rive où sont les tombeaux ?
Il y doit être.
Je ne sais qui l'y cherchera,
Mais je crois bien qu'on ne pourra
L'y reconnaître.

Il était gai, jeune et hardi ;
Il se jetait en étourdi
A l'aventure.
Librement il respirait l'air,
Et parfois il se montrait fier
D'une blessure.

Il fut crédule, étant loyal,
Se défendant de croire au mal
Comme d'un crime.

Puis tout à coup il s'est fondu
Ainsi qu'un glacier suspendu
Sur un abîme…
[…]

Mars 1844.

NOTES

1. Juste Olivier (1807-1876) est professeur d'histoire et de littérature au gymnase de Neuchâtel. Séjournant à Paris, du 17 avril au 6 août 1830, il y tient ce qu'il nomme lui-même un *Essai de journal*. Ces impressions d'un étudiant vaudois de vingt-deux ans (réimprimées en 1951 au Mercure de France sous le titre : *Paris en 1830*) valent par la vivacité des aperçus qu'elles ménagent sur le monde littéraire parisien.

2. Horace de Viel-Castel (1798-1864).

3. Horace de Viel-Castel.

4. Le peintre Eugène Delacroix (1798-1863).

5. Le *Journal* de Charles Didier (1805-1864) est cité selon la transcription qu'en a donnée Maurice Regard (George Sand et Charles Didier, in *Revue des sciences humaines*, octobre-décembre 1959, p. 465-494). Sur ce Genevois, futur amant de George Sand, collaborateur de la *Revue encyclopédique* de Pierre Leroux, et auteur d'une *Rome souterraine*, se reporter à la thèse de John Sellards, *Charles Didier*, Champion, 1933.

6. Il s'agit de Marie Dorval (1798-1849), qui est alors la maîtresse d'Alfred de Vigny.

7. Il s'agit de Jules Sandeau (1811-1883), l'amant en titre de George Sand jusqu'à cette lettre du 6 (?) mars 1833, par laquelle elle informe Emile Regnault, jeune étudiant en médecine, ami et confident de Jules, d'une toute récente et définitive rupture. Comme on le devine, c'est George Sand qui a pris

l'initiative de la séparation d'avec l'acolyte littéraire de ses débuts, à qui elle doit son nom de plume. Le coauteur de *Rose et Blanche* (1831), bouleversé par cette brusque séparation (que George Sand a imposée tout en cherchant à préserver son aura maternelle), ne va pas tarder à partir pour l'Italie (26 mars). Deux ans après, jour pour jour, c'est une lettre du 6 mars 1835, adressée à Jules Boucoiran – son factotum et le précepteur de ses enfants – qui sera l'acte de décès d'un autre amour.
8. C'est en décembre 1832, au moment de la parution de *Valentine*, que George Sand est entrée en relations avec celui qui est en passe de devenir "un de ses éducateurs et bienfaiteurs intellectuels" *(Histoire de ma vie)*, mais aussi le confident attentif de ses démêlés sentimentaux. Le futur auteur de *Volupté* (1804-1869) et le futur auteur de *Lélia* échangent, à partir du mois de mars 1833, une correspondance fort riche, tant par la confrontation d'esthétiques à laquelle elle nous donne d'assister, que par sa finesse psychologique.
9. "Elle entendait par là que, les premières fois, elle était embarrassée, silencieuse, et ne laissant point à ceux dont elle faisait cas l'impression qu'elle aurait voulu." (Note de Sainte-Beuve.)
10. Son demi-frère, Hippolyte Chatiron, fils bâtard de Maurice Dudevant ; voir n. 94.
11. Gustave Planche (1808-1857), alors critique à *La Revue des Deux Mondes*, où il a fort vanté, le 15 décembre 1832, *Indiana* et *Valentine*.
12. Ce ragot de Balzac a bien des chances d'être faux, et il est peu probable qu'Henri de Latouche ait joué le rôle que lui prête ici son ancien ami. Il est en effet à peu près exclu que l'"amitié amoureuse" (Georges Lubin) que Latouche porte à celle qui lui dédiera *Lélia*, auprès de laquelle il avait d'abord joué le rôle d'un conseiller littéraire exigeant, se soit vue alors payée de retour. Hyacinthe, dit Henri de Latouche (1785-1851), berrichon comme George Sand, l'a accueillie au *Figaro*

lorsqu'elle est "montée à Paris" pour faire ses premières armes en littérature (janvier 1831).

13. Laure Decerfz (1809-1870) est la fille du docteur Emmanuel Decerfz, médecin de Mme Dupin de Francueil, et d'Aimée Lemut, directrice de la poste aux lettres de La Châtre. La future épouse d'Alphonse Fleury (dit le Gaulois) est une amie d'enfance d'Aurore Dupin. De cinq ans son aînée, George Sand l'appelle sa fille, et entretient avec elle une amitié tendre, que va bientôt bousculer la liaison avec Alfred de Musset. Le mariage de l'amie de cœur aura lieu pendant le séjour en Italie.

14. Par cette lettre à son cher "Pylade", François Rollinat (1806-1867), avocat à Châteauroux, George Sand témoigne sans doute du désarroi que lui cause l'échec de sa brève aventure avec Prosper Mérimée, dont elle fera confidence à Sainte-Beuve par lettre du 24 (?) juillet. On a trop souvent réduit cette liaison manquée au mot égrillard colporté par Alexandre Dumas, à la suite d'une indiscrétion de Marie Dorval : "J'ai eu M. Mérimée ; ce n'est pas grand-chose." S'appuyant sur l'analyse des lettres faisant allusion à cette expérience amoureuse avortée, qui suit de près la douloureuse rupture d'avec Sandeau, Georges Lubin insiste avec raison sur l'amertume qui s'attache à ce nouvel échec. Point besoin d'ailleurs de choisir trop carrément entre ces deux logiques affectives : on peut, avec quelque vraisemblance, imaginer une *Lélia* ambivalente : amoureuse et cinglante.

15. Planche après Latouche ! Balzac, on le voit, va vite en besogne. Pressé de combler de sa dose de ragots bien parisiens la noble dame d'Ukraine, il n'hésite pas à forcer la vraisemblance. Quant à la possibilité d'une liaison amoureuse avec Gustave Planche, la critique récente se montre plus circonspecte que le bouillant auteur de *La Comédie humaine*. Depuis la rupture des deux amants du quai Saint-Michel, Balzac a pris visiblement le parti de Sandeau. Et ses jugements s'en ressentent.

16. L'auteur des *Iambes* (1830-1831) et d'*Il Pianto* (dont George Sand salue la parution vers le 15 janvier 1833) fait très probablement allusion ici au célèbre dîner Lointier, qui, selon une tradition désormais écartée, aurait été le théâtre de la première rencontre entre George Sand et Alfred de Musset. Georges Lubin fait remarquer à juste titre que les deux témoignages qui évoquent ce dîner (celui de Barbier et celui de Sainte-Beuve, *Portraits contemporains*, t. I, p. 508) ne font pas allusion à Musset, mais se plaisent à signaler conjointement l'empressement un peu gauche de Gustave Planche, endimanché pour l'occasion, à accomplir auprès de Mme Sand son rôle de chevalier servant. Ce dîner a eu lieu le 8 mars, selon Georges Lubin. La mémoire trahit quelque peu ce mémorialiste, qui publie ses *Souvenirs* en 1883.

17. En faisant de cette lettre la première correspondance échangée entre Musset et Sand, nous suivons l'hypothèse de Georges Lubin, contrairement à une tradition qui fait commencer au 24 juin leurs relations épistolaires ; il pense que le présent billet doit être contemporain d'une première rencontre entre les futurs amants, pour lors réunis par leur seule commune appartenance à l'écurie Buloz (*La Revue des Deux Mondes*, où tous deux publient régulièrement). Il la situe par hypothèse le lundi 17 ou le mardi 18 juin (avant, donc, un nouveau dîner chez Florestan Bonnaire, l'associé de Buloz, que George Sand mentionne, par lettre à Sainte-Beuve, comme devant avoir lieu le 19 juin). Le présent billet de Musset, daté du “lundi”, serait donc du 17 juin. On dira que c'est contester une tradition établie avec bien peu de preuves ; et on aura un peu raison. A inverser l'ordre de ces commencements, on ne peut se garder de l'impression qu'on bouscule la cohérence “narrative” interne, qui veut que les quelques lignes qui accompagnent l'envoi des vers écrits après une lecture d'*Indiana* semblent d'un ton plus guindé que le présent billet.

18. Hassan est le héros de *Namouna* de Musset (1832), petit récit en vers, qui narre, de manière déceptive à souhait, les aventures d'un don Juan mi-mozartien, my-byronien ; Franck est le personnage central de *La Coupe et les Lèvres* (1832). Quant à Raymon (sans *d*), c'est le protagoniste masculin d'*Indiana* (1832 également).

19. Il s'agit de la strophe LVIII de *Namouna* (1832), dont G. Sand a fait l'épigraphe du tome II de *Lélia* :

Pourquoi promenez-vous ces spectres de lumière
Devant le rideau noir de nos nuits sans sommeil,
Puisqu'il faut qu'ici-bas tout songe ait son réveil,
Et puisque le désir se sent cloué sur terre,
Comme un aigle blessé qui meurt dans la poussière
L'aile ouverte, et les yeux fixés sur le soleil.

20. Sur ce duel qui n'eut pas lieu, se reporter à une note de Georges Lubin, dans son édition de la *Correspondance* de George Sand (tome II, p. 336, n. 1). Il cite les lettres échangées par les deux adversaires après une altercation qu'il situe le 21 juin : on devine qu'elle dut avoir pour motif les ragots colportés par Alexandre Dumas au sujet de la *faccenda* ("intrigue") de George Sand avec Mérimée.

21. Buloz est parti pour l'Angleterre le 21 juin. Cette lettre enjouée et burlesque semble, de toute évidence, le point de départ du *Songe du reviewer*, poème contemporain de Musset. On devine sans peine que la complicité des deux futurs amants s'est d'abord cristallisée, par jeu, autour de la figure à demi grotesque de Buloz, leur commun éditeur, et par suite leur entremetteur occasionnel. La tradition veut que la *Revue* d'Alfred de Musset date de l'automne 1833, et elle a quelque chance d'être vraie. Sainte-Beuve en cite quelques strophes dans une lettre à Victor Pavie du 17 novembre. On voit mal Musset écrire cette *Revue* en juin-juillet, et ne pas faire allusion à la dispute Planche/Dumas. Ici, Dumas apparaît comme mourant en voyage, "faute d'*Impressions*". Le mot, employé en

double sens, fait allusion à la série des *Impressions de voyage* que *La Revue des Deux Mondes* publie à partir du 15 février 1833.

22. Lettre perdue.

23. "Il avait eu des crampes d'estomac jusqu'à s'évanouir", dit en note l'édition Decori (1904), inspirée par George Sand.

24. L'expression terminale appartient au langage pompeux de Gustave Planche. On la retrouve dans une lettre à Sainte-Beuve, qui est du 12 juillet, ce qui incite Georges Lubin à attribuer hypothétiquement la même date à la présente. On la reverra dans une lettre de Venise, adressée par George Sand à Alfred de Musset.

25. Cette lettre répond à une lettre perdue de George Sand, qu'on devine aisément à travers la réponse. Musset y fait allusion à ses obligations de garde national, mobilisé à l'occasion de l'anniversaire des journées de Juillet 1830.

26. A côté de cette date, note au crayon de Vigny : "J'ai défendu à Marie de répondre à cette Sapho qui l'ennuie" ; et, dans la marge du post-scriptum : "Mme Sand piquée de ce que je ne lui ai pas répondu." Cette lettre a été retenue, entre autres, comme monument de la liaison Sand-Dorval, en raison de sa date. Bientôt en effet, à défaut de choléra, un amant va troubler les projets d'expédition provinciale d'une Lélia en quête de sa Pulchérie, au grand soulagement de Samson-Vigny, protecteur inquiet d'une comédienne convoitée.

27. *Lélia* est parue fin juillet, en deux volumes. Un fragment en avait été donné par *La Revue des Deux Mondes* le 15 mai 1833. Les exemplaires de Musset furent dédicacés en ces termes : "A mon gamin d'Alfred" (t. I). – "A Monsieur le Vicomte Alfred de Musset, hommage respectueux de son dévoué serviteur" (t. II).

28. "C'était pour voir un feu d'artifice, probablement celui de la fête du roi", dit l'édition Decori. Mais la fête du roi tombe le 1er mai. Le feu d'artifice annoncé sera tiré le 28 juillet,

comme l'indique l'article des *Débats* donné plus loin. Il fait partie de la série de cérémonies et de réjouissances qui doivent commémorer les trois Journées de Juillet 1830. Musset n'ira sans doute pas se "percher sur les tours de Notre-Dame", puisque sa lettre du 28 juillet au matin évoque un rendez-vous à minuit.

29. Marie Dorval, bien sûr, que Sand a évoquée sous les traits de Pulchérie dans *Lélia*.

30. Du nom d'un personnage de *Lélia*, joueur condamné au bagne, puis forçat repenti et austère.

31. Deux chefs-d'œuvre haut placés dans le Panthéon romantique : *René*, de Chateaubriand (1802) et *Lara*, de Byron (1814).

32. "Il s'était habillé en Pierrot et avait mystifié une personne qui n'était pas, comme on l'a raconté et imprimé, M. de La Rochefoucauld", dit l'édition Decori : pour servir la vérité, ou pour adoucir l'impertinence ?

33. "Il avait fait la charge de plusieurs personnes, la sienne, celle de G. S., celle de Buloz, etc. Il dessinait remarquablement", dit l'édition Decori. Il nous semble difficile de dater du 24 juillet, ainsi que le propose Georges Lubin. En effet, on voit mal cette lettre adressée à "mon cher George" rédigée le même jour que la précédente, qui use du cérémonieux "madame".

34. "Bonne nuit. Je suis sombre aujourd'hui."

35. "Ces deux derniers mots biffés à la plume par George Sand, et la ligne suivante coupée aux ciseaux." (Note de Clouard.)

36. Il s'agirait, selon Louis Evrard, de la fin de *Lélia* en épreuves. Georges Lubin pense, avec plus de vraisemblance, à un fragment de l'album de George Sand qui a pour titre *Sketches and Hints*. Il fait remarquer qu'à des pages arrachées de cet album correspond, dans la table des matières, la mention subsistante : "Alfred de Musset". Et de citer *La Confession d'un enfant du siècle* : "Brigitte me dit comme par hasard : J'ai un gros livre où j'écris mes pensées, tout ce qui me passe

par la tête, et je veux vous donner à lire ce que j'y ai écrit de vous dans les premiers jours que je vous ai vu."

37. "Une coupure aux ciseaux faite par lui et dont le souvenir est effacé, ainsi que celui du sens des premières lignes." Note de George Sand, d'après la copie Clouard.

38. Le libertin Octave et le mélancolique Cœlio sont deux personnages des *Caprices de Marianne* (1833), qui passaient pour incarner à eux deux la personnalité ambivalente de Musset.

39. "Ici la coupure aux ciseaux qui a emporté les deux *verso*. Je crois qu'il a coupé tout ce qui contenait des noms propres. Il a bien fait." (Note de G. Sand, copie Clouard.)

40. Le contenu de la lettre matinale de George Sand peut se deviner d'après le dessin qui orne la réponse de Musset (voir reproduction). Cette jeune femme qui tient par la main deux enfants, dans un décor qui fait songer à des préparatifs de feu d'artifice ou à une fête foraine, c'est, à coup sûr, George Sand. Flanquée de Maurice et de Solange, cette élégante maman accomplit de bonne grâce sa corvée patriotico-maternelle : elle mène vaillamment sa progéniture aux festivités qui commémorent, en ce dimanche de juillet, les Trois Glorieuses (voir l'article des *Débats* du 29 juillet). Ira-t-elle, dans la soirée, se percher à Notre-Dame, pour jouir du feu d'artifice ? On ne sait. Mais son rendez-vous avec Musset est pour minuit. Dans la lettre qui manque, on imagine aisément George Sand décliner l'emploi du temps de sa journée, annoncer ses obligations festives, et suggérer un rendez-vous nocturne.

41. "*Un spectacle dans un fauteuil*, par M. Alfred de Musset", feuilleton signé J. S. (sans doute J[oncière]s, et non Jules Sandeau, alors en Italie)…

42. Selon une confidence d'Herminie Lardin de Musset (la sœur du poète) à Léon Séché, un carnet de poche d'Alfred apportait la preuve que George Sand se serait donnée à lui le 29 juillet. Georges Lubin signale que le 29 au matin s'accorde avec le rendez-vous donné pour le 28 à minuit ; mais aussi avec

l'indication latérale qu'apporte une lettre postérieure ("Sans ta jeunesse et la faiblesse que tes larmes m'ont causée, *un matin*, nous serions restés frère et sœur"). Si l'on suit son hypothèse, et si l'on se souvient par ailleurs que Musset est ce soir-là en congé à peine légal de "veillée patriotique", doit-on imaginer, comme codicille à cette première nuit, un retour matinal à la caserne, suivi des conséquences martiales que l'on devine, à lire les *Débats* du 29 juillet ?

43. Les journaux républicains avaient annoncé qu'ils feraient de cette célébration des Journées de Juillet une manifestation d'hostilité au régime. Ces velléités oppositionnelles ayant échoué, couvertes par les flonflons, le parti de l'ordre pavoise…

44. Comme le 2 août tombe un vendredi, on date traditionnellement ce poème du 1er août. Cette date confirme l'hypothétique carnet.

45. Selon un compatriote qui est aussi son parent, Alexandre Poerio, poète et républicain napolitain, était *"bello della persona e del sembiante, d'ingegno altissimo e di amenissimo discorso"*. Ceci explique sans doute la vivacité que George Sand met à seconder une entreprise qui semble alléchante. Mais, dès le lendemain, une "affaire imprévue" (le départ avec Alfred en forêt de Fontainebleau, dont on apprend ainsi qu'il n'était pas programmé) va faire tourner court cette brève échappée italienne. A Pagello de prendre le relais…

46. Voir la note précédente.

47. Incognito oblige, le pauvre Gustave lui-même ne sait pas l'adresse du couple à Fontainebleau. Il ne la tient que de Julie Dorville, la bonne de George Sand à cette époque. Tandis que les nouveaux amants, qui sont descendus à l'hôtel Britannique, sillonnent à cheval les gorges de Franchard, le chevalier servant détrôné sert de gouvernante. Une autre lettre adressée à Fontainebleau, et timbrée du 8 août par la poste, indique qu'il a mené Maurice et Solange chez Deburau, en soirée. L'allusion au "paysagiste ordinaire" est obscure.

48. Parce que cet article est à l'origine du duel dont il sera bientôt question, il méritait d'être cité. D'autant que ce "Gustave" et ce "Georges" qu'on y allègue sont à n'en pas douter un clin d'œil malin, qui désigne la cible. De plus, indépendamment de son intérêt "dramatique", il aidera peut-être le lecteur d'aujourd'hui à prendre pied dans la période : par ses stéréotypes (de style et de pensée), mais aussi par sa vivacité perfidement enjouée, il "date" délicieusement. L'auteur de cet article est Jean-Baptiste Cappot, dit Capo de Feuillide (né en 1800 aux Antilles), ancien collaborateur du *Figaro* (où il a dû rencontrer George Sand).

49. Cette "écriveuse" de Mme Hortense Allart de Méritens (1801-1879), comme l'appelle George Sand, semble pour lors la maîtresse jalouse de Charles Didier. Cousine de Delphine Gay, cllc aura une carrière amoureuse bien remplie : Chateaubriand, Sainte-Beuve sont au nombre de ses amants. C'est une féministe quelque peu raide, dont le saint-simonisme militant s'attire, de la part de George Sand, des acidités bon enfant (voir sa lettre à Hortense de juillet 1833, *Correspondance*, t. II, p. 389-390).

50. Comme le compte rendu de *Lélia* du 18 août, cet article en partie double est peut-être dû à la plume agilement spirituelle de Léon Gozlan, grand pourfendeur de Jeune-France et autres bousingots, en ces années 1831-1833. (Louis Evrard pense plutôt à Nestor Roqueplan.) *Le Figaro* d'alors n'est plus ce "petit journal" d'opposition railleuse qu'il fut sous la direction de Victor Bohain puis d'Henri de Latouche. Ses ironies sont désormais stipendiées par le régime et visent avec zèle les "travers" des républicains.

51. Allusion probable à sa liaison avec Aurélien de Sèze, qui n'a pas duré tout à fait six ans (1825-1830), et à sa liaison avec Jules Sandeau (juillet 1830-mars 1833).

52. C'est Sainte-Beuve qui a complété sur l'autographe le nom de Mérimée, comme plus loin ceux de Musset et de Planche.

53. Planche, en effet, a défendu *Lélia* dans *La Revue des Deux Mondes* du 15 septembre ; et il s'est trouvé nommé ("Gustave"...) par Capo de Feuillide dans l'article de *L'Europe littéraire* du 9 août. Le 24, dans la même revue, nouvelle attaque de la part de Capo de Feuillide contre Sand et son défenseur : "Or savez-vous ce que c'est que *Lélia*, sous quelques nuages d'ascétisme et de symboles qu'ait voulu la voiler je ne sais plus quel critique ?" Allusion à l'article de Planche...
54. Il s'agit de Jean-Louis-Eugène Lerminier (1803-1857), avocat. Ce professeur au Collège de France, spécialiste de législation comparée, écrit dans *La Revue des Deux Mondes* et fréquente le quai Malaquais. Il sera bientôt la victime d'une "gaminerie" d'Alfred de Musset. (Voir le récit de Paul de Musset.) Il apparaissait déjà dans *Le Songe du reviewer*.
55. La *Biographie d'Alfred de Musset* par Paul de Musset permet de comprendre l'épigramme. "C'était un homme instruit, [...] puriste en littérature, à vues étroites en matière de beaux-arts, à cheval sur les règles les plus rebattues, et qui jouissait d'un certain crédit de connaisseur [...] ; mais cet esprit cultivé habitait un corps inculte, malpropre jusqu'à incommoder ses voisins, modèle curieux de sans-gêne et de cynisme. c'est pourquoi on l'appelait le seigneur Diogène."
56. Sorte d'omnibus.
57. Encore un dîner, mais le nom du restaurant a toutes les chances d'être aussi approximatif que la date suggérée (vers le 15 août).
58. Ces "Stances burlesques" ont admirablement "attrapé" le climat habituel des réunions de la mansarde du quai Malaquais. Elles font défiler ses hôtes habituels : Solange Dudevant, la fille ; Jules Boucoiran, le précepteur-factotum ; Buloz, l'éditeur ; Paul de Musset (le frère d'Alfred) ; Louis de Maynard, journaliste, collaborateur de *L'Europe Littéraire* ; Gustave Planche, le critique ; le journaliste Adolphe Guéroult (voir n. 61) ; Gustave Papet (1812-1892), étudiant en

médecine et ami berrichon de George Sand ; la mère Lacouture est la bonne, chargée des basses besognes.

59. Ces pleurs dans des "stances burlesques" (le titre est de Maurice Clouard, non de Musset) ont fait couler bien de l'encre. Plutôt que pour des indices psychologiques, prenons-les pour leur valeur esthétique et ironique de signifiants désaccordés. Si la lyre grince, c'est pour mieux dire le bonheur mitigé de cet automne prosaïque et trempé d'encre : *Fantasio*, *Lorenzaccio* sont, côté Musset, les perles de cette larme. Quant aux esprits plus pratiques, ils feront bonnement remarquer que la lettre suivante de Sainte-Beuve à George Sand suppose quête d'un médecin des corps ; et ils trouveront dans *La Confession d'un enfant du siècle* de quoi justifier bien de précoces déceptions.

60. Allusion à la liaison de Sainte-Beuve et de Mme Adèle Hugo. A mots point trop couverts, une autre lettre de Sand au critique laisse entendre que les relations épistolaires que Lélia entretient avec Joseph Delorme ne vont pas sans éveiller la jalousie d'Adèle.

61. Adolphe Guéroult (1810-1872) est un journaliste saint-simonien, collaborateur du *Globe*, du *Journal des débats*, du *Temps*, avant d'être envoyé par Guizot comme consul au Mexique. Ce futur député de la Seine (1863) est pour lors l'auteur de deux articles sur *Lélia*, publiés par *Le Temps* (26 septembre et 3 octobre).

62. Il s'agit de *Marie Tudor*, créé à la Porte-Saint-Martin le 6 novembre. Le surlendemain, à la suite d'une piètre prestation, le rôle de Jane est retiré à Juliette Drouet, pour être confié à Ida Ferrier, la maîtresse d'Alexandre Dumas.

63. Suit la citation d'un fragment du *Songe du reviewer*.

64. Après la scène légendaire que rappelle Paul de Musset, le départ a été décidé. George Sand en informe son mari (Casimir Dudevant), sa mère (Mme Maurice Dupin), et s'occupe à caser ses enfants. Nous voici bien loin en apparence des

éloquences amoureuses qu'on attend d'une correspondance de cet ordre ; mais sans ce petit lit de fer qui va et vient entre ces lettres logistiques, on perdrait bien de la saveur.

65. Cette lettre est écrite le jour du départ. Jules Boucoiran et Paul de Musset semblent y avoir assisté. Ce dernier le donne à entendre dans *Lui et Elle*, qui prend un superstitieux plaisir à accumuler les indices néfastes : la voiture pour Lyon est la treizième, elle heurte une borne de porte cochère, elle est arrêtée par une malle-poste accidentée, qui a renversé un porteur d'eau, etc. Cette accumulation de présages convient trop au dessein romanesque du frère bénisseur pour être vraisemblable.

66. Stendhal a quitté Paris le 4 décembre, et se trouve à Lyon depuis le 8. Le 15 décembre, au moment d'embarquer, il rencontre George Sand et Musset sur le quai du Rhône. Le *Calendrier de Stendhal* (Henri Martineau) permet de suivre le trio à la trace : Dimanche 15 décembre. – A 7 h 30, départ de Lyon ; à 4 heures, arrêt à Bourg-Saint-Andéol (hôtel de l'Orient). – Lundi 16 décembre. – A 6 h 30, départ de Bourg-Saint-Andéol ; à 10 h 15, arrivée à Avignon par un beau soleil. Arrivée à Marseille le 17 septembre. Tandis que M. le consul de Civitavecchia regagne l'Italie par voie de terre, les deux amants vont embarquer le 20 décembre sur le *Sully*, en direction de Gênes.

67. Au contraire, la "causticité" de Stendhal trouva grâce aux yeux d'Alfred, ainsi qu'en témoignait sa première lettre à sa famille, adressée de Marseille (voir la *Biographie* de son frère). Stendhal avait, pour sa part, salué, au moment de la parution des *Contes d'Espagne et d'Italie*, la naissance d'un poète selon son cœur, qui rompait avec les solennités du Cénacle. Un monument subsiste de la rencontre entre le couple romantique et l'auteur du *Rouge* : c'est le dessin où Alfred de Musset a fixé la silhouette méphistophéliquement burlesque du consul dansant à l'auberge de Bourg-Saint-Andéol.

68. Jules Boucoiran (1808-1875) est le précepteur des enfants, mais aussi le factotum dévoué de George Sand. Ce Nîmois sera le correspondant de Maurice, pensionnaire au lycée Henri-IV, avant de rentrer au bercail, pour assumer jusqu'à sa mort les fonctions de rédacteur du *Courrier du Gard.*
69. Ce vieil ami d'Aurore Dudevant, qu'elle surnomme le Gaulois, va se marier, le 3 février 1834, avec Laure Decerfz, l'amie d'enfance d'Aurore. Avocat, puis directeur d'une banque locale, il jouera un rôle politique lors de la IIe République et pendant la Commune (1809-1877).
70. Après une courte escale à Gênes, le 21 décembre, les deux voyageurs reprennent le lendemain le même bateau pour Livourne. Le passeport de Musset indique la chronologie : comme on peut le voir, elle contredit l'affirmation de George Sand.
71. Texte publié pour la première fois par le vicomte Spoelberch de Lovenjoul, *La Véritable Histoire de Elle et Lui*, Paris, Calmann-Lévy, 1897, p. 140-146.
72. Arrivés le 31 décembre à Venise, George et Alfred sont descendus dans deux hôtels différents. Brouille, manque de place ou soumission aux règles locales de bienséance, on ne sait. En tout cas, dès le lendemain, le registre de l'hôtel Danieli (ou Albergo Reale) note l'arrivée de M. Musset et M. Dudesiant *[sic]* (costume masculin oblige) et le numéro de leur appartement : le 13. (Deux chambres reliées par un salon, puis, plus tard, une chambre et un salon seulement, par mesure d'économie.)
73. Ces Notes de Venise ont été publiées par Jean Pommier (*Autour du drame de Venise*, Paris, Nizet, 1958, p. 116-125) qui en a donné un précieux commentaire.
74. Lettre perdue.
75. Sur cet épisode tragicomique du vieux chirurgien inhabile à pratiquer une saignée, Musset a exercé sa verve satirique : son album de dessins d'Italie contient une caricature représentant un

vieillard, une lancette entre les lèvres, avec cette légende : *"Non vè [l']arteria."* (Fonds Lovenjoul, F. 976, p. VI, n° 10.) Ce vieux médecin a été pris traditionnellement pour le docteur Rebizzo, par confusion avec le nom d'un ami de Pagello, dont il va bientôt être question. Il se serait agi en fait d'un certain docteur Santini.

76. Les notes qu'il a prises à Venise semblent témoigner de la volonté d'accomplir un tel dessein. Mais, renâclant au stéréotype comme aux pirouettes faciles, l'auteur des *Contes d'Espagne et d'Italie* ne sacrifiera pas à la vogue des impressions de voyage (Dumas, etc.).

77. A cette phrase s'écroulent bien des hypothèses concernant la genèse de ce chef-d'œuvre. Cette lettre, publiée par Jean Pommier, interdit de songer à une quelconque influence du voyage en Italie sur la conception ou la rédaction de ce drame, dont Musset a laissé le manuscrit à son éditeur.

78. C'est là le titre que le docteur Pagello (1807-1898) a donné à ses souvenirs manuscrits, déposés à la Biblioteca Marciana, à Venise. Leur rédaction doit suivre de près le départ de Pagello de Paris, en octobre 1834, ainsi qu'on le verra par le début du manuscrit, donné *infra*, d'après la traduction de Paul Mariéton (*Une histoire d'amour*, Paris, G. Havard fils, 1897).

79. Suit, à quelques détails près, le texte de la lettre que nous donnons immédiatement après cette annonce.

80. Pagello a été appelé par George Sand, au moment de sa propre maladie, vers le 15 janvier. C'est lui qui l'a saignée, après l'échec du vieux poseur de lancette. Mais elle ne le connaît à cette date que comme chirurgien, non comme médecin.

81. Allusion à ce que la tradition appelle la "scène de Franchard". Hallucination, délire, tremblements convulsifs, dit *Elle et Lui* à propos de cet épisode qui a pour décor les gorges de Franchard, dans la forêt de Fontainebleau : "Couché sur l'herbe, dans le ravin, sa tête s'était troublée. Il avait entendu

l'écho chanter tout seul, et ce chant, c'était un refrain obscène." Puis scène d'*autoscopie* : Musset a cru voir passer un promeneur ivre, qui lui a jeté une "laide grimace" et ce spectre, c'était lui-même. "Il était difficile de savoir, ajoute de façon malveillante la narratrice d'*Elle et Lui*, s'il racontait une chose qu'il avait réellement éprouvée, ou s'il avait mêlé ensemble, dans son cerveau, une allégorie née de ses réflexions amères et une image entrevue dans un demi-sommeil." Mais la thèse de l'hallucination n'en reste pas moins posée. *Lui*, de Louise Colet, inspiré par les confidences tardives d'Alfred de Musset, répondra à cette légende sandienne. Ni délire, ni spectres, mais exaltation amoureuse d'un poète "fou d'amour et altéré d'infini", et qui se plaindra de l'incompréhension de sa compagne ; "Et dire que lorsqu'elle a parlé de cette nuit à ses amis, elle a prétendu que j'avais été fou pendant plusieurs heures ; fou à la faire trembler pour sa vie !" Il est vrai que l'exaltation du poète ivre d'infini l'a conduit, selon le récit de Louise Colet, à prendre sa maîtresse dans ses bras, et à la mener ainsi au bord d'un précipice… La datation de cet épisode fait problème : a-t-il eu lieu lors du séjour que les deux amants ont fait à Fontainebleau, en août 1833, ou la mention "il y a trois mois de cela" doit-elle conduire à postuler un second séjour à Fontainebleau pendant l'automne ? Une telle hypothèse s'accorderait, et avec le contexte automnal du récit d'*Elle et Lui* comme de *Lui*, et avec l'absence complète de correspondance, de Musset comme de Sand, entre le 8 octobre et le 15 novembre.

82. "C'était une typhoïdette compliquée de délire alcoolique […]. Les crises qu'il avait étaient des crises d'alcoolisme aigu […]", confiera le docteur Pagello dans sa vieillesse, à propos de la maladie de son illustre patient.

83. Sosthènes de La Rochefoucauld (1785-1864) a été directeur des Beaux-Arts sous Charles X ; à ce titre, la petite presse libérale de la fin de la Restauration n'a cessé de le poursuivre de

ses quolibets. N'est-il pas coupable, entre autres tartuferies, d'avoir fait rallonger le pantalon des danseuses de l'Opéra ? Les articles que Stendhal envoie alors à la presse anglaise bourdonnent de ses burlesques avanies. (Voir notre édition de ses *Lettres de Paris* [1825], et de ses *Esquisses de la société parisienne, de la politique et de la littérature (1826-1829)*, Le Sycomore, 1983, 2 vol.) Présenté à George Sand par Latouche, son voisin à Aulnay, il semble avoir joué auprès d'elle un double rôle d'amoureux platonique et de propagandiste ultra. Avant que George Sand quitte la France, une brouille les a séparés : il a accusé sa correspondante d'avoir moqueusement exhibé une de ses lettres.

84. Le feuillet destiné à Pagello n'est autre que la lettre qui suit. Le titre dont se trouve précédée cette déclaration brûlante n'a pas manqué de provoquer les commentaires. Jeu de mots, titre de chapitre d'un roman en cours, ou leurre cryptographique, plusieurs solutions s'offrent. Au lecteur, s'il le souhaite, de trancher... Libre à lui d'y voir une déclaration d'amour déguisée. Par jeu de mots bilingue : *En Morée* cache *amore*, en italien.

85. Mutilation involontaire de l'autographe, selon le docteur Cabanès.

86. Pagello lui-même a expliqué plus tard cette adresse : George Sand lui ayant remis cette lettre, sans mention de destinataire, il demanda à qui la porter ; G. Sand lui arracha alors l'enveloppe des mains, et y écrivit l'adresse : Au stupide Pagello. "Depuis cette nuit commença entre l'un et l'autre une relation... très intime" (Dr Cabanès, "Un roman vécu à trois personnages", *Revue hebdomadaire*, 1er août 1896).

87. "Elle a cessé d'aimer cet homme pour m'aimer, elle pourra cesser de m'aimer pour en aimer un autre."

88. A cet endroit, un mot manque, selon Mariéton.

89. Trois coupures successives dans ces lignes : en tout, selon Mariéton, quatorze mots...

90. Cette lettre à Pagello, qui ne fait état que de simples soupçons d'Alfred de Musset, semble devoir précéder la suivante, qui évoque des scènes violentes et rapprochées. Telle est du moins l'hypothèse de Georges Lubin.
91. Francesco est le gondolier indélicat de l'hôtel Danieli, responsable des inquiétudes maternelles de Mme Musset : "Le gondolier Francesco à qui mon frère donnait ses lettres à poster à la poste, avec l'argent nécessaire pour l'affranchissement (obligé alors), mettait l'argent dans sa poche et brûlait les lettres" (note de Paul de Musset).
92. Alfred Tattet (1809-1856) est arrivé à Venise dans les premiers jours de mars. C'est le meilleur ami d'Alfred de Musset. Fils d'un agent de change, dandy fortuné et amateur d'art, il voyage en Italie en compagnie de l'actrice Déjazet. Entre Alfred et George, on va d'abord le voir jouer un rôle de médiateur. Plus tard, on le retrouvera à un autre épisode des amours problématiques de George et d'Alfred.
93. Gerdès est le caissier de *La Revue des Deux Mondes*. Quant à *Ahasvérus*, c'est le titre d'une épopée d'Edgar Quinet, qui réincarne le mythe du Juif errant. (L'œuvre a été publiée dans *La Revue des Deux Mondes* du 1er octobre 1833.)
94. Fils bâtard de Maurice Dupin et de Catherine Chatiron, servante à Nohant, Hippolyte Chatiron (1799-1848) est le demi-frère de George Sand. Mme Dupin de Francueil a pourvu à son éducation. Elevé auprès du château, il a été le compagnon de jeux de George Sand.
95. Emportée par sa fougue, G. Sand avait trouvé au bout de sa plume : "tous les hommes beaux et gr...". Elle a raturé cet épanchement trop parlant.
96. Le jeune Gustave de Malus, de passage à Nohant en 1829, semble être à l'origine d'une première expérience de théâtre de marionnettes dont George Sand a perdu le souvenir quand, en 1876, elle publie dans *Le Temps* un article sur "Le théâtre de marionnettes de Nohant".

97. Affirmation contredite par un article de l'*Eco, Gazzeta teatrale*, cité par Annarosa Poli. A la date du lundi 17 février 1834, la feuille vénitienne imprime en effet : "Si jamais il y eut un Carnaval splendide et joyeux, ce fut celui qui fut célébré mardi soir par un si grand fracas de sonnailles, de huées et de trompettes, par une telle fête de chansons et de cris dans la place Saint-Marc qu'elle parut presque se rétrécir sous une telle marée de foule." Qui croire, du chauvinisme de la gazette locale, ou du désenchantement de la garde-malade ?
98. George Sand craint, bien sûr, qu'il y trouve des traces du passage de Musset – des "hardes" ou des lettres – et puisse ainsi la menacer d'un procès pour adultère. Ce qui aura lieu un peu plus tard…
99. Ce carnet – aujourd'hui déposé à la Bibliothèque nationale et qui a été publié par G. Lubin (*Œuvres autobiographiques*, "Bibliothèque de la Pléiade", t. II) – est constitué d'une sorte de journal intime discontinu, contenant des pensées, des fragments de poèmes en prose, mais aussi des portraits de divers amis. On a vu que le fragment sur Musset manque, pour autant que, sans doute, les pages le contenant ont été données à l'intéressé lui-même, dans les premiers temps de leur liaison.
100. "On a beaucoup discuté autour de ce billet, et un livre entier ne suffirait pas à mettre en présence toutes les thèses affrontées au sujet de la «nuit de la lettre», expression dont se servira Musset dans la lettre du 30 avril 1834." Ainsi prélude une longue note de Georges Lubin, qui s'efforce de faire le point de nos connaissances au sujet de ce billet controversé. Venons-en d'emblée à ses conclusions : les neuf lignes écrites au revers d'une *Canzonetta* (*Canzonetta nuova sopra l'elisir d'amore*, Venise, 1834) sont bien de l'écriture de George Sand, "mais ce n'est pas l'écriture de George Sand de 1834" !!! Affirmation hautement vraisemblable, pour quiconque prendra la peine d'étudier attentivement les documents photographiques qu'il propose dans son édition, ou, mieux encore, les manuscrits.

Tel qu'il est conservé à la Bibliothèque nationale, dans le dossier constitué par Georges Decori à l'occasion de la première édition de la correspondance Sand/Musset, ce billet est donc un *faux.* Inutile, sans doute, de profiter de cette révélation d'un éminent spécialiste de George Sand, pour tenter de rejouer le énième épisode de la guéguerre entre *sandistes* et *mussetistes*. Inutile de suivre Henri Guillemin, mal inspiré pour cette fois, lorsqu'il crie haro sur la faussaire, l'accablant sous les foudres de la morale de la sincérité, qui est celle d'Alfred. Avant d'en venir trop brusquement aux sanctions éthiques, peut-être conviendrait-il de mesurer à sa juste valeur la part des convenances *esthétiques*, qui ont pu conduire George Sand à *rectifier* sa correspondance amoureuse. C'est sans doute péché, aussi, que cet art vieilli de l'estompe, mais de ceux qui méritent plus les persiflages du critique que les sentences du confesseur. Reste, on en conviendra sans peine, que cette rédaction controuvée était bien amène pour la mémoire de George Sand.

Compassion maternelle de sa part, délire et soûlographie de la part de son infortuné compagnon, la postérité allait bien juger. Mais pourquoi alors cette écriture mal imitée, qui permettrait de découvrir la supercherie ? On se perd en conjectures. Quant au fond du débat, quant à la vérité de la trame où s'insère ce billet, force est de recourir aux documents annexes pour essayer de se faire une idée. Nous en joignons deux au dossier, dans les pages qui suivent : côté Musset, la "Note dictée par Alfred à son frère en décembre 1852", dont celui-ci fera usage dans *Lui et Elle* ; côté Sand, la note apologétique que la romancière écrit en réponse à ses accusateurs, après la mort de Musset. Pour que le réseau intertextuel soit complet, il faudrait alléguer ici trois autres versions de la fameuse nuit : celle de Buloz, issue des confidences d'Alfred de Musset, en juin 1834 (voir *infra*), celle de Paul de Musset dans *Lui et Elle*, celle de Louise Colet, dans *Lui.* A quelques variantes près, les péripéties se retrouvent ici et là : épisode de l'unique tasse de thé, qui dénonce aux yeux d'Alfred la complicité amoureuse qui unit George et Pagello ; scène de la lettre interrompue, puis déchirée (avalée, chez Louise Colet, ce qui laisse le jaloux stupide et "incertain comme devant le tour d'un escamoteur"), et enfin jetée par la fenêtre. Dans *Lui* comme dans *Lui et Elle*, les deux amants se rencontrent face à face au petit matin, dans la ruelle sur laquelle donne leur chambre, en quête du fameux billet. Chez Louise Colet, le billet se retrouve, et c'est Albert de Lincel (la doublure d'Alfred de Musset) qui saisit d'une "main crispée le papier accusateur" : "Ne m'attends pas ce soir, dit ce billet peu maternel, ce méchant fou m'empêche de sortir." Chez Paul de Musset, un vent propice a balayé les morceaux de la lettre interrompue, mais la seule présence d'Olympe dans ce lieu et à cette heure la dénonce aux yeux d'Edouard de Falconey. D'où tentative de fuite en gondole, poursuite dans un cimetière, et enfin aveu, sur une tombe, de culpabilité de la demoiselle en jupons au jeune homme en robe de chambre : mélange des genres oblige. De quoi rêver…

101. Cette note, dont on ignore où se trouve l'autographe, est connue par la copie Clouard, conservée à la bibliothèque Lovenjoul de Chantilly (Lov., E 893, fol. 25-26). Elle renvoie à la lettre de Musset du 30 avril 1834, qui fait allusion à "cette nuit de la lettre". Voir plus loin (au 28 juin 1834) la version que donne Musset de cet épisode célèbre.

102. Georges Lubin fait remarquer justement que toutes les versions côté Musset font état d'un billet écrit *à l'encre* (seul le document Buloz reste muet sur ce point). Cette circonstance aggrave aux yeux des érudits la présomption de falsification. Avant Georges Lubin, Antoine Adam, soupçonneux à juste titre, écrivait : "George Sand se moque de nous. Si ce billet est authentique, c'est le brouillon de la lettre que le 4 février elle a envoyé à Pagello quand la crise a éclaté. Beaucoup plus probablement, c'est un faux, fabriqué sur le souvenir de sa

lettre au docteur. On peut remarquer en effet que presque tous les mots du billet se retrouvent dans la lettre. Le fait saute encore davantage aux yeux quand on compare, non la version française des deux documents, mais leur texte italien" (*Le Secret de l'aventure vénitienne*, Perrin, 1938, p. 281-282). A lire l'ensemble constitué de ce billet et de son commentaire, on ne peut s'empêcher de songer que le billet a dû être écrit pour permettre le commentaire, qui fait justice de la principale accusation qui plane dans *Lui et Elle* : la menace, qui aurait été proférée par George Sand, de faire enfermer Alfred à l'hôpital des fous.
103. C'est dans la troisième des *Lettres d'un voyageur* qu'est décrite l'île de San Servilio, "qui est occupée par les fous et les infirmes".
104. Paul Mariéton a eu communication de l'autographe de ce texte, de la main de Paul de Musset, grâce à l'obligeance de Mme Lardin de Musset. Il le reproduit dans son livre (*Une histoire d'amour*, Paris, G. Havard fils, 1896, p. 104-106).
105. Conte d'Hoffmann.
106. La lettre à laquelle fait allusion Paul de Musset, et qui bouleversa sa mère (voir la lettre suivante), a dû être envoyée de Venise vers le 8 ou le 9 mars.
107. Alfred Tattet est arrivé à Venise vers le 10 mars. Pour la divertir de son rôle de garde-malade, il s'est chargé d'accompagner George Sand au théâtre de la Fenice, où chantent Mme Pasta et Donzelli. Tous deux sans doute escortés de Pagello, avec lequel Tattet a sympathisé…
108. Antonietta Fusinata était la cousine de Pagello. Mariée plus tard à un de ses amis, elle se verra gratifiée de l'autographe de la déclaration de George Sand : *En Morée*. Ce qui n'a pas manqué de faire murmurer…
109. "Peut-être."
110. Musset semble s'être séparé de George Sand dès le 27 au matin, donc avant son départ de Venise, mais on ne sait pas à

quel endroit il a alors résidé. (Tous deux avaient quitté l'hôtel Danieli le 13 mars, comme en fait foi le registre de cet hôtel.) Le jour même, ou le lendemain, a lieu la scène célèbre qui, après des aveux partiels faits par Pagello à Musset, voit le poète joindre les mains du docteur et de George Sand, en bénissant leur union avec des mots qu'elle lui rappellera dans une lettre ultérieure : "Vous vous aimez et vous m'aimez pourtant…"

111. Cet Antonio est un perruquier qui va accompagner Musset jusqu'à Paris. On le retrouvera.

112. Selon Georges Lubin, les mêmes soupçons qui pèsent sur la lettre interrompue doivent s'attacher au présent billet, rédigé également au crayon. Ici et là, même écriture, en désaccord avec la graphie des autres correspondances de l'année 1834, et qui rappelle plutôt celle de telle lettre de janvier 1856… A notre humble avis cependant, le fait est plus net dans le premier cas que dans le second ; si l'on tient compte de la déformation dont est responsable l'instrument (crayon ici, plume là), le billet adressé à Musset *"in gondola, alla piazzetta"*, est un peu plus crédible que l'autre. D'où l'hypothèse selon laquelle le second billet aurait servi de déclencheur et de modèle au premier. Autre élément qui plaide en faveur de cette thèse : le fait que George Sand ait souligné en rouge la phrase du billet qui concerne les dispositions financières du départ d'Alfred ("Buloz ne m'a pas encore envoyé l'argent qu'il faudrait pour le voyage d'Antonio"). Lorsqu'on sait qu'un tel soulignage valait de sa part vœu de suppression du passage souligné, et que l'édition Decori a (ici comme ailleurs) obtempéré, on a du mal à imaginer une faussaire se censurant elle-même, sans être obligé de postuler un raffinement dans la supercherie qui s'accorde mal avec la négligence qu'on voit paraître dans la réalisation de l'autre faux, le faux manqué.

113. Sur cet Album que lui a offert George Sand le jour du départ, et qui porte en sa dernière page les recommandations

de Pietro Pagello, Alfred va noter à Paris les litanies de l'amour trompé.

114. Alfred de Musset a quitté Venise le 29 mars, accompagné jusqu'à Mestre par George Sand et Pagello. Sa première étape devait être Vicence. Mais, fatigué, il s'est arrêté à Padoue, d'où il lui écrit le 29 au soir ou le 30 au matin.

115. Maurice Clouard avait pris deux copies de ce carnet de 72 pages, aujourd'hui disparu. C'est d'après ces copies qu'il a été édité par Jean Pommier : "C'est un recueil de 40 textes, dont 14 en langue étrangère : 13 en espagnol, 1 en anglais. Les citations espagnoles sont toutes anonymes. La citation anglaise est de Byron" (*Autour du drame de Venise*, Paris, Nizet, 1958, p. 156). Jean Pommier a retrouvé, dans le catalogue de la Bibliothèque des frères Musset, le livre traduit de l'espagnol d'où ont été tirées toutes les citations à l'exception de la dernière : *Les Tromperies de ce siècle*, Rouen, 1645 (trad. du livre de Fr. Loubayssin de La Marque, *Engaños deste siglo,* 1615). La plupart de ces maximes dénoncent les tromperies dont se rendent coupables les femmes…

116. George Sand a voulu supprimer ces trois dernières phrases, en les soulignant à l'encre rouge. Mention non suivie d'effet.

117. C'est faux : l'autre route, celle qui passe par Padoue, est plus courte. Mais Pagello a une visite à faire à Trévise, et veut aller présenter George Sand à son père à Castelfranco Veneto, comme l'indiquent les souvenirs de Pagello. Sans doute aussi ne tient-il pas à ce que George et Alfred se revoient.

118. Selon Louis Evrard, le mot "joli" appliqué à Musset a été rayé dans l'autographe, et omis dans l'édition Decori. Il n'est pas mentionné par l'édition de Georges Lubin (t. II, p. 552). Même jeu dans la lettre de Sand du 12 mai 1834. Elle censure ainsi par deux fois sa manière de féminiser Alfred, dont on a bien d'autres signes, en particulier dans son *Journal intime* de novembre 1834.

119. Musset a essayé plus tard de rendre cette même impression par le langage poétique. Voir "Souvenir des Alpes", *Poésies complètes*, éd. M. Allem, "Bibliothèque de la Pléiade", p. 461-463, daté par Musset de 1851. Un commentaire de Mme Martellet, la servante de Musset, indique que la pièce a été rédigée après une grave maladie : "Cela dura plusieurs jours. Chaque fois qu'il aborda ce sujet, il pleura" (*Alfred de Musset intime*, p. 25). Au centre de ce poème, on trouve évoqué le regard de George Sand :

[...] Ote-moi, mémoire importune,
Ote-moi ces yeux que je vois toujours !

Pourquoi, dans leur beauté suprême,
Pourquoi les ai-je vus briller ?
Toi qui ne veux plus que je les aime,
Toi qui me défends d'oublier !...

120. C'est déjà la théorie qu'elle a soutenue devant Tattet : voir la lettre du 22 mars de George Sand à Tattet, ainsi que la lettre de Tattet à Sainte-Beuve du 17 mars : "Il faut même qu'il dise adieu pour longtemps à d'excellentes choses qu'il aime beaucoup." Avis médical justifié ou stratagème d'une maîtresse volage ?

121. Une dissertation quelque peu acide sur l'amour de tête et l'amour de cœur, à propos de *La Double Méprise* de Mérimée, nouvelle inspirée à l'auteur de *Colomba* par sa liaison avec George Sand. Dans ces pages qui ont paru dans *La Revue des Deux Mondes*, le 15 septembre 1833, Planche a laissé apercevoir quelque peu sa rancœur de chevalier servant éconduit.

122. Lecture incertaine.

123. Louis Evrard signale que le passage qui débute à "mais non pas avec" et qui va jusqu'ici a été rayé en rouge, puis en bleu, sur l'autographe, et que ces lignes manquent dans l'édition Decori.

124. Cette première *Lettre d'un voyageur* va paraître dans *La Revue des Deux Mondes* du 15 mai, sous le titre "Lettre à un poète".
125. Il s'agissait, ainsi que l'a établi Jean Pommier, de passages d'une première version en vers d'*On ne badine pas avec l'amour*, qui paraîtra dans *La Revue des Deux Mondes* le 1er juillet 1834.
126. Ce roman, dont Musset a été chargé de remettre la première partie à Buloz, ne paraîtra qu'au printemps 1835.
127. Il s'agit de la belle Arpalice Manin, sœur de Daniele Manin, qui sera président de la république de Venise en 1848, et exilé l'année suivante.
128. Personnage des *Contes fantastiques* d'Hoffmann.
129. Suit la citation d'un extrait du *Poète déchu*, texte alors inédit. Voir *Œuvres en prose*, éd. M. Allem, "Bibliothèque de la Pléiade", p. 306-318.
130. Le 12, ou bien le 10, ainsi que l'indiquait Paul ? La nécessité de s'excuser pour une lettre tardive rend la seconde date quelque peu plus vraisemblable que la première. C'est celle qu'adopte la chronologie de Georges Lubin. On notera qu'il n'est pas question dans cette lettre de l'insurrection qui éclate le 13, ni du massacre de la rue Transnonain, qui a lieu le lendemain. Dandysme et mal d'amour paraissent s'être curieusement ligués pour faire oublier à l'auteur de *Lorenzaccio* cette page sanglante de l'histoire sociale, qui semble s'écrire sur un autre livre que le sien.
131. La phrase a été soulignée en rouge et bleu en vue de sa suppression ; mais, malgré cela, l'édition Decori l'a conservée.
132. Il s'agit d'Edmond de Lignères, comte d'Alton-Shée (1810-1874), homme politique, ancien condisciple de Musset au lycée Henri-IV. Le chapitre IV de la IIe partie de *La Confession d'un enfant du siècle* s'appuie vraisemblablement sur la soirée qui est évoquée ici.

133. La lecture en commun de la pièce de Goethe (1774) s'est faite à l'automne 1833 dans la "mansarde" du quai Malaquais. Elle n'est pas sans avoir laissé de traces sur *Lorenzaccio*. Musset fait allusion à la dernière scène de l'acte V, où Goetz mourant prononce ces paroles, tandis qu'Elisabeth lui répond : "Elle n'est plus que là-haut, où tu es : le monde est un cachot."
134. Propriétaire de la maison où habitait George Sand, et amie de la famille de Musset.
135. Il s'agit de la première des *Lettres d'un voyageur*, qui est une sorte de "lettre ouverte" à Musset, dont, *infra,* nous donnons un extrait dans le corps du texte.
136. *Stranezze* : humeurs, impulsions, bizarreries.
137. George, Arpalice, Giulia Puppati, dont il va être question (la Beppa des *Lettres d'un voyageur*), et une quatrième, qui peut être soit Antonia Fusinato (A. Adam), soit la gouvernante Cattina (A. Poli), "petite, rondelette, pâle, langoureuse" et babillarde, selon la préface d'*André* (avril 1851). Un autre témoignage fait de Roberto Pagello, le frère de Pietro, l'amant de cette Cattina, qu'il préfère à George Sand, cette "*sardella francese*" (sardine française).
138. C'est Alexandre Dumas qui, informé sans doute par sa voisine, Marie Dorval, a fait des ragots et colporté la phrase peu flatteuse de G. Sand sur Mérimée, au printemps de 1833.
139. On n'a pas manqué de mettre en doute ce lien de filiation, et de faire de cette Giulia la maîtresse de Pagello. Georges Lubin, à la suite d'Annarosa Poli, a trouvé des arguments plausibles pour défendre la version que donne George Sand.
140. Le mime Deburau était un familier du quai Malaquais. Il y a été le complice d'Alfred de Musset, lors d'un dîner-mystification narré par Paul de Musset.
141. Ici un large coup de ciseau qui a enlevé environ une quinzaine de lignes.
142. "Charogne, je te tue !"
143. Salmon est le banquier de M. et Mme Dudevant.

144. La coupure du recto a enlevé les mots qui manquent ici ainsi que la fin de la lettre.
145. Par cette expression, proverbiale entre les deux amants, Musset fait allusion à la scène célèbre dont il a déjà été question et dont plusieurs versions ont été données. Celle de Musset, reprise par Louise Colet et Paul de Musset, laisse entendre qu'un soir George Sand, à Venise, a essayé de dérober aux regards de Musset, en proie à une crise de jalousie, un billet écrit à l'intention de Pagello en jetant ce papier compromettant par la fenêtre. La jalousie se complique alors chez Musset de la crainte de se voir accusé de folie et interné. Sur cette scène capitale, voir *infra* les "Confidences de Musset à Buloz" (notées sur le dos d'une lettre du 28 juin 1834).
146. Huit ou neuf mots rayés dans l'autographe.
147. La strophe XLIV, suggère Louis Evrard. En fait, il s'agit des deux strophes XLIV ET XLV, qui évoquent la sexualité du héros :

Chez lui la jouissance était un paroxysme
Vraiment inconcevable, et fait pour effrayer :
Non pas qu'on l'entendît ni pleurer ni crier. –

Un léger tremblement, – une pâleur extrême, –
Une convulsion de la gorge, un blasphème, –
Quelques mots sans raison balbutiés tout bas,
C'est tout ce qu'on voyait – sa maîtresse elle-même
N'en sentait rien, sinon qu'il restait dans ses bras
Sans haleine et sans force, et ne répondait pas.

148. Ce projet deviendra *La Confession d'un enfant du siècle.*
149. Maurice Dudevant, âgé de neuf ans, est alors pensionnaire au collège Henri-IV.
150. *Roméo et Juliette*, acte V, sc. 3. Roméo prononce ces paroles en portant à ses lèvres une coupe de poison…
151. Obéissant au vœu de George Sand, Musset a joint à la lettre du 30 avril l'ensemble des poèmes qu'il lui a consacrés à ce jour. Les autres ayant déjà été donnés, en leur lieu et

place vraisemblables, seul restait à donner celui-ci : c'est le dernier de la copie qu'envoie alors Musset. Peut-être un texte qu'il vient de composer pour l'occasion.

152. Gustave Papet (1812-1892) est un ami d'ènfance de George Sand. Ce médecin berrichon habite le château d'Ars, non loin de Nohant. Ses revenus de propriétaire terrien lui permettent d'exercer la médecine gratuitement. Cet ex-*milord* du clan des Berrichons transplantés à Paris que fréquente George Sand est mêlé de près à sa vie intime : il soignera Chopin, de même qu'il avait favorisé l'aventure avec Jules Sandeau.

153. Alfred Périgois, le fils de Mme Georges Périgois, qui appartient à une famille de notables de La Châtre, est mort à Paris en 1831, âgé de vingt ans. George Sand a participé à la veillée mortuaire, en compagnie de la mère du jeune homme, qui l'avait pourtant dénigrée.

154. Où l'on voit George Sand s'efforcer de pallier les faiblesses de son argumentation en faveur de l'abstinence sélective d'Alfred ; autant dire, en mauvaise posture.

155. Allusion à Aurélien de Sèze, puis à Stéphane Ajasson de Grandsagne, se demande Georges Lubin ? Sur ces deux amants présumés de George Sand, voir la notice qu'il leur consacre au tome I de son édition de la *Correspondance*.

156. Vers du poème d'Alfred de Musset intitulé *Le Saule*, cités dans leur version primitive.

157. Souvenir de l'*Enéide* (IX, v. 435).

158. Par lettre du 15 mai, Buloz félicite George Sand pour son article : "Alfred m'a remis vos *fragmens de lettres* ; nous y avons retranché quelques mots, et le tout paraît dans le numéro d'aujourd'hui. Vraiment, mon cher Georges *[sic]*, vous êtes en progrès. Comme cela est poétiquement et vigoureusement écrit [...]."

159. Le bas de la page (huit lignes environ) a été enlevé d'un coup de ciseaux. Une note de George Sand, figurant dans la

première édition de la *Correspondance* et dans la copie Clouard, justifie la suppression : "J'ai coupé ici des plaintes qui m'eussent bien vengée de certaines gens. Je les ai anéanties, ne voulant pas être tentée de punir, même après ma mort."
160. Léon Gobert fut le camarade de jeux de Paul et Alfred de Musset. Paul évoque sa destinée tragique dans la *Biographie* de son frère.
161. Ce futur directeur de l'Odéon, puis de l'Opéra, qu'est Alphonse Royer vient alors de publier un roman *fashionable* : *Venezia la bella* (1833).
162. Large coupure.
163. Allusion aux promenades dans les gorges de Franchard que les deux amants ont faites en août 1833, et de nouveau en automne (s'il est vrai, comme on a pu l'imaginer, qu'il y ait eu un nouveau voyage à Fontainebleau à cette époque).
164. "Un an : c'est au mois de mai qu'il écrit." (Note de l'édition Decori.) Dans l'autographe, la correction a été faite à l'encre bleue, puis refaite à l'encre rouge.
165. "Toutes les lettres passaient par ses mains. Les dernières lui sont adressées directement." (Note de la première édition, qui se retrouve dans la copie Clouard.)
166. "C'est un mot que Gustave Planche employait souvent et avec lequel *elle* le taquinait parfois." (Note de George Sand, reproduite par l'édition Decori.)
167. Les deux dernières phrases se retrouvent, quelque peu adaptées, dans la scène 5 de l'acte II d'*On ne badine pas avec l'amour* : "On est souvent trompé en amour, souvent blessé et souvent malheureux ; mais on aime, et quand on est sur le bord de sa tombe, on se retourne pour regarder en arrière, et on dit : J'ai souffert souvent, je me suis trompé quelquefois, mais j'ai aimé. C'est moi qui ai vécu, et non pas un être factice créé par mon orgueil et mon ennui."
168. Le mot "joli" a été soigneusement rayé dans l'autographe. L'édition Decori donne : "mon cher petit ange".

169. Un mot manque, du fait d'une brûlure du papier.
170. Je corrige une mauvaise lecture d'Evrard et de Lubin. Tous les deux donnent "est" à la place de "sent". Evrard commente : "*Est-il* remplace *serait-il*." Je lis fort nettement *sent-il*, surchargé en *est-il*, sur l'autographe, et je pense que le passage coupé concerne les pestilences corporelles de Buloz, plutôt que celles de la punaise Planche, qui ne provoquerait pas un tel accent d'enjouement.
171. Réponse probable aux "personnalités" qui ont été censurées dans la lettre de Musset du 10 mai. Les noms de Planche et de Dorval ont été grattés ou rayés dans l'autographe.
172. Coupure de dix lignes.
173. Coupure de dix lignes, au verso de la précédente.
174. Allusion à la chapelle du couvent des Augustines anglaises, rue des Fossés-Saint-Victor. L'édifice, aujourd'hui détruit, se trouvait, dans le quartier de Jussieu, dans les parages du croisement de la rue Monge et de la rue du Cardinal-Lemoine.
175. Le mot est d'une autre encre, et vient en surcharge du mot "amie".
176. La seconde des *Lettres d'un voyageur* qui paraîtra le 15 juillet dans *La Revue des Deux Mondes*.
177. *Roba :* affaires.
178. *Cambiale :* lettre de change.
179. Alexandre-Théodore Gaillard, ancien professeur de Sainte-Beuve, est alors proviseur du lycée Henri-IV, où Maurice Dudevant est pensionnaire.
180. "Rien de tout cela ne s'est confirmé. Que de propos il y eut autour d'eux ! Il avait le malheur de s'en préoccuper beaucoup trop. Il haïssait Planche de longue date." (Note de la copie Clouard.)
181. Il s'agit d'un passage de *La Reine d'Espagne*, le drame sifflé d'Henri de Latouche (acte V, sc. 2). Le même thème se retrouvera dans *On ne badine pas avec l'amour*, que Musset est alors en train d'écrire : "Le monde n'est qu'un égout sans

fond où les phoques les plus informes rampent et se tordent sur des montagnes de fange. Mais il y a au monde une chose sainte et sublime : c'est l'union de deux de ces êtres, si imparfaits et si affreux" (acte II, sc. 5).

182. L'épisode se retrouve dans *La Confession d'un enfant du siècle* (I, VI).

183. *Journal* de Charles Didier : "15 mai. Chez Mme Gay, où Musset, Balzac, Fitz-James faisant le démocrate, Berryer, Lamartine..."

184. De Pagello, à l'évidence et non de lui-même...

185. Entre crochets, six lignes rayées qu'on devine partiellement.

186. Coupure oblique dans l'autographe.

187. G. Sand va ensuite avancer son départ : il aura lieu probablement le 24 juillet. Le couple Sand-Pagello est à Milan les 29 et 30 juillet. Arrivée à Paris le 13 ou le 14 août.

188. Lors de l'unique représentation de cette pièce de Latouche au Théâtre-Français, le 15 novembre 1831. Sand y a assisté en tenue masculine, en tant qu'amie de l'auteur et ex-collaboratrice du *Figaro*.

189. Le titre de la pièce est déformé : il s'agit en fait d'*Il Pasticcio ed il Caviale.*

190. La deuxième des *Lettres d'un voyageur*, parue dans *La Revue des Deux Mondes* le 15 mai.

191. Comme on a pu le constater, ce "mot" ne se trouve pas dans la transcription du carnet (donné à Musset par George Sand, à son départ de Venise) faite par Maurice Clouard et reproduite par Jean Pommier. Pages arrachées ?

192. Condisciple de Jules Sandeau et d'Emile Regnault au Collège royal de Bourges, cet étudiant en droit (1809-1872) sera bientôt notaire à Nevers, puis député de la Nièvre. Ses relations avec George Sand semblent cesser après 1834.

193. Allusion obscure, sans doute à Théodore Lavanne dont G. Sand parle à G. Papet en 1837. Le "joujou" doit probable-

ment s'entendre au sens grivois. Au total, Lavanne aurait une conception purement hygiénique et ludique de l'amour…

194. Coupure d'une dizaine de lignes.

195. Anatole Demidoff, prince de San Donato (1813-1870), futur mari de la princesse Mathilde, fille de Jérôme Bonaparte, est alors célèbre pour sa fortune prodigieuse.

196. Lacunes qui résultent de la coupure du recto.

197. Déchirure du papier.

198. Voir *Le Mariage de Figaro*, acte III, sc. 15.

199. Forme berrichonne de "mignonne".

200. C'est en effet en ce mois de juin 1834 que Buloz, propriétaire de *La Revue des Deux Mondes,* prend aussi la direction de sa principale concurrente, rachetée et soumise à merci. Il s'arrangera pour faire de sa nouvelle acquisition une publication complémentaire et non plus concurrente, mais un peu ancillaire.

201. C'est la version Musset de la célèbre "nuit de la lettre", munie de ses deux épisodes eux aussi célèbres, l'échange de la tasse de thé et la rédaction d'un billet à Pagello.

202. Des coupures faites aux ciseaux ont mutilé l'autographe.

203. Une lettre postérieure du critique à la comédienne semble indiquer que celle-ci se moqua de lui : "Vous m'avez dédaigné, à la bonne heure ! Mais ajouter au dédain le ridicule d'un amour rebuté, est-ce loyal et digne ?" (30 septembre 1834).

204. Opinion toute… politique, semble-t-il.

205. Erreur de date compréhensible dans cette relation tardive. George Sand et Pagello ont quitté Venise le 24 juillet, ils s'arrêtent les 29 et 30 juillet à Milan. Puis le lac Majeur, Domodossola, Brigue, Martigny, Chamonix, Le Montenvers, Genève. Arrivée à Paris le 14 août.

206. Laure Fleury est enceinte.

207. George Sand a reçu Musset chez elle le dimanche 17 avril, on ne sait si en présence de Pagello. (La lettre de Pagello à son père ne dit pas s'il est allé seul au théâtre, pour laisser le

champ libre à Musset.) Mais on peut en douter, par le ton des lettres suivantes.

208. Le père d'en bas est mort le 8 avril 1832 de l'épidémie de choléra.

209. Autre lettre dont l'authenticité est loin d'être établie. L'adresse est écrite à l'encre, le texte au crayon, et d'une écriture postérieure. Il semble que George Sand a refait sa lettre, en gardant des éléments de la lettre initiale. Mais l'absence d'une ou de deux correspondances de George Sand dans cette période trouble rend toute déduction – ainsi que toute datation – hypothétique.

210. Datant cette lettre du lundi 18 août, nous nous écartons de l'hypothèse de Georges Lubin (qui date du 19), et préférons comme plus cohérente l'hypothèse d'Antoine Adam, qui croit que toute cette correspondance (la lettre antérieure, la présente, et la lettre qui suit) est du 18. La résolution "prise hier soir en me couchant" (voir lettre suivante) semble être du dimanche soir, au retour de l'entrevue avec George, et entraîne à considérer que les deux autres billets sont du même jour. Preuve subsidiaire : si la lettre suivante était du 19, Musset aurait écrit : je pars demain ou après-demain et non "je pars mercredi, jeudi au plus tard".

211. Changement de rôles qu'on pouvait pressentir à suivre à demi-mot l'évolution des sentiments de George Sand. C'est au tour de Pagello d'être sur le qui-vive...

212. La situation à la fin de la lettre précédente était la suivante : George a accepté de revoir Alfred, chez elle, et Alfred lui demande quand il doit venir. Dans la présente, une telle hésitation quant au lieu du rendez-vous est troublante, et ébranle l'ordre adopté. En l'état actuel de la documentation, difficile ici d'obtenir une cohérence sans faille.

213. Pas de trace dans les correspondances retrouvées de George Sand d'une telle allégation. Preuve de lacune… ou de falsification ?

214. Le raisonnement d'après lequel George Lubin date cette lettre du 14 août nous semble intenable. Difficile en effet de concilier cet appel au secours, le jour de l'arrivée, avec le ton des lettres du lendemain 15 août, qui, d'une seule voix, disent le bonheur de la mère, hâlée et fourbue, qui a retrouvé ses enfants. En revanche, il est vraisemblable de situer ce SOS le jeudi 21, puisque déjà le billet à Sainte-Beuve du mercredi 20 est du même ton.
215. Allusion obscure. Mais il est permis de songer qu'entre ces bagues et les "oripeaux" dont il sera question dans la lettre suivante, il peut y avoir quelque relation.
216. Il s'agit sans doute d'une lettre de Jules Néraud, et non de Jules Sandeau.
217. Voir *La Confession d'un enfant du siècle*, I, X.
218. Cette phrase a permis à George Lubin de proposer de replacer ce billet, traditionnellement daté de mars 1835, en août 1834. Mais, quant à sa date exacte, et quant à ces "oripeaux" dont il est question ? Unique certitude : c'est le mercredi 20 que Musset, renonçant à partir pour les Pyrénées, a fait apposer sur son passeport un visa pour Francfort.
219. L'Opéra ayant fait relâche les 24 et 25 août, il est fort probable que Balzac s'est trompé en datant sa lettre à Mme Hanska. Il est vraisemblable que la rencontre a eu lieu le vendredi 22, jour de représentation de *Robert le Diable*, de Meyerbeer, ce qui s'accorde avec l'invitation à déjeuner pour le lendemain dont il est question dans la lettre du 23 août.
220. Même sentiment dans la quatrième des *Lettres d'un voyageur*, rédigée au même moment : "J'ai le spleen, j'ai le désespoir dans l'âme [...] Je ne puis pas vivre, je ne le puis pas."
221. Alfred de Musset a dû quitter Paris le lundi 24 août, comme annoncé. De même, la réservation prise par George Sand le jeudi 21 était aussi pour le 24.
222. Cette lettre d'adieu ("ma réponse à toi le jour du départ", dira George Sand le 7 septembre) qui a provoqué la jalousie

de Pagello, et que Musset devra renvoyer à son émettrice, ne s'est pas retrouvée.
223. Doit-on, comme le fait Antoine Adam, supposer qu'il y a eu deux rendez-vous ? Une première rencontre solennelle et triste, qui a duré deux heures, et qui s'est déroulée dans un lieu sacré, église ou cimetière (voir la lettre de Musset du 22 [?] : "Notre amitié est consacrée, mon enfant. Elle a reçu, hier, devant Dieu, le saint baptême de nos larmes"). Puis, une autre rencontre, plus proche du jour du départ, de tonalité plus amoureuse, qui justifierait les "baisers" dont il est ici question. Mais lesdits baisers se verront ramenés à la proportion de simples baisers d'adieu, dans une lettre postérieure qui laisse entendre que Musset, amoureux sevré, a magnifié de simples accolades.
224. "Corps" est barré et remplacé par "cœur" dans l'autographe. Dans le même esprit, les mots "j'étais couvert de tes baisers" ont été rayés.
225. Cette phrase est reprise textuellement dans *La Confession d'un enfant du siècle* (chap. IV, *in fine*).
226. Allusion non éclaircie.
227. Aujourd'hui, rue Bonaparte. Buloz et *La Revue des Deux Mondes* sont au 10, rue des Beaux-Arts, George Sand au 19, quai Malaquais : intimités topographiques.
228. L'authenticité de cette lettre, écrite au crayon sur une feuille de dessin, est douteuse. L'écriture semble à nouveau celle que George Sand adopte *après 1856.* L'épaisseur du papier interdit de songer que cette lettre ait été envoyée sous cette forme : en effet, comme le fait remarquer Georges Lubin, George Sand veille d'habitude à écrire sur du papier fin, pour diminuer le port de ses correspondances avec l'étranger. Une remarque s'impose, qui ne semble pas avoir été faite : les trois documents suspects, signalés jusqu'ici, sont trois *lettres écrites au crayon*. J'y vois deux intentions, en apparence contradictoires, peut-être souterrainement convergentes. Selon l'une de ces deux stratégies, la lettre au crayon

suppose toute une dramaturgie romantique de la lettre, tracée au cœur de l'événement, au plus près de l'affect. Ce qui fait que ces lettres mensongères se veulent des lettres *plus* authentiques. Mais, remords – *ou alibi en réserve* –, le crayon, ici, permet comme un mensonge adouci : brouillon de mensonge, il accomplit à peine une intention de mise en scène, qui tente d'obéir à une esthétique de l'à-peu-près fuyant. Instrument rêvé d'un mensonge à l'état de dess(e)in.

229. "Je n'ai pas voulu en lire davantage et je le pouvais".

230. On verra par la réponse de Musset que celui-ci, piqué, va renvoyer la lettre d'adieu de George Sand. Conclusion vraisemblable : la lettre véritable contenait à ce sujet une demande expresse, et non une demande différée et adoucie.

231. Si falsification il y a eu, il est tentant d'imaginer qu'elle a eu pour but, entre autres, d'introduire une telle phrase, qui a l'avantage de faire de Musset le bénisseur inattendu du couple Sand/Pagello.

232. L'autographe est troué par une brûlure aux endroits marqués ici par des points. (Note de l'édition Decori, qui se trouve dans la copie Clouard.)

233. Nouvel indice de falsification de la lettre du 7 septembre. Pas d'origine, dans sa version actuelle, à cet *écho* : "tu dis que tu [...] n'auras pas la force de me revoir".

234. Brûlure dans l'autographe.

235. Autre indice d'"intervention" dans la lettre du 7 septembre : à quoi renvoie, dans la lettre de George Sand, cette quasi-citation ?

236. Le palais de la Conversation. Le lieu est évoqué par Musset dans "Une bonne fortune", poème paru dans *La Revue des Deux Mondes* le 1er janvier 1835. Musset y a fait des pertes au jeu, ce qui le conduira à demander par lettres une avance à Buloz.

237. Phrase de la lettre précédente de G. Sand.

238. L'erreur sur l'identité de l'accompagnateur ne manque pas de sel : mais il se peut qu'elle ait été volontairement entretenue,

peut-être par jeu. Ironie du sort : cette grande dame un peu méprisante à l'endroit des célébrités littéraires réalise symboliquement ce qui est alors le vœu le plus cher de l'exilé de Bade.

239. Lettre perdue.

240. George Sand est à Paris depuis le 6 ou 7 octobre. Quant à Musset, il semble bien qu'il écrive au débotté.

241. Sur une lettre de Musset à Buloz du 20 octobre, qui ne traite que de questions pratiques.

242. Dès le départ de Pagello (le 23 ou le 25 octobre, selon qu'on en croit la lettre à Tattet ou les Mémoires de Pagello), George et Alfred ont renoué…

243. Selon Georges Lubin, cette lettre (dont l'authenticité est douteuse, bien qu'écrite à l'encre) a croisé la précédente.

244. Louis Evrard remarque que “ces quatre mots ont été barrés d'un léger trait de plume, à l'encre bleue, mais sont demeurés comme à dessein très lisibles”, et que, malgré ce subterfuge, “la première édition ne les donne pas”.

245. Selon A. Adam, l'origine de ce différend est dans une tentative qu'aurait faite Alfred Tattet de révéler à son ami qu'il a été trompé à Venise *pendant sa maladie.* La lettre d'adieu de Pagello à Tattet confirme cette hypothèse, pour autant qu'elle donne à supposer que le médecin renvoyé dans ses foyers a fait au dandy la confidence de ses heurs et malheurs.

246. Une rage de relations artistiques semble s'être emparée des deux amants, momentanément réconciliés, grâce peut-être à ce dérivatif.

247. Planche a dû tenir des propos goguenards sur le trio de Venise. Alfred s'est levé en défenseur de l'honneur de la dame, et s'apprête à provoquer Planche en duel. Alors, il est probable que Tattet intervient : il achève ses demi-révélations de fin octobre, qui avaient alors provoqué une brouille entre Alfred de Musset et lui. Infidèle au secret que lui avait demandé Pagello (et peut-être aussi George Sand), Tattet, pour empêcher le duel, a révélé à Alfred de Musset qu'il a été

trompé dès avant son départ de Venise. Intervention "chirurgicale", comme dira plus tard George Sand : elle entraîne pour l'heure une désertion immédiate de la part d'Alfred. Quatre ans après, dans une lettre où il est encore question des tableaux de Pagello, Sand écrira à son chirurgien sentimental qu'elle excusa d'emblée son geste : "Je trouvais légitime que vous me préférassiez votre ami et, après tout, vous me rendiez un plus grand service que de me garder le secret, car vous l'empêchiez de se battre, et je n'eusse pas voulu payer votre silence au prix de la moindre goutte de son sang."

248. Musset, qui a appris de Tattet la cuisante vérité de Venise, vient de rompre. Pendant les jours qui suivent, les rôles s'échangent : il se dérobe aux poursuites de George Sand, dont le *Journal intime* peint le désarroi.

249. On s'est longtemps méfié de l'authenticité de ce *Journal intime*, dont l'autographe a sans doute été détruit par George Sand, et qui ne nous est parvenu que par la copie que Mme Jaubert en avait prise, du temps qu'elle était la confidente de Musset, et du temps que celui-ci détenait l'ensemble de sa correspondance avec George Sand. (On verra par quel détour de circonstances.) Georges Lubin a définitivement fermé la voie à ces doutes : "[...] nous défions le plus habile faussaire de réussir un document de cette qualité, si conforme, dans le moindre détail, à tout ce que nous savons de George Sand et des événements déchirants de cette cruelle période" (*Œuvres autobiographiques*, t. II, p. 951). Mais nouveau *refus* de ce texte déclaré "énorme (style Flaubert)" de la part d'Henri Guillemin : "De quoi s'agit-il ? En apparence d'un «journal intime». En réalité d'une harangue à Musset. Pas un mot, dans ces pages, qui ne soit écrit *pour* que Musset le lise et il faut que Musset, ayant ces feuillets sous les yeux, ait l'impression d'y entendre une George Sand parlant seule devant Dieu, ne dissimulant plus rien, son cœur tout entier mis à nu" (*La Liaison Musset-Sand*, p. 177). Le fait que Musset se soit

trouvé possesseur du document corrobore une telle interprétation ; encore faudrait-il établir que ce *Journal* a été transmis à Musset *avant* la rupture définitive de mars 1835. Ce que rend fort raisonnable le fait que la copie a été faite par Mme Jaubert, tenant l'original de la main de Musset.

250. Allusion à un passage des *Eclaircissements sur les sacrifices* de Joseph de Maistre (chap. II).

251. Les *bousingots* sont les étudiants "contestataires" de cette époque d'émeute quotidienne, ainsi appelés "à cause du chapeau marin de cuir verni qu'ils avaient adopté pour signe de ralliement" (George Sand, *Horace*, 1841, chap. VI).

252. Ainsi que le confirment les notes de Buloz qu'on verra plus loin, ce sacrifice capillaire expiatoire a dû suivre de près la rupture consécutive aux révélations de Tattet.

253. Voir *Fantasio*, acte II, sc. 1.

254. Voir la lettre du 10 juillet 1834.

255. On a vu que Musset les lui avait redemandées, pour servir de pilotis à sa rédaction de *La Confession d'un enfant du siècle* (lettre du 10 juillet).

256. Sophie Cramer, ancienne femme de chambre de Mme Dupin de Francueil, a été reprise à son service par George Sand.

257. Lacune d'une demi-page dans la copie qui nous est parvenue.

258. Autre lacune, au verso de la précédente.

259. Virginie Déjazet est une célèbre comédienne qui était la maîtresse d'Alfred Tattet au moment où celui-ci a rendu visite aux amants de Venise. Ils se sont séparés dès leur retour à Paris, mais Sand emploie ici le présent de narration.

260. Alphonse Fleury.

261. Tentation compréhensible alors de la part d'un républicain, au lendemain des insurrections d'avril 1834. C'est un tel sentiment qui armera le bras de Fieschi le 28 juillet 1835.

262. Les "fats" (soit donc les mondains, les dandys) et non les "forts", selon la leçon retenue à tort par Louis Evrard.

263. Delacroix.
264. On a avancé, à propos de cette rêverie amoureuse, que cette formulation pouvait mieux s'appliquer à un corps de femme… D'où l'hypothèse d'une résurgence ici, comme en un palimpseste, de l'inévitable Marie Dorval. C'est prendre ses désirs de scandale pour des réalités, au mépris de la cohérence profonde de ce monument expiatoire qu'est le *Journal intime*, tout entier tourné vers Musset. La beauté androgyne de cet "enfant blond et délicat" justifie suffisamment les connotations féminines sur lesquelles on a échafaudé un roman pervers.
265. Lettre disparue, par laquelle Alfred signifiait sans doute sa décision de rompre.
266. Allusion probable à un article de la *Chronique de Paris* (de Balzac !), du 18 octobre 1834, critiquant *Jacques* de G. Sand et faisant l'éloge de *Madame de Sommerville* que Sandeau vient de publier.
267. Aurélien de Sèze (1799-1870), avocat général à Bordeaux, légitimiste. Il s'agit de son premier (?) amant, rencontré aux eaux de Cauterets en juillet 1825, et aimé jusqu'à la survenue de Jules Sandeau en 1830. C'est peut-être le père de Solange. Coïncidence : il séjourne à Nohant au moment de sa naissance, en septembre 1828.
268. Nous sommes au lendemain d'une seconde rupture.
269. C'est ce détail qui permet la datation. En effet, par la lettre à Sainte-Beuve, qui est à coup sûr du 25, comme le cachet de la poste en fait foi, nous savons que c'est le 24 que Musset a refusé de la recevoir chez lui.
270. Se reporter à l'insipide passage des Mémoires d'Etienne Delécluze qui a trait à cette rencontre (*Souvenirs de soixante années*, Michel Lévy, 1862, p. 472-473) : "D'abord l'attention d'Etienne fut captivée par la beauté de la physionomie de cette femme célèbre, puis à ce sentiment d'admiration succéda une espèce d'embarras causé par la vue du costume

masculin de cette belle personne. Toutes les idées d'Etienne furent brouillées en un instant par le choc de deux courants marchant en sens contraire. Parlait-il à un homme ou à une femme ? Ce fut elle qui commença et soutint la conversation [...]. Etienne fit de son mieux, mais à chaque regard qu'il jetait sur cette belle et intelligente figure, puis sur l'habit qui démentait son sexe, ses idées s'embrouillaient de nouveau et il finissait par rester muet."

271. Opéra de Rossi (musique de Vincenzo Gabussi) qui n'eut pas de succès.

272. Il s'agit bien du peintre Eugène Delacroix, chez qui George Sand fait alors, comme on l'a vu, des séances de pose, à deux pas de chez elle (15, quai Voltaire). Et c'est à Alfred de Musset, bien sûr, qu'elle rêve de pouvoir faire goûter les cigarettes que le peintre lui a données.

273. Liszt rentre tout juste de La Chesnaie où il a rendu visite à Lamennais. C'est alors une période particulièrement douloureuse pour le couple qu'il forme avec Marie d'Agoult : la fille de la comtesse est malade et va mourir en décembre. Dans une lettre non datée à Marie d'Agoult, Liszt évoque probablement cette conversation avec G. Sand : "Je suis resté jusqu'à deux heures du matin en tête à tête avec Mme Sand ; elle souffre horriblement."

274. On ignore tout de cette sœur Marthe.

275. George Sand a quitté Paris pour Nohant : une note conservée à la Bibliothèque nationale (N.a.fr. 13646, fol. 53 r°) indique : "Retour à Nohant le 7 Xbre [1834] mon frère y était." Selon Georges Lubin, le 7 décembre doit être la date de départ de Paris.

276. Lettre perdue.

277. Il est probable que cette lettre s'est croisée avec la précédente.

278. Nouveaux signes de la jalousie de Musset envers Franz Liszt. *Lui et Elle* confirme : invité à dîner par Olympe-George,

Falconey-Musset fuit lorsqu'il apprend que Hans Flocken (Liszt) sera le second convive.

279. Confusion probable. Liszt semble avoir quitté Paris depuis le 15 janvier.

280. Stratagème évident pour éviter la jalousie d'Alfred. Rozanne Bourgoing est la femme du directeur des Contributions indirectes de La Châtre : elle a accompagné George Sand lors de son voyage de retour à Paris, et loge maintenant chez elle.

281. Allusion obscure et datation incertaine.

282. Lettre perdue. Du passage de Rozanne Bourgoing, nous n'avons – côté Musset – qu'une trace graphique : un portrait qu'il a fait d'elle.

283. Au sujet d'une telle visite de George Sand à Alfred malade, on trouve dans les papiers de Paul Mariéton une note prise à l'issue d'une conversation avec Mme Lardin de Musset (la sœur du poète) : "Et quand elle parle de venir veiller Alfred, à Paris, après Venise ? – Elle est venue. J'avais bien deviné : Elle avait pris le costume de sa servante. – Un aplomb insensé ? – Oh oui, tout ce qu'elle voulait, elle le réalisait."

284. Lettre écrite au crayon, dit Louis Evrard de ce "texte", qu'il date de février 1835. A lire de près ce poème en prose, on se demande si on a affaire à une lettre réellement envoyée (pas de marques d'"adresse") ou à une lettre fictive, qui a pu, à un moment donné, avoir sa place dans le dessein de *La Confession d'un enfant du siècle*. Par ailleurs, la présence de *Lélia* ainsi que certains indices qui font songer au "mythe de Fontainebleau" invitent au scepticisme quant à la date proposée, sans pour autant permettre de proposer mieux.

285. Musset se cite lui-même : "[...] et nous prendrons racine ensemble dans la sève du monde tout-puissant", dit Perdican à Rosette (*On ne badine pas avec l'amour*, acte III, sc. 3).

286. On est en droit d'imaginer, d'après le "climat" de cette lettre, que Tattet n'a pas dû accourir à l'invitation-défi qu'on

lui a lancée. Elle s'adresse visiblement à un détracteur, qui n'a pas mis bas les armes. On ne sait s'il a répondu.
287. Il s'agit du *Chatterton* de Vigny, dont la première a eu lieu le 12 février. Musset et George Sand voient la pièce le 14 février. Le 15, critique hostile de Gustave Planche dans *La Revue des Deux Mondes*. Les deux sonnets que nous donnons ci-après sont la réponse de Musset à la "punaise" pédante.
288. Autre lettre dont l'authenticité est douteuse. "Nous avons l'impression de ne pas avoir l'*original* entre les mains", écrit Georges Lubin. Ainsi que dans les autres cas de falsification présumée, cette lettre "modifiée" donne nettement le mauvais rôle à Musset et a la vertu "narrative" d'expliquer la fuite prochaine. Car les lettres feintes n'ont pas seulement pour but d'accentuer le manichéisme ; elles ont aussi pour fonction de mieux dessiner les grandes articulations du "récit" mythique… Ce qui nous incite à y voir des traces d'une réécriture en vue d'une publication, par G. Sand elle-même.
289. Des mots durs ont été échangés entre le jeune dandy, qui fait son vicomte, et le précepteur nîmois, qui aspire, sans doute un peu intempestivement, au rôle de champion : manière de respecter les équilibres et les bienséances théâtrales. Musset à Tattet : chacun son "confident". La "vie" imite la littérature.
290. "Sans voir et sans parler, toucher la main d'un fou qui part demain." Pour ce billet auquel il consacre l'un de ses appendices, Louis Evrard propose la date du 28 février, qui est celle du dernier bal de l'Opéra en 1835. Dans *Elle et Lui*, ce billet, abrégé pour accroître le mystère *(Senza veder, senza parlar)*, accompagne l'envoi d'un masque et d'un domino, qui intrigue Thérèse. "Sans se voir et sans se parler… Que signifiait cette énigme ? Voulait-il qu'elle vînt au bal masqué l'intriguer par une aventure banale ? voulait-il essayer de l'aimer sans la reconnaître ? Etait-ce fantaisie de

poète ou insulte de libertin ?" Elle se rend à cette invitation et trouve "l'homme qu'elle avait tant aimé assis entre deux filles masquées, dont la voix et l'accent avaient ce je ne sais quoi de mou et d'aigre tout ensemble qui révèle la fatigue des sens et l'amertume de l'esprit". Et pour comble, ils sont en train d'évoquer en termes vulgaires l'aventure de Venise...

291. Le Mardi gras tombe le 3 mars. George Sand va quitter Paris le 6. La "fourchette" est assez restreinte.

292. Cette lettre datée "vendredi" semble un ballon d'essai envoyé à Buloz, pour savoir s'il a des nouvelles de son auteur favori et pour tenter de vérifier par ce moyen si George Sand a quitté Paris. Les dates proposées sont celles qu'a retenues Louis Evrard, mais elles sont loin d'emporter une franche adhésion. Une date plus tardive (le 13 par exemple, surtout si l'on songe que Boucoiran n'a pas dû répondre au billet du 7 mars) est tout aussi vraisemblable.

293. Soit, sans doute, les deux sonnets contre les critiques de *Chatterton*, au premier rang desquels Gustave Planche.

294. Après un faux départ de Musset, c'est donc George Sand qui prend l'initiative de la séparation, et qui mène rondement les choses.

295. Nous laissons sans grande conviction ce billet à la place que lui a donnée Georges Lubin. La vraisemblance s'oppose à ce que George Sand, dont on devine tout le soin qu'elle met à masquer son départ, prenne alors la peine d'avertir Mme de Musset. Le symbolique "pauvre petit oiseau qui n'a pas le moindre tort à se reprocher" cadre mieux avec le départ "dolent" de décembre, qu'avec la manigance énergique de mars. Symboliquement encore, cet "oiseau" est une *relance*, à peine déguisée, de la part de l'"oisillon" George, à son mauvais oiseleur qui la laisse échapper. Difficile à imaginer dans le décor mental du 6 mars...

296. Selon Georges Lubin, ce paquet contenait les pages du *Journal intime.* Henri Guillemin met en doute cette

interprétation : selon lui, cette pièce a un intérêt stratégique, et elle a dû plutôt être utilisée en novembre-décembre, lors de la crise précédente, comme moyen de séduction envers Musset. On comprend mieux l'envoi de ce *Journal intime* à un moment où Musset se refuse obstinément, que lors de cette crise ultime : l'important n'est plus désormais pour George Sand de s'attribuer le beau rôle, mais de mettre fin le plus discrètement possible à une liaison moribonde.

297. "Je me souviens d'avoir été brisée [...]. Je me souviens de m'être éveillée à Nohant couverte de taches hépatiques de la tête aux pieds [...]", écrira plus tard George Sand à Musset (15 décembre 1836).

298. Il s'agit de Michel de Bourges (1797-1853), avocat et orateur républicain, que George Sand vient de rencontrer lors d'un séjour qu'elle a fait à Bourges, en compagnie de son ami Alphonse Fleury. Le charme et l'éloquence de celui qu'elle nommera Everard dans les *Lettres d'un voyageur* ont déjà manifestement opéré. Lors de longues déambulations nocturnes en compagnie de Fleury et de Planet, les "improvisations éblouissantes du tribun" ont subjugué l'amante déçue, bientôt gagnée aux tendres rudesses de son Robespierre. Très vite, une relation amoureuse se noue, comme semble l'attester le don d'une bague, offerte par Michel à George Sand, et portant gravée la date du 9 avril.

299. Lettre perdue.

300. George Sand avait d'abord écrit : "un grand ouragan d'homme politique", et plus loin : "un homme beau intellectuellement". Craignant la finesse de son lecteur, elle a préféré l'anonymat du pluriel.

301. L'abbé de Lamennais (1782-1854), que George Sand va bientôt rencontrer grâce à l'entremise de Liszt, et dont la stature à la fois religieuse et politique va la séduire pendant quelque temps – "quoique calotin" (Sainte-Beuve) –, sera un des défenseurs des accusés républicains lors du "procès monstre".

302. Dans la lettre que nous n'avons pas – à laquelle Sand fait allusion, Buloz lui offrait sans doute l'hospitalité, pour favoriser l'incognito, vis-à-vis de Musset, lors de son prochain voyage à Paris.
303. Il s'agit bien sûr de *La Nuit de mai*, parue le 15 juin 1835, dans *La Revue des Deux Mondes*, en même temps que la sixième des *Lettres d'un voyageur* : "A Everard".
304. Emmanuel Arago (1812-1896) est le fils de l'astronome François Arago. Avocat et vaudevilliste, collaborateur occasionnel de Balzac et de Sandeau, il entretient alors avec George Sand, dont il est amoureux, une "amitié tutoyante", qui irrite la fibre cancanière du paladin de Mme Hanska.
305. Comme elle l'a conté plus tard dans *Histoire de ma vie*, cette maison déserte n'était autre que le rez-de-chaussée du 19 quai Malaquais…
306. Alfred Tattet est alors en vacances en Alsace.
307. Il s'agit bien entendu de *La Confession d'un enfant du siècle*, qui va paraître au début de février (annoncée dans la *Bibliographie de la France* le 13 février).
308. Informé de ce "vilain commerce", Alfred a fait "une scène à sa mère", ainsi que l'indique une lettre de Buloz à George Sand (24 décembre 1835).
309. Le chaste (!) vieillard, Michel de Bourges, n'a que trente-huit ans !
310. Le comte Antoine Rodolphe Apponyi (1782-1852) est ambassadeur d'Autriche à Paris, et, comme celui de la duchesse de Dino, son récit témoigne de la condescendance railleuse dont se doit de faire montre un homme bien né vis-à-vis d'un écrivain, fût-il vicomte.
311. Léopold Robert s'est suicidé à Venise, en 1835, par amour pour la princesse Charlotte Bonaparte, fille du roi Joseph.
312. Il s'agit, selon G. Lubin, de celui du 5 ou 6 décembre 1834.
313. Il s'agit du billet adressé par George Sand à Mme de Musset que Georges Lubin date du 6 mars, sur la foi d'une

expression de la présente lettre. Selon lui, l'"autre départ, affreux pour moi, ou n'osant te dire adieu, je le lui disais, à elle", ne peut s'appliquer qu'au départ du 6 mars. Nous avons signalé en leur lieu les réserves qu'appelle une telle hypothèse. L'hypothèse inverse (celle qui situerait la lettre à Mme de Musset en décembre, et le renvoi des lettres en mars) est-elle aisément "falsifiable" ?

314. La mère d'Alfred de Musset.

315. Allusion peu claire.

316. La suite de la correspondance indique que ce scénario d'échange a alors échoué.

317. Comme on l'aperçoit à ces quelques notes, l'"ours blanc" amoureux est devenu l'amant depuis le mois d'avril 1836.

318. Georges Lubin hésite à identifier cette comédienne avec la célèbre Jenny Colon, chère à Gérard de Nerval, qui avait épousé en Angleterre l'acteur Pierre-Chéri Lafont. L'argument, peu décisif selon nous, est que Jenny Colon vient de se remarier, le 11 avril 1838, avec Louis-Marie-Joseph Leplus, "flûtiste et *entrepreneur de tournées théâtrales*".

319. Allusion possible à sa lettre à Tattet du 28 octobre 1834.

320. Le retard de la réponse s'explique sans doute par le fait que Tattet a dû être alors absent de Paris. Quand il se décide à répondre, c'est George Sand qui, à son tour, a quitté Paris, en route vers l'Espagne.

321. Les lettres de Musset à George Sand.

322. Allusion aux tractations qu'on devine à travers les lettres de Sand à Musset de décembre 1836.

DOSSIER

I. NOTE SUR LE TEXTE

Les lettres de George Sand sont citées selon la magistrale édition de Georges Lubin (Garnier, 1966, t. II et III), où le lecteur désireux de la vérité des détails trouvera de précieux compléments sous la forme de lettres que la contrainte éditoriale présente nous a fait supprimer ou alléger, pour mieux préserver l'unité d'action et le rythme de ce "roman par lettres".

Les lettres de Musset le sont d'après l'édition qu'en ont fournie trois grands chercheurs, Marie Cordroc'h, Roger Pierrot et le regretté Loïc Chotard (*Correspondance d'Alfred de Musset*, PUF, coll. du "Centre de correspondances du XIXe siècle", t. I, 1985).

Mais nous avons souvent consulté aussi la belle édition de Louis Evrard (1954), qui, avant la nôtre, a été la seule à essayer de rendre, par un montage efficace de lettres et de trop rares documents, la vérité du "roman de Venise". Notre édition a systématisé ce principe, qui consiste à suivre au plus près la partition amoureuse, en ajoutant des documents de divers ordres quand les deux amants entrent dans des zones d'ombre et que leurs lettres manquent parce qu'ils se trouvent réunis. Mais cela sans modifier en rien aucun de ces documents, en se permettant seulement des coupures signalées par des crochets [...] dans les lettres "périphériques" nécessaires à la compréhension de l'action. En revanche, il va de soi que les lettres de Sand et de Musset sont toutes données et publiées *in extenso* ; les lacunes qu'elles présentent aujourd'hui – ménagées de propos délibéré ou accidentelles – sont indiquées par des points de conduite. Nous avons renoncé cependant à publier des variantes, ce que font de manière fort soigneuse les deux éditions critiques mentionnées, auxquelles le lecteur soucieux de précision gagnera à se reporter.

Pour ce qui concerne les autres sources documentaires, nous les signalons à chaque fois dans les notes, et le lecteur les trouvera réunies commodément dans la bibliographie.

Quant aux croquis ici reproduits – à l'exception, donc, de la gravure de la page 117 –, ils sont de la main de George Sand.

Quelques corrections graphiques et orthographiques ont été apportées à la présente édition. Les noms propres, pour leur part, n'ont pas été rectifiés. En particulier, adresses et signatures ont été reproduites à l'identique. *(N.d.E.)*

II. REPÈRES BIOGRAPHIQUES

1804
1er juillet. Naissance d'Aurore Dupin, la future George Sand.

1808
Mort accidentelle à La Châtre de Maurice Dupin, père d'Aurore.

1809
Mme Maurice Dupin se désiste de sa tutelle sur Aurore en faveur de la grand-mère paternelle de celle-ci, Mme Dupin de Francueil.

1810
Naissance à Paris d'Alfred de Musset (Louis-Alexandre-Alfred de Musset-Pathay, fils de Victor-Donatien de Musset-Pathay et d'Edmée-Claudette Guyot-Desherbiers).

1818-1820
Scolarité d'Aurore Dupin au couvent des Dames augustines anglaises, à Paris.

1821
Premières lettres d'Aurore à ses compagnes de couvent.
Mort de Mme Dupin de Francueil.

1822
Mariage d'Aurore Dupin avec Casimir Dudevant.

1823
Naissance de Maurice Dudevant.

1824
Première poésie connue de Musset : “A ma mère”.

1825
Lors d'un voyage aux Pyrénées, Aurore Dudevant entame une liaison avec un avocat général de Bordeaux, Aurélien de Sèze.

1826
“A Mlle Zoé le Douairin”, poème de Musset en l'honneur d'une jeune personne rencontrée au Mans.

1827
Août. Musset passe avec succès le baccalauréat en tant qu'élève du lycée Henri-IV et obtient le deuxième prix de dissertation latine au Concours général.
Septembre-octobre. Musset, baccalauréat en poche, passe des vacances au château de Cogners (chez le marquis de Musset-Cogners), et écrit à Paul Foucher, beau-frère de Victor Hugo, intercesseur rêvé, deux lettres où il envisage sa future carrière littéraire.
Naissance de Solange Dudevant.

1827-1829
Musset entame des études de médecine, de droit et de peinture, vite abandonnées.

1829
Aurore Sand écrit un *Voyage en Auvergne* et commence un premier roman inachevé, *La Marraine*.
4 octobre. Musset publie *L'Anglais mangeur d'opium*, traduction fort libre de Thomas de Quincey.

1830

Janvier. Alfred de Musset publie les *Contes d'Espagne et d'Italie*, recueil de poésie "dandy". Succès de scandale de ce recueil de vers où le jeune poète affecte de se démarquer de cette "école rimeuse" qu'est le Cénacle de Victor Hugo.

1er et 2 décembre. Représentations de *La Nuit vénitienne* de Musset au théâtre de l'Odéon. Cuisant échec. Musset renonce à la scène.

1831

4 janvier. Mme Dudevant "monte" à Paris pour écrire, en compagnie de son nouvel amant, Jules Sandeau.

Publication de *Rose et Blanche*, écrit à deux mains, sous la signature de Jules Sandeau. Collaboration de George Sand, au *Figaro* (journal satirique), à *La Revue de Paris* et à *La Mode.*

1832

Mort du père d'Alfred, victime de l'épidémie de choléra.

Mai. Publication d'*Indiana*, signé "G. Sand".

Décembre. Musset publie *Un spectacle dans un fauteuil* en vers *(Namouna, A quoi rêvent les jeunes filles, La Coupe et les Lèvres).*

1833

Janvier-février. Sand fait la connaissance de Marie Dorval et de Charles Didier.

6 mars. Date probable de la rupture de George Sand avec Jules Sandeau.

Février-mars. Liaison de Sand avec Gustave Planche ?

1er avril. Musset entre à *La Revue des Deux Mondes (Andréa del Sarto).*

Avril-mai. Sand a une liaison brève et décevante avec Mérimée.

11 mai. Sand à Sainte-Beuve : elle refuse de rencontrer Musset, "trop dandy".

15 mai. Débuts de Sand à *La Revue des Deux Mondes* (fragments de *Lélia*). Dans le même numéro, publication des *Caprices de Marianne* de Musset.

Juin. Musset fait la connaissance de Sand, probablement à un dîner organisé par *La Revue des Deux Mondes*.
29 juillet. Musset devient l'amant de George Sand.
Août. Sand publie *Lélia*.
12 décembre. Départ des deux amants vers l'Italie, *via* Lyon et Marseille.

1834
1er janvier. A Paris, dans *La Revue des Deux Mondes*, paraît *Fantasio*. – Musset s'installe à l'Albergo reale Danieli à Venise, où George Sand s'est déjà installée la veille. Elle tombe malade dès le 4 ou le 5. Musset est lui aussi malade à partir du 30 janvier.
5 février. Sand écrit au docteur Pagello. Tandis que Musset délire, sous l'effet de la fièvre typhoïde, une liaison s'esquisse entre Sand et le docteur. Elle devient sa maîtresse à la fin de février. Nombreuses scènes entre Sand et Musset.
Début mars. Arrivée à Venise d'Alfred Tattet, ami de Musset.
13 mars. Sand et Musset quittent l'Albergo Danieli pour habiter calle della Rase.
29 mars. Musset quitte Venise. Sand va faire une excursion avec Pagello dans les Préalpes.
10 avril. Musset arrive à Paris. Après son départ, Sand, tout en filant le parfait amour, se remet au travail pour rembourser Buloz : *Jacques*, *André*, *Leone Leoni*, *Le Secrétaire intime* sont quelques-unes des productions de cette période féconde.
30 avril. Dans une lettre à George Sand, Musset, plus amoureux que jamais, projette d'écrire sa future *Confession d'un enfant du siècle*.
1er juillet. *La Revue des Deux Mondes* publie *On ne badine pas avec l'amour*.
24 juillet. Sand et Pagello quittent Venise pour Paris.
14 août. Arrivée du couple à Paris.
17 août. Sand et Musset se revoient. La séduction joue de nouveau, mais Sand résiste.
24 août. Départ simultané de Sand à Nohant, de Musset à Baden-Baden.

Août. Musset publie *Un spectacle dans un fauteuil* en prose, contenant *Lorenzaccio*, composé avant Venise.
26-27 septembre. Sand en visite au château de Valençay.
6 ou 7 octobre. Retour de Sand à Paris. Reprise de la passion entre Musset et elle.
23 ou 24 octobre. Pagello repart seul pour Venise.
Vers le 10 novembre. Nouvelle rupture.
Deuxième quinzaine de novembre. George Sand est renvoyée par Musset, qui a appris de Tattet qu'il a été trompé à Venise. Au lieu de lettres (que Musset refuse de recevoir), elle écrit un *Journal intime*.
7 décembre. Sand part pour Nohant.
31 décembre. Elle quitte Nohant pour Paris. A son arrivée, reprise d'une liaison de plus en plus orageuse.

1835
1er janvier. "Une bonne fortune" paraît dans *La Revue des Deux Mondes* (poème sur le séjour de Musset aux eaux de Bade).
6 mars. George Sand quitte Musset, et part en secret pour Nohant. C'est la rupture définitive.
19 mars. Première lettre de Musset à Mme Jaubert ("la marraine"), avec laquelle il entretiendra une liaison, en termes d'amitié amoureuse.
9 avril. Sand fait la connaissance de l'avocat Michel de Bourges, et deviendra sa maîtresse en juillet.
15 juin. Musset, "La Nuit de mai" *(La Revue des Deux Mondes).*
15 septembre. "Fragment d'un livre à publier", fragment de *La Confession d'un enfant du siècle*, dans *La Revue des Deux Mondes*.
19 octobre. Scène violente à Nohant entre Casimir et sa femme.
1er décembre. Musset, "La Nuit de décembre" *(La Revue des Deux Mondes).*

1836
1er février. Musset publie *La Confession d'un enfant du siècle.*

Mars. Musset, “Lettre à M. de Lamartine” *(La Revue des Deux Mondes).*
Juillet. Musset publie *Il ne faut jurer de rien.*
29 juillet. Traité qui met fin au divorce de Sand.
Septembre. Séjour de Sand en Suisse aux côtés de Liszt et de Marie d'Agoult.
Liaison de Musset avec Louise Durand (“Bernerette”).

1837
18 février. Sand publie les *Lettres d'un voyageur* en volume.
Avril. Début de la liaison de Musset avec Aimée d'Alton (le “petit moinillon”), cousine de Mme Jaubert et future femme de Paul de Musset.
15 octobre. Musset, “La Nuit d'octobre” *(La Revue des Deux Mondes).*

1838
24 février-2 mars. Balzac à Nohant.
Juin. Commencement de la liaison avec Chopin.
18 octobre. Départ de Sand et ses enfants vers Majorque. Chopin va les rejoindre.
Octobre. Musset est nommé bibliothécaire au ministère de l'Intérieur.
Sand publie les *Lettres à Marcie* et *Les Maîtres mosaïstes.*

1839
4 janvier. Sand publie *Les Sept Cordes de la lyre.*
Avril. Assiduités de Musset auprès de Pauline Garcia, sœur de la Malibran, puis liaison avec Rachel.
Novembre. Musset ébauche *Le Poète déchu* (inachevé).
28 novembre. Sand publie la seconde *Lélia*, où elle s'en prend à Musset, représenté sous les traits peu flatteurs d'un alcoolique impénitent.

1840
Grave maladie de Musset, soigné par sœur Marceline.

Musset publie ses *Poésies complètes* et ses *Comédies et proverbes* chez Charpentier.

1841
15 février. La Revue des Deux Mondes publie "Souvenir" de Musset, écrit après une rencontre avec Sand.
5 novembre. Premier numéro de *La Revue indépendante*, créée par Pierre Leroux, Louis Viardot et George Sand.

1842
1er janvier. Sand publie *Un hiver à Majorque.*
Octobre. Histoire d'un merle blanc. Musset y met en scène de manière satirique une "merlette lettrée" qui est une caricature de Sand.

1843
G. Sand, *Consuelo.*

1844
Musset gravement malade : une pleurésie.
Juin. Musset, "A mon frère revenant d'Italie".

1845
G. Sand, *Le Meunier d'Angibault.*

1846
G. Sand, *La Mare au diable.*

1847
Juillet. Rupture de Sand et de Chopin, qui, dans les disputes de Sand avec Solange (qui a épousé le sculpteur Clésinger), a pris le parti de la fille.

1848
Grande activité politique de Sand durant toute cette période révolutionnaire.

Avril. Elle fait paraître un journal épisodique, *La Cause du peuple*.

1850
Alexandre Manceau à Nohant (futur amant et factotum de Sand).

1852
15 janvier. Musset publie *Souvenir des Alpes*.
12 février. Réception de Musset à l'Académie française.

1853
Sand, *Les Maîtres sonneurs*.

1854
Sand publie *Histoire de ma vie.*

1857
2 mai. Mort d'Alfred de Musset.

1859
Sand publie *Elle et Lui* et Paul de Musset répond par *Lui et Elle*.

1860
Louise Colet, *Lui*.

1863
G. Sand, *Pourquoi les femmes à l'Académie ?*

1869
Flaubert passe à Nohant les fêtes de Noël.

1876
8 juin. Mort de George Sand.

1904
Félix Decori publie la première édition de la *Correspondance* Musset-Sand.

III. ÉLÉMENTS BIBLIOGRAPHIQUES

MANUSCRITS

Pour l'essentiel, la correspondance Sand-Musset se trouve au département des manuscrits de la Bibliothèque nationale : cote N.a.fr. 1039.

ÉDITIONS DE CORRESPONDANCES

1. *Editions de la correspondance Sand-Musset*

Correspondance de George Sand et d'Alfred de Musset, publ. par Félix Decori, Bruxelles, Deman, 1904.

Sand, George, et Musset, Alfred de, *Correspondance. Journal intime de George Sand*, texte établi et annoté par Louis Evrard, Monaco, Editions du Rocher, 1956.

Sand, George, et Musset, Alfred de, *Correspondance*, Paris, Hermann, 1981, avec une préface de Françoise Sagan.

2. *Editions séparées*

Musset, Alfred de, *Correspondance*, t. I (1826-1839), édition de Marie Cordroc'h, Roger Pierrot, Loïc Chotard, Paris, PUF, "Centre de correspondances du XIXe siècle", 1985.

Sand, George, *Correspondance*, t. II (1832-juin 1835), textes réunis, classés et annotés par Georges Lubin, Paris, Garnier, 1966.

ŒUVRES AUTOBIOGRAPHIQUES DE GEORGE SAND

Album Sketches and Hints (posthume). (Texte réédité par G. Lubin dans les *Œuvres autobiographiques* de la "Bibliothèque de la Pléiade", t. II.)

Journal intime (posthume), Paris, Calmann-Lévy, 1926. (Texte réédité par G. Lubin dans les *Œuvres autobiographiques* de la "Bibliothèque de la Pléiade", t. II.)

Lettres d'un voyageur, Paris, Félix Bonnaire, 1837. (Texte réédité par Henri Bonnet en Garnier-Flammarion, et par G. Lubin dans les *Œuvres autobiographiques* de la "Bibliothèque de la Pléiade", t. II.)

Histoire de ma vie, Paris, Michel Lévy, 1856, 10 vol. (Texte réédité par G. Lubin dans les *Œuvres autobiographiques* de la "Bibliothèque de la Pléiade", t. I et II.)

Elle et Lui, d'abord dans *La Revue des Deux Mondes* (15 janvier-1er mars 1859), puis en volume, Paris, Hachette, 1859.

ŒUVRES AUTOBIOGRAPHIQUES D'ALFRED DE MUSSET

La Confession d'un enfant du siècle, 1836.

Le Poète déchu [1839] (inachevé et posthume) ; voir *Œuvres complètes en proses* d'A. de Musset, éd. F. Baldensperger, Gallimard, "Bibliothèque de la Pléiade", p. 306-318.

MÉMOIRES ET CORRESPONDANCES

Balzac, Honoré, *Correspondance*, t. I à V, Paris, Garnier, éd. Roger Pierrot, 1961-1969.

— *Lettres à Madame Hanska*, éd. Roger Pierrot, Paris, Editions du Delta, 1967-1971, 4 vol. – Edition revue, Laffont, coll. "Bouquins", 1990, 2 vol.

Barbier, Auguste, *Souvenirs personnels et silhouettes contemporaines*, Paris, E. Dentu, 1883.
Didier, Charles, *Journal* (les extraits de son journal concernant G. Sand ont été publiés dans l'article de Maurice Regard, "G. Sand et Charles Didier", RSH, oct.-déc. 1959).
Dino, duchesse de, *Chronique (1831-1862)*, t. I, Paris, 1909.
Larochefoucauld, *Mémoires de M. le vicomte Sosthènes de Larochefoucauld*, Paris, Allardin, 1837, 7 vol.
Mérimée, Prosper, *Correspondance générale*, éd. Maurice Parturier, Paris, le Divan et Toulouse, Privat, 1941-1965, 16 vol.
Olivier, Juste, *Paris en 1830. Journal*, publié par André Delattre et Marc Denkinger. Préface de Fernand Baldenperger, Paris, Mercure de France, 1951.
Planche, Gustave, *Correspondance*, éd. Maurice Regard, Paris, Nouvelles Editions latines, 1956.
Sainte-Beuve, *Correspondance générale*, éd. Jean Bonnerot, t. I, Paris, Stock, 1935.
Vigny, Alfred de, *Journal d'un poète*, éd. Louis Ratisbonne, Paris, 1867. – Ed. Fernand Baldensperger, dans *Œuvres complètes*, Paris, "Bibliothèque de la Pléiade", t. II, 1965.

BIOGRAPHIE ET ROMANS BIOGRAPHIQUES

Colet, Louise, *Lui. Roman contemporain*, Paris, Librairie nouvelle, 1860.
Musset, Paul de, *Lui et Elle*, d'abord en avril 1859, dans *Le Magasin de la librairie*, puis en volume, Paris, Charpentier, 1860.
— *Biographie d'Alfred de Musset. Sa vie et ses œuvres.* Troisième édition, Paris, Charpentier, 1877.
— *Course en voiturin (Italie et Sicile)*, Paris, Victor Magen, 1845, 2 vol.

Adam, Antoine, *Le Secret de l'aventure vénitienne. La vérité sur George Sand et Alfred de Musset*, Paris, Perrin, 1938.

Chotard, Loïc, "Musset : janvier-mars 1835", dans *L'Epistolarité à travers les siècles*, Mireille Bossis éd., Stuttgart, Franz Steiner Verlag, 1990, p. 82-86.

Clouard, Maurice, *Documents inédits sur Alfred de Musset*, Paris, Rouquette, 1900.

Cordroc'h, Marie, et Pierrot, Roger, "François Buloz, éditeur et confident de Musset et de Sand. Lettres et fragments inédits", *RHLF*, juil.-sept. 1957, p. 366-383.

Diaz, José-Luis, "Un mot de toi pourra toujours décider de ma vie. Sand-Musset : printemps 1834", *Textuel*, n° 24, numéro spécial sur "La lettre d'amour", juin 1992, p. 81-103.

Feugère, A., *Un grand amour romantique : G. Sand et A. de Musset*, Boivin, 1927.

Gaulmier, Jean, "George Sand, Balzac et Emile Regnault", *Bulletin de la faculté des lettres de Strasbourg*, mai-juin 1954, p. 357-395.

Guillemin, Henri, préface d'*Elle et Lui*, Neuchâtel, "Ides et Calendes", 1963.

— *La Liaison Sand-Musset*, Paris, Gallimard, 1972.

Karénine, Wladimir, *George Sand, sa vie et ses œuvres*, Paris, Plon-Nourrit, 1899-1926, 4 vol.

Lumbroso, baron, *Les Amants de Venise*, Roma, Forzani, 1906.

Mariéton, Paul, *Une histoire d'amour. Geroge Sand et Alfred de Musset, documents inédits. Lettres de Musset*, Paris, G. Havard fils, 1897.

Marix-Spire, Thérèse, *Les Romantiques et la Musique. Le cas George Sand, 1804-1838*, Paris, Nouvelles Editions latines, 1955.

Maurois, André, *Lélia ou la Vie de George Sand*, Paris, Hachette, 1952.

Maurras, Charles, *Les Amants de Venise*, Paris, Ernest Flammarion, 1902.

Moreau, Pierre, *Amours romantiques*, Paris, Hachette, 1963.

Pailleron, Marie-Louise, *La Vie littéraire sous Louis-Philippe*, Paris, Calmann-Lévy, 1919, et Firmin Didot, 1930.

Parturier, Maurice, *Une expérience de George Sand, ou le fiasco du comte Gazul*, Paris, Le Divan, 1934.

Poli, Annarosa, "La véritable histoire de la correspondance Sand-Pagello", RHLF, juil.-sept. 1957, p. 384-392.

— "Da Parigi a Genova. Album di memorie di Pietro Pagello, con numerosi inediti", *Letterature francesa*, 1958, p. 166-178.

— *L'Italie dans la vie et l'œuvre de George Sand*, Paris, Armand Colin, 1960.

Pommier, Jean, *Autour du drame de Venise. George Sand et Alfred de Musset au lendemain de "Lorenzaccio"*, Paris, Nizet, 1958.

Regard, Maurice, *L'Adversaire des romantiques, Gustave Planche*, Paris, Nouvelles Editions latines, 1955, 2 vol.

— "Charles Didier et George Sand", RSH, oct.-déc. 1959, p. 459-466.

Spoelberch de Lovenjoul, vicomte Charles de, *La Véritable Histoire de "Elle et Lui"*, Paris, Calmann-Lévy, 1897.

TABLE

BABEL

Extrait du catalogue

350. TORGNY LINDGREN
La Lumière

351. YÔKO OGAWA
La Piscine / Les Abeilles / La Grossesse

352. FRANZ KAFKA
A la colonie disciplinaire

353. YING CHEN
Les Lettres chinoises

354. ÉLISE TURCOTTE
Le Bruit des choses vivantes

355. ALBERTO MANGUEL
Dernières nouvelles d'une terre abandonnée

356. MIKA ETCHEBÉHÈRE
Ma guerre d'Espagne à moi

357. LES CYNIQUES GRECS
Lettres de Diogène et Cratès

358. BERNARD MANDEVILLE
Recherche sur la nature de la société

359. RENCONTRES D'AVERROÈS
La Méditerranée, entre la raison et la foi

360. MICHEL VINAVER
King *suivi de* Les Huissiers

361. ZOÉ VALDÉS
La Douleur du dollar

362. HENRY BAUCHAU
Antigone

363. NANCY HUSTON
Tombeau de Romain Gary

364. THÉODORE MONOD
Terre et ciel

365. FÉDOR DOSTOÏEVSKI
Les Carnets de la maison morte

366. FREDERIC PROKOSCH
Le Manège d'ombres

367. MICHÈLE LESBRE
Que la nuit demeure

368. LEIBNIZ
Réfutation inédite de Spinoza

369. MICHEL TREMBLAY
Le Premier Quartier de la lune

370. JACQUES POULIN
Jimmy

371. DON DELILLO
Bruit de fond

372. GUSTAV REGLER
Le Glaive et le Fourreau

373. INTERNATIONALE DE L'IMAGINAIRE N° 10
Nous et les autres

374. NAGUIB MAHFOUZ
Récits de notre quartier

375. FRANCIS ZAMPONI
Mon colonel

376. THIERRY JONQUET
Comedia

377. GUY DARDEL
Un traître chez les totos

378. HANAN EL-CHEIKH
Histoire de Zahra

379. PAUL AUSTER
Le Diable par la queue *suivi de* Pourquoi écrire ?

380. SIRI HUSTVEDT
L'Envoûtement de Lily Dahl

381. SAND ET MUSSET
Le Roman de Venise

382. CHARLES BERTIN
Les Jardins du désert

383. G.-O. CHÂTEAUREYNAUD
Le Héros blessé au bras

384. HENRY BAUCHAU
Les Vallées du bonheur profond

385. YVES DELANGE
Fabre, l'homme qui aimait les insectes

386. YING CHEN
L'Ingratitude

387. INTERNATIONALE DE L'IMAGINAIRE N° 11
Les Musiques du monde en question

388. NANCY HUSTON
Trois fois septembre

389. CLAUDE PUJADE-RENAUD
Un si joli petit livre

390. JEAN-PAUL GOUX
Les Jardins de Morgante

391. THÉODORE MONOD
L'Emeraude des Garamantes

392. *
Triomphe de Dionysos

COÉDITION ACTES SUD – LEMÉAC

Ouvrage réalisé
par les Ateliers graphiques Actes Sud.
Achevé d'imprimer
en août 1999
par Bussière Camedan Imprimeries
à Saint-Amand-Montrond (Cher)
sur papier des
Papeteries de Jeand'heurs
pour le compte
d'ACTES SUD
Le Méjan
Place Nina-Berberova
13200 Arles.

N° d'éditeur : 3489
Dépôt légal
1re édition : août 1999
N° impr. : 993229/1